대륙의 영혼

최재형

* 이 작품은 우리나라 독립운동사에 두드러진 족적을 남긴 최재형(崔才亨 또는 崔在亨, 1860~1920)의 생애를 소설로 재구성한 것이다. 이정은 박사, 박환 교수를 비롯한 몇몇 역사학자들의 연구 자료와 후손들의 기록을 토대로 최재형의 행적을 정리하고 등장인물들을 설정했으나, 엄연히 역사가 아닌 소설임을 밝혀둔다. 최재형의 실로 드라마틱한 삶이 좀 더 실감나게 다가오도록 작가의 상상력이 가미되었다. 그 속에서 김수향처럼 기록에 없는 인물들이 탄생하고, 다양한 인물 관계와 풍부한 에피소드가 개연성을 토대로 가공되었다.

대륙의 영혼

최재형

Pyotr Semenovich Choi

— 이수광 역사소설 —

랜덤하우스

넓은 의미의 내 선조, 최재형

내가 '최재형'이라는 이름을 처음 들은 것은 1990년대 중반, 박사 과정을 밟고 있을 때였다. 당시 지도 스승으로 모셨던 모스크바국립대 미하일 박(박준호) 교수로부터 최재형 선생에 대한 이야기를 들을 수 있었다.

러시아 한국학의 원조로 추앙받는 미하일 박 교수는 최재형 선생이 일본군에 죽임을 당하기 두 해 전인 1918년에 연해주에서 태어났다. 미하일 박 교수가 1920년대에 연해주에서 성장했을 당시 그곳 고려인 사이에서 최재형 선생은 이미 하나의 전설이 되어 있었다. 러시아어를 완벽하게 습득해 고려인들의 권익을 러시아 당국과의 관계에서 슬기롭게 지켜주고, 고려인 사회의 교육운동을 이끌고, 어렵게 벌어들인 모든 재산을 독립군과 항일 빨치산을 지원하는 데 바치고, 그리고 얼마든지 어디론가 피신할 수 있는 위치에 있었는데도 끝내 연해주 땅을 지키다가 일본군에 죽임을 당한 최재형……. 선생의 이야기는 고려인 사회 전체를 하나로 통합하는 '영웅 전설'에 가까웠다.

미하일 박 교수가 들려준 이야기 가운데 재미있는 것은 최재형 선생 집안과 왕래가 있었던 미하일 박 교수 집안에서 선생을 가리켜 '페치카'라고 불렀다는 것이다. 페치카는 선생의 러시아 귀화명인 '표트르 세메노비츠(Pyotr Semenovich)'의 약칭 내지 아명인데, 한국어로 치면 '재형이'쯤 된다. 고려인 사회의 최고 갑부를 이렇게 부르다니, 놀랄 사람이 한둘이 아닐 것이다. 그런데 이렇게 친근하게 불러도 될 만큼 '노비 자식' 최재형 선생은 권위주의 같은 양반 사회의 악습을 전혀 갖고 있지 않았다. 선생과 다수 고려인 사이에 빈부의 차이가 있었지만, 선생은 가난한 이웃들을 '도헌(都憲, 한인 자치기관장)'이라는 이름의 권력으로 누르기보다는 그들에게 교육의 기회 등을 베풀면서 그들 스스로 자신을 존경하게끔 했다. 이를 요즘 표현으로 '헤게모니'라 부르지 않는가. 옛날식으로 표현하자면 '민심을 얻었다'는 것이다. 오늘날 한국 재벌들이 국제적 기업 집단으로 성장했는데도 국내에서 온갖 부패 의혹과 비정규직 착취 등으로 민심 얻기에 실패하고 있지만, 100년 전 고려인 재산가 최재형은 적극적인 사회 투자, 사회 공헌으로 명실상부한 '권위'가 되었다. 민중의 분노만 사는 오늘날의 지도층에게 귀감이 될 뜀뜀이다.

일본인들이 일찍이 재러 조선인들의 배일운동 수령으로 지목한 최재형 선생은 벌써 1962년에 건국훈장 독립장이 추서되는 등 '국가적 인정'을 받았지만, 아직까지 한국인 대부분에게 생소할 뿐이다. 선생의 공적은 박환 교수(수원대 사학과) 등 여러 학자들의 노력으로 상세히 밝혀졌지만, 대중 문화라는 매개체를 통해 일반인들에게 소개된 적은 없었다. 이 책은 한국 대중들이 최재형 선생에 대해 본격적으로 알 수 있는 기회를 줄 것으로 크게 기대된다. 사실과 상상이 섞여 있는 '소설'이라는 점을 헤아려 엄격한 의미의 '역사'와 구별해야 하지만, '종놈의 자식'으로 어렵게 보낸 소년기부터 마지막의 항일투쟁, 시체조차 남기지 못했던 참담한 죽음까지 최재형 선생의 일생을 흥미진진하게 복원한 이 책은 분명이 많은 독자들의 가슴을 울려 많은 이들에게 '최재형'이라는 이름 석 자를 더 친숙하게 할 것이다.

러시아 태생의 한국인인 내가 조선 태생의 러시아 국적자 최재형 선생을 넓은 의미의 '선조'로 생각하며 경외하는 만큼, 이 책의 발간을 온 마음으로 반긴다. 이 책을 통해 최재형 선생을 위시한 재러 동포들이 대한민국의 대중적인 담론 공간에서 더 공고하게 자리 잡기를 바란다.

박노자 (Vladimir Tikhonov)

노르웨이 오슬로대 한국학과 교수

차례

최재형 선생은 용의과감勇毅果敢의 인人이며,

기己를 희생하야 동족을 구제하랴는

애국적 의협적 열혈이 충일하는 인격자요,

겸하야 성誠으로써 인人과 사事를 접接하야

민중의 신뢰와 존경을 박博하던 이라.

독립신문 1920년 5월 15일자 추모 기사

이국의 파르티잔

아직 날이 밝지 않은 새벽이라 사방이 먹물을 묽게 풀어놓은 것처럼 어두컴컴했다. 저 멀리 망망대해에서 검푸른 파도가 혓바닥을 넘실거리며 초승달처럼 둥근 졸로토이로그 만(금각만)으로 밀려오고 바람은 미세한 물의 입자들을 실어왔다.

1919년 1월 8일. 하늘은 동쪽에서부터 희미한 박명을 드러내고 있었으나 부두는 새벽잠을 깨우는 군인들의 움직임으로 어수선했다. 러시아 극동 지역 최대의 해군 기지인 블라디보스토크의 부두였다. 날씨는 살을 엘 듯이 추웠다. 살갗을 스치는 바람이 예리한 칼날처럼 뺨을 베고 지나갔다. 바람이 실어온 물의 미세한 입자들이 얼음가루로 변해 뺨을 난도질하여 잘게 썰려나가는 것 같았다.

순양함 이바미호의 호위를 받으며 블라디보스토크에 입항한 야마토 전함의 마스트가 있는 3층 갑판에서 무카이 도케아시 해군 제독은 눈살을 잔뜩 찌푸린 채 부두를 노려보고 있었다.

부두 앞의 러시아 해군 사령부는 조용했다. 소비에트 파르티잔[*]들은 총영사관의 보고대로 블라디보스토크 시내에서 완전히 철수한 것이다. 그들은 국제간섭군[**]과 교전하기 위해 광대한 대륙의 산악지대에서 유격전을 준비하고 있을 것이다. 그러나 일본군이 새벽에 기습을 하듯이 입항하리라고는 생각조차 못 하고 있을 것이었다. 그때 제5보병사단의 오카다 마스키 소장이 참모들과 함께 갑판으로 올라와 무카이 도케아시 앞에 도열했다. 오카다 마스키 소장은 야전군이라 가슴에 권총을 꽂고, 허리에는 금실이 달린 군도를 차고 있었다.

"제독 각하! 제5사단 하선하겠습니다."

사단장인 오카다 마스키 소장이 부동자세로 말했다. 추위에 입술이 잘 떨어지지 않았다.

오카다 마스키는 청일전쟁 때는 소대장으로 참전했고, 러일전쟁 때는 대대장으로 참전하여 혁혁한 전공을 세운 인물이다. 작달막한 키에 다부진 눈매를 한 그의 절도 있는 동작은 오랜 군인 생활로 몸에 밴 것이다.

"좋소. 하선을 허락하겠소."

무카이 도케아시가 낮게 말했다.

"진충!"

오카다 마스키가 부동자세로 거수경례를 바쳤다. 제5사단

---

[*] 파르티잔: 정규군과 달리 노동자와 농민, 시민 등으로 조직된 비정규군. 유격대 또는 빨치산으로 통용되고 있다.

[**] 국제간섭군: 1917년 러시아혁명이 일어나자 이를 저지하기 위해 러시아에 출병했던 미국, 영국, 프랑스, 이탈리아, 일본의 군대.

참모들도 일제히 거수경례를 바쳤다.

"보국!"

무카이 도케아시도 거수경례로 답례했다. 그의 뒤에 있던 야마토 전함의 참모들도 일제히 답례했다. 오카다 마스키나 무카이 도케아시는 같은 계급인 소장이었다. 그러나 무카이 도케아시는 야마토 전함의 함장으로, 제5사단을 수송해 온 것이다. 배에서는 같은 계급이라도 제독의 지휘를 받는다.

오카다 마스키와 제5사단 참모들이 3층 갑판에서 내려갔다. 무카이 도케아시는 다시 부두를 노려보았다. 적군[*]이 부두에 매복하고 있다면 일본군이 상륙할 때 일제히 공격할 것이다. 야마토 전함의 병사들은 적군의 공격을 받을 때 함포 사격을 가하기 위해 완전한 전투태세에 돌입해 있었다.

"제5사단 하선!"

그때 아래층에서 오카다 마스키의 굵고 날카로운 목소리가 들렸다.

날은 빠르게 밝아오고, 칼날처럼 매서운 바람에 떠밀린 검푸른 파도가 부두의 방파제를 거칠게 때리고 있었다. 상륙 작전을 전개하기에는 악천후였다. 그러나 일본군은 도요토미 히데요시가 다카마스 성을 공격하다가 폭우가 쏟아지는 악천후 속에서 1주일 만에 교토로 돌아와 마스히데를 공격하여 패권을 차지한 이래, 기습전을 전쟁의 규범으로 삼아왔다. 제5사단의 악

---

* 적군(赤軍): 1917년 볼셰비키혁명으로 제정 러시아가 무너진 뒤에 레온 트로츠키가 창설한 러시아 정규군.

천후 속 상륙은 그러한 전통을 바탕으로 육군성에서 준비한 작전이었다.

"제5사단 하선!"

참모들이 일제히 복창했다.

"제7중대 하선!"

차가운 공기를 뚫고 젊은 장교의 목소리가 들렸다. 제7중대가 선봉이었다. 우렁찬 고함 소리와 함께 착검까지 한 일본군이 깃발을 앞세우고 부교 위를 지나 하선하기 시작했다. 제7중대는 장교들의 지시를 받으면서 빠르게 부두에 상륙하여 부두 저쪽으로 사라지고 있었다. 혹시라도 있을지 모를 적군의 기습에 대비하여 전방에 방어선을 구축하려는 것이다.

"신속하게 하선하라!"

"오잇!"

"거기, 뭘 하고 있나? 빠가야로!"

장교들이 병사들을 다그치는 소리가 들렸다. 무카이 도케아시는 다시 부두를 응시했다.

일본은 1918년부터 국제간섭군으로 17만 5천 명을 러시아에 파병하고 있었다. 제정 러시아가 무너지기는 했으나 내전이 계속되고 있어 이 기회를 틈타 만주에서 일본의 우월권을 확보하고 시베리아를 점탈하기 위해 출병한 것이다.

"각하, 긴급 전문입니다."

그때 통신장교 스즈키 중위가 갑판으로 달려와 무카이 도케아시에게 경례를 바쳤다.

"뭔가?"

무카이 도케아시는 콧수염이 빳빳하게 얼어붙는 것을 느끼면서 스즈키 중위를 노려보았다. 일장기가 펄럭이는 마스트 앞의 갑판은 맹렬한 추위가 엄습하고 있었다. 영하 20도에 이르는 강추위였다.

"육군성에서 제5사단장에게 내린 긴급 지령입니다."

스즈키 중위가 조심스럽게 전문을 내밀었다. 무카이 도케아시는 육군성에서 온 전문을 받아서 펼쳤다.

제목: 내각 훈령 1급 첩보에 관한 건

수신: 제5보병사단 사단장 오카다 마스키 소장

발신: 육군 대신 미나미 대장

내용:

이번 군사작전은 일본이 만주에서 우월권을 획득하기 위한 전략적 목표를 달성하기 위함이며, 대조선의 통치를 안정적으로 이루기 위함이기도 하다. 특히 만주 및 러시아에서의 배일 분자 제거를 위한 작전임을 명심하고 육군성에서 특파하는 헌병수사대에 모든 편리를 제공하라. 헌병수사대의 요청이 있으면 블라디보스토크 총영사관의 밀정 및 영사경찰과 긴밀한 협조를 하고 제5사단은 블라디보스토크에서의 조선인 거점을 파괴하라. 특히 러시아의 조선인 최재형, 러시아명 표트르 세메노비츠 최의 검거 또는 사살에 총력을 기울이라.

제5사단장에게 조선인 최재형을 체포하거나 사살하라는 내용이었다. 전쟁을 하는 사단장에게 이런 지시를 내리다니. 도대체 최재형이라는 조선인이 어느 정도의 거물이기에 육군성에서 헌병수사대를 파견하는 것인가. 무카이 도케아시 제독은 숨이 막히는 듯한 긴장감을 느끼며 미간을 잔뜩 찌푸렸다.

"오오지마 중좌."

무카이 도케아시는 정보장교 오오지마 중좌를 불렀다.

"핫!"

오오지마가 한 걸음 앞으로 나와서 부동자세를 취했다. 그는 정보장교이기 때문에 블라디보스토크 총영사관과 긴밀한 접촉을 갖고 있었다.

"최재형이라는 자는 어떤 자인가?"

일본군은 개미 떼처럼 즐비하게 이어 선 채 하선하며 부두에 정렬하고 있었다.

"블라디보스토크 일대 조선인들의 정신적 지주로, 해조신문 발행을 지원하며 대동공보 발행을 주도했습니다."

"육군성에서 왜 이런 자에게 관심을 갖고 있는가? 대일본군이 이러한 자 때문에 출병한 것인가?"

무카이 도케아시는 블라디보스토크 일대에 11개 사단 17만 5천 명의 일본군을 상륙시키는 전략의 하나가 최재형을 제거하는 것이라는 사실에 놀랐다.

"최재형은 이토 히로부미 공을 암살한 안중근을 후원했고 러시아 항일무장 세력의 지도자입니다. 의병을 이끌고 두만강을 건너 우리 일본군을 수십 차례 공격했습니다. 현재는 러시아 적군에 가담하여 파르티잔으로 활약하고 있습니다."

"요시!"

무카이 도케아시가 고개를 끄덕였다. 오오지마 중좌의 보고에 의하면, 최재형은 조선 독립군들 중에서 가장 거물이다.

"하지만 그는 귀화한 러시아인이기 때문에 일본군이 검거하거나 사살할 수가 없었습니다."

"육군성의 계획을 알겠다. 육군성은 일본군이 블라디보스토크에 상륙한 기회를 이용하여 조선인들을 대대적으로 섬멸하려는 것이다."

무카이 도케아시는 의병들을 이끌고 연해주를 떠도는 최재형 부대의 모습을 잠시 동안 머릿속에 그려보았다. 그들 같은 항일 무장 세력 때문에 청산리에서도 일본군이 대패한 것이다. 그러나 무카이 도케아시는 해군 제독이다. 육지에서의 일은 제5사단이나 헌병수사대에 맡길 수밖에 없었다.

"스즈키 중위! 이 전문을 오카다 마스키 사단장에게 주라!"

"핫!"

스즈키 중위가 전문을 받아 아래층으로 달려 내려갔다.

전함에서는 완전무장을 한 병사들이 몸을 잔뜩 움츠리고 꾸역꾸역 하선하고 있었다. 그들을 지휘하는 장교들의 호루라기 소리와 고함 소리로 갑판은 어수선했다.

최재형은 천막 속에서 우두커니 허공을 바라보았다. 대륙에 휘몰아치는 바람 소리가 귓전에 잉잉대고 날씨가 살을 에듯 추웠다.

"아버지, 국제간섭군이 블라디보스토크에 상륙합니다."

아들 파벨이 낮은 목소리로 보고했다. 최재형은 파벨의 기름한 얼굴을 물끄러미 쳐다보았다.

"일본군도 상륙했겠지?"

"예. 순양함을 통해 11개 사단을 수송하여 상륙시킬 예정이라고 합니다. 오늘은 제5사단이 상륙했습니다."

"11개 사단이면 얼마나 되지?"

"17만 명 정도 됩니다."

파벨의 보고에 장내에선 어두운 공기가 감돌고, 의자에 앉아 있던 파르티잔 지휘관들의 눈빛이 크게 흔들렸다. 천막 안의 난로에서 장작이 타닥타닥 소리를 내며 타들어갔다.

"일본놈들이 시베리아를 강탈하려고 하는군."

"아버지, 내륙으로 이동해야 하지 않습니까? 우리가 대항하기에는 일본군이 너무나 많습니다."

소비에트 볼셰비키를 위해 전쟁을 하고 있는 조선의 병사들은 모두 5백여 명에 이르렀다. 그들은 최재형이 두만강을 건너 일본군과 의병 전쟁을 벌일 때 수하에 있던 병사들이었다. 1910년 일본이 조선을 강탈한 뒤에는 의병이 아니라 독립군으로 일본과 싸웠다.

1914년 제1차 세계대전이 일어나자 러시아도 전쟁의 바람에 휘말렸다. 그러나 러시아 민중들은 전쟁보다 혁명에 더 관심이 있었다. 소비에트 볼셰비키가 러시아 전역으로 광범위하게 퍼져나가고 혁명의 기운이 팽배해졌다. 최재형은 상트페테르부르크에서 부두 노동자로 일할 때부터 러시아에 혁명의 기운이 도도하게 밀려오고 있다는 사실을 감지하고 있었다. 그는 보리스 바실리누예비치에게 공산주의 혁명을 배웠고, 방직공장의 여공 나타샤에게선 투쟁하는 법을 배웠다. 최재형은 독립운동을 하면서 볼셰비키당을 지지했다. 부패한 제정 러시아는 타도되어야 했다. 1916년 최재형은 볼셰비키 파르티잔들을 은밀하게 지원하다가 헌병대에 체포되었다. 혐의는 볼셰비키 파르티잔 활동이었다.

"최재형을 우리에게 인도하라."

일본은 최재형을 즉시 일본군에 넘겨달라고 러시아에 요구했다.

최재형이 체포되자 러시아의 한인 사회는 발칵 뒤집혔고 즉각 전국적으로 구명운동이 일어났다. 니콜스크우수리스크(현 우수리스크)에서 교편을 잡고 있던 야코보 김은 최재형에게 글을 배우고 카잔사범대학에서 유학까지 하고 와 교사가 된 사람이다. 그는 자신을 유학까지 보내준 최재형을 구하기 위해 헌병사령관을 움직였다. 덕분에 최재형은 열흘 만에 석방되었다.

최재형은 니콜스크우수리스크 감옥에서 석방된 뒤에 볼셰비키 활동을 더욱더 강화했다. 1917년 러시아혁명이 일어나자 조선인들은 적극적으로 볼셰비키 활동에 참여했다. 얀치혜의 볼셰비키 집행위원장이 된 최재형이 극동 지역 각 도시에 사람들을 보내 조선인들이 볼셰비키 활동에 동참하도록 설득하게 했기 때문이다. 볼셰비키는 러시아의 광대한 대륙에 바람처럼 퍼져나갔다. 러시아 극동 지역이 속속 볼셰비키에 접수되었다. 그러나 볼셰비키를 탄압하는 백군*도 적지 않았다. 볼셰비키는 자치 정부를 세우고 군사위원회를 만들어 백군과 싸우기 시작했다.

"파벨, 볼셰비키와 파르티잔들을 전부 소집해라."

최재형이 아들에게 명령을 내렸다.

"아버지, 일본군과 싸우실 작정입니까? 왜 하필 일본군입니까? 일본군은 국제간섭군 중에 가장 훈련이 잘되어 있습니다."

파벨과 파르티잔 지휘관들이 웅성거리면서 항의했다.

"일본군이 노리는 것은 우리 조선인들이야. 놈들은 때가 되면 반드시 우리 조선인들을 학살할 거야."

최재형의 비장한 얼굴을 본 지휘관들은 감히 항변하지 못했다. 그의 눈에서는 푸른 서슬이 뿜어졌다.

"파벨, 다른 볼셰비키와 파르티잔들한테 붉은 숲에서 만나자고 연락해라."

러시아인들이 붉은 숲이라고 부르는 자작나무 숲은 블라디보스토크 북쪽 20킬로미터 전방에 있었다.

"예."

파벨이 고개를 숙여 보이며 물러갔다.

최재형이 이끄는 파르티잔은 블라디보스토크로 향하기 시작했다. 5백여 명이 말을 타고 길게 행렬을 지어 달렸다. 병사들은 붉은 깃발을 들고 있어 마치 붉은 숲이 달리는 것 같았다. 니콜스크우수리스크의 자작나무 숲을 나오자 바람이 더욱 차가웠다. 최재형의 군대는 강행군을 하여 이틀 만에 블라디보스토크 북쪽의 붉은 숲에 이르렀다.

* 백군(白軍): 1917년 러시아혁명 당시 볼셰비키에 대항하는 멘셰비키와 차르를 지지하는 군대.

"동지들!"

붉은 숲에 먼저 도착해 있던 러시아인 아나스타샤의 파르티잔들이 총을 흔들며 환호했다. 아나스타샤는 약 7백 명의 파르티잔들을 이끌고 있었다.

"와!"

최재형의 파르티잔들도 총을 흔들면서 환호했다. 최재형은 아나스타샤와 인사를 나눈 뒤 군사들에게 천막을 치고 쉬라는 지시를 내렸다.

"일본군의 동태는 어떻소?"

최재형이 아나스타샤에게 물었다.

아나스타샤는 몸매가 풍만한 30대 과부였다. 최재형은 러시아 군대에 쇠고기를 납품할 때 니콜스크우수리스크에 사는 그녀의 부모를 알았고, 그녀는 부모가 죽은 뒤 남편과 함께 최재형을 통해 쇠고기를 납품했다. 그러나 운명이 기구하여 그녀의 남편도 두 해 전에 병으로 죽었다.

"표트르, 아직 살피지 못했어요."

"그럼 내가 정찰을 하고 오겠소."

최재형은 파벨을 데리고 독수리봉에 올라 일본군이 주둔하고 있는 군영을 바라보았다. 일본군은 부두 전방에 바리케이드를 설치하고 야포까지 배치해놓고 있었다.

"방어가 철통같구나. 저곳을 기습한다는 건 불가능해."

최재형이 어두운 낯빛으로 말했다.

"그럼 어떻게 합니까?"

"저들은 일본군을 안전하게 상륙시키기 위해 블라디보스토크 만 일대에 부챗살 모양의 교두보를 구축할 것이다."

"저들을 공격할 방법이 없습니까?"

"일단 유격전을 전개할 수밖에 없다. 20~30명 단위로 공격을 하면 토벌하러 나올 것이다. 그때 섬멸한다."

최재형은 자작나무 숲으로 돌아와 아나스타샤와 상의한 뒤 일단 부대를 철수했다.

그날 밤 최재형은 블라디보스토크 시내로 들어가 최봉준을 만났다. 최봉준은 그의 의형제이자 조선 최고의 부호였다. 블라디보스토크 시내는 볼셰비키당이 국제간섭군과 교전하기 위해 일제히 철수한데다 아직 일본군이 점령하지 않아서 태풍 전야처럼 고요하고 평온했다.

"형님! 형님께서 직접 일본군과 싸웁니까?"

최봉준이 마땅치 않은 표정으로 최재형에게 말했다.

"내가 싸우는 건 중요하지 않아. 일본군들이 극동 지역을 장악하면 분명히 우리 조선인들을 학살할 걸세. 그러니 가능하면 조선인들을 멀리 대피시키게. 그 때문에 내가 온 것이네."

"어디로 대피한다는 말입니까?"

"어디든 피해야 할 걸세. 특히 독립운동을 하던 사람들은 아주 먼 곳으로 피해야 하네."

캄캄한 어둠이었다. 최봉준은 어둠 속에서 두 눈만 반짝이는 최재형을 응시했다. 최재형과는 알게 모르게 경쟁을 해왔다. 자신은 연해주를 비롯하여 조선에서 최고 거부가 되었고, 최재형은 독립운동을 하는 사람들의 대부가 되었다. 이제 최재형은 조선인·러시아 파르티잔과 연합하여, 국제간섭군으로 블라디보스토크에 상륙하는 일본군들과 결전을 벌이려 하고 있었다.

"알겠습니다."

최봉준이 무겁게 대답했다.

최재형에게는 자신의 신념을 지키기 위한 굳은 결의와 진정성이 있었다.

"그럼 나는 가겠네."

"형님, 몸조심하십시오."

"자네도……. 우리가 언제 다시 만날 수 있을지 모르겠네."

최재형이 웃으면서 최봉준의 손을 덥석 잡았다. 최봉준은 최재형의 손을 잡고 놓을 수가 없었다. 며칠 사이 블라디보스토크에 불온한 공기가 휘돌고 있었기 때문이다. 두 사람은 어둠 속에서 서로의 얼굴을 물끄러미 쳐다보았다. 무엇인가 할 말이 있을 것 같은데 아무 말도 떠오르지 않아 안타까웠다.

"형님, 집사람은 만나지 않고 가실 겁니까? 집사람이 서운해할 겁니다."

최봉준의 말에 최재형은 가슴을 비수로 찌르는 것 같은 격렬한 통증을 느꼈다. 한때 그토록 사랑했던 여인을 어찌 보고 싶지 않겠는가. 그러나 이제는 남의 부인, 아니 의형제의 부인이었다.

"만나서 무슨 이야기를 하겠나?"

최재형은 피식 웃으면서 최봉준의 손을 놓고 어둠 속으로 뚜벅뚜벅 걸어갔다. 최봉준은 최재형이 어둠 속으로 사라져 보이지 않을 때까지 우두커니 서 있었다. 무엇이었을까. 최봉준은 그가 자신의 가슴속에서 어두운 그림자를 끌고 걸어가는 듯한 기분이었다. 가슴으로 찬바람이 불고 지나가는 듯 허전했다.

"저는 보지도 않고 가시네요."

그때 여인의 화장품 향기가 훅 풍기면서 대문에서 김수향이 모습을 드러냈다.

"서운하오?"

최봉준은 뒤를 돌아보지 않고 어둠을 노려보고 있었다.

"서운하긴요. 다시는 뵙지 못할 것 같아 대문 뒤에서 오랫동안 지켜보았어요."

김수향이 잔잔한 목소리로 말했다. 그녀의 목소리에는 사랑했던 남자와의 작별을 슬퍼하는 애잔함이 묻어 있었다.

"형님의 이야기를 블라디보스토크에 있는 조선인들에게 전합시다. 아무래도 서둘러야 할 것 같소."

최봉준은 가슴속에서도 최재형이 점점 멀어져가는 것을 느끼면서 김수향의 손을 잡았다.

얀치혜의 도헌이자 조선 독립운동가들의 대부 최재형. 그를 다시 만나기란 어려울 것이다. 그렇다면 오늘 밤의 이별은 너무 짧은 것이 아닌가. 밤새도록 술을 마시면서 이야기를 해도 모자랄 텐데, 시간이 너무 짧았구나. 어쩌면 아직 이별할 때가 되지 않았는지도 모른다. 최봉준은 최재형이 대륙을 결코 버리지 않을 것이라고 생각했다.

오카다 마스키는 참모들에 둘러싸여 블라디보스토크의 붉은 숲으로 올라갔다. 붉은 숲에서는 광대한 대륙이 한눈에 내려다보였다. 블라디보스토크의 날씨가 맹렬하게 추웠기 때문에 어깨가 자꾸 움츠러졌다. 그러나 그가 지휘하는 제5사단 병사들은 맹렬한 추위 속에서도 진지를 구축하고 있었다. 그들이 블라디보스토크 일대를 장악해야 후속 부대들이 안전하게 상륙할 수 있는 것이다. 붉은 숲 아래 넓은 들판 곳곳에선 사단기와 대대 깃발들이 펄럭이는 가운데 소총에 착검한 병사들이 삽으로 참호를 파고 있었다.

"빨리빨리 해! 빨리 하지 못해, 이 새끼들아!"

소대장과 하사관들이 병사들 틈을 누비고 다니면서 추위에 떨며 엉거주춤 자세로 일하는 병사들을 발로 차고 총으로 등을 찍었다.

"제군들, 대일본제국의 황군이라는 사실을 명심하라! 이까짓 추위에 굴복하지 마라!"

소대장과 하사관들이 들판을 뛰어다니며 추위에 고통스러워하는 병사들에게 호통을 쳤다.

"각하, 첩보병의 긴급 보고입니다."

그때 정찰소대의 스즈키 중위가 달려와 거수경례를 했다. 오카다 마스키는 스즈키 중위를 노려보았다.

"뭔가?"

"약 5백 명의 파르티잔들이 전방 2킬로미터 지점에서 이동하고 있는 것을 발견했습니다."

오카다 마스키는 스즈키 중위를 노려보면서 생각에 잠겼다. 블라디보스토크에 상륙하여 이틀 동안 러시아 파르티잔의 파상적인 공격을 받았다. 철저히 방어하고 있어서 사단 전체로는 대수롭지 않은 피해를 입었으나, 사망한 병사들 수가 70명에 이르고 있었다. 오카다 마스키는 그들을 몰살시키려고 기마대대인 제1대대를 준비해놓고 있었다.

"제1대대는 준비하고 있겠지?"

오카다 마스키가 뒤에 서 있는 작전참모 하야시 대좌에게 물었다.

"핫!"

하야시 대좌가 전방을 눈으로 가리켰다. 오카다 마스키가 전방을 살피자 제5사단 병사들보다 좀 더 짙은 국방색 군복을 입은 한 무리의 병사들이 말을 타고 움직이는 모습이 보였다. 보급이 일반 보병들보다 훨씬 뛰어나다는 사실을 알 수 있었다.

"저자들인가?"

"그렇습니다. 하기하라 중좌가 지휘관입니다."

하기하라 중좌의 기마대대는 군기가 엄정해 보였다.

"부르라!"

"핫!"

하야시 대좌가 부동자세를 취한 뒤에 무전을 보냈다. 이내 기마대대의 대대장 하기하라 중좌가 말을 타고 올라왔다.

"정찰소대로부터 파르티잔이 이동하고 있는 곳을 찾았다는 보고를 받았다. 전방 2킬로미터 지점이다. 귀관은 어떻게 할 것인가?"

"그들보다 앞질러 가서 전방에서 공격하겠습니다."

"좋다. 파르티잔을 몰살하라."

오카다 마스키는 콧수염을 기른 하기하라 중좌를 살피면서 명령을 내렸다. 하기하라 중좌는 부동자세를 취하고 있었으나 눈매가 날카로웠다.

"핫!"

하기하라 중좌가 거수경례를 바치고 물러갔다.

"하야시 대좌, 최재형은 어디에 있나?"

"얼마 전까지 슬라뱐카에 있었습니다. 지금은 하바로프스크를 향해 이동 중이라고 합니다."

"그의 파르티잔은 얼마나 되는가?"

"약 5천 명으로 추정하고 있습니다. 여러 곳의 파르티잔이 연합하고 있습니다."

"독일군을 격파한 파르티잔인가?"[*]

"그렇습니다. 최재형도 가담한 것으로 보고받았습니다."

하야시 대좌의 말에 오카다 마스키는 고개를 끄덕거렸다. 그는 추위로 귀때기가 떨어져나갈 것 같았다. 나폴레옹의 대군이 모스크바까지 진격했다가 참패하고 물러간 것은 지독한 추위 때문이다. 일본군들도 동상으로 얼어 죽거나 발을 잘라야 하는 병사들이 속출할 것이다.

"하야시 대좌!"

"옛!"

"2개 중대로 파르티잔 5백 명의 뒤를 추적하라. 하기하라 중좌가 앞을 막았을 때 후퇴하는 놈들을 몰살하라!"

"옛!"

---

[*] 소비에트 정부는 노동자와 농민 지원자를 바탕으로 적군을 만들었다. 혁명의 열정에 불타는 소비에트의 적군 부대는 나르바와 프스코프에서 독일군과 싸워 대승을 거두었는데, 파르티잔의 맹활약 덕분이었다.

하야시 대좌가 명령을 받고 물러갔다.

최재형은 낮은 구릉에서 일본군이 이동하는 것을 지켜보았다. 5백 명의 파르티잔을 일본 정찰소대의 눈에 띄게 한 것은 일본군을 유인해내기 위해서였다. 예상대로 정찰소대장이 사단으로 들어간 지 한 시간도 되지 않아 대대 병력의 이동 모습이 보였다. 그들은 기마대대로 5백 명의 파르티잔을 섬멸하기 위해 우회하여 전방을 향해 맹렬하게 달리고 있었다. 그들은 5백 명의 파르티잔을 추적하는 것이 아니라 앞을 막으려는 것이었다.

"파벨, 세르바코프에게 연락해서 일본군 1개 대대가 이동 중이니 매복하여 공격하도록 하라."

"예."

파벨이 대답하고 빠르게 말을 타고 나아갔다.

최재형은 파벨이 들판을 향해 달리는 뒷모습을 묵묵히 지켜보았다. 파벨은 차가운 흙먼지를 날리면서 순식간에 구릉 저 너머로 사라져버렸다. 세르바코프는 휘하에 1천 5백 명의 파르티잔을 거느리고 있었다.

"김창영!"

최재형이 옆에 있던 김창영을 불렀다.

"예, 어르신."

김창영이 앞으로 나서면서 최재형을 쳐다보았다.

"아나스타샤에게 연락해서 세르바코프를 지원하도록 하라."

"예."

김창영도 경례를 하고 빠르게 말을 달려 구릉 너머로 사라져갔다.

"어르신, 우리는 무얼 합니까?"

조선인 파르티잔 박근섭이 물었다.

"우리도 이동한다. 나를 따르라."

최재형은 지시를 내리고 말을 달리기 시작했다. 5백 명의 조선인 파르티잔도 최재형을 따라 빠르게 말을 달리기 시작했다.

하기하라 중좌가 지휘하는 일본군 기마대대가 이동하는 파르티잔의 앞을 막기 위해 우회하여 인노겐치 언덕이 보이는 들판에 이른 것은 그로부터 세 시간이 지난 뒤였다. 인노겐치 언덕은 허리까지 오는 잡초가 우거져 있었다.

"속히 이동하라!"

하기하라 중좌는 부하들에게 명령을 내리면서 풀숲으로 들어갔다. 혹독한 추위에 말들도 고통스러워하고 있었다. 오후가 되면서 바람까지 세차게 불어 더욱 고통스러웠다. 그러나 5백 명의 파르티잔을 몰살하지 않으면 안 되었다. 하기하라 중좌는 부하들을 이끌고 풀숲으로 깊숙이 들어갔다. 길이 없는 풀숲이었다. 말들이 풀숲을 헤치느라 행군이 느렸다.

"오잇! 행군을 서둘러라!"

하기하라 중좌가 군도를 뽑아 들고 소리를 질렀다.

탕!

그때였다. 총성과 함께 사방에서 말발굽 소리가 요란하게 들리면서 총탄이 비 오듯 쏟아졌다.

"적이다! 방어진을 펼치라!"

하기하라 중좌는 깜짝 놀라 부하들에게 명령을 내렸다. 그러나 풀숲으로 깊이 들어온 하기하라 중좌의 기마대대는 허리까지 자란 잡초들 때문에 말들이 마음대로 움직이지 못했다. 파르티잔들은 그들의 뒤에서 질풍처럼 달려오며 총을 쏘아대고 있었다. 하기하라 중좌의 기마대대도 일제히 적들을 향해 총을 쏘았다.

"불이다!"

병사들이 놀라 소리를 질렀다. 적들이 총을 쏘는 틈틈이 불화살을 날린 것이다. 한겨울이라 바싹 말라 있던 잡초들이 순식간에 불붙고 세찬 바람 때문에 불길이 하늘 높이 치솟았다. 하기하라의 기마대대는 우왕좌왕하면서 적들을 향해 총을 쏘았다. 불길이 파도처럼 덮쳐오자 말들이 미쳐 날뛰는 바람에 병사들을 통제할 수 없었다.

'아!'

하기하라 중좌는 절망감이 엄습해오는 것을 느꼈다. 파르티잔의 전술에 당했다고 생각했다.

'대체 어떤 놈이 이 작전을 지휘했을까?'

하기하라 중좌는 자신의 기마대대가 몰살당할 걸 생각하자 비참해졌다. 파르티잔들은 불길 속에서 우왕좌왕하는 일본군을 향해 붉은 깃발을 흔들며 새카맣게 몰려오고 있었다.

들판의 지평선은 아득하게 하늘과 맞닿아 있었다. 바람은 온통 황금빛 풀로 뒤덮인 들판의 끝에서 세차게 불어오고 있었다. 허리 높이로 무성하게 자란 풀들이 비명을 지르며 바람에 쓰러졌다가 일어나고 쓰러졌다가 일어났다. 하늘은 잿빛으로 가라앉아 어둠침침했다. 들판이 한눈에 내려다보이는 낮은 구릉. 한 무리의 사내들이 검은 구름이 몰려오고 있는 들판에 납작 엎드려 이리처럼 사나운 눈빛으로 전방을 향해 총을 겨누고 있었다. 사내들은 털모자를 쓰고 두꺼운 가죽옷을 입고 있었다.

"어르신!"

박근섭이 최재형을 향해 입을 열었다. 최재형의 뒤에는 수백 명의 조선인 파르티잔들이 무장을 하고 잔뜩 긴장한 채 전방을 노려보고 있었다. 최재형은 다부진 체격에 불을 뿜을 듯이 눈빛이 형형했다.

"무슨 일인가?"

최재형이 침묵을 지키고 있다가 탁한 목소리로 내뱉었다. 추운 날씨에 바람까지 세차게 불어 목소리가 좀 떨리는 듯했다.

"아무래도 눈이 올 것 같습니다."

최재형은 입을 꾹 다문 채 대답하지 않았다. 박근섭이 걱정하는 것은 눈이 아니라 일본군 11개 사단의 상륙일 것이다.

"어르신, 우리 병력으로 저들을 몰살할 수 있을까요?"

박근섭이 불안해하는 눈빛으로 최재형의 구릿빛 얼굴을 응시했다.

"신념을 가져라! 신념을 가지면 반드시 이루어진다."

최재형이 얼음가루를 뿜을 듯한 차디찬 목소리로 박근섭을 질책했다. 불안하고 무서운 것은 박근섭만이 아닐 터였다. 앞으로의 일이 어떻게 될지는 하늘만이 알 것이다. 그때 멀리서 깃발을 나부끼며 말들이 달려오는 모습이 보였다.

"일본군이 오고 있습니다."

최재형이 예상하고 있던 대로였다. 일본군은 1개 대대를 먼저 보내 파르티잔의 앞을 차단하고 다시 후속 부대를 보내 배후를 공격하려는 것이었다. 최재형은 전신이 팽팽하게 긴장되는 것을 느꼈다.

"준비하라!"

최재형이 긴장한 목소리로 명령을 내렸다. 사내들이 일제히 방아쇠 당길 준비를 했다. 최재형은 피가 끓는 듯했다. 사냥할 때 가장 긴장되는 순간은 언제나 사냥감이 가까이 오고 있을 때였다. 지금이 딱 그 순간이었다. 관자놀이가 뛰고 손바닥에 땀이 묻어났다. 재갈을 물린 말들은 납작 엎드려 있었다. 잠잘 때도 서서 잠을 자는 말들을 적의 눈에 띄지 않게 하려고 엎드리게 하는 것은 파르티잔이 아니면 불가능한 기술이다.

일본군은 점점 가까이 다가오고 있었다. 그와 함께 눈발이 날리기 시작했다. 최재형은 자욱하게 날리는 눈발을 맞으면서 꼼짝도 하지 않고 있었다. 이내 일본군이 사정권으로 들어왔다.

"사격 개시!"

최재형이 방아쇠를 당기며 명령을 내렸다. 그와 함께 요란한 총성이 울려 퍼지면서 탄환이 빗발치듯 날아갔다. 선두에서 달려오던 일본군들이 비명을 지르면서 쓰러졌다.

"적이다! 말에서 내려 방어진을 펼치라!"

일본군 장교들이 군도를 뽑아 들고 군사들을 지휘하기 시작했다. 최재형은 장교들을 향해 맹렬하게 총을 쏘았다. 장교 하나가 외마디 비명과 함께 말에서 떨어졌다. 일본군은 빠르게 전투대형을 갖추기 시작했다. 그러나 그들이 완전한 대형을 갖추고 반격을 시작하기도 전에 이번에는 뒤에서 맹렬한 총성이 들리면서 병사들이 쓰러져 죽어갔다. 최재형의 지시에 따라 파벨이 이끄는 파르티잔들이 일본군의 배후를 공격한 것이다. 일본군은 사력을 다해 싸웠으나 장교들이 대부분 전사하자 뿔뿔이 흩어져 달아났다. 한 시간 동안이나 계속된 전투였다.

"와! 승리했다!"

파르티잔 병사들이 함성을 지르면서 환호했다.

"무기를 노획하고 철수하라!"

들판이 온통 나뒹굴어 있는 일본군 시체로 가득했다. 최재형은 풀숲에서 일어나 시체로 다가갔다.

"일본군 전사자가 2백 명이 넘습니다."

파벨이 최재형에게 다가와 보고했다.

"빨리 무기를 노획하고 철수하자."

최재형은 파르티잔 병사들을 재촉하여 무기만 노획한 채 이동하기 시작했다. 그들은 블라디보스토크와 포시예트 중간에 있는 소홍안령산맥의 항카 산에 어두워져서야 이르렀다. 항카 산에는 이미 하기하라 중좌의 기마대대를 섬멸한 세르바코프와 아나스타샤가 와 있었다. 그들은 최재형 일행이 도착하자 총을 흔들며 환호했다.

"동지!"

최재형이 말에서 내리자 세르바코프와 아나스타샤가 달려와 뜨겁게 포옹했다.

"동지의 작전 덕분에 우리가 승리했소. 볼셰비키 만세!"

세르바코프가 최재형을 천막으로 이끌면서 소리쳤다. 파르티잔 병사들도 환성을 지르면서 만세를 불렀다.

"우리가 섬멸한 일본군이 2천 명쯤 될 거예요."

아나스타샤가 아직도 흥분이 가시지 않은 목소리로 말했다.

"그렇다면 거의 전멸시켰군요. 일본군이 공포에 질렸을 겁니다. 핫핫핫."

최재형도 기분이 좋아 아나스타샤와 어깨동무를 하고 호탕하게 웃음을 터트렸다.

"모두가 표트르의 공이에요. 당신이 우리의 지도자가 되어야 해요."

아나스타샤는 열정을 감출 수 없다는 듯이 최재형을 새삼스럽게 포옹하고 입까지 맞추었다.

"동지들! 우리 모두 축배를 듭시다!"

최재형은 아나스타샤를 떼어놓고 러시아인들을 향해 외쳤다. 그도 일본군에 막대한 타격을 입힌 이번 작전이 대성공이어서 흡족했다.

넘실넘실 흘러가는 볼가 강이여

4월이 되었지만 추웠다. 최재형은 집을 나오면서 어린 딸 올가를 힘껏 포옹하고 머리를 쓰다듬어주었다. 이제 집을 떠나면 언제 다시 돌아올지 모른다고 생각했다. 아내 엘레나에게는 이야기를 했지만 딸들에게는 하지 않았다. 최재형이 집을 나설 때면 언제나 딸들을 포옹했기 때문에 올가는 새삼스러워하지 않았다. 엘레나는 언제나 그렇듯 떠나는 최재형의 뒷모습을 커튼 사이로 내다보며 슬픔을 삭일 것이었다.

"다녀오세요!"

올가가 맑은 목소리로 최재형의 등을 향해 소리 질렀다.

"그래, 잘 있어라."

최재형은 뒤돌아보지 않은 채 대꾸하고는 대문을 나섰다.

새벽에는 안개가 자욱했으나 이제야 겨우 햇살이 비치면서 안개가 걷히고 있었다. 집 앞에는 김창영과 김이직, 황경섭, 엄주필,* 박근섭이 기다리고 있었다.

"그게 뭔가?"

최재형이 김창영의 손에 들려 있는 깃발을 눈으로 가리키며 물었다. 파르티잔 부대에서 하산한 김창영은 검은 털모자를 쓰고 검은 코트 차림이었다.

"태극기입니다."

"오늘 독립선언문을 낭독하나?"

최재형은 니콜스크우수리스크 한족중앙회 건물을 향해 걸어가면서 물었다.

"예."

김이직이 재빨리 보폭을 맞추어 걸으면서 대답했다. 서울에서 33인의 민족지사들이 명월관에 모여 독립선언문을 낭독하고 파고다공원 앞에서 수천 명의 시민과 학생들이 만세 시위를 벌였다는 소식은 연해주에도 바람처럼 날아와 크게 술렁거렸다. 그러더니 니콜스크우수리스크에서 독립선언문을 낭독하고 만세 시위를 벌이기로 한 것이다. 최재형은 만세 시위에 참여하기 위해 산에서 내려온 것이다.

"상해에서 임시정부를 수립한다고 합니다."

"그런 이야기는 전부터 있지 않았나?"

"전로한족중앙회 입장은 다릅니다. 임시정부는 상해에 있어야 하는 것이 아니라 노령에 있어야 합니다."

"지금도 일본군이 블라디보스토크에 계속 상륙하고 있네.

---

* 엄주필(嚴周珌): 독립운동가로 1920년 4월 6일 최재형, 김이직, 황경섭과 함께 일본군에 총살되었다.

조만간 니콜스크우수리스크나 하바로프스크까지 진격해올 걸세. 게다가 러시아는 혁명 중이네. 혁명이 끝나야 노령정부*를 세울 수 있을 걸세."

최재형은 옷깃을 파고드는 바람에 얼굴을 찌푸리면서 말했다. 서울에서 3·1 독립선언문을 낭독한 뒤에 곳곳에서 임시정부를 세우려고 아우성을 치고 있었다. 그러나 러시아가 가장 유력했다. 러시아는 조선인들만 20만 명이 이주해 와 있었다. 일본군이 11개 사단을 상륙시킨다 해도 결국은 극동 지역에서 철수하게 될 것이었다.

"어르신."

최재형이 한족중앙회 건물 앞에 이르자 이종호**가 사람들과 이야기를 나누고 있다가 최재형에게 다가와 공손하게 인사를 건넸다.

"왔는가?"

최재형은 이종호에게 고개를 끄덕거렸다. 이종호는 최재형보다 스무 살이나 나이가 적었다. 한족중앙회 앞에는 벌써 손에 태극기를 든 한인들이 수백 명이나 몰려와 있었다. 최재형은 한인들과 일일이 인사를 나누었다.

"선생님!"

최재형이 사람들과 인사를 나누고 있을 때 이동휘***가 다가

* 노령정부(露領政府): 1920년대 러시아 거주 조선인들이 세우려 했던 임시정부.

** 이종호(李鍾浩): 이용익의 손자. 교육사업가이면서 막대한 재산으로 독립운동을 했다.

*** 이동휘(李東輝): 대한민국 임시정부 초대 국무총리.

오면서 인사를 했다. 이동휘는 국내에서 활동하다가 1915년에 러시아로 망명하여 한인사회당을 이끌면서 독립운동을 하고 있었다. 최재형보다 열 살 아래였다. 한인사회당은 알렉산드리아 김*이 당 제1서기로 있었으나 아무르 강에서 철수하다가 백군의 포로가 되어 총살당한 뒤 실질적으로 이동휘가 이끌고 있었다.

"이 동지의 콧수염이 갈수록 멋있어지는 것 같소."

"최 선생님께서는 파르티잔과 함께 일본군과 싸운다고 들었습니다. 갈수록 젊어지시는 것 아닙니까?"

이동휘가 최재형의 손을 잡고 흔들면서 유쾌하게 웃음을 터뜨렸다.

"괜히 소문만 요란하게 난 것 같습니다."

"아닙니다. 지난 몇 달 동안 여러 곳에서 일본군을 골탕 먹였다는 소식을 들었습니다. 이제 총 들고 직접 싸우는 일은 우리 젊은 사람들에게 맡겨주십시오."

"이 동지야말로 군인 출신이 아니오?"

이동휘는 군관학교를 졸업하고 대한제국의 육군 참령(參領)을 지냈다.

"저더러 싸우라고 하면 나가서 싸우겠습니다. 한데 임시정부에 대한 의논이 분분합니다. 임시정부는 반드시 노령에 있어야 합니다."

"우리는 아직 혁명 중이지 않소?"

---

* 알렉산드리아 김: 한인 최초의 여성 공산주의자. 폴란드인과 결혼했으나 이혼하고 공산주의자가 되었다.

"지금까지의 독립운동은 선생님께서 주도해왔습니다. 그런데 이제 와서 상해에 임시정부를 둘 수는 없지 않습니까? 러시아에는 조선인들이 20만 명이나 됩니다."

"한족중앙회 의원들의 의견이 전부 그렇소?"

"그렇습니다. 우리가 임시정부를 구성하자는 의견이 팽배합니다. 그래서 전로한족중앙회를 대한국민의회*로 개편하려고 합니다."

"일단 혁명이나 끝나고 봅시다. 내가 보기에 1년 이상 걸리진 않을 것 같소."

"알겠습니다."

이동휘가 고개를 숙여 보이고 사람들 틈으로 물러갔다. 최재형은 이동휘가 물러가는 것을 시린 눈빛으로 쳐다보았다. 많은 사람들이 상해 임시정부에 불만을 갖고 노령에 임시정부를 세워야 한다고 주장하고 있었다. 일본군이 블라디보스토크 일대에 상륙하고 있는 상황에서 임시정부를 논하는 것은 시기상조라는 생각이 들었다. 최재형은 무엇인가 불안했다. 그때 아나스타샤가 최재형에게 손을 흔들며 다가왔다. 한인들의 모임인데 러시아인들도 적잖이 참여하고 있었다. 며칠 전 파르티잔에 필요한 약품을 구하기 위해 산을 내려온 아나스타샤가 동원한 게 분명했다. 최재형은 아나스타샤에게 고마움을 느꼈다.

"표트르, 산에는 언제 올라가요?"

* 대한국민의회(大韓國民議會): 1919년 러시아 블라디보스토크에 있던 임시정부. 러시아의 2월혁명 후 조직된 최초, 최대의 한인 정치 조직으로 최재형이 이끈 권업회 등 대부분의 조직이 망라되었다.

아나스타샤가 최재형의 어깨를 감으면서 미소를 지었다.

"이 행사가 끝난 뒤에 올라갈 거요."

"그럼 저희 집으로 오세요. 약품이 여러 상자 있어요."

최재형은 아나스타샤의 허리를 안아서 친밀감을 표시했다.

"알았소."

최재형은 아나스타샤와 눈으로 인사를 나누었다. 사람들이 웅성거리더니 마침내 독립선언문 낭독이 시작되었다.

오등은 자에 아 조선의 독립국임과 조선인의 자주민임을 선언하노라. 차로써 세계 만방에 고하야 인류 평등의 대의를 극명하며, 차로써 자손 만대에 고하야 민족 자존의 정권을 영유케 하노라. 반만년 역사의 권위를 장하야 차를 선언함이며, 이천만 민중의 성충을 합하야 차를 포명함이며, 민족의 항구여일한 자유 발전을 위하야 차를 주장함이며, 인류적 양심의 발로에 기인한 세계 개조의 대기운에 순응 병진하기 위하야 차를 제기함이니, 시천의 명명이며, 시대의 대세며, 전 인류 공존동생권의 정당한 발동이라.

이동휘가 떨리는 목소리로 독립선언문을 낭독하자 한인들이 일제히 함성을 지르며 박수를 쳤다. 지휘부의 요청에 의해 최재형은 이종호와 함께 단상으로 올라갔다. 만세 삼창은 가장 젊은 이종호가 했다.

"대한 독립 만세!"

"대한 독립 만세!"

이종호가 선창할 때마다 한인들이 태극기를 높이 들고 목이 터져라 복창했다. 최재형도 목이 찢어질 듯이 크게 외쳤다. 이내 만세 삼창이 끝나자 지휘부가 플래카드를 들고 시내를 행진하기 시작했다. 최재형도 이동휘, 이종호와 함께 나란히 서서 시내를 행진했다. 연도에 있는 러시아인들이 박수를 치면서 격려했다. 니콜스크우수리스크 시내를 돌고 나자 최재형은 김창영과 함께 아나스타샤의 집에 가서 약품을 수레에 싣고 산을 오르기 시작했다. 지난 석 달 동안 일본군과 치열하게 싸워왔다. 하지만 일본군은 더욱더 증강되고 있었다.

러시아혁명군을 진압하기 위해 블라디보스토크 일대의 극동 지역에 상륙한 일본군 11개 사단 17만 5천 명은 러시아혁명군과 대대적인 교전을 하지 않았다. 러시아 전체가 빠른 속도로 혁명군의 손에 넘어가고 있었기 때문에 혁명군 진압은 전면전으로 치달을 염려가 있었다. 게다가 볼셰비키 정권이 국제간섭군으로 참여한 미국, 이탈리아, 프랑스, 영국과 협상하여 철군하게 함으로써 일본군은 철군의 압력을 받게 되었다.

우리 일본은 11개 사단이 상륙했다. 이 비용을 러시아에서 보상하라.

일본은 러시아에 터무니없는 요구를 하면서 철군을 최대한 늦추었다. 그들은 막대한 비용을 들여 군대를 상륙시켰기 때문에 러시아 지역의 독립운동가들을 완전 소탕할 음모를 비밀리에 계획하고 추진해나갔던 것이다.

블라디보스토크 총영사관으로 가는 대로는 은박지를 깔아 놓은 듯 하얗게 반짝였다. 헌병수사대는 시내로 들어서자 일장기를 앞세우고 딸각거리는 말발굽 소리를 내며 느리게 행군을 해나갔다. 추운 탓인지 행인들은 보이지 않았다. 부두에서 시내로 달려오느라 말들의 입에서도 하얀 입김이 뿜어졌다. 대로 좌우에는 바로크식 건물들이 즐비하여 블라디보스토크 시내가 유럽의 아름다운 도시처럼 보였다. 소비에트 적군도 보이지 않았고 백군도 아직 나타나지 않았다. 일본이 이미 5개 사단을 상륙시켰고 조만간 6개 사단이 더 상륙할 예정이어서, 블라디보스토크는 일본군이 장악하고 있었다. 추위만 아니라면 러시아는 광대한 대륙을 갖고 있기 때문에 축복받은 나라이다. 조선인들은 이 천혜의 나라에서 줄기차게 항일투쟁을 전개하고 있었다.

'국제간섭군으로 출병한 기회에 배일 조선인들을 일망타진하지 않으면 아시아의 패자로 군림하려는 일본으로선 막대한 지장을 초래할 것이다. 한데 이번에 과연 최재형을 사살할 수 있을까? 최재형은 러시아의 귀족이나 관리들에게 존경받고 있고 심지어 노동자와 농민들이 세운 소비에트 적군도 존경하는 인물이 아닌가?'

호조 다카기는 일본 총영사관을 향해 가면서 계속 머리를 굴렸다.

최재형은 볼셰비키와 연합해 극동 지역의 파르티잔을 이끌고 있었다. 그가 이끄는 파르티잔은 신출귀몰하여 국제간섭군에 막대한 타격을 입혔다. 최재형은 1905년부터 항일 유격대를 조직하여 두만강을 건너 일본군을 기습하곤 했었다. 두만강 일대는 그의 활약으로 일본군 2개 사단을 배치하는 바람에 군비가 1천만 원이나 소요되었다. 블라디보스토크 일대의 연흑룡주는 그의 본거지다. 본거지에서 그를 검거하거나 사살하는 것은 어려운 일이었다. 그러나 육군성에서 호조 다카기를 지목하여 블라디보스토크에 파견한 것은 반드시 최재형을 제거해야 한다는 사실을 의미했다.

'몇 년이 걸리더라도 반드시 죽일 것이다.'

호조 다카기는 눈을 부릅떴다. 블라디보스토크 시내의 가로수들이 앙상하게 헐벗은 채 하늘을 향해 솟아 있는 것이 보였다. 일본에서는 볼 수 없는 자작나무였다. 몇 블록을 지나자 총영사관이 있는 붉은 벽돌 건물이 보였다. 군데군데 건물이 파손되고 유리창이 깨져 있는 것을 보면 적군과 백군이 치열하게 교전을 벌인 모양이었다. 그러나 적군이 보이지 않는 것은 극동지역에서 백군이 우세하기 때문이었다. 건물 지붕에는 일장기가 높이 솟아 펄럭이고 바리케이드가 쳐져 있는 정문에는 두툼한 외투를 입은 일본군이 보초를 서고 있었다.

"문을 열어라. 육군성 소속의 헌병수사대다!"

정문 앞에 이르자 요시이 오장이 보초들에게 명령을 내렸다. 보초들이 황급히 바리케이드를 치우고 거수경례를 바쳤다.

"들어가라!"

호조 다카기는 총영사관 정문으로 들어가면서 부하들에게 명령을 내렸다. 총영사관에서 통역관으로 위장하고 밀정으로 활약하는 기토 카즈미를 만나 최재형의 행방을 추적해야 하는 것이다.

"정보과장님, 어서 오십시오."

호조 다카기가 총영사관 안으로 들어가자마자 현관에서 기토 카즈미가 하오리* 차림으로 달려나왔다. 호조 다카기는 헌병 사령부 정보과장이었다. 기토 카즈미는 대외적으로는 통역관이지만 일본 육군성 연흑룡주 일대의 공작 책임자로, 그의 수하에 수많은 밀정들이 암약하고 있었다. 따라서 그가 작성한 정세 보고서는 헌병사령부뿐 아니라 육군성과 내각에서 가장 중요한 정보로 취급되었다.

'조선에 최재형이 있다면 일본에는 기토 카즈미가 있다.'

호조 다카기는 일본의 오키나와 헌병사령부에서 정보 분석을 하면서 기토 카즈미의 정보가 광범위하면서도 정밀한 사실에 감탄했었다. 그러면서 기토 카즈미와 같은 인텔리가 왜 밀정을 하고 있는지 의아스러워했다. 기토 카즈미는 미국과 러시아에 유학을 다녀온 인물로, 한때 중학교에서 영어 교사를 한 일도 있었다. 그의 탁월한 정보는 일본의 대동아 정책에 핵심이 되고 있었다.

"그대가 기토 통역관이오?"

호조 다카기는 말에서 내리면서 물었다. 기토 카즈미는 지극히 평범해 보이는 얼굴로, 일본의 대러시아 밀정 총책이라는 사실이 믿어지지 않았다.

"그렇습니다. 제가 기토 카즈미입니다."

---

* 하오리: 일본 옷. 추위나 먼지를 막기 위해 덧입는 짧은 옷으로, 실내와 실외 어디서나 입는다.

"선생의 이름을 흠모해왔습니다. 오늘 이렇게 뵙게 되어 호조 다카기 일생 최대의 영광입니다."

호조 다카기는 기토 카즈미에게 경외하는 마음으로 정중하게 경례를 했다. 이미 일본의 영웅이 되어 있는 이토 히로부미 같은 정객은 아니지만 기토 카즈미는 일본의 번영을 위해 동토의 나라까지 와서 활약하고 있었다. 이 인물은 전설적인 낭인이자 밀정인 오카모토 류노스케*와 비슷했다.

"부끄럽습니다. 날씨에 적응이 안 될 테니 부하들에게 말을 창고로 들여놓고 1층으로 들어오게 하십시오. 곧 총영사님을 만나게 해드리겠습니다."

"나는 그대와 이야기하고 싶소."

"저는 보잘것없는 사람입니다.

"아니요. 나는 그대를 더욱 중요하게 생각하오. 오키나와에서도 그대가 어떤 인물인지 늘 궁금했소."

호조 다카기가 하는 말에 기토 카즈미의 입술이 묘하게 실룩댔다.

"정보장교님, 형식도 중요합니다."

기토 카즈미의 대꾸에 이번에는 호조 다카기의 얼굴이 딱딱하게 굳어졌다.

* 오카모토 류노스케: 일본의 낭인. 1877년 일본의 세이난전쟁에 참여하여 사이고 다카모리를 자결하게 만들었으나, 육군 소좌가 되었으면서도 포상에 반발하여 봉기를 일으켰다. 그 일에 가담한 55명이 반역자로 사형을 당했으며, 오카모토 류노스케는 평생 관직에 임명되지 못한다는 판결을 받고 석방되었다. 이후 낭인으로 조선에 들어와 밀정을 하면서 명성황후 시해 사건에 가담한 뒤, 만주로 가서도 밀정 짓을 하다가 병으로 죽었다.

"내가 실수했습니다. 용서해주십시오."

호조 다카기는 기토 카즈미에게 사과했다.

블라디보스토크의 일본 총영사는 기쿠이케 요시로였다. 호조 다카기가 기토 카즈미와 이야기를 나누는 동안 영사경찰이 뛰어나와 맞이하고 기쿠이케 총영사도 황급히 2층에서 내려왔다. 호조 다카기는 헌병수사대 병사들에게 휴식하게 하고 기쿠이케 총영사에게 인사했다.

"중좌, 일본에서 오느라 고생이 많았소."

기쿠이케 총영사가 호조 다카기에게 손을 내밀었다. 기쿠이케는 전형적인 외교관으로 호리호리한 체격에 안경을 쓰고 있었다.

"영사님, 감사합니다."

호조 다카기는 정중하게 허리를 굽혔다.

"그대들은 아침을 먹지 못했을 테니 영사관에서 따뜻한 음식을 제공하겠소."

"감사합니다만 저희는 배에서 식사를 했습니다."

"배에서 먹는 음식이 어찌 우리 황군의 음식이겠소?"

기쿠이케 총영사의 말에 호조 다카기는 우리 동포는 역시 다르구나 하고 생각했다. 전함 야마토에서 식사를 한 것은 군대의 아침이다. 헌병수사대는 총영사관에서 다시 아침 식사를 하고 호조 다카기는 밀정 기토 카즈미에게서 극동 지역 일대의 볼셰비키 부대의 동향을 보고받았다.

"내가 온 것은 오로지 최재형을 제거하기 위한 것이오. 그의 행적을 찾을 수 있소?"

호조 다카기는 정색을 하고 기토 카즈미에게 물었다.

"그는 러시아 파르티잔과 함께 산으로 다니고 있습니다. 그를 제거하는 것은 쉬운 일이 아닙니다."

"나는 몇 년이 걸리더라도 반드시 그를 제거하겠소."

호조 다카기는 결의에 차서 말했다.

일본군은 제5사단을 필두로 7사단, 8사단, 9사단, 12사단까지 블라디보스토크에 속속 상륙했다. 그러나 소비에트 볼셰비키군과의 대규모 교전은 일어나지 않았다. 볼셰비키군은 국제 간섭군과의 충돌을 자제하고 있었고, 국제간섭군 역시 러시아와 결정적인 전쟁을 벌일 의사는 없었다. 제1차 세계대전 중이었기 때문에 서양 군대는 독일군과의 전쟁에 전력을 기울이고 있었다. 러시아 볼셰비키군은 러시아와 교전 중이던 국가들과 휴전을 맺으면서 백군과의 내전에 돌입해 있었다.

호조 다카기는 헌병수사대를 이끌고 최재형의 행적을 맹렬하게 추적하기 시작했다. 최재형은 5사단에 막대한 타격을 입혔다. 5사단장은 그 바람에 경질되고, 대대장은 책임을 통감하여 할복자살했다. 호조 다카기는 블라디보스토크에 있는 최재형의 상관(商館)을 기습했다. 그러나 사람들은 보이지 않았고 진열대에 상품도 진열되어 있지 않았다.

'최재형이 도피하고 있구나.'

호조 다카기는 블라디보스토크의 상관에서 최재형의 흔적이 느껴지는 듯했다. 그는 상관에 손끝 하나 대지 못하게 하고 신한촌(新韓村)에 있는 신문사 편집국으로 갔다. 신문사 편집국에도 사람들이 모두 흩어졌으나 태극기가 벽에 걸려 있어 최재형이 이곳에서 독립운동을 지도했다는 사실을 알 수 있었다.

"슬라뱐카에도 최재형의 집이 있소?"

호조 다카기는 헌병수사대를 이끌고 극동 지역을 누비고 다녔다.

"그는 여러 곳에 사업장과 집이 있습니다."

기토 카즈미는 최재형이 살던 슬라뱐카의 유럽식 집을 보여주었다. 특별하게 화려하지는 않으나 그의 집은 정원이 아름답게 가꾸어져 있었다. 최재형의 집은 포시예트를 비롯해 얀치혜, 니콜스크우수리스크에도 있었다. 호조 다카기는 헌병수사대를 이끌고 최재형의 터전이라 할 수 있는 얀치혜를 찾아갔다.

"중좌님, 어떻게 할까요?"

헌병수사대의 다케하루 소좌가 호조 다카기에게 물었다. 호조 다카기는 낮은 구릉 밑에 있는 중학교를 시린 눈빛으로 바라보았다. 최재형이 세운 조선인 학교로, 울타리 대신 자작나무가 심어져 있었다.

"지도를 정확히 그려두게!"

호조 다카기는 조선인 학교를 공격할 계획이 아직은 없었다. 극동 지역에 있는 조선인들을 몰살한다 해도 최재형을 제거하고 나서의 일이었다.

"포시예트에도 집이 있다니……."

호조 다카기는 6개월 동안이나 최재형의 행적을 쫓았다. 그동안 조선인에 대해서는 단 한 명도 검거하거나 살해한 일이 없어 일본군이 조선인들을 학살할 것이라는 소문을 일축했다. 그가 전력을 기울이고 있는 것은 최재형의 행적과 조선인들의 활동에 대한 정보 수집뿐이었다. 그 바람에 잠시 피해 있던 조선인들이 다시 집으로 돌아오고 있었다.

"슬라뱐카에는 최근까지 살았습니다. 부인과 아이들이 살다가 블라디보스토크로 떠났다고 합니다."

기토 카즈미가 여러 지역을 염탐한 뒤에 보고를 해왔다. 호조 다카기는 최재형의 부인과 아이들을 찾았다면 최재형을 찾는 것도 어렵지 않을 것이라고 생각했다.

슬라뱐카에 있는 최재형의 집은 유럽풍으로 서재까지 갖추고 있었다. 최재형의 정보는 단편적으로 들어오고 있었다. 그가 소비에트 볼셰비키군에 무기를 공급하고 있다는 소식도 들을 수 있었다. 조선인들이 상해에서 임시정부를 수립했는데 최재형이 초대 재무총장으로 선출되었다는 정보도 입수되었다. 그러나 러시아에 거주하는 조선인들은 상해 임시정부를 거부하고 러시아에서 노령정부를 세우려 하고 있었다. 1920년까지 한국의 독립운동은 최재형이 주도해오면서 대부로 활약했다.

'노령정부가 세워지면 일본에 막대한 타격이 될 것이다.'

호조 다카기는 조선인들이 노령정부를 세우는 것을 필사적으로 막아야 한다고 생각했다. 그러기 위해서는 어떤 대가를 치르더라도 최재형을 제거해야 했다.

'최재형! 반드시 너를 제거할 것이다!'

호조 다카기는 블라디보스토크의 대로에서 북쪽 하늘을 바라보면서 눈을 부릅떴다.

새벽이 오고 있는 것일까. 별빛이 점점 흐려지고 있었다. 농가 앞의 억새들은 미약한 바람에 쏴아아 소리를 내며 살랑대고 있었다. 일본군 제7사단 제8대대 막사에서 호조 다카기와 함께 보드카를 마시고 나온 기토 카즈미는 농가에서 1킬로미터쯤 떨어져 있는 자작나무 숲을 무연히 바라보았다. 니카무라 대좌의 제8대대가 니콜스크우수리스크까지 온 것은 오로지 최재형을 추적하기 위해서였다. 최재형이 이 일대의 볼셰비키 파르티잔에 무기를 공급하고 있다는 정보를 밀정들의 보고로 입수했던 것이다.

일본군은 블라디보스토크에 상륙하여 극동 지역에 주둔하고 있었으나 본격적인 전투를 치르지 않고 있었다. 정황은 국제간섭군에 불리한 쪽으로 흘러갔다. 국제간섭군이 출병한 지 2년도 채 되지 않았는데 벌써 미국 군대는 철수했고 일본군도 철수 압력을 받고 있었다. 러시아는 대부분의 지역이 소비에트 볼셰비키에 넘어갔고, 레닌은 더 강력하게 볼셰비키군을 통솔할 수 있었다. 무엇보다 제1차 세계대전이 끝나면서 레닌은 국제간섭군에 강력한 철수 요청을 하고 있었다.

기토 카즈미는 농가 앞에서 먼 하늘을 쳐다보았다.

슈우욱!

그때 어두운 하늘에서 명절날 폭죽놀이를 할 때 일어나는 파공성이 공기를 흔들며 기토 카즈미의 머리 위로 날아갔다. 기토 카즈미는 어리둥절하여 하늘을 쳐다보았다. 새벽빛이 사위어가는 창공으로 검은 물체가 빠르게 지나가고 있었다.

슈우욱!

파공성은 여기저기서 잇달아 들려왔다. 기토 카즈미는 그

소리가 무엇인지 순간적으로 판단하지 못했으나 가슴이 방망이 질하듯 뛰기 시작했다. 뭔가 불길한 일이 시작되는 조짐이었다.

쾅!

기토 카즈미가 공기를 뒤흔드는 파공성이 포탄 날아오는 소리임을 알았을 때 갑자기 요란한 폭음이 들려왔다. 폭음과 함께 뒤쪽에 있던 흙더미가 솟아오르고 막사가 날아갔다. 포탄 한 발이 기토 카즈미의 뒤에 있는 막사에 떨어진 것이다. 병사들의 처절한 비명 소리와 다급하게 위생병을 부르는 소리가 들렸다. 기토 카즈미는 흙더미를 뒤집어쓴 채 그대로 주저앉았다.

"바쿠온(포탄)이다!"

누군가 뛰어다니며 소리를 지르자 막사에서 자고 있던 병사들이 후닥닥 뛰어나와 엎드렸다. 기토 카즈미도 총을 움켜쥐고 엎드렸다. 포탄이 여기저기 쏟아지면서 귀청이 터질 것 같은 폭음이 작렬했다. 또다시 흙더미가 하늘로 솟아오르고 병사들의 비명 소리가 들려왔다. 그때 부서진 막사의 파편과 함께 피비린내를 왈칵 풍기는 팔 하나가 기토 카즈미의 앞에 툭 떨어졌다.

'아!'

기토 카즈미는 포탄에 잘린 팔이 자신의 눈앞에서 펄떡이는 것을 보자 머리털이 빳빳하게 일어서는 것 같았다.

"당황하지 마라! 전군은 방어진을 펼치라!"

니카무라 대좌의 고함 소리가 들렸다. 병사들은 우왕좌왕하면서도 납작 엎드려 자작나무 숲을 노려보았다.

"기관총 소대!"

어느 틈에 나왔는지 다케루 소좌의 고함 소리가 들려왔다.

뒤이어 요란한 말발굽 소리와 총성이 들렸다.

'파르티잔이다!'

기토 카즈미는 온몸이 팽팽하게 긴장되는 것을 느꼈다. 어둠 속에서 자작나무 숲의 파르티잔이 니카무라 대좌의 제8대대를 향해 맹렬하게 사격을 가하고 있었다.

"기관총 소대는 응사하라!"

니카무라 대좌가 목이 터질 듯이 고함을 질렀다. 요란한 총소리에 납작 엎드려 있던 기관총 소대가 그제야 자작나무 숲을 향해 일제히 총을 쏘기 시작했다. 어둠 속에서 탄약 냄새가 자욱하게 퍼지고 피비린내가 풍겨왔다. 누군가 위생병을 부르며 울부짖고 있었다.

"반격하라!"

니카무라 대좌가 목이 터질 듯 계속 명령을 내렸다. 파르티잔은 일본군을 향해 돌진해오고 있지는 않았다.

"전 대원은 반격하라! 1소대 전진, 2소대 엄호!"

니카무라 대좌는 군도를 들고 명령을 내리고 있었다. 기토 카즈미는 어둠 속에서 그가 악귀처럼 병사들을 지휘하고 있다고 생각했다.

"1소대는 나를 따르라!"

1소대 소대장 무카이 소위가 앞장서며 외쳤다. 1소대가 그의 뒤를 따라 허리를 바짝 숙이고 앞으로 전진하기 시작했다.

"2소대는 1소대를 엄호하라!"

2소대 소대장 노다 소위가 소리를 질렀다. 두 명의 소대장은 적들이 요란하게 총을 쏘고 있는데도 침착하게 병사들을 지휘하고 있었다.

"쏴라!"

다케루 소좌가 등 뒤에서 소리 질렀다. 기토 카즈미는 명령이 떨어지자 맹렬하게 방아쇠를 당겼다. 적은 보이지 않았다. 그러나 명령이 떨어졌기 때문에 38식 소총을 계속 난사했다.

"2소대 돌격, 1소대 엄호!"

다케루 소좌의 명령이 다시 떨어졌다. 기토 카즈미는 다케루 소좌의 명령이 떨어지자 어둠 속에서 바짝 엎드려 전진하는 2소대를 엄호했다. 2소대 병사들은 노다 소위와 함께 일제히 자작나무 숲으로 달려갔다.

"헌병수사대는 나를 따르라!"

사방에서 총소리와 포성이 요란하게 울리는 가운데 호조 다카기의 날카로운 고함 소리가 들렸다. 기토 카즈미가 엎드린 채 뒤를 돌아보자 호조 다카기는 말에 탄 채 군도를 뽑아 들고 헌병수사대를 지휘하고 있었다. 헌병수사대는 호조 다카기의 명령이 떨어지자마자 파르티잔이 맹렬하게 사격을 가하고 있는데도 말에 올라타고 있었다. 기토 카즈미는 흙바닥에서 일어나 헌병수사대의 말에 올라탔다.

"우리는 적의 뒤를 기습한다!"

호조 다카기가 병영을 빠져나오면서 소리 질렀다. 기토 카즈미는 호조 다카기가 최재형을 제거하기 위해 필사적으로 노력하고 있다고 생각했다. 호조 다카기의 헌병수사대는 자작나무 숲을 우회하여 맹렬하게 달리기 시작했다. 기토 카즈미도 헌병수사대를 따라 말을 달리기 시작했다. 총소리가 점점 멀어지면서 전투 현장에서 멀어지고 있다는 사실을 알 수 있었다. 호조 다카기는 낮에 지형을 살펴두었기 때문에 병사들을 쉽게 이끌 수 있었다.

탕!

그때 한 발의 총성이 요란하게 울리면서 호조 다카기가 비명을 지르며 말에서 굴러 떨어졌다.

'아!'

기토 카즈미는 놀라서 숨이 멎을 것 같았다. 파르티잔이 그들이 올 것을 예측하고 억새숲에 매복하고 있었다. 헌병수사대가 당황하여 응사하려 했지만, 이미 때는 늦었다. 파르티잔 수백 명의 일제 사격에 호조 다카기를 따라 말을 달리던 헌병수사대 병사들이 비명을 지르면서 죽어갔다.

전투 상황은 순식간에 종료되었다. 말을 달리던 헌병수사대 병사들은 미처 전투태세도 갖추지 못한 채 대부분 사살되고 일부만 말을 돌려 달아났다. 기토 카즈미는 혼란한 와중에 재빨리 말에서 뛰어내려 풀숲에 납작 엎드렸다. 가슴이 쿵쾅거리고 이마에서는 식은땀이 흘러내렸다. 헌병수사대의 응전이 그치자 수백 명의 파르티잔이 언덕에서 말을 달려 내려왔다. 기토 카즈미는 그들에게 발각되지 않기 위해 더욱 바짝 엎드렸다. 어디선가 부상병이 고통스러운 목소리로 울부짖고 있었다.

"표트르 최의 작전으로 승리했다!"

"표트르 최 만세!"

파르티잔이 헌병수사대 병사들의 시체를 살피면서 환호했다. 그들은 비명을 지르고 있는 헌병수사대 부상병들을 사살했다. 기토 카즈미는 숨 죽이고 파르티잔을 지켜보았다.

"일본은 내 조국을 빼앗은 원수요. 내 목숨이 다하고 내 영혼이 다할 때까지 나는 일본과 싸울 것이오!"

최재형이 형형한 눈빛으로 사람들을 돌아보면서 외쳤다. 파르티잔은 일제히 환호하며 박수를 쳤다. 그들이 들고 있는 횃불에 수염이 덥수룩한 표트르 최, 최재형의 얼굴이 드러났다. 그는 러시아와 조선인 파르티잔에 둘러싸여 무엇인가 이야기를 하고 있었다.

'거인이다!'

기토 카즈미는 최재형이 자신은 감히 바라볼 수도 없는 사내라는 것을 절감했다.

'아아, 그렇게 찾아 헤매던 최재형을 만났는데 내가 숨어 있어야 하다니……'

기토 카즈미는 비통함을 누를 수 없었다.

"일본군 제8대대가 우리 작전대로 계곡 쪽으로 퇴각하고 있다고 합니다. 우리도 퇴각하는 그들을 배후에서 공격하여 전멸시킵시다!"

최재형이 러시아 파르티잔을 향해 외쳤다.

"갑시다! 일본군을 전멸시킵시다!"

러시아 파르티잔이 횃불과 총을 흔들며 함성을 질렀다. 최재형과 파르티잔은 다시 어둠 속으로 질주하기 시작했다.

기토 카즈미는 파르티잔이 붉은 깃발을 앞세우고 달리는 것을 지켜보다가 그들이 완전히 보이지 않자 풀숲에서 일어섰다. 일본 헌병수사대가 순식간에 몰살되어 소름이 끼쳤다. 호조 다카기가 인솔하는 헌병수사대는 8대대와 함께 최재형의 이동 경로를 추적하여 니콜스크우수리스크까지 왔으나 최재형이 파놓은 함정에 빠진 것이다. 최재형이 이동 경로를 밀정들에게 흘린 것은 일본군을 유인하기 위한 작전이었다.

'아아, 내가 그의 유인술에 말려들다니……'

기토 카즈미는 비참했다.

'8대대는 전멸할 거야.'

1개 대대는 약 1천 명에 이른다. 20킬로미터 동쪽에 제7대대, 30킬로미터 서쪽에 제9대대가 있었지만 그들이 지원하러 오는 것은 불가능했다.

산 능선에서는 파르티잔이 붉은 깃발을 들고 북쪽으로 이동하고 있었다. 그들이 부르는 적군가가 메아리처럼 잿빛 하늘에 울려 퍼졌다. 행렬은 전나무가 빽빽하게 늘어선 능선을 따라 구불구불 이어져 산 저쪽으로 사라지고 있었다. 니콜스크우수리스크에서 활약하던 7천여 명의 파르티잔은 식량과 탄약이 부족한데도 사기가 충천해 있었다. 4월이었지만 대륙은 아직 봄이 아니었다. 바닷바람이 옷깃을 파고들고 남녘의 부드러운 꽃향기가 바람에 실려오기는 했으나, 응달에는 여전히 잔설이 남아 있고 밤이면 기온이 영하로 곤두박질쳤다.

"어르신, 일본군이 우리 조선인들을 대대적으로 학살하고 있습니다."

김창영이 어두운 표정으로 말했다.

일본군은 최재형을 1년 내내 추적하다가 실패로 돌아가자 전략을 바꾸어 조선인들을 학살하고 있었다. 대표적인 것이 신문사 편집국 방화 살인이었다. 일본군들은 지난달에 블라디보스토크의 대동공보 편집국에 조선인들을 몰아넣고 문을 잠근 뒤에 불을 질렀다. 러시아인들이 달려와 불을 끄려 하자 총을 쏴서 접근을 차단했다. 조선인들은 대동공보 편집국에서 처절한 비명을 지르며 타 죽었다.

"어서 떠나라."

최재형은 김창영을 응시하지 않고 낮게 말했다.

"저희는 어르신을 따르겠습니다."

김창영이 울음에 잠긴 목소리로 대답했다.

"내가 떠나라고 하지 않는가? 지금 저들을 따라가야 후일을 도모할 수 있을 것이다."

최재형의 목소리는 항거할 수 없을 정도로 근엄했고, 그의 눈에서는 푸른 서슬이 뿜어졌다. 아아, 이 사람이 러시아 연해주 독립운동가들의 대부 최재형이란 말인가. 김창영은 최재형의 각진 옆모습을 보며 가슴이 타는 것 같았다.

상해 임시정부의 재무총장 자리조차 하찮게 생각했던 거인 최재형. 러시아 한인들은 최재형이 임시정부의 수장이 되어야 한다고 강력하게 주장하기도 했다. 그러나 그는 노비의 아들이었다. 최재형은 러시아에서 독립운동을 하는 양반가 아들 이범윤과 쌍벽을 이루었고, 그의 형 이범진은 한일병합으로 국권을 일본에 빼앗기자 권총으로 자결하면서 자신의 모든 재산을 동생 이범윤*이 아닌 최재형에게 상속시켜 독립운동을 하게 하라는 유언을 남기기까지 했다. 하지만 최재형은 천민 출신이라는 사실 때문에 종종 불신을 받았다.

"어르신!"

"어서 가라. 조금 있으면 눈보라가 몰아칠 것이다."

"저희는 어르신을 위해 죽을 각오가 되어 있습니다."

"나를 위하여 죽으려 하지 말고 조선을 위해 죽으라. 내가 그렇게 가르치지 않았는가? 어서 가라."

최재형이 단호하게 말했다. 그때 노랫소리와 함께 또 한 무리의 파르티잔이 말을 끌고 능선으로 올라왔다.

"표트르!"

파르티잔 대열 가장 선두에서 올라온 사람은 아나스타샤였다. 최재형은 니콜스크우수리스크에서 소비에트 군(郡) 자치기관 감사위원회의 의장이었기 때문에 의원인 아나스타샤를 만나자 가볍게 포옹했다. 아나스타샤의 뒤를 따라오는 많은 파르티잔들도 최재형과 낯익은 얼굴들이었다.

"표트르, 왜 여기 있어요? 북쪽으로 이동하지 않아요?"

아나스타샤는 하얀 블라우스와 붉은 드레스 차림이었으나 말 등에는 소총을 꽂아놓고 있었다.

"아나스타샤, 먼저 올라가시오. 나도 뒤따라갈 것이오."

최재형은 아나스타샤에게 손을 흔들어주었다.

"우리는 승리할 거예요. 기운 내요, 표트르."

아나스타샤가 최재형의 엉덩이를 두드리면서 호탕하게 웃

---

* 이범윤(李範允): 주러공사 이범진의 동생. 최재형과 함께 러시아 연해주 독립운동의 양대 산맥이다.

음을 터뜨렸다.

"아나스타샤는 언제까지 남자의 엉덩이만 두드리지 말고 병사들 중에서 하나 골라요."

최재형이 웃으면서 말했다.

"알았어요. 천천히 오세요."

아나스타샤가 어깨를 으쓱하고 능선을 올라가면서 노래를 부르기 시작했다.

넘실넘실 흘러가는 볼가 강이여
배 위에서 스텐카라친의 노랫소리 들리누나

아나스타샤가 노래를 시작하자 파르티잔들이 일제히 따라 불렀다. 파르티잔들이 부르는 노래는 러시아의 오래된 민요였다. 최재형은 러시아인들의 노래를 들으면서 가슴이 뭉클해오는 것을 느꼈다. 그 노랫소리가 기이하게 고향 경원을 떠올리게 해주었다.

'눈이 오는가?'

최재형은 시린 눈빛으로 하늘을 쳐다보았다. 잿빛 하늘이 기어이 눈발을 뿌리면서 사위가 어두컴컴해지고 있었다. 그러나 포플러 씨앗처럼 희끗희끗 날리는 눈보라 사이로 일본의 대군이 니콜스크우수리스크를 향해 진군해오고 있는 모습이 뚜렷이 보였다. 일본의 제5사단과 12사단이 연합작전으로 니콜스크우수리스크의 볼셰비키 파르티잔을 공격하기 위해 오고 있었다. 볼셰비키 파르티잔이 그들과 전면전을 벌이기에는 화력이 턱없이 부족했다. 최재형은 파르티잔 지도부와 격렬한 토론을 벌인 끝에 일단 파르티잔 병사들을 하바로프스크 북쪽으로 철수시키기로 결정했다. 지금 파르티잔들은 하바로프스크를 향해 철수하고 있는 중이었다.

'나는 가지 않는다.'

최재형은 더 이상 일본군을 피하지 않기로 결심했다. 그가 파르티잔과 함께 철수하면 일본군은 그의 가족을 비롯하여 수많은 부하들, 그리고 조선인들을 더욱 잔혹하게 학살하리라는 것은 불 보듯 뻔한 일이었다.

'가자!'

최재형은 자신의 결심이 흔들리는 것을 막기라도 하듯 일본군이 오고 있는 들판을 향해 걸음을 떼어놓았다. 파르티잔 병사들은 능선에서 더욱 멀어져 있었다. 그들이 부르는 노랫소리가 가물가물 들리고 붉은 깃발이 눈보라 속에서 꽃잎처럼 나부꼈다. 그것은 마치 그가 태어난 함경북도 경원, 평지리의 야산에 흐드러지게 핀 철쭉꽃처럼 선홍빛으로 붉었다.

꽃이 저보다 더 예쁘시거든
꽃을 안고 주무세요

최재형이 태어난 경원은 함경도 경원진[*] 동쪽 성 밖 평지리의 언덕배기에 있다. 지도를 보면 민족의 영산 백두산 동남쪽 대연지봉에서 흘러내린 물줄기가 토문강과 합해 동쪽으로 약 천 리를 흐르면서 두만강이 된다. 경원은 두만강이 동쪽으로 흐르다가 갑자기 남쪽으로 꺾이는 끝자락에 있다. 강을 건너면 비옥한 러시아 땅이요, 건너지 않으면 경원 땅이다. 훗날 최재형이 고향을 생각할 때마다 아련히 떠올리는 것은 시야에 가득 펼쳐진 논밭과 유장하게 흐르는 두만강 물줄기였다.

고향의 아름다운 풍광을 생각하면 언제나 가슴으로 묵직한 통증이 훑고 지나가며 눈이 시려온다. 고향의 사계는 아름다우면서도 슬프다. 풀 한 포기, 돌멩이 하나까지 기억의 편린으로 가슴속에 아프게 남아 있다. 밭 한가운데 있는 당집인 쇠돌네의

---

[*] 경원진(慶源鎭): 세종 때 세워진 6진 가운데 하나.

움막, 낮은 야산을 뒤로하고 남향으로 앉아 있는 김 진사의 기와집, 김 진사의 집 좌우로 무너질 듯 쓰러져가는 몇 채의 초가집들, 마을 초입의 주막이 한 폭의 산수화를 이룬다. 대부분의 집들이 남향이지만 마을과 외따로 떨어져 있는 최재형의 집은 북향이었다.

봄이면 온 산에 진달래가 흐드러지게 피고, 마을의 이 집 저집의 담장 안에 복사꽃이며 살구꽃이 화사하게 피었다. 여름에는 온 들판과 산이 싱그러운 녹음으로 변하고, 가을에는 황금빛으로 물들었다. 겨울에는 눈이 하얗게 내려 신세계로 변했다. 최재형은 고향의 정감 어린 사계를 죽을 때까지 잊지 못했다. 어디 그뿐이랴. 김 진사가 향시*에 입격했다고 마을이 떠들썩하게 잔치를 벌였던 일은 병풍 속의 세외선경(世外仙境)인 듯 머릿속에 또렷이 남아 있다.

평지리 안골에 그렇게 많은 양반들이 모인 적이 없었다. 사람들의 말을 빌리면 장터 같다고 했고, 구름 같다고도 했다. 김 진사의 사랑채 바깥마당에는 넓은 차일이 쳐져 있었고, 악공들이 음악을 연주했다. 화려하게 차려입은 기생들의 노랫소리는 천상에서 들려오는 소리처럼 아름다웠다. 진사 입격 축하연은 양반들의 잔치였다. 하지만 천민들이나 마을의 농사꾼들에게도 먹을거리가 지천으로 널려 있는 것이 잔치였다. 사람들은 진사시에 입격을 했으니 장차 전시**에 합격하여 큰 벼슬을 하게 될

* 향시(鄕試): 지방에서 실시하던 과거의 초시(初試).
** 전시(殿試): 향시에 합격한 선비들이 임금 앞에서 보는 과거.

것이라고 수군거렸다.

최재형의 아버지는 김 진사 댁 외거노비였고 어머니는 김 진사 댁에서 허드렛일을 하는 여종이었다. 혼례도 김 진사 댁에서 치러주었다고 했다. 진사 입격 축하연에서 아버지는 상을 나르고 어머니는 다른 마을 여자들과 함께 부엌일을 했다. 재형은 어머니를 따라다니며 놀았다.

일곱 살인가 여덟 살이 되었을 무렵의 어느 날이었다. 어머니는 전을 부치다가 말고 사람들의 눈치를 보면서 재형의 입에 고기와 떡을 넣어주었다.

"배 터지게 먹어라. 먹고 죽은 귀신은 태깔도 곱다더라."

어머니가 재형에게 먹을 것을 줄 때마다 으레 하는 말이었다. 너나없이 굶주리며 살고 있는 것이 천민들이었다. 마을에 잔치가 있으면 그야말로 배가 터지도록 먹어야 했다. 재형은 어머니가 고기와 떡을 계속 먹이자 배가 너무 불러 내당이라 부르는 안채로 들어갔다. 바깥이 그토록 떠들썩한데 안채는 물속처럼 적막했다. 깨끗하게 비질되어 있는 마당에 4월의 햇살이 눈부셨다.

'아!'

재형은 김 진사 댁 안채 마당을 살피다가 갑자기 눈앞이 환해지는 것 같았다. 처음에는 탐스럽고 하얀 수국꽃이 주렁주렁 피어 있어서 그런 줄 알았다. 그러나 나중에 생각하니 꽃나무 뒤에서 돌아 나온 소녀의 해맑은 얼굴 때문이었다. 풍성한 다홍치마에 노란 저고리를 입은 소녀였다. 하얀 얼굴에 눈동자가 흑수정처럼 까맣게 빛나고 있었다.

'어쩌면 저렇게 예쁜 아이가 있을까?'

재형은 수국꽃 뒤에서 돌아 나오던 수향의 모습에 넋을 잃었다. 한동안 못 박힌 듯 움직이지를 못했다. 언젠가 평지리에서 20리나 떨어진 계족산에 위치한 천년 사찰 백련사의 대웅전 벽에 그려진 비파선녀를 본 것 같은 기분이었다. 수향도 재형을 뚫어질 듯 쳐다보고 있었다. 그때 김 진사가 도포 자락을 펄럭이면서 내당으로 들어왔다.

"너는 형백이의 늦둥이 자식놈이 아니냐?"

김 진사가 재형을 쏘아보면서 물었다. 김 진사는 양반이기 때문에 아버지에게 으레 반말을 했다.

"예."

재형은 깜짝 놀라 고개를 숙였다.

"흠, 내당에는 웬일이냐? 그놈 키가 훌쭉하게 컸구나. 그래 네놈도 노비지…… 잘되었다. 내일부터 내당으로 와서 아씨를 훈장 어른에게 모시고 갔다가 모시고 오너라."

서당이 있는 훈장 집은 평지리에서 멀리 떨어진 온정리에 있었다. 김 진사는 훈장을 수향의 독선생으로 모시려 했으나 몸이 불편한 훈장이 먼 길을 오가지 못하는 형편이어서 수향이 배우러 다녔다.

"예."

"똑바로 알아들어야 한다. 네놈에게 아씨의 수행 종 노릇을 하라는 것이다. 제대로 하지 못하면 크게 경을 칠 것이다."

김 진사는 재형을 날카롭게 쏘아본 뒤에 성큼성큼 내당으로 들어갔다.

"여식에게 무슨 글을 가르친다고 어린애를 수행 종으로 부리누."

재형이 밖에서 놀다가 저녁 늦게 집에 돌아오자 김 진사가 이미 아버지와 어머니에게 언질을 주었던 듯 어머니가 입이 잔뜩 나와 투덜거렸다. 아버지는 원래 말이 없기도 했으나 곰방대만 빨아대고 있었다.

재형은 그날 밤 잠을 이룰 수 없었다. 하얀 수국꽃 뒤에 서 있던 수향은 꽃보다 더 아름다웠다. 내일부터 수향을 훈장 집으로 데려갔다가 다시 데려와야 한다고 생각하자 가슴이 뛰면서 얼굴이 화끈거렸다. 어머니는 재형이 수향의 종 노릇을 하는 것을 싫어했으나 재형은 너무나 기뻐서 잠을 잘 수 없었다.

"그놈 일찍도 왔구나."

이튿날 아침, 재형이 김 진사의 내당으로 달려가자 김 진사가 내당에서 나오며 호탕하게 웃음을 터뜨렸다.

"아비를 닮아 기골이 장대하구나. 눈에 총기도 있고……."

수향의 어머니는 재형을 그윽한 눈빛으로 살피며 말했다. 재형은 수향의 어머니의 눈빛을 대할 때마다 기분이 묘했다.

쏴아아.

바람이 불 때마다 꽃잎이 하얗게 떨어져 날렸다. 재형은 앞에 가면서 심통이라도 부리듯 작대기로 풀숲을 툭툭 치며 가고 있었다. 재형은 수향의 아버지 말대로 키가 훌쭉하게 컸다. 또한 수향이 어머니한테서 듣기로는, 눈이 부리부리한 것이나 나이 들면서 말수가 적어진 것이 모두 제 아비 최형백을 닮은 것이라고 했다. 수향은 사뿐사뿐 걸었다. 여자는 치맛자락이 땅에 끌릴 듯 말 듯 걸어야 한다. 조신한 규수가 되는 것은 양반가의 법도란다. 수향은 어머니의 말을 생각하면서 산굽이를 돌다가 얼굴을 찌푸렸다.

쏴아아.

다시 바람이 일면서 벚꽃잎이 분분하게 떨어졌다. 재형이 아침마다 수향의 집에 와서 수향을 훈장 집에 데리고 다니기 시작한 지 어느새 2년째 되어갔다. 재형은 아버지의 집에서 머슴 사는 종의 자식에 지나지 않았다.

재형이 심통이 난 것은 아침에 훈장 집 아들에게 매를 맞았기 때문이다. 훈장 집 아들은 종놈이 양반을 보고 인사하지 않는다며 다짜고짜 뺨을 때리고 발로 찼다.

"얘, 내가 발이 아파서 그러니 업고 가라."

수향은 심통을 부리듯 앞서 가는 재형에게 새침하게 말했다. 재형이 훈장 집 아들에게 매를 맞을 때 수향도 속이 상했다. 재형이 훈장 집 아들을 패주었으면 싶었으나, 재형은 종의 자식일 뿐이었다. 수향은 재형이 종의 자식이라는 사실이 싫었다.

"내 말 안 들려?"

수향이 재형의 등을 향해 소리 질렀다. 전에도 발이 아프면 재형에게 업어달라고 했었다. 재형이 흘깃 뒤를 돌아보았다.

"네 아비도 나를 업으라고 하면 업어야 돼."

수향이 쌀쌀맞게 내뱉었다. 재형이 마지못한 듯 수향의 앞에서 허리를 숙였다. 수향은 재빨리 재형의 등에 업혔다. 재형이 수향을 업고 성큼성큼 걸음을 떼어놓기 시작했다. 날씨는 좋

았다. 하늘은 윤기 없이 파랗고, 어느 보리밭에서인지 새들이
호르르호르르 날았다. 수향은 재형의 목에 두 팔을 두르고 눈을
감았다.

"여기서 내려줘."

수향은 평지리 개울가에 있는 정자에 이르자 재형에게 말했
다. 훈장 집을 오갈 때마다 수향이 재형과 함께 쉬는 정자였다.
재형이 수향을 내려놓았다. 재형의 등이 땀으로 축축하게 젖어
있었다.

"훈장 집 아들 때문에 화났어?"

수향이 고개를 떨어뜨리고 있는 재형에게 말했다. 그러나
재형은 대꾸하지 않고 정자 난간에 걸터앉았다.

"그자는 나이가 열다섯이라도 못됐어."

수향의 말에 재형이 주먹으로 눈가를 씻었다. 수향은 재형
이 울고 있는 것을 보자 가슴이 찌르르 울렸다.

"우는 거야?"

"……"

"내가 업어달라고 그래서 화난 거야? 남자가 뭐 그런 일로
화를 내니?"

"……"

"울지 마. 내가 안아줄게."

수향은 어머니가 어린애를 달래듯 재형의 머리를 감싸 안았
다. 재형은 설움이 복받친 듯 소리를 내어 울기 시작했다.

낡아서 칠이 벗겨지고 다리까지 삐걱대는 소반에 올라온 멀

건 조당수를 본 재형은 눈살을 잔뜩 찌푸렸다. 맹물에 좁쌀 한 줌 넣어 끓인 조당수는 죽이라고 할 수 없을 정도로 물이 더 많았다. 조당수와 함께 소반에 올라와 있는 것은 찐 감자 한 바가지, 간장, 묵은 김치뿐이었다. 아버지 최형백과 형 최재일의 앞에는 그래도 보리밥이 한 그릇 놓여 있었다. 아버지와 형은 일을 해야 했기 때문에 아침저녁은 밥을 해주었다. 아버지는 언제나 그렇듯, 이렇다 저렇다 말이 없이 수저를 들어 밥을 떠먹기 시작했다. 재형도 수저를 들고 조당수를 떠서 후루룩 마시기 시작했다.

"흉년이 너무 심해. 이래 가지고 우리 같은 무지렁이들이 살아남을지 모르겠어."

아버지가 우물우물 밥을 씹으면서 말했다.

"봄에 흙비까지 내렸으니 오죽하겠어요? 가을 되면 죄다 굶어 죽을 거라고 합디다. 진사 어른이 구휼미 좀 안 내놓는다고 합니까?"

형수와 함께 앉아 조당수를 떠서 입에 넣던 어머니가 푸념처럼 말했다. 경원에 흙비가 내린 것은 지난 3월의 일이었다. 하늘이 까맣게 변하더니 이틀 동안 비가 내렸는데 흙이 섞인 비여서 농작물이 모두 파묻혔다. 뒤늦게 씨앗을 뿌렸지만 보리와 밀, 감자, 옥수수 따위의 밭농사는 이미 늦은 뒤였다. 논농사는 볍씨를 뿌려 근근이 모내기를 마쳤으나 가뭄이 심해 논바닥이 쩍쩍 갈라지고 있어서 농사짓는 사람들의 애간장을 태우고 있었다.

"진사 어른이 상놈들 배곯는 걸 알기나 하겠어?"

아버지도 전에 없이 불만스러운 투로 내뱉었다. 재형은 아버지와 어머니가 수향의 아버지 김 진사에 대해 이야기하자 가슴이 쿵 하고 내려앉는 것 같았다. 진사 어른이라는 말을 할 때마다 이상하게 수향의 박꽃처럼 하얀 얼굴이 떠올랐다.

"아버지, 그래도 우리는 끼니를 잇기는 합니다. 쇠돌네는 끼니를 거르는 모양입디다."

형이 조심스럽게 말참견을 했다. 아버지는 말수가 적은 편이었으나 눈빛이 부리부리하여 형이 함부로 대거리를 하지 못했다. 큰 키에 턱수염이 무성했다.

"이게 어디 끼니를 잇는 건가요? 간신히 입에 풀칠하는 거지요."

형수가 퉁명스럽게 내쏘았다.

"쇠돌네 못 봤어? 쇠돌 어멈이 해골처럼 마른 걸 보니 얼마 살지 못하겠더라."

"우리도 그렇게 될지 어떻게 알겠어요?"

"거 왜 말이 그렇게 퉁명스러워?"

형이 아버지의 눈치를 살피면서 형수를 나무랐다. 형수가 샐쭉한 표정으로 입을 다물었다. 형수는 걸핏하면 배곯아 죽겠다며 형을 몰아붙이곤 했다. 재형은 그들의 말을 들은 체도 하지 않고 조당수를 퍼마시면서 바가지의 찐 감자를 먹었다. 배가 고파 감자라도 먹지 않으면 쇠돌이처럼 앙상하게 말라버릴 것이다.

"경흥부는 어떤지 모르겠어요."

어머니가 아버지의 눈치를 살피면서 말했다. 어머니 말은 경흥부에 사는 아버지의 의형제인 봉준의 아버지 최학송을 이야기하는 것이었다. 한창 시절이 좋았을 때 아버지가 겨울 사냥을 하다가 만난 사람으로, 불과 50리밖에 떨어져 있지 않아 한 해에 몇 번씩 왕래를 했다.

"함경도에 온통 흙비가 내렸는데 경흥부라고 다르겠어?"

아버지의 눈가로 어두운 그림자가 지나갔다.

"작은서방님은 두꺼비처럼 살만 찌던데요?"

어머니는 봉준의 아버지를 작은서방님이라고 불렀다.

"살찐 게 아니라 못 먹어서 부황이 든 겁니다."

형이 얼굴에 웃음기를 담으며 말했다. 점심을 먹고 있는데도 한 차례 건조한 흙바람이 불어왔다. 석 달 넘게 이어지는 가뭄과 폭염으로 마루에서 점심을 먹고 있는데도 땀이 저절로 흘러내렸다.

"부황은 아니다."

"봉준이도 눈이 튀어나올 것처럼 생겼어요."

"부전자전이지."

아버지의 말에 형과 형수가 웃음을 터뜨렸다. 아버지의 의형제 최학송은 작달막한 체구에 배가 부르고 눈이 튀어나와 사람들이 '두꺼비 최가'라 불렀다.

"아령으로 월경하는 사람도 있던데요."

아령(俄領)은 두만강 건너 아라사* 땅을 말한다. 월경하다가

---

* 아라사(俄羅斯): 중국에서 러시아를 일컫는 이름. 조선에서는 '로서아(露西亞)'라고 불렸는데, 만주로 넘어가는 사람들이 많아지면서 아라사와 혼용하게 되었다.

발각되면 사형에 처해지는데도, 흉년을 피해 두만강을 건너 아령으로 가는 사람들이 많았다.

"재형이는 더운데 돌아다니지 마라."

숟가락을 놓자 어머니가 재형에게 말했다. 재형은 어머니의 얼굴을 힐끗 쳐다보았다.

"애, 땀 흘리는 것 좀 봐. 이럴 때는 닭이라도 한 마리 고아 먹여야 하는데……."

어머니가 한숨 쉬듯 말하며 재형의 팔을 낚아채더니 검정 치맛자락으로 덮어씌우고 땀을 닦았다.

"아이 씨."

재형은 어머니의 치맛자락을 밀어내면서 신경질을 부렸다. 어머니의 치맛자락에서 시궁창 냄새 같은 시지근한 냄새가 풍겼다.

"이놈 새끼, 어미한테 말하는 것 좀 봐."

어머니가 재형의 등을 찰싹 때렸다. 재형은 점심을 마치자마자 밖으로 달려나왔다.

음력 5월인데도 날씨가 찌는 듯이 더웠다. 어디선가 보릿단을 태우는 듯한 냄새가 풍겨 숨이 턱턱 막혔다. 흙비 탓에 천민들이 주로 먹는 하곡인 보리가 완전히 흉작이었다. 옥수수도 자라다가 말라 죽고 감자도 잎이 나다가 죽어서 알이 새알만 했다. 사람들의 얼굴은 타들어가는 농작물처럼 메마르고 풀썩거리는 흙먼지처럼 건조했다.

재형은 정자가 있는 개울을 향해 달음질쳤다. 이 시간이면 김 진사의 딸 수향이 개울의 정자에 나와 있을 것이다.

"재형아."

재형이 냇가로 달려가자 정자에 있던 수향이 손을 흔들며 반가워했다.

"여기에는 언제나 물이 흘러내릴지 모르겠어."

수향이 정자 아래 개울을 내려다보면서 중얼거렸다. 1년 전만 해도 개울은 맑은 물이 콸콸대고 흘러내렸었다. 재형은 수향을 쳐다보았다. 수향은 노란색 저고리에 다홍치마를 입고 있었다. 쇠돌이 동생 필녀와 달리 하얀 살결이었다.

"전에는 여기서 멱을 감았었는데……. 그런데 이건 뭐라고 쓴 글잔가요?"

재형이 수향을 쳐다보면서 물었다. 정자 기둥에는 글자들이 쓰인 판자가 걸려 있었다.

"이건 한시야."

"읽을 수 있어요?"

"그럼. 내가 이까짓 것도 못 읽을까. 청천가탁족(淸泉可濯足)…… 석안림중개(石眼林中開)……."

수향이 붉은 입술을 달싹거리며 시를 외자 재형이 이맛살을 잔뜩 찌푸렸다.

"아가씨, 그게…… 무슨 말인데요?"

"잘은 모르지만…… 맑은 물이 흘러서 발을 씻기에 좋고 물이 숲 속 돌 틈에서 흐른다는 거 같아."

"물이 하나도 없는데 무슨 소리입니까?"

재형은 수향이 한시 읽는 것을 보고 공연히 샘을 냈지만, 수향은 아무 소리도 하지 않고 배시시 웃었다.

"오늘 공부는 끝났어요?"

수향은 여름이 되자 훈장 집에 가지 않고 집에서 아버지 김 진사에게 학문을 배웠다.

"응. 오늘은 「절화행(折花行)」이라는 시를 배웠어. 내가 읊 어줄까?"

"예."

재형은 정자 난간에 걸터앉아 고개를 끄덕거렸다.

　　진주 이슬 머금은 모란꽃을
　　미인이 꺾어 들고 창 앞을 지나며
　　살며시 웃음 머금고 낭군에게 묻네
　　꽃이 예뻐요, 제가 예뻐요
　　낭군이 짐짓 장난을 섞어서
　　꽃이 당신보다 더 예쁘구려
　　미인은 그 말 듣고 토라져서
　　꽃을 밟아 뭉개며 말하기를
　　꽃이 저보다 더 예쁘시거든
　　오늘 밤은 꽃을 안고 주무세요

재형은 수향이 붉은 입술로 낭랑하게 시 읊는 소리를 들으 며 가슴속에서 무엇인가 알 수 없는 잔잔한 파문이 일어나는 것 을 느꼈다. 수향이 읊은 시의 내용이 무엇인지 알 수 없었으나 그 낭랑한 목소리가 속삭이는 것처럼 가슴을 울렁거리게 했다.

"아가씨, 그 시를 나에게 써줄 수 있어요?"

"시를 뭘 하게?"

"나중에 내가 글자를 읽으면 나도 써보게요."

"알았어. 내일 써줄게."

수향이 꽃처럼 부드러운 미소를 그리면서 말했다.

마을 초입으로 들어서자 가난한 촌민들이 옹기종기 모여 살고 있는 평지리 안골이 한눈에 들어왔다. 최학송은 삼베 저고리를 활짝 풀어헤치고 휘적휘적 걸었으나 저만치 뒤처져 타박타박 걸어오는 아들놈 때문에 몇 번이나 걸음을 멈춰야 했다. 고약한 놈이다. 집에 떨어뜨려놓고 오려 하자 숨넘어갈 듯 울어대서 데려오기는 하였지만 걸음이 자꾸 뒤처진다. 10리를 업고 오고 5리를 걸려서 오곤 했으나 끼니때를 넘길 게 분명했다. 어깨에 짊어진 멧돼지 뒷다리 한 짝만 아니라면 겨드랑이에 끼고라도 나는 듯이 달릴 텐데 150근이 훨씬 넘는 멧돼지여서 뒷다리 한 통이 여간 무겁지 않았다.

'밤톨만 한 놈이 고집은 황소고집이라니까……'

최학송은 타박타박 걸어오는 아들을 보며 끌끌대고 혀를 찼다. 씨도둑은 못한다더니 잔뜩 불러온 배며 툭 불거진 눈알까지, 거울을 보면 영락없이 자신을 닮은 것이었다. 녀석은 신발조차 신지 않고 있었다. 무지렁이 상놈에게 가죽신을 신길 수가 없어 짚신을 삼아주었는데 그나마 신지 않고 맨발로 다녔다.

"인석아, 빨리 못 와?"

최학송은 봉준에게 버럭 소리를 질렀다. 지친 걸음을 떼어놓던 아들놈이 화들짝 놀라 달려왔다. 아들놈이라고 해서 옷차림이 다르지는 않았다. 아비가 소작농이요, 때에 전 삼베 홑바지와 삼베 저고리를 걸쳤으니 아들놈도 삼베 저고리에 삼베 잠방이인 것이다. 부지런히 길쌈하는 여편네라면 제 서방이며 아들놈에게 무명천이나 광목천으로 반듯하게 옷을 해 입힐 터이지만, 게으른 여편네는 옷이 해어져도 도무지 꿰맬 줄 모른다.

"그러게 내가 뭐라고 그랬어? 집에 있으라고 하는데 따라오니까 생고생을 하잖아?"

최학송은 아들 봉준의 손을 잡고 성큼성큼 걷기 시작했다. 그의 투박한 손에 잡힌 아들놈의 손이 새싹처럼 여리고 부드러웠다.

"아버지."

봉준이 뚱한 얼굴로 최학송을 쳐다보았다.

"왜 그래?"

"집에 가자."

"뭐가 어째?"

최학송은 어이없다는 얼굴로 아들놈을 멀뚱히 쳐다보았다.

"다리 아파 죽겠다."

"이런, 잘 먹고 잘살다가 뒈질 놈아, 이제 다 왔는데 집에 돌아가란 말이야?"

최학송이 아들놈을 향해 눈알을 부라렸다. 흉년에 굶어 죽은 사람이 하도 많아 그는 아들에게 욕설을 퍼부을 때 으레 잘 먹고 잘살다가 뒈질 놈이라고 했다. 그것은 욕이 아니었다. 아들놈이 이 곤고한 세상에서 호사를 누리고 살았으면 하는 소망이었다.

"다리 아파 죽겠다."

아들놈이 눈살을 잔뜩 찌푸리고 우거지상을 했다. 고슴도치도 제 새끼가 귀엽다고, 최학송은 봉준의 얼굴을 보자 안쓰러웠다. 경흥이 아무리 경원의 이웃 고을이라곤 하지만 30리는 족히 걸어온 것이다.

"또 업어주랴?"

아들놈이 이마의 땀을 훔치면서 씨익 웃었다. 에고, 아들이 무엇인가. 최학송은 아들놈의 미소에 가슴이 저렸다. 차라리 집에다 떼어놓고 올 것을. 최학송은 한숨을 내쉬고 아들을 등에 업었다. 오른쪽 어깨의 고깃덩어리 때문에 업는 최학송이나 업히는 아들놈이나 불편하기는 마찬가지였다.

"어떠냐?"

최학송은 아들놈을 등에 업고 성큼성큼 걸음을 떼어놓았다. 눈에 넣어도 아프지 않을 아들놈이 무거운 것은 아니었다. 다만 경흥에도 식량이 떨어져 사람들이 굶주리고 있는데 멧돼지 뒷다리 하나를 잘라 최형백에게 갖다준다고 앙탈하던 여편네가 고까운 탓이었다. 사실 멧돼지 뒷다리가 아깝지 않은 것이 아니었다. 사냥철이 아니었지만 눈먼 노루나 산토끼라도 잡아볼 요량으로 올무를 놓았는데 뜻밖에 멧돼지가 걸려들었던 것이다. 몸통은 삶아서 마을 사람들과 배불리 먹었고, 뒷다리 하나는 소금물에 삶아 건육을 만들고, 다리 하나 들고서 최형백을 찾아오는 길이었다. 앙탈하던 여편네는 멧돼지고기로 포식을 했겠다, 다짜고짜 치맛자락 걷어 올리고 통통한 엉덩이짝 두드리면서 깔고 눌러 입을 막았다.

'망할 놈의 여편네 같으니.'

최학송은 가난한 집 여편네 젖통만 크다고, 여편네의 커다란 젖통을 떠올리며 침을 칵 뱉었다. 여편네가 싫어서가 아니었다. 밑에 깔려 있는 여편네가 낑낑거리며 눈을 까뒤집어서도 아니고 젖통이 커서도 아니었다. 그래도 떡두꺼비 같은 아들놈을 낳아준 여편네였다. 등에 업힌 녀석은 그새 잠이 들었는지 대꾸가 없다.

'이놈이 조선 팔도를 휘어잡을 팔자를 타고났다고?'

최학송은 점쟁이의 말이 어쭙잖았다. 상놈의 자식으로 태어나 어찌 조선 팔도를 휘어잡는다는 말인가. 잡과(雜科)라도 응시하여 의관이나 역관이 되어 호의호식할 수 있으면 다행이지 싶었다. 점쟁이야 복채 받을 요량으로 좋은 말을 하는 것이다. 아들놈도 장성하면 그처럼 소작농을 하게 될 것이고, 허리가 휘어지도록 일하다가 죽을 것이다. 그러나 모를 일이지 않은가. 중국에 한나라를 세운 유방이라는 작자도 시정잡배고, 명나라를 세운 주원장도 도적 무리에 지나지 않았다. 왕후장상의 씨가 따로 있는 것이 아니었다.

"아저씨."

최학송이 이런저런 생각에 잠겨 부지런히 걸음을 놓고 있을 때, 최형백의 큰아들 최재일이 지게 지고 소를 몰며 나오다가 그를 보곤 반색했다.

"형님은 계시는가?"

최학송은 깡마른 최재일을 아래위로 쓸어보면서 물었다. 몸이 부실해 보이는 것은 최형백이나 최재일이나 마찬가지였다.

다만 이놈의 집안 내력이 장사 뼈인지, 언젠가 최형백과 씨름을 할 때 번쩍 들어서 메어치려고 하는데 바윗돌처럼 무거웠던 기억이 났다.

"예, 낮잠 주무십니다."

"남들은 굶어 죽는다고 난리인데 팔자 한번 좋구나. 집으로 다시 가자."

최학송은 어깨에 짊어지고 있던 멧돼지 다리를 최재일의 빈 지게에 던졌다. 그러고는 등 뒤에서 잠이 든 아들놈을 어깨에 메었다.

"그, 그러시지요."

최재일은 어리둥절한 표정이었으나 다시 걸음을 돌렸다. 멀리 최형백의 집이 보였다. 평지리에서 가장 큰 부자인 김 진사의 집에서 머슴살이를 하는 최형백의 집은 평지리 싸릿골의 안마을에 있다. 개울을 건너고 좁다란 논둑길을 가다 보면 대추나무 두 그루가 우람하게 서 있는 게 보이는데, 최형백의 초가 바깥마당이다.

"원, 아이를 등에 업지 어깨에 메는가? 그래도 아이가 잘만 자네."

개울가의 수양버들 밑에 멍석을 깔고 앉아 더위를 식히고 있던 노인네가 혀를 찼다.

"거참, 할 일 없는 영감탱이가 남의 일에 고추 놔라, 밤 놔라 하고 있네."

최학송은 눈알을 부라려 노인들을 쏘아보았다. 오랜 가뭄으로 논바닥이 쩍쩍 갈라지고 개울이 말라붙었는데도 영감탱이들이 물을 져 나를 생각은 않고 한가하게 그늘에 앉아 있었다.

"아니, 이 뙤약볕에 어쩐 일인가? 아이가 더위 먹겠네."

최형백의 집에 이르자 뒷문을 열어놓고 잠을 자던 최형백이 눈을 비비고 일어나면서 말했다. 최형백의 부인과 며느리는 어디 갔는지 보이지 않았다.

"형수와 질부는 어디 갔소? 내가 왔으니 냉큼 오라고 하시오."

최학송은 퉁명스럽게 내뱉으며 아들 봉준을 마루에 눕혔다. 안방과 건넌방 사이에 있는 마루는 그래도 바람결이 시원했다.

"어서 불러와라."

최형백이 엉거주춤 서 있는 최재일에게 말했다.

"형님은 왜 장대처럼 우두커니 서 있소? 그렇게 서 있으면 하늘에서 먹을 것이라도 떨어뜨려준답니까? 불이나 지피시오."

최재일이 삽짝 밖으로 나가는 것을 보고 최학송이 면박을 주듯 심술스럽게 내뱉었다. 감자라도 쪘는지 부엌 앞마당에 걸어놓은 솥에 불을 피운 흔적이 있었다. 한여름이라 마당에 솥을 걸고 밥을 한 듯했다.

"불은 뭐 하게? 옳아, 아직 점심을 못 했군. 우리 집에도 먹을 거라곤 감자하고 보리쌀 몇 됫박밖에 없어."

최형백이 입을 쩍 벌리고 하품을 했다.

"허튼소리 마시오. 누가 밥 얻어먹으러 왔는지 아시오?"

"말투하고는……."

최형백은 심술이 덕지덕지 붙어 있는 최학송의 얼굴을 바라보다가 피식 웃음을 터뜨렸다.

"재일이 지게에 멧돼지 뒷다리 한 짝 실었으니 솥에 넣고 삶으시오."

"엥, 멧돼지 뒷다리?"

최형백의 눈이 커지더니 재일의 지게로 부리나케 달려갔다. 밥 한 그릇 먹기조차 어려운 흉년에 고기 맛을 볼 수 있다는 것은 눈이 뒤집힐 만한 일이었다.

"나는 한숨 자겠소."

최학송은 제 아들 옆에 벌렁 눕더니 이내 코를 골며 잠이 들었다. 머리만 바닥에 닿으면 잠이 드는 이가 있다고 하더니 최학송이 영락없이 그 짝이었다. 그런데 좁은 마루에 잠들어 있는 아비와 아들의 꼬락서니가 기괴했다. 최형백의 눈에는 마치 두꺼비 두 마리가 배를 내밀고 잠들어 있는 것 같았다.

폭염이었다. 염천의 하늘에서 내리쬐는 불볕이 머리를 타들어가게 하는 것 같았다. 황토 길바닥은 걸음을 떼어놓는데도 흙먼지가 풀썩거리며 일어나고 노랗게 타 죽은 길가의 풀들이 낙엽처럼 바스락거렸다. 두만강까지 가자고 나선 것이 잘못인지 몰랐다. 봉준이야 사내자식이니 나이가 어려도 걸을 만하지만, 수향의 얼굴은 불볕으로 벌겋게 상기되어 있었다. 바람 한 점 없는 날씨에 숨이 턱턱 막혔다.

"형아, 강에 뭐 하러 가는 거야?"

봉준이 불만스러운 말투로 물었다. 봉준이 재형의 집에 온 지 이틀째였다. 지난밤 봉준이 아버지가 가져온 멧돼지를 삶아서 먹었기 때문에 기운이 펄펄 넘치는 것 같았다. 오랜만에 먹어보는 '육것'이었다. 시골 마을이라 잔치나 제삿날이 아니면 좀처럼 비린 것을 먹을 수가 없었다. 어쩌다 닭이라도 잡고 누렁이라도 잡아야 고기 맛을 볼 수 있는데, 그것은 1년에 손가락을 꼽을 정도에 지나지 않았다.

"멱 감으러 가지 왜 가니?"

재형이 그것도 모르냐고 소리를 버럭 질렀다. 재형의 고함에 봉준이 재빨리 입을 다물었다. 수향은 입을 다문 채 걸음만 떼어놓고 있다. 필녀는 퀭한 눈으로 그들을 따라오고 있었다. 다른 해 같았으면 물이 많아 선녀가 목욕을 했다는 개울의 용소에서 멱을 감을 수 있었을 것이었다. 그러나 개울의 용소는 물이 마른 지 이미 오래였다. 이제는 두만강까지 걸어가지 않으면 멱을 감을 수 없었다. 아이들 넷 중에 신발을 신은 아이는 수향뿐이었다. 필녀는 흰 광목 저고리에 검은 광목 치마를 입고 있었으나 여기저기 해어지고 기운 것이었다. 머리도 오랫동안 감지 않아 잔뜩 헝클어져 있었다. 사내들이나 계집들이나 상것들은 짐승이나 다를 바 없었다.

"저기서 물이나 먹고 가자. 목말라 죽겠다."

봉준이 심술 묻은 말투로 재형에게 말했다.

"자식이, 무슨 물이야? 강에 가면 실컷 먹을 텐데……."

재형이 봉준의 머리를 쥐어박을 듯 핀잔을 주다가 멈칫했다. 개울가의 낮은 언덕에 쓰러져가는 듯한 움막이 하나 있고 사람들이 모여서 웅성거리고 있었다. 아들은 군역에 나가고 노인 부부가 살고 있는 집이었다. 그 집 할아버지는 애나 어른이나 '천 서방'이라 불렀다. 별달리 하는 일도 없이 허드렛일을 하거나 신을 삼아서 먹고산다고 했다.

"목말라."

수향이 타박타박 걷다가 재형을 쳐다보았다.

"물 있는 집에 가자. 아가씨가 목이 마르다니까 물을 마셔야
지."

수향의 말에 재형이 선선히 따랐다. 봉준이 어이없다는 표
정으로 재형을 쳐다보았다. 재형은 마을 장정들이 모여서 웅성
거리는 모습을 수상쩍은 눈빛으로 바라보다가 잘되었다는 듯이
천 서방네 집을 향해 걸어갔다. 아이들은 재형을 따라 쫄레쫄레
천 서방네 마당으로 들어갔다.

"애들은 가라. 여기 오면 안 된다."

그들이 다가오는 것을 마을 장정 몇이 보고 손을 내저었다.

"물 좀 먹으려고 하는데, 왜 안 돼요?"

재형이 쭈뼛거리면서 물었다.

"물 없다. 사람이 죽었는데 무슨 물이야?"

어른들은 귀찮아하는 기색이 역력했다. 재형과 봉준은 어른
들 틈을 기웃거리면서 집 안을 살폈다.

"어쨌거나 관에 알리고 산에 묻어야지."

"흉년으로 죽은 사람들이 어디 한둘이야. 관에서도 귀찮다
며 투덜거리기만 하는데."

"신고를 한 뒤에 묻어야 돼. 그렇지 않으면 겨린이 치도곤을
맞아."

겨린은 이웃집을 말한다.

"세상 참 험하다. 두 노인네가 모두 굶어 죽었으니."

마을 장정들은 아이들에게는 관심조차 두지 않고 혀를 찼다. 재형은 사람이 죽었다는 말에 이상하게 관자놀이가 뛰는 것을 느꼈다. 장정들의 태도로 보아 뭔가 큰일이 벌어진 게 분명했다. 그러나 어른들이 막고 있어서 안으로 들어갈 수가 없었다. 재형이 안으로 들어가려 하자 우락부락하게 생긴 장정 하나가 앞을 막으면서 눈알을 부라린 것이다.

아이들은 타박타박 걸어서 경원 읍내로 향했다. 경원은 경원개시*가 열렸을 정도로 대읍이다. 호수가 1천이 넘고 경원부사는 종3품이었다. 경원부 시구문(水口門)으로 들어서려는 순간 수향이 갑자기 짧게 비명을 질렀다. 사람들 몇이 시구문 앞 공지에 서서 웅성거리고 있었는데, 삼각으로 세운 나무 기둥에 머리를 풀어헤친 사람들의 머리가 매달려 있었다. 재형은 장대에 매달린 머리를 보자 소름이 오싹 끼쳤다.

"참수를 당했구먼."

"저기는 뭐라고 써 있는 거야?"

"월경죄인(越境罪人)이라고 쓰여 있어."

"월경죄인이 뭐야?"

"강을 건너 아령으로 도망가려는 죄인들이라는 뜻이야. 먹고살 수가 없어서 아령으로 가다가 발각되어 참수당한 거지."

늙수그레한 사내가 말했다. 장대에 매달아놓은 사람의 머리는 관에서 목을 벤 뒤에 매단 것이었다. 재형은 장대에 매달린 사람들의 머리를 보고 몸을 부르르 떨었다. 수향은 처참한 모습

---

* 경원개시(慶源開市): 청나라와 무역을 하던 시장.

에 울음을 터뜨리려고 했다. 필녀도 무서운지 앙 하고 울음을
터뜨렸다.

"울지 마."

재형이 필녀를 윽박질렀다. 재형도 소름이 끼치고 다리가
후들거리고 떨렸지만 내색하지 않고 있었다.

"몸뚱이는 어떻게 하고 머리만 매달았지?"

"저걸 효수(梟首)라고 하는 거야. 참형(斬刑)이나 능지처참
을 한 뒤 그 머리를 장대에 매달아 백성들에게 보이는 거지. 3일
이 지나면 가족들이 머리를 가져가서 장사를 지낼 수 있어."

사내의 말을 듣고 사람들이 웅성거렸다. 재형은 장대에 매
달아놓은 머리를 보는 것이 싫어 서둘러 걸음을 재촉했다. 아이
들도 다시 길을 재촉하여 두만강을 향해 걸어갔다. 수향이 눈살
을 잔뜩 찌푸리고 있어서 재형은 공연히 불안했다. 봉준도 이상
할 정도로 입을 꾹 다물고 있었다.

"강이다!"

재형이 봉준과 수향을 돌아보면서 소리를 질렀다. 한참을
걷자 멀리 은빛 띠를 풀어놓은 듯한 강이 보였다. 장백산에서
흘러내린 두만강이 동쪽으로 흘러가고 있었다. 봉준과 필녀가
그제야 박수를 치면서 좋아했다. 재형은 그대로 두만강으로 달
려가 물속에 첨벙 뛰어들었다. 봉준과 필녀도 물속으로 들어가
물장구를 쳤다. 수향만이 발을 물에 담근 채 멱을 감지 않았다.
그래도 봉준이 손으로 더듬어 잡은 물고기를 보고 좋아했다. 재
형은 물장구를 치다가 강 건너편을 바라보았다. 가뭄이 들었어
도 강을 건너는 것은 쉽지 않았다. 강을 건너다가 발각당하면

참수를 당한다.

재형이 두만강에서 돌아왔다. 물장구를 치고 노는 것은 좋았으나 배가 고팠다. 재형의 집에서는 최학송이 떠날 준비를 하고 있었다. 최학송과 최형백이 한바탕 인사를 나누었다. 어머니는 봉준에게 강냉이 주먹밥을 싸서 허리에 매달아주었다. 형과 형수는 봉준의 머리를 쓰다듬으면서 인사를 나누었다.

"형아, 잘 있어!"

최학송의 손에 이끌려 봉준이 걸음을 떼어놓으며 손을 흔들었다.

"잘 가!"

재형도 봉준을 향해 손을 흔들었다.

"날이 어두워지려 하는데 웬만하면 자고 가지그래."

최형백이 최학송에게 어두운 표정으로 말했다.

"마을이 뒤숭숭해서 어디 자고 가겠습니까? 내일은 죽은 사람들 장례를 치러야 할 텐데 제가 있어서 무슨 소용이겠습니까?"

"흉년으로 굶어 죽는 게 어디 경원뿐인가?"

"그거야 그렇지만, 뒤숭숭한데 집에 가야지요."

"그래. 그럼 편안히 가게."

최형백이 어서 가라며 손을 내저었다. 최학송이 마을을 돌아 산으로 향하는 길로 성큼성큼 걸음을 떼어놓았다. 재형은 봉준을 다시 만나는 일이 쉽지 않을 것이라고 생각했다. 최학송과 봉준은 점점 멀어지더니 이내 보이지 않았다. 재형은 그들이 보이지 않는데도 오도카니 서서 길 바라기를 했다. 마치 소중한 것이 떠나버린 듯 허전했다.

밤이 되자 집으로 마을 장정들이 몰려들었다. 재형은 안방에서 베를 짜는 어머니의 무릎을 베고 누웠다. 강에서 멱을 감고 온 탓인지 아른아른 잠이 쏟아졌다.

"오늘 우리 마을에 죽은 사람이 벌써 셋이야. 흉년이 이렇게 심해서야 어디 살겠어?"

"김 진사 어른에게 구휼미라도 좀 나누어달라고 합시다."

"작년에 빌린 구휼미도 못 갚았잖아?"

"우리가 양식을 쌓아놓고 안 갚는 것도 아니지 않습니까? 우리가 다 죽으면 김 진사 어른의 농사는 누가 짓습니까?"

사람들은 모닥불을 피워놓고 웅성거렸다. 그들은 김 진사에게 양식 빌리는 논의를 하다가 이번에는 기우제를 드리는 논의를 했다. 사람들은 두서없이 논의를 하고 있었다.

"비다! 비가 온다!"

재형이 깜박 잠이 들었을 때 형이 건넌방에서 마당으로 뛰어나와 소리를 질렀다. 재형은 눈을 번쩍 떴다. 쏴아 하는 소리와 함께 어둠 속에서 하얗게 빗줄기가 쏟아지고 있었다. 재형은 열어놓은 문으로 넋을 잃고 비가 오는 어두운 하늘을 쳐다보았다. 어른들도 모두 자리에서 일어나 비가 오는 모습을 내다보고 있었다.

"이제 가뭄은 해갈되겠습니다."

형이 봉당에 서서 말했다.

"그러게 말이다. 기우제를 지내려고 했는데 비가 오니……"

최형백이 수염을 쓰다듬으면서 고개를 끄덕거렸다.

1869년 음력 7월의 일이었다. 5백 년 사직을 면면히 이어온 나라, 은자의 나라 조선에도 개화의 물결이 도도하게 밀려오고 있었다. 서구 사회는 산업혁명으로 봉건주의 체제가 무너지고 새로운 질서가 형성되고 있었다. 조선은 고종황제가 열두 살의 어린 나이로 보위에 오른 지 6년, 명성황후 민자영이 열여섯 살에 국모로 책봉된 지 3년이 되던 해였다. 대원군이 섭정을 하면서 안동 김씨 60년의 세도를 꺾고 대대적인 개혁을 하려 했으나 삼정의 문란으로 백성들은 도탄에 빠져 있었다. 조선 도읍 한성에서 2천5백 리를 격해 있는 경원은 일찍이 경원진이 설치되어 여진의 침략을 막았던 유서 깊은 고장이다.

1869년 대원군의 개혁 정치가 한창이고 천주교 탄압으로 2년 동안 8천 명 정도 되는 교인들이 목숨을 잃은 병인박해로 조선 팔도가 들끓고 있을 때 함경도 경원은 여러 해에 걸친 흉년으로 굶어 죽는 백성들이 길바닥에 낙엽처럼 뒹굴었다. 특히 1869년 봄에 내린 흙비로 인해 함경도 일대엔 대기근이 들어 조선을 등지고 연해주로 달아나는 주민들이 많았다. 고종황제는 1869년 11월 23일 한탄을 하면서 백성들을 구휼하라는 전교를 내리기까지 했다.

북관에 흉년이 든 근심에 대하여 감영과 고을에서 대책을 취했는지 알 수 없다. 요즘에 연읍(沿邑)에서 국경을 넘는 걱정은 듣기에 여러 가지 놀라운 점이 없지 않다. 심지어 중국에 자문(咨

文)을 보내 비류(匪類)들을 잡아오는 일까지 있었다고 한다. 대저 자기 부모의 나라를 버리고 몰래 낯선 고장으로 달아나는 것이 어떻게 보통 심정으로 할 수 있는 일이겠는가.

두만강을 건너 대륙으로 가다

가뭄은 재앙과도 같았다. 풀잎 하나 까딱하지 않는 폭염에 밭작물이 노랗게 타 죽었다. 그다음에는 논바닥이 갈라지고 우물이 말랐다. 저수지가 바닥나고 개울에도 물이 흐르지 않았다.

"물…… 물……."

사람들은 하늘을 쳐다보며 애타게 빌었다. 해가 떠오르기 무섭게 날씨가 아침부터 푹푹 찌고 밤이 되어도 뜨겁게 달아오른 대기는 좀처럼 식지 않았다. 밭이나 들에서는 흙먼지가 풀썩풀썩 일어나고 건조한 공기는 더위로 부풀어올라 숨이 턱턱 막혔다. 보릿단을 태운 듯한 탄내가 공기 속에 섞여 있었다.

가뭄은 석 달 동안 계속되다가 7월 초순에야 비로소 장마가 시작되었다. 노랗게 타버린 농작물을 구제하기에는 이미 늦은 장맛비가 이번에는 집과 농토를 휩쓸었다. 장마가 휩쓸어버린 마을은 마치 전쟁을 만나 폐허가 된 것 같았다. 사람들은 먹을 것을 찾아 도성이 있는 남쪽으로 내려가거나 강을 건넜다. 강을 건너다가 발각되면 월경죄인이라 하여 참수를 당하지만 가족들이 죽어가는 것을 볼 수 없어 밤이면 여기저기서 많은 사람들이 강을 건너갔다. 재앙은 겹쳐서 온다. 장마로 집과 농토를 잃은 사람들에게 이번에는 무서운 괴질인 호열자(虎列刺, 콜레라)가 닥쳐왔다. 남쪽 어느 지방에서 괴질이 돌았다는 소식이 바람처럼 번지더니 호열자가 무서운 기세로 남도 지방을 휩쓸고 함경도로 내달려 경원 지방에 이르렀다.

호열자는 무서운 설사를 몰아왔다. 설사와 함께 두통이 오면서 빠르게 탈수 현상이 나타났다. 피부는 차가우면서도 쭈그러지고, 얼굴은 일그러졌다. 하루나 이틀이 지나면 맥이 약해졌다. 사흘째가 되면 근육 경련이 심해지고 극심한 탈수로 혼수상태가 되면서 죽는 경우가 많았다.

경원과 경흥 지방도 흉년에 이어 호열자가 휩쓸면서 백성들의 시체가 바람에 날리는 낙엽처럼 나뒹굴었다. 남루하고 해어진 옷, 구멍 뚫린 신발, 누렇게 부황 든 얼굴의 백성들이 설사와 두통으로 신음하면서 죽어갔다. 한 마을이 떼죽음을 하는가 하면, 호열자가 발생했다는 말만 나돌아도 집과 농토를 버리고 달아나기 일쑤였다. 그러나 조선 팔도 어디에도 안전한 곳이 없었다. 집을 떠난 백성들은 길거리에서 병들어 죽고 굶어 죽었다.

9월 어느 날이었다. 최형백은 툇마루에 앉아 저물어가는 마을을 내려다보고 있었다.

"봉준네가 강을 잘 건너갔을까요?"

최형백이 곰방대를 물고 뻐금거리는데, 감자를 깎으면서 여편네가 불안한 목소리로 물었다. 최형백은 눈살을 찌푸리며 여편네를 노려보았다. 여편네에게 김 진사의 말을 전해야 하는데, 어떻게 서두를 꺼낼지 알 수 없었다.

"잘 갔겠지."

최형백이 퉁명스럽게 내뱉었다.

최학송이 아들 봉준을 데리고 강 건너 러시아 땅으로 가겠다고 찾아온 것은 며칠 전의 일이었다. 흉년에 호열자까지 돌아 집집마다 시체가 나뒹굴고 있는 판국이라 떠나는 것을 만류할 수가 없었다.

"꼭 가야 하는가?"

최형백은 최학송의 얼굴을 묵연히 건너다보면서 물었다. 가난한 소작농인 최학송이 식솔들을 데리고 산 넘고 물 선 러시아 땅으로 간다는 사실에 가슴이 타는 것 같았다. 죽지 않기 위해 가는 것일 터였다. 이러한 흉년과 호열자가 계속되면 최형백도 떠나지 않을 수 없을 것이었다.

"여차하면 형님도 건너오시오. 내가 먼저 자리를 잡아놓을 테니……."

최학송이 술에 취해 불콰한 목소리로 말했다. 고향을 떠나는 아픈 마음을 가슴속 깊이 묻어둔 최학송은 달관한 듯 표정이 밝았다. 제사 때 쓰려고 담가놓았던 술이었다. 최학송이 강 건너 러시아 땅으로 가는데 제사 때 쓸 술이라고 하여 아낄 수가 없었다. 사실 호열자가 돌았을 때부터 최형백네 식구들은 냉수를 마시는 대신 술을 퍼마셨다. 10여 년 전 호열자가 돌았을 때 지나던 의원이 물 대신 술을 마시라고 했던 말을 최형백이 기억하고 있었던 것이다. 그 바람에 최형백의 가족들은 아침저녁으로 술을 마시곤 했다. 최학송 일가는 경흥을 떠나 지금쯤 러시아 땅에 도착했을 것이다.

"김 진사 어른 댁에도 호열자가 돌았다고 하던데…… 그 댁 머슴도 둘이나 호열자에 걸려 죽었잖아요."

최형백은 여편네가 김 진사 이야기를 꺼내자 귀가 번쩍 뜨였다.

"머슴들뿐인가? 그 댁 아기씨도 호열자에 걸려 자리에 누웠다더군."

최형백은 여편네의 말에 재빨리 맞장구를 쳤다. 여편네가 최형백의 얼굴을 빤히 쳐다보았다.

"아기씨가요? 어쩌나, 그 댁에 혈육이라고는 아기씨 하나뿐인데."

"김 진사도 호열자가 무서운 모양이야."

최형백이 여편네의 눈치를 살피며 말했다.

"호열자가 무섭지 않은 사람이 어디 있어요?"

"얼마 전에 김 진사 집에 스님이 한 사람 왔었대. 그 스님이 아기씨의 사주를 봤는데, 두 번 시집을 가지 않으면 요절한다는 거야. 그래서 액땜을 해야 한대."

"무슨 액땜이오?"

"빨리 시집보내는 것이 액땜인데, 사주에 두 번 시집을 가야 요절을 면한다는 거야."

"무슨 액땜이 그렇대요?"

여편네가 콧방귀를 뀌듯이 말했다.

"그러니 양반가에서 두 번 시집을 보낼 수는 없고…… 아무도 모르게 혼례를 치른 뒤에 파혼을 하면 괜찮다는 거야."

"망측하기도 하네. 혼례가 장난인가?"

"아기씨가 어리니까 첫날밤을 치르는 것도 아니고…… 김 진사 어른이 우리 재형이와 아기씨를 몰래 혼례시키는 게 어떠냐고 의중을 타진해왔어."

최형백의 말에 여편네의 눈이 크게 뜨였다.

"재형이가 액땜이란 말이에요? 그건 안 돼요."

"그냥 하룻밤만 같이 지내는 것뿐이야. 재형이한테는 아무 일도 없을 거래. 재형이가 워낙 사주가 좋다는군."

"액땜하는 사람은 저주를 받을 거 아니에요?"

"그런 게 아니라니까."

"정말 재형이에게는 아무 일도 없어요?"

"없어. 재형이에게 무슨 일이 생기면 내가 왜 허락하겠어?"

그러나 사실 최형백은 재형에게 액땜 혼례를 시키는 일이 달갑지 않았다. 재형과 수향은 혼례를 올려서는 안 되었다. 아아, 어떻게 이럴 수가 있는가. 재형과 수향을 액땜이라는 이름으로 거짓 혼례를 시킨다 해도 용납해서는 안 되었다. 그런 일을 하면 천벌을 받으리라. 김 진사의 부인 유씨가 허락한 것도 이해할 수 없었다. 그러나…… 그러나…… 유씨 부인이 허락했다면 자기도 허락하리라 생각했다. 액땜 혼례를 한 뒤에 파혼을 하면 그만 아닌가.

최형백은 김 진사와 이미 약조를 해놓은 것이다. 김 진사는 마을 사람 아무도 모르게 수향과 재형이 혼례를 올리는 조건으로 최형백 일가의 노비 문서를 없애주겠다고 했다. 무남독녀 외

동딸인 수향이 호열자에 걸려 누워 있지만 않다면 그런 일을 할 김 진사가 아니었다. 김 진사는 물에 빠진 사람이 지푸라기라도 잡는 심정으로 최형백에게 제안한 것이다. 평생을 노비로 살아온 최형백에게 그만한 조건이 없었다. 다만 꺼림칙한 것은 재형이 수향과 혼례를 올리는 일이었다. 설령 마을 사람 아무도 모르게 비밀스럽게 혼례를 올린 뒤에 마을을 떠난다 해도 재형에게 불길한 일이 닥칠까 봐 불안했다.

"이 일을 해주면 우리의 노비 문서를 없애준대."

"정말 노비 문서를 우리에게 돌려주나요?"

최형백의 말을 들은 여편네가 솔깃한 표정으로 물었다.

"이런 일을 어떻게 거짓으로 하겠어?"

"재형이에게 무슨 일만 생기지 않으면 좋은데……."

여편네가 어두운 표정으로 대답했다.

모든 것이 조심스러웠다. 김 진사 집에서는 누가 알까 봐 쉬쉬하면서 재형과 수향의 혼례를 준비했다. 비밀리에 올리는 혼례식이고 남들이 알면 안 되기 때문에 유난히 입조심을 했다. 그래도 혼례식 절차는 모두 거쳐야 했다. 사주단자를 주고받고, 길일을 잡고, 예단까지 주고받는 시늉을 한 뒤에 김 진사의 내당에서 혼례식을 거행했다.

재형은 사모관대를 쓰고 혼례를 올리는 동안 내내 불편했다. 옷이 맞지 않을 뿐 아니라 거북했다. 그래도 수향과 혼례를 올리는 일이 기분 좋았다. 아버지와 어머니는 수향의 액땜을 하기 위한 것이라고 했다. 액땜이 무엇인지 잘 몰랐으나 수향을 위해서라면 상관없었다. 수향은 양반의 딸이었다. 하늘과 땅 만큼 신분의 차이가 컸으나 그녀의 모습을 보기만 해도 얼굴이 화끈거리고 설렌 가슴에 몸 둘 바를 몰랐다. 그런 수향과 올리는 혼례였다. 혼례를 올림으로써 부부가 되는 것이라는 사실은 막연하게 알았으나 함께 있다는 사실 하나만으로도 기뻤다. 수향은 호열자 때문에 얼굴이 창백했다. 눈이 우묵하게 들어가고 총기가 없었다. 혼례를 올릴 때도 힘들어해서 여자들의 부축을 받아야 했다.

재형이 신방에 들었을 때는 이미 날이 캄캄하게 어두워져 있었다. 족두리를 쓰고 얼굴에 연지 곤지를 바른 수향은 벽에 기대어 얌전하게 앉아 있었다. 재형은 신방에 들어서자 어찌할 바를 몰라 우두망찰 서 있었다. 벽에는 바람도 없는데 촛불 그림자가 일렁거리고 있었다.

"혼례를 올리고 하룻밤을 같이 지내야 한대. 거기 앉아."

수향이 해쓱한 얼굴에 엷은 미소를 그리면서 말했다. 말하는 것조차 힘이 드는지 모깃소리처럼 작고 숨이 찼다. 수향은 아랫목 이부자리 위에 앉아 있고 윗목에는 이부자리가 펼쳐져 있었다. 혼례를 올린다고 해도 따로따로 자야 했다.

"족두리를 벗겨줘."

수향이 기어들어가는 목소리로 재형에게 말했다. 재형이 수향에게 가서 족두리를 벗겨주자 수향이 배시시 웃었다.

"너도 그거 벗어라."

수향이 벽에 등을 기대고 앉아 재형의 사모관대를 가리키면서 말했다. 재형은 사모관대를 벗고 잠자코 앉아 있었다. 방 한

가운데 동뢰상[*]이 차려져 있는 것이 보였다.

"먹고 싶으면 먹어."

수향이 우두커니 동뢰상을 보고 있는 재형에게 말했다. 재형은 약식을 집어 먹기 시작했다.

"맛있어?"

수향이 낮은 목소리로 물었다. 재형은 고개를 끄덕였다. 수향은 앉아 있는 것도 힘든지 벽에 기대어 눈을 지그시 감고 있었다.

"아가씨, 호열자는 술을 마시면 물러간대요."

문득 재형은 수향의 초췌한 모습이 안쓰러워 말했다.

"우습다. 호열자가 어떻게 술을 마시면 물러가?"

수향이 피식 웃음을 터뜨렸다.

"우리는 날마다 술을 마셔요. 그러니 아가씨도 마셔봐요."

재형이 동뢰상 위의 술을 따라 수향에게 건네주었다. 수향이 맑은 눈으로 재형을 쳐다보았다.

"정말 술을 마시고 호열자가 물러갔으면 좋겠어."

수향이 잔을 받아 들고 있다가 약을 마시듯 훌쩍 마셨다. 그때 밖에서 낮은 기침 소리와 함께 불을 끄고 자라는 김 진사의 목소리가 들렸다. 재형은 깜짝 놀라 촛불을 껐다. 재형이 윗목의 이불 속에 들어가 눕자 수향도 부스럭대면서 옷을 벗고 아랫목의 이불 속으로 들어갔다. 방 안은 캄캄하게 어두웠다. 불을 껐지만 잠이 오지 않았다. 창호지가 희미하게 밝았으나 사방이

---

*동뢰상(同牢床): 첫날밤에 차려진 상.

기이할 정도로 조용했다.

"자니?"

수향도 잠이 오지 않는지 낮은 목소리로 물었다.

"아니요."

"오늘 일 우습지? 혼례를 올리는 게 무슨 액땜이야?"

"……."

"어른들은 바보 같아."

재형은 모든 것이 편안했다. 이부자리는 따뜻하고 부드러웠고, 배도 불렀다.

"자니?"

수향이 다시 물었다. 재형은 잠이 쏟아져 대답하지 않았다.

얼마나 오랫동안 잠을 잤는지 알 수 없었다. 재형은 무슨 소리엔가 눈을 뜨자 부드러운 것이 자신의 가슴 위에 엎드려 있는 것을 느낄 수 있었다. 어둠 속에서도 그것이 수향이라는 것을 알 수 있었다. 수향을 떼어내야 했지만 그럴 수가 없었다. 수향이 깰까 봐 숨조차 제대로 쉴 수 없었다. 얼마나 오랫동안 그대로 잠을 잤을까. 갑자기 사람들이 두런대는 소리와 발소리가 두서없이 들렸다. 수향이 그 소리에 깜짝 놀라 재형에게 떨어져 자기 자리로 돌아가 누웠다. 발소리가 더욱 가까이 들리더니 문이 벌컥 열렸다.

"날이 밝기 전에 데리고 가거라. 오늘 일은 누구에게도 발설하면 안 될 것이다."

재형이 부스스 눈을 뜨자 김 진사가 방을 들여다보면서 엄중하게 말했다. 최형백이 방으로 들어와 잠에서 완전히 깨어나

지도 않은 아들 재형을 들쳐 업었다. 사방은 아직도 캄캄하게
어두웠다. 재형은 아버지에게 업혀서 집으로 들어왔다. 그러나
잠이 계속 쏟아져 정오가 될 때까지 내처 잠을 잤다.

　재형이 수향과 비밀리에 혼례를 올려 액땜을 했는데도 호열
자는 더욱 기승을 부렸다. 마을 사람들 여럿이 죽고 김 진사의
집에서도 하녀 하나와 할머니가 죽었다. 수향도 병이 더욱 악화
되어 사경을 헤매고 있다는 말이 들렸다. 재형은 어머니와 밭에
서 돌아오다가 먼발치에서 수향의 집을 바라보았다. 수향의 집
은 대문이 굳게 닫혀 있었고 사람들이 출입을 하지 않았다. 마
치 귀신이 사는 집처럼 황량하고 스산했다. 그것은 마을 모두가
같았다. 어느 집에서나 죽음의 냄새가 물씬 풍기고 있었다.

　"액땜을 했는데도 소용이 없구나."

　어머니가 혀를 차면서 말했다.

　"수향 아가씨가 죽나요?"

　재형은 수향이 죽어간다고 생각하자 쓸쓸했다.

　"오늘내일한다는구나. 숨이 경각에 달려 있대."

　어머니가 집을 향해 걸음을 떼어놓기 시작했다. 재형은 어
머니와 헤어져 성황당으로 달려갔다. 숨이 턱에 차올랐지만 수
향을 살려달라고 간절히 기도했다.

　재형의 기도가 효험이 있었는지 수향은 죽지 않고 몸이 좋
아졌다. 호열자가 마을에서 완전히 물러간 것은 그로부터 열흘
이 지났을 때였다. 수향은 호열자에서 쾌차하여 다시 글공부를
하러 다니기 시작했다. 그러나 이번에는 재형이 수향을 데리고
다닐 수가 없었다. 김 진사는 재형이 수향을 가까이하지 못하게

했을 뿐 아니라 집 근처에도 못 오게 했다. 수향이 글공부를 하러 다닐 때 따라다니는 사람은 그녀의 유모였다. 재형은 수향이 글공부를 하러 가는 모습을 먼발치에서밖에 볼 수 없었다.

호열자가 물러가고 가을이 돌아왔는데도 들판에는 수확할 알곡이 없었다. 오랜 가뭄에 장마가 휩쓸어 제대로 자란 벼가 없는데다 호열자까지 덮쳐 농사를 제대로 짓지 못한 탓이었다. 모진 괴질에 살아남은 것을 다행이라 생각하면서도 쭉정이를 추수해야 하는 사람들은 가슴이 시커멓게 타들어가는 것 같다고 했다. 매일같이 재형의 집에 몰려와 술타령을 하면서 금년에는 도지*를 내지 못하겠다고 말했다.

"도지를 내지 않으면 김 진사 어른이 그냥 있겠는가?"

"도지를 내면 우리는 뭘 먹고 살라고?"

"도지를 내고 구휼미를 좀 달라고 하지."

"그 인색한 양반이 구휼미를 잘도 내주겠소."

사내들은 매일같이 웅성거리며 불평불만을 털어놓았다. 재형은 마을에서 무슨 일이 일어날 것만 같아 불안했다. 아버지도 도지를 내고 나면 당장 먹을 것이 없다고 한숨을 내쉬는 날이 많았다. 그러는 동안에도 사람들이 추수를 하기 시작하고 김 진사는 마름이며 건장한 종들을 데리고 다니면서 도지를 강제로 걷어갔다. 도지를 빌려 농사짓던 사람들은 가슴이 타들어가는

* 도지(賭地): 조선 후기에 남의 논밭이나 집터를 빌려 쓰는 대가로 생산물의 25~33%를 물던 소작료.

것 같으면서도 건장한 종들 때문에 항의하지 못했다. 그러나 김 진사와 종들이 돌아간 뒤에는 눈에 불을 뿜으면서 원망했다.

마을의 민심이 며칠 동안 흉흉하더니 마침내 장정들이 김 진사의 집으로 몰려갔다. 사람들의 손에는 참나무 몽둥이가 들려 있고 술 냄새가 왈칵 풍겼다. 맨정신으로는 마을의 유력한 양반인 김 진사를 상대할 수가 없어 술을 마신 것이었다. 그들은 대문을 두드리면서 구휼미를 내달라고 소리를 질렀다.

"이놈들, 무엇 때문에 몰려다니는 것이냐?"

김 진사가 대문을 열고 마을 사람들 앞으로 달려나와 호통을 쳤다.

"진사 나리, 마을 사람들 양식이 떨어졌습니다."

최형백이 공손히 머리를 조아렸다.

"이놈, 형백아! 내가 너를 속량해주었는데, 너는 어찌 마을 사람들을 끌고 주인집에 몰려온 것이냐? 은혜도 모르는 날백정 같은 놈이 아니냐?"

김 진사가 최형백에게 눈을 부릅뜨고 호통을 쳤다. 김 진사의 뒤에는 건장한 종들이 몽둥이를 들고 서 있었다.

"나리, 용서하십시오. 흉년이 든데다 호열자까지 돌아서 농사를 제대로 짓지 못했습니다. 도지를 내고 나니 먹을 것이 없습니다. 사람들이 굶어서 그러니 나리께서 은전을 베풀어주십시오."

최형백이 허리를 숙이고 말했다.

"이놈아, 흉년이 나 때문에 든 것이고 호열자가 나 때문에 돈 것이냐?"

"나리께서 곳간을 열어 사람들을 살리십시오."

"닥쳐라!"

"호열자가 우리 마을에 기승을 부린 것은 사람들이 제대로 먹지 못해 피골이 상접하기 때문입니다."

"이놈이 주인에게 또박또박 말대꾸를 하는구나!"

김 진사가 갑자기 옆에 있던 종의 몽둥이를 빼앗아 최형백을 사정없이 내리쳤다. 김 진사의 기세가 워낙 사나웠던 탓에 마을 장정들은 온몸을 부르르 떨며 주춤주춤 물러서서 머리를 조아렸다.

"박살을 내기 전에 썩 물러가라."

김 진사가 눈에서 불을 뿜으며 호통을 치자 마을 사람들은 얼굴이 하얗게 변해 달아났다.

"종놈 주제에 감히 주인집에 몰려와 야료를 부리다니 시절이 좋기는 좋구나. 다시 한번 얼씬거렸다간 모조리 다리를 분질러놓을 테니 그런 줄 알아라. 어흠!"

김 진사는 달아나는 마을 사람들에게 호기를 부리며 으름장을 놓기까지 했다.

"나리, 놈들을 복날 개 패듯 패야 할 걸 그랬습니다. 저런 놈들은 혼을 내주어야 합니다."

마름인 하종악이 김 진사에게 굽실대면서 말했다. 마을 사람들이 돌아가자 허드렛일을 하던 여자들도 뒷전에서 웅성거리며 속 시원하다고 맞장구를 쳤다.

"흉년에 살가죽밖에 안 남은 놈들을 더 때려서 무얼 하겠나? 수고들 하였으니 주막에 가서 술이나 마시거라."

김 진사가 큰일을 했다는 듯 손을 탁탁 털면서 하종악에게 엽전 한 꾸러미를 내주었다.

수향은 여자들 틈에 있다가 최형백이 아버지에게 맞는 것을 보며 조마조마했다. 최형백은 재형의 아버지다. 자기 아버지가 수향의 아버지에게 몽둥이로 맞았다는 사실을 재형이 알면 그녀를 원망할 게 분명했다. 수향은 아버지가 원망스러웠다.

최형백이 마을 사람들을 이끌고 한밤중에 김 진사의 집에 다시 들이닥친 것은 매를 맞고 돌아간 지 닷새가 되었을 때였다. 최형백의 뒤에는 마을 장정들도 잔뜩 몰려와 있었다.

"나리, 곳간에 쌀을 수백 석 쌓아놓고 있으면서 흉년에 쌀 몇 섬 내놓는 것이 그리 아깝습니까? 먹을 쌀 한 톨 남겨놓지 않고 거둬가면 우린 어떻게 하라는 겁니까?"

최형백은 전에 없이 눈빛이 흉흉했다. 그것은 종놈의 눈이 아니라 광인의 눈이었다.

"이놈! 네놈이 정녕 죽고 싶으냐? 아비도 없는 종놈이 양반에게 대들어?"

김 진사가 펄펄 뛰면서 소리를 질렀다.

"아비도 없는 종놈이라고? 세상에 아비 없는 종놈이 어디 있소?"

최형백은 눈에 핏발을 세우고 대거리했다.

"이놈, 천한 종놈이 감히 주인에게 말대꾸를 하는 것이냐?"

"그래, 나는 천한 종놈이오. 종놈은 사람이 아니오?"

최형백의 말에 김 진사의 얼굴이 하얗게 변했다.

"닥쳐라!"

김 진사가 최형백에게 맨발로 달려갔다.

"이놈, 내가 오늘 네놈을 살려두지 않을 것이다."

"오냐! 죽여라. 네가 사람 백정이냐?"

최형백이 김 진사의 멱살을 움켜잡고 번쩍 치켜들었다가 내팽개쳤다. 순식간에 벌어진 일이었다. 김 진사가 비명을 지르면서 엉덩방아를 찧고 나뒹굴었다.

"이놈, 네놈이 실성했구나."

"핫핫핫! 내가 실성한 것을 이제야 알았느냐?"

최형백이 김 진사의 가슴팍을 사나운 발길로 짓밟았다.

"여보게들, 뭘 하고 있나? 저놈이 사람 죽이게 생겼어."

하종악이 안절부절못하면서 종들에게 소리를 질렀다. 종들이 그제야 마지못해 말리는 시늉을 했다. 김 진사는 그 틈에 혼비백산하여 내당으로 달아났다.

"이 집에 있는 종놈들은 내가 누군지 다 알 것이다. 쌀 두 가마를 옆구리에 끼고 산길을 나는 듯 달리는 사람이 바로 나다. 누구든 내 앞길을 막으면 허리를 두 동강으로 분질러버릴 테니 내 앞에서 썩 물러가라!"

최형백의 눈에서 불이 뿜어졌다. 종들은 최형백의 기세가 워낙 사나워 슬금슬금 눈치를 보면서 몸을 사렸다. 최형백은 곳간 문을 도끼로 찍어 연 뒤에 마을 사람들에게 쌀을 가져가라고 했다. 마을 사람들이 다투어 쌀을 내가도 누구 하나 입을 여는 사람이 없었다.

김 진사는 최형백에게 당하고 이틀 동안이나 끙끙 앓았다.

유씨 부인이 하인들을 시켜 의원을 데려오고 약을 달였다. 최형
백과 마을 사람들은 쌀 열 가마를 내간 뒤에 곳간을 그냥 두었
다. 아낙네들이 우물가와 부엌에서 수군거리는 소리를 들으니,
최형백이 김 진사에게 매를 맞고 돌아간 이틀 후에 그 부인이
죽었다고 한다. 최형백의 부인은 죽기 전에 쌀밥 한번 배부르게
먹는 것이 소원이라고 말했다고 한다. 최형백은 그 말을 듣고
피눈물을 흘렸다고 한다. 최형백이 부인을 산에 묻고 돌아온 날
이 김 진사의 집으로 쳐들어와서 쌀을 내간 날이었다.

'재형의 어머니가 죽었구나!'

수향은 재형의 어머니가 죽었다는 말에 가슴이 저렸다. 수
향의 집으로 몰려와 아버지에게 행패를 부린 까닭을 어느 정도
이해할 수 있을 것 같았다.

그러나 종이 양반을 때린 사건이었다. 집안은 그 일로 뒤숭
숭했다. 집안일을 하는 사람들이 곳곳에 모여 최형백이 관청에
잡혀가면 사형을 당할 것이라고 수군거렸다. 아버지는 몸이 조
금 낫자 마름 하종악을 경원부에 보내 포졸들을 불러왔다. 그날
은 저녁나절부터 비가 내리기 시작했다. 아버지는 빗속에서도
포졸들을 앞세워 종들까지 데리고 재형의 집으로 향했다. 수향
은 아버지가 포졸과 종들을 데리고 재형의 집으로 몰려가자 덜
컥 겁이 났다. 재형의 아버지가 포졸들에게 잡혀가면 사형을 당
할지도 모르고, 그렇게 되면 재형이 수향을 원망할 것이 분명했
다. 수향은 재형의 원망을 받고 싶지 않았다.

수향은 호열자를 앓아 죽어가고 있을 때 재형과 혼례를 올
려 액땜을 했었다. 비록 마을 사람 아무도 모르게 비밀리에 올

린 혼례였지만 그날 기분이 미묘했다.

'여자는 혼례를 올리면 일부종사(一夫從事)를 해야 한다고 책에서 읽었는데……'

재형은 하룻밤의 신랑에 지나지 않다고 아버지와 어머니가 말했다. 재형과의 혼례가 자신을 살리기 위한 것일 뿐이었다고 어머니가 말했으나, 수향은 어머니가 틀렸다고 생각했다. 여자는 혼례를 올리면 절개를 지켜야 한다. 수향이 읽은 많은 책들이 여자의 절개에 대해 이야기를 했다. 설령 그런 책이 아니더라도 재형과 혼례를 올린 뒤 같이 살고 싶었다.

혼례를 올리던 날 밤에 수향은 열이 심하게 올랐다. 재형이 준 술 때문인지 몰랐으나 불을 끄고 눕자 불덩어리처럼 몸이 더워지고 온몸이 흥건히 젖을 정도로 땀이 흘러내렸다. 어떻게 하다가 재형에게까지 갔는지 알 수 없었다. 재형의 가슴에 엎드리자 이상하게 열이 가라앉으면서 심신이 상쾌해져 잠을 잘 수 있었다. 날이 밝기도 전에 재형은 자기 아버지의 등에 업혀서 돌아갔다.

"이제는 그놈을 만나면 안 된다. 그놈은 추수만 끝나면 경원을 떠날 것이다."

아버지가 엄중하게 말했을 때 수향은 가슴이 쿵 하고 내려앉는 듯했다. 호열자가 나았으나 재형을 만날 수 없었다. 언제든 재형을 만날 수 있을 때는 몰랐었는데 이제는 재형을 만나지 못한다고 생각하니 가슴을 칼로 베어내는 것 같았다. 그와 동시에 재형이 보고 싶다는 마음이 맹렬하게 일어났다. 수향은 대문 밖에서 재형의 집 쪽을 하염없이 쳐다보았다.

'보고 싶다. 미치도록 보고 싶다!'

재형의 집은 빗줄기와 산모퉁이에 가려 보이지 않았다. 아버지는 재형의 집으로 가서 좀처럼 돌아오지 않았다. 아버지가 하종악을 거느리고 돌아온 것은 수향이 건넌방으로 돌아와 서책을 펼쳐놓고 있을 때였다. 아버지가 눈알을 부라리며 내당으로 들어서는 모습을 보고 가슴이 철렁했다. 아버지의 눈은 시퍼런 불길이라도 뿜을 듯이 형형했다.

"어흠, 말세가 온 것이야. 종놈 주제에 감히 주인을 치고 곳간을 털었으니 변고가 일어난 거야. 내 이놈을 반드시 잡아서 물고를 낼 것이다!"

아버지는 분이 풀리지 않는지 문을 쾅 닫고 안방으로 들어갔다. 하종악과 장정들이 내당 앞에서 웅성거리다가 흩어졌다. 수향은 아버지가 무슨 말을 하는지 안방에 귀를 기울였다.

"재형이네는 갔다가 오시는 겁니까?"

어머니가 아버지의 분을 풀어주려는 듯 사근사근한 목소리로 말을 건넸다.

"이놈들이 낌새를 눈치 채고 야반도주를 했어."

"야반도주를 하다니요? 어디로 야반도주를 했다는 말씀입니까?"

"내 그걸 어찌 알겠어? 사람들을 시켜 강으로도 보내고 남령(南嶺)으로도 보냈으니 무슨 소식이 있겠지."

남령은 한성으로 올라가는 길에 있는 고개를 말하는 것이고, 강은 두만강을 말하는 것이었다.

"대체 재형이네가 어찌 눈치를 챘을까요?"

"유유상종이라고 종놈들 중에 누가 연통을 해주었겠지."

수향은 가만히 한숨을 내쉬었다. 재형의 아버지가 아버지에게 매를 맞은 것은 이번이 처음은 아니었다. 아버지는 성격이 급해서 모내기를 제때 하지 않았다고 재형의 아버지에게 매질을 하고, 어른이 출타했다가 돌아왔는데 인사를 드리러 오지 않았다고 매질을 했다. 아버지가 세도 당당한 양반인 데 비해 재형의 아버지는 대대로 종놈이기 때문이라고 했다. 재형의 아버지는 아버지에게 맞아 죽어도 하소연할 곳이 없는 종놈이라는 것이었다.

수향은 잠이 오지 않았다. 재형의 일가가 마을을 떠났다는 사실에 가슴이 아팠다. 어쩌면 재형을 다시는 보지 못할지도 모른다는 생각에 슬펐다. 수향은 이튿날 아침 일찍 일어났다. 밤새도록 추적대던 비가 그치고 날이 선연하게 맑았다. 아버지가 일어나기 전에 옷을 차려입고 재형의 집으로 달려갔다. 아직 날이 밝지 않아 마을의 동녘 하늘로 박명이 푸른빛으로 밝아오고 있었다.

'아!'

수향은 재형의 집 앞에 이르자 깜짝 놀랐다. 재형의 집은 불에 타서 시커먼 잿더미만 남아 있었다.

'아버지가 불을 지른 거야.'

수향은 잿더미를 오랫동안 들여다보다가 뒷산 영마루로 올라갔다. 재형이네가 강을 건너 러시아 땅으로 갔을 것이라는 생각이 들었다. 언젠가 재형이 흉년이 계속되어 러시아 땅으로 갈지도 모른다고 말했던 기억이 났던 것이다.

풀잎은 찬 이슬에 젖어 있었다. 산들은 단풍이 들어 타는 듯 붉고 숲에는 새들이 지저귀고 있었다. 수향은 풀숲을 발로 차면서 걸었다. 수향의 치맛자락이 풀잎에 맺힌 이슬에 흥건하게 젖었다. 소나무 한 그루가 영마루에 우뚝 서 있어서 '일송령'이라 부르는 뒷산 영마루에 이르자, 멀리 두만강이 하얀 띠를 풀어놓은 듯 동쪽으로 흘러가는 것이 보였다. 민족의 영산이라 불리는 백두산 천지에서 흘러내리는 물이라고 했다. 마을에서 강까지는 황금빛 들을 따라 길이 구불구불 몇 굽이를 돌아 강에 이르고 있었다. 재형이 러시아로 걸어갔을 길이었다. 수향은 길을 내려다보고 있자 웬일인지 눈물이 흘러내렸다. 영마루에 우뚝 서 있는 소나무 등걸에 기대어 하염없이 들길을 바라보고 있는데 눈물이 쉴 새 없이 흘러내렸다.

"재형아……!"

수향은 두 손을 입에 모아 소리쳐 불렀다. 강 건너 러시아 땅에 있는 재형이 들을 것만 같았다.

"재형아……!"

수향은 목이 터지도록 소리를 질렀다.

최형백은 지게를 지고 가다가 뒤를 돌아보았다. 막내아들 재형이 최형백의 뒤를 따라 타박타박 걸음을 떼어놓고 있었다. 큰아들 최재일은 지게를 지고 며느리는 보따리를 머리에 이고 걸음을 놓으면서 입이 한 발이나 나와 구시렁대고 있었다. 세간을 최형백과 최재일이 각자의 지게에 나누어 지기는 했으나 옷가지 같은 것들은 며느리에게 이게 하고, 재형에게도 등짐을 만들어주었다. 최형백은 소갈머리 없는 며느리의 심통에 눈꼴이 시었다.

"가기 싫으면 여기서 김 진사놈한테 맞아 죽을 거야?"

최형백이 머리에 보따리를 잔뜩 짊어진 며느리를 노려보면서 윽박질렀다. 최형백도 고향을 떠나는 것은 탐탁지 않아했다. 그러나 강을 건너 러시아 땅으로 가는 것은 평생을 살지 않더라도 일단은 김 진사의 보복이라도 피하기 위해서였다. 누군들 이 땅을 떠나고 싶겠는가. 산 설고 물 선 타국 땅으로 가고 싶지는 않았다. 말도 다르고 사람도 다른 곳으로 떠나는 데는 신천지에 대한 욕심도 있었다. 막상 세간 정리하여 강을 건너려는데 며느리가 내내 심통을 부렸다.

"관병들이 지키지 않을까?"

"재수 없는 소리 작작 하라니까."

여편네의 말에 최재일이 신경질을 부렸다. 최재일은 지게에 이부자리며 살림살이를 잔뜩 지고 있었기 때문에 걸음걸이가 불편했다. 최형백은 속으로 혀를 찼다.

"몇 해만 지나면 다시 올 수 있는 거지?"

"그놈의 여편네, 주둥이를 바늘로 확 꿰맬까 보다."

최재일은 자꾸 딴죽을 거는 여편네에게 화를 내면서 눈을 부릅떴다. 두만강 하류라 해도 걸어서는 강을 건널 수가 없었다. 돈을 주고 작은 나룻배를 얻어 사공을 기다리게 했는데, 여편네가 차마 걸음이 떨어지지 않는지 딴죽을 걸고 있었다.

날씨는 우중충했다. 낮부터 하늘이 찌뿌드드하고 바람에 축축한 습기가 묻어나고 있었다. 빗발이 뿌리려는지 멀리서 강 물결 소리가 낮게 들렸다.

"아버지, 강이 멀었어?"

재형이 최형백을 올려다보면서 물었다. 풀숲에 후드득대는 빗소리가 들리더니 이마에 차가운 빗방울이 떨어졌다.

"이제 얼마 안 남았다."

"아버지, 비 온다."

"누가 비 오는 걸 모른단 말이냐? 잔소리 말고 어서 가자."

최형백은 입술을 깨물었다. 고향 떠날 생각을 하자 가슴으로 묵지근한 통증이 훑고 지나가는 기분이었다. 그는 명치끝을 지그시 눌렀다. 아들놈은 알고 있기나 한 것일까. 강을 건너면 산 설고 물 선 타지였다. 사람들과 말도 통하지 않는 남의 나라로 떠나는 것이 살점을 베어내는 것 같다는 것을 알기나 하겠는가. 정든 땅 정든 마을을 떠나는 것을 싫어하는 며느리의 여린 마음을 모르는 바 아니었다. 그러나 이 땅에 무슨 미래가 있는가. 늙어 허리가 꼬부라질 때까지 죽어라 일을 해도 신산한 삶을 벗어날 수 없었다. 풍년이라 해도 등 따습고 배부르게 살 수 없었다. 양반들에게 허리 굽혀 살지 않아도 되는 세상이 오지 않으면 천민들의 삶은 언제나 같았다. 할아버지 이전의 일은 알지 못했다. 다만 할아버지와 아버지가 양반의 종놈이었고, 그도 종놈이어서 살아가기가 숨이 찼다. 게다가 흉년에 호열자까지 돌자 최형백은 눈에 핏발이 서는 것 같았다.

'이렇게 살 수는 없다. 고향에 다시 돌아오지 못해도 이렇게 살 수는 없다.'

최형백은 몇 년째 그런 생각을 하다가 여편네가 죽자 강을 건너기로 결심한 것이다.

버드나무 잎사귀를 흔들어대는 바람에 마침내 성긴 빗방울이 묻어나기 시작했다. 최형백은 걸음을 재게 놀렸다. 날이 어두워지면서 빗줄기가 더욱 굵어지고 있었다. 음력 8월 하순이었다. 모진 가뭄에도 살아남은 버드나무 잎사귀들이 노랗게 물들어 바람이 불지 않아도 하늘하늘 떨어지고 흙비로 황폐해진 들판에는 잡초만 무성했다.

"어서 가자."

최형백은 아들놈과 며느리를 재촉했다. 아들놈과 며느리가 최형백을 따라 걸음을 재게 놀렸다. 비가 내리고 있어서 나루를 향해 걷는 것이 쉽지 않았다. 수십 리를 더 걸어가면 물이 얕아서 걸어 건널 수 있었으나 여기서는 쉽게 건널 수가 없었다.

"저기다. 이제 다 왔어."

최형백이 강가로 걸어가면서 들뜬 목소리로 소리를 질렀다. 빗발이 점점 강해지는 무성한 풀숲에 나룻배가 한 척 있었다.

"어서 배에 타라."

최형백이 지게를 나루에 옮기고 재형의 손을 잡았다. 최재일도 지게를 조심스럽게 배 위에 올려놓았다. 며느리는 머뭇거렸으나 최재일이 머리 위의 보퉁이를 받자 배에 올라탔다. 시퍼렇게 흐르는 강물에도 빗방울이 떨어지고 있었다.

"사공도 없나요?"

며느리가 기우뚱거리는 뱃전에 앉아 물었다. 최형백은 며느리가 배가 뒤집힐까 봐 걱정하고 있을지도 모른다고 생각했다.

"이런 위험한 일에 사공이 어디 있어? 사공은 배만 갖다 놓고 가버렸어."

최형백과 최재일이 노를 잡았다. 풀숲에서 강 건너편까지는 하류라 해도 상당히 멀었다. 게다가 녹둔도가 근처에 있어 강을 건너는 것은 위험한 일이었다. 녹둔도 만호는 수백 명의 병사들을 거느리고 만주와 러시아로 건너가는 사람들을 잡아서 처형했다.

"아버님, 몇 년만 지나면 다시 오는 거지요?"

며느리가 젖은 눈으로 최형백을 쳐다보면서 물었다. 치맛자락으로 얼굴의 빗물을 닦는데 속바지가 보였다.

"언젠가는 다시 와야지. 남의 나라에서 어떻게 살겠어?"

최형백은 착잡한 목소리로 말하고 노를 젓기 시작했다. 낡은 나룻배가 삐거덕거리면서 강심으로 나아가기 시작했다. 날이 점점 어두워지고 있으므로 녹둔도의 파수병들에게는 보이지 않을 것이다.

재형은 누런 황토빛으로 흐르는 강물을 쓸쓸히 바라보았다. 재형이 살던 고향에서 배가 점점 멀어지고 있었다. 재형은 왜 아버지의 손에 이끌려 강을 건너야 하는지 알 수 없었다. 형수가 자꾸 불안해하는 것으로 미루어보아 강을 건너는 일이 결코 좋은 일이 아니라는 것을 짐작할 수 있었다. 분명한 점은 그들 가족 모두가 한 번도 가본 일이 없는 미지의 세계를 향해 가고 있다는 사실이었다. 강을 건너면 러시아 땅이고 다시 돌아오는 일이 결코 여의치 않을 것이다. 강을 건너 돌아오지 못하면 수향의 얼굴도 볼 수 없을 터였다. 재형은 수향의 얼굴을 떠올리자 가슴속으로 스산한 가을바람이 불어오는 것 같았다. 혼례를 올린 이후 내내 수향을 볼 수 없어 쓸쓸했다.

'액땜을 하기 위한 혼례가 아니라 진짜 혼례였으면 좋았을 텐데……'

재형은 그렇게 생각했다. 수향과 혼례를 올리던 일이 꿈만 같았다. 연지 곤지를 바르고 족두리를 쓴 수향은 꽃처럼 아름다웠다. 그 얼굴을 떠올릴 때마다 재형은 가슴이 세차게 뛰고 얼굴이 화끈거렸다. 수향을 보고 싶었다.

'이제 강을 건너면 두 번 다시는 수향을 볼 수 없으리라.'

재형은 그 생각을 하자 눈시울이 뜨거웠다.

어머니의 갑작스러운 죽음도 재형의 가슴을 에게 했다. 호열자가 물러갔다고 했는데도 어머니는 호열자를 앓았다. 무서운 고열과 설사가 며칠 동안 계속되었다. 어머니는 순식간에 눈이 우묵하게 들어가고 몸이 빼빼 말랐다. 아버지가 의원을 불러왔지만 소용이 없었다. 의원은 어머니가 굶주린 까닭에 병마가 침입한 것이라고 했다. 몸이 허약해서 물러간 호열자가 다시 온 것이라고 했다. 아버지가 어머니의 시신을 가마니에 둘둘 말아 산에 묻었을 때 재형은 목메어 울었다. 어머니가 그렇게 죽음을 맞이했다는 사실이 믿어지지 않았다. 어머니는 베를 짤 때는 재형을 무릎에 앉히고 재웠다. 어머니의 무릎을 베고 누우면 그렇게 편할 수가 없었다.

'어머니!'

재형은 어머니를 생각하다가 입술을 깨물었다. 또다시 눈시울이 뜨거워오면서 울음이 터지려고 했다.

마을 사람들 절반이 흉년과 호열자로 죽었다. 사람들은 마을의 부자인 김 진사 집으로 몰려갔다. 그들은 김 진사에게 구휼미를 베풀어달라고 요구했으나 김 진사는 자기들도 식량이 모자란다며 내놓지 않았다.

"구휼미는 나라에서 내는 것이지 내가 관여할 바가 아니네."

"나리, 구휼미가 없으면 우리는 굶어 죽습니다."

"사정이야 딱하지만 내가 어찌하겠나?"

김 진사와 마을 사람들은 옥신각신했다. 그러나 김 진사가 구휼미를 내놓지 않겠다는데야 하늘만 원망할 뿐 뾰족한 방법이 없었다. 민심은 흉흉했다. 하늘이 잘못되어 양반만 살고 다른 백성들은 죽는다고 여기저기서 수군거렸다. 아이들은 배가 고프다며 칭얼대고, 노인들은 뱃가죽을 움켜쥔 채 죽어갔다.

"하얀 쌀밥 한 그릇만 먹고 죽으면 소원이 없겠네."

어머니가 아버지를 보고 말했다. 아버지는 그날 밤 마을 사람들을 데리고 김 진사를 찾아갔고, 결국 몽둥이로 얻어맞아서 피투성이가 되어 돌아왔던 것이다.

"아버지가 쌀을 가져오실 게다. 그럼 우리 재형이도 하얀 쌀밥을 배불리 먹게 해주마."

어머니가 앙상하게 마른 손으로 재형의 손을 잡고 말했다. 그러나 피투성이가 되어 돌아온 아버지를 보고 어머니는 하염없이 눈물을 흘렸다.

"징그런 놈의 세상…… 누가 이놈의 세상 좀 뒤집어엎었으면……."

어머니가 울음 섞인 목소리로 말했다. 그러고는 그 한마디를 남기고 숨이 끊어졌다.

　아버지는 어머니의 시신을 하루 동안 집 안에 놓고 곡을 했다. 마을 사람들 몇몇이 어머니의 시신을 지켰으나 관을 만들 여력이 없었다. 아버지는 어머니의 시신을 가마니에 둘둘 말아 지게에 지고 가서 산에 묻었다.

　"잘 봐둬라. 여기가 네 어미 무덤이다. 나중에 네가 어른이 되면 어머니를 관에 넣고 비석도 세우거라. 네 어미가 자두를 좋아했으니 나중에 무덤 앞에 자두나무도 한 그루 심어라."

　아버지가 눈물을 닦으면서 말했다. 그날 밤 아버지는 수향의 집에 가서 김 진사를 패대기치고 발로 짓밟았다고 했다. 도끼로 곳간 문을 찍어 쌀을 내오기는 했으나 마을 사람들에게 나누어주고 자신은 한 톨도 건드리지 않았다. 어머니가 먹지 못한 쌀밥을 아버지는 목으로 넘길 수 없다고 했다.

　'그러잖아도 이놈의 땅을 떠나려고 했다.'

　김 진사의 종 한 사람이 포졸들을 데리고 올 것이라는 사실을 알려주자 아버지는 허탈한 표정으로 웃었다. 그리고 그날 불안에 떨고 있는 형 내외에게 짐을 챙기게 하여 두만강을 건넜던 것이다.

　"아버님이 김 진사 나리만 패대기치지 않아도 야반도주를 안 해도 되었을 텐데……."

　형수는 고향을 떠나는 것이 서러운지 내내 훌쩍였다. 아버지는 징징대는 형수에게는 일절 말이 없었다. 재형은 빗줄기가 추적대는 길을 걸으면서 몇 번이나 뒤를 돌아다보곤 했다. 마을을 떠나는 것이 어떤 의미인지 알지 못했고, 강을 건너는 것이 자신의 인생 행로를 어떻게 바꿀지 전혀 알 수 없었다.

재형의 가족은 마침내 강을 건넜다. 그들은 강을 건너자마자 동북쪽으로 걸음을 재촉했다. 재형도 아버지를 따라 걸음을 재게 놀렸다. 날이 어두워지고 있는데다 비까지 내리고 있어서 몸이 으슬으슬 떨렸다.

"아버님, 어디까지 가야 해요?"

머리에 인 보따리가 무거운지 지친 목소리로 물어오는 형수는 아버지 때문에 고향을 떠나게 되었다고 불만이 많았다.

"되도록이면 강에서 멀리 떨어져야 돼."

"여기는 러시아 땅이 아닌가요?"

"여기는 조선에서 가까워서 관리들이 군사들을 보내 사람들을 잡아가기도 해. 그러니 힘들어도 멀리 가야 한다. 잡히면 목이 잘릴지 몰라."

아버지가 한숨을 내쉬고 형수에게 부드럽게 말했다. 1년에 한 번 정도 경원부에서는 밤중에 몰래 강을 건너 월경한 조선인들을 잡아들여 처형했다. 아버지는 그것을 두려워했다. 강을 건너 러시아 땅을 찾아가는 것은 살기 위한 것인데, 군사들에게 잡혀 죽임을 당할 수는 없는 일이었다.

'러시아 땅이라 해도 조선과 다르지 않네.'

재형은 무성한 풀숲과 넓은 들판을 살피면서 속으로 중얼거렸다. 그러나 빗속에서 걷는 일이 점점 힘들었다. 한참을 걸어도 벌판만 끝없이 이어질 뿐 인가가 없었다. 그들은 사방이 캄캄하게 어두워질 때까지 계속 빗속을 걸었다.

"오늘은 여기서 쉬었다 가자. 사방이 칠흑처럼 캄캄해 아무

것도 분간할 수 없구나."

아버지가 가족들을 쉬게 한 곳은 누가 만들어놓았는지 알
수 없는 작은 움막이었다. 오랫동안 걸어서 지쳐 있었는데다 밤
이라 길도 보이지 않았다. 움막은 비좁았으나 마른풀까지 깔려
있었다.

"여기에 왜 빈집이 있을까?"

"내가 어떻게 알겠어?"

"사람은 살지 않는 것 같아."

"옷을 갈아입어야 돼. 그렇지 않으면 고뿔에 걸릴 거야."

형과 형수가 움막 안을 살피며 낮은 목소리로 이야기를 주
고받았다. 아버지는 움막에 짐을 내려놓고 가족들에게 옷을 갈
아입게 했다. 가족들은 보퉁이에서 옷을 꺼내 마른 옷으로 갈아
입고 소금을 뿌린 주먹밥으로 저녁을 때웠다. 재형은 주먹밥을
먹은 뒤에 마른풀 위에 누웠다. 오랫동안 빗속을 걸어서인지 다
리가 아팠다.

우르르.

멀리서 은은하게 산이 우는 것 같은 소리가 들리더니 번쩍
푸른 섬광이 터졌다. 하늘을 조각낼 것 같은 빛 한 줄기가 대지
에 내리꽂히면서 우르르 쾅 하고 벼락이 떨어졌다. 재형은 깜짝
놀라 귀를 틀어막았다. 형과 형수가 움막 문을 열고 밖을 내다
보았다. 어두운 하늘에서 빗줄기를 뿌리면서 천둥 번개가 몰아
치고 있었다. 재형은 천둥 번개와 쏟아지는 빗소리 때문에 쉬
잠이 오지 않았다. 어쩌면 고향을 떠났다는 사실이 가슴을 무겁
게 짓누르고 있는 탓인지 몰랐다.

'왜 우리는 러시아에 가야 할까?'

재형은 어쩐지 러시아로 가는 일이 불안했다. 무엇인지 알
수 없었으나 무섭고 두려운 것이 러시아에 있을 것 같았다. 아
버지도 잠이 오지 않는지 러시아에 대해 사람들에게 들은 이야
기를 했다. 러시아는 땅이 넓을 뿐 아니라 사람들의 얼굴이 하
얗고 눈이 파랗다고 했다. 머리카락은 노란색이 많은데 양반과
종이 없는 나라라고 했다. 재형은 아버지의 이야기를 들으면서
깊은 잠 속으로 빠져들었다.

이튿날은 거짓말처럼 날이 맑게 개었다. 차가운 주먹밥으로
아침을 때우고 재형의 가족은 다시 길을 떠났다. 재형이 무거운
걸음을 떼어놓으면서 사방을 살피니 벌판이 끝없이 펼쳐져 있
었다. 집도 마을도 없는 황량한 벌판이었다. 길도 없는 벌판에
잡초만 무성했다.

"이렇게 넓은 땅에 인가가 없네. 이 땅을 개간하면 부자가
되겠네요."

형이 아버지를 향해 실없이 웃으면서 말했다.

"아무도 없는 벌판에서 우리 가족만 살 수는 없다. 가다가
보면 마을이 있을 게야."

아버지가 걸음을 재촉했다. 아버지는 때때로 재형을 돌아보
면서 걸음을 서두르라고 말했다.

한낮이 한참 지났을 때 재형의 가족은 양떼를 몰고 가는 한
무리의 사람들을 만났다. 그들이 재형의 가족에게 와서 무엇인
가 이야기를 했으나 한마디도 알아들을 수 없었다. 왁자하게 떠
들어대던 그들은 고개를 흔들면서 구운 양고기와 마유주(馬乳

酒) 한 부대를 주었다.

"무슨 말을 하는지 도무지 알 수가 있어야지. 그래도 먹을 것을 주니 인심이 사납지는 않네."

아버지는 광대한 초원으로 멀어져가는 사람들을 보면서 손을 흔들었다. 재형도 양떼를 몰고 가는 사람들을 향해 손을 흔들었다. 재형의 가족이 이름을 알 수 없는 마을에 도착한 것은 두만강을 건넌 지 사흘째 되는 날이었다.

"이곳은 농사지을 땅이 많지 않소. 얀치혜는 개간하지 않은 땅이 많고 우리 동포들도 있소."

재형의 가족은 그 마을에서 뜻밖에 회령 사람을 만날 수 있었다. 그는 50대의 깡마른 사내였는데 아버지에게 얀치혜로 가는 길까지 친절하게 가르쳐주었다.

"색목인(色目人)이다."

조선인 사내와 헤어져 마을을 걸을 때 형수가 소리를 질렀다. 재형이 놀라서 쳐다보자 하얀 얼굴에 파란 눈의 사람들이 말을 타고 지나가다가 걸음을 멈추고 재형의 가족을 신기한 듯 쳐다보고 있었다. 재형은 난생처음으로 얼굴과 눈의 색이 다른 사람들을 쳐다보았다. 남자들은 양복에 긴 장화를 신고 있었고, 여자들은 드레스 차림에 모자를 쓰고 있었다.

"가자. 모르는 사람들을 쳐다보면 시비를 건다고 할 거다."

아버지는 가족을 이끌고 마을을 떠났다.

조선인들이 무리 지어 살고 있는 얀치혜에 도착한 것은 두만강을 건넌 지 열흘이 지난 석양 무렵이었다. 재형은 발바닥이 부르트고 종아리가 땅겨서 울며 걸음을 떼어놓았다. 형수도 이제는 죽어도 못 걷겠다고 투덜거리던 판이었다. 마을 이곳저곳에서 사람들이 웅성거리고 몰려나와 재형의 가족을 둘러싸고 반가워했다.

"어디서 왔소?"

"경원에서 왔습니다."

"우리도 경원에서 왔소. 고향 사람 만나니 반갑소."

얀치혜에 먼저 와서 살고 있던 조선인들은 재형의 가족을 따뜻하게 환영했다.

"오시느라 고생이 많았소. 여기는 땅이 넓으니 우리 동포끼리 모여 삽시다."

얼굴에 칼자국이 있는 40대 사내가 아버지의 두 손을 잡으면서 말했다. 재형은 이제 더 걷지 않아도 된다는 사실에 속으로 안도의 한숨을 내쉬었다. 그러나 한편으로는 고향을 너무 멀리 떠나왔다는 생각에 슬퍼졌다. 얀치혜에는 이미 조선인들이 개간한 논밭까지 있었다.

더 넓은 세상을 향하여

재형은 학교에서 돌아오다가 개울을 건너며 잡초가 우거진 황무지를 일구고 있는 아버지와 형을 바라보았다. 두만강을 건너 경원에서 얀치혜로 온 지 2년, 형과 아버지가 자고 일어나면 하는 일이었다. 얀치혜에 와서 두 번 겨울을 보냈다. 얀치혜의 겨울은 혹독하게 추웠다. 두만강이 서쪽에 있고 이수(里數)로는 4~5백 리, 어른 걸음으로는 열흘밖에 걸리지 않는데 겨울이 유난히 길고 추웠다.

얀치혜는 1860년부터 조선인들이 몰려와 10여 가구가 살고 있었다. 남진 정책을 실시하고 있는 제정 러시아는 광활한 황무지를 개발할 필요성을 느껴 만주인들과 조선인들이 들어와 개간하고 정착하여 사는 것을 허락했다. 오히려 그들은 유민들의 이주 정책을 장려하여 이주자들이 굶어 죽지 않을 정도의 양식까지 배급해주면서 격려했다. 아이들은 모두 학교에 다니게 했다. 러시아는 자신들의 영토에 사는 조선인들에게 러시아 국적을 주고 러시아어를 가르쳤다. 그뿐만 아니라 극동 지역에 러시아 관리들을 파견하고 총독을 보내 다스렸다.

"땅은 거짓말하지 않아. 개간하면 전부 우리 땅이니 열심히 일해라."

아버지는 욕심이 많았다. 그는 재형의 형과 함께 새벽같이 일어나 황무지의 돌을 캐내고 잡초를 뽑았다. 재형도 학교에서 돌아오면 아버지 일을 도왔다. 그나마 얀치혜에서 40리밖에 안 떨어진 지신허에 최학송 일가가 살고 있는 것이 다행이었다.

"아버지, 학교 다녀왔습니다."

재형은 아버지에게 큰 소리로 외쳤다.

"오냐. 공부 많이 했냐?"

아버지가 허리를 펴고 재형을 살폈다.

"예, 많이 했습니다."

"그럼 어서 들어가서 형수에게 밥 차려달래서 먹어라. 배고프겠다."

"예."

재형이 허리를 굽히면서 대답했다. 재형은 집으로 돌아가는 걸음이 점점 무거워졌다. 집에서 일하고 있는 형수의 얼굴을 떠올리자 가슴이 답답했다. 형수는 얀치혜를 싫어했다. 2년 전 강을 건너 러시아로 올 때부터 투덜거리더니 아버지에게 하지 못하는 화풀이를 재형에게 해왔다.

"형수님, 다녀왔습니다."

재형은 마당에 퍼질러 앉아 아기를 업은 채 감자를 깎고 있는 형수에게 꾸벅 절을 했다. 형수는 얀치혜에 와서 아들을 낳왔다.

"학교 끝난 지가 언젠데 이제 와? 어디서 놀다가 온 거지?"

형수가 눈을 치뜨고 재형을 노려보았다.

"아닙니다. 오늘은 늦게 끝났습니다."

"공부는 네 시간밖에 안 하는데 무슨 소리야? 지신허에 살고 있는 봉준이를 봐라. 고 쪼그만 놈이 학교도 안 다니고 돈을 벌러 다닌다더라."

형수의 말에 재형은 봉준의 얼굴을 떠올리고 속으로 웃었다. 개구리처럼 눈이 툭 튀어나오고 배가 나온 봉준을 생각하니 저절로 웃음이 나왔다.

"밥 먹고 일하러 나가겠습니다."

재형은 형수의 말에 일일이 대꾸하기 싫어 부엌을 기웃거렸다. 집이라고 짓기는 했지만 움막이나 다를 바 없었다. 아버지와 형이 나무를 베어다가 기둥을 세우고, 서까래를 매달고, 짚이 없어 억새를 베어다가 지붕을 덮었으나 엉성했다. 문짝은 아귀가 맞지 않고 흙벽돌을 만들어 벽을 쌓았어도 흡사 토굴 같았다. 구들을 놓을 수가 없어 방바닥을 고르고 억새로 돗자리를 만들어 깔았다. 함경도에서 러시아 땅으로 건너온 사람들이 모두 그렇게 살고 있었다.

"밥이 어디 있어? 때도 맞춰 오지 않으면서 무슨 밥 타령이야?"

"배고픕니다."

"기다려. 저녁때가 다 되었으니 저녁이나 먹으면 되잖아?"

형수의 야멸친 말에 재형은 주먹을 꽉 움켜쥐었다. 강을 건너 얀치혜로 오면서 형수의 구박이 이만저만이 아니었다. 심지어는 부지깽이로 재형을 마구 때리기까지 했다.

'난 여기를 떠나야 돼.'

재형은 아버지와 형이 일하는 곳으로 터벅터벅 돌아오면서 생각에 잠겼다. 배가 몹시 고팠으나 아버지를 도와 일을 하지 않을 수 없었다.

"밥은 먹었니?"

"예."

아버지의 질문에 재형은 건성으로 대답하고 황무지에서 돌을 주워 한쪽으로 모으기 시작했다. 황무지는 끝없이 넓게 펼쳐져 있었으나 돌이 여간 많지 않았다. 재형은 삼태기에 돌을 주워 담아 나르다가 어머니를 생각했다. 어머니가 살아 있었다면 이런 고생을 하지 않았을 것이다.

"벌써 밥 먹고 나오는 거냐?"

형이 돌부리를 캐내다가 말고 재형에게 물었다. 재형은 형의 말에 대꾸하지 않았다.

"어서 일이나 해라. 학교에서 왜 이제야 오는 거야?"

재형은 묵묵히 밭에 모아놓은 돌을 나르기 시작했다. 형이 마땅치 않은 시선으로 쏘아보다가 돌을 캐내기 시작했다. 언제나 그렇지만 아버지와 형이 돌을 캐내면 재형이 삼태기에 돌을 주워 담아 밖으로 내갔다. 재형은 삼태기에 돌을 담아 밖으로 나르기 시작했으나 금세 지치고 말았다. 이럴 줄 알았으면 차라리 학교에서 더 늦게 돌아올 것을 그랬다고 내심 후회했다.

"뭘 하고 있는 거야?"

재형이 돌무더기 위에 앉아서 쉬자 형이 버럭 소리를 질렀다. 재형은 형을 힐끗 쳐다보고 대답하지 않았다.

"어째서 너는 게으름만 피우고 있는 거냐? 이래 갖고 언제 돌을 다 캐내겠어?"

"무거워서 들 수가 없어."

형이 가까이 오자 재형은 할 수 없이 대답했다.

"밥은 한 그릇씩이나 먹으면서 이깟 것도 못해?"

형이 눈을 부릅뜨고 소리를 질렀다. 재형은 억지로 일어나 돌을 나르기 시작했다. 그러나 너무 배가 고파 돌을 나를 수가 없었다. 뱃가죽이 등에 달라붙은 듯 쓰리고 아팠다.

"빨리빨리 해!"

형이 다시 재형에게 소리를 질렀다. 재형은 깜짝 놀라 형을 돌아보다가 삼태기의 돌을 쏟고 말았다. 그 바람에 커다란 돌멩이 하나가 발에 떨어졌다.

"아야!"

재형은 오른쪽 발가락이 떨어져나가는 것 같은 고통에 이를 악물었다. 눈물이 핑 돌았다. 돌멩이에 찧은 발가락에선 피가 흘러내리고 있었다.

"왜 그래?"

저만치에서 일하고 있던 아버지가 재형을 돌아보고 물었다.

"돌에 찧었어요."

"쯧쯧…… 조심하지 않고……."

아버지는 혀를 찼으나 다시 일하기 시작했다. 아버지는 어머니가 죽은 뒤에 사람이 달라졌다. 하루 종일 말을 하지 않거나 시큰둥한 얼굴로 두만강 쪽만 바라보곤 했다.

"일하기 싫다고 꾀만 부리니까 그렇지."

형이 마땅치 않은 말투로 빈정거렸다. 재형은 흙바닥에 앉아 발가락을 내려다보았다. 엄지발가락이 찢어져 피가 흘러내리고 있었다.

"집에 가서 쉬어."

형이 화가 나서 소리를 질렀다. 재형은 아픈 다리를 끌고 집으로 돌아왔다.

"잘한다, 잘해."

형수는 재형이 발가락을 다쳤다고 하자 살펴보지도 않고 신경질을 부렸다. 재형은 건넌방에 들어가 누웠다. 발가락에서 피가 계속 흘러내려 헝겊으로 감쌌으나 욱신거리고 아팠다. 재형은 돗자리를 깐 방에 누워 수향을 생각했다.

'아아, 수향은 아직도 경원에 살고 있을까……'

얀치혜에서 경원은 며칠이면 갈 수 있었다. 재형은 수향을 생각할 때마다 가슴으로 묵지근한 통증이 훑고 지나갔다. 수향이 보고 싶었다. 수향이 재형을 만나면 발가락이 얼마나 아프냐고 입김으로 불어주고 헝겊으로 상처를 싸매줄 것이었다. 괜히 눈시울이 뜨거워졌다. 재형은 강을 건너 경원으로 돌아가고 싶었다.

"수향……"

재형은 자신도 모르게 수향을 불렀다. 개울가의 정자에서 자신에게 시를 읊어주던 수향의 낭랑한 목소리가 방울 소리처럼 귓전을 울렸다.

"수향……"

수향을 생각하던 재형은 눈앞이 아른거리면서 잠이 쏟아졌다. 배가 너무 고파 잠이 온 것이다. 재형이 발가락이 욱신거리는 통증 때문에 잠에서 깨어났을 때는 사방이 캄캄해져 있었다. 마루에서 웅성거리는 소리가 들리는 것으로 보아 식구들이 저녁을 먹고 있는 모양이었다.

"재형이도 저녁 먹어야지."

아버지의 목소리에 재형은 맹렬하게 시장기가 돌았다.

"잠자는 도련님을 왜 깨워요? 그냥 자게 두세요."

형수가 표독한 목소리로 내뱉었다.

"밥도 안 먹일 셈이야?"

"이따가 일어나면 차려줄게요."

재형은 마루로 나와 식구들과 저녁을 먹으려다가 벽을 향해 누웠다. 형수와 얼굴을 마주치는 것이 죽기보다 싫었다. 아버지가 마땅치 않은 듯 큰기침을 하며 밖으로 나가고, 형과 형수가 즐겁게 이야기하는 소리가 들렸다.

재형은 배가 고파 잠을 이룰 수 없었다. 부엌에 들어가 찐 감자라도 찾아 먹고 싶었지만 달그락거리는 소리가 들리면 형수가 나와서 소리를 질러댈 것이었다. 재형은 아침 이후로 한 끼도 먹지 못했으나 배를 움켜쥐고 잠을 청했다. 그러나 배가 너무 고파 좀처럼 잠이 오지 않았다. 어찌어찌하다가 간신히 잠이 들었는데, 잠이 들자마자 꿈을 꾸었다. 흰옷을 입은 어머니가 문밖에서 재형을 부르는 꿈이었다.

"이거 먹고 자거라."

밤늦게 돌아온 아버지가 재형의 어깨를 흔들면서 말했다. 누구네 집에 고사라도 지낸 것일까. 아버지는 옥수수떡과 삶은 돼지고기가 담긴 봉지를 재형의 머리맡에 놓더니 옆에 눕자마자 코를 골았다. 재형은 못 들은 체하고 누워 있다가 아버지가 잠이 든 뒤에야 어둠 속에서 허겁지겁 떡과 고기를 먹었다. 재형은 배가 부르자 다시 잠을 청했다. 그러나 초저녁 내내 잠을 잔 탓인지 잠이 오지 않았다. 밖에선 바람이 불고 있었다. 러시아는 바람이 많은 땅이라 1년 내내 바람이 불었다. 잡초만 무성한 벌판을 달려온 바람이 어둠을 펄럭이면서 지붕 위를 지나가는 소리가 들렸다.

"아침 먹고 학교 가거라."

재형이 이런저런 생각을 하다가 깜박 잠이 들어 얼마 되지 않았다고 생각했는데 아버지가 어깨를 흔들며 깨웠다. 재형이 부스스 눈을 뜨니 어느새 날이 밝아 있었다. 재형은 후닥닥 일어나서 세수를 하고 상 앞에 앉았다. 형수가 공연히 눈을 치뜨고 재형을 쏘아보았다. 재형은 형수의 눈을 피해 재빨리 밥을 먹고 학교로 달려갔다. 학교에는 많은 친구들이 있었다. 대부분 사냥꾼들의 아이들이고, 농사짓는 사람들의 아이들은 조선인 몇뿐이었다.

"우리나라를 다스리는 분은 누구입니까?"

"차르(황제)."

러시아의 늙은 선생은 아이들에게 러시아어와 러시아 역사를 가르쳤다. 젊은 여선생은 수학과 과학을 가르쳤다. 재형은 학교에 다닌 지 2년이 가까웠기 때문에 러시아 말을 간신히 알아들을 수 있었다. 조선인 아이들은 러시아 말을 빠르게 배웠지만 어른들은 말을 잘 배우지 못했다.

"너희는 왜 그런 옷을 입지?"

아버지가 사냥을 다니기 때문에 털가죽 옷을 입고 학교에 다니는 파렌이 재형에게 물었다. 파렌은 검은 머리에 눈이 파랗고 얼굴이 하얀 아이였다. 조선인 아이들은 모두 바지저고리를 입고 있었다.

"조선에서는 모두 이런 옷을 입어."

재형은 파렌을 보면서 시무룩하게 대답했다. 여자 아이들도 러시아 아이들은 긴 드레스를 입고 허리를 바짝 졸라맨 블라우스, 그리고 위에는 외투를 입었는데 인형처럼 예뻤다.

"너희는 외투가 없는 거야?"

"우리는 도포를 입어. 양반들이 입는 옷이야."

"양반들이 귀족이야?"

"귀족이지."

재형은 러시아 아이들과 친하게 지냈다. 러시아 아이들은 때때로 재형에게 동화책을 빌려주면서 모스크바와 상트페테르부르크에 대한 이야기를 해주었다. 그곳에 있는 화려한 궁전과 성당은 세계에서 가장 아름답다고 했다. 동화책에도 도시의 화려한 건물과 수레, 무도회, 전쟁 등이 그려져 있었다.

'이런 곳에는 어떤 사람이 살고 있을까?'

재형은 동화책을 보며 그런 곳에서 살고 싶다고 생각했다. 재형은 동화책과 위인전을 읽으면서 책 속의 주인공이 된 듯한 기분이 들었다.

책은 재형에게 많은 것을 생각하게 했다. 재형은 자신이 본 세상이 얼마나 좁은지를 절실하게 깨달을 수 있었다. 그러나 책을 읽을 수 있는 시간은 그리 많지 않았다. 재형은 학교에 남아 책을 읽거나 집으로 돌아올 때 책을 읽었다. 집에 돌아오면 아버지와 형을 도와 일을 해야 했기 때문에 책을 읽을 수가 없었다. 재형은 일하지 않아도 되는 비 오는 날을 기다렸다. 비가 올 때는 더 많은 책을 읽을 수 있었다.

'러시아는 광대한 대륙을 갖고 있다. 이런 땅을 갖고 있는 나라는 축복받은 것 아닌가?'

재형은 때때로 집 뒤의 낮은 구릉에 올라가 광대한 대륙을 바라보면서 심호흡을 했다. 이 광대한 나라에서 무엇인가 해야 한다고 생각했다. 지신허와 얀치혜는 러시아의 남쪽 귀퉁이에 지나지 않았다. 학교에서 러시아 교사가 지도를 가리키며 러시아의 땅과 지신허, 얀치혜의 위치를 가르쳐주었을 때 재형은 숨이 멎는 듯한 충격을 받았다. 말갈족이 살기도 하고 여진족이 살기도 했던 넓은 땅이 지금은 러시아 땅이 된 채 버려져 있었다. 낮은 구릉과 끝없이 펼쳐진 들판에는 수많은 늪과 황무지가 이어져 있었다. 재형은 처음에 이 넓은 땅이 버려져 있는 까닭을 알지 못했으나 늪 때문이라는 것을 알고는 고개를 끄덕거렸다. 수초들 아래는 늪이 있고, 늪에는 독충이 살고 있었다.

재형이 늪에 독충이 살고 있다는 사실을 알게 된 것은 재형의 집에서 구릉 하나 건너 살고 있는 판석이 아버지가 죽었을 때였다. 판석이 아버지는 회령 사람으로, 1년 전에 할아버지와 동생네 가족까지 아홉 식구가 두만강을 건너와 살고 있었다. 하루는 얀치혜에 몇 집 안 되는 조선인들이 웅성거리면서 판석이네로 몰려갔다. 재형이 어른들을 따라 판석이네로 달려갔을 때는 판석이 아버지가 시커멓게 변해 마당에 누워 있었고 판석이 어머니가 땅을 치며 울고 있었다.

"아이고, 이 박복한 인사야! 고향 버리고 어찌 타관에 와서 죽는단 말이고……. 나는 어찌 살라고 죽는고……."

황무지를 개간하려고 늪 쪽으로 갔다가 독충에 물려 두 시간 만에 온몸이 시커멓게 변해 죽었다는 것이다. 재형은 그 이야기를 듣고 소름이 오싹 끼쳤다.

"늪에는 절대 가까이 가지 마라."

판석이 아버지가 죽은 뒤 얀치혜 마을 사람들이 아이들에게 말했다. 늪에 서식하는 독충이 러시아 진드기라는 사실을 알게 된 것은 몇 년 뒤의 일이었다.

재형은 얀치혜에서 살아가는 일이 즐겁지 않았다. 무엇보다 날이 갈수록 형수가 재형을 심하게 구박하고 있었다. 형수는 온갖 일을 트집 잡아 재형에게 악다구니를 퍼부었다.

"누구는 해가 뜰 때부터 해가 질 때까지 뼈 빠지게 일하는데 학교는 뭣 하러 다녀?"

형수는 걸핏하면 재형에게 화를 냈다. 재형은 형수가 악다구니를 퍼부을 때마다 귀를 틀어막았다.

봉준은 포시예트 시를 향해 느리게 걸음을 떼놓았다. 대륙의 날씨는 귀가 떨어져나갈 것처럼 차가웠다. 경흥에서 대륙으로 이사 온 지 몇 년이 되었어도 농사를 제대로 지을 수가 없었

다. 아버지 최학송이 황무지를 개간하여 농사를 짓기 시작했으
나 이상하게 수확이 시원치 않았다. 논농사를 짓기에도 땅이 적
당치 않았던 것이다. 밭농사를 지어 쌀을 사는 것도 쉬운 일이
아니고, 농기구도 사야 했다. 조선인들은 포시예트에 있는 러시
아인들의 농장에 가서 허드렛일을 하고 삯을 받았다. 때때로 지
신허와 얀치혜에서 수백 리 떨어져 있는 신판에서 벌목하기도
하고 광산에서 일하기도 했다. 그러나 겨울이면 농장에는 할 일
이 없었다. 나무를 베어 장작을 패주는 일이 조선인들이 쉽게
할 수 있는 노동이었다. 집에 있는 필녀의 얼굴도 떠올랐다. 필
녀는 기사 흉년으로 부모가 죽은 뒤 봉준의 집에 와서 살고 있
었다.

"젠장, 날씨가 이렇게 추우니 무슨 일거리가 있겠어."

시장 앞에 모닥불을 피우고 있던 사람들이 투덜거렸다. 봉
준도 나이 든 사람들 옆에 웅크리고 앉아 불을 쬐었다. 시장 앞
에 여러 날째 와서 있었으나 일한 것은 고작 사흘밖에 되지 않
았다. 기껏 일거리랍시고 들어온 것이 장작 패는 일뿐이었다.
봉준은 포시예트의 시장을 어슬렁거리다가 돌아왔다. 밤에 눈
발이라도 날리려는지 하늘이 온통 잿빛으로 낮게 가라앉아 있
었다.

"어딜 갔다가 오는 거냐?"

밭에서 돌을 줍고 있던 아버지와 어머니가 기운 없이 돌아
오는 봉준을 향해 물었다. 필녀도 그들과 함께 일을 하다가 환
하게 웃었다.

"포시예트에 일거리가 있나 알아보고 왔어요."

봉준은 필녀를 힐끗 보면서 물었다. 필녀는 밭둑에 앉아 봉준을 눈이 부신 듯 쳐다보고 있었다.

"이런 겨울에 무슨 일거리가 있다고 그래? 괜하게 고생하지 말고 농사지을 생각이나 해."

아버지가 허리를 펴면서 말했다. 봉준은 시장에서 사온 호떡을 필녀에게 건네주었다. 필녀가 생긋 웃으면서 호떡을 먹기 시작했다.

"아버지, 저는 장사를 할 거예요. 농사를 지어서는 돈을 못 벌어요."

봉준은 반발하듯이 아버지에게 말했다.

"이놈아, 농사를 허투루 여기지 마. 우리가 먹고 입는 것이 모두 땅에서 나온다는 걸 알아야지."

아버지가 콧방귀를 뀌었다. 아버지는 지신허에 이사 와 살면서 모든 것이 편안한 듯했다. 황무지를 개간하면서도 콧노래를 부르며 껄껄대고 웃었다.

"농사철이 아닐 때는 외지에 나가서 돈을 벌겠어요."

"돈 벌어서 뭘 하게?"

"장사할 밑천을 삼을 거예요."

"기껏해야 장돌뱅이밖에 더 되겠어?"

"장돌뱅이가 아니에요."

"흥! 네가 하려는 것은 말리지 않겠다. 그보다 너, 인마!"

아버지가 봉준과 필녀를 번갈아 살폈다.

"예?"

"너 필녀를 색시 삼을 거야? 장가보내줘?"

"무슨 말씀이세요?"

"그래, 장에서 호떡을 사왔으면 아비 어미더러도 먹어보라고 해야지, 필녀만 주냐? 이놈이 아비 어미도 모르고 색시만 아는구먼."

아버지가 유쾌하게 웃음을 터뜨렸다. 봉준은 어처구니가 없어 입을 딱 벌렸다. 필녀는 수줍은 듯 얼굴이 빨개져 치마를 얼굴에 덮어썼다.

"아버지 어머니가 애들이에요? 어른이 애들처럼 호떡이나 먹고 싶어하고……."

"흥! 네놈 심보를 모를까 보냐?"

어머니도 아버지에게 호응하며 입을 가리고 웃었다. 봉준은 아버지 어머니가 농담을 하고 있다고 생각했으나 얼굴이 붉어졌다. 필녀는 백치처럼 웃고 있었다.

봉준이 필녀를 싫어하는 것은 아니었다. 필녀는 부모가 죽었을 때 열흘 동안이나 말을 하지 않았다. 사람들은 필녀가 실성했다고 했으나 봉준은 필녀를 데리고 와서 밥을 먹여주었다. 그때부터 필녀는 봉준의 집에 와서 살게 되었던 것이다.

"저것들이 소꿉장난을 하나?"

"우리 봉준이가 필녀를 색시 삼으려는 모양이에요."

아버지와 어머니는 걸핏하면 농담을 하면서 웃었다. 필녀는 아버지와 어머니를 잘 따랐고 붙임성이 좋았다. 아버지의 세숫물도 떠다 주고 어머니의 어깨도 주물렀다.

"딸 하나 생긴 것 같네."

어머니와 아버지는 필녀를 좋아했다.

"나는 들어가서 저녁이나 지을게요."

어머니가 손에 묻은 흙을 털면서 말했다.

"그래. 짐은 내가 챙겨 갖고 들어갈게, 애들하고 함께 먼저 가."

아버지가 주머니에서 담배쌈지를 꺼냈다.

"봉준아, 필녀는 네가 업어라."

"예?"

"필녀가 돌부리에 채어서 걷지를 못한다. 그러니 네가 업어 주어야지 누가 업어? 네 색시는 네가 건사해라."

어머니가 간단한 도구를 바구니에 챙기면서 말했다. 봉준은 그제야 밭둑에 앉아 있는 필녀를 보았다. 필녀의 발가락이 피가 났는지 헝겊으로 친친 감겨 있었다.

"아파?"

봉준은 필녀의 발가락을 살피면서 물었다.

"응."

필녀가 울상을 지으면서 말했다.

"나에게 업혀."

봉준은 필녀를 향해 등을 구부렸다. 필녀가 부끄러워하면서 봉준의 등에 업혔다.

"일자리 알아보러 간 거야?"

저녁때가 되자 이웃에 살고 있는 병호가 마실 왔다. 병호는 봉준보다 두 살 위였다.

"응."

"일자리는 얻었어?"

"아니. 겨울이라 일자리가 없대."

"이 근처는 일거리가 없다고 하더라. 여기서 동쪽으로 2~3 백 리를 가면 도시가 있는데, 거기에 가야 일거리가 있다는 거야."

"누가 그래?"

"사람들이 그래. 벌써 다녀온 사람들도 있어."

봉준은 병호의 말에 깊이 생각에 잠겼다. 동쪽으로 2~3백 리라 하면 하루이틀에 다녀올 수 있는 거리가 아니었다. 어쩌면 겨우내 그곳에서 일을 해야 할지도 몰랐다. 봉준은 낮게 한숨을 내쉬고 러시아 책을 읽기 시작했다. 러시아 학교에 다니기는 했으나 간신히 글자를 읽는 수준에 지나지 않았다. 그러나 책에는 러시아에 대한 많은 이야기들이 있었다. 황제와 귀족들, 무도회, 그리고 도시에 대한 이야기가 있었다. 봉준은 책을 읽으면서 도시에 가야 한다고 생각했다. 지신허에서 황무지나 개간하며 사는 것은 자신이 할 일이 아니라고 생각했다. 책에는 귀족들의 영웅담이 실려 있었다. 봉준은 자신도 모르게 대륙을 호령하는 영웅이 되어야 한다고 생각했다.

'나는 뭔가 큰일을 해야 돼.'

봉준은 방바닥에 누워 생각했다. 러시아는 넓고 큰 나라였다. 이 거대한 대륙에서 황무지를 개간하며 평생을 살고 싶지 않았다.

'그래, 떠나야 돼.'

봉준은 대도시로 가야 한다고 생각했다. 대도시가 자신을 부르는 것 같기도 하고, 미지의 세계가 자신을 위해 존재하고 있을 것 같았다. 그래서인지 봉준은 매일같이 지신허를 떠나는 꿈을 꾸었다.

"저 좀 다녀오겠습니다."

그러던 어느 날 봉준은 낡은 가죽신을 챙겨 신고 밭에서 일하던 아버지와 어머니에게 말했다.

"어딜 다녀오려고?"

아버지와 어머니가 눈을 동그랗게 뜨고 봉준을 쳐다보았다.

"예. 일할 곳 좀 알아보겠습니다."

"겨울에 무슨 일이 있다고 그래?"

"그래도 돌아보겠습니다."

봉준은 아버지에게 꾸벅 절을 했다. 아버지와 어머니는 봉준의 돌연한 말에 무어라고 대꾸하지 않았다. 그들은 자신의 아들이 이렇게 떠나면 7년 동안이나 돌아오지 못할 것이라는 사실을 꿈에도 생각지 못했다. 봉준이 성큼성큼 걸음을 떼어놓았다. 필녀가 봉준의 뒤를 허겁지겁 따라왔다.

"오빠, 어디 가는 거야?"

"돈 벌러 간다."

"난 어떡해?"

"기다려야지."

"기다리면 돼?"

"그래. 오빠가 돈을 많이 벌어올 때까지 기다리고 있어라."

봉준은 빠르게 걸음을 떼어놓았다. 봉준은 필녀가 아득하게 멀어질 때까지 뒤를 돌아보지 않았다. 왠지 뒤를 돌아보면 다시는 떠날 수 없을 것 같았다. 필녀의 흐느끼는 소리가 등 뒤에서 들렸으나 일부러 못 들은 체했다.

'나는 떠나야 한다. 나는 더 큰 도시에서 많은 돈을 벌어야 한다.'

봉준은 동쪽으로 계속 걸었다.

점심때가 지나 한 마을에 이르렀으나 도시는 아니었다. 봉준은 마을 초입에서 찐 감자 두 개를 꺼내 먹고 다시 걸음을 재촉했다. 그러나 길을 잘못 들었는지 날이 저물어도 마을이 보이지 않았다.

'밤이라 길을 재촉할 수가 없구나.'

봉준은 어쩔 수 없이 야산에서 낙엽을 끌어 모아 쌓아놓고 그 위에 누웠다. 누비옷을 입고 오기는 했지만 한겨울 날씨는 몹시 추웠다. 낙엽을 잔뜩 깔았어도 땅에서는 냉기가 올라오고 매서운 추위가 몰아쳤다. 몸을 바짝 웅크리고 잠을 청했으나 추위와 숲에서 들리는 이상한 소리 때문에 잠이 오지 않았다. 늑대가 골짜기를 배회하는지 음산한 울음소리가 들렸다. 봉준은 추위 때문에 잠을 이룰 수 없자 모닥불을 피웠다. 그래도 추워서 몇 번이나 잠에서 깨어났다. 게다가 새벽에는 눈발이 날리기 시작했다. 봉준은 아침이 되자 다시 걷기 시작했다. 새벽부터 내린 눈이 발목까지 쌓여 좀처럼 걸음을 떼어놓을 수가 없었다. 가도 가도 끝이 없는 벌판만 하얗게 펼쳐져 있었고 잿빛 하늘에서는 간간이 눈발을 뿌렸다.

'얼마나 더 가야 마을이 있지?'

봉준은 비로소 자신이 길을 잃었다는 사실을 깨달았다. 봉준은 그날 하루 종일 인가를 찾을 수 없었다. 봉준은 구릉과 구릉 사이의 움푹 팬 곳에서 잠을 잤다. 이튿날 아침이 되자 봉준은 다시 인가를 찾아 길을 떠났다.

'저게 뭐지?'

봉준은 하얀 눈 위에 검은 물체가 쓰러져 있는 것을 발견했다. 서둘러 달려가 보니 뜻밖에도 젊은 여자였다. 여자는 몇 시간 동안이나 눈 속에 있었는지 온몸이 꽁꽁 얼어붙어 있었다. 봉준은 여자가 얼어 죽은 것이 아닌가 싶었으나 희미하게 눈을 뜨고 있었다. 여자가 만주어로 봉준에게 무어라고 말했다. 그러나 봉준이 알아듣지 못하자 이번에는 러시아어로 말했다. 억양이 이상해서 또 알아들을 수 없었다.

"저 언덕만 넘으면 작은 집이 있어. 나를 거기로 데려가줘."

여자가 짜증을 내다가 억양이 이상한 조선어로 말했다. 여자는 눈길에 발을 접질려 걸음을 떼어놓지 못했다. 봉준은 여자를 업고 언덕을 향해 걷기 시작했다. 언덕에는 관목 몇 그루가 늘어서 있었다. 여자는 마치 나무토막처럼 딱딱했다.

"나를 눕히고 안마를 해줘."

여자가 간신히 입술을 달싹거리며 말했다. 언덕 너머 비탈에는 나무로 만든 움막이 한 채 있었고 마른풀이 깔려 있는 침상이 하나 있었다. 눈 속에 조난자들이 찾아올 때를 대비하여 만들어놓은 모양이었다. 봉준은 여자를 침상에 눕히고 팔다리를 주무르기 시작했다.

"이봐! 옷을 벗기고 주물러야 돼."

여자가 다시 말했다. 봉준은 여자의 말에 갑자기 얼굴이 화끈거렸다. 이상하게 가슴이 뛰고 눈앞이 몽롱했다. 그러나 여자가 재촉하는 바람에 옷을 벗기지 않을 수 없었다. 먼저 솜으로 누빈 여자의 겉옷을 벗겼다. 만주 여자들이 입는 저고리였다. 저고리를 벗기자 붉은색 속옷이 드러났다. 가슴께가 봉긋하게 솟아 있어 봉준의 손이 떨렸다.

"빨리 바지를 벗기고 주물러!"

여자가 다시 소리를 질렀다. 봉준은 빠르게 여자의 바지를 벗기고 팔다리를 주무르기 시작했다. 여자의 몸은 얼음처럼 차가웠고 팔다리는 딱딱하게 굳어 있었다. 봉준은 땀을 흘리면서 여자의 전신을 주물렀다. 한 시간쯤 지나자 여자의 얼굴에 점점 화색이 돌아왔다.

"고맙구나. 너 때문에 내가 살아났어."

여자가 봉준의 손을 잡고 미소를 지었다. 봉준은 보따리에서 감자를 꺼내 여자에게 먹이고 물도 먹여주었다. 여자가 지친 표정으로 눈을 감았다. 움막은 따뜻하지는 않았으나 냉기와 바람을 피할 수 있었다.

여자가 잠에서 깨어난 것은 사방이 캄캄하게 어두워졌을 때였다.

"넌 어떻게 여기까지 온 거야?"

여자가 정신을 차리자 봉준에게 물었다.

"일자리를 찾아 돌아다니는 중입니다."

"몇 살이지?"

"열세 살입니다."

"이 근처에는 도시가 없어. 동쪽으로 가야 돼."

"……"

"내 이름은 오하루*야. 나를 구해줘서 고맙다. 넌 이름이 뭐지?"

여자가 봉준의 손을 잡고 물었다. 여자의 손이 부드럽고 따뜻했다.

"최봉준입니다."

"조선인인가?"

"예."

"나는 일본인이야. 돈을 벌려고 만주에 왔는데, 마적들에게 잡혀서 고생하다가 탈출한 거야. 먹을 것 좀 더 있니?"

"감자가 좀 있어요."

봉준은 여자에게 감자를 더 나누어주고 자신도 감자를 먹었다. 그때 밖에서 왁자한 소리가 들렸다.

"마적들이야. 빨리 숨어야 돼."

"어디로 숨어요?"

"침상 밑으로 숨어."

여자는 자신의 옷가지를 챙겨 들고 재빨리 침상 밑으로 기어들어갔다. 봉준도 여자를 따라 침상 밑으로 들어갔다. 봉준은 긴장하여 숨조차 쉴 수 없었다. 이내 문이 덜컥 열리고 찬 바람이 휘익 불어 들어오더니 몇 명의 사내들이 움막으로 우르르 몰려들어왔다. 사내들은 횃불을 밝히고 왁자하게 떠들었다. 여자가 봉준을 바짝 끌어안았다.

* 오하루: 만주 일대에서 활약하던 마적단의 여두목. '시베리아의 붉은 망토'라는 별명으로 유명한 일본 여인이다.

"두목, 계집이 여기 없는 것 같습니다."

"대체 어디로 간 거야? 이 계집을 놓치면 안 된다."

"밤이라 찾을 수가 없습니다. 오늘 밤은 여기서 지내야 할
것 같습니다."

"좋다. 오늘은 여기서 술을 마시고 내일 새벽에 계집을 찾는
다. 계집의 시체라도 찾아야 한다."

봉준은 긴장하여 턱을 덜덜 떨었다. 사내들의 말을 들으면
여자를 잡으러 온 것이 분명했다. 사내들에게 발각되면 여자뿐
만 아니라 봉준도 죽임을 당할 것 같았다. 봉준은 숨소리까지
죽이고 누워 있었다. 여자도 봉준을 꼭 껴안은 채 움직이지 않
았다. 사내들은 왁자하게 웃고 떠들며 술을 마시기 시작했다.
그들의 말소리로 보아 7~8명은 되어 보였다. 봉준은 그들이 침
상 밑을 들여다볼까 봐 조마조마했다. 그러나 사내들은 밤이 깊
어지자 술에 취해 모두들 잠이 들었다.

마적들은 새벽이 되자 말을 타고 떠나갔다. 새벽 일찍 떠난
탓에 마시던 술병과 음식이 여기저기 버려져 있었다. 봉준은 여
자를 다시 침상에 눕히고 술을 마시게 했다. 여자의 몸이 완전
히 회복된 것은 이틀이 지났을 때였다. 마적들이 언제 돌아올지
몰라 봉준은 여자와 함께 동쪽으로 움직이기 시작했다. 움막에
식량도 없었기 때문에 언제까지나 머물러 있을 수가 없었다.

"나는 천초도에서 왔어. 원래는 기생인데, 남자를 따라 만주
에 온 거야."

여자는 길을 걸으면서 봉준에게 띄엄띄엄 자신의 과거 이야
기를 했다. 여자를 만주까지 데리고 온 남자는 일본 도야마 육

군학교 출신의 장교라고 했다. 그는 일본 육군의 특명을 받고서 만주에 파견되어 중국인으로 위장하고, 만주 일대의 지리와 군사를 상세히 조사하여 일본군에 보내고 있었다. 여자는 그 남자와 함께 중국인 행세를 하면서 만주 일대를 샅샅이 조사한 뒤 몇 달 후면 돌아갈 예정이었다. 그러나 그들이 만주의 동쪽 끝인 우수리 강에 이르렀을 때 마적을 만나 사내는 살해당하고, 여자는 그들의 소굴에 끌려가서 온갖 고생을 하다가 탈출했다고 했다.

"낮에는 밥을 하거나 빨래를 하고 밤에는 마적놈들의 노리개 노릇을 했어. 내가 비록 기생이지만 언젠가는 그놈들을 모조리 죽여버릴 거야."

여자는 눈을 치뜨고 증오에 차서 말했다.

봉준이 여자와 동쪽으로 이동한 지 이틀이 되었을 때 작은 마을이 나타났다. 봉준은 여자와 함께 마을에서 밥을 얻어먹고 식량을 구걸해 동쪽으로 다시 움직이기 시작했다. 그러나 다시 눈이 내리면서 길을 잃고 말았다. 봉준은 여자와 함께 대륙을 헤맸다. 그렇게 이틀을 헤맸을 때 대륙에서 다시 마적을 만났다. 눈보라가 자욱하게 몰아치던 날이었다.

"난 이쪽으로 갈 테니까 넌 그쪽으로 뛰어."

여자가 소리를 지르고 봉준과 반대 방향으로 달리기 시작했다. 봉준은 눈보라 속을 정신없이 달렸다. 한참을 달리다가 뒤돌아보니 눈보라 때문인지 마적들이 보이지 않았다. 여자도 어떻게 되었는지 눈보라가 자욱하게 몰아치는 벌판에는 인적이 보이지 않았다.

'오하루는 어디로 간 걸까?'

봉준은 여자가 보이지 않자 막막했다. 그러나 계속 동쪽으로 이동했다.

'집을 나와서 돈을 벌기는커녕 도시도 못 찾는구나.'

봉준은 겨울에 집 떠난 것을 후회했다. 굶주리면서 몇몇 마을을 지나기는 했으나 사람들이 토착어를 사용하고 있어서 말이 통하지 않았다. 어떤 집에서는 먹을 것을 주고, 또 어떤 집에서는 식량을 챙겨주었으나 잠을 재워주지는 않았다. 어떤 마을에서는 많은 사람들이 그를 둘러싼 채 발길질을 하고 소리 지르기도 했다. 그러나 말이 통하지 않아 이야기를 할 수 없었다.

'내가 길을 완전히 잘못 들었어.'

봉준은 집을 떠난 지 두 달쯤 되자 자신이 대륙의 어디쯤에 있는지 전혀 알 수가 없었다. 그곳은 눈 덮인 벌판이 끝없이 이어져 있었다. 풀 한 포기, 나무 한 그루 보이지 않는 평원에는 눈만 쉬지 않고 내렸다. 식량도 물도 떨어졌다. 무릎까지 쌓인 눈을 헤치고 걸어서 인가를 찾던 봉준은 금방 지쳤다. 밤이면 피 냄새를 맡은 늑대의 울음소리가 음산하게 들렸다.

'내가 이제 죽는 거야.'

봉준은 눈 위에 쓰러졌다. 눈 속에 쓰러지면 죽는다고 했기 때문에 눈을 감지 않으려고 했지만 눈꺼풀이 천 근처럼 무거웠다. 손과 발에 감각이 없어져 추위조차 느껴지지 않았다. 천천히 눈을 감았다.

봉준이 눈을 뜬 것은 말할 수 없이 부드러우면서도 따뜻한 기운 때문이었다. 거짓말처럼 하얀 시트가 깔린 침대에 자신이 누워 있었고, 방 안에는 난로가 활활 타고 있었다. 침대 옆에는 러시아 여자가 근심스러운 표정으로 앉아 있었다.

"이틀 만에 눈을 떴구나. 나는 올리야 부인이란다."

아름다운 드레스를 입은 여자가 상냥하게 말했다.

"물부터 마시거라. 굶주린 모양인데, 음식을 먼저 먹으면 안 된다."

봉준은 여자의 말을 알아듣지 못했으나 물잔을 받아 들고 따뜻한 물을 마셨다. 방 안을 둘러보니 동화책에서 본 러시아 귀족들의 집처럼 크고 웅장했다.

'내가 살아났어.'

봉준은 우아하게 미소 짓는 중년의 여자를 보고 비로소 안도했다.

부우우웅.

무적 소리가 길게 울려 퍼졌다. 배는 하얀 파도를 가르면서 망망대해를 향해 나아가고 있었다. 재형은 뱃전에 서서 점점 멀어지는 부두를 슬픔이 가득한 눈으로 바라보았다. 이제는 끼룩거리면서 날갯짓을 하던 갈매기도 따라오지 않고 부두의 건물들도 점점 작아졌다. 재형은 육지가 멀어지자 비감했다. 이제는 육지로 돌아갈 길이 전혀 없었다.

재형은 바다를 처음 보았고 거대한 상선에 탄 것도 처음이었다. 배가 어디로 가는지조차 알 수 없고, 언제 돌아올지도 알 수 없었다. 어쩌면 영원히 돌아오지 못할 수도 있었다. 그렇게 되면 식구들을 다시는 볼 수 없게 될 것이다. 형수를 보지 않는 것은 다행스럽지만, 아버지를 못 볼지도 모른다고 생각하니 비수로 가슴을 찌르는 것 같은 통증이 느껴졌다.

'내가 공연한 짓을 했어.'

재형은 검푸른 바다를 바라보며 불안감에 몸을 떨었다. 악다구니를 퍼붓는 형수의 얼굴에 눌은밥을 끼얹고 집을 뛰쳐나온 일이 후회스러웠다. 형수 자신은 양푼에 밥을 비벼 먹으면서 재형에게는 눌은밥을 준 것이 사건의 발단이었다. 학교에서 돌아온 재형이 밥을 달라고 하자 형수는 밥이 없다며 퉁명스럽게 내뱉었다. 재형은 걸핏하면 눌은밥만 먹었기 때문에 부아가 나서 형수를 쏘아보았다.

"봉준이는 돈을 번다는데 뭣 하러 학교는 다녀? 학교에 다니면 밥이 나와, 돈이 나와?"

형수가 신경질을 부리면서 소리를 지르자 재형은 속이 부글부글 끓었다.

"왜 봉준이 얘기는 꺼내세요? 밥이나 좀 줘요."

재형은 형수가 먹는 양푼의 비빔밥을 보고 침이 돌았다.

"밥이 어디 있어? 거기 눌은밥이나 먹어."

형수가 눈을 치뜨고 소리를 질렀다. 상에는 아침에 먹던 눌은밥이 그대로 있었다. 순간, 재형은 눈에서 불이 일어나는 것 같았다.

"씨팔, 내가 왜 맨날 눌은밥만 먹어야 돼? 형수가 한번 눌은밥만 먹고 살아봐!"

재형은 물이 더 많은 눌은밥을 형수의 얼굴에 끼얹고 집을 뛰쳐나왔다.

"저 호로새끼 좀 봐! 너 거기 안 서!"

뒤에서 형수가 악다구니를 퍼부었지만 재형은 들은 체도 하지 않고 뛰었다. 재형은 집을 뛰쳐나온 뒤에야 후회했다. 그때는 형수를 다시 보지 않으려고 생각했다. 형수가 악다구니를 퍼붓고 구박해도 자신이 조금만 참았더라면 집을 뛰쳐나오지 않아도 되었을 것이다. 이제는 결코 집으로 돌아갈 수 없다. 형수에게 눌은밥을 덮어씌웠으므로 집으로 돌아가면 형에게 맞아 죽을 게 분명했다.

'그래, 나도 봉준이처럼 돈을 벌자.'

재형은 분노에 사로잡혀 집을 나오자 얀치혜를 떠나기로 마음먹었다. 얀치혜에 온 뒤로 재형은 지신허에 살고 있는 봉준을 몇 번 만났다. 그때 봉준은 학교도 다니지 않고 돈 벌러 다니고 있었다.

"넌 왜 학교에 안 다니니?"

재형이 봉준에게 물어본 일이 있었다.

"난 공부는 싫어. 돈 버는 게 더 좋아."

봉준이 씨익 웃으면서 말했다.

"왜 돈을 벌려고 그러는데?"

"김 진사처럼 부자로 살려고 그래. 부자가 되면 좋은 옷을 입고 쌀밥도 먹을 수 있잖아? 형은 부자로 사는 게 싫어?"

"나도 부자가 좋지."

"그럼 형도 돈 벌어. 나중에 누가 돈을 더 많이 버나 내기해도 좋아."

재형은 대답하지 않았으나 봉준이보다 더 많은 돈을 벌 자신이 있었다. 무엇을 해도 봉준이에게 진다는 생각은 하지 않았다. 봉준을 생각하며 계속 걸었다. 봉준도 돈을 벌고 있으므로 자신도 돈을 벌 수 있을 것이라고 생각했다. 집으로는 돌아가지 않을 생각이었다. 작은 구릉을 넘고 들판을 계속 걸었다. 러시아와 조선은 풍경이 완연히 달랐다. 재형이 살던 경원은 땅이 오밀조밀했으나 러시아 땅은 완만한 구릉과 광활한 대지뿐이었다. 경원 땅은 길이 꼬불꼬불했으나 러시아 땅은 길이 곧게 뻗어 있었다. 곡식을 심지 않은 드넓은 땅은 끝이 보이지 않았다.

재형은 다시 구릉을 넘어 작은 도시에 이르렀다. 이미 사방이 캄캄하게 어두워졌기 때문에 길을 찾을 수 없었다. 바닷가 마을인 듯 군데군데 집들이 있고 파도가 철썩거리는 소리가 들렸다. 재형은 돌부리에 차이며 바닷가를 향해 걸었다. 부두에는 커다란 나무 상자들이 여기저기 쌓여 있었고 정박해 있는 거대한 상선도 보였다. 그는 너무나 오랫동안 걸었기 때문에 나무 상자들 틈에 웅크리고 앉았다. 배가 고팠지만 먹을 것이 없었다. 재형은 나무 상자에 기대앉아 하늘을 바라보았다. 하늘에 무수한 별이 떠서 반짝이고 있었다.

'어머니!'

재형은 하늘 저편에 있을 어머니의 얼굴을 떠올렸다. 어머니가 호열자와 굶주림으로 죽지 않았다면 형수 때문에 집을 뛰쳐나오지 않았을 것이다. 어머니의 죽음을 생각하자 재형은 눈시울이 뜨거워왔다. 그와 동시에 어떤 일이 있어도 돈을 벌어야 한다고 생각했다. 다만 지금 당장 잠잘 곳과 먹을 것이 없다는 사실에 서글펐다. 날씨는 춥고 창자가 땅길 정도로 배가 고팠다. 추위와 배고픔에 잠조차 오지 않았다. 그러나 바짝 웅크리고 앉아 억지로 눈을 감았다. 옷깃을 파고드는 냉기 때문에 몇 번이나 깨어났다가 다시 잠들곤 했다.

얼마나 잤을까. 사람들이 웅성거리는 소리, 마차 지나가는 소리에 섞여 잡다한 소리들이 귓전에 쟁쟁거렸다.

"뭘 하는 놈이야?"

"어디서 이렇게 괴상하게 생긴 놈이 온 거지?"

누군가 발로 툭툭 차는 바람에 재형이 잠에서 깨어 둘러보니 우락부락한 사내들이 둘러싸고 있었다. 재형은 눈을 뜨고 그들을 쳐다보았다. 그들은 선원들이었는데, 긴 댕기머리를 빗질하지 않은 채 남루한 바지저고리를 입고 있는 재형을 신기한 듯 살피면서 웃고 있었다.

"어디서 온 놈이야? 거지새끼냐?"

건장한 선원 하나가 다시 재형을 발로 찼다. 재형은 눈부신 햇살 때문에 얼굴을 찌푸렸다. 사내들 뒤로 망망대해가 보이고 어느새 날이 밝아 아침 햇살이 바다 위에 금빛으로 내리쬐고 있었다.

"네 이름이 뭐야? 왜 우리 물건이 있는 곳에서 잠을 자는 거야?"

재형은 학교에서 러시아어를 배우기는 했으나 선원들의 거친 말을 알아들을 수 없었다. 그들은 재형의 머리를 쥐어박기도 하고 얼굴을 꼬집기도 했다. 재형은 선원들에게서 달아나려 했지만 그들은 목덜미를 움켜쥐고 놓아주지 않았다. 선원들은 자기들끼리 뭔가 이야기를 주고받더니 재형을 끌고 배로 올라갔다. 그 배는 거대한 상선이었는데, 재형은 선장실로 끌려갔다. 선장실에는 40대의 뚱뚱한 선장 부인이 혼자 앉아 있었다.

"호호호. 어디서 이렇게 이상하게 생긴 거지 아이를 데리고 온 거야? 완전히 야만인 아니야?"

선장 부인이 재형을 보고 큰 소리로 웃음을 터뜨렸다. 선원들도 재형을 번갈아 살피면서 웃었다.

"어디서 굴러왔는지 몰라도 배에서 심부름이나 시키는 게 어떻겠습니까?"

털보 선원이 선장 부인을 보고 물었다.

"뭘 하던 놈인지도 모르는데, 배에서 심부름을 시켜? 게다가 몸도 약해 보이는데 무슨 쓸모가 있겠어? 병든 놈이야. 항해 중에 죽으면 재수 없어."

"죽으면 바다에 던지면 그만 아닙니까?"

털보 선원의 말에 재형은 가슴이 철렁했다. 잘못하면 바다에 던져질지 모른다고 생각하자 소름이 오싹 끼치면서 겁이 덜컥 났다.

"그러면 맘대로들 해."

선장 부인이 고개를 끄덕거리더니 재형에게 갑자기 거울을 보여주었다.

"이놈아, 거울을 봐라, 네 모습이 어떻게 생겼는지. 아마 이 아이는 거울을 한 번도 보지 않았을 거야."

선장 부인이 유쾌하게 웃음을 터뜨렸다. 그 바람에 선장 부인의 커다란 가슴이 출렁거리며 흔들렸다. 재형은 거울 속의 자신을 보고 히쭉 웃었다. 거울 속에는 아무렇게나 댕기머리를 땋은, 땟국이 줄줄 흐르는 더벅머리 소년이 누런 이를 드러낸 채 웃고 있었다. 선장 부인은 재형에게 이름이 무엇이고, 어디에서 왔는지 꼬치꼬치 캐물었다. 재형은 선장 부인의 말을 제대로 알 아듣지 못해 고개만 숙이고 있었다. 러시아인들이 말을 빨리 하 면 재형은 알아듣지 못했다.

"이놈을 데리고 가서 머리카락부터 잘라."

선장 부인이 선원들에게 지시했다. 재형은 선원들에게 끌려 가 머리카락을 잘리고 목욕을 했다. 선원 하나가 하급 선원의 옷을 주었는데 너무 커서 헐렁헐렁했다. 그러자 선원들이 낄낄 대고 웃으면서 가위로 소매를 자르고 바지를 잘랐다. 그들은 재 형을 따뜻한 물이 있는 커다란 물통 속에 들어가라 지시하고는 웃으면서 돌아갔다. 재형은 배가 너무 고팠으나 앞으로 어떻게 될지 몰라 불안했다.

목욕을 하고 복도로 나오니 아무도 없었다. 재형은 배를 움 켜쥐고 복도를 걸었다. 재형이 목욕한 곳이 배의 가장 밑바닥인 지, 여기저기 물건들이 쌓여 있고 더러운 냄새가 풍겼다. 그때 어디선가 구수한 음식 냄새가 났다. 재형이 그 냄새를 따라 어 두컴컴한 복도를 걸었다. 한구석에 놓인 커다란 종이상자에는 기름에 튀긴 감자와 빵, 야채, 고기 같은 것이 잔뜩 있었다. 재 형은 배가 너무 고파서 기름에 튀긴 감자와 빵조각을 허겁지겁 먹기 시작했다.

"이런 쥐새끼 같은 놈! 여기서 뭘 하고 있는 거야?"

그때 누군가 널찍한 손으로 재형의 뒤통수를 후려쳤다. 재 형은 눈에서 불이 번쩍 일어나는 것을 느끼면서 선실 바닥으로 나동그라졌다.

"쓰레기통 음식을 처먹고 죽으려고 그래?"

얼굴이 험상궂게 생긴 사내였다. 코 밑에는 양쪽으로 수염이 나 있고 울퉁불퉁한 팔뚝에는 해골 모양의 문신이 새겨져 있었다.

"따라와!"

문신의 사내가 재형을 발로 찼다. 재형은 사내를 따라 어두컴컴한 복도를 걸어 어떤 방으로 들어갔다. 선원들이 음식을 먹는 식당이었다. 사내가 찬장 같은 곳에서 빵 한 조각을 꺼내 접시에 담고 솥에서 국자로 수프를 떠서 그릇에 담아 숟가락과 함께 재형에게 주었다. 재형은 허겁지겁 수프를 먹고 빵을 씹어 먹었다. 사내는 재형이 먹는 것을 보더니 고개를 흔들면서 밖으로 나갔다.

재형은 음식을 먹고 나자 졸음이 쏟아졌다. 눈꺼풀이 천 근처럼 무거워 눈을 뜰 수가 없었다. 재형이 식탁에 앉아 잠을 자는데 문신의 사내가 재형의 뒤통수를 때려서 깨운 뒤에 선장실로 데리고 갔다. 그때는 육지에 나갔다가 돌아온 선장이 돌아와 있었다. 선장은 50대 후반의 건장한 백인이었다.

"키가 아주 작구나. 이렇게 작은 놈을 어디에 쓰겠다는 거야?"

선장은 마땅치 않다는 듯 얼굴을 찌푸리고 손을 내저었다.

"선장님, 배에서 심부름이나 시키겠습니다."

문신의 사내가 무뚝뚝하게 말했다. 선장이 다시 재형을 쏘아보더니 관심 없다는 듯 다시 손을 내저었다.

부우우웅.

배가 길게 무적을 울리는 소리를 들으면서 재형은 배 후미로 달려갔다. 선원들이 닻을 걷어 올리자 배가 텅텅거리고 움직이기 시작했다. 재형은 난간을 붙잡고 부두를 바라보았다. 끼룩거리던 갈매기 떼가 하늘 높이 날고 배가 움직이기 시작하자 후미에서 하얀 포말이 일어났다.

'이렇게 큰 배가 물 위를 갈 수 있다니, 신기하구나.'

재형은 알렉산드리아호가 물살을 가르고 앞으로 나아가기 시작하자 입을 벌리고 감탄했다. 거대한 배가 물 위에 떠서 움직이고 있는 것이 마냥 신기했다. 재형은 미지의 세계를 향해 간다는 설렘과 함께 한편으로는 불안감도 있었으나, 문득 가족과 점점 멀어진다는 생각이 머릿속에 떠오르자 눈시울이 뜨거워지면서 슬퍼졌다. 배는 느리게 항해하고 있는 것 같은데도 육지가 점점 멀어지고 있었다.

배가 부두에 정박해 있는 며칠 동안 재형은 배에 대해 대충 파악할 수 있었다. 알렉산드리아호 선장의 이름은 세르게이, 부인의 이름은 카타리나였다. 문신한 사내는 주방장이고 이름이 세바스찬이며, 털보는 기관장이고 이름이 이세친이었다. 이세친 밑에는 여러 명의 화부들이 있었다. 선원들은 모두 열일곱 명이었다. 그들은 재형한테 비록 사환에 지나지 않지만 선장 부부는 계산이 확실한 사람들이므로 열심히 일하면 월급을 받을 수 있을 것이라고 말해주었다.

'선장이 월급을 주면 나는 돈을 벌 수 있구나.'

재형은 숙식도 해결되고 돈을 벌 수 있다는 사실에 안심했다. 이제는 형수에게 구박받지 않아도 된다고 생각했다.

배가 망망대해로 나아가자 재형은 기관실로 내려왔다. 웃통을 벗은 기관실의 화부가 거대한 보일러에다 물에 갠 석탄을 삽으로 퍼서 넣고 있었다.

"인마, 너도 해볼래?"

화부가 웃으면서 재형에게 물었다. 화부의 이마에서 굵은 땀방울이 흘러내리고 있었다.

"예!"

재형은 화부에게 삽을 넘겨받아 석탄을 보일러에 퍼넣기 시작했다. 그러나 삽질을 몇 번 하지 않았는데도 팔이 아프고 숨이 찼다.

"흐흐…… 석탄 때는 일도 쉽지는 않을 거다."

화부가 파이프 담배를 피우면서 웃었다.

재형은 식사 시간이 가까워지자 이번에는 식당에 가서 일했다. 세바스찬의 지시를 받아 감자를 깎거나 야채를 다듬었다. 선원들의 식사가 끝나면 설거지를 했다. 재형은 저녁 식사가 완전히 끝난 뒤에야 잠을 잘 수 있었다. 며칠 동안 선원들의 지시를 받으면서 일을 하다 보니 하루는 코피가 왈칵 쏟아졌다.

'내가 죽는 걸까?'

재형은 코피를 보자 와락 겁이 났다. 갑자기 서글퍼지면서 눈물이 쏟아지려고 했다. 공연히 집을 뛰쳐나와 배를 탔다는 후회가 일었다. 고개를 뒤로 젖히고 한참 동안 눈을 감고 있었다. 종이를 말아 코에 틀어막자 코피가 간신히 그쳤다. 재형은 얼굴을 씻고 갑판으로 올라왔다. 갑판에는 장화를 신은 카타리나 부인이 손으로 햇살을 가리면서 하늘을 쳐다보고 있었다.

"아무래도 비가 오겠는걸."

카타리나 부인이 하늘을 쳐다보고 어두운 표정으로 중얼거렸다. 자루비노 항을 출발한 지 사흘째 되는 날이었다. 서편 하늘로 검은 구름이 몰려오고 살매 들린 바람에 돛폭이 찢어질 듯 펄럭이고 있었다.

재형은 기관실에 석탄을 날랐다. 석탄 창고가 비에 젖지 않도록 천막도 단단히 동여맸다. 오후가 되자 사방이 어두컴컴해지면서 빗방울이 떨어지기 시작했다. 바람도 점점 거칠어지고 파도가 높아졌다. 선원들이 갑판을 뛰어다니면서 폭풍우를 맞이할 준비를 했다. 바람은 급격히 사나워져서 저녁 무렵에는 파도가 더욱 높아지고 알렉산드리아호가 낙엽처럼 흔들리기 시작했다.

'폭풍우에 배가 뒤집히는 건 아닐까?'

재형은 폭풍우가 세차게 몰아치자 불안해졌다.

밤이 되면서 폭풍우는 더욱 사나워져 산더미 같은 파도가 뱃전을 때리곤 했다. 재형은 사납게 몰아치는 폭풍우로 배가 심하게 흔들리는 바람에 멀미를 했다. 선원들은 폭풍우가 세차게 몰아치고 있는데도 조용히 일하거나 잠을 자고 있었다. 갑판의 철 구조물들이 세찬 비바람에 부러져 떨어지고 파도와 빗물이 선실까지 들이쳤다. 그때 배에 무슨 일이 생겼는지 선실의 선원들이 일제히 갑판으로 달려나갔다. 재형도 선원들을 따라 갑판으로 뛰어나갔다. 폭풍우가 세차게 몰아쳐 갑판의 물건들이 마구 날아다니고 걸음을 떼어놓기가 어려웠다. 세르게이 선장은 세차게 몰아치는 폭풍우 속에서 갑판을 뛰어다니며 선원들을 지휘하고 있었다. 갑판에 쌓아둔 가죽을 덮은 천막이 날아가 가죽들이 갑판 바닥에 어지럽게 흩어져 있었다.

"너는 왜 나왔어? 빨리 들어가지 못해?"

재형이 갑판으로 나오자 선장이 목덜미를 움켜쥐고 철제 계단으로 떠밀었다. 재형은 깜짝 놀라 선실로 내려왔다. 폭풍우는 밤새도록 몰아쳤고 선장과 선원들은 폭풍우와 사투를 벌였다. 재형은 밤새도록 어수선하여 선잠을 잤다.

'아아, 이제야 폭풍우가 지나갔구나.'

이튿날 아침 날이 밝자 재형은 갑판으로 뛰어나갔다. 바다는 거짓말처럼 잔잔해 있고 금빛 햇살이 눈부시게 내리쬐고 있었다. 그러나 갑판에는 선장과 기관장, 항해사 등이 모여 어두운 표정으로 회의를 하고 있었다. 재형은 무슨 일 때문에 선원들의 표정이 어두운지 알 수 없었다. 다만 사방이 기이할 정도로 조용하여 배의 기관이 움직이지 않고 있다는 것을 알 수 있었다.

"배가 표류하고 있어. 스크루가 부서진 모양이야."

"그럼 어떻게 하지? 배가 난파하는 건가?"

"재수 없게 무슨 소리를 하는 거야? 항구에 닿으면 수리할 수 있대."

재형은 아침 식사 때가 되어서야 선원들이 수군거리는 소리를 듣고 선원들의 표정이 왜 어두웠는지 알 수 있었다. 주방장 세바스찬은 밤새도록 폭풍우에 시달린 선원들을 위해 특별히 양파 수프를 끓였다. 수프는 달고 맛있었다.

"가죽들을 모두 꺼내 말린다. 가죽에 곰팡이가 나지 않도록 말려라!"

선장이 선원들에게 지시했다. 선원들이 일제히 갑판에 가죽을 펼쳐 햇살에 말리기 시작했다. 재형도 하루 종일 가죽을 말리고 다시 쌓는 일을 반복했다. 그러나 선장과 기관장이 계속 어두운 표정을 짓고 있어서 배 안이 뒤숭숭했다. 배는 스크루 고장으로 물결을 따라 흘러가고 있었다.

"육지다!"

새벽에 누군가 소리를 지르자 선원들이 일제히 갑판으로 달려갔다. 재형도 선원들을 따라 갔다. 정말 육지가 보이고, 배는 육지를 향해 흘러가고 있는 중이었다.

"저기가 어디지? 혹시 일본이 아닐까?"

"일본이면 잘된 거잖아? 우리는 오사카로 가는 중이었으니……."

선원들이 중얼거렸으나 아무도 대답하지 않았다.

쿵!

배가 멈추었다. 재형은 배의 하체가 모래에 닿는 충격 때문에 앞으로 꼬꾸라졌다. 선원들이 일제히 웃음을 터뜨렸다. 재형은 손에 묻은 흙먼지를 털고 일어났다. 부두에는 흰옷을 입은 사람들이 몰려나와 재형이 탄 배를 가리키며 손가락질하고 있었다. 선원들은 배가 닿은 부두가 어느 나라인지 알 수 없어 두셋씩 모여 서서 불안한 표정으로 웅성거렸다. 세르게이 선장과 부인 카타리나는 망연한 표정으로 부두를 바라보고 있었다.

"누가 부두에 가서 얘기를 나눠봐."

세르게이 선장의 지시에 항해사와 선원 한 사람이 작은 배를 내려서 타고 부두로 노를 저어 갔다. 선원들은 긴장하여 그들이 부두를 향해 노를 저어 가는 것을 바라보았다. 재형은 자세히 보이지 않았으나 흰옷을 입은 부두의 사람들이 낯익다고 생각했다. 항해사와 선원이 돌아온 것은 한참이 지나서의 일이었는데 작은 배 한 척이 따라왔다. 그들은 관복을 입은 조선의 관리 한 사람과 허리에 칼을 찬 두 사람의 군관이었다.

"그대들은 어디에서 왔는가?"

조선의 관리가 세르게이 선장을 향해 물었다. 조선의 관리는 40대 중반의 나이였고 수염을 길게 기르고 있었다.

"뭐라고 그러는 거야? 무슨 말인지 알아들을 수 있어야지."

선장이 어깨를 으쓱하면서 선원들을 돌아보았다. 선원들도 어깨를 으쓱하면서 웃음을 터뜨렸다.

"외국인은 조선에 들어올 수 없소. 속히 돌아가시오."

조선의 관리가 다시 세르게이 선장에게 말했다. 그러나 세르게이 선장은 그 말을 알아들을 수 없었다. 그는 웃으면서, 자신의 배는 러시아 배고 오사카로 장사하기 위해 가다가 폭풍우를 만나 고장이 났으니 수리할 수 있게 해달라고 조선의 관리에게 말했다. 그러나 세르게이 선장의 말을 조선인 관리가 알아듣지 못했다.

"대체 무슨 말을 하는 거야?"

선장이 답답한 듯 발을 굴렀다.

"선장님."

재형은 세르게이 선장과 조선인 관리의 말을 듣다가 조그맣게 말했다.

"뭐야?"

세르게이 선장이 날카로운 눈으로 재형을 쏘아보았다.

"여기는 조선 땅이고, 외국인은 조선에 들어올 수 없다고 합니다. 국법으로 금지하고 있다고 합니다."

제형은 세르게이 선장을 향해 말했다.

"너 저 사람들 말을 알아듣는 거냐?"

"예. 여기는 조선이고, 저는 조선 사람입니다."

"좋다. 그럼 내 말을 전해라. 우리는 일본으로 가는 중인데 폭풍우를 만나 표류했고, 배를 수리할 동안 머물게 해달라고 전해라."

재형은 세르게이 선장의 말을 조선인 관리에게 전했다. 조선인 관리와 군관들이 깜짝 놀란 얼굴로 재형을 보았다.

"너는 조선인이냐?"

"조선인입니다."

"그럼 이렇게 전해라. 폭풍우로 배가 고장이 난 것은 우리도 이해한다. 배를 수리할 동안 부두에 머무는 것은 허락한다. 그러나 선원들이 상륙할 수는 없다. 이는 국법으로 금지하고 있다."

조선의 관리와 세르게이 선장은 재형을 가운데 놓고 대화를 나누기 시작했다.

"우리는 배를 수리할 동안 머물 것이다."

"배를 수리하는 데 얼마나 걸리는가?"

"이 항구는 어디인가?"

"덕원부 원산진이다."

"원산에 스크루를 만들 수 있는 대장간이 있는가?"

"있다."

"스크루가 만들어지면 사흘이면 떠날 수 있다. 우리를 대장 간으로 데려다줄 수 있는가?"

"외국인은 조선 땅에 상륙할 수 없다."

"우리는 물도 필요하고 식량도 필요하다."

"그런 것은 우리가 배로 실어줄 수 있다."

"그러면 대장장이를 불러달라."

"알았다. 오후에 데리고 오겠다."

조선의 관리와 군관은 세르게이 선장과 이야기를 나눈 뒤에 돌아갔다.

"이 꼬마가 있어서 정말 다행이다. 앞으로 조선과 교역을 하 게 될지도 모르니 우리와 함께 지내자. 너에게 충분히 보수를 주겠다."

세르게이 선장이 만족한 듯 재형의 머리를 쓰다듬어주었다. 카타리나 부인도 웃으면서 재형을 보고 있었다. 세르게이 선장 은 스크루를 뜯어 갑판으로 끌어올리게 했다. 기관장과 여러 명 의 선원들이 바다 속에 들어가 스크루를 뜯어왔다. 스크루는 무 엇에 부딪쳤는지 조각이 나 있었다.

오후에 대장장이를 데리고 온 조선의 관리는 뜻밖에도 수향 의 아버지 김 진사였다. 그는 마름 하종악과 여러 명의 관리들 을 거느리고 있었는데, 재형이 경원을 떠난 직후 과거에 급제하여 한성에서 벼슬을 하다가 원산진 첨사(僉使)가 되어 내려왔다고 했다. 재형은 너무 놀라 간신히 인사를 했다.

"너는 최형백의 아들이 아니냐? 어찌 러시아 배를 타고 있느냐?"

김 첨사가 싸늘한 눈으로 재형을 노려보았다.

"소인은 러시아 사람이 되었습니다."

"네가 역관이냐?"

"배에 조선 말을 할 줄 아는 사람이 없어 소인이 역관 행세를 하고 있습니다."

김 첨사는 마땅치 않은 듯 재형을 쏘아보다가 대장장이를 불러냈다. 조선의 대장장이가 쭈뼛거리면서 앞으로 나왔다. 대장장이와 기관장은 스크루에 대해 오랫동안 이야기를 했다. 물론 모든 것을 재형이 통역해야 했다. 기관장은 대장장이가 스크루에 대해 잘 알지 못하므로 대장간에 직접 가서 설명해야 한다고 말했다. 김 첨사는 난처한 표정을 지었으나 어쩔 수 없이 기관장과 재형을 상륙시켰다. 재형은 배를 타고 원산에 상륙하여 대장간으로 갔다.

"이런 걸 만들려면 사흘이 걸려야 합니다."

대장장이는 기관장이 요구하는 스크루를 만드는 일이 어렵다고 말했다.

"밤을 새워서라도 만들어라. 너희는 외국인이 돌아다니지 못하도록 철저히 감시하라."

김 첨사는 군사들을 대장간에 배치하고 돌아갔다. 재형은 김 첨사가 원산에 있으므로 수향도 원산에 왔을지 모른다고 생각했다. 그러자 가슴이 뛰고 얼굴이 붉어졌다.

대장장이는 스크루를 몇 번이나 다시 만들어야 했다. 기관장의 말을 대장장이가 잘 이해하지 못한데다 쇠가 약해서 다시 부러질 가능성이 커 강철을 사용해야 했다. 원산의 대장장이가 스크루를 만드는 데는 꼬박 닷새가 걸렸다. 재형은 매일같이 조선 군사들의 감시를 받으면서, 기관장과 함께 아침에는 대장간으로 갔다가 저녁에는 배로 돌아오고 했다. 재형이 수향을 만난 것은 대장간에 간 지 나흘째 되는 날이었다.

해가 설핏 기울고 있는 대장간 저 멀리 감나무 밑에 한복을 입은 어린 소녀와 여인이 서 있었다. 재형은 그들이 수향과 유모라는 사실을 한눈에 알아보았다. 가슴이 뛰고 얼굴이 화끈거렸다. 재형은 못 박힌 듯 그 자리에서 움직일 수 없었다. 재형을 감시하는 군사들은 수향과 유모 쪽을 수상쩍은 눈빛으로 살피고 있었다.

"아저씨, 저기 있는 사람들과 이야기 좀 하고 올게요."

재형은 자신을 감시하는 군사에게 말했다. 그들은 재형과 러시아 기관장을 감시하는 동안 이것저것 러시아에 대해 재형에게 묻곤 했었다.

"저기 나무 밑에 있는 여자들? 아는 사람이냐?"

염소수염의 군사가 따분한 표정을 짓고 있다가 재형에게 물었다.

"예."

"빨리 갔다 와라. 첨사 어른이 알면 경을 친다."

군사가 망설이다가 마지못한 듯 허락했다. 재형은 주위를 살핀 뒤에 황급히 수향에게 달려갔다. 유모가 재형을 보자 마땅치 않은 듯 혀를 차고 자리를 비켜주었다. 이미 수향과 약속이 되어 있었던 듯했다.

"아가씨."

재형은 수향을 보자 가슴이 두근거렸다. 수향은 다홍치마와 분홍색 저고리를 입고 있었는데 머리 위에는 쓰개치마를 뒤집어쓰고 있었다. 사방은 기이할 정도로 조용했고, 어디선가 낮닭이 우는 소리가 들렸다. 수향은 촉촉이 젖은 눈으로 재형을 쳐다보았다.

"잘 있었어?"

수향이 떨리는 목소리로 낮게 물었다.

"예."

"아버지에게 네가 러시아 배에 있다는 이야기를 듣고 놀랐어. 꼭 한 번 만나려고 했는데…… 네가 러시아로 떠나서 다시는 못 만날 줄 알았어. 매일같이 대장간에 온다고 해서 유모를 졸라서 왔어."

재형은 수향이 더욱 예뻐졌다고 생각했다. 수향을 만나면 많은 말을 할 수 있을 것 같았는데, 무슨 말을 해야 좋을지 알 수 없었다.

"저도 아가씨를 다시는 못 만날 줄 알았어요. 그렇지만 간절히 원하면 만나게 될 거라고 생각했어요."

"정말 그랬어?"

"예. 아가씨를 매일 생각했어요."

"나와 혼례 올린 걸 기억해? 너는 내 신랑이야."

수향이 다짐하듯 말했다. 수향과 혼례 올린 일을 어찌 잊을 수 있겠는가. 비록 액땜을 하기 위해서라고 해도 죽을 때까지 잊을 수 없을 것이었다.

"그건 액땜을 하기 위해서……."

"아니야. 나는 한 번도 그렇게 생각하지 않았어. 난 언제나 너를 내 신랑으로 생각하고 있었어."

"아가씨, 소인이 어찌 감히……."

"너도 나를 색시로 생각해. 그럴 수 있지?"

재형은 수향의 얼굴을 가만히 쳐다보았다. 이렇게 예쁜 수향이 색시가 된다면 더 이상 바랄 것이 없다고 생각했다. 그러나 재형은 천민이고 수향은 양반의 딸이었다. 김 첨사가 어떤 일이 있어도 두 사람이 올린 혼례를 인정하지 않을 것이었다.

"대답해봐. 그럴 수 있어?"

"예."

"그럼 나는 이제부터 재형이 나를 데리러 오기만 기다릴 거야. 오지 않으면 내가 찾아갈 거야."

수향이 고개를 숙이고 결의에 차서 말했다. 재형은 수향의 말에 기쁨이 가슴을 가득 채우는 것 같았다.

"꼭 나를 데리러 와야 돼. 응?"

수향이 고개를 들고 재형을 쳐다보며 간절히 말했다. 재형은 수향이 깨물어주고 싶을 정도로 예쁘다고 생각했다.

"예."

재형은 고개를 끄덕였다. 어른이 되어 수향을 데리고 러시아에 가서 살면 김 첨사도 어떻게 하지 못한다고 말했다. 재형이 그런 이야기를 하자 수향이 흡족한 듯 생긋 웃었다.

"이건 화공이 그린 내 그림이야. 나를 보고 싶을 때 이 그림을 봐."

수향이 소매 속에서 둘둘 만 작은 화선지를 꺼내 재형에게 주었다. 재형은 화선지를 받으면서 수향의 손을 쥐었다. 무엇인가 할 말이 떠오르지 않았다. 수향이 살며시 얼굴을 붉히면서 미소를 지었다. 그때 창을 든 군사가 이쪽으로 오기 시작했다.

"나는 갈게. 아버지가 알면 혼나."

수향이 군사가 오는 것을 보고 재형을 쳐다보며 웃었다. 수향의 눈에서 눈물이 흘러내렸다. 재형도 가슴이 타는 것처럼 아팠다.

"꼭 데리러 와."

수향이 다짐한 뒤에 유모가 서 있는 곳을 향해 걸어갔다. 재형은 수향이 유모와 함께 총총걸음으로 멀어져가는 것을 하염없이 바라보았다.

부우우웅.

스크루를 수리한 배가 길게 무적을 울렸다. 기관이 돌아가며 내는 텅텅 소리와 함께 후미에서 하얀 포말이 일어났다. 선원들이 일제히 환호하면서 박수를 쳤다. 재형은 난간에 서서 시린 눈빛으로 부두를 바라보았다. 부두에서는 조선의 군사들과 하얀 옷을 입은 사람들이 이쪽을 쳐다보고 있었다. 재형은 부두의 군중들 속에 수향이 있을지도 모른다고 생각하자 살점을 도려내는 듯한 고통을 느꼈다.

'그래. 수향은 내 색시야. 어른이 되면 반드시 데리러 올 거야.'

재형은 피가 나도록 입술을 깨물었다. 배는 검푸른 물살을 헤치고 힘차게 남쪽으로 나아가고 있었다.

"이 그림 속 여자는 누구냐?"

카타리나 부인이 재형의 선실에 걸린 그림을 보고 물었다. 배가 원산항을 출항한 지 하루가 지났을 때였다.

"제 색시입니다."

재형은 그림 속의 수향을 살피면서 대답했다.

"뭐야? 네가 결혼했다는 말이야?"

카타리나 부인이 풍만한 가슴을 흔들면서 유쾌하게 웃음을 터뜨렸다.

"정말 결혼했어?"

"예."

"몇 살이지?"

"열두 살입니다."

"그런데 결혼했다는 말이야? 결혼했는데 왜 같이 안 살아?"

재형은 돈을 많이 벌어 수향을 러시아로 데리고 와서 살 계획이라고 대답했다. 카타리나 부인은 감동한 듯한 표정으로 그림 속 수향을 자세히 살폈다.

"동양 인형처럼 예쁜 아이구나. 너희가 어른이 되어서 행복하게 살았으면 좋겠어."

카타리나 부인이 부드러운 목소리로 말했다. 재형은 하루에도 몇 번씩 수향의 그림을 들여다보았다. 수향의 그림을 보고 있노라면 금방이라도 수향이 그림 속에서 걸어나와 함박 웃어 줄 것 같았다.

알렉산드리아호가 오사카에 입항한 것은 원산을 출항한 지 사흘이 되었을 때였다. 오사카는 조선과 달리 무역이 자유롭게 이루어지고 있었다. 세르게이 선장은 일본인들에게 가죽을 팔고 면직물을 사들였다. 카타리나 부인은 재형을 데리고 다니면서 일본의 금세공품을 샀다. 알렉산드리아호는 오사카에서 닷새를 머문 뒤에 자루비노 항으로 갔다. 그들은 자루비노에서 식량을 싣고 블라디보스토크를 거쳐 상트페테르부르크로 향했다.

재형은 선원들의 모든 심부름을 했다.

"그놈, 다람쥐처럼 빠르기도 하네."

선원들은 심부름을 해주면 재형을 칭찬했다. 걸핏하면 두툼한 손바닥으로 재형의 뒤통수를 때리던 주방장 세바스찬까지 재형을 귀여워했다. 재형이 설거지도 깨끗하게 할 뿐 아니라 그릇을 용도별로 정리하고 부식도 잘 정리하는 바람에 일이 한결 쉬워진 것이다.

"첫날밤은 잘 지냈어?"

카타리나 부인은 재형을 볼 때마다 웃으면서 수향에 대해 물었다. 재형은 머리를 긁적이면서 웃을 수밖에 없었다.

"글 읽을 줄 알아?"

"조금 읽습니다."

"그럼 이 책을 읽어봐."

카타리나 부인은 낮잠을 자기 전에 재형에게 책을 읽게 했다. 고기잡이배가 아닌 상선은 배 안에서 오랜 시간을 보내야 해서 지루했다. 카타리나 부인은 재형에게 지루한 시간을 때우게 하려고 책을 읽힌 것이다. 재형은 처음에는 책을 더듬더듬 읽었으나 점점 빨리 읽게 되었다.

블라디보스토크를 거쳐 상트페테르부르크로 가는 뱃길은 여러 달이 걸리는 멀고 먼 길이었다. 알렉산드리아호는 쿠릴 열도를 지나 한 달 만에 캄차카 반도에 이르렀다. 캄차카 반도의 페트로파블로프스크캄차츠키 항구는 겨울에는 얼고 여름에는 얼지 않았다. 그래서 많은 배들이 여름에는 페트로파블로프스크캄차츠키를 지나지만 겨울에는 동유럽을 돌아 인도양을 거쳐 자루비노로 돌아왔다.

세르게이 선장은 배에 일본의 면직물을 가득 싣고 상트페테르부르크에 가서 팔았다. 배가 오랜 항해를 한 뒤에는 부두에 정박하고 여러 날을 머물렀다. 그동안 파손된 부분을 수리하기도 하고 배에서 필요한 물품을 사들이기도 했다. 돌아올 때는 비단이나 기름을 사 가지고 와서 비싼 값에 팔았다. 선원들에게는 배가 항구에 정박하는 것이 세상을 얻는 것과 같았다. 어느 부두에나 술과 여자들이 있어 선원들은 술에 취해 아가씨들과 하룻밤 풋사랑을 나눌 수 있었기 때문이다.

재형은 상선이 항구에 정박할 때면 카타리나 부인의 심부름을 한 뒤 시장을 구경했다. 낯선 나라, 낯선 땅이었으나 선원들을 따라다니면서 이국 풍정을 살폈다. 사람들의 말은 한마디도 알아들을 수 없었지만 세상이 얼마나 넓은지, 얼마나 많은 사람들이 살아가고 있는지 알 수 있었다. 한편, 배에서 망망대해가 끝없이 펼쳐진 풍경을 보면 다시는 육지로 돌아갈 수 없는 게 아닌가 싶은 불안에 떨기도 했다.

재형이 처음 본 상트페테르부르크는 충격 그 자체였다. 도시는 성처럼 거대했고 황제가 사는 궁전은 대리석으로 지어져 있었다. 거리를 오가는 마차는 화려하고 여자들은 아름다웠다. 재형은 어리둥절하여 거리를 쳐다보았다.

"카레이스키, 상트페테르부르크는 처음이지?"

말쑥한 예복을 입고 배에서 내린 세르게이 선장이 재형에게 물었다. 세르게이 선장과 카타리나 부인은 화사한 드레스를 차려입고 있었다. 재형에게도 깨끗한 옷을 입혔다. 세르게이 선장은 상트페테르부르크의 유력한 후원자인 알렉세이 백작을 만나러 가는 길이었다.

"예, 처음입니다."

"러시아의 황제 폐하가 계시는 곳이다. 러시아에서 가장 아름다운 도시이기도 하지."

세르게이 선장이 기쁜 표정으로 말했다. 이내 마차가 오자 세르게이 선장과 카타리나 부인이 올라탔다. 재형은 마부 옆에 앉았다.

'이렇게 아름다운 도시가 있는 줄은 몰랐구나.'

재형은 마부 옆에 앉아 대로에 즐비한 건물들을 보면서 감탄했다. 세르게이 선장과 카타리나 부인은 호텔을 잡아 여장을 풀고 옷을 갈아입은 뒤에 마차를 타고 모피를 거래하는 알렉세이 백작의 집으로 갔다. 알렉세이 백작은 러시아의 유서 깊은 귀족 가문 출신으로, 황제의 친척이기도 했다. 재형은 모피가 들어 있는 가방을 들고 세르게이 선장 부부를 따라갔다. 알렉세이 백작은 화려한 궁전 같은 곳에서 살고 있었다. 백작 부부는 세르게이 선장 부부를 반갑게 맞이했다.

"이건 저희가 백작님에게 드리는 특별한 선물입니다."

세르게이 선장이 재형이 들고 온 가방에서 하얀 밍크를 꺼내 백작에게 보였다. 밍크는 이미 깨끗하게 손질되어 바느질만 하면 당장 입을 수 있는 것이었다.

"세르게이, 참으로 아름다운 밍크입니다."

"제가 미국에서 최고로 유명한 모피 상인에게서 구입한 것입니다."

"고맙소, 참으로 고맙소."

알렉세이 백작 부부는 기뻐하면서 세르게이 선장 부부에게 쉬어가라고 말했다. 선장 부부는 그들과 저녁 식사를 한 뒤에 무도회에 참석했다. 저녁때가 되자 수많은 귀족들과 귀부인들이 화려한 옷차림으로 알렉세이 백작의 저택을 찾아왔다. 재형은 동화 속 세상에 온 듯한 기분이었다. 무도회가 열리는 홀에 아이들 출입은 금지되었으나 재형은 집사에게 부탁하여 한쪽에서 무도회를 구경할 수 있었다.

'참으로 아름답고 화려하구나.'

재형은 음악에 맞춰 춤추는 사람들을 보며 감탄했다. 남자들의 예복과 여자들의 드레스는 재형이 한 번도 보지 못한 것들이었다.

무도회는 밤늦게야 끝이 났다. 귀족과 귀부인들은 춤을 추다가 삼삼오오 모여 이야기를 나누곤 했다.

"러시아는 통상을 원하는데, 조선에서는 거부한다는구나."

호텔로 돌아올 때 카타리나 부인이 마차에 앉아 피로한 듯이 재형에게 말했다. 재형이 조선인이었기 때문에 무도회에서 들은 이야기를 해주는 것 같았다. 이 무렵 러시아는 조선의 경흥부에 세 명의 병사를 보내 통상을 요구한 일이 있었다. 조선은 러시아 병사들이 통상을 요구하는 국서를 가지고 오자 발칵 뒤집혔다. 러시아의 통상 요구는 핑계에 지나지 않고 대규모 군대를 동원하여 조선을 침략할 것이라는 소문이 파다하게 나돌았기 때문이다. 한성에서는 러시아가 침략해온다는 소문이 나돌자 양반들이 다투어 피란을 갔다.

"조선은 외국과 통상을 하지 않는다."

조선 조정에서는 러시아 병사들에게 통첩을 했다. 러시아 병사들은 실망하여 돌아갔다. 재형은 당시에 이러한 국제 정세를 전혀 몰랐다.

재형은 세르게이 선장 부부가 한가할 때 함께 상트페테르부르크 시내를 구경했다. 상트페테르부르크는 러시아의 강력한 황제인 표트르 대제가 세운 도시로, 운하와 강에 370여 개의 다리가 있고 유럽의 관문으로 유명했다. 세르게이 선장 일행은 상트페테르부르크에서 한 달을 머물렀다.

'나는 조선인이다. 조선인인데 러시아 귀족처럼 살 수 있을까?'

재형은 상트페테르부르크에 머물면서 새로운 세계를 보았다고 여겼다. 상트페테르부르크의 이국적인 풍경, 화려한 귀족들의 모습에 큰 충격을 받았다. 상트페테르부르크는 귀족들도 많았지만 상인들과 노동자들도 많았다. 유럽의 관문이어서 러시아 무역의 90퍼센트를 차지했으며, 1861년 알렉산드르 2세 황제의 농노 해방령이 실시되어 농촌에 살던 수많은 농노들이 상트페테르부르크로 몰려오면서 폭발적인 인구 증가를 불러왔다. 그래서 상주 인구가 1백만 명에 이르렀다. 세르게이 선장 부부는 상트페테르부르크에서 면직물을 판 뒤에 비단과 생필품 등을 사 가지고 귀항길에 올랐다.

부우우웅.

상트페테르부르크를 출항하는 알렉산드리아호가 길게 무적을 울렸다. 망망대해를 항해하면서 재형은 많은 생각을 했다. 자신은 상선의 일개 사환에 지나지 않았다. 러시아 귀족들처럼 화려한 생활을 할 수 없을 것이다.

'수향도 드레스를 입으면 예쁠 거야.'

재형은 수향을 생각하자 가슴속에 아릿한 슬픔이 밀려왔다.

'수향은 지금쯤 무얼 하고 있을까. 우리는 언제 만날 수 있을까.'

재형은 망망대해를 바라보면서 하루에도 몇 번씩 수향의 얼굴을 떠올렸다.

세르게이 선장 부부는 블라디보스토크 북쪽 지역인 포시예트 시에 살고 있었다. 그들은 상선을 운항하지 않을 때는 재형을 집에 머물게 했다. 카타리나 부인은 재형에게 경험 많은 선원들의 절반에 이르는 루블을 임금으로 매달 지급해주었다.

'수향을 데리고 오려면 많은 돈을 벌어야 해.'

재형은 처음 월급을 받고 감동했다. 선원들은 1천 루블에서 2천 루블까지 받았으나 재형은 고작 5백 루블이었다.

　'지금은 5백 루블이지만 1년을 모으면 6천 루블이나 돼.'

　재형은 돈을 허투루 쓰지 않겠다고 단단히 결심했다. 자신을 데리러 와달라는 수향의 눈물 젖은 얼굴을 생각할 때마다 가슴속에서 무엇인가 뜨거운 것이 끓어오르는 듯했다.

　세르게이 선장은 1년에 서너 번쯤 상선을 운항했다. 한 번 운항할 때마다 뱃길이 한 달이나 두세 달씩 그 정도밖에 운항할 수 없었다. 상트페테르부르크에서 포시예트로 돌아온 뒤에 한 달 동안 쉬었다가 다시 출항하는 일이 반복되었다.

　'여기는 백인들만 살고 있구나.'

　재형이 상선을 타고 두 번째로 간 도시는 마드리드였다. 마드리드에 도착하기 전에도 여러 항구에 잠깐씩 정박했지만 목적지는 마드리드였기 때문에 망망대해를 계속 항해했다. 세르게이 선장은 마드리드에서 모피를 팔았다. 귀항하자 겨울이 닥쳐왔다.

　세르게이 선장 부부는 겨울 동안 상선을 운항하지 않았다. 재형은 포시예트에 있는 세르게이 선장의 집에서 잡일을 했다. 마차를 몰고 다니면서 식료품을 사오고 세르게이 선장을 따라 사냥을 다니기도 했다. 세르게이 선장 부부는 딸 둘과 아들 하나가 있었는데, 딸들은 시집갔고 아들은 수도회에 들어가 있었다. 해가 바뀌어 봄이 되자 다시 상선을 운항하기 시작했다. 두 번째 출항은 중국 상해에서 도자기를 사다가 상트페테르부르크의 부유한 상인에게 파는 것이었다.

오사카는 두 번이나 왕래했다. 오사카가 포시예트에서 가까웠기 때문에 잡화류를 사다가 블라디보스토크에 팔았다.

'오사카는 공중목욕탕이 있어서 좋구나.'

재형은 선원들과 함께 오사카의 공중목욕탕에 갔다. 수많은 사람들이 함께 목욕을 하는 것이 신기했다. 선원들은 부두 근처에 있는 유곽까지 갔다가 와서 즐거워했다. 오사카를 두 번 다녀온 뒤에는 4개월이 걸리는 캘커타를 향해 닻을 올렸다. 재형은 상선이 정박하는 항구에서 진귀한 물건을 산 뒤 다음 항구에서 비싼 값에 팔았다.

"이놈은 아주 영악한 놈이야. 내 배를 이용해 자신의 돈을 벌고 있어."

하루는 세르게이 선장이 불쾌한 듯 카타리나 부인에게 말했다. 세르게이 선장은 매일같이 술을 마셨기 때문에 그 무렵에는 알코올중독자가 되어 있었다.

"세르게이, 이 아이를 방해하지 말아요. 그는 자신의 일을 하고 있는 거예요."

카타리나 부인이 재형을 위해 변명해주었다.

"다른 선원들이 기분 나쁘게 생각하고 있어."

"다른 선원들은 술과 여자들에 빠져 있어요. 그러면 발전이 없죠. 이 아이는 생각이 깊어요."

"왜 그렇게 생각하지? 왜 이 조선 놈을 생각하는 거야?"

"이 아이는 많은 책을 읽고 있어요. 당신들 같은 술주정뱅이는 되지 않을 거예요."

카타리나 부인이 사납게 몰아세우자 세르게이 선장은 무춤

하여 물러섰다. 재형은 밤이면 많은 책을 읽었다. 재형이 책을 읽는 것은 좀 더 빨리 러시아와 미지의 세계에 대해 알고 싶어서였다. 재형은 책에서 많은 지식을 얻을 수 있었다. 책을 읽을 때마다 또 하나의 세계에 발을 들여놓은 듯한 기분이었다.

재형이 일하는 상선 알렉산드리아호가 벵골 만에 있는 캘커타에 세 번째 정박한 것은 1876년 여름의 일이었다. 세르게이 선장은 1년에 한 번씩 캘커타에 상선을 운항하여 무역을 하고 있었다. 캘커타는 날씨가 후텁지근하게 더웠다. 그곳은 일찍부터 유럽의 여러 나라가 무역을 하고 있는 항구였고, 영국의 벵골 총독이 다스리고 있었다. 알렉산드리아호가 도착하기 전인 4월 28일, 영국 의회가 빅토리아 여왕에게 인도 황제를 겸임한다는 공식 결의를 했다. 따라서 완전히 영국령이 되어 있었다. 재형은 캘커타 항구의 부두를 설레는 마음으로 바라보았다. 캘커타는 세 번째 오는 것이었지만 1년에 한 번씩밖에 오지 않았기 때문에 여전히 이국적 정취를 풍기고 있었다.

"이봐, 카레이스키. 항구에 도착했으니 술 마시러 가자."

주방장 세바스찬이 난간에 기대서 있는 재형의 어깨를 툭 치며 누런 이를 드러내놓고 웃었다. 세바스찬에게서 땀 냄새가 물씬 풍겼다.

"저는 구경이나 할래요. 언제 상륙할 거예요?"

재형은 세바스찬과 나란히 서서 부두를 바라보았다. 선원들은 부두에 있는 캘커타 여인들을 향해 손을 흔들거나 휘파람을 불었다. 여인들은 드레스를 펄럭이는 백인들도 더러 있었지만 대부분 황토색 얼굴을 한 벵골 원주민들이었다. 오래간만에 도착한 육지여서 선원들은 들떠 있었다. 재형도 육지에 오를 생각으로 설레었다.

"선장님이 돌아오실 때까지 하선하지 마라."

카타리나 부인이 갑판에 서 있는 선원들에게 지시했다. 세르게이 선장이 항해사와 함께 영국 상인을 만나러 갔기 때문에 카타리나 부인이 선원들을 통솔하고 있었다. 카타리나 부인도 상륙할 생각인지 하얀 드레스에 햇빛을 가리는 챙 넓은 모자를 쓰고 있었다. 세르게이 선장은 인도에서 면직물과 설탕을 수입해 상트페테르부르크에 팔았다. 물론 면직물이나 설탕을 파는 것은 영국인들이었다. 긴 항해 끝에 도착한 캘커타 부두는 장터처럼 사람들이 와글대고 있었다.

"카레이스키, 조금 있다가 상륙하자. 벵골에 와서 술도 안 마셔보면 평생 후회할 거야. 이제는 우리 배가 언제 다시 올지 몰라."

"1년에 한 번씩은 오지 않나요?"

"우리 배는 낡았어. 지금도 고장이 잦은데 1년만 지나면 표류하기 꼭 맞을 거야."

세바스찬의 말에 재형은 마음이 착잡했다. 알렉산드리아호를 운항하지 않으면 재형은 다른 일자리를 찾아야 했다.

"배를 운항하지 않으면 아저씨는 어떻게 할 거예요?"

"글쎄. 블라디보스토크에서 레스토랑이나 할까 한다."

"블라디보스토크요?"

"거기에 군인들이 늘어나고 있는 걸 너도 보았지? 아마 음식점도 번성할 거야."

"아저씨는 술을 좋아하니까 술집을 하지요."

"핫핫핫! 술꾼이 술집을 하는 것 봤냐?"

세바스찬이 유쾌하게 웃음을 터뜨렸다.

"카레이스키, 너는 오늘 총각 딱지를 떼어야 돼."

"예?"

"흐흐…… 우리 선원들이 네놈 총각 딱지를 떼어주기로 했어. 진정한 마도로스는 항구마다 애인이 있어야 하는 거야."

세바스찬이 낄낄대고 웃었다. 다른 선원들도 재형을 둘러싸고 왁자하게 웃음을 터뜨렸다. 재형은 공연히 얼굴이 붉어졌다.

세르게이 선장이 돌아온 것은 해 질 무렵이었다. 그는 설탕, 면직물을 내일부터 선적하기로 영국 상인과 약속해놓아서 기분이 좋았다. 그래서인지 선원들의 하선을 허락하고, 술을 마시라며 돈까지 나누어주었다.

세바스찬이 선원들과 함께 부두에 상륙하자 재형도 그들을 따라 상륙했다. 부두에는 가난한 벵골 사람들이 열대 과일을 늘어놓고 지나가는 사람들에게 무어라고 소리치면서 팔고 있었다. 그러나 무슨 말인지 전혀 알아들을 수 없었다.

'여기도 미개한 나라구나. 사람들이 신발을 신지 않고 살아가네.'

부두였기 때문에 거리는 상가가 즐비했다. 여자나 남자나 대부분 흰옷을 입고 있었는데 대부분이 맨발이었다. 여자들의 이마에 커다란 붉은 점이 찍힌 것이 신기했다. 간간이 하얀 군복을 입은 영국인들이 말을 타고 지나가는 모습이 보였다.

"아저씨, 여기는 왜 영국 사람들이 많아요?"

재형이 세바스찬에게 물었다.

"호호…… 영국이니까 영국 사람이 많은 건 당연하지."

"영국이오? 여기가 무슨 영국이에요?"

"여기는 무역을 하기 위해 프랑스, 포르투갈, 네덜란드, 영국이 전쟁을 했는데 영국이 이겼어. 그래서 지금은 영국 여왕이 다스리고 있다."

재형은 선원들을 따라 캘커타 부두를 구경했다. 캘커타는 날씨도 더웠지만 사람들이 유난히 많았다. 부두를 벗어나 번화가로 들어서자 하얀 건물들이 줄지어 서 있었고 야자수 가로수도 보였다. 번화가에서 한참을 걷자 캘커타의 빈민들이 사는 슬럼가가 나왔다. 그곳은 집들이 초라하여 움막이나 다를 바 없었고 가난한 사람들이 모여 시끄럽게 떠들어대고 있었다. 선원들은 사람들과 무엇인가 이야기를 하더니 다시 뒷골목으로 들어가서 2층 벽돌집으로 들어갔다. 겉은 보잘것없었으나 안은 어두컴컴하고 사람들이 많았다. 안쪽으로 조금 들어가자 여자들이 가운데서 춤을 추고 남자들은 바닥에 앉아 술을 마시고 있었다. 세바스찬과 선원들도 카펫 바닥에 앉아 여자들이 춤추는 것을 보면서 술을 마셨다. 재형은 세바스찬이 자꾸 권하여 술을 두 잔 마셨다. 허리를 살랑대는 여자들의 춤이 신기했다. 건장한 남자가 선원들에게 와서 무엇인가 이야기를 했다. 선원들이 낄낄대면서 재형을 쳐다보았다. 재형은 아무것도 모르면서 선원들을 향해 미소를 지어 보였다. 세바스찬과 선원들이 돈을 걷어 건장한 남자에게 주었다.

"넌 어떻게 하겠어? 우리는 안으로 들어갈 거다."

세바스찬이 재형에게 물었다.

"어디 가는데요?"

"진정한 사내들이 가는 곳이야."

"그러면 나도 가겠어요."

재형이 세바스찬을 향해 말했다. 카펫 바닥에 앉아 낯선 사람들과 술을 마시면서 춤추는 여자들을 구경할 수가 없었다.

"정말이냐?"

세바스찬이 유쾌하게 웃음을 터뜨리고, 선원들도 빙글빙글 웃었다.

"정말이에요."

재형이 고개를 끄덕이자 세바스찬이 "좋아!" 하고 뒤통수를 한 대 때리더니 낄낄대면서 건장한 사내를 따라갔다. 재형도 세바스찬을 따라 좁은 복도로 걸어갔다. 그러자 여러 개의 방이 있었고 이상한 신음 소리가 들려왔다.

"넌 그 방으로 들어가라."

세바스찬이 주렴이 내려와 있는 방으로 재형의 등을 떠밀어 넣었다. 재형은 어리둥절하여 방으로 들어가 안을 살폈다. 어둠침침한 그 방에는 뜻밖에 반나체의 소녀가 앉아 있다가 벌떡 일어나 재향을 향해 합장했다. 재형은 멀뚱히 소녀를 쳐다보았다. 소녀가 갑자기 옷을 벗더니 침상에 누웠다. 재형은 그제야 여자가 창녀라는 사실을 알았다. 가슴은 사과 알처럼 작고 팔다리는 말라비틀어져 있었다.

"난 어른이 아니에요."

재형은 소녀에게 손을 내저었다. 소녀에게 그런 짓을 할 수 없다고 생각했다. 소녀는 누운 채 재형을 향해 손을 내밀었다. 재형은 소녀가 돈을 달라는 것으로 여기고 주머니에서 세르게이 선장이 준 돈을 꺼내어 주었다. 소녀가 재형을 향해 생긋 웃더니 옆자리를 손으로 가리켰다. 재형은 머뭇거리다가 소녀 옆에 가서 앉았다. 소녀는 어리면서도 무엇인가 두려워하고 있었다. 재형은 얼굴이 화끈거려 소녀를 제대로 내려다볼 수가 없었다. 소녀가 재형을 살며시 잡아당겨 자신의 가슴 위에 엎드리게 했다.

"하지 말아요."

소녀가 재형의 바지를 벗기려 하자 재형이 재빨리 고개를 흔들었다. 재형은 소녀를 안고 있는 것만으로 만족한다고 중얼거렸다. 흑갈색 피부의 소녀는 마치 마른 나뭇잎처럼 연약해서 만지면 부스러질 것만 같았다. 재형은 눈을 감은 채 긴 시간을 보냈다. 말이 통하지 않아서 소녀와 한마디도 나눌 수 없었다. 그런데도 소녀의 눈빛이 어떤 따스한 감정을 담고 있다는 것을 알 수 있었다.

"에이, 더러운 년."

복도에서 세바스찬의 목소리가 들리자 재형은 소녀의 방에서 나왔다. 무엇 때문에 화가 났는지 세바스찬이 복도에 침을 칵 뱉었다.

"왜 그래요?"

"알 거 없어. 너는 총각 딱지 뗐지? 응?"

"예."

세바스찬과 선원들은 그 집에서 나와 번화가에 있는 맥주집으로 갔다. 그들은 재형이 총각을 면했다면서 한바탕 웃음을 터뜨렸다. 재형은 소녀와 아무 일 없이 그냥 나왔다는 말을 하지 않았다. 소녀의 빈약한 나신이 눈에 어른거렸다.

　밤이 깊어서야 상선으로 돌아왔다. 재형은 그날 밤 잠을 이룰 수 없었다. 눈을 감으면 젓가락처럼 마른 소녀의 빈약한 몸뚱이가 자꾸 뇌리에 떠올랐다.

　알렉산드리아호는 캘커타에 닷새나 정박했다. 정박한 다음날부터 설탕과 면직물을 선적하기 시작했는데 이틀이나 걸리고, 나머지는 항해하는 동안 필요한 식량과 부식을 사서 실었기 때문이다. 그동안 재형은 일이 끝나면 매일같이 캘커타 시내를 구경했다.

　'영국 사람들은 부자이고, 캘커타 사람들은 노예처럼 사는구나.'

　재형은 캘커타 사람들이 영국인들의 노예이거나 가장 보잘것없는 일을 하며 산다는 사실을 알 수 있었다.

　'여기서 조선은 얼마나 멀리 떨어져 있을까?'

　재형은 배 난간에 우두커니 기대서서 생각에 잠기곤 했다.

　1년에 몇 차례씩 상선을 타고 여러 나라를 돌아다닌 지 어느덧 5년이 되었다. 그동안 흑인들이 사는 아프리카에도 가보았고 유럽의 여러 나라도 돌아다녔다. 일본의 오사카도 자주 가는 편이었으나, 조선만은 갈 수 없었다. 조선에서 외국과의 교역을 완강하게 거부하고 있어서 러시아 상선이 입국할 수 없었기 때문이다.

'세계에는 정말 많은 민족과 나라들이 있어.'

재형은 상선을 타고 다니며 많은 것을 보고 배울 수 있었다.

휘이이잉.

음산한 바람이 자작나무 숲을 휩쓸고 지나갔다. 포시예트 시의 겨울은 유난히 추웠다. 재형은 촛불 밑에서 책을 읽다가 얼굴을 들고 바람 소리에 귀를 기울였다. 자작나무 숲을 지나가는 바람 소리가 마치 지옥에서 들리는 귀곡성처럼 음산했다.

"수향······."

재형은 허공을 응시하다가 나직이 혼잣말했다. 수향의 얼굴이 아련히 눈앞에 떠오르면서 슬픔과 그리움이 가슴 깊은 곳에서 피어올랐다. 수향을 마지막으로 만난 지 벌써 6년이었다. 얼마나 긴 세월인가.

'아아, 수향이 아직도 나를 기다리고 있을까. 6년이라는 긴 세월을 시집가지도 않고 나를 기다리고 있을까.'

재형은 원산으로 돌아가고 싶었다. 그러나 조선과 러시아는 국교가 이루어지지 않고 있었다. 조선은 러시아뿐 아니라 그 어떤 외국과도 교통을 허락하지 않아서, 입국하는 자들을 죽이거나 전쟁을 벌인다고 했다.

재형은 이제 열여덟 살이었다. 홀쭉한 키에 눈매가 사려 깊은 건장한 청년이 되어 있었다. 세르게이 선장은 하루 종일 술에 취해 있어서 카타리나 부인은 재형을 아들처럼 의지하고 있었다.

재형은 촛불을 끄고 침대에 누웠다. 잠들 때마다 꿈속에서라도 수향을 만날 수 있기를 간절히 바라곤 했다. 하지만 그토록 그리워해도 수향은 꿈속에 자주 나타나지 않았다. 재형은 이튿날 아침 일찍 일어나 장작을 패고 사냥 나갈 준비를 했다. 포시예트 시에서 겨울을 보낼 때는 사냥 외에 달리 할 일이 없었다. 재형은 산에서 나무를 하지 않으면 사냥을 했다. 주일에는 성당에 나갔다. 러시아는 대부분의 국민들이 러시아정교회에 다니고 있었다.

"재형, 오늘은 주일이니 사냥을 나가면 안 돼."

카타리나 부인이 재형에게 커피를 끓여주면서 말했다.

"아, 그렇군요."

재형은 카타리나 부인을 보며 싱긋 웃었다. 카타리나 부인도 어느새 늙어서 흰머리가 늘고 주름살이 생기고 있었다. 지난 6년의 세월이 세르게이 부부를 변화시킨 것이다.

"그러면 성당에 갈 준비를 하겠습니다."

재형은 사냥 준비를 그만두고 성당에 나갈 준비를 하려고 했다.

"잠깐 앉아봐라. 할 이야기가 있다."

카타리나 부인이 소파를 가리키면서 말했다. 재형은 의아한 표정으로 카타리나 부인을 쳐다보며 소파에 앉았다.

"너는 우리와 오래 살았다. 나에게는 마치 아들과 같구나."

"부인께서 저를 아들처럼 사랑해주셨습니다."

"기왕에 러시아에서 살려면 세례도 받고 이름도 러시아 이름으로 바꾸는 게 좋겠다."

"이름을 바꿔요?"

"러시아 사람으로 살려면 러시아식 이름이 있어야 해. 사람들이 네 이름 부르는 걸 힘들어해."

"그러면 어떤 이름을 지어야 합니까?"

"넌 최씨니까, 표트르 세메노비츠 최라고 하는 게 어떻겠니?"

"표트르 세메노비츠?"

재형은 카타리나 부인이 말한 이름이 왠지 낯설었다.

"부를 때는 그냥 표트르라고 부르면 돼. 그리고 그 이름으로 러시아 국적을 가져야 돼."

"제가 러시아 국적을 가지면 러시아인이 되는 겁니까?"

"러시아에서 집을 사거나 땅을 살 때도 그렇고, 무슨 계약을 하더라도 국적이 없으면 계약이 안 돼."

"며칠 동안 생각해보겠습니다."

재형은 선뜻 이름을 바꿀 수 없었다.

"그래, 천천히 생각해봐."

카타리나 부인이 미소를 지으면서 말했다. 재형은 아침을 먹자 성당에 가기 위해 새 옷으로 갈아입고 마차를 준비했다.

"이 술주정뱅이, 빨리 나오지 못해?"

재형이 마차를 준비했을 때 카타리나 부인이 악다구니를 퍼부으면서 세르게이 선장의 멱살을 끌고 나왔다. 세르게이 선장은 아직도 술에서 깨지 않아 비틀대고 있었다. 재형은 여전히 술에 취해 있는 세르게이 선장을 보자 눈살을 찌푸렸다.

"주일날에는 술을 처먹지 말아야 할 거 아니야? 이러다가 우리까지 지옥의 불구덩이에 떨어지게 만들 참이야?"

카타리나 부인이 세르게이 선장에게 마구 소리를 질렀다. 카타리나 부인은 세르게이 선장 때문에 항상 신경이 곤두서 있었다.

"이놈의 여편네가 남편에게 말하는 것 좀 봐."

세르게이 선장이 혀 꼬부라진 소리로 중얼거렸다. 재형은 세르게이 선장을 성당에 데리고 가지 않는 게 나을지도 모른다고 생각했다.

"빨리 마차에 타!"

"선장님, 마차에 오르십시오."

재형은 세르게이 선장을 부축해 마차에 태웠다.

"이놈! 네놈이 내 여편네와 눈 맞은 놈이지?"

세르게이 선장이 붉게 충혈된 눈으로 재형을 쏘아보았다. 재형은 세르게이 선장의 말에 대꾸하지 않았다.

"시끄러워! 그따위 헛소리를 하면 정신병원에 처넣을 거야."

카타리나 부인이 매섭게 윽박지르면서 마차에 올라탔다.

"네가 저 젊은 놈과 눈이 맞아갖고 날 구박하는 거지? 그렇지?"

"입 닥치지 못해!"

재형은 세르게이 선장과 카타리나 부인이 싸우는 소리를 들으면서 성당을 향해 마차를 몰기 시작했다. 두 사람의 싸움은 어제오늘의 일이 아니었다. 재형은 마차를 몰면서 이제는 세르게이 선장의 곁을 떠날 때가 되었다고 생각했다. 진작부터 떠나고 싶은 마음이 있었지만 아들처럼 돌봐준 카타리나 부인을 배신할 수가 없어 망설이고 있었다.

2월인데도 추웠다. 햇살이 비치고 있었으나 기온은 영하이고, 길바닥에는 쌓인 눈이 얼어붙어 있었다. 포시예트 시 남쪽 언덕에 있는 성당에는 벌써 많은 신자들이 몰려들어 있었다. 세르게이 선장은 술에 취했어도 성당에 오자 얌전해졌다. 기이하게도 곧잘 그랬다. 술주정을 하고 비틀거리다가도 막상 성당에 오면 멀쩡해졌다. 카타리나 부인은 마차에서 내린 뒤 주민들과 상냥하게 인사를 나누었다. 이내 미사가 시작되었다. 재형도 카타리나 부인의 옆에 앉아 미사를 보았다.

재형은 얼마 뒤 카타리나 부인의 배려로 세례를 받고 러시아정교회 신자가 되었다. 러시아인들은 처음에 동양인인 재형을 싫어했다.

"사람들이 너를 싫어한다고 얼굴을 찌푸리면 끝내 친해질 수가 없어. 사람들이 눈총을 주어도 너는 미소를 지어주어라."

카타리나 부인이 재형에게 한 말이었다. 재형은 포시예트 시의 러시아인들에게 항상 미소를 지었다. 그랬더니 언젠가부터 러시아인들이 재형을 보고 알은체를 해주었다.

"세르게이 선장 집에 살고 있는 조선인은 겸손해."

성당에 다니는 러시아인들 입에서 재형을 칭찬하는 소리까지 들려왔다. 이제 재형은 포시예트 시의 누구와도 반갑게 인사를 나눌 수 있게 되었다.

미사가 끝나면 친교 시간이 시작되었다. 신자들은 성당에서 제공하는 차를 마시며 한담을 나누었다. 재형도 러시아 청년들과 어울려 이야기를 했다. 그들은 사냥과 파티에 대해 이야기했다. 재형은 때때로 그들의 파티에 참석하여 춤을 추고 술을 마셨다. 그때 러시아 처녀들이 기꺼이 재형의 파트너가 되어 춤을 추곤 했다. 그녀들 대부분은 농부의 딸이었다. 재형이 그들 모두에게 자신의 이름을 바꾸는 문제와 러시아 국적을 얻는 문제를 상담하자, 그들은 이름을 바꾸고 러시아 국적을 갖는 것이 좋겠다고 말해주었다. 재형은 그들의 조언을 새기며 마음의 갈피를 잡아갔다.

"부인, 이름을 바꾸도록 하겠습니다."

재형은 성당에서 돌아오자 카타리나 부인에게 말했다.

"그래, 잘 생각했다."

카타리나 부인은 자신의 일처럼 기뻐했다. 재형은 그녀와 함께 블라디보스토크에 있는 총독부에 가서 '표트르 세메노비츠 최'라는 이름을 신고하고 러시아 국적을 얻었다.

시베리아, 내 사랑

봉준은 오늘도 꿈을 꾸고 있다. 야린스키의 농장 밖에는 눈
보라가 세차게 몰아치고 있었다. 설원을 지나 빽빽한 전나무 숲
을 달리는 바람 소리가 음산하게 귓전을 후벼 파고 있었다. 그
런데 꿈속에서 눈보라 소리를 듣는 일이 가능할까. 어쩌면 눈보
라가 몰아치는 것도 꿈인지 모른다고 여겼다.

야린스키의 농장은 하바로프스크 남쪽의 울창한 전나무 숲
에 있었다. 하바로프스크는 여름이 짧고 겨울이 길었다. 겨우내
찾아오는 사람이 없는 농장에서 봉준은 장작 패는 일로 세월을
보냈다. 크리스마스와 새해가 시작될 때면 그제야 야린스키 가
족이 하바로프스크의 농장으로 쉬러 왔다. 그리고 1월 어느 날,
상트페테르부르크로 떠나면 봄이 되어야 돌아왔다. 하바로프스
크에서 자주 볼 수 있는 것은 해가 진 뒤의 백야 현상뿐이다. 시
베리아 특유의 현상이다. 밤이 낮처럼 밝은 백야는 현실이 비현
실처럼 느껴질 정도로 몽환적이었다.

봉준은 오하루와 헤어져 동쪽으로 가다가 설원에서 길을 잃었다. 가도 가도 끝이 없는 설원에서 정신을 잃고 죽어가고 있을 때 하바로프스크의 농장으로 쉬러 오던 야린스키 가족에게 발견되었다. 봉준은 러시아 말이 서툴러서 그들과 제대로 대화할 수 없었다.

"너는 어디에서 왔느냐?"

봉준은 야린스키 가족에게 발견된 다음 날 굶주림을 면하고 원기를 회복하자 농장 거실로 불려가 질문을 받았다. 야린스키는 수염이 탐스러운 50대 사내로, 키 크고 눈매가 날카로웠다.

"지신허에서 왔습니다."

봉준은 불안한 마음으로 야린스키를 쳐다보며 대답했다.

"지신허? 지신허가 어디지?"

야린스키가 가족들을 둘러보면서 물었다. 봉준은 대답할 수가 없었다. 야린스키의 가족들도 고개를 저었다. 집사가 옆에 있다가 대륙의 중국인 마을일 것이라고 말했다.

"어디로 가는 길이냐?"

야린스키가 파이프 담배를 피우면서 물었다.

"동쪽으로 가던 길입니다."

"동쪽 어디로 가는 거냐?"

"지신허에서 동쪽으로 가면 큰 항구를 만날 수 있다고 했습니다. 거기서 일을 해 돈을 벌려고 했습니다."

"너는 중국인이냐?"

"조선인입니다."

야린스키는 그날 봉준에게 많은 것을 물었다. 봉준은 야린스키가 묻는 말에 더듬더듬 대답했다.

"지신허가 어디인지는 모르겠다. 어쨌든 네가 돈을 벌려고 했다니 내 농장에 있어라. 여기서 일을 하면 너에게 돈을 주겠다. 네가 하는 일은 심부름과 말, 개를 키우는 것이다. 그리고 겨울에는 농장에서 쓸 장작을 패는 일이다. 농장에 심부름하는 아이라도 있으면 했는데, 너는 어떻게 하겠느냐?"

봉준은 야린스키의 제안을 거절할 수가 없었다. 야린스키가 돈을 주겠다고 해서 그것으로도 충분했다.

야린스키는 몰락한 귀족이었다. 러시아는 농민들의 반발에 부딪쳐 농노를 해방하고 귀족들의 토지를 분배했는데, 당시에 러시아의 많은 귀족들이 소유하고 있던 농지를 농민들에게 나눠주어야 했다. 야린스키도 농지의 대부분을 나눠주고 나머지는 소작을 하고 있었다. 야린스키는 부인 올리야, 큰아들 니콜라이, 작은아들 안드레이, 딸 소냐와 함께 살고 있었다. 그리고 마부, 집사 등을 데리고 있었다. 큰아들 니콜라이 야린스키는 군인이고 부인과 아들이 있었다. 작은아들 안드레이 야린스키는 모스크바에서 대학을 다니고 있었다. 막내인 소냐는 휠체어에 의지해 살아가고 있었는데, 신경질적이었다. 야린스키 가족은 옷차림이 호화스러웠고, 농장이 있는 그 지역에서 존경을 받고 있었다. 군인들과 경찰까지 야린스키를 찾아와 공손히 인사했다. 야린스키는 항상 책을 읽는 사람이었고, 올리야 부인은 누구에게나 친절한 사람이었다.

소냐는 봉준보다 네 살이 더 많았다. 살결이 눈처럼 희고, 휠체어에 앉아 하루 종일 그림을 그리거나 책을 읽었다. 휠체어를 미는 수발은 하녀인 류드밀라가 맡아 했다. 부엌일 때문에 짬이 나지 않을 때는 봉준에게 휠체어를 밀게 했다.

"류드밀라, 이 아이는 더러워. 좀 깨끗이 씻으라고 해."

소냐는 봉준을 볼 때마다 눈살을 찌푸리며 신경질을 부렸다.

"양복을 입으라고 그래. 중국인처럼 이상한 옷을 입고 다니지 말게 하고……."

"아가씨, 옷이 없습니다."

"오빠들 어릴 때 입던 옷 있잖아?"

"알겠습니다."

소냐가 짜증을 부리자 류드밀라가 고개를 절레절레 흔들며 양복을 갖다주었다. 봉준은 어머니가 솜을 넣어 누빈 바지저고리를 벗고 양복 차림으로 일했다.

"호호호. 봉준이 이제 러시아인이 되었네."

올리야 부인이 깔깔대고 웃으면서 말했다.

"아버지, 왜 저런 조선 꼬마를 집에 두고 계시는 겁니까? 아이도 이상하게 생기지 않았습니까?"

니콜라이가 야린스키에게 물었다.

"저 아이는 조선의 꼬마지만 설원에 내쫓으면 죽는다. 이는 하느님이 용서하지 않을 것이다."

"아버지가 모든 사람을 구할 순 없지 않습니까?"

"너는 성경 말씀을 따르지 않을 생각이냐? 우리가 무엇 때문에 매일같이 기도한다고 생각하니? 우리가 지상에서 베푼 것은 천국에서 보상받을 것이다. 나는 아이에게 농장을 지키게 할 것이다."

야린스키가 얼굴이 붉어지면서 말했다. 니콜라이는 봉준을 좋아하지 않았으나 더 이상 야린스키의 말에 반대하지 못했다.

야린스키의 집에 온 지 사흘이 되었을 때 봉준은 처음으로 장작을 팼다. 그 일은 쉽지 않아 팔이 부러질 듯 아팠다. 야린스키가 웃으면서 장작 패는 법을 가르쳐주었다. 봉준이 쉬는 방은 농장 본채 뒤 벽돌집이었다. 본래 농부들을 감독하던 사람의 숙소였으나, 농노들이 해방될 때 그도 떠났기 때문에 비어 있었다. 봉준의 숙소에서는 난로를 피울 수가 있었다. 난로를 피우지 않으면 매서운 추위를 견딜 수가 없었다.

'여기서 난 얼마나 돈을 벌 수 있을까?'

봉준은 장작을 패다가 힘들면 먼 남쪽을 보며 생각에 잠기곤 했다. 고향에 있는 아버지와 어머니의 얼굴이 떠올랐다. 필녀도 보고 싶었다. 봉준에게 주어지는 식사는 딱딱한 빵과 우유 밥죽이었다. 때때로 돼지고기볶음 같은 것을 늙은 하녀가 가져다주곤 했다. 늙은 하녀는 뚱뚱하고 퉁명스러웠다.

"봉준, 나를 따라와라."

봉준이 농장에 온 지 나흘째 되었을 때 야린스키가 아침에 불렀다. 그는 장화를 신고 총을 들고 있었다. 봉준은 사냥 가방을 메고 야린스키를 따라 산으로 올라갔다.

"네 조국에 대해 알아보았다. 네 조국은 대륙의 끝에 있는 아주 작은 나라이더구나."

야린스키는 조선에 대해 간단하게 이야기했다. 봉준은 조선이라면 경흥밖에 알지 못했다. 그러나 야린스키는 조선의 양반들, 정치, 군대에 대해서도 상세히 알고 있었다.

"러시아는 아주 큰 나라다. 너는 러시아에서 많은 것을 배우게 될 것이야."

봉준은 야린스키의 말을 알아들을 수 없었다. 야린스키가 가끔 내뱉는 말의 뜻도 알지 못했다. 하지만 그가 많은 지식을 갖고 있는 사람이라는 것은 알 수 있었다. 야린스키는 사냥을 나가기는 했으나 아무것도 잡지 않았다. 간간이 무엇인가 겨누고 총을 쏘기는 했지만 새나 짐승을 잡지 않았다. 점심때가 되자 야린스키는 산에 모닥불을 피우게 한 뒤 준비해간 점심을 먹으면서 보드카를 마셨다.

"네 조국에 대해 이야기해보아라."

봉준은 야린스키에게 아무 말도 할 수 없었다. 조선에 대해 아는 것이 전혀 없었다.

"너는 원래 그렇게 말이 없는 거냐?"

"아닙니다."

"그럼 왜 말을 하지 않는 거지?"

"무슨 말을 해야 할지 모릅니다."

"그렇지. 모를 때는 말을 하지 않는 것이 좋다. 그럼 네 고향에 대해 이야기해보아라."

그 말에 봉준은 고향 경흥에 대해 띄엄띄엄 이야기했다. 기사년에 몰아친 흙비로 인한 흉년, 호열자, 가족들과 함께 지신허로 떠난 이야기를 하자 야린스키가 고개를 끄덕거렸다.

"내가 너의 조국에 대해 너보다 더 많이 알고 있는 것 같구나. 너의 조국은 앞으로 많은 변화를 겪게 될 것이다. 우리 러시아 역시 상상할 수도 없는 변화의 소용돌이에 휘말릴 테고."

봉준은 야린스키의 말을 이해할 수 없었다. 그러나 야린스키가 사려 깊은 인물이라는 것을 알 수 있었다.

"너는 이제 러시아에서 살게 되었다. 이제 내가 너에게 인생의 지침이 될 만한 이야기를 해주마."

그러고는 봉준에게 이런저런 이야기를 들려주었다. 봉준은 야린스키가 해주는 말들을 깊이 새겨들었다. 야린스키는 해질 녘이 되어서야 집으로 돌아왔다. 그는 봉준을 가족들과 함께 식사하게 했다.

"봉준을 우리 가족과 함께 식사하게 하는 것은 외국인이기 때문이다. 이 아이는 언젠가 우리 곁을 떠날 것이야. 그러나 좋은 기억을 갖고 떠나기를 바란다. 너희도 이 외국인 꼬마 손님에게 배우는 것이 있기를 바란다."

야린스키의 말에 아무도 반대하지 않았다.

"그리고 봉준이라는 조선 이름은 좋지 않다. 러시아 사람들은 그런 이름을 부르기가 힘들어. 그러니 러시아식으로 이름을 짓자. 어떤 이름이 좋겠니?"

야린스키가 가족들을 돌아보며 물었다.

"알렉산더."

잠자코 있던 소녀가 갑자기 입을 열자 가족들이 일제히 소녀를 쳐다보았다.

"그래, 알렉산더라고 하자. 너는 이제부터 알렉산더가 되는 거야."

야린스키가 말했다. 봉준은 자신의 이름이 알렉산더임을 먼 훗날에야 실감할 수 있었다.

봉준은 그날 저녁부터 야린스키 가족과 식사를 하게 되었다. 저녁에는 야린스키가 가족들에게 한 시간 동안이나 성경을 읽어주었다.

"아버지가 언제까지나 성경을 읽어주실지 모르겠군요."

니콜라이의 말에 가족들이 잔잔히 웃었다. 니콜라이는 그 시간을 은근히 따분해하고 있는 듯했다. 소냐는 휠체어에 앉아 고개를 옆으로 떨어뜨린 채 잠들어 있었다.

"알렉산더, 소냐를 방으로 데려다주어라."

올리야 부인이 봉준에게 말했다. 봉준은 소냐의 휠체어를 밀고 그녀의 방으로 갔다. 올리야 부인이 뒤따라와 소냐를 안아 들고 침상에 눕혔다. 소냐의 방에는 수많은 그림들이 걸려 있었다. 거실에는 야린스키 가족들이 즐겁게 이야기하고 있었다. 봉준은 자기 방으로 돌아와 누웠다. 뒷산의 전나무 숲에서 바람 소리가 윙윙거렸다. 봉준은 바람 소리에 선잠을 잤다.

야린스키의 집에는 손님들이 자주 찾아왔다. 하바로프스크의 귀족들이 찾아와 인사를 하고 식사를 함께했다. 부인들은 함께 모여 차를 마시면서 수다를 떨었다. 러시아의 겨울은 길었다. 눈이 오고 흐린 날은 날씨가 따뜻했지만 햇살이 밝은 날은 강추위가 몰아쳤다.

1월 중순이 되었을 때, 야린스키 가족들은 상트페테르부르크로 돌아갔다. 봉준은 늙은 하녀 류드밀라와 함께 농장을 지키게 되었다.

"식구들이 모스크바로 가니 우리 둘만 남았구나."

류드밀라가 한숨을 내쉬면서 말했다.

"주인은 좋은 귀족이다. 너만 잘하면 주인이 돈을 벌게 해줄 것이다."

봉준은 류드밀라와 많은 이야기를 했다. 류드밀라의 남편은 알코올중독자였는데 술에 취해 강에 떨어져 죽었다고 했다. 두 아들은 모두 도시의 공장에서 일하는데 몇 년째 소식조차 보내오지 않는다고 했다.

"조선 속담에 '무소식이 희소식'이 있습니다."

봉준은 류드밀라를 위로했다.

"그러니? 러시아에는 '손님을 따라 반가운 소식이 온다'는 속담이 있어. 네가 반가운 소식을 가져왔으면 좋겠구나."

류드밀라가 웃으면서 말했다.

농장에는 류드밀라와 봉준밖에 없어서 둘은 시시때때로 이야기를 나누었다. 류드밀라는 아들에게 주려고 만들어놓은 옷을 봉준에게 주었다. 그녀는 몇 년째 두 아들의 소식을 몰라 슬픔에 잠겨 있었다. 어쩌다 마을 사람들이 찾아와 이야기를 하기도 했으나 잠깐 동안이었다.

류드밀라의 아들 블라디미르와 빅토르가 찾아온 것은 한 달이 지났을 때였다. 류드밀라는 두 아들을 끌어안고 목 놓아 울었다. 봉준은 지신허에 있을 아버지와 어머니를 생각하며 가슴이 뭉클했다. 아버지와 어머니가 자신을 하염없이 기다리고 있을 걸 생각하자 당장이라도 돌아가고 싶었다. 그러나 야린스키의 말을 떠올리며, 성공하기 전에는 결코 집으로 돌아가지 않겠다고 다짐했다. 류드밀라는 두 아들이 돌아오자 잠을 이루지 못할 정도로 좋아했고, 봉준을 두 아들과 함께 식사하게 했다.

"우리는 평생 동안 농사를 짓고 살 수 없어요. 러시아는 귀족들의 나라가 아니라 우리 노동자들의 나라가 되어야 합니다."

블라디미르는 공장 노동자들이 얼마나 고생하고 있는지 이야기했다.

"애야, 굳이 그런 고생을 할 필요가 어디 있니? 네가 알다시피 야린스키 주인님은 좋은 분이 아니냐? 겨울에는 눈 속에서 얼어 죽는 사람들을 구제하는 것을 낙으로 삼을 정도로 착한 분인데, 다시 농장에 와서 일하는 게 어떠니?"

"우리는 세상을 변화시킬 것입니다."

"무슨 소리냐?"

"미하일 알렉산드로비치 바쿠닌 동지가 노동자와 농민들이 주인 되는 시대를 만들 거라고 했습니다. 저는 바쿠닌 동지를 따를 겁니다."

봉준은 미하일 알렉산드로비치 바쿠닌이 누구인지 알지 못했다. 그가 공산주의 이론가이자 사상가인 카를 마르크스와 대립했던 국제 공산주의의 거물이라는 것은 나중에야 알았다. 그는 확고한 사회주의 혁명가로서 폭력을 통한 기존 질서의 파괴를 역설했던 인물이었으나, 당시만 해도 그다지 이름이 알려져 있지 않았다.

블라디미르는 봉준에게 많은 관심을 기울였다. 그는 야린스키 농장에 있는 동안 봉준에게 조선도 사회주의 혁명이 일어나야 한다고 역설하면서, 때가 되면 조선에 가서 혁명을 하라고 권고했다. 봉준은 블라디미르의 말을 건성으로 들었다. 그가 하고 싶은 일은 사회주의 혁명이 아니라 돈을 많이 벌어 러시아 귀족들처럼 사는 것이었다. 블라디미르와 빅토르는 1주일이 지나자 다시 공장으로 돌아가려 했다.

"알렉산더, 네가 우리 어머니를 돌봐주면 고맙겠다. 우리는 너의 신세를 결코 잊지 않을 것이다."

블라디미르가 봉준의 손을 잡고 말했다.

"어머니처럼 잘 받들게요."

봉준은 미래의 혁명가인 블라디미르의 손을 잡고 말했다.

"고맙다."

블라디미르가 봉준을 와락 끌어안았다. 빅토르도 봉준을 포옹하고 류드밀라와 작별한 뒤에 떠나갔다. 류드밀라는 그들이 보이지 않을 때까지 농장 앞에 서서 울었다.

능소화를 닮은 여인

광활한 초원에 바람이 불 때마다 풀들이 일제히 쓰러졌다가 일어났다. 하늘에는 구름이 빠르게 이동하고 있었다. 대륙의 하늘이었다. 천 개의 고원과 천 개의 하늘을 갖고 있다는 대륙에는 언제나 바람이 불었다. 비는 많이 오지 않았지만 천 개의 고원에는 수천 개의 늪지가 있고, 수천 개의 늪지에는 수초가 우거져 바람에 나부끼고 있었다.

'나는 언제 고향에 갈 수 있을까?'

재형은 블라디보스토크의 낮은 구릉에서 조선이 있는 쪽을 눈어림으로 살피면서 생각했다. 재형이 쉴 때마다 찾아오는 곳이었다. 아버지와 형 내외가 살고 있는 얀치혜에는 가고 싶지 않았다. 얀치혜에 살 때 형수의 얼굴에 눌은밥을 집어던지고 뛰쳐나온 일이 떠올랐다. 형수에게는 더 이상 원망이나 증오의 감정을 갖고 있지 않았다. 그래도 피를 나눈 가족들이 아닌가. 재형은 아버지와 형 내외를 찾아가는 것보다 원산에 있는 수향을 더 만나고 싶었다.

'수향은 지금쯤 어떻게 변해 있을까? 이미 혼례를 올리지 않았을까?'

수향을 생각할 때마다 재형은 가슴이 타는 것 같았다.

'나도 이제는 독립해야 돼.'

재형은 블라디보스토크에서 상관의 지배인으로 일하는 것을 그만두어야겠다고 생각했다.

재형이 블라디보스토크에 온 것은 2년 전의 일이었다. 이름을 바꾸고 러시아 국적을 얻은 그해 봄, 알렉산드리아호는 마지막 항해를 했다. 그동안에도 세르게이 선장이 알코올중독자여서 항해가 쉽지는 않았다. 카타리나 부인이 세르게이 선장을 대신해 선원들을 지휘하면서 세계 여러 도시와 상품을 거래했지만 한계가 있었다. 게다가 배까지 낡아 침몰할 위험이 있자 카타리나 부인은 과감하게 상선 알렉산드리아호를 고물로 팔아치웠다.

"표트르, 이제는 우리가 헤어질 때가 되었구나. 내가 블라디보스토크에서 장사하는 사람에게 소개장을 써줄 테니 거기 가서 장사하는 기술을 배워라."

카타리나 부인이 착잡한 표정으로 재형에게 말했다.

"장사요? 저희 가족들은 농사를 짓습니다."

재형은 장사한다는 생각을 해본 일이 한 번도 없었다.

"농사를 지으면 열 배의 이익밖에 남지 않지만 장사를 하면 백 배의 이익을 남길 수도 있단다."

카타리나 부인이 잔잔하게 웃으면서 말했다. 재형은 그녀가 써준 소개장을 들고 나오면서 깊게 포옹했다. 오랫동안 같이 살아왔던 카타리나 부인과 헤어진다고 생각하니 가슴이 아팠다.

"선장님, 그동안 고마웠습니다."

재형은 술에 취해 몽롱해 있는 세르게이 선장에게도 인사했다. 세르게이 선장은 재형이 떠나는 것이 반갑다는 듯 손을 내젓기만 했다. 재형은 세르게이 선장의 집을 나와 시내를 향해 무거운 걸음을 떼어놓았다. 포시예트 시의 낯익은 모든 것들과 작별하려니 발길이 잘 떨어지지 않았다. 그러나 만나면 언젠가는 헤어지는 법이다. 재형이 길모퉁이를 돌기 전에 뒤를 돌아보자 세르게이 선장과 카타리나 부인이 나란히 서서 손을 흔들고 있었다. 재형도 그들을 향해 손을 흔들고 걸음을 재촉했다.

카타리나 부인이 소개해준 상인은 블라디보스토크에서 상관을 운영하고 있었다. 그는 자신의 이름을 따 상점에 '안드로프 상관'이라는 간판을 달고 있었다.

"카타리나 부인은 건강하신가?"

안드로프는 붉은 머리에 러시아인치고는 작은 키였다.

"예, 건강하십니다."

안드로프는 소개장을 몇 번이나 들여다본 뒤에 고개를 끄덕거렸다.

재형은 안드로프 상관의 지배인이 되었다. 지배인이라고는 해도 점원이 넷뿐인 상관이었다. 상관은 비단을 비롯한 면직물과 건어물, 신발, 그릇, 양말, 밀가루 등 각종 생필품을 팔고 있었는데 러시아 점원들은 재형에게 퉁명스러웠다. 재형이 지시하는 것을 잘 듣지도 않는데다 카레이스키라며 노골적으로 비웃기까지 했다. 하루는 재형이 빅토르 세르그페비치라는 사내에게 창고에서 밀가루를 내오게 했는데 지시를 듣지 않았다.

"빅토르, 카레이스키라고 무시하는 것은 용서하지 않겠어. 나는 너희의 지배인이야."

"뭐가 어쨌다는 거야?"

빅토르가 눈을 사납게 치뜨고 재형을 노려보았다. 빅토르는 글자를 모르는 청년으로, 항상 보드카를 마셨다. 재형보다 두 살 많고 키가 컸으나 늘 술에 절어 몸이 허약했다. 언제나 다른 사람들과도 눈을 치뜨고 싸우려들어서 사람들이 두려워하면서 피했다. 게다가 그는 늘 단도까지 뒷주머니에 차고 있었다.

"일할 때는 술 마시지 말라고 했는데 술을 마시고…… 너를 해고하겠어."

재형은 단호하게 말했다.

"카레이스키가 누굴 감히 해고하겠다는 거야?"

빅토르가 뒷주머니에 있는 단도를 뽑아 들었다.

"빅토르, 비겁하게 칼을 들고 덤빌 거야?"

재형은 바짝 긴장했다.

"네놈의 낯짝을 그어버리겠어!"

빅토르가 날이 시퍼런 단도를 휘둘렀다. 차가운 금속의 단도가 허공을 갈랐다. 재형은 술 때문에 행동이 둔한 빅토르의 단도를 머리 숙여 재빨리 피하면서 주먹으로 명치를 내질렀다. 빅토르가 어이쿠 하며 밀가루 부대 위에 나뒹굴었다. 재형은 그 틈을 놓치지 않고 단도를 쥐고 있는 빅토르의 손을 구둣발로 힘껏 내질렀다. 빅토르가 처절한 비명을 지르면서 단도를 떨어뜨렸다.

재형은 빅토르를 피투성이로 만들었다. 점원들이 놀란 눈으로 재형을 쳐다보았다.

"뭘 봐? 일들 안 할 거야?"

재형이 점원들을 향해 소리 지르자, 점원들은 화들짝 놀라 슬금슬금 일하러 갔다. 빅토르를 피투성이로 만든 뒤에는 점원들 중에 재형을 무시하는 자가 없었다. 그러나 거리에서는 종종 재형에게 시비를 거는 이들이 있었다. 특히 10대 후반 소년들이 공연히 트집을 잡아 싸우려고 했다.

'싸움을 걸면 응해준다.'

재형은 러시아의 10대 소년들이 패거리로 덤벼도 싸웠다. 소년들에게 맞을 때도 있고, 소년들을 패줄 때도 있었다. 싸움을 자주 하다 보니 요령도 생기고 배짱도 커졌다.

재형은 그동안 책을 많이 읽어서 장사 기술을 누구보다 빠르게 습득했다. 그는 상관 안에 여기저기 쌓여 있는 상품을 찾기 쉽게 정리하고 일일이 가격표를 붙였다. 손님들이 찾아오면 공손하게 상품의 질을 설명하고, 불량 제품을 스스로 폐기처분했다. 재형이 안드로프 상관을 운영하면서 블라디보스토크에는 안드로프 상관에서 파는 물건은 믿을 수 있다는 소문이 널리 퍼졌다. 재형은 장부 정리도 철저히 했다. 전에는 상품이 떨어져야 주문했는데 장부 정리를 하면서 수요를 예측할 수 있기 때문에 상품이 떨어질 때쯤이면 미리 주문했다.

"표트르는 대단한 장사꾼이야."

안드로프 상관 주위에 있는 러시아 상인들이 혀를 내둘렀다. 일부 상점 주인들은 재형이 조선인이라고 노골적으로 멸시하기도 했으나, 안드로프는 자신에게 많은 돈을 벌어다주는 재형을 전폭적으로 신뢰했다. 재형은 글을 모르는 러시아 점원들에게 글을 가르쳐주고 편지를 대신 써주기도 했다. 점원들의 어려운 사정도 해결해주었다. 그러자 점원들이 재형을 따르기 시작했다.

블라디보스토크는 조선인들이 러시아로 이주하기 시작할 무렵에 이미 군사 기지로 건설되어 빠르게 발전하고 있었다. 게다가 러시아는 남진 정책을 추진하고 있었기 때문에 블라디보스토크로 많은 군인들이 진주해왔다. 조선은 대원군이 10년 동안 쇄국 정책을 실시하다가 명성황후의 반격으로 권좌에서 물러나고, 운양호사건을 계기로 일본과 통상을 하게 되었다. 러시아는 만주로 나아가는 러시아군에 필요한 군량을 조선에서 살수 있기를 바랐다. 조선은 러시아의 교역 요구를 계속 거부했으나 러시아는 그들의 영토로 몰려오는 조선인들을 받아들였다.

재형은 가족이 그리웠다. 그래서 얀치혜에서 조선인들이 오면 가족들 소식을 수소문했다. 재형의 가족은 아직도 얀치혜에서 농사를 지으며 살고 있었다. 형 부부는 그동안 두 아들과 딸을 낳았지만 농사에 그다지 관심이 없었다. 개간하는 땅이 많아지면서 소처럼 묵묵히 일하는 사람은 아버지뿐이었다.

'가족에게 돌아가자. 일단 가족에게 돌아간 뒤에 내가 무엇을 할 것인지 생각해보자.'

재형은 안드로프 상관의 지배인 생활을 마치고 얀치혜로 돌아가기로 결정했다.

안드로프는 재형이 상관 일을 그만두겠다고 하자 깜짝 놀라
왜 그러느냐며 만류했다. 재형은 주인에게 상트페테르부르크에
가서 공부하겠다고 말했다. 안드로프는 상트페테르부르크에 갔
다가 여의치 않으면 언제든지 돌아오라며 재형의 손을 잡고 말
했다.

재형은 그동안 저축한 돈으로 가족들에게 줄 선물을 산 다
음 말을 타고 얀치혜를 향해 달리기 시작했다. 블라디보스토크
에서 얀치혜까지는 말을 타고 가도 꼬박 하루가 걸린다. 게다가
가파른 소싱안링 산맥을 넘어야 했다. 구릉과 늪으로 이루어진
광활한 대륙에서 유일한 산맥이었다.

"이랴!"

재형은 몇 시간씩 말을 달리다가 쉬곤 했다.

아침 일찍 출발했는데도 얀치혜에 이르자 해가 설핏 기울고
있었다. 주변이 조금씩 어둠에 가려지고 있었으나 얀치혜가 가
까워질수록 조선인들이 사는 곳임을 알려주는 풍경은 더욱 또
렷해졌다. 황무지를 개간하여 일군 밭에 심어진 고구마와 옥수
수, 드문드문 세워진 초가들, 푸른 초원에서 한가로이 풀을 뜯
고 있는 누런 소, 마을로 향하는 길가 밭에 심어진 고추와 배
추…… 러시아인들은 고추와 배추를 먹지 않는다. 이국에서도
꼭 김치를 먹고 살아야 하는 조선인들이 밭에 고추와 배추를 심
은 것이다. 밭에서 일하던 마을 사람들이 허리를 펴고 재형을
살폈다.

"여기 최재일 씨 댁이 어딥니까?"

재형은 고추를 따고 있던 마을 여인에게 물었다. 8년 만에 돌아온 탓인지 옛날에 살던 집을 뚜렷이 기억할 수 없었다. 더욱이 얀치혜에 조선인들이 늘어나면서 비슷비슷하게 집을 지어 찾을 수가 없었다.

"저기 수양버들이 있는 집이에요."

한 여인이 재형을 수상스러워하는 눈빛으로 살피면서 대답했다.

얀치혜는 늪이 많아 수양버들이 곳곳에 있었다. 아버지와 형 내외는 평지나 다름없는 낮은 구릉의 수양버들 옆에 초가집을 짓고 살고 있었다. 해가 기울고 있어서인지 집 뒤에서 푸른 연기가 실타래처럼 피어오르고, 흙벽돌로 쌓은 담 위에는 호박 덩굴이 뻗어 있었다. 바깥마당에는 형의 자식들로 보이는 아이들 셋이 강아지를 데리고 놀고, 아버지는 멍석 위에서 짚신을 삼고 있었다. 고향 경원의 평지리와 조금도 다르지 않은 풍경이었다. 재형은 집 앞에 이르자 가슴이 뜨거워졌다. 집을 떠난 지 8년 만에 돌아오는 길이었다.

"아버지!"

재형은 말에서 내려 아버지에게 다가갔다. 아버지가 흐릿한 눈을 들어 재형을 쳐다보았다. 그새 폭삭 늙었다.

"네, 네가 재형이냐?"

아버지가 엉거주춤 몸을 일으키면서 떨리는 목소리로 물었다. 아버지는 처음에 재형의 얼굴을 알아보지 못했다.

"예, 제가 재형입니다."

"아이고, 이놈이 돌아왔구나. 재형이가 돌아왔어."

아버지가 재형의 손을 덥석 잡았다.

"우리는 네가 죽은 줄 알았다."

아버지의 얼굴에서 뜨거운 눈물이 흘러내렸다.

"아버지, 절 받으십시오."

"절은 무슨……."

재형은 아버지를 멍석에 앉게 하고 절을 했다. 아이들이 안에 기별했는지 형과 형수가 달려나왔다.

"재형아!"

"도련님!"

형은 재형의 손을 잡고 어쩔 줄 몰라했고, 형수는 왈칵 눈물을 쏟았다. 재형은 형과 형수에게 절을 한 뒤 자신이 잘못했다고 용서를 빌었다. 형은 혈육인데 옛일을 들춰 무얼 하느냐고 했고, 형수는 자신도 잘못했다며 미안해했다.

"아침에 까치가 울더니 도련님이 돌아오시려고 그랬나 봐요. 마침 닭을 잡아 칼국수를 끓였는데 잘 오셨어요."

형수가 저녁을 차리면서 말했다. 재형은 블라디보스토크에서 사온 선물을 가족들에게 나누어주고 형수가 차린 저녁을 맛있게 먹었다. 모처럼 조선인의 손맛이 밴 저녁을 먹은 것이다.

얀치혜에는 불과 몇 년 사이에 많은 조선인들이 두만강을 건너와 살고 있었다. 재형이 블라디보스토크에서 돌아왔다는 소식이 마을에 퍼지자 사람들이 몰려와 북적거렸다. 그들 중에는 재형이 모르는 사람들이 꽤 많았다. 재형은 블라디보스토크에서 사온 술을 마을 사람들과 나누어 마셨다. 재형의 집 바깥마당은 사람들로 가득 차 있었다.

"네가 러시아 말을 하고 러시아 글을 쓴단 말이냐?"

아버지가 술에 취해 불쾌해진 얼굴로 물었다.

"예."

재형은 집을 뛰쳐나와 세르게이 선장의 배를 타고 전 세계를 돌아다닌 이야기를 했다. 마을 사람들은 무릎을 치면서 감탄하기도 하고, 블라디보스토크에 관심을 보이기도 했다. 아버지와 형 내외는 농사짓고 살아서 크게 부유하지는 않았으나 살림살이는 부족함이 없어 보였다.

'형은 일도 하지 않은 채 빈둥거리고 아버지가 일하는구나.'

재형은 며칠 동안 쉬면서 마을 어른들을 찾아뵈며 인사드리고, 사람들이 농사짓는 모습도 틈틈이 살폈다. 조선에서 연해주로 이주한 사람들은 대부분 흉년을 피해 온 사람들이었다. 황무지를 개간하여 농사짓고 있었으나 간신히 자급자족할 뿐 부유하게 살고 있지는 못했다. 재형은 조선인들이 살아가는 얀치혜를 부유한 마을로 바꾸어야 한다고 생각했다. 블라디보스토크의 러시아인들 집에 비해서 조선인들의 집이 너무 초라하여 몹시 안타까웠다.

재형은 얀치혜와 가까운 블라디보스토크에서 재목을 운반하여 집을 짓기 시작했다. 그동안 많은 돈을 저축했기 때문에 가족들을 위해 집을 지어야 한다고 생각했다. 지신허에 살고 있던 봉준의 아버지 최학송을 만난 것은 그 무렵 어느 날이었다. 봉준은 돈을 벌러 떠난 뒤 소식이 없고, 최학송 부부는 필녀와 함께 가난하게 살고 있었다. 그나마 다행인 것은 최학송의 친척들이 경흥에서 몰려와 같이 살고 있다는 사실이었다. 봉준의 어머니는 재형이 찾아오자 마치 봉준이 돌아온 것처럼 손을 잡고 눈물을 흘렸다.

"경원에 살던 김 진사 댁 소식은 들으셨습니까?"

재형은 최학송에게 조심스레 물었다. 최학송은 재형을 아들처럼 반갑게 맞아주었다.

"김 진사 댁 딸이 사흘 전까지 우리 집에 머물다 떠났다."

최학송은 김 진사에 대해 묻는 것이 이해할 수 없다는 듯 눈을 끔벅거리면서 대답했다. 그는 마땅치 않은 듯 곰방대를 빨면서 재형에게 곁눈질을 했다.

"아저씨 댁에 김 진사 딸이 왔다는 말입니까?"

재형은 가슴이 철렁하여 최학송의 얼굴을 쳐다보았다.

"내가 직접 들은 얘기는 아니다만, 한성으로 올라간 뒤에 시집을 갔다는구나. 어디 나에게 세세한 이야기를 하겠느냐? 필녀와 며칠 동안 같이 지내다가 떠나갔다."

최학송은 더 이상 할 이야기가 없다는 듯 손을 내저었다. 재형은 최학송 앞에서 물러 나와 필녀를 냇가로 불렀다. 필녀는 이제 완연한 처녀티를 풍기고 있었다. 재형을 보자 얼굴을 붉히면서 고개를 들지 못했다.

"다른 일은 아니다. 김 진사 딸이 너희 집에 왔었다기에 궁금해서 몇 가지 물어보려는 것이야."

재형은 냇가 둑에 앉아서 이야기를 꺼냈다.

"한 주 전에 우리 집에 왔었어요. 재형 오라버니 소식을 물었어요."

필녀가 나지막하지만 또렷한 목소리로 대답했다.

"시집을 갔다고 하던데, 사실이니?"

"네, 머리를 얹어서 비녀를 꽂았어요."

재형은 수향이 혼례를 올렸다는 말에 가슴이 타들어가는 것
같았다.

"무슨 이야기를 하던?"

"별다른 이야기는 하지 않고 내내 오빠 이야기만 했어요."

필녀가 시린 눈빛으로 재형을 쳐다보았다.

"왜 우리 집에는 오지 않았지?"

재형은 혼잣말로 중얼거리다가 입을 다물었다. 아버지와 김
진사 사이의 사건이 있어서 집을 찾아오기는 불가능했을지도
모른다고 나름대로 생각했다. 아버지나 형은 수향을 원수처럼
대할 게 분명했다.

"어디로 간다고 하던?"

"오빠를 찾아 블라디보스토크로 간다고 했어요. 여기 사진
이 있어요."

필녀가 흑백 사진을 소매에서 꺼내 재형에게 주었다. 재형
은 수향의 사진을 보자 가슴이 찢어지는 것 같았다. 사진 속의
수향은 가르마를 타고 비녀를 꽂고 있었으며, 하얀 옥양목 저고
리와 검정 치마를 입고 있었다. 호수처럼 깊은 눈이 슬픔에 젖
은 듯 보였다. 입술은 살짝 벌어져 가지런한 치아가 보일 듯 말
듯 했다.

"고맙다. 내 다시 찾아오마."

재형은 필녀와 작별하고 말을 몰아 블라디보스토크로 달려

갔다.

부우우웅.

처량한 무적 소리가 길게 울릴 때마다 창문이 덜컹대고 흔들렸다. 부두에서 가까운 아담한 호텔이었다. 호텔 창으로 졸로토이로그 만에 정박한 거대한 군함들이 한눈에 내려다보였다. 블라디보스토크는 '동방을 다스리다'라는 뜻이다. 수향은 졸로토이로그 만을 바라보면서 슬픔에 잠겨 있었다.

'조선에서 블라디보스토크까지 얼마나 먼 길을 달려왔는데, 재형은 없단 말인가.'

수향으로서는 블라디보스토크에 재형이 없다는 사실이 비통했다. 소리를 지르며 울고 싶었다. 아녀자의 몸으로 조선에서 블라디보스토크까지 온다는 것은 지난한 일이었다. 다리품을 파는 정도의 문제가 아니었다.

수향은 열여섯 살이 되자 아버지의 강요로 혼례를 올리게 되었다. 한사코 거부했으나, 아버지의 엄중한 호통을 견딜 수가 없었다. 첫 번째 혼례 상대는 포도대장과 훈련대장을 지낸 이경하 대감의 둘째 아들 이범윤이었다. 가문이나 권세가 아버지를 능가할 뿐 아니라 당사자 또한 보기 드문 준재라고 했다. 수향은 먼발치에서 이범윤을 본 일이 있었다. 수향의 아버지가 원산에서 한성으로 올라와 한성부 좌윤의 낭관으로 있을 때 이범윤이 찾아온 일이 있었다.

'소년이지만 범상치 않은 기개가 있는 분이구나.'

수향은 내당 모퉁이를 돌아 나오다가 사랑방 앞에 서 있는 이범윤의 모습을 언뜻 보았다. 재형만 아니라면 그를 지아비로 받들고 살아도 행복할 것 같았다. 그러나 오로지 수향의 가슴을 가득 채우고 있는 것은 재형이었다.

……삼가 도련님의 위명을 더럽힐 수 없어 부득이 서신을 보냅니다. 소녀는 어릴 때 비밀리에 정혼한 사람이 있는데, 이러한 처지로 어른들의 강요로 혼례를 올린다면 도리어 도련님에게 누가 될 것입니다. 저는 그분이 돌아올 때만 기다리고 있습니다.

수향은 이범윤에게 혼약을 파기해달라는 편지를 써서 간난이 편에 보냈다. 수향의 편지를 받은 이범윤은 수향의 사랑이 이루어지기를 바란다고 간략하게 답장하여 보냈다. 수향의 아버지는 그 사실을 알고 딸이 집안 망신을 시켰다며 펄펄 뛰었다. 수향은 입술을 깨물면서 아버지의 질책을 고스란히 받았다.
수향의 아버지가 두 번째로 정한 혼처는 세도가인 여흥 민씨의 자제로, 이름이 민중호였다.
'내가 혼례를 올리면 재형과는 끝장이야.'
수향은 입술을 깨물고 한사코 혼례를 거부했다. 그러나 수향이 눈물로 호소해도 아버지는 완강했다. 강요에 못 이겨 혼례를 올리게 되었을 때, 수향은 눈앞이 캄캄했다. 차라리 이대로 죽어버리고 싶었다. 그러나 목숨을 끊는 일도 모질어야 했다. 수향은 혼례를 올리지 않게 해달라고 하늘에 애원했다. 그러나 야속한 하늘이었다. 수향의 간절한 소원을 하늘은 끝내 들어주지 않았다. 어머니마저 다그쳐서 수향은 낭떠러지에 홀로 선 심정이었다.

어느 날 수향은 아버지에게 자신의 마음속에는 오로지 재형뿐이라고 말했다. 그러자 아버지는 광분하여 수향에게 몽둥이로 매질까지 했다.

"가문을 망신시켜도 분수가 있어야지. 어찌하여 집에서 거느리던 종놈의 자식에게 연정을 품는다는 말이냐? 네가 제정신이냐? 하늘이 갈라지고 땅이 무너져도 그놈과는 혼례를 올릴 수 없다."

아버지는 수향이 거부해도 강제로 혼약을 추진했다. 혼례를 올리기 전날 밤, 수향은 눈이 퉁퉁 붓도록 울었다.

"남세스럽게 이게 무슨 난리야? 살 맞대고 살면 정이 드는 법이니, 그만 울어."

어머니가 혀를 차며 수향을 나무랐다. 수향은 거의 넋을 잃은 채 혼례일을 맞았다.

혼례는 여자 쪽에서 올린다. 신랑이 사모관대 쓰고 말을 타고 신부 집에 와서 혼례를 올린 뒤, 첫날밤을 치르고 시가로 돌아가는 것이다. 신랑이 수향의 집에 온 것은 해가 중천에 떴을 때였다. 수향은 칠보단장을 하고 족두리를 썼다. 얼굴에는 연지곤지를 찍어 발랐다. 혼례를 올리기 며칠 전부터 친척들이 찾아오고 마을 아낙네들이 음식을 만드느라 집 안팎이 부산했다. 수향은 혼례를 어떻게 올렸는지 기억조차 할 수 없었다. 마당에 차일을 치고 병풍을 두른 뒤에 장황한 예식이 거행되었다. 혼례식이 거행되는 마당은 친척들과 동네 사람들로 발 디딜 틈이 없었다. 잔칫집이라 그런지 거지들도 한 무리 몰려와 각설이 타령을 불러대서 하인들이 몽둥이를 휘둘러 쫓느라 한바탕 법석을 떨었다. 동뢰상을 받고 초야를 치를 때도 마당이 떠들썩했다.

수향은 황촛불이 일렁거리는 신방에 그린 듯이 앉아 있었다. 초야를 치르고 난 뒤에 시가에 가서 목을 매어 죽으리라 생각했다.

"내가 몸이 좋지 않소."

신방에 들어온 신랑은 얼굴이 창백했다. 수향은 고개를 떨어뜨린 채 대답하지 않았다. 마음에도 없는 남자와 초야를 치른다고 생각하니 한없이 나락으로 떨어지는 듯한 기분이었다. 신랑은 동뢰상을 거들떠보지도 않고 수향에게 다가와 족두리를 벗겼다. 그의 손이 부들부들 떨리고 귀 밑으로 식은땀이 흘러내렸다. 수향은 신랑의 기색이 수상하여 살며시 고개를 들었다. 그때 신랑이 동뢰상 옆으로 쿵 하고 쓰러졌다.

'에구머니!'

수향은 하마터면 외마디 비명을 지를 뻔했다. 수향은 가슴이 철렁하여 재빨리 일어나 뒤로 물러섰다. 동뢰상 옆에 쓰러진 신랑이 사지를 떨기 시작했다. 수향은 신랑이 술에 취한 게 아닌가 생각했으나 눈을 부릅뜨고 있었다. 수향은 황급히 간난을 불렀다. 사람들이 웅성대는 소리가 들리더니 어머니와 아버지가 신방으로 달려왔다.

"신랑이 왜 이러는 거야?"

"빨리 의원을 불러."

친척들까지 신방으로 몰려와 소리를 지르고 마당에서도 사람들이 웅성거리기 시작해 어수선했다. 어머니는 수향을 데리고 안방으로 갔다. 수향은 사지를 떨며 눈을 부릅뜬 신랑의 얼굴이 떠오르자 몸을 떨었다. 갑자기 오한이 일어나면서 이빨이 딱딱 부딪쳤다. 이내 의원이 달려와 진맥하더니 위급하다고 했다. 신랑은 가마에 태워져 시가로 돌아갔다.

"신랑이 오래전부터 병을 앓았다고 하는구나. 그러나 혼례를 올렸으니 너는 민씨 집안 사람이다."

아버지는 삼종지도를 지켜야 한다면서 이튿날 아침에 수향을 가마 태워 여주의 시가로 보냈다. 그러나 수향이 도착했을때 이미 신랑은 유명을 달리하여 이 세상 사람이 아니었다.

"첫날밤에 신랑이 급살을 맞아 죽었으니 신부는 재수 없는여인이다. 집에 들일 수 없다."

신랑 집에서 수향의 꽃가마가 들어오는 것을 막았다. 수향의 꽃가마를 인도해 가던 마름 하종악이 경악하여 아버지에게 알렸다.

"혼례를 올렸으니 민씨 문중 사람이다. 죽어도 민씨 집 앞에서 죽어라."

아버지는 수향을 돌아오지 못하게 엄명을 내렸다. 수향은 꽃가마를 탄 채 이러지도 저러지도 못했다.

'이것이 내 운명인가 보구나.'

수향은 꽃가마에서 내려 들판을 보면서 자신의 팔자가 참으로 기구하다고 생각했다. 그러나 신랑의 죽음이 슬프지는 않았다. 그의 죽음이 안타깝기는 했으나 초야를 치르지 않은 것이다. 언젠가 재형을 만난다 해도 자신은 청백지신(淸白之身)이라고 자신 있게 말할 수 있었다.

아버지와 민씨 문중은 팽팽하게 대립했다. 초야를 치르지 않았으니 민씨 집안 사람이 아니라는 민씨 문중의 주장과, 이미 혼례를 올렸으니 민씨 집안 사람이라는 아버지의 주장이 맞섰다. 수향은 하릴없이 들판에서 이틀을 지내야 했다.

"차라리 목숨을 끊을 테니 비상을 보내주세요."

수향은 간난이를 시켜 어머니에게 말했다. 언제까지 꽃가마에 앉아 시간을 보낼 수 없었다.

"이것아, 죽긴 왜 죽어? 그게 네 아버지가 바라는 일이야."

어머니가 꽃가마 있는 데까지 달려와서 울음을 터뜨렸다. 어머니를 따라온 아낙네들도 혀를 차며 측은해했다.

"아버지가 왜 내가 죽기를 바라요?"

수향은 어머니의 말을 이해할 수 없었다.

"그래야 나라에서 열녀로 표창을 받지. 네가 열녀가 되면 가문의 경사가 되는 거야."

수향은 어머니의 말을 듣자 소름이 끼쳤다.

'아버지가 내 죽음을 원하면 난 절대 죽지 않을 거야.'

수향은 피가 나도록 입술을 깨물었다. 수향은 어머니의 주선으로 일단 외가로 갔다. 그러나 외가에서도 오랫동안 머물 수가 없었다.

"절대로 개가해서는 안 된다."

아버지가 마른내(청계천) 근처에 집을 한 채 사주면서 말했다. 그 바람에 수향은 열여섯 살에 청상과부가 되었다.

조선에서는 과부가 되면 수절해야 하고 소복을 입는다. 아버지는 수향이 외간 남자와 눈이 맞을까 봐 엄중하게 감시했다.

수향이 남자와 눈이 맞아 개가하게 되면 자녀안*에 오르게 되어 가문의 치욕이 될까 걱정하고 있었다. 자녀안에 여자들이 오르는 사대부 가문은 절개를 지키지 못했다 하여 출세하지 못한다. 고루한 양반인 아버지를 이해 못할 바는 아니었으나 수향은 재형을 찾아가야겠다는 일념을 버리지 않았다.

수향은 1년 동안 철저한 준비를 했다. 패물을 팔아 노자를 모으고 러시아 말을 배웠다. 아버지의 하인들 중에 단천댁이 있었다. 단천댁은 남편 장칠복과 함께 러시아를 오가면서 밀무역을 하며 살아갔다. 어느 날 남편이 밀무역한 죄로 처형되자 수향네 집 하인이 되었다. 그녀는 수향에게 마차를 타고 상트페테르부르크에 다녀온 이야기를 들려주곤 했다.

'재형은 러시아에 있어. 재형을 찾아가려면 러시아 말을 배우지 않으면 안 돼.'

수향은 러시아 말을 배우는 데 힘썼고, 노자가 준비되자 남장을 하고 경원을 향했다.

경원은 수향의 고향이었다. 아직도 농토가 남아 있어서 소작농이 여럿 있었다. 수향은 경원에 머물면서 러시아에 대한 정보를 수집했다. 그 결과 조선인들이 얀치혜라는 러시아 땅에 많이 살고 있다는 사실을 알게 되었다.

'나는 재형을 찾아 러시아로 갈 거야.'

수향은 일송령 위에서 두만강을 내려다보며 입술을 깨물었

* 자녀안(恣女案): 조선시대에 양반집 여인으로 품행이 나쁘거나 세 번 이상 개가하면 그 소행을 적어두던 문서.

다. 한성 집에서는 딸이 사라졌다고 펄펄 뛸 일이 걱정되었지만, 자신의 운명은 스스로 개척해야 한다고 여겼다. 두만강 건너 아득한 땅이 러시아라고 생각하니 가슴이 저미는 것 같았다. 수향은 경원 저잣거리를 염탐하다가 밀무역하는 사람들을 만났다. 조선에서 생산되지 않는 물품을 살펴보니 러시아 밀무역 상인들과 연관되어 있음을 알 수 있었다. 밀무역 상인들은 처음에는 수향을 잔뜩 경계했다. 그러나 수향이 남정네를 찾는다고 하자 경계를 풀고 수향과 이야기를 나누었다. 그들은 여러 해 전과 달리 러시아를 오가는 변경에 단속이 심하지 않다고 말해주었다. 수향은 그들에게 돈을 주고 러시아 땅으로 데려다달라고 부탁했다.

"젊은 아녀자의 몸으로 어찌 험한 땅을 가겠다는 말이오?"

밀무역 상인이 수향을 찬찬히 살피면서 물었다.

"그럴 만한 사정이 있으니 깊이 물어보지 마시오."

"알겠소."

밀무역하는 사람들은 수향의 청을 흔쾌히 들어주었다. 수향이 그들과 함께 두만강을 건넌 것은 초가을이었다. 장마철에는 강이 불어 건널 수가 없었다.

"저쪽으로 가면 중국이고, 이쪽으로 가면 러시아요."

밀무역꾼 중 임상호라는 사람이 말했다. 그는 30대 후반으로, 얼굴이 네모지고 왼쪽 눈 밑에 흉측한 칼자국이 있었다.

"저는 얀치혜로 갈 거예요."

"우리는 해삼위로 갈 거니까 갑시다."

해삼위(海蔘威)는 블라디보스토크의 조선식 이름이었다. 재형의 집이 있는 얀치혜에서 천 리나 떨어져 있다고 했다. 수향은 임상호 일행을 따라 걸음을 떼어놓기 시작했다. 그들은 블라디보스토크에서 밀무역할 물건을 말에 잔뜩 싣고 있었다. 수향은 훈춘에서 얀치혜로 향하면서 그들에게 말 타는 법을 배웠다. 러시아의 연해주는 광대한 대륙이었다. 수향은 끝없이 넓은 대륙이 황무지로 버려져 있다는 사실에 놀랐다.

훈춘에서 닷새를 걷자 얀치혜와 블라디보스토크로 갈라지는 길이 나왔다. 임상호 일행은 블라디보스토크로 향하고, 수향은 얀치혜로 향했다.

'얀치혜는 조선인 마을과 다를 바 없구나.'

수향은 얀치혜에 도착하자 옹기종기 모여 있는 초가들을 보고 반가워했다. 수향은 마을에서 나오는 아낙네에게 재형의 집을 물어보았다. 아낙네가 재형의 집을 가르쳐주었다. 수향은 재형의 집에는 아버지와의 일 때문에 직접 찾아가지 못하고, 아낙네에게 재형의 소식을 물었다. 재형은 뜻밖에도 어릴 때 집을 떠나 소식이 없다고 했다.

'아아, 재형은 어디 있는 것일까?'

얀치혜에도 재형이 없다는 사실에 수향은 실망했다. 다행히 재형의 집에서 얼마 떨어지지 않은 곳에 봉준의 집이 있음을 알게 되었다. 수향이 찾아가자 봉준의 아버지는 데면데면했지만, 봉준의 어머니와 필녀는 반갑게 맞아주었다.

수향은 봉준의 집에서 사흘을 머물렀다. 봉준도 돈을 벌어오겠다고 집을 떠난 이후 죽었는지 살았는지 몰라 봉준의 아버지가 늘 동구 앞을 바라보며 있었다. 봉준의 어머니는 그동안

아이들을 셋이나 낳아 봉준의 올망졸망한 동생들이 셋이나 되었다.

수향이 재형의 소식을 들은 것은 블라디보스토크 상관에 감자를 팔고 온 마을 사람 판석이로부터였다. 그는 안드로프 상관에 표트르 최라는 조선인이 지배인으로 있는데, 그가 재형임이 틀림없다고 말했다.

"필녀야, 나는 재형이를 찾아갈 거야."

수향은 재형의 소식을 듣자마자 필녀와 작별하고 열흘을 걸어 블라디보스토크에 이르렀다. 그러나 이미 재형이 안드로프 상관을 떠난 뒤였다. 수향은 운명이 기구하게 두 사람을 못 만나게 한다는 사실에 절망했다. 머나먼 블라디보스토크까지 온갖 고생을 하며 왔는데 재형이 없다는 말을 듣자 가슴이 타는 것 같았다.

'아아, 당신은 도대체 어디 있는 거예요?'

수향은 이국 땅을 떠도는 재형을 생각하자 눈물이 주체할수 없이 쏟아졌다.

"표트르 최가 어디로 갔는지는 알 수 없소. 그는 아마 상트페테르부르크로 갔을 거요."

상관 주인 안드로프가 수향에게 말해주었다. 붉은 머리의 안드로프는 수향이 울자 자신의 일처럼 애석해했다.

'아아, 이 머나먼 땅까지 찾아왔는데 재형이 또 떠났다는 말인가?'

수향은 블라디보스토크 거리를 정처 없이 걸었다. 재형이 그 거리를 오랫동안 걸어다녔다고 생각하자 낯선 이국 풍정이 전혀 낯설지 않았다.

블라디보스토크에는 많은 백인들이 살고 있었다. 수향은 난생처음 보는 백인들이었다. 처음에는 그들이 신기하면서 두려웠으나, 그들 역시 똑같은 인간이라고 생각하자 친밀하게 이야기를 나눌 수 있었다. 러시아 백인들도 좀처럼 만나기 어려운 조선 여인 수향을 신기하게 여겼다. 그들은 수향의 러시아 말 구사가 서툴기 짝이 없어서 몇 번씩 반복해줘야 겨우 알아들을 수 있었다. 남자들은 군인들이 많았고, 여자들은 금발 또는 흑발에 눈처럼 하얀 피부를 하고 있었다. 특히 아이들은 인형처럼 예뻤다. 부두를 따라 늘어선 건물들도 조선과는 완전히 달랐다. 조선은 집들이 초가와 기와집뿐이었으나, 블라디보스토크는 거리를 따라 늘어선 건물들이 대체로 지붕은 돔형이고 창문은 아치형이었다. 4, 5층 되는 건물의 창들은 햇살을 받아 금빛으로 반짝거렸다. 수향은 블라디보스토크 거리를 돌아다니면서 재형의 흔적을 찾다가 밤이 되면 호텔에서 묵었다.

부우우웅.

무적 소리가 길게 울리더니 창문이 또 덜컹대며 흔들렸다.

'나는 세상 끝까지라도 찾아갈 거야.'

수향은 재형을 찾아 상트페테르부르크로 가겠다고 결심했다. 뱃무적 소리는 수향에게 떠날 것을 재촉하는 듯 잇달아 구슬프게 울렸다.

바람이 거칠어지면서 부두의 방파제를 때리는 파도가 높아졌다. 파도가 검푸른 빛으로 밀려오는 망망대해에 가을비가 흩

뿌렸다. 재형은 몸을 부르르 떨었다. 추웠다. 옷깃을 파고드는 빗줄기가 뼛속을 파고드는 것 같았다.

'아아, 수향은 어디로 갔는가?'

블라디보스토크의 졸로토이로그 만이 한눈에 내려다보이는 독수리봉이었다. 몸을 북쪽으로 돌리자 멀리 상트페테르부르크로 향하는 대로가 가물가물 보였다. 대로 주위는 자작나무 가로수가 열병하듯 길게 늘어서 있었다.

'수향은 상트페테르부르크로 간 것일까?'

재형은 수향이 자신을 찾아 블라디보스토크까지 왔다면 그냥 돌아가지는 않았을 것이라고, 목숨이 다하는 한이 있더라도 상트페테르부르크로 갔을 것이라고 여겼다.

'아니야. 경원으로 돌아갔을지도 몰라.'

재형은 차가운 빗속에서 고개를 저었다. 블라디보스토크에서 상트페테르부르크까지는 장장 2만 리가 넘는 먼 길이다. 마차를 세내어 간다 해도 한 달이 넘게 걸릴 것이다. 재형은 수향이 여인의 몸으로 상트페테르부르크로 가지 못했을 것이라고 생각했다.

재형은 블라디보스토크에서 얀치혜로 돌아와 경원으로 향했다. 태어나 어린 시절을 보낸 경원에 가는 것은 거의 10년 만의 일이었다. 두만강에 이르자 설레었다. 강 건너는 조국 땅. 세르게이 선장의 상선 알렉산드리아호를 타고 전 세계를 누비면서도 꿈에서조차 잊지 못했던 고향이었다. 흉년과 호열자로 어머니를 여의고 두만강을 건넜던 일이 떠올랐다. 그 생각을 하자 고향으로 돌아가는 것이 꿈만 같았다. 재형은 밀무역 상인들과 함께 한밤중에 두만강을 건너 경원 평지리로 들어섰다. 머리를 짧게 깎은 것이 사람들에게 알려지면 월경한 사실이 드러나 관에 체포될 것이었다. 그래서 삿갓을 빌려 쓰고 승복을 입었다.

"누구라고? 자네가 최형백의 아들 재형이라고?"

수향의 집에 이르자, 유모인 간난어멈이 집을 지키고 있다가 깜짝 놀라 재형을 맞이했다.

"예, 그렇습니다."

재형은 간난어멈에게 공손히 대답했다.

"네가 여긴 웬일이야? 우리 나리가 알면 너를 살려둘 것 같으냐? 그리고 망측하게 머리는 왜 그렇게 깎은 거야?"

간난어멈은 재형을 경계하면서 물었다. 재형은 간난어멈이 소리 지르지 않도록 자초지종을 간략하게 이야기했다. 그러나 간난어멈은 이미 나이가 들어 재형의 이야기를 잘 알아듣지 못했다.

"자네는 어디 살고 있는가?"

"러시아 땅에 살고 있습니다."

"러시아 오랑캐 땅에서 어찌 다시 왔는가?"

"수향 아씨에 대한 소식을 들으려고 왔습니다."

"머슴놈의 자식이 수향 아씨 소식은 왜 들으려고 해?"

"할머니, 그러지 마시고 수향 아씨의 소식을 들려주십시오."

재형은 상인들에게 산 비단 한 필을 간난어멈에게 건네주었다. 간난어멈도 이제는 바짝 늙어 있었다. 간난어멈은 화려한 비단을 보자 입이 벌어져 어쩔 줄 몰라했다.

"우리 아씨도 러시아 땅으로 갔어. 자네가 찾아서 경원으로 모시고 올 수 있겠나?"

"러시아 연해주에서 떠났다고 하여 제가 온 겁니다. 경원으로 다시 오지 않았습니까?"

"경원에 왔다면 내가 왜 이런 말을 하겠나?"

"한성으로 올라간 건 아닙니까?"

"한성으로 올라갔다면 어찌 경원을 그냥 지나갔겠어? 허우대는 멀쩡한 놈이 왜 그렇게 생각이 짧아?"

재형은 비단 한 필을 받고도 심통을 부리는 간난어멈에게 수향의 소식을 듣지 못하자 수향이 상트페테르부르크로 간 것이 분명하다고 생각했다. 지레짐작으로 경원을 찾아온 것이 잘못이었다.

재형은 그날 밤 다시 두만강을 건넜다. 수향이 상트페테르부르크로 갔다니 마음이 조급했다. 상관 주인 안드로프에게 상트페테르부르크로 간다고 말했던 것이 잘못이었다. 상관을 그만두려 하자 안드로프가 한사코 만류하는 바람에 상트페테르부르크로 가겠다고 했는데, 안드로프는 그 말을 곧이곧대로 믿고 수향에게 재형이 상트페테르부르크로 갔다고 말해준 것이었다. 재형은 블라디보스토크에 도착하자마자 여행 준비를 했다. 상트페테르부르크는 결코 가볍게 나설 수 있는 길이 아니었다.

사랑과 죽음은 같이 온다

봉준은 바짝 긴장하여 황소처럼 버티고 선 우람한 체격의 파벨을 노려보았다. 마을 사람들은 환호하면서 파벨을 응원하고 있었다. 봉준을 응원하는 이들은 류드밀라, 그리고 야린스키 농장에서 대대로 농노로 일했던 늙은 로마노프와 그 패거리들뿐이었다.

하바로프스크의 광활한 땅은 대부분 야린스키 일가의 농장이었다. 농노해방령이 있기 전에는 농노들이 농사를 지었지만, 해방령 이후에 일부 농노들은 대도시로 몰려가 공장 노동자로 전락하고 나머지 농노들은 야린스키로부터 농지를 분배받아 소작을 했다. 그런데 소작하는 농부들이 파벨의 선동으로 한 해에 20퍼센트밖에 되지 않는 소작료까지 내지 않으려 하고 있었다. 그 탓에 야린스키 가족들의 생활이 날로 궁핍해졌다.

"알렉산더, 네가 농장 감독이 되어라. 아버지는 워낙 점잖은 분이라 농부들을 제대로 다스리지 못해."

봉준은 니콜라이의 지시대로 농부들에게 농지 사용료를 징수하려 했다. 그러나 파벨과 그 패거리들이 완강하게 거부했다. 봉준이 야린스키 농장에 온 지 6년 만에 일어난 일이었다.

'파벨을 제압하지 않으면 농민들을 다스릴 수가 없어.'

봉준은 파벨이 조직적으로 대항하려는 움직임을 보이자 그를 제압할 방법을 연구하기 시작했다. 그러나 파벨이 워낙 덩치가 커서 그를 때려눕히는 일은 어려워 보였다. 잘못하다가는 오히려 자신의 허리가 부러질 것 같았다.

봉준은 야린스키 농장에서 6년을 보내는 동안 어느덧 청년이 되었다. 농장에서 6년을 보내기란 고통스러운 일이었다. 무엇보다 말과 생활이 달라서 러시아인들과 속을 털어놓고 이야기할 수 없었다. 봉준이 가장 견딜 수 없는 것은 고독이었다. 낮에 일할 때는 이런저런 생각에 잠길 겨를이 없지만 밤이 되면 혼자 침상에서 자야 했다. 눈이 내리는 길고 긴 겨울밤, 낡은 침대에서 전나무 숲에 몰아치는 바람 소리를 듣는 것은 한없이 쓸쓸했다.

고독은 인간을 강하게 만들고 성장시킨다. 봉준은 세월이 흐를수록 현실에 적응하기 시작했다. 하녀인 류드밀라와 친하게 지내려 애썼고, 야린스키 농장을 드나드는 모든 사람들과 좋은 관계를 맺어나갔다. 야린스키 집안에서 가장 신경질적인 소냐에게도 즐겁게 이야기하려고 애썼다. 소냐가 휠체어에 앉아 있는 것이 가련했으나, 소냐에게서 풍기는 그윽한 향기가 좋았다. 봉준은 소냐에게서 은은한 육향을 맡을 때마다 가슴이 울렁거렸다. 봉준도 어느새 청년으로 성장한 것이다. 러시아인들에

비해 키는 크지 않았으나 날마다 장작을 패서 팔다리의 근육이
울퉁불퉁했다.

'마을 사람들 앞에서 파벨을 때려눕혀야 돼.'

봉준은 밤중에 파벨을 기습할까 하고 생각한 적도 있었다.
그러나 기습한다고 해서 그들의 무리가 소작료를 낼 것 같지는
않았다. 야린스키의 사냥총으로 위협할 수도 있었다. 하지만 총
으로 위협하면 그들로부터 밤중에 역습을 받을 수 있었다. 봉준
은 고민을 하다가 하바로프스크에서 서쪽으로 2백 킬로미터 떨
어진 비로비잔에 가서 싸움 기술을 배우기로 했다. 언젠가 류드
밀라와 함께 비로비잔으로 농기구를 사러 갔을 때 거리에서 씨
름하는 사내를 본 일이 있었다. 그는 키가 작달막하고 몸집도
작았지만 자신보다 덩치가 훨씬 큰 사내를 가볍게 들어 패대기
치고 있었다.

"류드밀라, 저 사람 싸움 기술이 굉장하네요."

봉준은 마차를 몰다가 깜짝 놀라 말했다.

"호호호. 당연하지. 저 사람은 러시아에서 제일가는 격투기
용사야."

류드밀라가 오래전부터 그를 알고 있는 듯이 말했다.

"격투기요?"

"차르 앞에서 벌인 격투기 시합에서 1등을 했어. 지금은 대
장간 주인이지만…… 오래전부터 우리 농장에 농기구를 공급했
어. 별명이 다윗이지."

류드밀라가 웃으면서 말해주었다. 성경의 다윗과 골리앗 이
야기는 봉준도 알고 있었다. 대장간 사내의 이름은 코르코샤프

였다. 봉준은 비로비잔으로 코르코샤프의 대장간을 찾아가 농기구를 주문하고 한 달 동안 격투기 기술을 배웠다.

"적을 제압하는 것은 마음이다. 마음으로 먼저 적을 제압해야 승리할 수 있다."

코르코샤프의 말을 깊이 새겨들은 봉준은 하바로프스크로 돌아와 기회를 살피다가 추수감사절이 되자 파벨과 대결하기로 했다.

"자네가 어떻게 파벨과 대결한단 말인가? 이 근처에서 파벨을 이길 사람은 아무도 없어."

로마노프가 봉준이 파벨과 싸우는 것을 반대했다. 파벨은 일이 끝나고 마을 술집에서 술을 마시던 로마노프에게 시비를 걸어 주먹으로 이빨을 부러뜨린 일이 있었다. 로마노프는 그날 이후 파벨만 보면 잔뜩 겁을 먹고는 꼬리를 사렸다.

'나이 든 사람을 때렸으니 파벨은 악당이야.'

로마노프가 파벨에게 맞아 이빨이 부러졌을 때 봉준은 분노했다.

"감독이 되려면 파벨을 꺾어야 돼. 그러나 이기지 못할 싸움이라면 하지 않는 것이 지혜다."

야린스키가 고개를 갸우뚱하면서 말했다.

"저는 반드시 이기겠습니다."

"좋아, 그렇다면 싸워봐라."

야린스키는 봉준이 파벨과 싸우는 것을 허락했다.

"파벨, 나는 우리 주인의 명령으로 당신에게 소작료를 받으러 왔소."

봉준은 사람들이 잔뜩 모인 마을 술집 앞에서 파벨을 향해 말했다.

"이것 봐. 농사는 내가 지었는데 왜 너희 주인에게 바쳐야 하는 거야?"

파벨은 아니꼽다는 듯 재형을 곁눈으로 흘겨보았다. 그러자 그를 따르는 패거리들이 왁자하게 웃었다.

"파벨, 당신을 고발할 수도 있소."

"고발하겠다고? 네가 경찰에 한마디라도 지껄인다면 허리를 동강내버리겠어."

파벨이 사납게 눈을 치뜨고 배를 두드리면서 위압적으로 걸어나왔다.

"파벨, 당신은 강도인가?"

"뭣이 어째?"

"나는 야린스키 농장의 감독이다. 자기 힘만 믿고 큰소리를 친다면 얼마든지 상대해주겠다."

"재수 없는 카레이스키, 내가 오늘 주먹맛을 보여주마!"

파벨의 눈빛이 사나워지더니 봉준을 잡으려고 팔을 뻗었다. 봉준은 그 손을 왼손으로 탁 쳐서 뿌리친 다음에 오른발로 파벨의 왼쪽 무릎을 강하게 찼다. 무릎에 정확하게 강한 충격을 받은 파벨이 얼굴을 찡그리면서 주먹을 휘둘렀다. 파벨의 주먹이 허공을 가르는 소리가 마치 쇳덩어리가 허공을 가르는 것과 같이 무시무시했다. 그러나 봉준의 주먹이 더 빠르게 파벨의 턱에 꽂혔다.

"윽!"

파벨이 휘청하면서도 꼬꾸라지지 않고 두 손으로 봉준의 어깨를 우악스럽게 움켜잡았다. 하지만 봉준은 빠르게 몸을 돌려 두 손으로 파벨의 손을 잡고 꺾었다. 파벨이 짐승처럼 비명을 질렀다. 그 순간 봉준은 등으로 파벨을 업어 패대기쳤다. 파벨의 육중한 몸뚱이가 거짓말처럼 "쿵!" 하고 나가떨어졌다. 구경하고 있던 마을 사람들이 "우!" 하고 탄성을 내뱉었다.

"이놈 새끼, 죽여버리겠어!"

파벨이 벌떡 일어나 으르렁대며 황소처럼 돌진해왔다. 봉준은 파벨이 사납게 달려들자 바짝 긴장하며 허리를 숙이고 있다가 몸을 살짝 피하면서 발을 걸었다. 파벨이 그의 발에 걸려 앞으로 꼬꾸라졌다. 사람들이 일제히 웃음을 터뜨렸다. 봉준은 재빨리 파벨의 등에 올라타고 그의 팔을 뒤로 꺾어 잡아당겼다.

"아아악!"

파벨이 처절한 비명을 지르면서 데굴데굴 굴렀다. 봉준이 팔을 꺾어 잡아당기는 바람에 팔이 어깨에서 빠진 것이다.

"파벨, 이제는 소작료를 내겠지? 너한테 20퍼센트를 받는 건 많이 받는 게 아니잖아?"

봉준은 식은땀을 흘리며 고통스러워하는 파벨에게 물었다.

"으으……."

파벨은 대답도 하지 못하고 고통스러워했다. 파벨의 패거리들이 공포에 질린 표정으로 봉준을 살피고 있었다.

"파벨, 나는 당신을 괴롭힐 생각이 없소. 그러니 당신도 소작료를 내시오."

봉준은 어깨에서 빠져나온 파벨의 팔을 다시 맞춰주었다.

사람들이 웅성거리면서 봉준을 쳐다보았다.

"우리는 농부들이고 한마을에 사는 사람들이오. 얼굴 붉히며 싸울 일이 있소? 더구나 오늘은 추수감사절이오. 술값은 내가 낼 테니 마음껏 마십시다."

봉준은 마을 사람들을 향해 호기 있게 소리 질렀다. 마을 사람들이 일제히 박수를 치면서 환호했다. 봉준은 술집에 들어가 농부들과 보드카를 마셨다.

"알렉산더, 카레이스키들은 모두 싸움을 잘하나?"

술집 여주인 옐레나가 보드카를 나르면서 소리를 질렀다.

"옐레나, 그렇지 않아요."

봉준은 술병을 따서 보드카를 한 모금 마셨다. 독한 술이 넘어가면서 목젖이 뜨끔했다.

옐레나는 언제부터 술집을 했는지 알 수 없지만, 남편이 세 번이나 바뀐 여자였다. 지금은 늙은 남자와 살고 있는데, 그 남자를 하인처럼 부리고 있었다. 옐레나는 30대 중반으로, 머리카락이 검고 몸매가 풍만했다. 농부들이 킬킬거리면서 떠들어대는 말에 의하면, 마을 남자들 절반과 잤다는 여자였다.

"오늘 보니 기운이 보통 아니야. 파벨을 눈 깜짝할 새 때려눕혔어. 대체 그런 기운은 어디에서 나오는 거지?"

옐레나가 감탄했다는 듯 봉준에게 말했다.

"기운이 장사면 어떻게 하려고? 신랑이라도 삼게?"

로마노프의 말에 사람들이 왁자하게 웃음을 터뜨렸다.

"못 삼을 것도 없지. 난 기운이 장사인 사람이 좋아."

옐레나가 묵직해 보일 정도로 큰 가슴을 흔들며 봉준에게

요염한 눈웃음을 뿌렸다. 봉준은 옐레나가 눈앞에서 커다란 가슴을 흔들어대자 하체가 뻐근해왔다.

"너무 밝히지 마. 우리 감독은 아직 총각 딱지도 떼지 않았을 거야."

로마노프의 말에 사람들이 다시 한번 웃음을 터뜨렸다.

"정말 총각 딱지를 떼지 않았어?"

옐레나의 눈이 야릇한 광기로 번들거렸다. 앞섶이 깊게 파인 붉은색 드레스 사이로 허연 가슴이 쏟아져나올 것 같았다.

"예."

봉준은 쑥스러워 머리를 긁었다.

"어머, 순진하기도 해라. 그럼 오늘 밤 내가 총각 딱지를 떼어주어야겠네."

추수감사절이었다. 러시아 농부들에게는 가장 큰 명절이었다. 술집에 모인 농부들은 웃고 떠들며 유쾌하게 술을 마셨다. 그들은 취기가 오르자 노래를 부르고 춤을 추었다. 봉준은 파벨을 때려눕힘으로써 야린스키 농장의 농부 감독으로 사람들과 당당하게 어울릴 수 있었다.

봉준은 그날 밤늦게 농장으로 돌아왔다. 봉준이 파벨을 때려눕힌 일은 야린스키 가족에게도 알려져 그들이 기뻐했다. 소냐는 두 눈을 반짝거리면서 파벨과 싸운 이야기를 자세히 해달라고 졸랐다. 봉준은 소냐에게 파벨과 싸운 이야기를 해주고 숙소로 돌아왔다.

침상에 눕자 문득 알 수 없는 고독감이 밀려왔다. 술집 여주인 옐레나의 풍만한 가슴도 눈앞에 어른거렸다. 그녀는 술에 취해 춤을 추면서 봉준에게 가슴을 밀착하고 노골적으로 추파를 던지곤 했다. 봉준은 그 생각을 하자 술에 취했는데도 잠이 오지 않았다. 불 꺼진 창으로 창백한 달빛이 스며들어왔다. 봉준은 몇 번이나 엎치락뒤치락하다가 잠이 들었다. 봉준이 눈을 뜬 것은 무엇인가 부드러우면서도 뜨거운 것이 자신의 몸에 감겨 오는 듯한 기분을 느꼈기 때문이다. 깜짝 놀라 눈을 떠 보니, 실오라기 하나 걸치지 않은 옐레나가 봉준의 가슴 위에 있었다.

"옐레나!"

봉준은 어둠 속에서도 그녀를 알아보고 낮게 소리 질렀다.

"괜찮아. 아무도 모르니까 걱정하지 마."

옐레나가 불덩어리처럼 달아오른 몸으로 봉준을 휘감았다. 봉준은 자신도 모르게 옐레나의 등을 힘껏 껴안았다.

봉준은 때때로 구릉에서 야린스키 농장의 광활한 밀밭을 우두커니 바라보며 생각에 잠기곤 했다. 야린스키 농장에 온 지 어느덧 7년이 되어가고 있었다. 농장의 감독이 된 지도 1년이 가까워졌다. 그러나 야린스키 농장에서 평생을 보내야 하는지 회의가 일었다. 올해에는 야린스키 가족이 봄에 오지 않고 여름에 왔다. 휴가철 한 달을 농장에서 보내며 밀을 거두어들이는 것을 모두 지켜보았다.

'이제는 부모님을 찾아가야 하지 않을까. 나는 러시아 사람이 아닌데, 언제까지나 여기서 살 순 없어.'

농부들은 봉준이 파벨을 때려눕힌 뒤에도 소작료를 잘 내지 않았다. 게다가 농사짓던 사람들은 자꾸만 도시로 빠져나가고 농지가 점점 황폐해지고 있어서 봉준으로서는 야린스키 농장에 언제까지 남아 있어야 하나 싶었다. 니콜라이가 아버지 야린스키에게 농장을 팔자고 설득했지만, 야린스키는 자신이 죽을 때까지는 선조들이 물려준 농지를 팔지 않겠다고 선언했다. 봉준은 구릉에서 추수가 끝난 밀밭을 바라보다가 집으로 돌아왔다. 농장의 집 앞에는 야린스키 가족이 상트페테르부르크로 돌아가기 위해 마차를 세워두고 있었다.

"나는 상트페테르부르크로 가지 않겠어. 농장에서 겨울이 올 때까지 그림을 그릴 거야."

휠체어에 앉아 있던 소냐가 올리야 부인에게 말했다. 봉준은 소냐의 말에 놀라 눈을 크게 떴다.

"소냐, 그게 무슨 소리냐? 누가 널 돌본다고 농장에 남아 있겠다는 거야?"

올리야 부인이 놀라서 소냐를 쳐다보았다.

"류드밀라도 있고 알렉산더도 있으니까 괜찮아."

소냐가 얼굴을 돌려 봉준을 쳐다보았다. 봉준과 소냐의 눈빛이 짧게 부딪쳤다가 흩어졌다. 소냐가 농장에 남아 있겠다고 선언한 것은 뜻밖이었다. 야린스키와 올리야 부인이 몇 번이나 달랬지만 소용없었다. 결국 두 사람은 한숨을 내쉬며 하녀 류드밀라에게 각별히 보살피라고 지시한 뒤 마차를 출발시켰다. 봉준은 소냐의 휠체어 뒤에서 마차가 마을을 향해 언덕길을 달려 내려가는 것을 우두커니 바라보았다. 야린스키 가족이 탄 마차는 요란한 말발굽 소리와 함께 점점 멀어져갔다.

'소냐는 나와 함께 있고 싶어하는 거야.'

봉준은 그들이 떠난 뒤에야 소냐가 농장에 남아 있겠다고
한 의도를 짐작할 수 있었다. 그것은 며칠 전에 있었던 일 때문
임이 분명했다.

소냐는 날씨가 좋을 때면 시내가 흐르는 계곡에서 그림을
그리곤 했는데, 그날은 꽤 멀리 떨어진 곳까지 가서 그리게 되
었다. 소냐가 조선에 대해 이것저것 물어볼 때마다 건성으로 대
답하던 봉준은 하늘을 쳐다보고 비가 올 것이라고 말했다.

"날씨가 흐리기는 하지만 어떻게 비 오는 것을 알아?"

소냐가 풍경을 스케치하다가 말고 하늘을 쳐다보면서 봉준
에게 물었다.

"소리가 낮게 들리면 비가 온다고 해요."

"흥! 알렉산더가 예수님도 아닌데 어떻게 그런 걸 알아? 나
는 빗방울이 떨어질 때까지는 돌아가지 않을 거야."

소냐가 어처구니없다는 듯 웃음을 터뜨렸다.

"잘못하면 비를 흠뻑 맞을 수도 있습니다."

봉준은 소냐가 고집을 부리자 더 이상 말하지 않고 옆에서
농기구를 손질하기 시작했다. 밀농사가 끝난 광활한 땅을 갈아
배추를 심을 작정이었다. 그러나 속으로는 비 때문에 걱정했다.
야린스키 가족과 류드밀라가 이웃 도시에 있는 귀족의 초대를
받아 갔기 때문에 비가 오면 우의를 갖다줄 사람이 없었다.

"정말 비가 오네."

소냐가 그림을 그리다 말고 얼굴을 찡그리며 하늘을 쳐다보
았다. 봉준이 비가 오겠다고 말한 지 한 시간도 되지 않았을 때
였다. 서쪽 하늘에서 갑자기 먹구름이 밀려오더니 빗방울이 후

드득대기 시작했다. 봉준은 황급히 화구를 챙긴 뒤 소녀의 휠체어를 밀고 느티나무 밑으로 갔다. 후드득대던 빗줄기는 금세 들판을 하얗게 물들이면서 세차게 쏟아졌다. 느티나무 밑에서 비를 피하기는 했으나 나뭇잎 사이로 빗방울이 떨어져 몸이 젖기 시작했다.

"아가씨, 제가 농장에 가서 우의를 가져오겠습니다."

봉준은 비 때문에 한기가 엄습해오자 소녀에게 말했다. 소녀도 비를 흠뻑 맞아 몸을 떨고 있었다.

"아니야. 네가 가면 무서워서 싫어."

"아가씨, 비가 그칠 것 같지 않습니다."

"농장까지 갔다가 오려면 해가 질 거야. 캄캄한데 나 혼자 어떻게 있어?"

"그럼 어떻게 합니까? 여기 이대로 있다가 어두워지면 집에 가기가 더 어려워져요."

"알렉산더, 그냥 휠체어를 밀어줘."

소녀가 눈을 내리깔고 새침하게 말했다. 봉준은 더 이상 느티나무 밑에서 비를 맞고 있다가는 어두워지기 전에 농장으로 돌아가지 못할 것이라고 생각했다. 봉준은 소녀가 고집을 부리자 얼굴을 찡그리고 휠체어를 밀고 농장으로 향했다. 그러나 빗줄기가 굵어져 땅이 질퍽거렸기 때문에 휠체어가 앞으로 나아가지 않았다.

"안 되겠어요. 아가씨가 내 등에 업히세요."

"싫어. 어떻게 남자 등에 업혀?"

"괜찮아요. 아무도 보는 사람이 없어요."

봉준은 거부하는 몸짓을 하는 소냐를 휠체어에서 일으켜 등에 업었다. 소냐가 마지못해 두 손으로 봉준의 목을 감았다. 봉준은 소냐를 업고 뛰듯이 빠르게 걷기 시작했다. 온몸이 비에 흠뻑 젖었지만 그래도 어두워지기 전에 농장에 도착할 수 있었다. 봉준은 소냐를 침대에 내려놓았다.

"빗물을 닦고 옷을 갈아입고 계세요. 휠체어를 가져올게요."

봉준은 소냐에게 수건과 옷을 꺼내주었다. 밖에는 천둥 번개까지 몰아치고 있었다. 푸른 섬광이 하늘을 조각낼 듯이 내리꽂히고 귀청이 찢어질 것 같은 천둥소리가 뒤를 이었다.

"가지 마."

소냐가 봉준의 손을 잡고 말했다. 소냐의 머리와 옷이 비에 흠뻑 젖어 얼굴이 창백했다.

"아가씨, 휠체어를 챙겨와야 해요."

"나 무서워."

"아가씨, 집 안이라 괜찮아요."

봉준은 소냐를 달래 침대에 남겨놓고 농장에서 나와 느티나무를 향해 달리기 시작했다. 빗줄기 때문에 사방이 어둑어둑했다. 그러나 빗줄기보다 더 무서운 것은 사납게 몰아치고 있는 천둥, 번개였다. 천지를 조각낼 것 같은 천둥이 고막을 때리고 푸른 섬광이 하늘을 갈랐다. 봉준은 푸른 섬광이 눈앞에서 번쩍일 때마다 깜짝깜짝 놀랐다.

'아!'

봉준은 휠체어 가까이에 이르자 경악했다. 벼락을 맞은 휠체어가 빗속에서도 타고 있었다. 봉준은 화구만 챙겨 들고 농장으로 돌아왔다.

"휠체어는 가져왔어?"

소녀가 침대에 앉아 있다가 봉준에게 물었다. 소녀는 그사이 머리의 빗물을 닦고 옷을 갈아입은 뒤 침대에 앉아 있었다.

"아닙니다. 휠체어가 벼락을 맞아 불에 탔습니다."

"어머나!"

소녀의 얼굴이 창백하게 변했다. 봉준은 거실 벽난로에 불을 피우고 소녀를 안아 소파에 앉혔다.

"비 때문에 아버지와 어머니는 돌아오지 못하겠지?"

"개울이 불어서 마차가 건너지 못합니다. 주인께서도 아시니까 오늘 밤 초대받은 댁에서 주무시고 오실 것입니다."

봉준은 빵과 우유를 준비해 소녀에게 갖다주었다. 소녀는 비를 맞아서인지 우유만 조금 마시고 말았다. 봉준이 식사한 뒤에 옷을 갈아입고 거실로 오자 소녀는 덜덜 떨고 있었다.

"아가씨, 왜 그러십니까?"

"추워. 알렉산더, 추워 죽겠어."

"감기가 온 모양입니다. 약을 드릴 테니까 드시면 괜찮을 겁니다."

봉준은 구급상자에서 해열제를 찾아 소녀에게 주었다. 소녀의 이마가 불덩어리처럼 뜨거웠다.

"나 좀 안아줘."

소녀는 해열제를 먹었는데도 열이 심해 온몸을 떨고 있었다. 봉준은 소파에 앉아 소녀를 안아주었다. 소녀는 봉준의 품에 안겨서도 몸을 떨었다. 그러나 난로가 활활 타오르고 해열제를 복용해서 점점 안정되어갔다. 봉준은 소냐를 안은 채 우두커니 허공을 쳐다보았다. 소냐를 가슴에 안고 있으니 여인의 향기가 그윽하게 풍겨왔다. 봉준이 소냐를 안은 것은 처음이 아니었다. 소냐가 그림을 그릴 때 휠체어에 앉히거나 내려줄 때는 으레 봉준이 안아주어야 했던 것이다. 소냐를 안을 때마다 기분이 묘했는데 나이가 들면서 설레기까지 했다. 그러나 소냐에게 한 번도 그런 내색을 한 일이 없었다. 빗줄기는 밤이 되어도 그치지 않았다. 소냐는 봉준의 품속에서 몸을 오들오들 떨다가 열이 내리자 잠이 들었다. 봉준은 소냐를 안아 침대로 데리고 가서 눕혔다. 시트를 덮어주고 소냐의 방을 나오려고 하는데 소냐가 봉준의 손을 꼭 잡았다.

"가지 마."

소냐가 눈을 감은 채 낮게 속삭였다.

"알았어요. 잠들 때까지 옆에 있을게요."

"아침까지 이대로 있어. 알렉산더도 내 옆에서 자."

"알았어요, 아가씨. 안심하고 주무세요."

봉준은 낮게 한숨을 내쉬고 소냐의 얼굴을 내려다보았다. 뽀얀 소냐의 얼굴을 보고 있으니 측은한 생각이 들었다. 소냐는 휠체어만 타지 않았다면 귀족들과 어울렸을 것이고, 지금쯤은 누군가와 결혼했을지도 모를 일이었다.

봉준은 천둥 번개가 몰아치고 빗줄기가 억수처럼 쏟아지자 제대로 잠을 잘 수 없었다. 비록 하반신을 사용하지 못하는 여자라 해도 젊은 여자를 안고 침대에 누워 있다는 사실이 심란했다. 봉준은 마을의 술집 여자 엘레나를 통해 여자를 알고 있었다. 소녀를 자신의 여자로 만들 수도 있었으나 그렇게 하지 않았다. 봉준은 소녀를 안고 침대에 누워 있다가 깜빡 잠이 들었다. 얼마나 잤을까. 봉준은 갑자기 자신의 입술에 부드러운 무언가가 닿는 것을 느끼고 눈을 떴다. 소녀였다.

"비밀이야. 누구에게도 말하면 안 돼."

소녀가 얼굴을 붉히면서 속삭였다. 그녀의 눈이 이상한 열기로 번들거렸다.

"알았어요."

봉준은 눈을 감았다. 소녀의 부드러운 입술이 또다시 봉준의 입술에 닿았다. 그때서야 소녀의 몸이 불덩어리처럼 뜨거워져 있다는 것을 알았다. 조심스럽게 키스하는 소녀의 숨소리가 거칠어졌다. 봉준은 소녀의 등에 두 팔을 감고 그녀의 입술을 세차게 빨아들였다.

비는 아침에도 그치지 않았다. 농장 앞을 흐르는 개울물은 흘러넘치기라도 하려는 듯 붉은 흙탕물이 콸콸대며 흐르고 있었다.

"나는 무도회에서 춤추는 게 소원이야."

아침을 먹고 나자 소녀가 여벌로 있는 휠체어에 앉아 밖을 내다보면서 말했다.

"한 시간만 더 있으면 개울이 넘칠 것 같아요. 휠체어에 앉혀드릴 테니까 비 구경을 하세요."

아침에 일어나 농장을 한 바퀴 둘러보고 개울까지 내려갔다가 돌아온 봉준이 말했다.

"그래. 나도 비가 얼마나 왔는지 보고 싶어."

소녀가 살포시 웃으면서 말했다. 봉준은 소녀를 번쩍 안아 맑은 눈을 들여다보았다.

"아가씨와 키스하고 싶어요."

"아이!"

소녀가 얼굴을 붉히면서 눈을 감았다. 봉준은 소녀에게 키스했다.

"나는 남자와 키스해보는 게 소원이었어. 네가 그 소원을 이루어주었어."

소녀가 봉준을 주먹으로 때리는 시늉을 하면서 말했다. 소녀의 얼굴에 온화한 화기가 돌고 있었다.

"아가씨는 무도회에서 춤출 수 있어요."

봉준은 지난밤 소녀를 안고 잠을 자면서, 그녀가 걸을 수 있으면 얼마나 좋을까 하는 생각을 했다.

"걷지도 못하는데 어떻게 춤을 춰? 괜히 위로할 생각은 하지 마."

"일어설 수는 있잖아요? 연습하면 걸을지도 몰라요."

"의사도 그런 말을 했어. 하지만 난 걸을 수가 없어. 다리가 뻣뻣해서 움직이지 않는단 말이야."

봉준의 말에 소녀가 쓸쓸한 표정으로 고개를 저었다.

"내가 잡아줄 테니 연습을 해봐요. 어쩌면 기적이 일어날지도 모르잖아요?"

"싫어. 넘어지면 창피해."

"내가 손을 잡아주면 넘어지지 않아요."

봉준은 망설이는 소녀의 손을 잡고 일어서게 했다. 소녀가 맑은 눈으로 봉준을 쳐다보았다.

"그럼 내가 한 걸음 떼어놓을 때마다 키스해줄 거야?"

"주인어른에게 들키면 쫓겨나요."

"아버지가 그랬어. 나만 좋다면 너와 결혼하게 해준댔어. 너는 성실해서 평생 동안 나를 돌봐줄 거래. 지참금도 준다고 하셨어."

봉준은 소냐의 말에 놀랐다. 야린스키와 소냐는 그와 상의하지 않고 많은 이야기를 한 모양이었다.

"내가 싫어?"

"아닙니다."

봉준은 세차게 고개를 저었다. 눈이 맑고 피부가 하얀 소냐와 결혼해 같이 살고 싶었다.

"그럼 우리는 이제 약혼자야."

소냐가 얼굴을 붉히면서 낮게 말했다.

봉준은 자신도 모르게 고개를 끄덕거렸다. 소냐의 눈빛이 봉준을 빨아들일 듯 강렬했다. 소냐가 미소를 지으면서 한쪽 발을 들었다가 놓았다. 하지만 그 작은 동작에도 소냐는 힘이 들어 고통스러워하면서 땀을 흘렸다. 소냐는 사력을 다해 두 걸음을 떼어놓고는 봉준의 가슴에 얼굴을 기댔다.

"키스해줘. 두 걸음을 떼어놓았잖아?"

소냐가 봉준의 귓전에 속삭였다. 봉준은 소냐에게 키스해주었다. 그러자 소냐가 봉준의 입술을 세차게 빨아들였다. 봉준은 소냐를 힘껏 껴안았다. 소냐의 몸에서 싱그러운 육향이 풍겼다.

비가 그친 것은 오후가 되어서였다. 봉준은 소냐를 농장에 있게 하고 집 주위를 둘러보았다. 세차게 쏟아지던 비는 그쳤지만 여기저기 웅덩이가 패어 물이 고이고 나뭇가지가 부러져 있었다. 야린스키 가족이 돌아온 것은 해가 기울 무렵이었다. 올리야 부인은 비 때문에 마차가 돌아올 수 없었다며 소냐에게 용서를 빌었다. 소냐는 비 때문에 그런 것이니 상관없다고 말했다. 사실 비 덕분에 봉준과 더욱 가까워질 수 있었던 것이다. 그것이 불과 닷새 전에 있었던 일이다. 소냐가 상트페테르부르크로 돌아가지 않고 농장에 남으려는 이유는 봉준과 함께 걷는 연습을 하기 위해서였던 것이다.

야린스키 부부가 상트페테르부르크로 돌아간 후 봉준과 소냐는 류드밀라도 모르게 걷는 연습을 하기 시작했다. 소냐는 오랫동안 하반신을 쓰지 않아서 다리가 뻣뻣하게 굳어 있었고, 무릎 관절은 구부려지거나 펴지지 않았다. 소냐는 이를 악물고 걸음을 떼어놓기도 하고 무릎을 펴거나 구부리는 동작을 반복했다. 그것은 처절한 고통을 동반하는 일이었다. 그러나 소냐는 피가 나도록 입술을 깨물고 연습을 계속했다. 다리를 움직이는 일이 어찌나 고통스러운지 비명을 지르며 덜덜 떨기도 하고 혼자서 울 때도 있었다.

"아가씨, 너무 무리하지 말아요."

봉준은 소냐에게 공연히 걷는 연습을 시킨 것이 아닌가 하는 생각을 했다.

"괜찮아. 나는 죽는 한이 있어도 혼자서 걸을 거야."

소냐는 절규하듯이 외쳤다. 봉준은 소냐가 걷는 연습을 끝내면 다리를 주물러주었다. 고향에 있을 때 의원이 풍을 앓는 사람의 다리를 주물러주는 것을 본 일이 있었다. 소냐는 봉준이 다리를 주물러주면 평화로운 표정으로 잠들곤 했다.

여름이 가고 짧은 가을이 왔다. 소냐는 조금씩 걸음을 내디딜 수 있게 되었다.

"알렉산더, 내가 이만큼 걸을 수 있어."

소냐는 자신이 걸을 수 있다는 사실에 눈물을 흘리며 기뻐했다.

"아가씨, 내가 업어줄게요."

봉준은 소냐가 걷는 모습을 보고 감탄했다.

"알렉산더, 나를 네 여자로 만들어줘. 나는 너의 여자가 되고 싶어."

소냐가 봉준에게 키스를 하며 속삭였다. 봉준은 그날 밤 류드밀라가 잠이 들자 소냐의 방으로 숨어 들어갔다. 소냐는 침대에서 알몸으로 그를 기다리고 있었다.

"사랑해."

봉준이 옷을 벗고 침대로 올라가자 소냐가 두 팔을 벌려 껴안았다. 봉준은 소냐를 조심스럽게 애무해나갔다. 그녀는 부드러우면서도 뜨거웠다. 한 남자를 받아들이기 위해 여자의 문을 활짝 열고 기다리고 있었다.

"아!"

소냐의 입에서 짧은 신음이 터져나왔다. 봉준은 자신의 몸을 소냐의 몸에 싣고 항해하기 시작했다. 망망대해의 가랑잎처럼 파도를 타고 흔들렸다. 몇 번의 헐떡임과 신음 소리가 어우러졌다. 머릿속에서 아득하게 운무가 피어올랐을 때 봉준은 소냐와 하나가 되었다.

"행복해. 알렉산더, 나는 너무 행복해."

소냐는 봉준을 끌어안고 몸부림을 쳤다.

기적이 일어난 것은 다음 날의 일이었다. 봉준과 육체의 사랑을 나눈 소냐는 더욱더 자유롭게 걸을 수 있었다.

"이상해. 걸을 때 아프지 않아."

소냐가 봉준이 장작 패는 곳까지 와서 말했다.

"아프지 않아요?"

"아프지 않아."

소냐가 고개를 저었다. 봉준은 소냐와 팔짱을 끼고 냇가를 걸었다. 소냐에게서 풍기는 은은한 여자의 향기가 좋았다. 들판은 황금색으로 물들어 있었고, 산들은 타는 듯 붉었다. 소냐는 냇가를 걸으면서 들꽃을 꺾더니 꽃잎을 떼어 하늘에 뿌렸다.

'소냐와 결혼하면 행복하게 살 수 있어.'

소냐가 걷지 못하고 휠체어에 앉아 있을 때는 그녀와 약혼해야 한다는 사실에 마음이 무거웠다. 그러나 이제 소냐는 걸을 수가 있다. 소냐처럼 아름다운 러시아 처녀, 귀족의 딸과 결혼한다는 것은 행운이었다.

'아아, 나는 이제 러시아 사람이 되는 것인가?'

봉준은 문득 자신이 부모와 너무 멀리 떨어져 있는 게 아닌가 하는 생각이 들었다.

가을이 가고 겨울이 왔다. 들판의 농작물을 모두 수확하고 나자 눈이 내리기 시작했다. 소냐는 눈 속을 뛰어다니며 즐거워했다. 크리스마스가 가까워지자 야린스키 백작 부부가 상트페테르부르크에서 왔다. 그들은 소냐가 더 건강해진 것 같아서 기뻐했다. 자신들이 없는 사이에 봉준이 소냐를 극진히 돌봐준 덕분이라고 여겼다. 그날 저녁 식사를 마치고 밤이 되었을 때 야린스키 부부가 봉준과 소냐를 거실로 불러냈다. 창밖에는 하얀 눈이 내리고 있었다.

"알렉산더, 우리 소냐와 결혼하는 것이 어떤가? 소냐를 평생 동안 돌보는 게 쉬운 일이 아니라는 것쯤은 나도 알고 있네. 하지만 자네에게 충분한 지참금을 주겠네."

야린스키 부부가 나란히 앉아 봉준을 쳐다보다가 서로 눈짓을 주고받은 뒤에 야린스키가 말했다.

"저도 소냐 아가씨와 결혼하고 싶습니다. 그러나 지참금 때문은 아닙니다."

봉준은 소냐의 얼굴을 힐끗 살핀 뒤에 야린스키 부부에게 말했다.

"그렇다면 소냐를 사랑한다는 말인가?"

"그렇습니다."

"소냐는 평생 동안 휠체어에서 지내야 하네."

"그렇지 않습니다. 소냐 아가씨는 걸을 수 있습니다."

야린스키 부부는 자신들이 잘못 들은 것이 아닌가 싶어 서로의 얼굴을 쳐다보았다.

"소냐가 걷다니, 그게 무슨 말인가?"

올리야 부인이 봉준에게 물었다. 소냐가 휠체어에 잠자코 앉아 있다가 까르르 웃으면서 벌떡 일어났다. 그녀는 요술이라도 부리듯 거실을 성큼성큼 걸어다녔다.

"오, 맙소사!"

올리야 부인의 입에서 탄성이 터져나왔다. 야린스키도 깜짝 놀라 눈을 크게 떴다. 소냐는 크리스마스이브 성탄 미사에 걸어서 참여하겠다고 말했다. 야린스키 백작 부부는 소냐가 눈앞에서 걸어다니고 있는데도 도무지 믿을 수가 없어하는 표정이었다. 현실이 아니라 꿈만 같았다.

"하느님, 감사합니다."

올리야 부인이 감격하여 눈물을 흘렸다. 야린스키도 감동하여 어쩔 줄 몰라했다. 소냐의 오빠들인 니콜라이와 안드레이, 그들의 부인들도 경악하여 입을 다물지 못했다. 그들은 소냐가 기적이라도 일으켰다고 생각했다. 소냐는 봉준과 함께 아무도 모르게 걷는 연습을 했던 일을 가족들에게 고백했다. 올리야 부인은 소냐의 이야기를 들으며 몇 번이나 눈물을 흘렸다.

소냐에게 크리스마스이브 미사는 축복과 같았다. 소냐는 미사에 참석해 많은 사람들의 축하 인사를 받았다. 야린스키는 소냐와 봉준의 약혼을 발표했다. 소냐의 오빠들이 당황한 표정으로 반대했지만 소냐가 봉준을 사랑한다고 하자 마지못해 허락하고 말았다.

크리스마스와 새해 휴가가 끝나자 야린스키는 다시 상트페테르부르크로 돌아갔다. 이번에는 봉준도 소냐와 함께 상트페테르부르크로 마차를 타고 따라갔다. 상트페테르부르크까지 가는 데는 여러 날이 걸렸다. 마차를 타고 대륙을 달려도 끝이 없었다. 봉준은 소냐와 창가에 앉아 눈이 하얗게 쌓인 들판을 내다보았다. 상트페테르부르크로 가는 길은 처음 며칠 동안은 신기하고 즐거웠으나 마차가 끝도 없이 달리자 지루해지기 시작했다. 마차는 눈 쌓인 들판을 달리기도 하고 거대한 산맥을 넘기도 했다. 봉준은 소냐와 함께 여행했기 때문에 지루함을 잊을 수 있었다. 그렇게 한 달여가 지나 마침내 상트페테르부르크에 도착했다.

상트페테르부르크는 화려하고 아름다운 도시였다. 봉준은 소냐와 함께 며칠 동안 상트페테르부르크의 아름다운 시가지를 구경했다.

'이런 도시가 있었다는 것은 꿈에도 생각하지 못했어.'

봉준은 상트페테르부르크의 바로크식 건물들을 보고 충격을 받았다. 하바로프스크에서 본 성당이나 마을의 집들은 상트페테르부르크의 화려한 궁전과 극장, 교회 건물에 비교하면 초라하기 짝이 없었다.

"여기서 결혼식을 올리게 될 걸세. 자네는 다시 농장으로 가야 하니 한 달 후에 결혼식을 올리는 것이 어떤가?"

야린스키가 봉준에게 물었다.

"저는 아무것도 준비한 게 없습니다."

"소냐에게는 자네만 있으면 되네. 소냐 몫의 지참금이 있으니 자네 마음대로 쓸 수 있네."

야린스키와 올리야 부인이 봉준의 어깨를 두드리면서 말했다. 소냐가 하루빨리 결혼식을 올리고 싶어해서 봉준은 야린스키의 제안에 동의했다. 봉준도 스무 살을 넘긴 건장한 청년이었다. 소냐와 결혼하여 그녀와 함께 자고 그녀와 함께 일어나고 싶었다.

"핫핫핫! 자네는 이제 우리 가족일세."

야린스키는 호탕하게 웃음을 터뜨렸다. 올리야 부인도 기뻐하면서 봉준을 포옹했다. 소냐는 가족들이 보는 앞에서 봉준과 사랑이 듬뿍 담긴 키스를 했다. 결혼식 준비는 올리야 부인과 니콜라이, 안드레이의 부인이 모두 했다. 그녀들은 봉준을 온전한 가족으로 받아들였다. 봉준은 결혼식을 너무 서두르는 것이 아닌가 하는 생각을 했다. 막상 소냐와 결혼한다고 생각하자 지신허에 있는 아버지와 어머니의 얼굴이 떠올랐던 것이다. 그러나 부모님을 핑계로 결혼을 미루고 싶지 않았다. 봉준은 상트페테르부르크 대성당에서 소냐와 결혼식을 올렸다. 러시아정교회 식으로 치른 결혼식이어서 엄숙하면서도 경건했다. 결혼식이 끝난 뒤에는 바이칼 호수로 신혼여행을 떠나 둘만의 오붓한 시간을 가졌다.

"우리는 이제 부부야. 나는 평생 동안 당신을 사랑할 거예요."

소냐는 첫날밤을 맞이하자 봉준의 목에 두 팔을 감고 사랑스럽게 속삭였다.

"나도 당신을 사랑해."

봉준은 소냐의 허리를 안고 키스했다. 바이칼 호수에 비가 내리고 있었으나 봉준에게는 환상적으로 아름다웠다.

봉준은 소냐와 함께 상트페테르부르크에서 신혼여행을 마치고 하바로프스크로 돌아왔다. 봄이어서 하바로프스크의 농장은 분주했다. 겨우내 우리에 있던 소들은 끌어내어 풀을 뜯겨야 했고 밭에는 씨를 뿌려야 했다. 봉준은 아침에 일어나 말을 타고 농지를 돌아다니면서 농부들을 감독했다. 광활한 들판에 씨앗을 뿌리고 흙 덮는 일을 농부들은 느릿느릿 해나갔다. 가을에 씨를 뿌린 보리와 밀은 이미 푸르게 싹이 돋아나 바람이 일 때마다 푸른 물결을 이루면서 출렁거렸다.

'부모님을 뵙고 싶다.'

봉준은 말을 타고 농지를 돌아다니면서 그런 생각을 했다. 농부들의 모습에서 평생 농사만 지은 아버지의 남루한 얼굴이 떠올랐기 때문이다. 오랫동안 타관 생활을 했더니 부모님의 얼굴이 가물가물했다. 러시아 여인과 결혼한 사실을 알면 부모님이 분명 실망할 것이었다. 그러나 소냐는 아름다웠고, 귀족의 딸이었다. 봉준은 수향이나 필녀보다 그녀가 훨씬 아름답다고 생각했다.

"아버지가 당신의 부모가 있는 마을을 찾았어요. 조선인들만 사는 아주 작은 마을이래요. 지도를 보고 찾아갈 수 있어요. 여기가 지신허예요."

하루는 소냐가 러시아 지도를 서재 책상에 펼쳐놓고 봉준에게 말했다.

"여기가 지신허라고?"

봉준은 소냐가 손가락으로 짚은 지도를 보자 가슴이 세차게 뛰었다. 봉준도 야린스키 농장에서 일하면서 틈틈이 지신허에 대한 이야기를 사람들에게 묻곤 했지만 워낙 작은 마을이어서 아는 사람이 없었다.

"자루비노에서 얼마 떨어지지 않은 곳이에요. 마차를 타고 열흘이면 갈 수 있어요."

"그럼 한번 가볼까?"

"내가 여행 준비를 할게요."

소냐가 웃으면서 말했다. 소냐는 귀족의 딸인데도 봉준에게 상냥했다.

소냐는 봉준의 부모에게 줄 선물을 사느라 며칠 동안 바쁘게 지냈다. 봉준의 부모가 자신을 환영해줄지 싫어할지 몰라 걱정하기도 했다.

"당신은 얼굴만 예쁜 게 아니라 마음씨도 예쁘구나."

봉준은 소냐를 안아 무릎에 앉혔다. 소냐가 자신을 위해 신경 써주는 일이 고맙고 사랑스러웠다.

봉준이 여행 준비를 마치고 하바로프스크를 출발한 것은 수양버들 꽃솜이 자욱하게 날리던 늦은 봄 어느 날이었다. 농장 일은 로마노프에게 맡기고 소냐와 함께 마차를 몰아 지신허를 향해 달리기 시작했다.

"이랴!"

봉준은 마차를 힘껏 몰았다. 지신허까지 열흘이 걸릴 것이라고 예상했으나 뜻밖에도 엿새밖에 걸리지 않았다. 지신허 가까이 이르자 조선인들이 농사짓는 풍경이 보였다. 지신허 근처의 황무지를 개간해 심은 옥수수를 가꾸고 있는 조선인들도 보였고, 모내기를 하고 있는 조선인들도 보였다. 드문드문 고추밭도 보이고 누런 소가 한가하게 풀을 뜯고 있는 모습도 볼 수 있었다. 집들은 여전히 초라하고 남루했지만 그런대로 마을을 이루고 있었다.

"여기가 지신허예요?"

소냐가 긴장한 표정으로 물었다.

"그런 것 같아."

봉준은 가슴이 벅차서 목이 메어왔다. 봉준의 집은 쉽게 찾
을 수 있었다. 옛날과 달리 토담이 있고 바깥마당까지 있었으
나, 필녀와 함께 따먹던 앵두나무가 그대로 있어서 한눈에 알
수 있었다.

"오라버니!"

봉준과 소냐를 먼저 발견한 것은 우물에서 물을 길어오던
필녀였다.

"필녀구나! 네가 필녀 맞지?"

봉준은 마차에서 내려 필녀의 손을 잡았다. 필녀가 어른으
로 완전히 성숙해 있어서 놀라웠다.

"네. 필녀예요!"

필녀는 기뻐서 어쩔 줄 모르다가 소냐를 보고 당황한 표정
이 되었다. 소냐는 시부모님을 만나기 위해 드레스로 차려입고
망토까지 걸치고 있었다. 머리에는 귀족 부인들이 쓰는 모자를
썼기 때문에 남루한 검정 치마에 하얀 저고리를 입은 필녀가 초
라해 보였다.

"어머니를 모시고 올게요."

필녀가 당황한 표정을 짓고 있다가 밭을 향해 달려갔다. 아
버지와 어머니는 밭에서 일하고 있었다.

"봉준아!"

아버지와 어머니가 밭에서 맨발로 달려오는 데는 10분도 걸리지 않았다. 어머니는 봉준의 손을 잡고 울음을 터뜨렸고 아버지는 공연히 헛기침을 했다. 봉준은 소냐와 함께 아버지, 어머니에게 절을 하고 둘이 결혼하게 된 일을 낱낱이 말했다. 어머니는 봉준이 눈보라 치는 설원을 헤매던 이야기를 할 때는 눈물을 흘렸고, 소냐와 결혼하게 된 이야기를 할 때는 필녀의 눈치를 살피면서 당혹스러워했다.

봉준이 돌아왔다는 이야기를 들은 마을 사람들이 몰려와서 집 안에서는 한바탕 잔치가 벌어졌다. 사람들은 왁자하게 웃고 떠들면서 고향 이야기로 밤을 지새웠다. 가난한 유민의 삶이었지만 옥수수로 빚은 술이 있었다. 봉준은 사람들의 고향 이야기를 들으면서 재형과 수향이 얀치혜에 왔다가 떠났다는 말을 듣고 쓸쓸했다. 봉준이 결혼했기 때문일까. 필녀는 부엌에서 소리 죽여 울었다.

"집이 초라하지? 언젠가는 내가 크게 지어주어야겠어."

밤이 깊어지자 봉준은 소냐와 함께 나란히 누웠다. 어머니가 방을 쓸고 닦은 뒤에 이부자리를 마련해주었지만, 소냐는 잠자리가 불편한지 엎치락뒤치락했다. 소냐에게는 마구간 같았을 것이다.

"당신의 집이니까 괜찮아요."

소냐가 봉준의 품속을 파고들면서 속삭였다.

이튿날 봉준은 소냐와 함께 얀치혜에 있는 재형의 집을 찾아가 인사를 드렸다. 재형의 아버지 최형백은 바짝 늙어 있었으나 친아들이 돌아온 것처럼 봉준을 반가워했다. 봉준은 최형백에게도 하바로프스크에서 살았던 이야기를 간략하게 해주었다. 그 마을 사람들도 모두 봉준이 지신허를 떠나 그동안 어떻게 살았는지 궁금해했다. 그들은 러시아 말을 못 해서 얀치혜를 떠나는 것을 두려워했다.

'얀치혜'라는 마을 이름은 '연추하리'를 러시아식으로 발음한 것이라고 한다. 얀치혜에는 이미 많은 조선인들이 두만강을 건너와 살고 있었다. 마을이 형성된 지 얼마 되지 않아서 세금도 없고, 그들을 핍박하는 관리도 없었다. 오히려 러시아는 황무지나 다름없는 연해주 일대를 개발하기 위해 이곳에 조선인들과 만주인들이 들어와 사는 것을 장려하고 있었다.

봉준은 지신허에서 이레를 머물고 하바로프스크로 돌아왔다. 봉준은 부모와 더 같이 있고 싶었으나 소냐가 불편해했다. 게다가 아침에 일어날 때마다 퉁퉁 부은 눈으로 자신을 살피는 필녀의 시선도 감당하기 어려웠다.

"저도 이제 자주 찾아오겠습니다. 아버지 어머니께서도 아무 때나 하바로프스크로 놀러 오십시오."

봉준은 아버지 어머니에게 절을 하면서 말했다. 아버지 어머니는 집 앞 구릉 위까지 배웅을 나왔다. 필녀는 집 모퉁이에서 울기만 할 뿐 배웅하지 않았다. 봉준은 마차를 몰아 하바로프스크로 달리면서 심란해했다.

"우리가 흉년으로 먹을 것이 없어 러시아 땅으로 오기는 했지만 언젠가는 경흥으로 돌아가야 한다."

아버지가 함께 나란히 들판을 걸을 때 했던 말도 머릿속에 떠올랐다.

"저도 조선으로 돌아갈 생각입니다."

얀치혜에서 최형백을 만나고 돌아온 지 사흘째 되던 날 아침이었다. 어머니와 수화로 간신히 의사소통을 하던 소냐가 부엌일을 돕겠다고 하자, 봉준은 아버지와 함께 새벽이슬이 내린 들길을 걸었다.

"네가 태어났을 때 사주를 본 일이 있다. 너는 조선 팔도를 휘어잡을 팔자라고 점쟁이가 그러더라."

아버지가 공허하게 웃었다. 아버지는 봉준에게 어떤 기대를 갖고 있었다. 봉준은 아버지의 기대가 무엇인지 알 수 없었으나, 일단 부자가 되어 아버지의 집부터 러시아 귀족들의 집처럼 화려하게 지어주어야겠다고 생각했다.

"집에 오니까 편해요."

소냐는 하바로프스크로 돌아오자 즐거워했다. 봉준도 활기차게 농장을 돌보기 시작했지만, 지신허에 계신 아버지 생각이 자꾸 떠올랐다.

'소냐와 상의해서 지신허로 돌아갈까?'

봉준은 문득문득 그런 생각을 했다.

소냐가 갑자기 앓기 시작한 것은 여름이 되어 야린스키 가족이 모두 농장으로 몰려왔을 때였다. 소냐는 마을 교회에서 벌어진 축제에 참석했다가 돌아온 뒤로 갑자기 오한이 시작되었다. 처음에는 가벼운 감기 증세일 것이라고 대수롭지 않게 생각했는데 의식을 잃을 정도로 열이 높았다. 도시에서 의사를 불러와 약을 처방했으나 소냐의 병은 점점 악화되어갔다.

"음식을 입에 대지 못하니 어떻게 하지?"

야린스키는 안절부절못했다. 그러는 동안 사흘이 후딱 지나가고 마을 사람들 중에서도 같은 증세로 병을 앓는 사람들이 생겼다.

'전염병이다!'

봉준은 몇 해 전에 같은 병으로 마을 사람이 일곱이나 죽은 것을 떠올리고 바짝 긴장했다. 야린스키 가족들도 소녀가 전염병을 앓고 있다는 사실을 알게 되었다. 의사가 소녀를 격리해야 한다고 말해 봉준이 숙소로 쓰던 별채로 옮겼다. 그들은 소녀가 가족인데도 가까이하려 하지 않았다.

봉준은 하루가 다르게 말라가는 소녀의 모습에 가슴이 아팠다. 소녀는 얼굴이 해쓱해지고 눈이 움푹 들어갔다. 사흘에 한 번씩 정신을 잃을 정도로 열이 높았다.

봉준은 소녀를 정성껏 보살폈다.

"미안해요. 당신과 함께 행복하게 살고 싶었는데……."

병을 앓기 시작한 지 열사흘이 되었을 때 소녀가 봉준의 손을 잡고 애처롭게 말했다.

"당신은 병에서 회복될 수 있어. 약을 먹고 있으니까 곧 나을 거야."

봉준은 소녀를 안고 위로했다. 소녀의 병이 급속도로 악화되고 있는 것을 이해할 수 없었다. 소녀가 앓고 있는 병은 말라리아였다. 말라리아는 마을에 빠르게 퍼져 많은 사람들이 죽거나 앓고 있었다.

"정말 회복할 수 있을까요?"

"회복할 수 있어."

"오늘은 내 옆에 같이 있어줄래요?"

"그래."

"병이 옮을지도 모르는데, 두렵지 않아요?"

"당신과 함께 있으니까 괜찮아."

"고마워요. 자꾸 무서운 생각이 들어서 그래요."

소냐가 눈물을 흘리면서 말했다. 봉준은 침대로 올라가 소냐를 안았다. 소냐는 눈을 감고 봉준의 품속으로 파고들었다. 봉준은 앙상하게 마른 소냐를 가만히 껴안았다. 소냐는 그날 밤이후 의식을 잃었다. 야린스키 부부는 소냐의 모습을 보고 깊은 슬픔에 잠겼다. 이튿날은 소냐의 오빠들이 왔다. 사흘째 되던 날, 소냐는 신부를 불러 종부성사를 보았다.

"소냐가 마지막으로 의식이 돌아온 모양이야. 자네가 들어가보게."

올리야가 눈물 가득한 얼굴로 말했다. 봉준이 소냐의 방으로 들어갔을 때 그녀는 밝은 표정을 짓고 있었다.

"나 예쁘지?"

소냐가 고운 미소를 지으며 봉준에게 물었다. 봉준은 가슴이 타는 것 같아 고개를 끄덕거렸다.

"나에게 키스해줘."

봉준은 소냐를 살며시 안고 키스했다. 소냐가 운명할 것 같아 가슴이 찢어질 듯 아팠지만 눈물을 흘리고 싶지 않았다. 소냐가 스르르 눈을 감았다. 봉준은 소냐의 창백한 얼굴을 내려다보았다. 그녀와 함께한 지난 몇 년이 주마등처럼 뇌리를 스치고 지나갔다.

'아아, 어떻게 이럴 수 있는가! 비천한 조선의 가난한 소년이 천사처럼 예쁜 소녀를 만나 사랑을 했는데 죽어야 하다니……. 소냐, 제발 죽지 마! 네가 죽으면 나는 어떻게 살아?'

봉준은 속으로 피를 토하듯 울부짖었다.

'소냐, 나를 위해 살아줘. 네가 죽으면 나는 견딜 수 없을 것 같아.'

봉준은 울음을 참기 위해 피가 나도록 입술을 깨물었다.

"알렉산더……."

소녀가 희미하게 눈을 뜨고 봉준을 쳐다보았다. 그녀의 눈에 초점이 사라지고 있었다.

"나 여기 있어."

봉준이 울음에 잠긴 목소리로 말했다.

"나를 위해 울지 마. 당신이 울면 내가 슬퍼져."

소녀의 눈에서 맑은 물줄기가 흘러내렸다. 소녀는 그날 밤, 자정이 지났을 때 운명했다. 소녀의 얼굴에는 눈물 자국이 말라붙어 있었다.

"운명했는가?"

봉준이 소녀의 방에서 나오자 야린스키가 침통한 표정으로 물었다.

"예."

봉준은 고개를 떨어뜨리고 마당으로 나왔다. 안에서 야린스키 부인 올리야의 울음소리가 터졌다.

"소냐!"

봉준은 마당에 주저앉아 울었다. 참았던 울음이 터져 엉엉 소리 내어 울었다.

소냐의 장례식은 러시아 풍습에 따라 교회장으로 치러졌다. 소냐의 몸을 깨끗이 씻고 옷을 입힌 뒤에 화장을 하고 유리관에 넣었다. 지그시 눈을 감고 있는 소냐의 얼굴은 잠든 듯이 평화로워 보였다.

장례식 날은 비가 왔다. 교회에서 장례 미사를 마치고 교회 묘지에 안장할 때 비가 내렸다. 여자들은 검은 드레스를 입고 남자들은 검은 양복을 입었다.

"흙에서 태어났으니 흙으로 돌아가라."

러시아정교회 신부가 강복을 할 때 봉준은 눈물을 흘리며 고개를 들었다. 교회 묘지의 느티나무 잎사귀들이 비바람에 검푸르게 나부끼고 있었다.

소냐의 장례식 이후 봉준은 묵묵히 일만 하며 지냈다. 소냐의 죽음이 믿어지지 않았다. 금방이라도 소냐가 환하게 웃으면서 자신을 향해 달려올 것 같았다. 밤에 잘 때는 침대가 텅 빈 것처럼 허전했다. 잠이 오지 않아 엎치락뒤치락하다가 새벽에 간신히 잠이 들면 소냐의 맑은 웃음소리가 허공에서 암암하게 들려왔다.

"소냐가 진심으로 자네를 사랑하고 있다는 걸 알고 있네. 소냐가 우리 가슴에 영원히 살아 있듯이 자네도 영원히 우리의 형제일세."

니콜라이가 귀대할 때 봉준을 찾아와 말했다.

"러시아는 갈수록 어려워질 것이네. 자네도 이젠 가족에게 돌아가게."

"잘 알겠습니다."

봉준은 니콜라이와 포옹했다.

"알렉산더, 다시 만나세."

안드레이도 봉준과 포옹한 뒤에 모스크바로 돌아갔다.

야린스키 부부는 하바로프스크에서 여러 달을 지냈다. 야린
스키는 소냐가 죽은 뒤에 바짝 늙어 있었다.

"아무래도 나는 오래 살지 못할 것 같네."

하루는 야린스키가 봉준을 불러서 말했다.

"어르신, 오래 사십시오. 마음만 굳건하게 가지시면 몸은 좋
아집니다."

"전에도 이야기했지만, 소냐에게는 지참금이 있네. 그걸 자
네에게 주겠네."

야린스키는 소냐의 보석 상자와 돈이 들어 있는 상자를 봉
준에게 주었다.

"나는 농장을 처분할 생각이네. 러시아에서 농노들을 시켜
농사짓던 시대는 이제 끝났어."

야린스키에게서 몰락한 귀족의 기운이 느껴졌다. 야린스키
농장의 일꾼들도 도시로 몰려가고 있어서 점점 경영이 어려워
졌다. 농지를 미처 갈지 못해 버려진 땅도 적지 않았다.

"어르신, 저는 그럼 고향으로 돌아가겠습니다."

"그렇게 하게."

봉준은 야린스키의 허락을 받고 지신허로 돌아갈 준비를 했
다. 고향에서 필녀와 가족들이 기다리고 있을 것을 생각하자 한

결 마음이 가벼웠다.

"소냐, 1년에 한 번씩 찾아올게."

지신허로 돌아갈 준비를 마친 봉준은 교회 묘지에 가서 소냐의 비석 앞에 꽃을 놓고 작별 인사를 나누었다. 소냐가 꽃을 받고 기뻐하는 것 같았다.

"내 아들아."

올리야 부인은 봉준이 떠난다고 하자 포옹하며 울음을 터뜨렸다. 류드밀라는 치맛자락으로 눈물을 찍었다.

"1년에 한 번씩은 꼭 찾아오겠습니다."

봉준은 올리야 부인과 인사를 나눈 뒤에 류드밀라와 로마노프와도 포옹했다.

"나하고 잠시 걷지."

야린스키는 지팡이를 짚고 초원을 걷기 시작했다. 봉준도 야린스키를 따라 초원을 걸었다.

"자네는 조선인일세. 앞으로 세상을 살아가는 방법에 대해 몇 가지 조언을 해주겠네."

"예."

야린스키는 초원 위의 구름을 보며 세상 살아가는 지혜 열 가지를 이야기하기 시작했다.

붉은 깃발에 바치다

　재형은 옥수수 부대를 마지막으로 선적하고 이마에 흘러내린 땀을 주먹으로 씻어냈다. 러시아 노동자들과 함께 핀란드로 가는 상선에 옥수수 1천 부대를 선적하는 데 꼬박 하루가 걸렸다. 허리가 끊어질 듯 아프고 입에선 단내가 풍기는 것 같았다.

　부두에서 노동을 해온 지 어느덧 3년이 되었다. 수향을 찾아 상트페테르부르크로 왔지만 그녀를 만날 수 없었다. 언젠가 러시아 여공들처럼 잿빛 드레스를 입고 스카프를 머리에 둘러쓴 수향을 거리에서 언뜻 본 일이 있었다. 동양인이어서 한눈에 띄었다. 재형은 마차를 타고 부두 뒷골목을 달리고 있었다. 수향은 여공들과 섞여 어디론가 가고 있었다.

　"수향!"

　재형은 수향에게서 눈을 떼지 못했다. 처음에는 자신이 잘못 본 게 아닌가 싶었다. 몇 번이나 눈을 비비고 다시 보았지만 수향이 틀림없었다.

"감독님, 잠시만 내려주십시오."

재형은 러시아 노동자 감독에게 사정하고 마차에서 내렸다. 그러나 수향은 어느새 보이지 않았다. 재형은 미친 듯이 수향을 찾아 헤맸으나 어느 방향으로 갔는지, 어느 공장으로 들어갔는지 보이지 않았다.

'내가 잘못 보았던 것일까?'

재형은 노동자들이 물결을 이루고 끊임없이 흐르는 거리에 우두망찰하여 서 있었다. 사람들이 떠드는 소리가 날벌레의 잉잉거리는 소리처럼 귓전에 쏟아졌다. 그날 이후 재형은 노동자의 거리에 자주 갔다. 길거리에 우두커니 서서 바쁘게 오가는 수많은 노동자들을 살피곤 했으나, 수향의 모습은 다시 볼 수 없었다.

'그 여인이 수향이 아니라는 말인가!'

하지만 잿빛 드레스를 입고 하얀 스카프를 쓴 그 여인은 틀림없는 수향이었다.

재형은 갑판 위에 우두커니 서 있다가 부두로 내려왔다. 이미 해가 뉘엿뉘엿 기울고 있었다.

'오늘은 일찍 돌아가자. 밤에 할 일도 있지 않은가?'

하루 종일 옥수수 부대를 져 날랐기 때문에 몸이 물먹은 솜뭉치처럼 피곤했다.

"표트르 최."

부두 노동자 네브트가 담배 연기를 내뿜으며 재형에게 다가왔다. 네브트는 오랫동안 부두에서 일해서 근육이 울퉁불퉁했다. 30대 후반이었으나 겉늙은 얼굴에 수염이 덥수룩했다.

"왜 그래?"

재형은 네브트가 탐탁하지 않았다.

"술 한잔 마시러 가지 않겠어? 토냐가 자네 오기만을 눈 빠지게 기다리던데……"

네브트의 말에 재형은 피식 웃었다.

"토냐는 자네를 더 좋아하는 것 같은데, 왜 그래? 오늘은 둘이서 재미를 보게."

"표트르, 내가 양보할 테니까 토냐 엉덩이나 두드리면서 술한잔하세. 양고기도 좋은 게 있다 그러더라고."

"아니야. 나는 갈 곳이 있네."

재형은 전날 같았으면 하루에 쌓인 피로를 풀기 위해 부두의 선술집에 가서 술을 마셨을 것이다. 토냐는 선술집 여주인인데, 취하면 노동자들과 함께 노래를 부르고 춤을 추기도 했다. 그러나 오늘은 상트페테르부르크 대학생의 연설을 들으러 가기로 되어 있었다.

"흥! 토냐에게 자네가 욕을 하더라고 말하겠어."

네브트의 말에 재형은 어깨를 들썩이면서 웃었다. 오늘따라 커다란 가슴을 흔들어대는 토냐가 구워주는 양고기로 보드카에 흠뻑 취하고 싶었다. 그러나 재형은 부두 하역 노동자 사무실에 가서 도장을 찍은 뒤 상의를 어깨에 걸치고 느릿느릿 부두를 걸어나왔다.

부우우웅.

지금에야 도착한 상선이 있는지 바다 쪽에서 무적 소리가 길게 울렸다.

'이게 무슨 꽃이지?'

재형은 부두에서 나와 숙소를 향해 걸어가다가 길섶에 피어 있는 노란 꽃을 보고 걸음을 멈췄다. 아침저녁으로 오가는 길인데도 눈에 띄지 않던 꽃이었다.

'민들레꽃이야.'

재형은 고향 경원에서 보았던 민들레꽃이 머나먼 러시아 땅까지 날아와 피었다는 사실에 놀랐다. 꽃을 꺾으려다가 그만두었다. 오늘 꺾으면 내일은 볼 수 없게 된다. 꽃을 그냥 두면 매일 아침저녁 오갈 때마다 볼 수 있을 것이다. 사방은 이미 어둑어둑해지고 있었다. 재형은 숙소로 돌아오자 딱딱한 빵을 잘라서 잼을 발라 먹었다. 저녁을 먹은 뒤에는 세수하고 옷을 갈아입고 공회당으로 향했다. 거리에는 불온한 사람들을 검거하려는 러시아 경찰이 말을 타고 돌아다니고 있었다. 공회당에는 이미 많은 노동자들이 모여 있었다. 재형이 들어가자 대학생 보리스 바실리누예비치가 연설을 하고 있었다.

"우리는 인민 속으로 들어가 공동으로 생산하고 공동으로 소유하여, 귀족들과 부자들이 잘사는 나라가 아니라 농민들과 노동자들, 다시 말해 무산계급이 이 땅의 주인이 되게 할 것입니다. 차르가 농노해방령을 내려 토지를 재분배했으나 귀족들과 지주들에게만 유리하게 되어 있습니다. 우리는 이를 반드시 개혁할 것입니다. 그러기 위해서는 여러분이 봉기해야 하고, 봉기하기 위해서는 공부를 해야 합니다. 그래서 우리가 여러분을 찾아온 겁니다. 브나로드 운동은 실패했습니다."

보리스 바실리누예비치의 열변에 사람들은 숨을 죽이고 귀

기울였다. 브나로드[*]는 러시아 말로 '인민 속으로'라는 뜻이었다. 러시아의 젊은 지식인들은 마르크스가 주창한 사회주의의 실현이 가능하다는 신념 아래 농민들의 의식을 각성시키기 위해 이 운동을 벌였다. 1873년부터 시작된 브나로드 운동은 1874년 여름까지 러시아 농민을 대상으로 급진적인 혁명 사상의 계몽과 선전을 벌이기 위해 2천여 명에 이르는 지식인, 대학생들이 농촌으로 들어가 활약한 것을 말한다. 그러나 러시아 농민들은 이 운동을 이해하지 못해 호응하지 않았고, 오히려 주동자들이 체포되어 재판을 받았다. 이때 체포된 지식인과 대학생들이 193명이어서 이 재판을 가리켜 '193인 재판 사건'이라 부르기도 했다. 브나로드 운동은 주동자들이 대대적으로 검거됨으로써 수포로 돌아갔지만, 이를 통해 사회주의 급진 사상을 갖고 있는 혁명가들이 더욱 많이 양성되었다.

보리스 바실리누예비치의 연설에 노동자들은 무표정했으나 재형은 감동을 받았다.

"오늘 좋은 말씀을 들었습니다. 당신은 이러한 사상을 어디서 배웠습니까?"

재형은 그의 연설이 끝나 노동자들이 돌아가자 악수를 청하며 물었다.

"당신은 어디서 왔습니까?"

보리스 바실리누예비치는 약간 경계하는 듯한 표정으로 재

---

* 브나로드(v narod): 러시아의 민중운동. 우리나라에서는 1930년대 동아일보가 주
도하여 많은 학생들이 농민 계몽 활동을 벌였는데, 심훈의 소설 『상록수』에 이 과정
이 잘 묘사되어 있다.

형을 살폈다.

"나는 조선에서 왔습니다. 지금은 여기 부두에서 노동자로 일하고 있습니다."

"그렇다면 당신에게 이 책을 권하고 싶습니다."

바실리누예비치는 표지가 낡은 책을 재형에게 건네주었다. 그것은 '사회주의 인민 혁명'이라는 제목의 책이었다.

"제가 읽어도 되겠습니까?"

"읽고 나서 돌려주어야 합니다."

"반드시 돌려드리겠습니다."

재형은 보리스 바실리누예비치에게 책을 빌려갖고 숙소로 돌아왔다. 상트페테르부르크의 4월은 추운 편이었다. 재형은 창문을 닫고 책을 읽어나갔다. 『사회주의 인민 혁명』은 오랫동안 귀족들에게 착취당해온 노동자와 농민들이 혁명을 일으켜 그들의 세상을 만들어야 한다고 주장하는 책이었다.

'사람들이 공동으로 생산하고, 공동으로 소유한다고……?'

재형은 책을 읽으면서 벼락을 맞은 듯한 기분이었다. 『사회주의 인민 혁명』은 노동자와 농민이 주인 되는 세상을 역설하고 있었다.

재형은 한 주에 한 번씩 보리스 바실리누예비치의 연설을 들으면서 자신이 변화하고 있다는 사실을 깨달았다. 노동자들이 결코 나약한 존재가 아니라는 사실을 인식하게 되었고, 자신도 이러한 사상으로 무장하여 무지한 노동자들을 일깨워야 한다고 생각했다.

재형이 나타샤라는 러시아 처녀를 알게 된 것은 보리스 바
실리누예비치가 주도하는 독서토론회에 가입하면서부터였다.
독서토론회 회원은 모두 열세 명이었는데 공장에 다니는 여공
들과 부두 노동자들이 대부분이었다. 나타샤는 노동자의 거리
에 있는 마르토스 방직공장의 여공이었다. 열아홉 살에 얼굴이
예뻤다. 그녀는 언제나 생글생글 웃었기 때문에 독서토론회의
모든 사람들이 좋아했다. 동양인인 재형에게도 나타샤는 항상
상냥했다.

'나타샤가 혹시 나를 좋아하는 것 아닐까?'

재형은 때때로 그런 생각을 한 적이 있었다. 토론회가 끝난
뒤 나타샤와 밤길을 나란히 걸어 숙소로 돌아올 때면 그녀에게
서 초여름 첫새벽에 핀 꽃과 같은 청초함을 느꼈다. 둘의 숙소
방향이 비슷해서 재형이 으레 나타샤를 숙소까지 바래다주곤
했다.

"나타샤, 무슨 걱정이라도 있어요?"

노동자의 거리를 걸으며 숙소를 향하던 어느 날 나타샤의
얼굴에 근심이 가득하여 재형이 물었다.

"공장에 마리야라는 여공이 있어요. 이제 열일곱 살이죠."

"그 아가씨에게 어떤 문제가 생겼나요?"

"네. 마리야가 임신을 했어요."

"그럼 결혼해야겠군요."

"사정이 그렇지 않아요. 마리야를 임신하게 한 남자는 부인
이 있는 공장의 간부예요."

나타샤가 다니는 방직공장은 노동 환경이 열악했다. 한 주

씩 교대로 주야간 근무를 하는데, 봉급도 적을 뿐 아니라 기숙사의 식사도 형편없었다. 여공들은 굶주림에 시달리면서 일했다. 하루 열두 시간씩 꼬박 일하고도 주린 배를 채울 수 없는 여공들은 남자들과 어울려 술을 마시고 담배를 피웠다. 술을 마실 때는 안주로 배를 채울 수 있었기 때문이다. 남자들과 어울리지 않는 여공들은 교대가 끝나면 시장의 가게에서 생선 머리와 푸성귀를 주워다가 국을 끓여 먹었다. 마리야는 남자들과 어울리는 길을 택했다. 남자들은 어린 그녀를 빵 한 조각, 고깃덩이 한 덩어리로 유린했다. 어떤 남자도 죄의식을 갖지 않았다. 마리야는 그렇게 방탕한 생활을 하다가 공장 염색부장의 아기를 임신하게 되었던 것이다.

마리야는 배가 불러오자 공장에서 해고되었다. 그런 일은 어쩌면 상트페테르부르크의 공장 지대에서 흔히 일어나는 것이었다. 여공들이 마리야를 돕기는 했지만 너나없이 굶주리고 있는 처지여서 그리 큰 도움은 되지 못했다.

"나타샤, 내가 조금 도와줄 수 있을 것 같아요."

재형은 선원과 상관의 지배인 생활을 하면서 많은 돈을 저축하고 있었다. 나타샤가 놀란 표정으로 재형을 돌아보았다.

"고마워요."

나타샤가 토막 치듯 짧게 끊어 대답했다. 그 말투에 재형은 나타샤가 자신의 도움을 원하지 않는지도 모른다고 생각했다.

"하지만 우리에게는 근본적인 대책이 필요해요."

"그게 뭡니까?"

"혁명이죠. 보리스 바실리누예비치와 많은 이야기를 했어요. 그의 목표도 혁명이에요."

나타샤의 얼굴은 그 어느 때보다 진지했다. 재형에게는 나타샤의 말이 차르를 타도하자는 뜻으로 들렸다. 그러자 온몸이 팽팽하게 긴장되었다.

"혁명은 어떻게 합니까?"

재형은 나타샤에게 조심스레 물었다. 순간, 나타샤가 갑자기 공장에 다니는 평범한 처녀가 아니라 거대한 힘을 갖고 있는 여인으로 보였다.

"브나로드는 농민들을 조직하지 못해 실패했어요. 농민들을 조직하기 어려우니 노동자들을 조직해야 해요."

재형은 나타샤의 말을 어렴풋이 이해할 수 있었다. 하지만 그것은 재형의 의식 속에서 아직도 안개처럼 모호하기만 할 뿐 뚜렷한 실체가 없었다.

재형은 나타샤를 통해 마리야에게 약간의 돈을 보내주었다. 공장에 다니는 여공들은 힘겨운 노동과 저임금에 고통스러웠는데, 재형 같은 부두 노동자들도 고통스럽긴 마찬가지였다. 재형은 때때로 자신이 무엇 때문에 머나먼 상트페테르부르크까지 와서 일하고 있는지 스스로 묻곤 했다. 처음에는 단순히 수향을 찾기 위해 왔지만 그녀를 찾을 수 있다는 희망이 점점 사라져가고 있음을 느꼈다. 수향이 상트페테르부르크에서 블라디보스토크나 경원으로 돌아갔을 것 같았다. 공회당에서 열리는 독서토론회가 아니라면 당장이라도 돌아가고 싶었다.

상트페테르부르크는 실업자들로 들끓었다. 부두 쪽으로 공장이 즐비해도 농촌에서 몰려오는 농민들을 모두 수용할 수는 없었다.

"카레이스키, 빨리 일해."

재형이 무거운 모피를 나르다가 쉬고 있을 때 노동자 감독이 소리를 질렀다.

"어깨가 부서지는 것 같아요."

재형은 붉은 머리의 감독에게 퉁명스레 말했다. 다른 노동자들도 모두 땀을 닦으며 쉬고 있었다.

"이러다가 밤에도 선적할 거야? 이 배는 내일 아침 출항할 거야."

"해 지기 전까지는 끝내겠습니다."

"그러니까 쉬지 말고 빨리 하라고."

재형은 감독의 잔소리가 듣기 싫어 다시 일을 시작했다. 미국 상선 콜로라도 호에 모피를 싣는 일이었다.

"네브트, 빨리 하자고."

재형은 모피를 어깨에 짊어지고 배에 오르면서 네브트를 향해 소리를 질렀다. 오늘도 독서토론회에서 나타샤를 만나기로 되어 있었다.

나타샤가 하나의 전사(戰士)처럼 재형의 머릿속에 각인된 것은 그해 여름의 일이었다. 나타샤는 자신이 다니는 방직공장에서 노동조합을 조직했다. 노동조합은 산업혁명이 가장 먼저 일어난 영국에서 시작되어 유럽을 거쳐 러시아에 이르고 있었으나 많은 공장들이 노동조합을 경원하고 있었다. 나타샤는 방직공장의 여공들을 토론회가 벌어지고 있는 공회당에 데리고 와서 교육했다. 재형은 방관자처럼 그들이 학습하고 토론하는 것을 지켜보았다. 보리스 바실리누예비치는 나타샤를 적극적으로 후원했다. 나타샤가 비밀리에 노동조합을 조직하면서 토론회가 벌어지는 공회당은 아연 활기를 띠었다. 재형은 공회당에 모이는 러시아 젊은이들한테서 뜨거운 열정을 느낄 수 있었다.

나타샤가 노동조합을 결성하여 파업을 시작한 것은 늦여름이었다. 공장에서는 파업에 참여한 여공들을 모조리 해고하고 공장에서 내쫓았다. 나타샤를 비롯하여 해고된 노동자들은 공장 앞에서 피켓을 흔들며 시위를 벌였다.

"해고를 철회하라!"

"임금을 인상하라!"

여공들은 뙤약볕 아래에서 구호를 외쳤지만 아무도 그들을 거들떠보지 않았다. 재형이 부두에서 일이 끝나 공장에 가보면 50여 명의 여공들이 흙바닥에 주저앉아 노래를 부르고 있었다.

가난과 주림에 떨면서 원망에 지친 자와

괴로워 우는 자를 불쌍히 여기소서

얼마나 많은 사람들이 죽어가는가

그것은 러시아정교회 미사 때 부르는 성가였다. 재형도 자주 듣고 부르던 성가였으나 뙤약볕 아래에서 들으니 웬일인지 눈시울이 뜨거워지면서 목이 메었다.

불의가 세상을 덮치고 불신이 만연해도

우리는 앞만 보고 살렵니다

얼마나 많은 사람이 불행하게 사는가

나타샤 옆에는 임신한 마리야도 있었다. 마리야는 키가 작고 몸이 깡말랐는데 그래도 배가 잔뜩 불러 있었다. 밀가루 자루 같은 낡은 옷차림이었다.

"저들에게 물이라도 갖다주어야 하지 않을까요? 탈수가 심해지면 견디기 어려울 겁니다."

재형은 보리스 바실리누예비치에게 말했다.

"표트르, 혁명은 피를 흘리지 않고는 이룰 수가 없소."

보리스 바실리누예비치가 냉혹한 목소리로 대답했다.

"그게 무슨 뜻입니까?"

"혁명은 동지들의 피를 흘려야 이룰 수 있는 것이오. 우리는 더 많은 피를 흘려야 하오. 이 땅이 우리의 피로 흥건하게 젖어야 비로소 무산계급의 세상이 올 것이오."

재형은 보리스 바실리누예비치의 말을 이해할 수 없었다. 그는 재형이 생각했던 것보다 훨씬 원대한 야망을 갖고 있었다.

"표트르는 로맨티스트인 것 같소. 저들에게 물을 주고 음식을 주는 것도 좋겠지요. 그러면 저들은 더욱 고무되어 가열하게 투쟁할 테니까요."

재형은 보리스 바실리누예비치의 말을 듣고 그들에게 빵과 우유를 사다 주었다. 나타샤와 마리야가 박수를 치며 좋아했다. 재형은 먹을 것조차 사기 어려울 정도의 저임금을 받는 여공들이 측은했다. 그러나 시위하는 여공들은 점점 불어났다. 처음에는 50명밖에 되지 않던 여공들이 하루가 지나자 70명으로 늘어나고 이틀이 지나자 90명이 되었다. 보리스 바실리누예비치의 영향력으로 대학생들도 몰려와 여공들의 시위에 합류했다. 주위의 다른 공장 노동자들도 여공들을 격려했다. 그러나 그들의 시위는 오래가지 못했다. 차르의 정부에서 경찰을 파견하여 불온한 무리들이라고 해산을 명령했기 때문이었다.

"아무 대책 없이 어떻게 해산하라는 말인가? 우리는 죄 없이 해고되었다. 해고를 철회하고 임금을 인상하기 전에는 절대 해산할 수 없다!"

나타샤는 붉은 띠를 머리에 동여매고 외쳤다.

"해고를 철회하라!"

여공들도 주먹을 흔들며 목이 터져라 외쳤다.

"해산하라!"

경찰은 수백 명의 기마경찰을 동원해 여공들의 강제 해산에 나섰다. 여공들은 불안에 떨면서도 해산하지 않고 구호를 외치며 노래를 불렀다. 마침내 기마경찰이 진압봉으로 여공들을 사정없이 후려치고 말발굽으로 짓밟았다. 여기저기서 처절한 비명 소리가 들리고 여공들이 울부짖었다. 기마경찰이 사정없이 진압봉을 휘두르자 여공들은 피를 흘리며 쓰러지거나 뿔뿔이 흩어졌다. 그러나 그 과정에서 뱃속에 아기를 갖고 있던 마리야가 목숨을 잃는 불상사가 일어났다. 마리야는 기마경찰의 진압봉에 맞아 머리가 터지고 말발굽에 짓밟혀 하혈한 상태에서 죽어 있었다.

'경찰이 어쩌면 이렇게 잔인할 수 있는가?'

경찰의 무자비한 진압을 본 재형은 분노로 몸을 떨었다.

"공회당으로 옮겨라!"

보리스 바실리누예비치의 지시에 의해 마리야의 시신이 독서 토론을 벌이던 공회당으로 옮겨졌다. 흩어졌던 여공들은 공회당을 찾아와 울었다. 그녀들은 모두 피투성이가 되어 있었다. 나타샤는 마리야의 시신에 묻어 있는 피를 닦으면서 울었다.

'보리스 바실리누예비치가 말한 피가 이런 것인가?'

재형은 마리야의 시신 앞에서 망연자실했다. 저녁이 되면서 비가 내리기 시작했다. 마리야가 기마경찰에 맞아 죽었다는 소문이 퍼지면서 퇴근한 여공들이 하나 둘 장미꽃을 들고 찾아왔다. 공회당에 여공들이 가득 차 들어가지 못하자 여공들은 밖에서 서성거리며 울었다. 밤이 되자 빗줄기가 더욱 굵어졌다. 여공들은 빗속에서도 돌아가지 않고 노래를 부르며 울었다.

비는 이튿날 아침에도 쉬지 않고 내렸다.

"경찰이 임신한 여공을 죽였다. 살인한 경찰을 체포하여 법의 심판을 받게 하라!"

나타샤는 빗속에서 여공들과 함께 마리야의 시신을 손수레에 싣고 공회당을 나왔다. 여공들도 하나 둘 시신의 뒤를 따라 걸었다. 그들의 머리에는 하나같이 붉은 띠가 둘러져 있었다.

"무능한 차르를 타도하라!"

여공들이 주먹을 흔들며 소리칠 때마다 많은 노동자들이 같이 주먹을 흔들었다. 여공들은 노동자의 거리를 행진하기 시작했다. 재형도 여공들을 따라 빗속을 묵묵히 걸었다. 재형뿐만 아니라 수많은 실업자들도 행진에 참여했다. 행렬이 노동자의 거리에 이르자 더 많은 노동자들이 행렬의 뒤를 따르기 시작했다. 그들은 누가 시키지 않았는데도 정치적인 구호를 외쳤다. 행렬이 노동자의 거리를 지나 대성당 앞에 이르렀을 때는 수천 명의 군중들이 운집했다.

'아!'

재형은 노동자들의 뒤를 따르다가 깜짝 놀랐다. 한 무리의 경찰들이 노동자들의 행렬을 가로막은 채 총을 겨누고 있었다. 경찰들은 노동자들에게 해산하라는 명령을 내렸다. 노동자들은 마리야를 죽인 경찰 책임자를 체포하기 전에는 결코 물러나지 않겠다며 맞섰다. 그때 요란한 총성이 일어났다. 노동자들이 처절한 비명을 지르면서 일제히 흩어지기 시작했다. 재형도 경악하여 노동자들과 함께 황급히 골목 안으로 뛰어갔다. 총성이 더욱 요란해지면서 대성당 앞 대로는 아비규환의 참상이 벌어졌다. 수많은 여공과 노동자들이 피를 뿌리면서 시체가 되어 나뒹굴었다. 그것은 러시아인들이 '피의 일요일'이라고 부르는 8월 어느 일요일의 참사였다.

노동자들의 투쟁은 결국 러시아 경찰들의 총에 진압되었다. 경찰들이 대대적인 검거 선풍을 일으키면서 독서토론회 회원들도 속속 구속되었다. 나타샤도 경찰에 체포되어 가혹한 고문을 받고 시베리아 유형을 떠났다.

"이것이 끝이 아니다. 우리는 반드시 승리할 것이다!"

보리스 바실리누예비치는 경찰의 수사망이 좁혀오자 프랑스로 망명했다.

재형은 블라디보스토크로 돌아오기 시작했다. 상트페테르부르크에서 보낸 3년은 고통과 슬픔의 세월이었다. 그는 가슴속에 한가득 슬픔을 안고 계속 걸었다. 상트페테르부르크에서 블라디보스토크까지 가는 길은 멀고도 지루한 길이었다. 재형은 때때로 황혼 속에서 걷기도 하고 비바람 속에서 걷기도 했다. 그렇게 방랑자처럼 걸으면서도 마리야와 나타샤를 잊지 않았다. 그녀들의 눈가에 흐르던 눈물은 언제까지나 재형의 가슴에 남아 있었다. 노동자들의 투쟁은 실패로 끝났다. 그러나 보리스 바실리누예비치가 예언한 것처럼 끝이 아니라 시작이고, 반드시 성공하는 날이 올 것이라고 생각했다.

재형이 얄군 강에 이르렀을 때 양떼를 몰고 가는 처녀의 노랫소리가 들려왔다. 재형은 지친 발걸음을 멈추고 노래에 귀를 기울였다.

나 홀로 길을 가네
안개 속을 지나 자갈길을 걸어가네
밤은 고요하고 황야는 푸른 달빛이 가득한데
별들이 서로 밀어를 속삭이네

하늘의 모든 것은 장엄하고 경이로운데
대지는 푸른 달빛 속에 잠들어 있네
나의 가슴은 비수에 찔린 듯 고통스러워
창백한 얼굴에 눈물이 흐르누나

아, 인생의 희망은 사라지고
화살같이 지나가버린 날은 되돌아오지 않으니

무엇을 위해 살 것인가

나는 자유와 평온을 찾기 위해 잠들려 하네

울 밑에 선 봉선화야,
네 모양이 처량하다

방에 들어서자 탕약 냄새가 코를 찔렀다. 수향은 환기하기 위해 방문을 활짝 열었다. 죽은 듯이 누워 있던 어머니가 그제야 눈을 뜨고 수향을 보았다.

"어머니, 저예요."

수향은 어머니 얼굴에 대고 속삭이듯 낮게 말했다. 어머니가 기운 없는 손을 들어 수향의 얼굴을 만졌다. 흡사 마른 나뭇잎처럼 건드리기만 해도 바삭 하고 부서질 것 같은 어머니의 모습에 수향은 목이 메었다. 어머니는 눈이 우묵하게 들어가고 정기가 없었다. 수향은 자신의 얼굴을 앙상하게 메마른 손으로 쓰다듬으며 하염없이 눈물을 흘리는 어머니를 보자 가슴이 타는 것 같았다.

그 옛날 그리도 곱던 어머니가 어찌하여 이렇게 되었는가. 수향이 기억하는 어머니는 언제나 단정한 조선의 여인이었다. 하루도 거르지 않고 가르마를 반듯하게 탄 뒤에 옥비녀를 꽂고 옥양목 저고리에 남색 치마를 항상 새 옷처럼 단정하게 차려 입었다. 한 번 빨 때마다 풀을 빳빳하게 먹여서 어머니가 걸을 때면 사각거리는 소리가 났었다. 어머니에게서는 늘 수국꽃 같은 향기가 풍겼다. 어머니의 품에 안겨 그윽한 향기를 맡고 있노라면 모든 것이 안온하고 평화로웠다.

수향은 아버지가 야속했다. 아버지는 벌써 세 번째 소실을 들였다고 했다. 대를 잇지 못하는 불효를 저지를 수 없다는 아버지를 이해 못할 바 아니었다. 그러나 어머니의 가슴이 시커멓게 타들어가다 병이 들어 죽을 때가 되어서야 고향 경원으로 내려보낸 아버지가 원망스러웠다.

'이것이 평생을 함께 산 부부의 도리란 말인가. 젊은 날의 애틋한 정은 어디로 가고, 늙어 병드니까 내려보내다니…….'

수향은 아버지를 증오했다. 아버지가 조정에서 높은 벼슬을 한다 해도 아버지라 부르고 싶지 않았다.

"네 팔자가 부박하기 짝이 없구나."

어머니는 수향이 상트페테르부르크에서 3년 동안 공장에 다닌 사실을 이야기하자, 한편으로는 놀라고 한편으로는 안타까워하면서 혀를 찼다. 블라디보스토크에서 상트페테르부르크로 가는 길이 2만 리가 넘는다는 말에는 경이로워했다.

"어머니, 아버지가 어머니에게 이런 대우를 하는 걸 참을 수가 없어요."

"내가 어때서?"

"어머니가 병이 들자 내쫓았잖아요?"

"고향에 보내준 것만도 다행이지. 난 한성에 있으면서 언제나 경원을 생각하며 살았다."

어머니는 병색이 완연한 얼굴에 잔잔한 미소를 띠었다.

수향이 블라디보스토크에서 경원으로 온 것은 지난달의 일이었다. 재형을 찾아 상트페테르부르크로 갔지만 그 넓은 도시에서 재형을 찾을 수는 없었다. 며칠 동안 방황하던 수향은 방직공장에 다니면서 재형을 찾기 시작했다. 그러나 3년이 지나도 찾을 수 없어 재형이 얀치혜로 돌아갔을지 모른다 생각하여 돌아오고 말았다. 수향은 상트페테르부르크에서 블라디보스토크로 왔으나 거기서도 재형을 찾을 수 없었다. 얀치혜와 지신허에도 가보았지만 재형이 돌아오지 않았다고 했다. 수향은 실망하여 봉준의 집에서 이틀을 지낸 뒤 두만강을 건너 경원으로 돌아왔는데, 뜻밖에도 병에 걸린 어머니가 한성에서 내려와 있었다.

경원의 집은 아버지와 살 때와는 아주 딴판이었다. 그때는 하인들이 여럿이었고 곳간에는 곡식이 가득 쌓여 있었으나, 수향의 유모인 간난어멈 혼자 지킨 집은 기와가 무너지고 담벼락에 구멍이 숭숭 뚫려 폐허처럼 변해 있었다. 뒤꼍에는 잡초가 무성했다. 경원에 있는 농토 대부분도 팔아치워 근근이 끼니를 이어갈 정도에 지나지 않았다.

"얀치혜라는 마을엔 조선 사람이 많이 살고 있니?"

어머니는 때때로 벽에 기대어 밖을 내다보았다.

"어머니가 그걸 어떻게 아세요?"

수향은 책을 보다 말고 어머니를 응시했다. 어머니가 무슨 생각을 하고 있는지 알 수 없었으나 시름에 잠겨 있는 얼굴에 꽃물이 드는 것 같았다.

"내가 한성에서 내려오니까 재형이가 왔었다고 간난어멈이 그러더라. 재형이는 보았니? 우리 집에서 하인 노릇 하던 최형백이라는 사람 늦둥이 아들 말이다."

"못 봤어요."

"그 집 식구들은?"

"재형의 아버지는 봤어요."

"그 사람 잘 살고 있든? 무얼 하고 지내니?"

어머니의 눈에 갑자기 생기가 돌았다. 수향이 빤히 쳐다보자 공연한 일이라는 듯 눈을 내리깔았다.

"농사를 짓고 있지 뭘 하겠어요?"

수향은 최형백의 얼굴을 떠올리며 퉁명스럽게 대답했다. 최형백이 재형의 아버지이기는 했으나 자신을 기이한 눈빛으로 보던 모습이 떠올라 불쾌해졌다.

"그렇지. 농사짓는 게 그 사람 일이지."

어머니가 기운 없이 고개를 끄덕거렸다.

"쉬세요. 바람 좀 쐬고 올게요."

수향은 어머니의 손을 쥐었다 놓으며 일어섰다.

"애야. 문은 닫지 마라."

"왜요? 저녁이라 바람이 차잖아요."

"울 밑에 봉선화가 피었어. 봉선화를 좀 보련다."

수향은 어머니의 시선이 울 밑에 있는 봉선화로 향하는 것을 보고 가슴이 저렸다. 마당에서는 간난어멈이 탕약을 끓이고 있었다.

"내가 어머니 손톱에 봉선화 물을 들여드릴까요?"

"얘는, 내가 어린애니?"

어머니가 수줍은 표정으로 웃었다. 수향은 어머니의 방에서 나와 마당으로 내려섰다. 날씨가 점점 더워지고 있었지만 요 며칠 바람이 차가웠다. 붉은 꽃송이들이 주렁주렁 매달린 봉선화가 새색시처럼 고왔다. 대문을 나서자 해가 서산으로 뉘엿이 기울고 있었다. 경원의 평지리는 석양이 깔리면서 고즈넉했다.

'정자에나 가자.'

어머니와 함께 하루 종일 집 안에 있으려니 답답했다. 수향은 정자가 있는 개울로 걸음을 떼어놓았다. 경원은 몇 년 전 와 보았을 때와 크게 달라지지 않은 것 같았다. 집들은 여전히 퇴락해 있고 오밀조밀한 논밭에는 온갖 곡식이 심어져 있었다. 광대한 대륙, 드넓은 땅에 끝이 보이지 않을 정도로 옥수수와 밀, 콩 등이 심어져 있는 러시아와는 달랐다. 수향은 정자에 이르렀다. 몇백 년을 개울가에 서 있었을 정자 아래로 맑은 물이 흐르고 있었다. 수향은 정자 난간에 앉아 러시아에서 가지고 온 푸슈킨의 시집을 읽기 시작했다.

삶이 그대를 속일지라도
결코 슬퍼하거나 노하지 마라
설움의 날을 참고 견디면
기쁨의 날이 오리니

시라기보다는 인생의 지침서 같았다. 상트페테르부르크에서 공장에 다닐 때도 빼놓지 않고 읽던 시집이었다. 푸슈킨은 부인이 다른 남자와 내연 관계에 빠지자 그 남자와 권총으로 결투하다가 죽은 불행한 시인이었다.

'재형은 어디로 간 것일까?'

수향은 푸슈킨의 시집을 읽다가 저녁 이내가 푸르게 깔리는 마을을 내려다보았다. 블라디보스토크에서 재형을 찾지 못해 막막하자 경원으로 돌아오기는 했지만, 어머니의 병만 낫는다면 다시 상트페테르부르크로 재형을 찾아가야겠다고 생각했다. 그러나 지금으로선 어머니의 병이 심한 것이 걱정이었다. 어머니가 얼마 살지 못할 것이라고 생각하니 가슴이 아프면서도 어머니의 초라한 일생을 떠올리게 되었다. 어머니의 일생에서 즐거운 때는 언제였을까. 어머니의 유일한 남자인 아버지는 소실을 세 번씩이나 들였기 때문에, 어머니에게 아버지는 진정한 사랑이 아닐 것이라고 생각했다.

날이 점점 어둑어둑해졌다. 저 아래 논둑에서 소를 몰고 오던 노인이 수향에게 목례했다. 노인은 수향이 누구인지 알고 있는 것 같았다. 수향은 어둠이 내리자 집으로 돌아왔다. 어머니는 그때까지도 방문을 열어놓은 채 봉선화를 내다보고 있었다.

"어머니는 봉선화를 좋아해요?"

수향은 어머니의 앙상하게 마른 손을 잡고 물었다.

"그냥 꽃이니까 보는 거지. 나 죽으면 개가해라. 러시아에서는 개가해도 괜찮다고 하지 않니?"

"저도 그럴 생각이에요."

"마음에 두고 있는 사람은 있니?"

어머니의 목소리가 빈 들판을 달려오는 바람 소리처럼 쓸쓸했다.

"네. 재형이에요. 우리 집의 종이었던 최형백의 아들……."

"재형이?"

어머니의 눈이 갑자기 커지면서 손끝이 가늘게 떨렸다. 그러고는 갑자기 허둥거렸다.

"왜 그러세요?"

"아니야. 그냥…… 통증이 오는 것 같아서……."

어머니는 고개를 돌려 수향의 눈을 외면했다. 수향은 어머니가 허둥대는 까닭이 노비 출신 최형백의 아들 재형을 마음에 두고 있다고 한 말에 충격을 받아서일지도 모른다고 생각했다.

밤이 되자 비가 내리기 시작했다. 어머니는 밤이 더욱 고통스러운 듯이 괴로워했다. 수향은 어머니의 침상을 지키다가 잠이 드는 것을 보고 자신의 방으로 돌아왔다. 호롱불을 켜놓고 우두커니 비가 오는 마당을 내다보았다. 좀 전에 갑자기 허둥대던 어머니의 얼굴이 떠올랐다. 어머니도 재형이 종놈의 자식이기 때문에 충격을 받은 것일까. 그러나 수향은 자신이 이미 청상과부여서 잃을 것이 없다고 생각했다.

비는 이튿날도 그치지 않고 청승맞게 내렸다. 수향을 낳았을 때 심었다는 뒤뜰의 오동나무 잎사귀에 빗방울이 닿아 후드득대는 소리가 들리고 쏴아아 바람이 스산하게 나뭇잎을 흔들고 지나갔다. 수향은 오후에 비가 그치자 어머니의 손톱에 봉선화 물을 들여주었다. 어머니는 희미한 눈으로 수향을 쳐다보고 있었다. 생기도 없고 초점도 없는 눈이었다. 어머니는 며칠 동안 말 한마디 하지 않고 지냈다. 미음을 떠먹이면 토하고 배를 움켜쥐며 고통스러워했다.

'죽음보다 더한 고통이 있다면 이런 것이리라.'

수향의 어머니 유씨 부인은 딸을 볼 때마다 가슴이 천 갈래 만 갈래 찢어지는 것 같았다.

'이 무서운 일을 어떻게 말해야 하는가. 수향이 어릴 때 액 땜하기 위해 재형과 혼례를 올리게 했던 것이 잘못이었다.'

그때 한사코 반대하지 않았던 것은 자신과 재형의 아버지 최형백과의 관계가 발각될까 봐 두려웠기 때문이다.

'어릴 때라 아무 상관 없으려니 했는데 상피*가 붙을 줄이야 누가 알았을까. 이럴 줄 알았으면 내가 일찍 죽어야 하는 것을. 이제는 죽어도 눈을 감지 못하게 생겼으니 어찌할 것인가. 아 니, 나만 죽으면 아무도 모르는 일 아닌가. 최형백이 희미하게 짐작은 하고 있더라도 자세한 속내는 알 수 없을 터……'

초혼에 실패한 수향은 오로지 재형을 찾기 위해 러시아의 광대한 대륙을 눈이 오나 비가 오나 찾아다녔다고 했다. 몇 년 동안 그렇게 재형을 찾아 헤맨 수향에게 어떻게 말을 할 수 있 는가. 간난어멈이 재형이 수향을 찾아왔다고 했을 때도 그것이 사랑 때문이라곤 생각하지 않았다.

'내가 죽어야 돼.'

유씨 부인은 배를 움켜쥐며 괴로워했다. 또다시 복부에서 맹렬한 통증이 엄습해왔다. 천벌을 받은 것이리라. 양갓집 여인

---

* 상피(相避): 가까운 친척 사이의 남녀가 정분이 나는 일.

네가 종놈과 정을 통했으니 분명 하늘이 벌을 내린 것이리라. 유씨 부인은 배를 끌어안고 몸부림을 쳤다. 최형백의 웃는 얼굴이 떠올랐다. 기골이 장대한 사내였다.

'그이는 내가 죽어가는 것을 알고 있을까. 사랑한다는 말 한 번 못해보고 정다운 눈길 한 번 주지 못했다. 보고 싶다. 죽기 전에 보고 싶다.'

유씨 부인은 복부의 통증 때문에 이를 딱딱 부딪치면서 최형백을 생각했다. 그와 처음으로 사랑을 나누었던 꿈처럼 아득한 날을 생각하자 이마에 솟았던 식은땀이 마르면서 통증이 가라앉는 것 같았다.

김 진사가 유씨 부인이 아들을 낳지 못한다고 소실을 들였을 때의 일이었다. 김 진사는 부인이 괴로워하는 것을 이해한다는 듯 절이나 다녀오라고 했다. 유씨 부인은 남편이 소실을 들이는 날 도저히 집에 있을 수가 없어서 간난어멈을 데리고 백련사에 가려고 했다. 불공을 드리려는 목적이 아니라 다른 여자를 품는 남편의 얼굴을 보지 않기 위해서였다. 김 진사는 백련사에 시주하라고 쌀 한 가마를 내주고 최형백에게 지게로 져다 주라며 지시했다.

'백련사에 가서 무엇을 빌라는 말인가?'

유씨 부인은 백련사에 불공을 드리러 가는 일만으로도 속에서 열불이 치솟았다. 그러나 집에 있으면 가슴이 더욱 답답하여 견딜 수가 없었다. 마을을 벗어나 백련사로 향하는 오솔길을 오르기 시작했다. 최형백은 지게를 지고 성큼성큼 앞서 걷고 유씨 부인과 간난어멈은 한참을 떨어져 걸었다. 그렇게 백련사를 오르는 동안 답답했던 가슴이 조금은 시원해지는 것 같았다. 한여름이었다. 산을 오르느라 땀이 흥건하게 흘러내렸지만, 숲은 녹음이 짙었고 공기가 청정했다. 백련사에 이르러 불공을 드린 뒤에 절밥을 얻어먹고 하산하기 시작했다. 그런데 산을 내려오던 간난어멈이 돌부리에 채어 넘어지는 바람에 발목이 접질리고 말았다.

"아구구, 나 죽네."

그러잖아도 엄살 많은 간난어멈이었다. 발목을 움켜쥐고 눈물 콧물을 흘렸다. 유씨 부인은 간난어멈의 수작이 마뜩잖아 혀를 찼다. 간난어멈의 발이 퉁퉁 부어 걷지를 못하자, 최형백이 지게에 지고 먼저 산을 내려갔다.

'차라리 어디론가 훌쩍 떠나버렸으면……'

유씨 부인은 산속에서 갑자기 혼자가 되니 기분이 이상해졌다. 부러 느릿느릿 걸었다. 남편이 소실을 맞아들이는 집으로 선뜻 돌아가고 싶지 않았다. 개울가에 앉아 시원한 물에 발을 담그기도 하고 옷을 벗고 겨드랑이를 씻기도 했다. 산이 크고 골짜기가 깊어 인적이 없는 게 좋았다. 그렇게 두어 시간을 산속에서 보내는데 최형백이 땀을 흘리며 올라왔다.

유씨 부인은 최형백이 자신을 사랑하고 있다는 것을 몰랐다. 평소에 최형백이 자기 집안의 허드렛일을 하는 모습을 볼 때마다 참 기골이 장대한 사내구나, 무지렁이 같은 사내가 눈썹은 어찌 저리 짙지…… 하면서 자신도 모르게 홀린 듯이 쳐다보다가 깜짝 놀라서 정신을 수습하고는 했다. 그러면서도 때때로 남편 김 진사와 비교해보았다. 남편은 얼마나 무심한 남자인가.

유씨 부인은 사내다움이라고는 없는 김 진사에게서 애정을 느끼지 못해 늘 수심에 잠겨 살았다.

최형백은 김 진사의 집으로 일을 하러 올 때면 수심에 잠겨 있는 유씨 부인을 발견하는 일이 잦았다. 유씨 부인은 내당의 문을 열어놓고 우두커니 허공을 바라보면서 상념에 잠겨 있곤 했다. 그녀가 넋을 잃고 허공을 바라보는 모습을 보면 최형백은 가슴이 저렸다. 곱고 단정한 여인이었다. 항상 머리를 정결하게 빗어 뒤로 넘긴 뒤에는 비녀를 꽂았다.

'이상도 하여라. 내가 왜 아씨를 보고 가슴이 저린 것일까.'

최형백은 못이 박힌 듯이 움직일 수 없었다. 사람들은 그녀를 아이 낳지 못하는 석녀라고 불렀다. 그녀가 아이를 못 낳는 것도 그녀의 도도하고 차가워 보이는 얼굴 탓에 김 진사가 곁을 주지 않기 때문이라고 수군거렸다. 하지만 최형백은 사람들과 다르게 생각했다. 그녀의 얼굴이 도도하고 차가워 보이는 까닭은 김 진사로부터 사랑을 받지 못해 느끼는 쓸쓸함을 감추기 위해 부러 그런 표정을 짓기 때문이라고 생각했다.

'아!'

최형백은 유씨 부인이 속적삼 차림으로 개울가에 있는 것을 보고 벼락을 맞은 듯한 기분이었다. 그 순간 녹음이 청정한 골짜기는 기이할 정도로 조용했고 모든 것이 정지해 있는 것 같았다. 오로지 움직이고 있는 것은 하얀 속적삼을 입은 유씨 부인뿐이었다. 땀에 젖은 몸을 씻고 있는 그녀는 눈이 부시게 아름다웠다. 최형백의 기척을 느낀 유씨 부인이 당황한 표정으로 저고리를 찾아 걸쳤다. 최형백은 그 세세한 동작 하나하나를 놓치지 않았다.

유씨 부인은 최형백이 자신을 데리러 온 것으로 생각했다. 그러나 그는 불길이 활활 일어나는 것 같은 강렬한 눈빛으로 그녀를 바라보았다. 유씨 부인은 최형백의 이글거리는 눈빛에 가슴이 쿵 내려앉으면서 다리에 맥이 탁 풀렸다.

"아씨!"

최형백은 다짜고짜 유씨 부인의 손을 잡고 숲으로 들어갔다. 그녀는 저항하지 않았다. 소실을 들이는 남편에 대한 반발심 때문만은 아니었다. 최형백의 타는 듯한 눈빛을 대하자 마치 포충망에 사로잡힌 곤충처럼 꼼짝할 수 없었다.

그날 이후 유씨 부인은 최형백을 만나 불같은 사랑을 나누었다. 최형백이 못 견디게 그리울 때는 절에 간다는 핑계로 집을 나왔다. 언젠가는 발각되리라. 남편 김 진사에게 들키는 날이면 살아남지 못하리라. 그녀는 그렇게 생각하면서 사람들이 눈치 채지 못하게 삼가고 조심했다. 그의 품에 안겨 몸부림을 치다가도 사랑이 끝나 헤어지면 다시는 만나지 않으리라 결심하지만, 그때뿐이었다. 며칠이 지나면 사람들이 없는 틈을 타서 은밀하게 최형백과 약속하고 살을 섞었다.

김 진사는 아이를 낳을 수 없는 사람이었다. 수향이 태어났을 때까지 소실을 둘이나 들였는데도 계집아이 하나 얻지 못한 걸 보면 알 만한 일이었다. 그런데도 유씨 부인이 한성을 떠나 경원으로 올 무렵 세 번째 소실을 들였던 것이다.

"꼭 아들을 낳아야 하오."

수향을 가졌을 때 김 진사는 몇 번이나 유씨 부인의 배를 쓰다듬으면서 말했다. 그녀는 처음에 죄의식 때문에 어쩔 줄을 몰랐다. 뱃속에 있는 아이를 낳고 싶지 않았다. 그러나 어느새 산달이 되어 아이를 낳았다. 딸이었다. 김 진사는 크게 실망했으나 어쩔 수 없는 일이었다. 유씨 부인은 수향을 낳은 뒤에 두 번 다시 최형백을 만나지 않으려고 했다. 그러나 수향이 태어나자 두 번째 소실을 들이고 집에서 거느리는 여종까지 손을 댄 김 진사에게 실망했다. 남편으로 인정하고 싶지 않았다. 삶이 공허해지고 최형백에 대한 열망이 맹렬하게 일어났다. 그래서 유씨 부인은 사람들의 눈을 피해 최형백을 다시 만나기 시작했다. 그와 함께 있으면 꿈인 듯 행복했다.

'나를 두고 떠나다니……'

최형백이 김 진사와 싸우고 두만강을 건너 러시아로 갔을 때 유씨 부인은 하늘이 무너지는 것 같았다. 그때부터 그녀의 삶은 빈 껍데기나 다를 바 없었다. 어쩌다가 최형백의 소식을 듣기는 했다. 그는 러시아로 이주한 뒤에 부인이 죽었는데도 재혼하지 않고 있다고 했다. 가난한 사람이기에 그럴 수도 있으려니 하면서도 유씨 부인은 최형백의 마음속에 자신이 있기 때문이라고 생각했다. 그를 찾아 러시아로 훨훨 날아가고 싶은 생각이 하루에도 몇 번씩 일어났다.

"다음 생애에 우리가 만날 수 있다면, 나는 그대만을 사랑할 것이오."

언젠가 최형백이 그녀의 귓전에 대고 속삭이던 말이 떠올랐다. 그 감미로운 속삭임이 어제 일처럼 선명하게 귓가에 맴도는데, 수향이 재형과 결혼하겠다니. 유씨 부인은 천 길 벼랑으로 굴러 떨어지는 것처럼 암담했다.

어둡다. 방 안이 캄캄하다. 죽으면 어둠의 심연으로 떨어지겠지. 유씨 부인은 어둠 속에서 잠을 이루지 못하고 울었다. 창자가 끊어질 듯한 고통이 엄습하는 것은 수향에 대한 안쓰러움 때문일 것이었다.

'내가 말하지 않으면 수향은 영원히 모를 텐데……'

유씨 부인은 수향을 생각할 때마다 더욱 격렬한 고통이 엄습해왔다.

어머니가 기어이 죽었다. 밤마다 어둠 속에서 고통으로 몸부림치며 괴로워하다 죽었다. 어머니의 죽은 얼굴에는 눈물 자국이 말라붙어 있었다. 얼마나 고통스러웠으면 죽어가면서도 울었을까. 누구에게도 하소연 한마디 하지 못하고 혼자 괴로워하다가 죽었을까. 수향은 죽은 어머니의 시신에서 연민을 느꼈다. 어머니가 왜 그토록 고통스러워했는지 알고 이해했으나, 어머니를 용서하지는 않았다. 어머니는 끝내 아무 말도 하지 않고 숨을 거두었다.

'결국 나에게 말할 용기가 없었던 거야.'

수향은 입술을 깨물었다. 피가 나도록 깨물었다.

어머니와 최형백 사이의 일을 수향에게 이야기한 사람은 유모 간난어멈이었다. 그때 수향은 어머니에게 배신감을 느꼈다. 어머니가 어떻게 그럴 수 있을까. 어떻게 아버지 몰래 다른 남자의 품에 안길 수 있었을까. 수향은 어머니가 불결하다고 생각했다.

'내가 재형과 이복남매라니……'

수향은 그 생각을 하자 눈에서 불이 일어나는 것 같고, 머리카락이 곤추서는 것 같았다. 피가 역류하는 듯 분노가 일었다.

어머니가 모든 일을 털어놓았다면 용서했을지 몰랐다. 그러나 어머니는 끝내 한마디 고백도 하지 않고 숨을 거두었다.

어머니의 장례식은 초라하게 치러졌다. 한성에서 아버지가 오기를 기다리느라 한 주가 지나서야 간신히 매장할 수 있었다. 수향은 그동안 어머니의 외롭고 쓸쓸한 관을 지켰다. 어머니가 아버지에게 마음을 주었을 리는 없고 한평생 최형백만 그리워하며 살았을 것이라 생각했다. 여자의 몸으로, 조선의 양반집 여인의 처지로 강 건너 국경을 넘어 최형백을 찾아가지 못해 그리움만 가슴속에 켜켜이 쌓아놓고 살다가 죽었을 것이다. 어머니의 죽음이 외롭고 쓸쓸할 수밖에 없는 이유였다.

'그렇다면 나는 무엇인가. 나는 어쩌다가 배다른 오라비인 재형을 사랑해야 했단 말인가.'

수향은 가슴이 미어터질 것 같았다.

'내가 재형과 남매라니……'

사촌들이 함께 밤샘을 했지만 집안 분위기는 어둡고 침울했다. 어머니의 영혼이 육신을 떠났다고 생각하자 수향은 쓸쓸했다. 이제 경원을 떠나면 다시는 돌아오지 않을 것이라고 생각했다. 장례는 사촌들이 상주가 되어 주관했다.

"어떻게 할 거냐?"

어머니를 산에 묻고 돌아오자 아버지가 냉랭한 목소리로 수향에게 물었다.

"러시아로 가겠어요."

수향은 입술을 깨물고 새침하게 말했다. 첫날밤도 치르지 못한 신랑 민중호의 집에 가서 그 집 귀신이 되라고 했을 때 이미 부녀지정을 떼어버린 아버지였다. 이제는 생부도 아닐 터였다. 다소곳이 고개를 숙이고 있었지만 내심 보이지 않는 벽을 치고 있었다.

"그렇게 해라. 러시아에 가서 재혼해도 상관없다. 네 어미가 죽었으니 나를 다시 만날 생각은 하지 마라."

아버지의 눈에서 서릿발이 내렸다.

"무슨 말씀이세요?"

수향은 고개를 반짝 들고 아버지를 쳐다보았다.

"네가 민씨 가문에 시집가서 수절하지 못했으니 난 이미 너를 죽은 것으로 생각하고 있었다."

아버지의 목소리는 싸늘했다. 수향은 눈에 독기를 세우고 아버지를 쏘아보았다. 아버지가 자신을 버리면 자신 역시 아버지를 절대 찾지 않겠다고 결심했다.

"잘 알았습니다."

"무엇을 알았다는 말이냐?"

"아버지는 저와 의절하시겠다는 말씀이 아닙니까?"

"그렇다."

그것은 완전한 단절이었다. 눈에 보이지 않던 벽이 거대한 산으로 바뀌어 눈앞을 막는 느낌이었다.

수향은 어머니의 장례가 끝나자마자 러시아로 향했다. 어머니가 말하지 않았으므로 재형에게도 결코 말하지 않을 생각이

었다. 수향은 두만강을 건너는 나룻배 위에서 비감하게 입술을
깨물었다.

북방에 한 미인이 있어

　재형은 블라디보스토크를 거쳐 얀치혜로 돌아왔다. 마리야
의 비참한 죽음을 보았고 시위하는 노동자들에게 발포하는 러
시아 경찰들도 보았다. 나타샤는 시베리아 유형을 떠났다. 재형
은 그 길이 결코 외롭거나 쓸쓸하지 않았을 것이라고 생각했다.
나타샤는 많은 사람들의 가슴속에 혁명의 씨앗을 남기고 유형
을 떠났기 때문이다. 재형은 그녀가 언젠가는 다시 돌아와 혁명
의 불을 지필 것이라고 생각했다.

　"오래간만에 왔구나. 어째서 그렇게 소식이 없었어?"

　절을 마치자 아버지가 재형에게 힘없는 목소리로 물었다.
아버지는 그동안 더 늙어 있었다. 집은 재형이 떠나 있어도 크
게 변한 것이 없었다.

　"상트페테르부르크에서 일을 했습니다."

　재형은 상트페테르부르크에서 부두 노동자로 일한 그간의
사정을 간략히 이야기했다.

"봉준이도 하바로프스크에서 돌아왔다. 지금은 블라디보스토크에 있어."

"블라디보스토크에서 뭘 하고 있습니까?"

"장사를 한다는구나."

재형도 블라디보스토크에서 장사를 한 적이 있었다. 재형은 봉준이 어떻게 변했을지 전혀 짐작되지 않았다.

"봉준이 지신허에 새 집을 지었다."

"집을요?"

"네가 우리 집 지은 걸 보고 욕심이 난 모양이야. 그놈이 원래 욕심이 많은 놈 아니냐? 어릴 때도 뭐든 지 맘에 드는 게 있으면 슬그머니 옷 속에 숨겨서 가지고 가곤 했다."

아버지가 봉준을 생각하면서 껄껄 웃었다. 그때 형과 형수가 아이들을 데리고 들에서 돌아왔다. 재형은 형과 형수에게 절을 올리고 조카들에게는 선물을 나누어주었다. 집안은 상트페테르부르크 이야기로 한바탕 웃음꽃이 피었다.

"나 봉준이 아비 만나러 지신허에 갈 건데 너도 같이 갈래?"

아버지가 재형을 향해 낮은 목소리로 물었다.

"예. 저도 인사드려야 하니까요."

재형은 점심을 마치자 아버지와 함께 집을 나와 지신허를 향해 걸음을 떼어놓기 시작했다. 얀치혜에서 지신허로 가는 길은 평지였지만 숲이 우거져 있었다.

"아버지는 왜 재혼하지 않으셨어요?"

재형은 아버지와 나란히 걷다가 문득 생각난 듯 물었다. 두만강 쪽을 시린 눈빛으로 바라보는 아버지의 등이 쓸쓸해 보였다. 얀치혜는 그동안에도 조선에서 사람들이 계속 강을 건너와 마을이 상리와 하리로 나뉘어 있었다.

"나 같은 사람이 무슨 재혼을 하겠니? 다 부질없는 짓이다."

아버지의 목소리에 알 수 없는 슬픔 같은 것이 서려 있었다.

"죽기 전에 고향이나 한번 가봤으면 하지만…… 모르겠다."

아버지가 쓸쓸하게 말하면서 걸음을 떼어놓았다.

"아니, 이게 누구야?"

재형이 봉준의 집에 이르자 봉준의 어머니가 맨발로 달려나왔다. 봉준의 집은 2층 벽돌집으로, 형이 지은 집보다 훨씬 컸다.

"안녕하세요? 집이 아주 근사하네요?"

재형이 봉준의 어머니에게 허리 숙여 인사를 했다.

"지신허와 얀치혜에서 제일 좋은 집이라고 하더라."

봉준의 어머니는 웃음꽃이 활짝 피어 있었다. 재형은 봉준이 지신허에 큰 집을 지은 것은 많은 돈을 벌었기 때문이라고 생각했다. 밭에서 일하던 봉준의 아버지가 돌아오고 필녀가 참외를 깎아서 내놓았다. 봉준의 아버지가 심은 참외라고 했다. 재형은 봉준의 아버지와 어머니에게 절을 올렸다.

"먹어라. 올해는 비가 많이 와서 참외가 달지 않구나."

봉준의 아버지가 재형에게 참외를 권하면서 말했다.

"봉준이는 블라디보스토크에서 장사를 한다면서요?"

"함께 농사를 짓자니까 기어이 장사를 하겠다는구나. 장사를 해야 이익이 많이 남는다나."

봉준의 아버지는 아들이 자랑스러운 듯했다.

"돈을 많이 벌 모양이네요."

"지가 벌고 싶다고 벌어지냐? 그래, 너는 무엇을 할 생각이냐?"

"아직 결정하지 못했습니다."

"그럼 농사를 지어라. 농사가 세상에서 뱃속 편하다."

봉준의 아버지 말에 사람들이 일제히 웃음을 터뜨렸다.

재형이 블라디보스토크로 봉준을 찾아 나선 것은 가을이 깊어갈 무렵이었다. 봉준은 블라디보스토크의 마르헬롭크기 거리에 잡화점을 열고 있었다. 재형은 멀찍이 떨어져 봉준이 장사하는 모습을 지켜보았다. 야채며 과일 따위를 늘어놓고 오가는 사람들에게 물건을 팔고 있는 봉준을 보니 경이로웠다. 봉준은 장사가 몸에 배었는지 러시아인들에게 친절히 대했다. 그러나 아직은 크게 하는 것 같지 않았다. 재형은 천천히 봉준의 상점으로 걸어갔다.

"봉준이지? 내가 누군지 알겠어?"

재형은 미소를 지으며 개구리처럼 툭 튀어나온 봉준의 눈을 살폈다.

"혹시 재형이 형?"

"그래, 내가 최재형이다."

재형은 지나가는 러시아 사람들이 돌아볼 정도로 큰 소리를 지르면서 봉준의 손부터 덥석 잡았다.

"형!"

봉준도 놀라서 어쩔 줄 몰라하는 표정이었다.

"핫핫핫! 우리가 만난 게 얼마 만이야? 10년은 되었지?"

재형은 굵은 목소리로 너털대고 웃으면서 봉준의 손을 잡고 흔들었다. 봉준은 어느새 훌륭한 청년으로 성장해 있었다.

"그럴 거야. 충분히 10년은 되었지."

봉준이 새삼스럽게 재형의 아래위를 훑어보았다. 재형은 검은 양복에 잿빛의 모자를 쓰고 있어 러시아 귀족 같았다. 봉준은 공연히 재형 앞에게 위축되는 듯한 기분을 느꼈다.

'겉은 멀쩡해도 돈은 나보다 없을 거야.'

봉준은 겉보다는 실속이 중요하다고 생각했다.

"이럴 게 아니라 어디 가서 술이나 한잔 마시는 게 어때? 시간도 되었는데 점심 먹을까? 여기서 뭘 하고 있는 거야?"

재형이 뻔히 알면서도 봉준에게 물었다. 봉준은 허름한 노동자 차림이었다. 작달막한 키에 여전히 배가 나오고 눈알이 튀어나올 것처럼 데룩거렸다.

"장사를 하고 있어. 블라디보스토크에 군인들이 늘어나 야채며 과일을 팔아."

봉준은 멋쩍은 듯 웃으면서 머리를 긁적였다. 재형은 봉준에게 두 살이 더 많은 형이면서도 친구였다. 그에게는 어릴 때부터 이상한 경쟁심이 일었다. 그래서 자신의 초라한 모습을 보여준 것 같아 기분이 언짢았다.

"잠깐만 기다려."

봉준은 상점 앞에 늘어놓은 과일이며 야채를 상점 안에 들여놓기 시작했다. 재형을 만났기 때문에 상점 문을 닫으려는 것이다. 재형이 봉준을 도와 상점 앞에 늘어놓은 과일과 야채를 상점 안으로 옮겼다.

"그동안 어디 있었어?"

상점 문을 닫고 술집을 향해 걸으면서 재형이 봉준에게 물었다.

"하바로프스크에 있었어. 농장 관리인을 오랫동안 했어."

"결혼은 했고?"

"응."

"조선 여자?"

"아니. 러시아 여자인데, 죽었어. 그래서 블라디보스토크에서 장사하고 있는 거야."

봉준은 길을 걸으며 소냐 이야기를 했다. 재형은 소냐가 병을 앓다가 죽었다고 하자 안타까워하면서 위로해주었다. 재형은 봉준과 부두 근처에 있는 술집으로 들어갔다. 아직 날이 어두워지지 않았는데도 술집에는 많은 러시아인들이 자리를 차지하고 왁자하게 술을 마시고 있었다. 봉준은 보드카와 양고기를 주문했다. 금발의 러시아 여자가 주문을 받고 돌아갔다. 봉준은 재형과 술을 마시면서, 어릴 때 돈을 벌러 집을 나왔다가 설원에서 길을 잃고 헤매며 죽을 뻔한 이야기까지 자세히 했다.

"고생 많이 했구나."

재형이 혀를 찬 뒤에 술을 마셨다.

"야린스키는 좋은 사람이었어. 나는 그 사람에게 많은 것을 배웠어. 그는 나에게 세상 살아가는 방법을 가르쳐줬어."

봉준이 한숨을 쉬듯 말했다. 환하게 웃고 있는 소냐의 얼굴이 떠오르면서 가슴으로 싸한 통증이 훑고 지나가는 것 같았다. 봉준은 또다시 보드카를 한 모금 들이켰다.

"형은 어떻게 지냈어?"

"나도 파란만장했지. 어릴 때 얀치혜로 온 뒤에 형수하고 대판 싸우고는 집을 뛰쳐나와 상선을 타고 여러 나라를 돌아다녔어."

재형은 형수와 싸우고 나서 집을 뛰쳐나와 무작정 걷던 생각을 하자 가슴이 아팠다.

"상선?"

"무역선 말이야. 상선에서 몇 년 동안 일하면서 세계 여러 나라를 구경했어. 핀란드, 노르웨이, 스페인, 이탈리아까지 갔었지."

"그럼 아직도 배를 타고 있는 거야?"

"아니. 나도 블라디보스토크에서 장사를 한 적이 있어. 안드로프 상관이라고 알아?"

"블라디보스토크에서 가장 큰 상관이니까 알지."

"거기에서 지배인 노릇을 한 적이 있어. 상트페테르부르크로 가선 공장을 다니기도 했고."

"그럼 앞으로 뭘 할 거야?"

"글쎄."

재형이 어두운 표정으로 대답했다. 재형은 수향의 얼굴을 언뜻 떠올렸다. 이제는 수향을 데리러 조선으로 들어가야 하지 않을까 하는 생각을 했다.

"형만 괜찮다면 나하고 장사를 하지그래? 나도 믿을 만한 사람이 필요해. 상점을 아주 크게 할 작정이거든."

"나는 얀치혜를 발전시킬 생각이야."

"그게 무슨 소리야?"

"얀치혜의 조선인들은 너무 가난하게 살고 있어. 농사지을 줄도 모르고…… 농민들을 계몽할 거야."

"돈을 버는 게 아니라 조선인들을 위해 일한다고? 왜 그런 걸 해?"

봉준은 재형의 생각을 이해할 수 없었다.

"상트페테르부르크에서 배운 것이 있어. 농민들이나 노동자들을 계몽하지 않으면 사회를 진보시키지 못해."

재형은 혁명에 대해 이야기를 하다가 봉준이 지루한 표정을 짓자 그만두었다.

"난 혁명이 뭔지 잘 모르겠어. 형의 일이니까 형이 알아서 해."

봉준이 웃으면서 재형의 잔에 술을 따랐다. 재형은 봉준과 점심을 먹은 뒤 다음에 또 찾아오기로 하고 얀치혜로 돌아갔다.

봉준은 재형이 멀어져가는 것을 우두커니 바라보고 있었다. 얀치혜를 발전시키겠다는 재형의 말이 묘한 울림을 가지고 봉준의 가슴을 흔들었다.

'왜 얀치혜를 발전시키겠다는 것인가. 다른 사람들이 잘살든 못살든 무슨 상관인가.'

봉준은 가난하게 사는 사람들은 나름대로의 이유가 있다고 생각했다. 남들보다 게으르거나 성실하지 않기 때문에 가난한 것이다. 개미와 베짱이 이야기처럼 여름 내내 놀기만 한 베짱이를 도와줄 필요는 없다고 생각했다.

'사회를 진보시킨다고? 그게 무슨 소리야?'

봉준은 재형의 말을 납득할 수 없었다.

'나는 돈이나 벌겠어.'

야린스키가 말하길, 무릇 사람은 자신보다 돈이 열 배 많은 사람에게는 공손해지고 백 배 많은 사람에게는 비굴해지며 천 배 많은 사람에게는 두려움을 느끼고 만 배 많은 사람에게는 노예가 된다고 했다. 봉준은 그 말을 하루도 잊은 적이 없었다.

봉준이 하바로프스크에서 지신허로 돌아온 것은 지난해, 러시아의 남단인 극동 지방에도 가을이 깊어가고 있을 때였다. 아버지와 어머니는 봉준이 돌아오자 죽은 아들이 살아 돌아온 것처럼 기뻐했다. 다만 러시아인 며느리 소냐가 죽은 것은 불행한 일이라면서 혀를 찼으나, 금세 잊어버리고 재혼하는 것이 어떠냐고 부추겼다. 물론 필녀를 염두에 두고 하는 소리였다. 그러나 봉준은 필녀에게 특별한 매력을 찾을 수 없어 당분간은 재혼할 생각이 없으니 권하지 말아달라고 부탁했다. 필녀는 봉준이 돌아오자 생기를 찾았다. 봉준이 소냐를 데리고 왔을 때는 눈이 퉁퉁 붓도록 울었으나 봉준이 혼자 돌아오자 항상 싱글벙글 웃으며 지냈다.

가을은 지신허의 조선인들에게도 바쁜 계절이었다. 들에 심어놓은 곡식을 거두어들이고 드넓은 초원에서 방목하는 양이나 소 같은 가축들의 겨우살이 준비도 해주어야 했다. 매서운 추위에 가축이 얼어 죽지 않도록 우리도 만들어주고 여물도 마련해두어야 했다. 봉준은 가족들의 일을 돕지 않았다. 아버지가 은근히 같이 농사짓기를 원했으나 야린스키 농장이 몰락하는 것을 지켜본 봉준으로선 농사지을 생각이 전혀 없었다. 게다가 농사일은 적성에도 맞지 않았다. 봉준은 자신에게 맞는 일을 찾기 위해 가을이 끝나갈 무렵부터 말을 타고 시베리아를 여행했다. 러시아는 농업경제가 무너지고 새로운 기운이 태동하고 있었다. 유럽에서 일어난 산업혁명의 여파로 농사를 짓는 것보다 공장을 건설하는 사람들이 더 많아졌다.

'공장은 물건을 만들기는 하지만 직접 팔지는 않아. 물건을 팔기 위해서는 상인이 필요해.'

봉준이 블라디보스토크에 이르렀을 때 군인들과 주민들이 다른 도시보다 훨씬 많다는 사실을 알았다. 며칠 동안 블라디보스토크에 머물면서 도시의 사정을 살펴보니 러시아 정부에서는 블라디보스토크를 극동함대의 해군 기지로 육성하려는 거창한 계획을 세우고 많은 돈을 쏟아붓고 있었다. 부두를 따라 극동함대 사령부가 건설되고 신시가지 대로에 '스페트란'이라는 거리 이름이 붙여져 유럽 전통 양식의 건물들이 속속 건축되었다. 해군 장교들의 숙소와 가족들, 해군에 물품을 납품하는 업자들까지 몰려들어 도시가 하루가 다르게 발전하고 있었다. 게다가 블라디보스토크에는 연흑룡주 총독부가 있었다.

'블라디보스토크에 상점을 열자.'

봉준은 블라디보스토크를 자세히 살핀 뒤에 마침내 결단을 내렸다. 스페트란 거리에 이층집을 한 채 사고 마르헬롭크기에도 집과 땅을 샀다. 마르헬롭크기에는 블라디보스토크의 서쪽 언덕에 있었으나 앞으로 인구가 늘어나면서 발전할 가능성이 높아 보였다. 돈은 소냐의 지참금과 농장 관리인 일을 하며 모은 돈이 있었기 때문에 충분했다. 봉준은 사업 자금으로 자신이 갖고 있는 돈의 절반만 투자했다. 절반은 장사가 실패했을 때를 대비하여 비축해두었다. 집을 계약하자 하바로프스크에 있는 로마노프에게 편지를 보내, 봄이 오면 블라디보스토크로 오라고 했다. 얀치혜에 살고 있는 친구 김두세와 조카 최만학도 불렀다.

겨울이었다. 블라디보스토크는 흰 눈이 내리고 영하 20도를 넘는 강추위가 계속되었다. 시베리아에 강추위가 몰아칠 때는 사람들이 좀처럼 외출하지 않는다. 봉준은 블라디보스토크에 머물면서 술집을 자주 찾아가 러시아인들과 술을 마셨다. 술을 마시면서도 그는 정신은 늘 깨어 있으려고 했다.

얀치혜의 조선인들은 안이하게 살아가고 있었다. 얀치혜뿐 아니라 지신허도 마찬가지였다. 사람들은 해가 뜨면 일을 하러 나가고 해가 지면 집에 돌아와 잠을 잤다. 도무지 변화가 없었다. 마을로 들어오는 길이 좁아 마차가 들어올 수 없는데도 길을 내려고 하지 않았다. 재형은 블라디보스토크에서 봉준을 만나고 돌아오자마자 마을 진입로를 넓히는 일부터 착수했다. 마을의 장정들에게 도와달라고 청했지만 그들은 농사일이 바쁘다면서 거절했다.

'길을 넓히는 일은 당장 아무 이익이 없으니 하고 싶은 마음이 없겠지.'

재형은 마을 장정들에게 도움을 청하지 않고 혼자서 길을 넓히기 시작했다. 큰길에서 마을 입구까지는 1킬로미터 남짓 되었는데 중간에 5백 미터 정도가 좁았다. 재형은 삽과 곡괭이를 들고 길을 넓히기 시작했다. 돌멩이를 주워다가 움푹 팬 곳을 메우고 비탈이 튀어나온 곳은 깎아냈다.

"쓸데없이 무슨 짓이냐? 할 일 없으면 콩이나 거둬들이지."

아버지가 그런 재형을 보고 혀를 찼다.

"길을 넓혀야 합니다. 쓸데없는 것 같아도 눈에 보이지 않는 이익이 있습니다. 길을 넓히면 우선 마차가 다닐 수 있습니다."

재형은 이마의 땀을 닦으면서 말했다. 길을 1미터 넓히는 데도 여간 힘들지 않았다.

"마차가 안 다니면 어때?"

"마차가 다니지 못하면 추수한 곡식을 실어 나르려 해도 지게로 져 날라야 하지 않습니까? 일이 열 배나 힘들어요."

재형은 아버지가 뭐라 해도 묵묵히 일했다. 비록 러시아의 브나로드 운동이 실패로 끝나기는 했으나 많은 농민들의 가슴에 충격을 준 것은 사실이었다. 농민들은 자신들이 변해야 한다는 것을 브나로드 운동을 통해 자각했다. 이제는 얀치혜의 조선인들도 변화해야 한다고 생각했다.

"삼촌, 여기서 뭘 해요?"

학교에서 돌아온 형의 아들 예부가 궁금하다는 듯 물어왔다. 어느새 열 살이 넘어 동생들을 데리고 학교에 다녔다.

"삼촌이 일하지 뭘 하니?"

재형은 웃으면서 예부와 예부의 동생 예학이와 정애를 보았다. 예학은 아홉 살 사내애였고 정애는 여섯 살 계집애였다. 형은 아이들이 모두 셋이었다. 재형이 없을 때 둘을 더 낳았으나 병으로 일찍 죽었다.

"무슨 일인데요? 이런 게 일이에요?"

"일이 아니면 뭐냐?"

"사람들이 그러는데 실성한 짓이래요."

"뭐가 어째?"

재형은 어처구니가 없어 웃음을 터뜨렸다.

"남들은 콩을 거둬들이고 고구마를 캐는데 왜 삼촌만 길을 넓혀요?"

"예부야, 고구마를 잔뜩 캐서 집으로 나르려면 어떻게 해야 하지? 지게로 나르지? 지게로 나르는 것과 마차로 나르는 것 중에 어떤 것이 좋으냐?"

"그야 마차로 나르는 것이 좋지만 마차가 다닐 수 없는데 어떻게 마차로 날라요?"

"그러니까 길을 넓혀야지."

"혼자서 백날 넓히면 뭘 해요?"

"인마, 그러면 니가 나를 도와라. 내가 돈 줄게."

"정말요? 정말 돈을 줄 거예요?"

"그래. 빨리 밥 먹고 와서 도와라."

재형은 웃으면서 말했다. 예부가 알겠다며 집으로 빠르게 달려갔다. 재형은 집으로 달려가는 예부의 뒷모습을 보면서 자신이 저만한 나이에 집을 뛰쳐나오던 생각을 하고 웃었다.

수향이 양치혜에 온 것은 가을비가 추적추적 내리던 어느 날이었다. 재형은 빗속에서 돌멩이를 주워다가 움푹 팬 길을 메우고 있었다. 땀을 식히느라 문득 고개를 들었을 때 마을로 걸어 들어오는 젊은 여자가 보였다.

'누굴까?'

재형은 이상하게 가슴이 뛰는 것을 느꼈다. 여자는 재형이 보고 있는 사이 점점 가까이 걸어오고 있었다. 재형은 비 때문에 머리에 눌러썼던 삿갓을 위로 추켜올렸다. 여자는 검은 우산을 쓰고 있었고, 하얀 블라우스에 잿빛 스커트 차림이었다. 머리에는 펠트 모자를 쓰고 있었다. 재형은 못 박힌 듯이 움직일 수 없었다. 어떤 운명과 같은 거대하고 신비스러운 기운이 재형을 꼼짝 못하게 했다. 여자는 점점 가까이 걸어왔다. 자신을 보고 있는 남자의 시선을 느꼈는지 우산을 내려 쓰고 또박또박 걸어서 재형의 앞까지 이르렀다. 우산 아래로 눈부시게 하얀 얼굴이 보였다. 콧날이 오뚝하고 입술이 봉긋했다. 콧날 위는 우산 때문에 보이지 않았다.

여자가 재형을 지나치면서 힐끗 쳐다보았다.

'아!'

재형은 가슴이 터질 것 같았다. 여자도 놀랐는지 걸음을 우뚝 멈췄다.

"수향⋯⋯."

"재형 씨⋯⋯!"

수향과 재형은 동시에 서로를 알아보았다. 수향의 손에서 우산이 떨어지고 빗줄기가 하얀 얼굴을 때렸다. 수향의 하얀 얼굴로 눈물과 빗물이 범벅이 되어 흘러내렸다. 재형이 떨리는 손을 수향에게 내밀었다. 수향이 손을 내주자 재형이 그 손을 잡아당겨 가슴에 와락 끌어안았다. 수향은 울었다. 재형의 품에 안겨 오랫동안 울었다. 재형은 꿈을 꾸는 것 같았다. 수향이 자신의 가슴에 안겨 서럽게 울고 있는 것이 꿈만 같았다.

"왜 나를 데리러 오지 않았어요? 내가 얼마나 기다렸는지 알아요?"

수향이 울면서 재형을 원망했다.

"데리러 가고 싶었어! 수향을 데리러 가고 싶었어! 여기저기 찾아다녔지만 찾을 수가 없었어."

재형의 목소리도 감격으로 떨렸다.

"날 데리러 오지 않아서 직접 찾아왔어요."

"잘했어. 이렇게 만날 줄은 꿈에도 몰랐어."

"이제는 죽어도 헤어지지 않을 거예요."

"어디 봐. 얼굴 좀 봐."

재형이 수향의 얼굴을 손으로 받쳐 들었다.

'여전히 눈부시게 아름답구나!'

한 떨기 수국처럼 단아한 얼굴이었다. 눈썹은 먹으로 그린 듯이 검고 눈동자는 보석처럼 반짝거렸다. 봉긋한 입술은 윤기를 머금고 촉촉하게 젖어 있었다. 재형은 수향의 젖은 입술에 자신의 입술을 얹었다.

수향이 봉준을 찾아온 것은 봉준이 재형을 만난 지 나흘째 되던 날이었다. 봉준이 스페트란 거리의 상점에서 토마토를 진열하는데 잿빛 스커트와 흙 묻은 낡은 여자 구두가 시야에 들어오더니 향긋한 냄새가 풍겼다. 봉준이 허리를 펴고 보니 잿빛 스커트와 하얀 블라우스, 머리에 역시 잿빛의 펠트 모자를 쓰고 있는 동양 여인이었다. 봉준은 처음에 그녀가 수향이라는 것을

알아차리지 못했다. 다만 눈부시게 아름다운 여인이라고 생각
하면서 가슴으로 어떤 전율 같은 것이 스치고 지나가는 것을 느
꼈다.

"저…… 재형 씨에게 들었어요."

여인이 조심스러워하는 목소리로 낮게 말했다. 봉준은 그제
야 그녀가 수향이라는 사실을 알아차렸다.

"수향 씨?"

봉준은 반신반의하면서 여인의 얼굴을 응시했다.

"네. 오랜만이에요, 봉준 씨."

수향이 두 손으로 가방을 든 채 환하게 웃었으나 이내 그녀
의 얼굴에서 빠르게 미소가 사라지고 어두운 그림자가 드리워
졌다. 봉준은 수향이 반갑기는 했지만 무슨 말을 해야 좋을지
몰라 당황했다.

"수향 씨를 이렇게 만나게 될 줄은 몰랐군요."

"저도 몰랐어요."

"상트페테르부르크에 있다는 이야기를 들었는데……."

"조선에 갔다가 다시 왔어요."

봉준은 수향의 얘기를 재형을 통해 듣기는 했으나 자세히는
아니었다. 하지만 수향 이야기를 할 때면 재형의 눈이 유난히
반짝거렸기 때문에 짐짓 사랑을 하는구나 싶었다.

"그럼 어디로 가시는 길입니까? 상트페테르부르크로 다시
갑니까?"

"아니에요. 당분간 블라디보스토크에 있을 예정이에요. 근
처에 셋방을 하나 얻으려고요."

수향이 엷게 미소를 지었다. 봉준은 수향을 다른 곳으로 보내고 싶지 않았다.

"그러지 마시고 내 집에 있는 게 어때요? 상점을 하나 더 내려고 여기서 한 블록 떨어진 마르헬롭크기 거리에 사둔 집이 한 채 있습니다. 지금 비어 있습니다."

"그래도 될까요? 물론 방값은 내겠어요."

"그러시죠."

봉준은 수향의 가방을 들고 집으로 향했다. 마르헬롭크기 거리의 러시아인들은 상점을 하는 봉준과 자주 만났기 때문에 손을 흔들면서 알은체를 했다. 마르헬롭크기 2번가의 이층집은 아직 상점을 열지 않아서 비어 있었다. 수향은 봉준의 집을 천천히 둘러보았다. 2층에는 방이 세 개나 되었고, 벽난로가 있는 거실까지 갖추어져 있었다. 거리와 반대인 뒤쪽에는 우물과 정원이 있는데 마로니에 거목이 한 그루 있었다. 마로니에 밑에서는 한 소년이 잡초를 뽑고 있었다.

"누구예요?"

"페트로비치 듀코프*라고…… 옆집 아이입니다."

봉준이 수향의 옆에서 정원을 내다보면서 대답했다.

"왜 잡초를 뽑는 거예요?"

"잡초를 뽑고 벤치를 놓겠대요. 자기네는 정원이 없어서 나만 괜찮다면 마로니에 밑에서 공부를 하겠다고 합니다."

---

* 페트로비치 듀코프: 러시아인으로 훗날 대동공보 발행에 중요한 역할을 하는 친조선 인사이다.

"좋은 소년이네요."

"아버지가 군대 상사인데, 자기는 장교가 되겠다고 합니다."

듀코프가 2층을 올려다보고 손을 흔들었다. 봉준도 손을 흔들어주었다.

"저녁에 식사나 같이 하시겠습니까? 고향 이야기나 나누면서……."

"네."

수향이 입가에 엷은 미소를 지었다. 봉준은 수향을 빈집에 두고 상점으로 돌아오면서 공교로운 일이라고 생각했다. 어릴 때 헤어졌던 재형과 수향을 한 달 사이에 다시 만난 것이 신기했다.

저녁이 가까워지고 있을 때 하바로프스크에서 로마노프가 왔다.

"핫핫핫! 로마노프 아저씨, 환영합니다."

봉준은 로마노프와 반갑게 인사를 나누었다. 로마노프는 부인과 딸, 전쟁에 나갔다가 전사한 아들의 손자까지 데리고 왔다.

"이것 보게. 내가 가족들을 모두 데리고 왔으니 자네가 책임져야 하네."

로마노프는 봉준과 포옹하면서 누런 이를 드러내놓고 환하게 웃었다.

"알렉산더, 나도 왔어. 내가 귀찮은 건 아니겠지?"

로마노프의 가족들과 함께 마차로 온 류드밀라가 상점을 둘러보면서 말했다.

"류드밀라, 잘 왔어요."

봉준은 류드밀라를 포옹했다. 로마노프는 평생 농사만 지으면서 살았으나 야린스키가 농장을 팔자 마땅한 생활 대책이 없었다. 그런 차에 봉준이 장사를 도와달라고 하자 흔쾌히 찾아온 것이다. 봉준은 로마노프와 가족들, 그리고 류드밀라에게 숙소를 알선해주고 옷을 갈아입은 뒤에 수향을 데리러 갔다. 로마노프에게 숙소를 알선해주는 동안 날이 어두워지고 있었다. 수향은 외출 준비를 하고 봉준을 기다리고 있었다.

"전에는 무슨 일을 했어요?"

수향이 봉준과 나란히 걸으면서 물었다. 마르헬롭크기 거리의 가로수가 검푸르게 나부끼고 있었다.

"하바로프스크에서 농장 관리인을 했습니다."

"결혼했다면서요? 부인이 러시아 여자였나요?"

"예. 농장 주인의 딸이었어요. 수향 씨는요?"

"저도 결혼했었어요. 그렇지만 신랑이 죽었어요."

"저하고 비슷하군요."

수향은 무슨 말인지 할 듯하다가 그만두었다. 봉준은 수향을 신시가지의 레스토랑으로 데리고 갔다. 레스토랑은 붉은 벽돌 건물 2층에 있었는데 상트페테르부르크처럼 깨끗했고 잔잔한 러시아 음악이 흐르고 있었다. 봉준은 식사와 포도주를 주문했다. 소냐와 식사할 때 으레 포도주를 마시곤 했었다. 수향은 어머니가 죽었다는 사실을 이야기하고, 봉준은 어린 시절과 소냐 이야기를 했다. 그들이 한창 식사를 하고 있을 때 붉은 드레스를 입은 러시아 여자가 나와서 바이올린을 연주했다.

"앞으로는 무슨 일을 할 생각입니까?"

"아직 생각을 못했어요."

수향이 어두운 표정을 지었다. 바이올린 연주가 끝나자 사람들이 박수를 쳤다. 봉준과 수향도 무대 쪽을 보며 박수를 쳤다. 바이올리니스트가 내려가자 러시아 해군 장교 두 명이 무대로 올라와 「수병의 노래」를 불렀다. 그들이 부르는 노래에 사람들이 모두 흥겨워하면서 박수를 쳤다.

"봉준 씨는 재혼 안 해요?"

수향이 맑은 눈빛으로 봉준을 쳐다보았다.

"아직 생각해본 일이 없습니다."

"집에 필녀도 있잖아요? 좋은 아가씨 같던데……."

"필녀는 어쩐지 인연이 아닌 것 같다는 생각이 들어서요."

어릴 때는 필녀와 유난히 가깝게 지냈었다.

"아무튼 신세지게 되었어요. 나중에 신세를 꼭 갚을게요."

"핫핫! 신세랄 게 뭐 있습니까? 그냥 편하게 지내십시오. 동포니까 서로 돕고 살아야지요."

봉준은 수향에게서 여인의 향기를 느끼며 수향이 자신의 부인이 되었으면 좋겠다고 생각했다. 레스토랑을 나오자 사방이 캄캄하게 어두워져 있었다. 멀리 졸로토이로그 만에서 비릿한 해풍이 불어왔다. 수향은 집을 향해 걸으면서 추운지 몸을 떨었다.

"춥지 않습니까?"

"조금 춥네요."

"마차를 타고 올 걸 그랬습니다."

"마차도 있어요? 집도 크고 부자인 모양이에요."

"소냐와 결혼할 때 지참금을 좀 받았습니다. 농장 관리인 일을 하면서 모은 돈도 있고요."

봉준은 양복 상의를 벗어 수향의 어깨에 걸쳐주었다. 수향은 봉준을 쳐다보고 방긋 웃었다.

"아버지, 왜 이러십니까?"

재형은 기운 없이 방에 누워 허공만 쳐다보고 있는 아버지에게 절규하듯 소리 질렀다. 아버지가 야속했다. 아아, 어떻게 이럴 수가 있는가. 그토록 그리워하고 보고 싶어하던 수향을 만났는데 어찌하여 결혼을 반대하는가 싶었다.

"종과 주인 사이의 감정 때문이라면, 조선이 아닌 러시아인데 무슨 상관이 있습니까? 아버지, 왜 저를 괴롭히세요? 제가 아버지에게 무슨 잘못을 했습니까?"

재형은 아버지에게 울면서 항의했다. 재형이 수향을 데리고 와서 인사를 시킨 뒤에 결혼하겠다고 말하자 벼락을 맞은 듯한 표정을 짓더니 안 된다고 한마디로 잘라 거절했던 것이다.

"너희가 굳이 결혼하겠다면 나는 죽을 수밖에 없다."

아버지는 너무나 완강했다.

"수향과의 결혼을 반대하더라도 이유가 있어야 할 것 아닙니까?"

재형은 아버지에게 소리를 질렀다. 형과 형수가 달려와 무슨 일이냐고 물어도 아버지는 대답하지 않았다.

"이유는 없다."

"아버지가 끝까지 반대하면 우리는 얀치혜를 떠나 결혼하겠습니다."

"그러면 나는 죽을 것이다."

아버지는 식음을 전폐하고 누워버렸다. 재형은 아버지를 이해할 수 없었다. 일단 수향을 블라디보스토크로 보낸 뒤에 아버지를 설득해야겠다고 생각했다.

"아버지가 왜 반대하는지 모르겠어."

이튿날 아침, 블라디보스토크로 떠나는 수향을 배웅하면서 재형이 우울하게 말했다.

"아버님이 끝까지 반대하면 어떻게 할 거예요?"

수향이 젖은 목소리로 물었다. 아버지가 냉담하게 대하는데도 수향은 이상할 정도로 원망하는 기색이 없었다.

"설득해야지."

"저렇게 완강하시잖아요?"

"나는 절대 수향을 포기하지 않겠어."

재형은 냇가를 걸으면서 단호하게 말했다. 아버지가 자신이 살아가는 데 도와주는 것도 없으면서 반대하는 이유를 알 수 없었다. 그것은 형과 형수도 마찬가지였다. 형과 형수도 이번에는 재형의 편을 들었지만 아버지는 태산처럼 조금도 움직이지 않았다.

"당분간 블라디보스토크에 가 있어. 거기 봉준이 있어. 내 이야기를 하면 도와줄 거야."

"알았어요."

수향이 입술을 깨물면서 고개를 떨어뜨렸다. 수향의 눈에서 금방이라도 눈물이 떨어질 것 같았다.

"아버지를 설득한 뒤에 곧바로 달려갈게."

"아버님이 끝까지 반대하면 어떻게 할 거예요?"

"그래도 결혼할 거야."

재형은 아버지가 죽는다 해도 수향과 결혼할 것이라고 생각했다. 수향을 블라디보스토크로 보내고 재형은 봉준의 아버지 최학송을 만나러 지신허로 찾아갔다. 최학송은 재형에게서 자초지종을 듣고 아버지가 이해할 수 없는 고집을 부린다면서 재형과 함께 얀치혜로 달려왔다. 재형은 최학송이 아버지를 설득하는 동안 냇가에서 기다렸다. 최학송이 아버지를 만난 후에 냇가로 걸어온 것은 한참이 지났을 때였다.

"아무래도 수향과의 결혼은 포기해야겠다."

최학송은 아버지를 만나고 나서는 오히려 재형을 설득하려고 했다.

"아저씨, 그게 무슨 말씀이십니까?"

재형은 최학송의 얼굴을 쳐다보았다. 최학송의 얼굴은 침통하게 변해 있었다.

"듣고 보니 네 아버지 사정도 딱하더구나."

"대체 그 사정이 뭔데 그러세요?"

"네 아버지는 이야기하면 안 된다고 했지만, 이야기하지 않으면 네가 납득하지 않을 것 같으니 말을 해야겠구나. 대신 너만 알고 있어라. 누구에게도 말하면 안 된다."

최학송의 말에 재형은 갑자기 불안감이 엄습해왔다.

"무슨 일인데요?"

"네가 결혼하려는 수향과 너는 이복남매다."

"예?"

"네 아버지와 수향의 어머니는 정을 통한 사이였다. 수향의
아버지는 아이를 못 낳는 사람이었어."

"어떻게 그런 일이……."

재형은 쇠망치로 뒤통수를 얻어맞은 것처럼 얼떨떨했다. 갑
자기 눈앞이 캄캄해지면서 천 길 나락으로 굴러 떨어지는 것처
럼 절망감이 들었다.

'그랬던가. 그래서 아버지가 우리의 결혼을 저토록 반대했
단 말인가.'

재형은 최학송의 말이 거짓말처럼 들렸다.

"네 아버지와 수향의 어머니는 서로 사랑했다고 하는구나."

"……."

"네 어머니가 죽은 뒤에 재혼하지 않은 것도 수향의 어머니
를 생각해서라는구나. 네 아버지의 꿈은 수향의 어머니를 다시
만나는 것이었지만, 죽었다니 부질없는 일이라고 하더라. 이제
살고 싶은 생각도 없다더라."

재형은 냇가에 있는 버드나무에 머리를 짓찧었다.

"그래도 넌 남자 아니냐? 네 아버지 말이, 너보다 수향이 더
충격을 받을 것 같다고 하는구나. 그러니 어떻게 처신해야 할지
잘 생각해봐라."

최학송이 할 말을 다 했다는 듯 휘적휘적 걸음을 놓으며 돌
아갔다. 재형은 그가 보이지 않을 때에야 비로소 엉엉 소리를
내어 울었다.

블라디보스토크의 신시가지인 스페트란 거리에는 은사시나무들이 열병하듯 길가에 길게 늘어서 있었다. 바람이 불 때마다 은사시나무 잎사귀들이 하얗게 반짝거렸다. 인적 없는 밤이었다. 달빛이 하얗게 깔린 신시가지 대로가 꿈속에서처럼 비현실적으로 느껴졌다. 창천에 만월이 둥글게 떠올라 있는데도 바람이 불고, 바람에 은사시나무 잎사귀들이 하얗게 나부꼈다. 모든 것이 하얀 밤이었다. 수향은 꿈속의 길을 걸어가듯 그렇게 스페트란 거리를 걸어갔다.

'이럴 수는 없다. 이것은 꿈이지, 현실이 아니다.'

수향은 하얀 달빛을 밟으면서 그렇게 생각했다. 이렇게 끝장난다면 그동안 재형을 찾아 상트페테르부르크로, 블라디보스토크로 수만 리 대륙을 미친 듯 돌아다닌 게 부질없는 일 아닌가. 울었다. 목이 메어 소리는 못 내고 눈물만 흘렸다. 언제부터인지 두 줄기 눈물이 하염없이 흐르는데도 닦아낼 생각도 하지 않았다.

'아아, 내 삶은 무엇인가. 나는 이제 어디로 가야 하는가. 스페트란 거리가 끝나는 저 끝까지 달빛을 따라 간 뒤에는 어디로 가야 하는가.'

재형은 지금쯤 얀치혜에서 초야를 맞이하고 있을 것이다. 제발 현실이 아니라 꿈이었으면 싶었다.

최형백이 두 사람의 결혼을 한마디로 거절하던 그날 밤, 수향은 재형과 함께 마을 입구의 냇가를 걸었다. 비가 그친 냇가는 사방이 캄캄하게 어두운 가운데 물소리만 운치 있게 들려왔다. 재형이 어둠 속에 손을 뻗어 수향의 손을 잡았다. 수향은 가슴이 방망이질하듯 뛰는 것을 느꼈다.

'재형도 나를 사랑하고 있었구나.'

잠시 침묵이 흘렀다. 재형은 무슨 생각에 잠겨 있는지 냇가를 묵묵히 걸었다. 수향은 재형과 보폭을 맞춰 나란히 걸었다.

"수향 씨."

재형이 굳은 얼굴로 수향을 살폈다.

"네?"

수향은 재형이 이름을 불렀을 뿐인데도 가슴이 찌르르 울렸다.

"우리는 이제 성인이야. 과거에 부모 사이에 무슨 일이 있었든 상관할 필요가 없어."

"무슨 얘기예요?"

수향은 혹시 재형이 어머니와 최형백의 관계를 알아버린 게 아닌가 싶어 불안해졌다.

"당신의 아버지가 양반이든 우리 아버지가 종놈이든 아버지끼리의 불화가 있었더라도 잊어버리자는 이야기야."

다행히 재형은 아직 두 사람의 관계를 모르고 있었다.

"얀치혜에서 살기 어려우면 블라디보스토크나 상트페테르부르크에 가서 살아도 되지 않아?"

수향은 고개를 떨어뜨렸다. 자신이 입을 다물면 재형은 영원히 모를 수도 있을 것이다.

"어때?"

"아직 모르겠어요."

"나는 오로지 수향 씨만 기다려왔어."

재형이 수향의 어깨를 살며시 감싸 안았다.

"나를 사랑해?"

수향은 고개를 끄덕였다.

"그럼 고개를 들어."

수향은 재형의 부드러운 말에 고개를 들었다. 그러자 재형의 얼굴이 수향을 향해 다가왔다. 수향은 가슴이 세차게 뛰고 얼굴이 화끈거리는 것을 느끼면서 눈을 감았다. 재형의 입술이 수향의 입술에 얹혀졌다.

'아아…….'

수향은 온몸에 불이 붙는 것 같았다. 다리에 맥이 탁 풀리면서 그대로 주저앉고 싶었다. 재형의 입술이 수향의 입술을 짓눌렀다. 수향은 무너지듯 재형에게 안기고 말았다. 문득 어릴 때 읽은 시가(詩歌) 한 구절이 떠올랐다.

북방에 한 미인이 있어
세상에 홀로 우뚝 서 있네
한 번 돌아보면 성이 기울고
두 번 돌아보면 나라가 기운다네
성을 기울게 하고 나라가 망하게 하는 것을 어찌 모르는가
미인은 다시 얻기 어렵다네

한무제(漢武帝)를 모시고 있던 가수(歌手) 이연년(李延年)이 자기 누이를 지칭하여 불렀다는 시가였다. '북방에 한 미인이 있어 세상에 홀로 우뚝 서 있네'라는 구절이 이상스럽게도 가

슴을 저리게 하여 오랫동안 외우고 있었다. 그 시가가 왜 갑자기 뇌리에 떠올랐는지는 알 수 없었다.

"며칠이 걸리든 반드시 아버지를 설득하겠어."

수향은 재형을 향해 미소를 지었다. 수향은 그날 밤 잠을 이룰 수 없었다. 재형의 아버지가 결혼을 허락해준다면 어머니가 다른 남매가 결혼하게 된다.

'아아, 어떻게 이런 일이 가능한가. 아아, 어찌하여 그는 나의 오라버니가 되었는가.'

그러나 재형에게 자신들이 남매라는 사실을 말하고 싶지 않았다. 재형과 결혼하는 일이 죄악이라는 것을 알면서도 그 죄악 속에 빠져들고 싶었다. 수향은 이불을 끌어안고 밤새도록 뒤척였다. 이튿날 수향은 블라디보스토크로 왔다.

재형으로부터 연락이 온 것은 며칠 뒤 봉준을 통해서였다. 재형은 블라디보스토크에 와서 수향을 찾지 않고, 보름 뒤 필녀와 결혼한다는 소식을 봉준에게 전하고는 얀치혜로 돌아갔다고 했다. 수향은 봉준으로부터 그 말을 듣자 발밑이 한없이 꺼지는 것 같았다. 재형은 그 이야기를 차마 수향에게 하지 못하고 봉준에게 한 것이다.

'나와 결혼하겠다더니······.'

수향은 재형이 끝내 아버지 고집을 못 꺾었을 것이라고 생각했다. 그래도 재형이 자신을 버리고 필녀와 결혼하는 것을 용서할 수 없었다. 세상이 암흑천지로 변해버린 느낌이었다. 수향은 보드카를 마시고 미친 듯이 방 안을 돌아다녔다. 지난 몇 년 동안 재형을 그리워하며 대륙을 헤맨 일이 원통했다.

'재형도 괴로울까?'

문득 그런 생각이 들었다. 재형도 수향을 찾아 오랫동안 헤매고 다닌 것이다.

'운명이다. 이건 저주받은 운명이다.'

수향은 그렇게 생각하면서 상처받은 마음을 달랬다.

재형은 결혼하는 날까지 수향을 한 번도 찾아오지 않았다.

'어쩌면 재형 씨가 나와 남매 간이라는 사실을 아버지로부터 들었는지도 몰라. 아니, 분명히 들었으니 쫓기듯이 필녀와 결혼하는 거겠지. 재형 씨에게도 그 일은 충격적이고 가혹한 것이었을 거야……'

수향은 계속 걸음을 떼어놓았다.

스페트란 거리의 은사시나무들이 달빛을 받아 하얗게 반짝거렸다. 꿈인 듯 비현실적으로 보이는 스페트란 거리도 온통 하얗게 탈색되어 있었다. 지금쯤 재형은 필녀와 초야를 치르고 있으리라. 수향은 입에 칼을 문 채 죽고 싶었다. 야속한 운명을 저주하면서 죽고 싶었다.

창천에는 보름달이 떠올라 신비스러운 월광을 뿌리고 있었다. 달빛이 희다 못해 푸른빛을 띠고 있는 밤이었다. 하늘이 온통 푸른 광망으로 가득했다.

'수향도 저 달을 바라보고 있을까?'

재형은 수향을 생각하자 가슴을 저미는 듯한 슬픔을 느꼈다. 희디흰 달빛이 날카로운 비수가 되어 가슴을 천참만참으로 도려내는 것 같았다. 믿을 수가 없었다. 아버지와 수향의 어머니가 정을 통했다는 사실이 거짓말 같았다. 그러나 아버지가 어머니와 사별한 뒤에도 재혼하지 않은 까닭이 오로지 수향의 어머니 때문이었다는 사실을 알았을 때 재형은 무너지고 말았다. 둑이 터지듯 더 이상 버틸 힘이 없었다.

"수향은 네 동생이다. 네 동생이 비참해지는 걸 바라지는 않겠지?"

아버지는 재형에게 수향을 향한 마음을 모질게 접고 필녀와 결혼하면 어떻겠냐고 하면서 그렇게 말했다. 재형은 수향이 비참해지는 것을 바라지는 않았다.

"수향이 마음을 잡게 하려면 네가 결혼하는 것이 상책이다."

아버지는 봉준의 아버지와 상의하여 재형이 필녀와 결혼하게 만들었다. 재형은 냇가로 나가 목 놓아 울었다. 그토록 오랫동안 사랑했던 여인이 배다른 동생이라니……. 다리가 휘청거리고 가슴이 티질 것 같았다.

"필녀와 결혼을?"

재형은 블라디보스토크로 가서 봉준에게 자신의 결혼 이야기를 전했다. 차마 수향의 얼굴을 보고 이야기할 수가 없어 그녀에게는 찾아가지 않았다. 봉준은 재형이 필녀와 결혼한다고 하자 입을 크게 벌리고 어쩔 줄 몰라했다.

"왜 그렇게 놀라?"

"아니야. 우리 필녀가 드디어 시집을 가는구나 싶어 감격한 거야. 형하고 결혼하게 될 줄은 몰랐어."

"반대하는 건 아니겠지?"

"반대라니, 당연히 축하해야지. 그런데 수향 씨에게 이야기해야 하는 거 아니야? 수향 씨가 형을 좋아하는 것 같아 보이던데……."

"그렇지 않을 거야."

재형은 봉준에게 거짓말을 하는데 비수가 날아와 박히는 것 같았다.

'이제 나는 브나로드 운동을 할 거야.'

재형은 마을 높이 떠 있는 달을 바라보며 입술을 깨물었다. 사랑 때문에 가슴앓이를 했지만 끝났다고 생각했다. 이제는 두 번 다시 사랑하지 않으리라 결심했다. 그때 등 뒤에서 인기척이 느껴지면서 기침 소리가 들렸다.

"수향 씨는 몸이 아파서 못 왔어."

재형의 결혼식을 보러 블라디보스토크에서 온 봉준이 재형의 등 뒤에 나타나 말했다. 마당에선 아직도 사람들이 왁자하게 떠들면서 술을 마시고 있었다.

"그래? 네가 잘 돌봐줘라."

재형은 봉준의 어깨를 툭 치면서 웃었다.

"알았어. 결혼 축하해."

"고맙다."

"그런데 새신랑이 새색시 놔두고 웬 달구경이야? 누가 색시 업어 가면 어쩌려고……."

"핫핫핫! 누가 색시를 업어 가겠어?"

"어서 들어가봐. 색시가 눈 빠지게 기다릴 거야."

"알았다."

재형이 씨익 웃으면서 마당으로 들어갔다. 그러자 마당에 앉아 술 마시던 사람들이 일제히 달려들어 재형에게 술을 권했다. 재형은 마을 사람들과 어울려 몇 잔의 술을 더 마셨다.

"그만 권해. 술에 취해 신랑 노릇이나 제대로 하겠어?"

판석이 어머니의 농담에 마을 사람들이 왁자하니 웃음을 터뜨렸다. 재형은 비틀거리며 신방으로 들어갔다. 부엌과 마당을 오가며 음식 심부름을 하던 여자들이 무어라고 소리를 지르면서 법석을 떨었다.

필녀는 동뢰상 앞에 그린 듯 앉아 있었다. 러시아에서 색동저고리에 원삼 족두리를 구하는 일이 쉽지 않았을 텐데도 구색을 모두 갖추었다. 알싸한 황토 냄새가 풍기는 벽에는 촛불 그림자가 일렁거리고 있었다. 기사 흉년으로 부모가 모두 죽어 봉준네 부모가 키워준 필녀였다. 재형에게 시집가라는 최학송의 한마디에 입술을 깨물며 고개를 끄덕였다. 봉준에게 마음을 주고 있었으나 그는 러시아 여자와 결혼했다. 그 여자가 죽자 하바로프스크에서 돌아왔지만 필녀에게는 마음을 주지 않았다.

"마셔요."

재형이 상 위의 청주를 따라 한 모금 마시고 나서 필녀에게 권했다. 필녀는 조심스럽게 청주를 마셨다. 마당에서는 사람들 떠드는 소리가 왁자하고, 달빛 쏟아져 내리는 소리가 들리는 것 같았다.

재형이 사모관대를 벗었다. 필녀가 곁눈으로 흘깃 살피자 술에 취한 듯 얼굴이 불콰했다.

"우리는 이제 부부가 되었어."

재형이 필녀의 원삼 족두리를 벗겼다. 필녀는 가슴이 쿵쾅

거리고 뛰었다. 재형이 어둠 속에서 부스럭대면서 옷을 벗었다. 필녀가 속옷 차림이 되어 금침 위에 눕더니 눈을 감고 가늘게 몸을 떨었다. 어둠 때문에 재형의 얼굴이 보이지 않는데도 부끄러웠다. 잔뜩 긴장한 탓이리라. 온몸이 뻣뻣하게 굳어지는 것 같았다. 재형이 그녀에게 몸을 실어왔다. 재형에게서 희미하게 술 냄새가 풍겼다. 재형의 입술이 그녀의 입술에 얹혀졌다.

'아아……'

필녀는 어둠 속에서 신음을 삼켰다. 재형은 필녀의 입술을 몇 번이나 짓누르고 빨아당겼다. 필녀의 몸은 불덩어리처럼 뜨거워져 있었다. 재형의 밑에서 용광로처럼 뜨거워진 채로 몸부림쳤다. 재형은 필녀의 속옷을 벗겨냈다. 어둠 속인데도 필녀의 하얀 몸이 빛을 발했다. 두 개의 물컹한 가슴이 탐스러웠다.

'필녀는 이제 내 여자다.'

재형은 필녀의 몸속으로 깊숙이 들어갔다. 필녀가 몸을 떨면서 재형을 부둥켜안았다. 꽉 다문 입술 사이로 신음 소리가 새어나왔다. 그렇게 초야를 치렀다.

이튿날 재형은 날이 밝기 전에 눈을 떴다. 필녀는 이미 일어나 부엌에 들어가 있었다. 재형이 방에서 나오자 부엌에서 나와 미소를 지었다. 분홍색 한복을 입은 필녀의 모습이 고왔다.

"나를 따라와."

재형이 필녀에게 말했다.

"아침을 지어야 해요."

"괜찮아. 새색시에게 아침을 지으라고 하는 집이 어디 있겠어?"

재형은 웃으면서 마구간으로 갔다. 필녀가 의아한 표정으로 재형을 따라 마구간으로 왔다.

"말 태워줄게."

"나는 말을 못 타요."

"내가 태워준다고 그랬잖아."

재형은 필녀를 안아 말에 태우고 자신은 뒤에 탔다. 필녀는 잠시 불안해하다가 재형이 뒤에서 말고삐를 잡고 나서야 안도했다. 마을은 아직도 깊이 잠들어 있었다. 재형은 천천히 마을을 벗어나 들판으로 나갔다. 동녘 하늘이 이제야 겨우 희미하게 밝아오고 있었다.

"이랴!"

재형은 말을 타고 들판을 세차게 달리기 시작했다. 필녀가 깜짝 놀라 어쩔 줄 몰라했다. 재형은 필녀에게 허리를 숙이게 하고 배를 껴안았다. 세찬 바람이 귓전으로 획획 지나갔다. 말은 풀숲을 헤치며 빠르게 달렸다.

"무서워요."

필녀가 말 등에 매달려 소리를 질렀다.

"괜찮아."

재형도 필녀의 귓전에 대고 대꾸하듯 소리 질렀다. 30분쯤 말을 달리자 이내 구릉이 나타났다. 재형은 구릉 위로 달려 올라갔다. 동녘 하늘이 푸른빛으로 밝아오면서 잿빛 구름이 보였다. 구릉 위에서 바라보니 들판이 광대하게 펼쳐져 있었다.

나 홀로 길을 가네

　재형은 필녀와 혼례를 올리고 나서 연해주의 조선인들을 위해 일하지 않으면 안 된다고 생각했다. 두만강을 건너 조선에서 연해주로 넘어오는 사람들은 점점 늘어나고 있었지만 여전히 가난하게 살고 있었다. 수향을 잊기 위해서라도 영혼을 불사르듯 일에 몰두해야 했다.

　재형은 자신보다 수향이 받았을 충격이 더욱 고통스러웠다. 자신의 가슴이 조각조각 찢어지는 한이 있더라도 수향만은 슬프지 않기를 바랐다. 재형은 수향 때문에 언제나 마음 한구석이 쓸쓸했으나 자신이 필녀와 결혼하는 것만이 수향이 자신을 잊게 하는 방편이라고 생각했다. 수향이 처음에는 고통스러울지 모르지만 먼 훗날에는 자신을 이해할 수 있으리라 여겼다. 필녀와 혼례를 올린 일에 대해서는 후회하지 않았다. 자기 하나 희생함으로써 다른 사람들이 편안해질 수도 있을 터였다. 수향은 일부러 만나지 않았다.

수향은 재형이 혼례를 올리자 충격을 받은 듯 며칠 만에 어디론가 떠나고 말았다. 봉준으로부터 그 이야기를 전해 들은 재형은 가슴이 갈기갈기 찢기는 듯한 통증을 느꼈다. 그러나 수향을 위해 무얼 할 수 있겠는가. 재형은 수향을 위해 아무것도 할 수 없다는 사실에 괴로웠다.

"러시아와 조선이 한러장정을 체결했다!"

겨울이 지나고 이듬해 여름이 되자 회령에서 온 사내가 함성을 지르며 마을을 뛰어다녔다. 벼를 심기 위해 개울가의 땅을 개간하고 있던 재형은 어리둥절했다. 재형은 잠시 쉬기도 할 겸 회령에서 온 사내가 달려간 허영일의 집으로 향했다. 허영일의 집에는 벌써 마을 사람들이 잔뜩 몰려와 있었다.

"한러장정이 뭐야?"

사람들이 어리둥절한 얼굴로 회령에서 온 사내에게 물었다. 30대 초반에 염소수염을 한 그는 마을 사람들이 잔뜩 모인 허영일의 집 앞에서 흥분한 목소리로 떠들어대고 있었다.

"한러장정이 뭐냐 하면…… 에이, 자세한 것은 알 필요 없고 러시아와 조선이 서로 왔다 갔다 할 수 있는 조약이라는 겁니다. 이제는 두만강을 건너가 장사도 할 수 있습니다."

회령에서 온 사내가 의기양양하여 사람들에게 말했다.

"그럼 두만강을 건너다가 발각되어도 죽이지 않는다는 말이오?"

"그럼요. 이젠 고향을 맘대로 왔다 갔다 할 수 있습니다."

회령 사내의 말에 사람들이 일제히 박수를 쳤다. 재형도 그 말을 듣고 감격했다. 한러장정은 조선과 러시아 사이에 체결된 조약으로, 서로 자유롭게 왕래하면서 교역할 수 있다는 사실이 명시되어 있다고 했다. 사람들은 잔치라도 벌어진 듯이 즐거워하면서 환호했다.

'이제는 고향에 갈 수 있게 되었구나.'

재형은 가슴속에서 무엇인가 뜨거운 것이 울컥 치밀고 올라오는 듯한 기분이 들었다. 그날 저녁 재형의 집에서도 한러장정 조약 체결이 화제였다. 가족들은 고향으로 돌아가자고 주장했으나 재형은 경원에 땅이 전혀 없다는 사실을 들어 반대했다. 조선은 아직도 양반이 지배하고 있고 땅도 대부분 양반들 것이었기 때문이다. 러시아에 혁명이 일어나야 하듯 조선에서도 혁명이 일어나야 했다.

재형은 당분간 논을 만드는 일에 주력하기로 했다. 얀치혜에서는 개간해 논을 만드는 사람들이 얼마 되지 않아서 쌀이 귀했다. 재형이 많은 쌀을 생산하게 되면 다른 사람들도 따라올 것이라고 생각했다.

"종섭이네가 러시아인들에게 땅을 다 빼앗겼다는구나."

하루는 재형이 일을 마치고 돌아오자 아버지가 말했다.

"종섭이네가요?"

재형은 아버지를 멀뚱히 쳐다보았다.

"그래, 지금 허씨네 집에 모여 있다."

재형은 아직 해가 남아 있어서 허영일의 집으로 갔다. 허영일은 조선에서 얀치혜로 가장 먼저 이주해온 사람이었다. 그의 집 바깥마당에는 사람들이 잔뜩 몰려와 있었고, 종섭이네는 온 식구가 맨바닥에 넋을 놓은 채 주저앉아 울고 있었다. 마을 사람들이 그들을 둘러싸고 웅성거렸다.

"무슨 일입니까?"

재형이 웅성거리는 사람들을 향해 물었다.

"아 글쎄, 러시아 사람들이 종섭이네가 몇 년 동안 개간한 땅을 자기네 땅이라고 하면서 내쫓았다는 거야."

허영일이 분개하여 소리 질렀다. 종섭이네는 얀치혜 하리에서 동쪽으로 8킬로미터쯤 떨어진 구릉에 있는 땅을 개간해 살고 있었다. 얀치혜로 이주한 지 3년밖에 안 된 집으로, 종섭의 아버지 김칠근과 어머니 윤씨, 그리고 종섭의 동생들 셋이 모두 이주해 살고 있었다. 종섭은 열여섯 살의 깡마른 소년이었다.

"인철이네도 쫓겨나서 포시예트로 갔는데, 종섭이네도 쫓겨났으니 어떡해?"

마을 사람들이 웅성거리며 혀를 찼다. 마을 사람들의 얼굴에는 자신들도 언제 쫓겨날지 모른다는 불안감이 서려 있었다. 재형은 러시아인들의 횡포가 점점 심해지고 있는 것을 느꼈다.

"종섭이네가 불쌍해서 어떡해?"

"당장 갈 곳도 없잖아?"

종섭이네는 하염없이 눈물만 흘리고 있었다.

"아저씨, 한번 같이 가봅시다."

재형은 종섭의 아버지 김칠근에게 말했다. 김칠근이 땅과 집을 빼앗겼다는 사실에 화가 났다. 러시아인들은 조선인들이 남의 나라에 와서 산다면서 공연히 시비를 거는 일도 자주 있었고, 조선인들을 데려다가 임금도 주지 않고 일을 시키는 경우도 있었다.

"가면 뭘 하겠나? 말도 통하지 않을 텐데……."

"그렇다고 애써 개간한 땅을 러시아 사람들에게 빼앗길 순 없잖습니까? 이제 곧 겨울도 올 텐데 어디서 삽니까? 같이 가시지요."

재형은 머뭇거리는 김칠근과 함께 그들이 개간한 땅을 찾아갔다. 김칠근의 집 마당에는 건장한 러시아 청년 셋이 거들먹거리면서 평상에 앉아 술을 마시고 있었다. 김칠근이 목수였기 때문에 평상을 근사하게 만들었던 것이다.

"댁들은 어디서 왔습니까?"

재형은 러시아 말로 사내들에게 물었다.

"우리가 어디서 왔든 무슨 상관이야?"

짧은 머리의 러시아인이 건방지다는 듯 재형을 아래위로 째려보았다.

"여기 이 땅은 이분들이 개간했습니다."

"누가 남의 땅을 개간하래?"

"여기가 당신들의 땅이라는 증거가 있습니까?"

"우리 조상 대대로 여기서 살았어. 무슨 증거가 필요해?"

짜리몽땅한 사내가 재형을 노려보았다. 재형은 그들과 이야기가 통하지 않는다고 생각했다. 재형은 묵묵히 그들을 노려보다가 사람들을 이끌고 마을로 돌아왔다. 속에선 울분이 치솟았으나 그들과 주먹을 휘두르며 싸울 순 없었다. 재형은 마을 사람들과 상의한 뒤에 종섭이네를 허영일의 헛간에서 지내게 한 뒤 이튿날 아침 블라디보스토크로 봉준을 찾아갔다.

"너 하바로프스크에서 농사를 짓다가 겨울에는 사냥을 했다고 했지? 그럼 총이 있겠네?"

"응. 그런데 왜?"

"이유는 묻지 말고 내게 좀 빌려줘라."

재형은 어리둥절해하는 봉준에게서 사냥총을 빌려 얀치혜로 돌아왔다. 그리고 총을 갖고 종섭이네가 살던 집으로 달려갔다. 종섭이네 집에는 그때까지도 러시아인들이 있었다. 재형은 러시아인들이 보는 앞에서 허공을 향해 총을 한 방 쏘았다.

"무슨 짓이야?"

러시아인들이 깜짝 놀라 재형을 쳐다보았다.

"너희가 이 땅의 주인이라는 증거를 보여줘."

재형이 사나운 눈빛으로 러시아인들을 쏘아보면서 말했다. 러시아인들은 재형이 총을 가지고 와서인지 창백한 얼굴로 상자에서 서류를 꺼내 내밀었다. 재형이 서류를 살펴보니 불과 석달 전에 블라디보스토크 총독부에서 받은 개간 허가서와 토지 소유권을 받은 서류에 지나지 않았다. 러시아인들이 계획적으로 조선인들을 쫓아내기 위해 꾸민 음모였다.

"이건 석 달 전에 만든 서류일 뿐이잖아?"

"어쨌거나 이 땅은 우리 소유야."

"좋다. 그렇다면 소유권을 우리에게 넘겨라. 돈을 주겠다. 그렇지 않으면 총독부로 너희를 끌고 가서 따지겠다."

재형의 제안에 러시아인들이 머리를 맞대고 상의하더니 1천 루블을 요구했다. 재형은 5백 루블에 흥정을 벌여 종섭의 아버지 김칠근에게 소유권을 넘겨주었다.

"아이고, 고마워라. 이렇게 고마울 데가 어디 있나?"

김칠근이 재형의 손을 잡고 말했다.

"나중에 갚으셔야 합니다."

재형은 웃으면서 말했다. 러시아인들은 5백 루블을 받은 것이 흡족했는지 휘파람을 불면서 돌아갔다.

"여부가 있겠나?"

김칠근도 재형의 손을 잡고 웃음을 터뜨렸다.

재형은 조선인들이 러시아에서 사는 일이 쉽지 않다는 사실을 깨달았다. 조선인들이 무조건 땅을 개간하여 살 수는 없었다. 땅을 개간해도 살림살이며 필요한 것들이 여간 많지 않았다. 조선인들은 개간한 땅에서 수확한 곡식을 러시아인들에게 가져가 돈과 바꾸어오기도 했고, 러시아인들의 목장이나 농장에서 일하여 품삯을 받기도 했다. 조선은 상황이 더욱 나빠지고 있는 것 같았다. 재형이 얀치혜에 살고 있는 동안에도 많은 조선인들이 두만강을 건너 피난민처럼 몰려왔다. 그들은 얀치혜나 지신허를 거쳐 시베리아의 여러 곳으로 흩어졌다.

'조선인들이 얼마나 살고 있는지 연해주를 한 바퀴 돌아보아야겠어.'

재형은 여행 준비를 했다. 조선인들이 아무리 러시아로 몰려와 황무지를 개간해도 조선인들의 땅이 아니었기 때문에 자칫하면 러시아인들에게 빼앗길 우려가 있었다.

재형이 혼자 여행을 떠나겠다고 하자 필녀가 불만스러워했다. 재형은 필녀의 불만을 이해했으나 자신이 왜 여행을 떠나는지는 설명하지 않았다. 추수를 대충 끝내놓고 먼저 슬라뱐카를 향해 여행하기 시작했다. 슬라뱐카는 얀치혜에서 가깝기도 했지만 바다가 있었다. 슬라뱐카까지는 말을 타고 간다 해도 꽤 먼 길이었다. 군데군데 길이 끊어져 있고 수초가 우거진 늪지대가 많아 말을 달리는 것이 쉽지 않았다. 재형은 점심때가 조금 지나 슬라뱐카 못미처 낮은 구릉 밑에 조선인들이 살고 있는 마을을 발견하고 말에서 내렸다.

"안녕하십니까? 어디서 오셨습니까?"

재형은 옹색한 움막 앞에 한 노파가 콩을 까고 있는 것을 발견하고 인사했다. 노파는 흰머리가 듬성듬성했는데 60세 안팎으로 보였다.

"조선인이구먼. 함경도 성진에서 왔어."

노파가 재형을 힐끗 쳐다본 뒤에 대답했다.

"오신 지는 얼마나 됐습니까?"

"그런 걸 왜 물어? 한 5년 되었을 거야."

재형이 노파와 이야기하는 동안 안에서 아이들이 나와 재형을 쳐다보았다. 아이들은 세수도 하지 않았는지 얼굴에 땟국이 흐르고 머리도 헝클어져 있었다.

"할아버지는 어디 가셨어요?"

"작년에 죽었어. 저기 묻었어."

노파가 구릉을 가리키며 말했다. 그러고 보니 구릉에 봉분이 하나 만들어져 있었다. 노파는 할아버지 이야기만 나오면 눈물이 나오는지 손등으로 눈가를 훔쳤다.

"식구가 할머니와 애들뿐인가요?"

"애들 아버지는 슬라뱐카에 갔어. 거기서 부두 일을 해."

"점심때가 지났는데 밥 좀 얻어먹을 수 있을까요? 돈은 드리겠습니다."

"고구마밥밖에 없어."

"그래도 괜찮습니다."

노파는 무엇이라고 웅얼거리더니 마땅치 않은 표정으로 부엌으로 들어갔다. 재형은 눈으로 집 안 여기저기를 둘러보았다. 황무지를 개간해 만든 텃밭이 있었으나 옹색했다. 재형은 마당에서 자신을 빤히 쳐다보고 있는 아이들을 불렀다.

"넌 이름이 뭐냐?"

재형이 가장 큰 아이에게 물었다.

"성호요, 김성호……."

"몇 살?"

"아홉 살이오."

"학교는 다니니?"

"아니요."

사내아이는 옷이 해어지고 남루한 것을 보니 보살핌을 제대로 받고 있지 못한 듯했다. 재형은 언젠가 자신이 형수에게 눌은밥을 끼얹고 달아났을 때의 행색과 비슷하다고 생각했다. 재형이 사내아이와 이야기하는 동안 이웃집에서 중년 사내가 노파의 집으로 건너왔다. 사내는 재형을 수상쩍은 눈빛으로 살피더니 노파에게 다가가서 누구냐, 무엇 하러 왔느냐고 꼬치꼬치 물었다. 재형은 중년 사내를 불러 이야기를 했다. 자신은 얀치혜에서 온 최재형이고, 여행 중이라고 설명했다. 중년 사내는 자신들이 모두 성진에서 왔으며, 10여 가구가 이 근처에 흩어져 살고 있다고 했다. 그러면서 땅을 개간했더니 러시아 사람들이 자신들의 땅이라며 빼앗으려 한다고 말했다. 재형이 자세히 들어보니 종섭이네서 일어났던 일과 비슷했다.

'러시아인들이 여러 모로 횡포를 부리고 있구나.'

재형은 러시아에서 조선인들이 핍박을 받고 있다고 생각했다. 노파가 고구마밥을 차려주자 재형은 돈을 지불했다. 노파는 돈을 받아 흡족했는지 중년 사내와 재형에게 옥수수술을 한 사발씩 퍼다 주었다.

"조선 사람이 술 인심은 좋단 말이야."

중년 사내가 옥수수술을 마시면서 입을 벌리고 웃었다. 재형은 중년 사내와 헤어져 슬라뱐카로 향했다. 슬라뱐카 시내에는 주로 러시아인들이 살고 있었다. 재형은 슬라뱐카에서 잡화상을 하는 조선인을 만났다.

"동포를 만나니 반갑소."

장사꾼은 30대로 이름이 김두영이었다. 그는 농사짓는 조선인들과 달리 양복 차림에 머리도 짧게 깎고 있었다. 재형은 그와 오랫동안 이야기를 나누었다. 슬라뱐카 부두에서는 막일을 하는 조선인 노동자들이 20여 명이나 되고 슬라뱐카 외곽에는 조선인 마을이 네 곳이나 된다고 했다. 여자들은 농사를 짓고 남자들은 러시아인들의 농장에서 일하며 돈을 번다고 했다.

"어려운 점은 없습니까?"

"허! 남의 나라에서 사는데 어찌 어려운 점이 없겠소? 그래, 댁은 뭘 하시오?"

김두영은 목소리가 걸걸하고 눈이 부리부리했다.

"농사짓기 싫어서 돌아다니고 있습니다."

"팔자 좋은 사람이군. 우리 집에서 저녁이나 먹읍시다."

재형이 밖을 내다보자 어느새 해가 설핏 기울고 있었다. 재형은 슬라뱐카 외곽에 있는 그의 집으로 갔다. 김두영은 뜻밖에도 벽돌집에 살고 있었다. 부인과 아이들도 옷차림이 깨끗했다. 김두영은 성진에서 아전 노릇을 했는데 나라의 곡식을 축낸 일이 발각되어 러시아로 도망쳤다며 껄껄대고 웃었다.

슬라뱐카에는 성진이나 원산에서 바다를 건너온 사람들이 많았디. 그러나 배를 타고 오다가 풍랑으로 죽은 사람들이 있다고 하여 가슴을 아프게 했다. 재형은 슬라뱐카에서 사흘을 머물며 사람들과 많은 이야기를 나누었다. 그들은 자신들이 개간한 땅을 러시아인들이 빼앗아갈까 봐 걱정하고 있었다. 재형은 하산을 거쳐 훈춘까지 갔다가 얀치혜로 돌아왔다. 훈춘은 러시아와 중국의 국경에 있었다.

재형은 얀치혜에서 한 달을 보낸 뒤, 이번에는 동쪽으로 길을 잡았다. 블라디보스토크를 거쳐 스찬과 니콜스크우수리스크를 거쳐 하바로프스크에 이르렀다. 하바로프스크까지 가는 데는 사람들을 사귀고 이야기를 하느라 한 달이 넘게 걸렸다. 하바로프스크에도 조선인들이 적지 않게 살고 있었다. 재형은 하바로프스크에서 블라디보스토크를 거쳐 얀치혜로 돌아오다가 폭설을 만나고 말았다.

"당신은 어디서 오는 거요?"

퍼붓듯이 내리는 폭설 때문에 재형이 길을 잃고 헤매고 있을 때 러시아인이 총을 들고 자작나무 숲에서 불쑥 튀어나왔다.

재형은 깜짝 놀라 사내를 향해 총을 겨누었다.

"블라디보스토크에서 오는 길입니다."

재형은 사냥꾼 복장을 하고 있는 사내를 쳐다보고 말했다. 사내는 얼추 30대 후반으로 보였는데, 수염을 기르고 있었다.

"총은 치우시오. 나는 나쁜 사람이 아니오. 어디로 가는 거요?"

사내가 히죽 웃으면서 말했다.

"얀치혜로 가다가 길을 잃었습니다."

"카레이스키로군. 오늘은 얀치혜로 갈 수 없을 거요. 폭설에 갇히면 그대로 죽을 거요."

"그럼 어떻게 해야 합니까?"

"나를 따라 사냥꾼의 오두막에서 쉬고 내일 산을 넘어야 할 것이오."

붉은 머리의 러시아인은 산속에서 사람을 만난 것이 반가운지 악수를 청했다.

"나는 마사노프요."

"표트르입니다."

재형은 마사노프의 손을 잡고 흔들었다. 그의 얼굴을 자세히 살피니 악의가 전혀 없어 보였다. 마사노프는 재형을 눈 속에서 골짜기의 오두막으로 안내했다. 그곳은 사냥꾼들이 쉬는 통나무집으로, 바닥에는 마른 나뭇잎도 깔려 있었다. 그는 노루 한 마리를 잡아 난로 위에서 소금을 뿌리며 굽는 중이었는데, 땔나무를 구하려고 밖으로 나왔다가 길을 잃고 헤매는 재형을 발견한 것이었다.

"러시아인들은 추위를 이기기 위해 독한 보드카를 마신다네."

소금을 뿌려 구운 노루고기를 잘라 먹으면서 마사노프는 재형에게 보드카를 권했다. 재형은 보드카를 한 모금 마시고는 얼굴을 찡그렸다. 보드카는 목을 태울 것처럼 독했다. 마사노프는 재형에게 술과 고기를 권하면서 자신은 농노 출신이지만 상트페테르부르크의 대학생들과 어울려 한때 브나로드 운동을 했다고 말했다. 재형이 보리스 바실리누예비치 이야기를 하자 자신도 그를 안다면서 무척 반가워했다.

"나타샤라는 여성이 시베리아 유형을 떠났는데, 어떻게 되었는지 모르겠습니다."

"시베리아 유형을 떠났다면 돌아오기 어려울 거야."

재형은 나타샤의 얼굴을 떠올리자 쓸쓸한 마음이 들었다. 재형은 마사노프에게 조선인 이주자들의 고충을 이야기했다.

"러시아는 다민족 국가일세. 조선인 이주자들이 국적만 취득하면 차별은 없네. 게다가 러시아의 정책은 아무도 살지 않던 이 땅을 사람이 살도록 개발하는 것이네. 그러니 조선인 이주자들을 차별하지 않고 환영한다고 보아야 하네. 다만 법적으로 그렇다는 것이지. 어쨌거나 조선인들이 국적을 취득하고 총독부에서 개간 허가를 받아 토지 소유권만 확보하면 러시아인들에게 땅을 빼앗길 염려는 없을 거야."

"그게 사실입니까?"

"내가 총독부에 근무하지 않는가? 그게 러시아 정책일세."

마사노프의 말에 재형은 갑자기 머릿속이 환해지는 듯했다.

마사노프의 말대로라면 조선인들이 러시아에 정착하는 데 아무런 장애가 없을 것이라고 생각했다. 이내 밤이 왔다. 밤이 오면서 폭설이 그치고 하늘이 맑게 개었다. 마사노프가 보드카에 취해 흥얼거리다 잠이 들자 재형도 그 옆에서 웅크리고 누웠다. 그러나 좀처럼 잠이 오지 않았다. 재형은 몇 번이나 일어났다가 난로에 장작을 넣고 다시 잠을 청했다.

재형이 얀치혜로 돌아왔을 때는 어느덧 봄이었다. 조선인들은 날이 풀리자 농사지을 준비를 하고 땅을 개간하기 시작했다. 재형은 블라디보스토크의 총독부를 방문하여 러시아의 정책에 대해 자세히 듣고 왔다. 총독부의 정책은 마사노프와 이야기한 것과 조금도 다르지 않았다.

재형은 먼저 사랑방을 만들어 조선인들에게 러시아어를 가르치기 시작했다. 조선인들은 러시아에 와서 살면서도 대부분 러시아어를 할 줄 몰랐다.

"여러분, 러시아에 와서 러시아 사람들과 이야기를 나누지 못하면 뭐가 되겠습니까? 억울한 일을 당했을 때 누구에게 하소연하겠습니까?"

재형이 조선인들을 모아놓고 연설을 하자 사람들이 웅성거렸다.

"농사꾼이 농사나 지으면 되지, 이제 와서 어떻게 러시아 말을 배워?"

"러시아 사람들 말은 아무리 해도 못 알아듣겠어."

나이 많은 사람들이 한마디씩 하자 모두 옳다며 고개를 끄덕거렸다.

"러시아는 조선인들의 이주 정책을 장려하고 있습니다. 이는 극동 지역의 광대한 땅을 개발하기 위해서입니다. 여러분도 알다시피, 이 넓은 땅에는 사람들이 살고 있지 않습니다. 그러나 이 땅은 러시아 땅이지 여러분의 땅이 아닙니다. 러시아 정부는 러시아로 귀화하는 사람들에게만 땅을 나눠주고 있습니다. 지금은 아무 땅에서나 농사를 지을 수 있지만 언젠가는 자신의 땅이 아니면 농사를 지을 수 없게 됩니다. 또 질이 좋지 않은 러시아 사람들에게 땅을 빼앗기는 일도 생깁니다."

조선인들이 다시 웅성거렸다. 땅에 대한 이야기가 나오자 사람들의 얼굴에 불안감이 감돌았다.

"그럼 우리가 러시아 사람이 되어야 한다는 건가?"

경흥에서 온 지 얼마 되지 않은 30대 초반의 김원영이 말했다. 그는 얀치혜에서 그리 멀지 않은 슬라뱐카에 살고 있었다.

"그렇습니다. 러시아 국적을 얻어야 합니다."

"우리는 조선인인데 어떻게 러시아 사람이 되겠나? 조상이 태어난 나라를 버릴 수는 없어."

얀치혜에 가장 먼저 이주하여 20년 넘게 살아온 허영일이 말했다. 허영일은 상투를 틀고 수염을 길게 기르고 있었다.

"여러분, 여러분은 흉년이 들어 굶어 죽지 않으려고 이 땅을 찾아왔습니다. 러시아 국적을 갖는다고 해서 러시아 사람들이 되는 건 아닙니다. 조선의 혼을 잊지 않으면 여러분은 죽은 뒤에도 조선 사람입니다."

재형의 말이 거듭되자 사람들이 불안한 표정으로 수군거렸다. 재형은 러시아의 이민자 정책에 대해 자세히 설명해주었다. 사람들은 그제야 재형에게 총독부와 귀화하는 문제를 협의해달라고 말했다. 재형은 사람들의 동의를 얻어 블라디보스토크에 가서 총독부와 협의했다. 그러나 총독을 만나는 일은 쉽지 않았다. 여러 차례 청원한 뒤에야 간신히 만날 수 있었다.

"그대가 조선인들을 대표하오?"

운테르베르게르 총독이 재형에게 물었다. 총독은 몸이 비대하고 붉은 머리의 50대 사내였다.

"마을은 아직 대표자를 선출하지 않았습니다. 우리 조선인들은 러시아와 총독 각하께서 극동 지역에서 농사를 지으며 살게 해준 데 대해 감사하고 있습니다. 우리는 러시아 사람으로 의무를 다할 것입니다."

재형은 총독에게 정중히 대답했다.

"좋소. 그대들이 원하는 게 무엇이오?"

"우리가 개간한 땅을 우리가 소유할 수 있기를 바랍니다. 러시아나 총독부의 정책도 그런 것으로 알고 있습니다."

"그렇다면 총독부를 위해 무얼 할 것이오?"

"총독부 방침에 협조하겠습니다. 우리는 러시아인으로 등록하고 러시아인으로 살아갈 것입니다."

"조선인들이 전부 귀화할 것이오?"

"그렇습니다."

운테르베르게르 총독은 조선인들의 귀화 정책이 지지부진할 때 재형이 자발적으로 나선 것에 크게 기뻐했다. 재형은 총독과의 협의를 원만히 마치고 얀치혜로 돌아왔다.

재형은 얀치혜로 돌아오자 사람들을 모아놓고 총독과 합의한 내용을 설명했다. 사람들이 일제히 환호성을 지르며 정말 땅을 갖게 되느냐고 물었다. 재형은 의심스러우면 자신에게 토지 분배받는 일을 맡겨달라고 말했다. 그래도 조선인들 중 일부는 러시아인들을 믿지 않으려고 했다. 재형은 세르게이 선장 부인인 카타리나의 권유로 오래전에 귀화한 입장에서 가장 먼저 총독부에 가 얀치혜, 슬라뱐카, 포시예트 등지의 땅을 일구어 가질 수 있는 개간 허가서와 토지 소유권을 얻었다. 마침내 다른 조선인들도 총독부에 러시아인으로 등록하고 개간 허가서와 토지 소유권을 얻기 시작했다. 그러나 조선인들 중에 러시아어를 아는 사람들이 얼마 되지 않아서 재형이 일일이 대행해주어야 했다.

조선인들이 러시아로 귀화하는 문제는 1년 넘게 시간을 끌었다. 그러나 운테르베르게르 총독이 강력하게 귀화 정책을 추진했기 때문에 조선인들이 땅을 갖기 위해서는 귀화하지 않을 수 없었다. 그래도 일부는 러시아 사람이 된다는 사실을 받아들이지 못해 귀화하지 않았다. 재형은 러시아에 귀화하지 않는 사람들이 개간하는 땅은 자신의 이름으로 개간 허가서와 토지 소유권을 얻어두었다. 훗날 소유권 문제로 러시아인들에게 빼앗길 것을 막기 위해서였다.

"여기 좀 만져봐요."

하루는 재형이 농사를 거들고 집에 돌아오자 필녀가 손을 잡아당겨 자신의 배 위에 얹었다.

"왜 그래?"

재형은 필녀의 배를 만지면서 물었다.

"배가 부른 것 같지 않아요? 아기가 있어요."

필녀가 수줍은 듯 얼굴을 붉히면서 속삭였다. 재형은 가슴이 덜컹 내려앉는 기분이었다. 결혼하면 아이를 낳는 것이 당연했으나 필녀가 임신할 것이라는 생각은 한 번도 하지 않았었다.

"석 달 되었어요."

필녀가 재형의 가슴속으로 파고들면서 말했다. 재형은 말없이 필녀의 등을 쓰다듬어주었다. 아기를 가졌다는 필녀의 말에 갑자기 알 수 없는 중압감이 느껴졌다. 그와 동시에 아이를 위해서도 혁명가의 길에 더욱더 매진하겠다는 결의를 굳혔다.

재형은 필녀가 아기를 가진 뒤에는 농사일에 더욱 전념했다. 때때로 필녀의 하얗게 부른 배를 쓰다듬고 부풀어오른 젖무덤에 얼굴을 묻곤 했다. 조선인들은 변변한 농기구도 없이 농사를 짓고 있었다. 재형은 그동안 모은 돈으로 농기구를 사서 농민들에게 공급하는 한편, 총독부와 협의하여 귀화하는 조선인들에게 땅을 분배하는 일로 바쁘게 보냈다. 필녀는 흰 눈이 내리는 겨울에 아들을 낳았다.

"수고했어."

첫아이라 유난히 산통을 겪은 필녀의 손을 잡고 재형은 따뜻하게 말했다.

"아들이라서 좋아요."

필녀가 함박 미소를 지으면서 말했다. 재형은 필녀의 젖은 입술에 키스했다. 필녀는 아들을 낳아서인지 땀을 흥건히 흘리면서도 기뻐했다. 재형은 아들의 이름을 운학, 표트르 페트로비치라고 지었다. 어차피 러시아 땅에서 러시아인으로 자라야 할 아들이었다. 재형은 어린 아들이 신기했다. 처음에는 눈조차 뜨지 못하고 울기만 하더니 필녀가 젖을 물리자 조그마한 입술로 젖을 빨았다.

해가 바뀌자 지신허와 얀치혜의 조선인들이 크게 술렁거렸다. 러시아 정부가 블라디보스토크에서 조선의 두만강에 이르는 국도를 건설하기 시작한 것이다. 도로가 건설되는 지역에 사는 조선인들이 대규모로 동원되었다. 조선인들은 생활필수품을 사기 위해서는 논이 필요했다. 농사지은 곡식이나 채소를 가지고 인근 도시에 나가 근근이 생필품을 바꾸어 왔지만 턱없이 부족했다. 그러한 와중에 대규모 토목 공사가 시작되자 조선인들이 노임을 벌기 위해 기꺼이 나선 것이다. 그들은 삽이나 곡괭이 같은 원시적인 도구로 산을 깎고 늪을 메우면서 길을 냈다. 중노동이었다. 그에 비해 러시아인들은 십장이나 감독을 맡아 조선인들을 감독했다. 그들은 조선인들에게 더 많은 일을 시키기 위해 작업량에 따라 노임을 지불했다. 그러나 조선인들은 대부분 러시아 말이나 글자를 몰라 러시아 십장이나 감독들과 제대로 이야기를 나눌 수 없었다. 그런 점을 악용해 러시아 십장이나 감독들은 조선인들의 작업량을 속여 임금을 착취하기도 했다.

재형은 러시아의 국도 건설 공사에 참여하지 않았다. 낮에는 논을 개간하고, 밤에는 마을 사람들에게 러시아어를 가르치는 일에 열중했다.

"봉준 오빠는 블라디보스토크에서 장사를 크게 한대요."

348

필녀는 때때로 재형이 농사짓는 것을 불평했다. 재형은 늦은 저녁을 먹기 위해 들에서 돌아와 손을 씻다가 멈칫했다.

"봉준이는 어릴 때부터 돈 버는 일에 소질이 있었어."

재형은 봉준의 얼굴을 떠올리면서 낮게 한숨을 내쉬었다. 확실히 봉준은 장사에 뛰어난 솜씨를 보이고 있었다. 러시아 상관들의 견제 속에서도 자기 상관을 점점 확장하고 있었다.

"우리도 블라디보스토크에 가서 살아요."

"농사짓는 것이 그렇게 싫어?"

"평생 농사를 지어도 가난을 면할 수 없잖아요? 얀치혜도 사람들이 도로 건설 공사에 나가서 일을 하고 있잖아요?"

얀치혜의 젊은 조선인들이 대부분 도로 건설에 동원되었기 때문에 농사지을 사람들이 부족할 정도였다.

"저녁이나 차려."

재형은 마루에 앉아 필녀에게 말했다. 아들을 낳은 뒤에 작은 집을 지어 분가했기 때문에 사방이 고즈넉할 정도로 조용했다. 집 밖으로 먹물 같은 어둠이 밀려와 칠흑처럼 캄캄해졌다.

"재형이, 김칠근이 죽었네."

재형이 저녁을 먹고 있는데 김영만이 달려왔다. 김영만은 나진에서 건너온 사람이었다.

"무슨 일로 죽었습니까? 도로 공사에 나가서 일을 하지 않았습니까?"

재형은 상투 머리를 한 김영만에게 물었다.

"러시아 십장과 싸우다가 죽었다고 하네."

김칠근은 목수여서 마을의 여러 집을 지었던 사람이다. 재형은 숟가락을 놓고 김칠근의 집으로 향했다. 김칠근의 집은 한밤중인데도 마을 사람들이 몰려와 웅성거리고, 김칠근의 부인이 땅을 치며 울고 있었다. 도로 공사를 같이하던 사람들 말로는, 김칠근이 열흘 치의 노임을 절반밖에 받지 못해 러시아 십장에게 항의하다 말이 통하지 않아서 서로 주먹질을 벌이며 싸웠는데 끝내 맞아 죽었다는 것이다.

'말이라도 통했으면 이런 일은 벌어지지 않았을 텐데…….'

재형은 김칠근의 죽음이 허망했다. 장례는 이틀 후에 치러졌다. 김칠근이 죽고 얼마 되지 않아 이번에는 지신허에서 살고 있던 조선인 두 명이 또 죽었다. 길을 내는 구릉에 바위가 있어서 폭약을 설치하고 바위를 깨뜨리는데, 대피하라는 러시아 감독의 말을 알아듣지 못하고 그대로 있다가 폭약이 터지는 바람에 죽었다는 것이었다.

'조선인들이 더 이상 희생되게 해서는 안 돼.'

재형은 도로 공사 현장으로 달려가 조선인 노동자들의 형편을 살폈다. 그들은 감독과 십장의 착취로 노임도 제대로 받지 못한 채 일을 하고 있었는데, 끊임없이 사고가 일어나 죽거나 부상당하는 경우가 많았다. 재형은 조선인 노동자들을 일일이 만나, 더 이상 이런 조건으로 일을 해서는 안 되니 러시아인 감독과 십장에게 정당한 대우를 요구하자고 설득했다. 노동자들은 처음엔 재형의 말을 듣지 않으려 했다. 그러나 며칠 동안 집요하게 설득하자 마침내 조선인 노동자들은 일을 중단하고 한곳에 모였다. 조선인 노동자들이 일제히 일을 중단하고 한곳에 모이자 러시아인 감독과 십장들은 당황했다. 그들은 고래고래

소리 지르며 이리 뛰고 저리 뛰면서 일을 하라고 다그쳤지만 재형의 지시를 받은 노동자들은 꿈쩍도 하지 않았다.

"너희가 원하는 게 무어냐?"

마침내 러시아 감독이 재형에게 와서 물었다.

"건설국 관리를 만나게 해주시오."

러시아 감독이 투덜거리면서 너희 마음대로 하라고 소리를 질렀다. 그러나 이틀 동안 조선인 노동자들이 일을 하지 않자 급기야 총독부의 건설국 관리가 달려왔다.

"이 도로는 조선인이 아니면 건설할 수 없습니다. 그러나 십장이나 감독이 지나치게 노임을 착취합니다. 이렇게 되면 조선인들은 도로 건설에 참여하지 않을 겁니다."

재형은 건설국 관리에게 도로 건설 공사 현장의 문제점을 이야기했다.

"어떻게 하는 것이 좋겠소? 조선인들은 러시아 말을 몰라 직접 얘기할 수 없다오."

건설국 관리가 재형에게 물었다.

"건설국장을 만나고 싶습니다."

"좋소."

건설국 관리는 재형에게 스탄케비치 건설국장을 만나도록 주선해주었다. 재형은 총독부로 가서 스탄케비치 건설국장을 만났다. 그는 키가 크고 호리호리한 체격의 50대 사내였다. 얼굴이 길쭉한 편인데 안경을 쓰고 있었다.

"무슨 일로 나를 찾아왔소?"

스탄케비치 국장은 책상에 앉아 서류를 뒤적이다가 안경을 벗고 재형을 살폈다.

"저는 표트르 세메노비츠 최입니다. 국도 건설 현장의 조선인 노동자들을 대표해서 찾아왔습니다."

"그렇소? 그러면 용건을 이야기하시오."

"러시아 십장이나 감독들 때문에 공사가 지연되고 있습니다. 이를 개선해주시기 바랍니다."

재형은 국도 건설 현장의 문제점을 국장에게 자세히 설명했다. 국장은 안락의자에 앉아 재형의 이야기에 귀를 기울였다. 처음에는 오만하고 무시하는 듯한 태도를 취했지만 재형의 조리 있는 설명이 계속되면서 나중에는 감동한 듯한 표정으로 악수까지 청했다.

"알았소. 십장들과 감독들을 단속하여 조선인 노동자들에게 피해가 가지 않도록 하겠소."

스탄케비치 건설국장은 하루빨리 국도를 완공하기 위해 재형의 요구를 전격적으로 들어주었다. 재형이 건설국장을 만나 담판을 지으면서 조선인 노동자들을 대하는 러시아 십장과 감독들의 태도가 싹 달라졌다.

"최 페치카*가 우리를 살게 해줬어."

"맞아. 어려운 일이 있으면 모두 페치카에게 얘기해."

조선인들은 재형을 은인처럼 받들었다. 그러나 블라디보스토크에서 얀치혜, 얀치혜에서 두만강에 이르는 국도 건설 구간은 자동차로 달려도 대여섯 시간이 걸리는 거리였다. 공사는 장

---

* 페치카: 러시아어로 '난로'를 뜻하지만 '따뜻한 사람'을 뜻하는 말로도 쓰인다.

장 6년이 걸리는 대역사로, 도로 건설에 동원된 조선인 노동자들은 무려 수천 명이었다. 총독부 건설국에서 조선인 노동자들에게 정당한 대우를 해주라고 지시해도 러시아인 십장, 감독들과 조선인들 사이에서는 의사소통 문제가 자주 발생할 수밖에 없었다. 이 문제를 해결하기 위해 러시아 건설국은 러시아어를 유창하게 구사하는 재형을 건설국 소속의 정식 통역관으로 채용하게 되었다.

"표트르 최, 당신은 우리 러시아 정부의 정식 직원이오. 당신이 조선인 노동자들과 협조하여 국도 공사를 빨리 끝내면 차르 폐하에게 상주하여 훈장을 타도록 해주겠소."

스탄케비치 건설국장은 재형에게 파격적인 조건을 제시했다. 재형은 건설국 통역관으로 부임하자 그간 조선인 노동자들을 부당하게 대우했던 러시아 십장과 감독들을 해고했다. 그리고 조선인 노동자들이 자치적으로 일을 할 수 있도록 했다. 재형은 실질적으로 조선인 노동자들의 우두머리가 된 셈이다. 그는 하루 종일 건설 현장에서 살았다. 작업화를 신고 군복 차림에 국도 건설 현장을 누비고 다녔다.

필녀는 또 아이를 낳았다. 이번에는 딸이었다. 재형은 필녀가 딸을 등에 업고 아들은 걸려서 머나먼 건설 현장까지 찾아오자 가슴이 뭉클했다.

"아니, 어떻게 애들을 데리고 이렇게 먼 길을 와?"

재형은 필녀가 머리에 이고 있는 보따리를 받아 내려놓고 등에 업힌 딸을 안았다. 필녀의 등에서 깊이 잠들어 있었다.

"애들이 아버지를 보고 싶어하는데 그럼 어떻게 해요? 한 달에 한 번 보기도 어려우니……."

필녀가 이마에 맺힌 땀방울을 손등으로 닦았다. 약간 불만
섞인 목소리와 눈빛이었다.

"아이고, 그새 우리 아들이 훌쩍 컸네."

재형은 필녀의 불평을 뒤로한 채 딸을 방바닥에 눕히고 아
들의 머리를 쓰다듬어주었다.

"아버지, 밖에 나가서 놀아도 돼요?"

아들이 재형을 쳐다보고 물었다. 재형은 아들을 안아서 한
바퀴 돈 뒤에 내려놓았다.

"그래. 멀리 가지는 마라. 산에 올라가지 말고……."

아들은 대답도 하지 않고 밖으로 달려나갔다. 재형이 머물
고 있는 임시 숙소는 도로 공사 구간 중에 가장 험한 산악 지대
였다. 산이 높지는 않았으나 숲이 울창해서 노동자들이 나무를
베어내고 바위를 깨뜨려가면서 길을 내고 있었다. 아들은 수많
은 노동자들이 일하는 것을 보고 호기심이 인 모양이었다.

"공사는 언제 끝나요?"

필녀가 재형의 옆에 앉아 물었다. 필녀에게서 톡 쏘는 화장
품 냄새가 풍겼다.

"이제 2년 정도 남았어."

"아이고, 아직도 2년이나 남았으니 나만 생과부 노릇 하겠
네."

필녀의 말에 재형은 유쾌하게 웃음을 터뜨렸다.

"핫핫핫! 왜 그러는 거야? 내가 보고 싶어서 그래?"

"하늘을 봐야 별을 따지."

"알았어. 내가 사랑해줄게. 사랑해주면 될 거 아니야."

재형은 필녀를 와락 끌어안아 침상에 눕혔다.

"누가 오면 어쩌려고 그래?"

필녀가 앙탈하는 시늉을 했으나 재형이 가슴을 움켜쥐고 치맛자락을 걷어 올리자 이내 잠잠해졌다. 날씨는 한여름인데도 방 안은 서늘했다. 대륙은 한낮에만 볕이 따가울 뿐 아침저녁으로는 바람이 서늘하기까지 했다. 슬라뱐카는 만(灣)이 있어서 늘 소금기 묻은 해풍이 불었다. 재형은 필녀의 탐스러운 가슴에 얼굴을 묻었다. 남자의 고향은 여자의 품속이라는 사실을 절감하는 순간이었다. 재형은 필녀의 품속에서 영원을 생각했다.

"나도 여기 와서 살까?"

재형이 필녀의 가슴에서 일어나자 필녀가 저고리를 여미고 옷고름을 매면서 말했다. 재형은 도로 건설 때문에 거의 집에도 들어가지 못하고 있었다.

"도로 건설은 우리에게 많은 이익을 안겨줄 거야. 우리는 이 도로를 통해 어느 때든 조선에 갈 수 있고, 자동차가 다니기 시작하면 농사지은 물건을 도시에 나가서 팔 수도 있어."

재형은 필녀를 안으면서 낮게 말했다. 스탄케비치 건설국장은 공사 기간을 단축하기 위해 애쓰고 있었다. 그래서 공사 기간을 단축하는 대가로 국도 건설비 일부를 재형에게 지불하기로 약속했다. 재형은 그 돈으로 조선인들 마을에 학교를 짓고 교회를 세울 예정이었다. 필녀가 얀치혜로 돌아간 것은 이틀 뒤였다. 재형이 총독부 관리들을 안내하고 돌아오자 이미 얀치혜로 떠나고 없었다.

'필녀가 고생이 많겠구나.'

재형은 딸을 업고 아들을 걸려서 얀치혜를 향해 무거운 걸음을 떼어놓고 있을 필녀의 초라한 모습을 떠올리자 가슴이 타는 것 같았다. 필녀에게서 어머니의 잔영이 느껴졌다.

겨울이 왔다. 혹한이 몰아쳐서 공사는 중단될 수밖에 없었다. 재형은 겨울에 쉬면서 조선인 마을을 돌아보았다. 얀치혜는 이제 조선인들이 1만 명 넘게 사는 큰 마을이 되었고 슬라뱐카·포시예트·블라디보스토·크자루비노를 비롯해 여러 곳에 많게는 수천 명, 적게는 몇십 명씩 모여 살았다. 재형은 마을을 순회하면서 공사장 인부들을 모집하고 마을의 어려운 일도 해결해주었다. 총독부 건설국 통역관인 재형은 조선인들의 민원 해결사였다. 공사장에는 중국인들도 섞여 있었기 때문에 재형은 그들까지 감독했다.

봄이 오자 공사가 다시 시작되었다. 재형은 말을 타고 다니면서 조선인 십장이나 감독과 이야기를 나누고 러시아 토목기사들의 지시를 통역해주었다. 공사 구간이 길었기 때문에 조선인 통역관이 많았지만 대부분 간단한 통역만 할 뿐 완전한 통역을 하는 사람이 없었다. 그래서 러시아의 토목기사들은 중요한 지시나 명령을 내릴 때면 반드시 재형을 통해서 했다.

재형은 국도 건설 현장 인근에 있는 포시예트 시에 집을 한 채 샀다. 한두 달에 한 번씩 재형을 찾아오는 필녀가 불평하고, 재형도 얀치혜까지 다녀오는 일이 번거로웠던 것이다. 필녀는 아이를 둘 낳더니 불평이 많아졌다. 봉준이 블라디보스토크에서 돈을 많이 벌었다느니, 블라디보스토크에 한번 가보고 싶다느니 하면서 재형에게 보챘다.

"정 가고 싶으면 날 잡아 한번 가지."

재형은 필녀가 포시예트 시에 살면서도 불평을 계속하자 건성으로 대답했다.

"정말?"

필녀가 반색을 했다.

"내일모레 블라디보스토크에 갈 일이 있는데 같이 가면 되지."

재형은 총독부에 들어가 스탄케비치 건설국장을 만나야 했다. 건설국장은 공사를 하면서 그동안 여러 차례 만났는데, 여느 관리들과 달리 조선인들을 좋아했다. 재형은 그를 통해 총독부의 많은 관리들을 사귈 수 있었다. 스탄케비치 건설국장은 신중하고 사려 깊은 인물이었기 때문에 총독부 안에서도 신망이 높았다.

"애가 둘인데 어떻게 가나? 걸어서 가나?"

필녀가 재형의 얼굴을 빤히 쳐다보고 물었다.

"말을 타고 가야지. 그리고 애들은 옆집에 좀 봐달라 부탁하고……."

"애들을 잘 봐줄지 모르겠네."

필녀가 재형의 가슴에 엎드리면서 말했다. 아이들을 떼어놓고 블라디보스토크에 가려고 했으나 옆집에서 봐줄 수 없다고 하는 바람에, 결국 아이들과 함께 마차를 타고 가야 했다. 필녀는 모처럼 만의 여행에 들뜬 듯 옷도 곱게 차려입고 머리도 단정하게 빗었다. 재형은 블라디보스토크에 도착하자 필녀와 아이들을 봉준에게 맡기고 총독부로 건설국장 스탄케비치를 찾아갔다.

"표트르 최, 어서 오시오."

건설국장이 재형을 반갑게 맞이했다.

"국장님, 별일 없으셨습니까?"

재형은 건설국장과 가볍게 포옹했다.

"표트르 최가 잘 협조해주어 공사가 순조롭게 진행되고 있소. 이제 3개월 후면 공사가 완공될 거요. 나는 이 대역사를 총괄하게 된 것을 내 일생의 가장 큰 영광으로 생각하오. 우리가 죽어도 이 길은 천년만년 남아 있을 거요. 그 길을 당신과 내가, 아니 조선인들의 피와 땀으로 만들었다는 생각을 하면 가슴이 벅차기까지 하오."

"우리 조선인들도 기쁘게 생각하고 있습니다. 이 도로는 조선인들에게도 많은 도움이 될 것입니다."

"표트르 최, 좋은 소식이 또 하나 있소."

"좋은 소식이라니요?"

"이 도로 공사에 쏟아 부은 표트르 최의 공을 알리기 위해 중앙정부에 표창을 건의했소. 사흘 전 상트페테르부르크에서 회신이 왔는데 훈장을 수여하겠다고 합니다."

"감사합니다. 정말 뜻밖의 소식입니다."

재형은 러시아 황제로부터 훈장을 받는다는 사실이 믿어지지 않았다.

"저녁때 축하할 겸 술 한잔하는 게 어떻소?"

스탄케비치 국장은 자신이 훈장을 받는 것처럼 좋아했다.

"좋습니다. 술값은 제가 내겠습니다."

"좋아요, 좋아."

스탄케비치 국장이 어깨를 흔들면서 요란하게 웃음을 터뜨렸다. 재형은 저녁때 다시 만나기로 약속하고 총독부를 나왔다. 러시아 황제에게 훈장을 받게 되었다는 사실이 실감나지 않았다. 그러나 중요한 것은 훈장이 아니라 길이었다. 스탄케비치 국장의 말마따나 조선인들의 피와 땀으로 이루어진 길*은 천년만년 남을 것이다. 재형이 총독부 방문을 마치고 마르헬롭크기 거리에 있는 봉준에게 갔을 때 그는 점원들에게 일을 지시하고 있었다. 상관은 크고, 물건이 산더미처럼 진열되어 있었다.

'봉준이 상관으로 큰돈을 벌고 있다는 소문이 틀린 말이 아니구나.'

재형은 봉준의 상관을 들락거리는 사람들을 보며 속으로 감탄했다.

"핫핫핫! 사업이 갈수록 번창하는군. 이러다가 블라디보스토크의 돈을 다 끌어 모으는 것 아닌가?"

재형은 너털거리고 웃으면서 봉준에게 다가갔다.

"아이고, 형님 아닙니까? 그러잖아도 오셨다는 이야기를 들었습니다."

봉준이 점원들에게 지시하다 말고 재형의 손을 덥석 잡았다.

---

* 블라디보스토크에서 바다를 따라 두만강까지 이어진 이 길은 지금도 중요한 도로로 사용되고 있다. 필자도 이 길을 따라 가면서 취재했다.

'크다. 사람이 커서가 아니라 그의 일과 자리가 크다.'

재형은 봉준이 어느새 거인이 되었다는 사실에 경외감을 느꼈다.

"아이들 어미가 여기 있지?"

"예, 2층에 있습니다."

"스페트란에 가서 점심이나 하는 게 어떤가? 저녁에 술이나 한잔했으면 했는데, 총독부 건설국장과 술 마시기로 했어."

"예, 좋습니다. 저도 오후에는 경흥에 다녀와야 합니다."

"경흥에?"

"예. 한러장정이 체결되어 조선과 교역을 할 수 있게 되었습니다. 점심만 먹고 출발할 예정입니다. 그래도 형님과 점심 식사를 하게 되어 다행입니다. 하마터면 못 만날 뻔했습니다."

재형은 2층으로 올라가 아이들과 필녀를 데리고 내려왔다. 봉준이 아들을 목말 태우고 재형은 딸을 안고 걸었다.

"가게가 번창하고 있는 것 같은데 어떤가?"

블라디보스토크에는 조선인들이 많아져 이제는 거리를 걸으면서도 만날 수 있었다.

"괜찮은 편입니다."

"얀치혜와 지신허에 소문이 파다하게 났어. 자네가 극동 지역 조선인들 중에서 가장 부자라고 말이야."

"핫핫핫! 별거 아닙니다. 소문난 잔치에 먹을 거 없다고 소문만 그렇게 난 겁니다."

봉준이 손을 흔들며 너스레를 떨었다. 이내 스페트란 거리의 레스토랑에 이르렀다. 봉준은 필녀를 위해서라며 고급 포도

주까지 주문했다. 점심시간이지만 레스토랑은 장교들과 귀부인들로 가득 차 있고, 러시아인 여가수가 러시아 전통 악기인 발랄라이카를 연주하며 노래를 부르고 있었다.

라스비탈리 야블로니 이 그루쉬

(강물 위로 안개가 흐르고 있을 때)

'카튜샤'라는 제목의 러시아 민요였다. 재형도 마도로스 생활을 할 때 선원들과 즐겨 부르던 노래여서 자신도 모르게 낮은 목소리로 따라 불렀다.

사과꽃과 배꽃이 활짝 핀 봄날
강물 위로 비안개가 자욱한데
아름다운 처녀 카튜샤가 나왔네
높고 가파른 강언덕에서
강물을 향해 노래를 부르고 있네
초원의 잿빛 독수리에 대한 노래를

사랑하는 이에게 보내는 편지를 가슴에 품고
노래하는 처녀여
처녀의 아름다운 노래여
저 밝은 태양을 따라 날아가라
저 멀리 국경을 지키는 병사에게
카튜샤의 인사를 전해다오

「카튜샤」는 러시아 민요지만 경쾌하면서도 야릇한 애조를 띤 노래였다. 노래가 계속되는 동안 주문한 음식과 포도주가 나왔다. 봉준은 노래를 부르는 가수가 스베틀라나라는 여자인데, 자신과 함께 경흥으로 갈 거라고 하여 재형을 놀라게 했다.

"점심을 마치면 경흥으로 갈 예정이 아닌가? 저 가수는 언제 준비를 하여 떠나나?"

"스베틀라나는 점심시간에만 노래를 부릅니다. 제가 마차를 준비해서 오면 옷을 갈아입고 나올 겁니다."

봉준이 스베틀라나를 향해 손을 흔들자, 그녀가 고개를 까닥해 보였다. 금발에 20대 초반으로 보이는 아가씨였다.

"오라버니는 왜 결혼 안 하세요?"

필녀가 양고기를 먹다 말고 봉준에게 물었다.

"결혼이 중요한 건 아니잖아?"

봉준이 흠칫하는 표정으로 재형을 쳐다보았다.

"그래도 어머님 아버님이 결혼하는 걸 바라고 계시더라고요."

"부모님이야 당연히 결혼을 바라시겠지."

"혹시 수향 언니를 기다리는 거 아니에요?"

"아니라고 그러면 거짓말이지. 상트페테르부르크에 있지만 반드시 블라디보스토크로 돌아올 거야."

봉준에게는 어떤 결연한 의지가 보였다. 재형은 봉준이 수향을 기다린다는 말에 가슴에 찬 바람이 부는 것 같았다.

"그보다…… 형님은 블라디보스토크에 집을 안 삽니까?"

"블라디보스토크에?"

"형님은 총독부 일을 하니까 블라디보스토크에 자주 오시지 않습니까? 오실 때마다 호텔을 이용하는 것은 바람직하지 않을 겁니다. 마침 저희 집 근처에 근사한 저택이 하나 나왔는데 사시지요."

"그래요. 우리도 블라디보스토크에 집을 사요."

봉준의 말에 필녀가 맞장구를 쳤다.

"집보다는 학교가 더 필요한데……."

"학교를 짓는 것은 많은 돈이 필요합니다. 우선 집을 하나 장만해두시고 학교를 짓지요."

재형은 봉준의 말이 옳을지도 모른다고 생각했다. 점심을 마친 재형은 필녀와 아이들을 데리고 비어 있는 집을 둘러보았다. 봉준은 마차를 두 대나 이끌고 경흥으로 떠날 준비를 하느라 분주했다.

봉준은 곧게 닦인 신작로를 마차로 힘차게 달렸다. 러시아가 블라디보스토크에서 얀치혜를 거쳐 두만강까지 내고 있는 도로였다. 도로 옆으로는 자작나무 숲이 빽빽하게 이어져 있었다. 봉준은 새로 닦인 신작로를 달리면서 여행이 한결 쉬워졌다고 생각했다. 재형이 총독부 건설국 통역관으로 활약하면서 만들고 있는 도로였다. 장장 6년 동안 수많은 조선인들이 동원되어 산을 깎고 길을 메우고 개울에는 다리를 놓았다. 전에는 말이나 마차가 다니기 어려울 정도로 길이 험했으나 신작로를 닦으면서 다니기 편리해졌다. 말을 달리는 동안 조선인들이 신작로 곳곳에서 공사 마무리를 하고 있는 모습이 보였다.

극동 지역은 최근 10여 년 동안 수많은 조선인들이 두만강을 건너와 살고 있었다. 조선에서 천민이라고 핍박받던 사람들에게 러시아는 광대한 땅이 기다리고 있고, 신작로를 건설하는 공사장이 준비되어 있는 곳이었다. 조선인들은 농사를 짓는가 하면 도로 공사장 일로 돈을 벌었다. 재형이 통역관을 하면서 조선인들은 러시아 총독부로부터 정당한 대우를 받게 되었다. 만주에서의 우월권을 획득하고 조선과의 관계를 개선하기 위한 러시아의 남진 정책에 의해 만들어지고 있는 도로였다. 블라디보스토크에서 두만강까지는 7백 리가 넘는 먼 길이었다. 광대한 대륙에 러시아가 정책적으로 도로를 만들자 봉준은 그 길을 이용해 장사를 하기로 결정했다. 더욱이 조선과 러시아는 한러장정을 체결함으로써 러시아인들이 공식적으로 경흥에 들어가 장사를 할 수 있는 길이 열린 터였다.

"형님, 길을 쓸면 거지가 먼저 지나간다고, 러시아가 길을 내니 우리가 먼저 달리게 되었습니다."

상관에서 일하는 김홍륙*이 걸걸한 목소리로 웃으면서 말했다. 블라디보스토크를 출발한 지 세 시간이 넘었을 때였다. 말과 마차를 쉬게 하고 봉준이 개울가에 앉아 담배를 피우고 있는데 김홍륙이 다가와서 웃으며 한 말이었다.

"이 사람, 우리가 거지란 말인가?"

봉준이 눈을 부라리는 시늉을 하자 김홍륙은 찔끔한 표정을

---

* 김홍륙(金鴻陸): 역관 출신으로 블라디보스토크를 오가며 장사를 하다가 아관파천 후에 고종의 신임을 받아 학부협판까지 된다. 하지만 러시아와의 통상 자금을 횡령한 뒤에 해고되자 이에 원한을 품고 고종을 암살하려다가 발각되어 처형된다.

지었다. 김홍륙은 농사를 짓기 싫어 슬라뱐카에서 무위도식하다가 블라디보스토크에 와서 봉준의 상관에서 일하고 있었다.

"핫핫핫! 그럴 리 있습니까? 러시아가 길을 내서 고맙다는 이야기지요."

김홍륙이 옆에 앉으면서 너스레를 떨었다. 그는 키가 크고 몸이 호리호리했으나 비윗살이 좋아 사람들의 호감을 샀다.

"이 길 덕분에 우리가 잘됐어. 물건을 운송하기가 한결 쉽지 않은가?"

"최재형 씨가 총독부의 신임을 단단히 얻고 있는 모양입니다."

"어디 총독부뿐인가? 조선인들에게도 신임을 얻고 있어."

봉준은 재형의 얼굴을 떠올리며 얼굴을 찌푸렸다. 재형은 통역관으로 일하면서도 돈을 벌고 있었다. 총독부와 교섭하여 조선인 노동자들의 임금을 높게 책정하자 그들은 자발적으로 자신들이 받는 임금에서 10퍼센트를 떼어 재형에게 바치고 있었기 때문이다. 그 덕분에 재형이 큰돈을 벌었을 것이라는 소문이 파다하게 나돌고 있었다.

'돈을 버는 방법도 여러 가지야.'

봉준은 자신이 재형을 능가해야 한다고 생각했다. 재형을 생각할 때마다 이상한 경쟁심이 가슴속에서 솟구쳤다. 재형은 돈을 벌면서도 사람들의 존경을 받고 있었다. 도로를 건설하면서 신임이 높아 재형의 한마디는 조선인들 사이에 도장을 찍은 문서보다 더 신용이 있었다. 그러나 봉준에 대한 조선인들의 생각은 전혀 달랐다. 재형은 모든 사람들이 존경하고 있었지만 봉준은 인색한 수전노라고 뒤에서 손가락질하고 있었다.

"경흥에 상관을 열어야 하는데, 자네가 책임자가 되어야겠어."

"경흥에 가도 괜찮습니까? 조선에서는 월경한 자들을 잡아 죽이지 않습니까?"

김홍륙이 불안한 표정으로 말했다.

"이젠 괜찮아. 조선에서 러시아와 조선이 통상하는 것을 허락했어."

"그렇습니끼? 그렇다면 맡겨주십시오."

"그래. 자네를 믿고 있네. 그래서 이번에 자네와 동행하는 걸세."

봉준은 김홍륙의 어깨를 두드렸다. 스베틀라나가 개울에서 손을 씻으며 부르는 노랫소리가 들려왔다. 재형과 레스토랑에서 점심 식사를 할 때 부르던 노래였다. 개울가에서 30분을 쉰 뒤에 봉준은 다시 일행을 이끌고 마차를 달리기 시작했다. 지신 허에 이르렀을 때는 이미 자정이 가까운 시간이었다. 봉준의 부모가 자다가 말고 일어나 저녁상을 차렸다. 봉준은 이튿날 아침 일찍 출발하여 포시예트를 거쳐 해질녘이 되어서야 두만강에 이르렀다.

"두만강입니다."

누런 띠를 풀어놓은 것 같은 강에 이르자, 상관의 또 다른 일꾼 김경배가 소리를 질렀다. 봉준은 그 옛날 아버지를 따라 두만강을 건너던 일을 떠올리며 감개무량해했다.

"물이 많지는 않군. 배가 없어도 건널 수 있을까?"

봉준은 떨리는 목소리로 말했다.

"들어가보면 알 수 있을 겁니다."

"누가 한번 들어가보게."

봉준의 말에 김경배가 말에서 내려 강물 속으로 들어갔다. 두만강은 누런 흙빛이었다. 강바닥이 진흙이기 때문에 백두산에서 맑은 물이 흘러내려도 언제나 누런 흙빛이었다.

"괜찮습니다."

김경배가 강물 속에 들어가 소리를 질렀다. 강물은 김경배의 무릎 위까지 올라왔다.

"계속 가봐."

김홍륙이 김경배에게 소리를 질렀다. 김경배가 조심조심 강심으로 나아갔으나 가장 깊은 곳이 허리밖에 차지 않았다.

봉준은 김경배가 두만강을 건너 손을 흔들자 마차와 함께 강을 건넜다. 두만강을 건너 조선 땅을 밟으니 가슴이 뭉클하면서 콧등이 찡했다.

"관리들이 오고 있습니다."

봉준 일행이 경흥부를 향해 가고 있을 때 조선의 관리들이 포졸들을 이끌고 나왔다. 봉준은 관리들을 보자 긴장했다.

"그대들은 어디서 오는 것인가? 조선은 외국인들이 강을 건너오는 것을 금지하고 있다."

경흥부의 관리가 앞으로 나서면서 소리를 질렀다.

"그대들은 한성에서 통보를 받지 못했는가? 조선과 러시아는 한러장정을 체결하여 경흥에서의 통상을 허락했다."

봉준이 앞으로 나서서 관리들에게 말했다. 관리들이 서로 얼굴을 마주 보면서 웅성거렸다.

"그대들은 러시아에서 온 것인가?"

"그렇다. 우리는 러시아 상인들이다. 러시아 정부에서 발행한 허가증이 있다."

"조정의 통보를 받았다. 경흥에서의 교역을 허가하나, 다른 곳의 여행은 할 수 없다."

"우리는 경흥부의 시장에 상관을 열 것이다."

"우리가 안내하겠다."

조신 관리들이 봉준 일행을 안내했다. 봉준 일행은 그들을 따라 경흥부로 들어갔다. 곳곳에서 사람들이 몰려나와 그들 일행을 구경했다. 특히 마차에서 밖을 내다보고 있는 스베틀라나가 신기한 듯 쳐다보면서 손가락질하기도 하고 혀를 차기도 했다. 조선의 관리들은 시장에 이르자 유기전* 옆에 있는 빈집을 하나 내주었다.

"이곳에서 교역을 하라."

"좋다. 장사는 우리가 할 것이니 그대들은 돌아가라."

봉준은 조선의 관리 일행을 돌려보내고 빈집을 살폈다. 얼마 전까지 장사를 하고 사람들이 살았던 듯 집은 비교적 깨끗했다. 바깥이 점포로 되어 있고 안채는 사람들이 머물 수 있는 방이 여러 개였다. 봉준은 방을 깨끗이 쓸고 닦은 뒤에 사람들이 숙식을 할 수 있게 했다. 점포도 정리하여 돗자리를 깔고 물건을 진열했다.

* 유기전(鍮器廛): 놋그릇을 파는 점포.

저녁때가 되자 봉준은 김홍륙을 데리고 경흥부를 방문하여 부사 이해춘에게 인사했다.

"그대들은 러시아에서 장사를 하는가?"

이해춘은 수염을 쓰다듬으며 러시아에 대해 자세히 물어왔다. 봉준은 준비한 선물을 바치고 러시아에 대해 설명을 해주었다. 이해춘 부사는 봉준과 김홍륙에게 술을 접대하며 그들이 어떻게 러시아인이 되었는지를 물었다. 봉준이 기사 흉년 때문에 월경했다고 하자 이해춘 부사는 부모의 나라를 잊어서는 안 된다며 점잖게 훈계했다. 봉준은 이해춘의 훈계에 내심 비위가 거슬렸으나 꾹 참았다.

이튿날 아침, 상관을 열면서 봉준은 스베틀라나에게 화려한 드레스를 입고 발랄라이카를 연주하면서 노래를 부르게 했다.

나 홀로 길을 가네
안개 속을 지나 자갈길을 걸어가네
밤은 고요하고 황야는 푸른 달빛이 가득한데
별들이 서로 밀어를 속삭이네

하늘의 모든 것은 장엄하고 경이로운데
대지는 푸른 달빛 속에 잠들어 있네
나의 가슴은 비수에 찔린 듯 고통스러워
창백한 얼굴에 눈물이 흐르누나

아, 인생의 희망은 사라지고

화살같이 지나가버린 날은 되돌아오지 않으니
무엇을 위해 살 것인가
나는 자유와 평온을 찾기 위해 잠들려 하네

스베틀라나가 발랄라이카를 연주하며 노래하자 조선인들이 구름처럼 모여들었다. 스베틀라나의 금발 머리와 하얀 피부, 파란 눈은 조선인들의 호기심을 자극하기에 충분했다. 봉준은 김경배를 시켜 구경꾼들에게 러시아가 어떤 나라인지, 봉준이 어떤 물건을 파는지를 설명하게 했다. 입에 거품을 물어가며 설명하는 김경배를 바라보며 사람들은 고개를 끄덕이기도 하고 탄식하기도 했다.

그동안 봉준은 경흥의 시장을 돌아다니면서 구경했다. 경흥 시장에는 유기전, 포목전, 푸줏간 등 수많은 점방들이 늘어서 있었다. 러시아와 공식적인 통상을 하기 전에도 밀무역을 했던 곳이다.

'조선에서는 달걀이 비싸게 팔리는구나.'

봉준은 시장 동향을 철저히 조사했다. 우시장에 가보니 소 값이 러시아의 절반밖에 되지 않았다. 조선은 비단과 달걀, 어물이 비싸게 팔리고 있음을 알아챘다.

'달걀과 비단을 조선에 팔고, 조선에서 콩과 소를 사다가 러시아에 팔면 돈을 벌 수 있겠구나.'

봉준은 경흥에 문을 연 러시아 상관을 김홍륙에게 맡기고 블라디보스토크로 돌아왔다.

봉준의 사업이 날로 번창하는 것을 지켜보며 재형은 경이로움을 느꼈다. 봉준은 경흥에 상관을 열고 본격적으로 무역을 시작했다. 경흥의 상관은 대호황을 이루었다. 서양 문물을 구경하려는 호사가들부터 조선 팔도 전국 각지의 상인들이 모여들었다. 조선은 이미 인천, 부산, 원산을 개항하여 일본 상인들이 진출해 있었다. 봉준이 경흥에 상관을 열었다는 소문을 듣고 한성의 경상(京商)들이 대량의 물품을 교역하기를 희망했다. 봉준은 그들과 기꺼이 인사를 나누고 물품을 거래했다.

"봉준은 조선의 상인들과 어떻게 거래하는가?"

재형은 봉준이 장사하는 법이 궁금하여 그의 블라디보스토크 상관에서 일하던 윤홍제라는 사내에게 물었다.

"철저한 신용으로 하고 있습니다."

"예를 들면 어떤 것인가?"

"전에 조선의 한 상인이 경흥의 상관을 찾아와 비단을 사기로 약조하고 돈은 다음 날 아침에 낸다고 했습니다. 그런데 해질 무렵이 되자 다른 상인이 찾아와 비단을 사겠다며 비단 값을 두 배로 줄 테니 팔라고 했지만, 이미 물건이 팔렸다면서 팔지 않고 아침에 약속한 사람에게 팔았습니다."

재형은 봉준이 틀림없이 거상이 될 것이라고 생각했다. 봉준이 돈 버는 것을 보고 그를 따라 장사를 시작한 사람들이 적지 않았다.

재형은 블라디보스토크에 집을 사고 남은 돈의 일부를 공부 잘하는 조선인 소년들을 선발하여 상트페테르부르크로 유학 보내주었다. 재형이 유학을 보낸 소년들은 한명세, 미하일로비치 김, 최만학, 안드레아 한, 재형의 아들, 알렉산드로 니콜라예비치 김, 콘스탄틴 김, 야코보 안드레예비치 김 등이었다. 훗날 콘스탄틴 김은 블라디보스토크 남자 중학교 한인 최초의 교사가 되었고, 야코보 안드레예비치 김은 공부를 열심히 하여 카잔사범대학에 진학하기도 했다. 콘스탄틴 김의 아버지는 재형이 얀치혜에서 계몽운동을 할 때 그를 따라다니며 도운 김정훈이었다. 그러나 한창 일할 나이에 병들어 죽는 바람에 부인이 아이들을 키우면서 궁핍하게 살고 있었다. 재형은 콘스탄틴이 총명해서 상트페테르부르크로 유학을 보내주었던 것이다. 그때 콘스탄틴의 어머니는 눈물을 흘리며 재형에게 고마워했다.

"아저씨, 나도 공부를 하게 해줘요."

콘스탄틴의 여동생 엘레나 페트로비나는 콘스탄틴이 얀치혜를 떠나려 하자 자신도 따라가겠다고 울며불며 매달렸다. 엘레나는 5, 6세밖에 되지 않은 어린아이였다.

"엘레나, 너는 어려서 먼 곳에 갈 수가 없다. 몇 년만 지나면 너도 유학을 갈 수 있을 것이다."

재형은 당돌한 엘레나를 보고 웃었다.

"싫어요. 지금 보내주세요."

"어머니와 헤어지는 것을 견딜 수 있니?"

"나도 공부하러 갈 거예요."

"너는 지금 어려서 안 된다. 이렇게 작은 애가 어떻게 만 리 먼 길을 간다는 말이냐?"

"그럼 얼마나 커야 돼요?"

"이만큼은 커야지."

재형은 웃으면서 엘레나의 머리 위에 한 뼘 높이로 손을 들었다.

"알았어요. 내가 그만큼 크면 보내주는 거죠?"

"그래, 약속한다."

엘레나는 그날 이후 밥을 많이 먹기 시작했다. 엘레나의 어머니로부터 그 이야기를 듣고 재형은 웃었다.

"엘레나, 네가 기특해서 말을 태워주마."

재형은 그날 엘레나를 말에 태우고 얀치혜의 넓은 들판을 달렸다. 엘레나가 샛별처럼 맑은 눈으로 재형을 쳐다보면서 좋아했다.

필녀는 재형이 조선인 소년들을 유학 보내는 것을 달가워하지 않았다. 재형이 조선인들 때문에 분주히 돌아다니고 사람들이 항상 그의 집에 들끓는 것을 싫어했다. 그 바람에 재형은 때때로 필녀와 언쟁을 벌였다. 필녀는 재형이 하는 일을 이해하려 하지 않았다. 재형은 필녀와의 갈등이 심해지자 함께 잠자리에 들지 않고 밤늦게까지 책을 읽는 날이 잦아졌다. 그러는 동안 필녀는 또다시 딸을 낳았다. 재형은 둘째 딸에게 나제브나라는 이름을 지어주었다.

'내가 벌써 세 아이의 아버지가 되었구나.'

재형은 세 아이를 낳으면서 세월이 빠르다고 생각했다. 스베틀라나가 부르던 러시아 민요 「나 홀로 길을 가네」의 가사처럼 인생은 화살처럼 빠르고 세월은 덧없다는 생각이 들었다. 재형이 운테르베르게르 총독으로부터 러시아 황제가 수여하는 훈장을 받게 되었다는 말을 들은 것은 그 무렵의 어느 날이었다.

"이번에 차르 폐하로부터 나와 스탄케비치 건설국장도 훈장을 받게 되었네."

운테르베르게르 총독의 말에 재형은 기분이 묘했다. 훈장을 받으러 가지 않을 수 없었다. 필녀는 러시아 황제로부터 훈장을 직접 받으러 상트페테르부르크로 간다는 이야기를 듣고 너무 좋아했다. 그리고 러시아의 귀부인들처럼 화려한 드레스를 맞추었다. 재형도 예복을 맞추었다.

재형은 봄이 되자 총독부 관리들과 상트페테르부르크로 갔다. 운테르베르게르 총독과 함께 가는 길이어서 병사들의 호위까지 받아 행렬이 화려했다. 상트페테르부르크는 그 옛날 재형이 살았을 때보다 더욱더 혼란스러웠다. 차르에 반대하고 러시아를 개혁하려는 민중의 열망이 더욱 격렬해지고 있었으나 차르 정부는 무능했다. 그들은 농민과 노동자들의 요구를 정책에 효과적으로 반영하지도 못하면서 전쟁에만 골몰하고 있었다. 러시아는 동유럽 쪽에서 자주 전쟁을 벌여 막대한 전비가 들어 갔고, 황후는 사치만 일삼았다.

재형이 러시아 황제를 알현할 수 있었던 것은 상트페테르부르크에 도착한 지 열흘이 되었을 때였다. 그동안 필녀를 데리고 상트페테르부르크와 모스크바를 관광했다. 옛날에는 세르게이 선장에게 고용된 선원이고 부두 노동자였기 때문에 대성당이나 궁전을 구경할 여유가 없었다. 운하 위에 있는 수많은 다리와 아름다운 건물들을 둘러보니 마치 천국에 온 듯한 기분이 들었다.

"이렇게 아름다운 도시가 있을 줄은 몰랐어요. 우리도 이곳에 와서 살아요."

필녀의 눈에는 상트페테르부르크의 모든 것이 신기하고 아름다웠다.

"상트페테르부르크가 화려한 것은 겉모습뿐이야. 실제로 상트페테르부르크는 썩고 있어."

"건물이 썩어요?"

"사람들의 의식이 썩고 있다는 말이야."

"그런 말은 모르겠어요. 음식은 맛있고 옷차림은 화려해요. 무도회도 얼마나 멋있는지 몰라요."

필녀는 상트페테르부르크에 도착하고 나서 두 번이나 무도회에 참석했다. 아시아와 관련 있는 귀족들이 총독과 재형을 초대했던 것이다. 그들은 일본과 중국, 그리고 조선에 대해 깊은 관심을 보이고 있었다.

'남의 나라에 관심을 갖지 말고 자신들의 나라에나 관심을 갖지.'

재형은 러시아 귀족들이 마음에 들지 않았다. 춤을 추다가 술을 마시면 귀족들은 으레 일본이나 조선과의 통상에 관심을 보이며 이야기를 했다. 그들은 러시아가 남쪽에 해군 기지를 가져야 한다고 주장했다.

훈장 수여식은 궁전에서 열렸는데 화려했다. 국도 건설에 공을 세운 운테르베르게르 총독과 스탄케비치 국장, 그리고 통역을 했던 재형이 나란히 서서 러시아 황제가 주는 훈장을 받았다. 재형은 필녀와 함께 상트페테르부르크에서 한 달을 머물다가 얀치혜로 돌아왔다. 그동안 상당히 많은 돈을 썼으나 후회되

지 않았다. 필녀는 상트페테르부르크에 다녀온 다음부터 항상
드레스를 입고 다니는 등 귀부인 행세를 했다.

　　재형은 1893년 얀치혜의 도헌이 되었다. 도헌이 되자 총독
부에서 매달 3천 루블의 봉급이 나왔다. 당시에 3천 루블은 꽤
많은 돈이어서, 재형은 그 돈으로 조선인 학생들을 도시로 유학
보내는 일에 더욱 힘썼다.
　　재형은 조선인들을 위해 열성적으로 일했다. 얀치혜에서 가
까운 슬라뱐카에 집을 싯고 살면서 조선인들의 계몽 활동에 본
격적으로 나섰는데, 이는 연해주 일대를 아우르는 종합적인 계
획이 필요한 일이었다. 재형은 눈보라가 몰아치는 겨울에는 조
선인 마을을 번영시키기 위한 계획을 세웠다. 그때 그의 집에는
항상 30~40대의 청장년들이 모여들어 활발하게 토론을 벌이며
실행 방안을 의논했다. 그리고 봄이 되었을 때 실행에 들어갔
다. 마을은 열 채에서 열다섯 채로 구획을 나누었다. 마을 공동
자금을 조성해 황소와 종우(種牛)를 사들이고, 모터 달린 탈곡
기, 딸기 묘목, 칠면조를 사들여 조선인들이 부를 축적하도록
했다. 슬라뱐카에는 연어가 많아서, 재형은 어선과 어망도 공동
으로 구입해 어기(漁期)가 돌아오면 마을 전체가 바다에 나가
연어를 잡도록 했다. 어망은 순서에 따라 장정들이 바다에 던져
서 끌어올렸다. 슬라뱐카 만에서 연어를 잡는 주기는 열흘에서
열닷새밖에 되지 않았으므로 연어를 잡는 철에는 마을 사람 전
체가 동원되었다. 마차에는 어린아이들과 연어를 실을 큰 나무
통이 실려 줄을 이어 만(灣)으로 갔다. 연어는 소금에 절여 큰

통에 보관하고, 연어 알은 작은 통에 보관했다.

"아저씨, 이젠 저를 상트페테르부르크로 보내주세요."

엘레나는 열 살이 되자 재형에게 말했다. 재형은 엘레나의 어머니와 상의하여 상트페테르부르크로 유학을 보내주었다.

슬라뱐카 만에는 여름철에 러시아의 대함대가 와서 정박했다. 대함대를 따라 장교들의 가족들도 슬라뱐카로 몰려왔다. 재형은 얀치혜와 슬라뱐카의 조선인들에게 이들을 위한 농축산물을 생산하도록 했다. 조선인들은 유제품을 생산하고 야채, 딸기, 과일나무를 재배했다. 겨울에는 꿀과 과일 잼을 만들어 러시아 장교들과 그들의 가족들에게 공급했다.

"우리는 회사를 설립해야 합니다."

재형은 마음 맞는 조선인들과 의형제를 맺고 회사를 설립했다. 그때 재형과 함께한 사람들은 강 야코보 파블로비치, 박 알렉산드로 이바노비치, 김 표트르 엘리세예비치, 한 이고르 등이었다. 모두들 겨우내 재형의 집에서 함께 토론하던 사람들이었다. 회사는 군(郡) 경리부와 계약을 맺고 농축산물을 생산했다.

1894년부터 조선은 격변을 맞이했다. 1894년 동학농민운동이 발발하고 청일전쟁이 일어나 조선에서 청군과 일본군이 격돌했다. 서해에서 청나라의 북양함대가 일본 해군에 격파되고 아산에서는 육전이 시작되었는데, 청군은 잇달아 패배하는 가운데 평양에서도 대패했다. 청군의 참패와 일본군의 약진은 그러잖아도 만주 일대와 조선에 진출할 준비를 하고 있던 러시아군을 긴장시켰다. 러시아는 시베리아 철도를 부설하면서 연해주 일대에 50만의 육군을 주둔시켜 일본을 압박했다.

조선이 일본의 위협으로 풍전등화의 위기에 몰리고 있을 때 재형에게도 개인적인 불행이 찾아들었다. 불행의 시작은 아버지 최형백의 죽음이었다. 몇 년 전부터 노환으로 시름시름 앓고 있던 최형백이 마침내 눈보라가 몰아치는 한겨울에 죽었던 것이다.

'세상이 얼마나 허망한가!'

아버지를 산에 묻고 재형은 아버지의 일생을 돌이켜보았다. 아버지는 수향의 어머니를 사랑했다. 그녀를 열렬히 사랑했으면서도 누구에게도 내색 한번 못했다. 어머니가 죽은 뒤에는 오로지 수향의 어머니만 생각하며 여생을 보냈다. 아버지의 인생도 기구하다면 한없이 기구한 것인데, 아버지가 죽은 지 반년이 못 되어 필녀마저 죽었다. 재형은 필녀를 양지바른 곳에 묻어주었다. 필녀는 네 번째 아이를 낳다가 죽었는데, 죽을 무렵에는 몸이 젓가락처럼 말라 있었다.

'여보, 당신을 잘 돌보지 못해 미안하오. 저세상에서나 즐겁게 살구려.'

재형은 필녀의 무덤 앞에서 술을 따라 마시면서 울었다. 수향이 상트페테르부르크에서 돌아온 것은 그 무렵의 어느 날이었다. 재형이 블라디보스토크에 가서 운테르베르게르 총독을 만난 다음 봉준의 상관을 찾아갔을 때 뜻밖에 수향이 돌아와 있었다.

"언제 돌아왔습니까?"

재형은 수향을 보자 가슴이 저렸다. 수향도 어느덧 중년 여인이 되어 있었다.

'우리는 인연이 아니었어. 우리는 이복남매일 뿐이야.'

재형은 수향을 동생으로만 생각해야 한다고 입술을 깨물면서 다짐했다.

"몇 달 되었어요."

수향이 밝게 웃으면서 대답했다. 재형은 봉준, 수향과 함께 식사를 하면서 그들이 결혼할 것이라는 이야기를 들었다. 재형은 또다시 가슴을 칼로 베어내는 듯한 슬픔을 느꼈다.

재형은 마차를 타고 블라디보스토크에서 슬라뱐카로 돌아오던 길에 조선인 둘이 자작나무 아래 쉬고 있는 모습을 발견하고는 말을 세웠다.

"아저씨, 안녕하세요?"

자작나무 아래에서 돗자리를 깔고 앉아 있던 조선인 남녀가 재형을 보자 알은체를 하며 반갑게 인사했다. 재형은 그들을 알아보지 못해 어리둥절했다.

"아저씨, 저 콘스탄틴입니다."

"저는 엘레나예요."

그때서야 재형은 눈을 크게 뜨고 둘을 알아보았다.

"이야, 이제 어른이 되었구나. 정말 몰라보겠는걸."

재형은 콘스탄틴과 엘레나를 번갈아 살피면서 입을 다물지 못했다. 콘스탄틴은 건장한 청년이 되어 있었고, 엘레나는 아름다운 숙녀가 되어 있었다.

"아저씨, 잘됐네요. 전 바로 카잔으로 돌아가야 하는데, 엘레나를 집까지 데려다주느라 슬라뱐카로 가던 길입니다. 죄송합니다만, 아저씨 마차로 엘레나 좀 태워주세요. 엘레나, 괜찮지?"

콘스탄틴이 엘레나에게 물었다.

"오빠는, 애인을 만나고 싶어 안달하는 것 좀 봐. 어머니가 아픈데도 집에는 들르지 않고……."

엘레나가 웃으면서 눈을 흘겼다.

"엘레나, 오늘 안 돌아가면 석 달간이나 파샤를 못 만나."

콘스탄틴이 엘레나에게 사정하듯이 말했다.

"알았어, 나는 아저씨와 데이트나 하지 뭐."

엘레나가 재형을 향헤 눈웃음을 쳤다. 재형은 데이트라는 말이 러시아 말이 아니어서 머쓱했다. 그 말이 영국인들이나 미국인들이 사용하는 언어로, 남녀 사이의 은밀한 산책을 말하는 단어라는 것을 알게 된 것은 몇 년 뒤였다. 재형은 콘스탄틴과 30분 남짓 그의 학교생활에 대해 이야기했다. 콘스탄틴은 재형과 이야기를 하면서 연신 시계를 들여다보았다. 재형은 엘레나를 안전하게 집까지 태워다줄 테니 안심하고 카잔으로 돌아가라고 말했다.

"고맙습니다."

콘스탄틴은 재형에게 인사하자마자 마차를 되돌려 블라디보스토크를 향해 달려가기 시작했다.

"우리도 출발할까?"

콘스탄틴의 마차가 멀리 사라지는 것을 바라보던 재형이 엘레나에게 물었다.

"네."

엘레나가 얼굴을 붉히면서 대답했다. 재형은 엘레나와 나란히 마부석에 앉아 마차를 달리기 시작했다.

"아저씨는 참 좋은 분이에요."

마차가 곧게 뻗은 신작로를 달릴 때 엘레나가 말했다.

"내가 왜?"

"아저씨는 자신의 이익을 취하지 않고 조선인들을 위해 일하잖아요? 유학생들 사이에선 최씨 두 사람이 연해주에서 최고라 그래요."

"최씨 두 사람이라니?"

"한 사람은 아저씨고, 또 한 사람은 블라디보스토크에서 상관을 하는 최봉준 씨요. 최봉준 씨는 엄청나게 많은 돈을 벌었대요."

"최봉준 씨가 돈을 많이 벌기는 했지. 최봉준 씨는 돈이 많아서 유명하다고 하지만, 나는 왜 유명한 거야?"

재형은 수향과 나란히 서서 자신을 배웅하던 봉준의 얼굴이 떠오르자 우울해졌다.

"연해주 일대에서 아저씨를 모르는 사람이 없어요. 심지어 하바로프스크, 옴스크, 우수리스크에 있는 조선인들도 아저씨를 알아요."

"핫핫핫! 내가 그렇게 유명해졌나? 내가 왜 그렇게 유명해졌지?"

"아저씨는 가난하게 살던 조선인들을 모두 부유하고 풍족하게 살게 해줬어요. 아저씨를 안다는 사실 하나만으로 사람들이 저를 좋아해요. 아저씨는 조선인들의 영웅이 되었어요."

엘레나의 말에 재형은 기분이 좋아졌다. 엘레나는 사람들을 기분 좋게 하는 아가씨로 성장해 있었다.

"노을이네요."

슬라반카에 가까이 이르자 지평선 위로 노을이 번지기 시작했다. 재형은 엘레나와 마차에 나란히 앉아 장엄한 노을을 바라보았다. 재형에게 엘레나가 여인으로 다가오는 순간이었다.

나는 사직에 죽기로 맹세하였다

봉준은 자운령의 높은 마루에 올라서자 가쁜 숨을 고르며 뒤를 돌아보았다. 첩첩 연봉들이 운해처럼 아득하게 펼쳐져 있고 햇살이 밝았다. 산들은 9월인데도 불타는 듯이 붉었다. 가까운 곳의 관목들은 붉고 노란 빛으로 채색되어 청정한 향기를 뿜고 있었다. 개마고원은 8월 하순이면 이미 가을이 시작되어 9월이면 단풍이 들고, 10월이면 눈발이 날리기 시작한다. 봉준은 눈앞에 만산홍엽의 단풍이 아득하게 펼쳐져 있는 것을 보자 가슴이 뭉클해왔다. 아아, 얼마나 아름다운 절경인가. 러시아 군대에 납품할 소떼만 아니라면 바람인 듯 햇살인 듯 수향과 평생을 살고 싶은 태고의 원시림이었다.

"경배, 여기서 한 시간쯤 쉬세. 이제는 내리막길이니 힘들지는 않을 걸세."

봉준이 우부(牛夫)의 우두머리 김경배에게 말했다.

"알겠습니다. 주인님."

김경배가 험상궂은 수염을 쓸어 내리면서 봉준에게 말했다. 경흥을 통해 두만강 하류를 건너면 곧바로 지신허로 갈 수 있었으나 물이 불어 150마리의 소떼를 끌고서는 강을 건널 수가 없었다. 조금 힘들더라도 개마고원을 종단하면서 두만강 상류를 건너 지신허에 이를 때까지 강을 따라 소떼에게 풀을 뜯게 하면 살이 쪄 좋은 값을 받을 수 있었다. 고원을 종단하는 것은 오로지 강을 건너기 위한 방편에 지나지 않았다.

"모두들 휴식이다. 한 시간을 쉬고 다시 출발한다. 소들이 달아나지 않도록 잘 묶어둬라!"

김경배가 우부들 사이를 돌아다니면서 소리 질러 소고삐를 나무에 묶어놓고 쉬게 했다. 소떼는 선 채로 쉬고 우부들은 여기저기 주저앉거나 누워서 담배를 말았다. 영마루 하나가 온통 우부들과 소떼로 바글바글했다.

봉준은 김경배가 우부들을 단도리하는 것을 우두커니 지켜보다가 수향에게 시선을 돌렸다. 수향은 러시아 군인들처럼 바지를 입고 가죽 장화를 신고 있었다. 그러나 위에는 하얀 블라우스와 국방색 재킷 차림이었다.

"우리도 좀 쉽시다."

봉준은 수향이 어깨에 짊어지고 있는 배낭을 벗겨주면서 말했다. 수향의 풍성한 머리숱에서 여자의 육향이 물씬 풍겼다.

"오늘 강을 건널 수 있을까요?"

수향이 은근한 눈빛을 봉준에게 보내면서 물었다. 수향이 굳이 소떼를 몰고 오는 험한 산길에 동행하는 것은 자신의 마음을 다스리기 위한 것에 지나지 않았다. 먼 곳을 바라보는 아련한 눈빛, 봉준은 수향의 그런 눈빛을 볼 때마다 재형을 그리워하고 있는 것이리라 생각했다. 봉준은 수향의 그런 눈빛을 애써 무시했다. 육체를 가질 수는 있어도 마음까지 갖는 것은 쉬운 일이 아니었다. 수향도 봉준을 남편으로 받아들이기 위해 마음을 달래고 있는 중일 것이다.

"강까지는 이르러도 건너지는 않을 생각이오."

"왜요?"

"강을 건너면 러시아 아니오? 오늘 밤은 조선 땅에서 지내고 싶소."

"국경에서 밤을 보내게 되겠군요."

수향이 고개를 끄덕이고 양지쪽에 앉았다. 개마고원이라 9월인데도 나무 밑은 서늘한 냉기가 느껴졌다. 조선의 평지에서는 벼들이 한창 황금빛으로 누렇게 고개를 숙인 채 낟알이 영글어가고 있을 것이다. 텃밭의 고추는 지붕 위에서 말라갈 것이고, 담장의 호박도 누렇게 익었을 것이다. 봉준은 조선의 가을을 생각하다가 고개를 저었다.

"내 한 바퀴 돌아보고 오겠소."

봉준은 수향에게 말하고 여기저기 주저앉아 쉬고 있는 우부들을 향해 걸음을 떼어놓았다. 그에게 고용된 우부들은 모두 스무 명이었다. 자그마치 소떼를 150마리나 끌고 가야 하므로 그 정도도 적은 편이지만 가능하면 우부들을 많이 고용하지 않으려는 것이 봉준의 생각이었다. 우부를 많이 고용할수록 봉준의 이익도 줄어들기 때문이었다.

"술은 마시지 말게. 마을에 내려가면 충분하게 마실 수 있을 터이니."

봉준은 우부 중에서 연장자인 덕팔에게 말했다. 덕팔은 노비를 폐지하게 되자 갈 곳이 없어 함흥을 떠돌다가 봉준이 거둬주어 주인으로 받들고 있었다.

"예. 한 모금도 입에 대지 않겠습니다."

덕팔이 누런 이를 드러내놓고 싱긋 웃었다. 기골이 장대하여 기운은 천하장사이지만 순박했다.

"그냥 앉아 쉬어."

봉준은 덕팔의 등을 두드리고 순돌과 영민에게로 갔다. 순돌과 영민은 장비를 가지고 길을 여는 역할을 했다. 깎아지른 듯한 절벽이 나타나면 다리를 놓아야 하고, 밀림이 앞을 막으면 도끼와 낫으로 밀림을 쳐내 길을 만든다. 소떼를 끌고 가는 우부의 행렬을 선도하는 사람들인 것이다.

"어르신, 이제 힘든 길은 다 지나왔습니다."

순돌이 머리에 둘러맸던 수건을 풀면서 말했다. 순돌은 조선인답지 않게 머리를 짧게 깎아 종종 일본인으로 오해받았다.

"그래. 자네들이 수고 많았어."

"이번에는 엽전 좀 많이 주십시오."

"엽전을 많이 주면 뭐 하게? 또 블라디보스토크에 가서 술집에 다 뿌리려고?"

봉준의 말에 우부들이 왁자하니 웃음을 터뜨렸다. 순돌과 영민은 지난번에 받은 돈을 블라디보스토크에 있는 술집에 가서 몽땅 써버리고 한 달 만에 빈털터리가 되어 돌아와 사람들의 비웃음을 산 적이 있었다. 블라디보스토크에 일본인들까지 들어와 살면서 유곽까지 생겨 조선인들의 화제가 되고 있었다. 조선인들 중에는 일본 유곽에 다녀왔다는 사람들이 많았다.

"아이, 왜 그런 말씀을 하십니까? 돈은 써야 들어온다고 하지 않습니까?"

"그렇게 함부로 쓰지 말고 꼬박꼬박 저축하란 말일세."

"에이, 그 돈이 아니면 우리가 어떻게 러시아 여자들 살맛을 보겠습니까?"

순돌의 말에 우부들이 다시 낄낄대고 웃음을 터뜨렸다. 순돌과 영민은 블라디보스토크에서 러시아 창녀들과 잠을 잤다. 우부들 중에는 러시아 여자는 거기도 하얗던가 하고 물으며 야유하는 사람들도 있었지만 꿈인 듯 황홀했다고 떠들어대는 사람들이 많아서, 다른 우부들의 눈이 욕망으로 번들거리게 했다. 봉준은 우부들을 위로하고 소들을 일일이 살핀 뒤에 수향에게 돌아왔다.

"원산에도 상관을 열어야겠어. 경흥은 한성에서 너무 멀어 장사에 한계가 있어."

봉준이 수향 옆에 털썩 앉으면서 말했다.

"조선에는 일본군들이 몰려와 마구 사람을 죽인다잖아요? 원산에 상관을 여는 것은 천천히 해요. 일본놈들이 왕비까지 죽였다고 하던데……."*

수향이 어두운 표정으로 한숨을 내쉬었다. 함흥 일대에서 소떼를 사들이고 있는데 공기가 흉흉했다. 봉준이 그 이유를 장

---

* 1895년 명성황후 시해 사건을 말한다.

사꾼들에게 묻자, 일본군이 대궐 담을 넘어 왕비를 살해했다고
했다. 장사꾼들의 소식은 빠르다. 그들은 물건을 사고팔면서도,
왜놈들이 국모를 살해했으니 원수를 갚아야 하고 왜놈 물건은
절대 사지 말아야 한다고 주장했다. 제천이나 경기 지방 일대에
서는 의병이 크게 일어나 일본군과 싸우고 있다는 소문도 들려
왔다.

"감히 국모를 살해하다니, 어찌 그럴 수가 있는가?"

봉준은 장사꾼들로부터 그 이야기를 듣고 피가 역류하는 듯
한 분노가 일어났다. 수향의 말대로 시국이 어수선할 때 상관을
여는 것은 목숨을 잃을지도 모를 일이다. 그러나 위험한 곳일수
록 돈을 벌 수 있는 확률이 높아진다.

"장사하는 것과는 상관없소."

봉준은 수향이 자신을 걱정해주는 것이 기분 좋아 웃는 얼
굴로 대답했다.

"결혼식에는 참석할 수 있겠죠?"

수향이 조심스러운 기색으로 봉준에게 물었다. 재형의 결혼
식을 말한 것이다. 재형은 자신보다 나이가 훨씬 어린 처녀 엘
레나와 결혼한다고 하여 화제가 되었었다. 봉준도 그 사실을 전
해 듣고 깜짝 놀랐었다. 그뿐이 아니었다. 재형과 엘레나가 나
란히 마차를 타고 블라디보스토크에 온 일도 있었다. 운테르베
르게르 총독 관저에서 열리는 무도회 때였다. 러시아의 귀부인
처럼 화려한 드레스를 입은 엘레나가 재형의 팔짱을 끼고 나타
났을 때 봉준은 놀랐다. 봉준도 그때 수향과 함께 무도회에 참
석해 있었다.

"참석할 수 있소."

봉준은 수향의 무릎을 베고 누웠다. 재형과 엘레나가 무도회에서 왈츠를 추던 모습을 떠올리고 남녀 사이는 이해할 수 없는 일이라고 여겼다.

수향은 팥배나무에 기대앉아 자신의 무릎을 베고 잠이 든 봉준을 시름없이 내려다보았다. 팥배나무가 하늘을 찌를 듯 우뚝 솟아 있는 그늘에서 봉준은 네 활개를 편 채 코까지 골며 자고 있었다. 봉준은 어디에서고 머리만 바닥에 닿으면 잠드는 남자다. 우부들에게 한 시간을 쉬라 해놓고 그새 잠을 자고 있는 것이다. 함흥에서 소떼를 이끌고 개마고원을 종단하는 데 한 달이 걸렸다. 소떼를 몰고 고원을 종단하는 것이 쉬운 일은 아니지만, 옆에 자신을 두고 무신경하게 잠든 봉준을 수향은 이해할 수가 없었다. 자신과 결혼해주면 목숨이라도 바치겠다고 큰소리쳤던 남자가 아니었던가. 물론 애초에 자상한 남자일 거라고는 기대하지도 않았었다.

봉준은 수향을 강제로 가졌다. 재형이 필녀와 결혼하자 실망한 수향은 블라디보스토크를 떠났다. 처음 생각에는 눈 덮인 벌판에서 혼자 외롭게 죽을 생각이었다. 이 세상에는 그녀가 살아야 할 희망이 없었다. '북방에 한 미인이 있어 세상에 홀로 우뚝 서 있네'로 시작하는 시가 「북국의 미인」이 가슴에 사무치도록 와 닿았다. 수향은 낯선 나라, 낯선 도시를 돌아다니다가 겨울을 만났다. 러시아의 겨울은 혹독하게 추웠다. 그녀는 눈이 하얗게 쌓인 설원을 끝없이 걸었다. 그러던 어느 날, 집시들을 만났다. 집시들은 수향이 낯선 이방인인데도 친절하게 맞아주었다. 따뜻한 수프를 주고 모닥불 앞에 둘러앉아 노래를 부르고 춤을 추었다.

'이 사람들은 바람처럼 세상을 떠도는구나.'

집시들이 떠날 때 수향도 대륙을 떠도는 바람이 되려 했다.

수향이 상트페테르부르크에 도착한 것은 기나긴 겨울이 가고 봄이 왔을 때였다. 수향은 상트페테르부르크에서 10년의 세월을 보냈다. 그리고 재형은 이제 수향의 가슴속에 바람 같은 존재가 되어버렸다.

수향은 블라디보스토크로 돌아왔다. 상트페테르부르크에서 블라디보스토크로 향하는 길은 철도 부설 공사가 한창이었다. 블라디보스토크로 돌아오자 최형백과 필녀가 죽었다는 소식이 들려왔다. 수향은 그들도 바람이 되어 대륙을 떠돌 것이라 생각했다.

봉준은 그때까지 결혼하지 않고 있었다. 수향은 봉준이 자기 때문에 10년이란 세월을 홀로 살았다는 말을 듣고 그의 영혼도 상처를 받았겠구나 싶었다. 수향의 나이는 어느새 서른여섯이었다. 수향은 봉준의 청혼에 선뜻 응하지 못했다. 그를 사랑하지도 않거니와, 자신이 그토록 사랑했던 재형과 의형제 사이였기 때문이다. 수향이 봉준의 청혼에 끝까지 응하지 않고 있던 어느 날, 봉준은 탐욕스런 두꺼비처럼 그녀를 덮치고 말았다. 휘영청 달 밝은 밤이었다. 대지는 푸른 기운에 휩싸여 이 세상 같지 않았고, 은사시나무의 무성한 잎사귀들은 달빛을 받아 하얗게 반짝거렸다.

'짐승 같은 사람!'

모든 일이 끝나자 수향은 생각했다. 하지만 자신의 몸을 갈기갈기 찢어놓은 것처럼 고통스럽지는 않았다. 오히려 오랫동안 가슴속에 얹혀 있던 바윗덩어리를 치워준 것처럼 홀가분하기까지 했다. 봉준은 수향을 강제로 가진 뒤에는 일체 말을 건네지 않았다. 아무 일도 없었던 것처럼 태연스레 웃고 떠드는 봉준을 살피면서 안달한 것은 오히려 수향이었다. 봉준은 이틀이 지났을 때 다시 수향의 방에 침입했다. 수향은 이번에도 몸부림을 치면서 저항했다. 그러나 저항은 미약했다. 봉준을 짐승이 아닌, 모습을 달리해 자신에게 달려든 달의 정령일 것이라고 여겼기 때문이다. 그리고 봉준이 세 번째로 자신의 방에 침입했을 때는 더 이상 저항하지 않았다. 봉준은 그로부터 여러 날이 지난 뒤에 다시 한번 청혼했다. 수향은 대답 대신 그의 목을 세차게 끌어안았다.

'재형은 어찌하여 엘레나처럼 어린 여자와 결혼하는 것일까?'

수향은 눈을 감고 재형에 대한 생각에 잠겼다. 어릴 때 경원을 떠난 재형은 배를 타고 세계 여러 나라를 돌아다녔다고 했다. 그래서인지 그의 눈은 언제나 사려 깊었고, 우수에 젖어 있었다. 봉준과는 전혀 달랐다. 봉준은 근심 걱정이라곤 전혀 없어 보인다.

'어쨌거나 저 사람은 많은 돈을 벌고 있어.'

봉준은 어느새 연해주의 조선인들에게 대인으로 불리고 있었다. 그는 조선에서 소를 사다가 러시아 군인들에게 팔아 많은 이익을 얻고 있었다. 게다가 블라디보스토크를 비롯하여 극동 지역에 러시아군 수십만 명이 주둔하면서 그의 사업은 번창 일로에 있었다.

'저이가 재형이라면 얼마나 좋을까?'

수향은 봉준을 보면서 재형을 생각하다가 고개를 저었다. 부질없는 생각이었다.

봉준은 그녀를 끔찍이 생각하고 있었다. 결혼한 뒤 집에만 있게 하지 않고 데리고 다니는 것도 그런 이유였다. 봉준과 수향은 소떼를 몰고 갈 길을 뚫기 위해 봄에는 개마고원을 답사했었다. 지도와 나침반을 챙기고, 건량이며 모포와 천막까지 준비하여 말 등에 싣고 신혼 한 달 만에 떠난 답사 길이었다. 고원은 넓고 깊어서 온종일 인가를 보기 어려웠다. 가도 가도 원시림에 기암절벽이고 넝쿨이 길을 막았다. 봉준은 영악한 사람이어서 길마다 나무를 잘라 표식을 해두었다. 밤에는 작은 천막 안에서 둘이 끌어안고 잠을 잤다. 마을에 이르면 어른들에게 인사하고, 마을 이름을 물은 뒤 가죽으로 만든 지도에 점을 찍었다.

'사람의 인연이란 무엇일까?'

수향은 봉준과 부부가 될 것이라곤 한 번도 생각하지 않았었다. 그런데 이제는 부부가 되어 개마고원을 넘고 있는 것이 마치 숙명처럼 느껴졌다. 답사하면서 산이 좋은 이유는 형형색색의 꽃이 피고 수많은 초목들이 보아주는 이 없어도 저마다의 모습으로 살고 있었기 때문이다. 그 산속에서 봉준과 사랑을 나눴다. 겉으로는 싫다고 앙탈하면서도 봉준이 자신의 몸속 깊이 들어오면 혈관을 꿰뚫는 쾌락에 몸을 떨었다. 한창 사랑에 열중

하고 있을 때 멧돼지가 천막까지 다가와서 기겁하며 놀란 일도
있었다.

"출발 준비!"

수향이 이런저런 생각에 잠겨 있는데 어느새 일어난 봉준이
우부들을 향해 소리를 질렀다. 우부들이 웅성거리고 일어나면
서 소떼를 정렬시키기 시작했다. 수향도 일어나 배낭을 어깨에
둘러멨다.

"경배, 준비되었나?"

봉준이 우부 감독에게 큰 소리로 물었다.

"어르신, 준비되었습니다."

김경배가 소떼 중간에서 대답했다.

"출발!"

봉준의 지시에 선도대가 된 순돌과 영민이 깃발을 들고 앞
에 서자, 봉준이 소 한 마리를 끌고 뒤에 섰다. 수향 역시 송아
지 한 마리를 끌고 봉준의 뒤에 섰다.

"출발!"

출발 지시는 군호처럼 우부들에게 퍼져갔다.

"이랴!"

봉준이 소의 엉덩이를 회초리로 때리면서 걷기 시작했다.

"이랴!"

수향도 송아지의 엉덩이를 손바닥으로 때렸다. 소떼의 긴
행렬이 자운령의 북쪽 능선을 내려가기 시작했다. 북쪽 능선은
온통 하늘을 가린 팥배나무 숲이었다. 팥배나무는 응달에서 잘
자란다. 그래서 남쪽에서 올라올 때는 굴참나무, 노간주나무,

후박나무, 잣나무, 소나무 등이 빽빽하게 숲을 이루었으나 북쪽에는 팥배나무 숲이 있었다. 소들은 느릿느릿 움직이고 있었다. 산길을 내려가는 것이어서 소들도 조심하지 않으면 안 되었다.

"이랴!"

우부들이 소떼를 모는 소리가 뒤에서 들려왔다. 수향이 뒤를 돌아보니 소떼의 행렬이 끝이 보이지 않을 정도로 길게 이어져 있었다.

'두만강을 건너면 한결 나을 것이다.'

수향은 팥배나무 숲으로 걸어 들어가면서 생각했다. 날씨도 청명해서 좋았다. 고원을 종단할 때는 지대가 높아서 구름이 지나가며 비를 뿌리곤 했다. 개마고원을 종단하던 어느 날엔 숲에서 비를 흠뻑 맞은 일이 있었다. 부랴부랴 천막을 쳤지만 소를 감시해야 하는 봉준과 우부들은 비를 흠뻑 맞을 수밖에 없었다.

'아아, 참으로 아름답구나!'

후치령에 올랐을 때는 구름이 발 아래 펼쳐져 있었다.

'함흥에서 소를 끌고 개마고원을 종단하는 것은 쉬운 일이 아니야.'

봉준은 누구도 하지 못하는 일을 해내고 있었다.

"한 줄로 서서 가야 돼. 소가 낭떠러지로 떨어지지 않도록 조심해!"

팥배나무 숲을 지나자 기암절벽이 앞을 가로막은 채 절벽 사이로 좁은 길이 나 있었다. 봉준은 긴장하여 우부들에게 위험을 경고했다.

"이야, 한 발만 잘못 디디면 염라대왕을 만나겠네."

우부들도 낭떠러지를 내려다보면서 긴장했다.

"여보, 괜찮겠소?"

봉준이 수향의 옆에 와서 물었다. 수향은 낭떠러지를 내려다보니 현기증이 일어날 것 같았다.

"괜찮아요."

수향은 봉준을 향해 미소를 지었다. 봉준이 관심을 보이면 왠지 기분이 좋았다.

"소들을 흥분시키면 안 돼! 모두들 정신 바짝 차려!"

봉준이 돌아다니면서 우부들에게 지시했다. 수향은 조심조심 낭떠러지 옆의 좁은 길을 가기 시작했다. 소떼를 이끌고 좁은 벼랑길을 모두 건넌 것은 한 시간이 지났을 때였다. 잔뜩 긴장한 탓인지 봉준의 이마로 구슬땀이 흘러내렸다. 봉준이 뒷주머니에 차고 있던 베수건을 꺼내 얼굴을 닦았다.

"수고들 했어."

"이제 어려운 길은 없을 겁니다."

우부들이 봉준에게 몰려와 서로를 격려했다. 우부들은 10분을 쉬고 나서 다시 산을 내려가기 시작했다. 산은 경사가 완만했으나 해발 1천5백 미터가 넘었다. 우거진 칡덩굴이 앞을 막고 허리까지 오는 풀숲이 길을 막았다. 이제부터 선도대인 순돌과 영민이 바빠질 차례였다. 그들이 덩굴과 풀을 쳐낸 자리로 소떼가 지나갔다.

"다 내려왔습니다. 어르신, 우리가 마침내 고원을 통과했습니다."

선도대인 순돌이 평지에 내려서며 봉준을 향해 소리 질렀다.

"핫핫핫! 사람이 하려고 하면 못할 일이 없다고 하지 않은 가? 우리가 마침내 해냈어."

봉준이 뒤를 돌아보면서 유쾌하게 웃음을 터뜨렸다. 그도 평균 1천5백 미터 이상 되는 개마고원을 통과했다는 것이 믿어 지지 않았다. 우부들이 150마리의 소떼를 몰고 잇달아 비탈을 내려오고 있었다.

"소떼가 남의 농작물을 밟지 않도록 조심들 해. 농작물 밟아 버리면 맞아 죽는다고."

봉준이 몰려 내려오는 소떼를 피해 서며 우부들에게 소리를 질렀다.

"워워!"

우부들은 소떼가 밭으로 들어가지 못하게 했다. 두만강 바로 앞에 퇴락한 촌락과 나루가 있고 벼들이 누렇게 고개를 숙이 고 있는 들판이 보였다. 어마어마한 소떼가 산에서 내려오자 마을 사람들이 웅성거리면서 몰려왔다. 봉준이 그중 나이가 가장 많아 보이는 노인에게 공손히 절했다.

"어르신께서는 놀라지 마십시오. 우리는 소떼를 몰고 강을 건너 러시아 군대에 파는 장사꾼들입니다."

"이 많은 소를 러시아에 팔면 농사는 어떻게 짓겠소?"

수염이 가슴까지 내려온 구부정한 노인이 마을 장정들을 거 느리고 눈살을 찌푸렸다.

"핫핫핫! 농사지을 소는 남겼습니다. 농자천하지대본(農者 天下之大本)이라고 하는데, 농사지을 소까지 팔겠습니까?"

"소들이 농작물을 밟지 않도록 하시오."

"걱정하지 마십시오. 바로 강을 건너겠습니다."

봉준은 소떼를 몰고 강 건널 준비를 했다. 강 건너편에는 광활한 초지가 있었다.

"경배."

"예."

우부 감독이 달려와 허리를 굽실했다.

"소떼를 몰고 강을 건너게. 오늘은 강 건너에서 쉬겠네."

"예."

우부 감독이 물러가더니 우부들에게 한참 동안 무어라고 지시했다. 그러자 깃발을 든 선도대를 따라 우부들이 소떼를 몰아 강을 건너기 시작했다. 수향도 송아지 한 마리를 끌고 강을 건넜다. 이미 9월이라 허벅지까지 오는 강물이 뼈가 시리도록 차가웠다. 우부들이 소떼를 몰고 강을 완전히 건넌 것은 해가 설핏 기울고 있을 때였다.

우부들은 광활한 초지에 말뚝을 박고 소들을 묶었다. 수향은 선발대를 이끌고 솥을 걸게 했다. 스무 명에 이르는 우부들의 저녁을 지어야 했다. 선발대가 솥을 걸고 천막을 치자 수향은 물에 젖은 바지를 갈아입고 밥을 하기 시작했다. 선발대가 장작이며 식량 등을 소의 등에서 내리고 불을 지펴주었다. 저녁을 먹고 나자 이내 밤이 왔다. 봉준이 우부들과 모닥불을 피우고 둘러앉아 앞으로 남아 있는 길에 대해 상의하고 있을 때 수향은 강가에 앉아 백두산을 바라보았다. 백두산은 어둠 속에서도 하늘 높이 솟아 웅자를 드러내고 있었다.

이튿날도 날이 좋았다.

"이랴!"

수향은 봉준을 따라 소떼를 몰면서 동쪽으로 달리기 시작했다. 아침도 지어 먹었고, 소들도 풀을 충분히 먹어서 이동은 더디지 않았다.

'이렇게만 가면 보름이 채 안 되어 블라디보스토크에 도착하겠구나.'

사람들만 이동하는 길이라면 말을 빨리 달려 닷새면 충분히 도착한다. 그러나 소와 같이 움직여야 해서 말을 빨리 달릴 수가 없었다. 점심은 초원에서 잔밥으로 대신했다. 소에게도 풀을 뜯긴 뒤에 출발했다. 오후가 되자 서쪽 하늘에서 검은 구름이 몰려오기 시작했다. 봉준이 하늘을 쳐다보더니 서둘러 천막을 치라는 지시를 내렸다. 소들은 집에서 키우는 짐승이어서 비에 약하다. 커다란 천막을 두 개 쳐서 약해 보이는 소들을 몰아넣고 우부들이 비를 피할 수 있는 천막 세 개도 세웠다. 그나마 다행인 점은 저녁을 먹고 나서야 빗발이 뿌리는 것이었다. 봉준은 빗속에서도 소떼를 둘러보았다. 수향은 천막에 앉아 비가 오는 초원을 우두커니 바라보았다. 밤이 깊어지면서 바람까지 일기 시작하여 천막이 펄럭거렸다.

"큰일인걸. 아무래도 폭풍우가 몰아치겠어."

봉준이 어두운 표정으로 말했다.

"큰바람인가요?"

수향도 긴장한 표정으로 봉준의 얼굴을 쳐다보았다.

"그렇소. 걱정해도 소용없으니 잠이나 잡시다. 밤이 더 깊어지면 잠을 잘 수 없을 거요."

"소들은 단단히 묶었나요?"

"그렇소. 도망가지 못하게 단단히 묶게 했소."

수향은 봉준과 함께 어둠 속에서 나란히 누웠다. 바람 소리가 점점 커지고 빗발이 굵어져 잠이 오지 않았다. 봉준은 벌써 코를 골고 있었다. 수향은 봉준의 가슴에 얼굴을 묻었다. 비바람이 더욱 거칠어지면서 폭풍우가 세차게 몰아쳤다. 천막이 날아갈 듯 마구 펄럭거렸다. 바람은 세상의 종말이라도 부르는 듯 무섭게 몰아치고 있었다.

음매애애.

소들이 우는 소리가 들려왔다. 그 음산한 울음소리가 비바람 소리에 섞여 귓전을 후벼 파는 것 같았다.

"천막이 날아갔다!"

빗속을 뛰어다니며 질러대는 우부들의 고함에 봉준이 벌떡 일어나 밖으로 달려갔다. 그때 수향이 자고 있던 천막도 우지끈 하는 소리와 함께 돌풍에 날아갔다. 그와 동시에 세찬 비바람이 수향을 향해 몰아쳐왔다.

'아!'

수향은 비바람을 맞으면서 고개를 떨어뜨렸다. 세찬 비바람 때문에 눈을 뜰 수가 없었다. 어둠 속에서 소들이 달아난다고 고함을 지르는 우부들과 소떼의 울음소리가 처절하게 들렸다. 수향은 비바람 속에서 쪼그리고 앉았다. 서 있으면 비바람에 날아갈 것만 같았다.

"괜찮소?"

봉준이 비바람 속에서 달려와 수향을 끌어안았다.

"괜찮아요."

수향은 비에 흠뻑 젖은 채 봉준을 바라보았다.

"새벽이면 그칠 거요. 큰바람은 오래 불지 않소."

봉준이 넋 나간 표정으로 밤하늘을 쳐다보면서 말했다. 우부들과 소들은 부들부들 떨면서 비바람이 그치기만을 기다렸다. 봉준의 말대로 비바람은 새벽이 되자 잔잔해졌다. 우부들이 뛰어다니면서 천막을 다시 세우고 소떼를 살폈다.

소떼는 동쪽으로 느리게 이동하고 있었다. 지난밤 폭풍우가 거세게 몰아쳤으나 언제 그런 일이 있었느냐는 듯 대륙의 하늘은 쾌청하고 초원의 풀들은 싱싱했다. 오하루는 구릉 위에서 소떼가 이동하는 모습을 지켜보았다.

"저자들은 뭔가?"

오하루가 부두목 황바우에게 물었다. 황바우는 우락부락한 덩치에 변발을 하고 있었다.

"유목민들 아닙니까? 소떼를 몰고 초원을 찾아가는 것 같습니다."

황바우가 어눌하게 대답했다. 기운은 천하장사지만 모자라는 사람이었다.

"멍청한 놈, 무슨 헛소리를 하는 거야? 유목민들은 소떼를 키우지 않아. 유목민들이 양과 말떼를 키우는 것도 몰라?"

오하루가 질책하자 황바우가 찔끔한 표정을 지었다.

"그러면 뭘 하는 놈들입니까?"

"조선에서 러시아 군대에 소를 팔러 가는 작자들일 것이다."

"호오, 그러면 저자들을 죽이고 우리가 소를 납품하면 많은 돈을 벌겠군요."

"헛소리!"

오하루가 소리를 버럭 질렀다. 오하루는 털모자를 쓰고 붉은 망토를 어깨에 걸치고 있었다. 40대 중반의 여인으로, 만주 대륙을 휩쓸고 다니는 마적단의 두목답게 눈매가 독수리처럼 사나웠다.

"두목께서는?"

"마적이 어떻게 러시아 군대에 소를 납품하나?"

"그러면 저놈들을 죽이고 소를 빼앗는 것이 어떻겠습니까?"

"소를 빼앗아 무엇에 쓰게?"

"우리가 잡아먹으면 되지 않습니까?"

"우리가 먹을 수 있는 것은 기껏해야 두세 마리다. 나머지는 다 어떻게 하란 말이냐?"

"그럼 두목의 생각은?"

"놈들을 잡아서 일부를 인질로 삼는 것이다. 놈들이 소를 팔아 돈을 가져오게 하면 인질을 풀어줄 것이다."

"아하, 정말 탁월한 계책입니다."

"함부로 총을 쏘아서 놈들이나 소가 달아나지 않게 하라."

"알겠습니다."

"공격하라!"

"예!"

황바우가 고개를 숙이고 물러가더니 부하들에게 지시하자, 부하들이 일제히 총을 뽑아 들었다.

"공격!"

오하루가 명령을 내렸다. 그러자 마적떼들이 긴 휘파람을 불면서 소떼를 향해 달려가기 시작했다. 오하루도 말에 채찍질을 가해 질풍처럼 달리기 시작했다. 소떼를 몰던 우부들이 당황하여 이리 뛰고 저리 뛰는 모습이 보였다. 하지만 그들은 자기네 쪽의 수가 많다고 생각했는지 총을 쏘며 대항하지는 않았다. 뜻밖에도 질서정연하게 소떼를 세운 채 기다리고 있었다.

"너희들은 뭘 하는 놈들이냐?"

오하루가 우부들을 살피면서 물었다.

"우리는 소를 팔러 가는 상인들입니다."

깃발을 들고 있던 사내가 엉거주춤 대답했다. 우부들의 얼굴은 공포에 질려 있었다.

"너희들의 책임자가 누구냐?"

"나요."

사내들 뒤에 있던 봉준이 앞으로 나서면서 말했다. 오하루는 봉준을 차가운 눈빛으로 쏘아보았다.

"모두 몇 명이냐?"

"스무 명이오."

"좋다. 너희들이 저항하지 않았으니 죽이지는 않겠다. 너희들은 나의 인질이다. 열 명은 나와 산채로 가고, 열 명은 소들을 끌고 가서 군대에 판 뒤에 돈을 가지고 오라. 그러면 인질들을 석방해주겠다."

오하루가 다시 사내들을 쓸어보면서 말했다.

"누이가 두목이오?"

그때 봉준이 빙긋이 웃으면서 물었다.

"뭐라고?"

오하루의 눈이 날카롭게 찢어졌다.

"누이가 두목이냐고 물었소."

"누이라니? 내가 어째서 네놈의 누이란 말이냐?"

"누이는 옛날에 마적들에게 쫓겨 죽을 뻔하지 않았소? 그때 어린 소년을 만났던 일을 기억하오?"

오하루는 봉준의 입 언저리에 엷은 미소가 번지는 것을 보고 경악했다. 그와 동시에 머릿속에 눈보라를 뚫고 마적굴에서 도망치다가 죽을 뻔했던 옛일이 섬광처럼 스쳐왔다. 그때 조선인 소년이 그녀의 상처를 치료해주고 먹을 것을 주었었다.

"네가…… 봉준이?"

"그렇소. 내가 최봉준이오."

봉준이 고개를 뒤로 젖히고 유쾌하게 웃음을 터뜨렸다. 오하루는 눈을 질끈 감았다가 떴다. 오하루의 기억 속에서 어떤 풍경 하나가 빠르게 스치고 지나갔다. 그 소년이 이렇게 변했다는 말인가. 그가 어른으로 성장해서 전혀 알아볼 수 없었던 것이다. 그녀는 눈앞의 사나이가 최봉준이라는 사실을 믿을 수가 없었다.

"최봉준……?"

오하루는 입이 다물어지지 않았다. 마적들은 그녀와 봉준이 나누는 이야기를 들으며 조그맣게 웅성거리고 있었다.

"그렇소. 내가 어른이 되어 얼굴을 알아보지 못했을 거요."

"그렇구나. 하지만 얼굴에 옛 모습이 남아 있어."

오하루는 봉준의 얼굴을 천천히 살피다가 고개를 뒤로 젖히고 한바탕 웃음을 터뜨렸다. 봉준은 그녀의 돌연한 웃음을 알 수가 없어 미간을 찌푸렸다. 오하루가 말에서 훌쩍 뛰어내려 봉준에게 다가와 덥석 끌어안았다.

"여기서 만날 줄은 몰랐어. 이 친구야, 대체 어떻게 된 거야?"

"난 그때 누이와 헤어져서 러시아의 하바로프스크로 갔소. 거기에서 7년을 보낸 뒤에 여기저기서 장사를 하고 있소. 누이는 이렇게 된 거요?"

"나는 마적이야."

오하루는 새삼스럽게 봉준을 살피면서 웃었다. 참으로 오랜 세월이 흘렀고, 봉준이 몰라보게 변했다고 생각했다.

"여자는 누구지?"

오하루가 수향을 살피고 물었다.

"내 아내요."

"결혼했군. 좋아. 정말 오랜만에 만났는데, 내 산채에 가서 술이나 마시는 게 어때?"

"누이, 우린 동쪽으로 계속 가야 해요. 소를 납품하는 날이 정해져 있어서 약속을 지켜야 합니다. 아쉽지만 산채를 방문하는 일은 다음으로 미룹시다."

"이봐, 나는 마적이야. 마적에게 잡히고도 무섭지 않은 거야?"

"오하루 누이."

"제기랄! 야, 여기 술 좀 가져와!"

오하루가 부하들에게 버럭 소리를 질렀다.

"멀리 가지 않고 여기서 이야기를 나누었으면 합니다. 나중에 누이가 있는 곳을 내가 찾아갈 테니 지금은 술로 이별을 나눕시다."

"좋아."

오하루는 소떼와 봉준이 거느리는 우부들을 살폈다. 우부들은 불안한 눈빛으로 오하루와 봉준을 번갈아 살피고 있었다.

"동생, 정말 오랜만이야. 내가 먼저 술을 마셔 해후를 축하할게."

오하루는 부두목이 술단지를 가져오자 벌컥벌컥 마신 다음 봉준에게 넘겼다.

"고맙소."

봉준은 오하루가 건네주는 술단지를 받아 들고 벌컥벌컥 마셨다.

"이건 비표야. 대륙의 통행증이지."

오하루가 붉은 봉투를 봉준에게 내밀었다. 만주 대륙에서 가장 큰 마적단 토문단의 통행증이었다. 토문단의 비표가 있으면 대륙을 다니는 데 큰 도움이 된다.

"누이는 토문단에 있는 거요?"

"토문단의 두목 고산이 내 남자야."

고산은 토문단의 두목으로 수하에 1천 명의 마적들을 거느리고 있을 뿐 아니라 40~50명 단위로 활동하는 10여 개의 작은 마적단도 그의 관할 아래 있었다.

"그럼 토문단이군."

"아니야. 난 오하루 마적단을 이끌고 있어."

오하루는 30분 남짓 봉준과 술을 마시며 지난 이야기를 나누고 나서야 부하들을 이끌고 돌아갔다. 봉준은 오하루가 붉은 망토를 펄럭이며 대륙 서쪽으로 사라지는 것을 우두커니 바라보았다.

소떼는 느리게 움직였다. 봉준은 소떼가 이동하는 것을 지켜보면서 깊은 생각에 잠겨 있었다. 마적단의 오하루를 만난 것은 뜻밖이었다. 그동안 봉준도 변했지만, 오하루도 눈이 부시게 변해 있었다.

"마적단은 어떻게 알았어요?"

수향이 옆에 와서 물었다.

"전에 내가 대륙을 떠돌아다닐 때 우연히 만났소. 그 여자는 마적단에서 탈출했는데, 대륙에서 굶어 죽을 뻔했소."

"그때 당신이 도와주었나요?"

"추위와 굶주림으로 죽어가는 것을 살려주었소."

"그런데 어쩌다 마적단이 된 거예요?"

"그동안 많은 세월이 흘렀으니까…… 자세한 것은 나도 모르겠소."

오하루는 어느새 40대의 여인이 되어 있었다. 그렇다면 까마득한 옛날인 것이다.

"야린스키를 만나기 전인가요?"

"그를 만나기 전이오."

오하루 마적단을 만난 이후로 큰 위험은 없었다. 봉준은 소떼를 이끌고 국경을 넘어 러시아 땅으로 들어섰다. 국경을 지키는 러시아 군인들은 봉준이 소떼를 이끌고 오자 대대적으로 환영해주었다. 봉준은 지신허로 걸음을 재촉하여 저녁 무렵에 아버지의 집에 도착했다. 소떼를 몰고 온 봉준을 조선인들도 몰려나와 환영해주었다.

"한성에서 오신 분들이 있습니다."

봉준이 울타리에 소떼를 몰아넣고 쉬려 할 때 조카인 최만학이 와서 말했다. 최만학은 유학을 갔다가 돌아와 있었다.

"나를 만나러 온 것인가?"

"이 마을의 대표자를 만나고 싶어하십니다."

"어디 있나?"

"일단 형님 집에 모셨습니다."

봉준은 최만학을 따라 집으로 들어갔다. 사랑방에는 하얀 도포 차림에 삿갓을 쓴 수염 긴 노인이 형형한 눈빛으로 단정하게 앉아 있었다. 그의 좌우에는 유림으로 보이는 사람들이 무릎을 꿇고 앉아 있었다. 집 밖에선 소문을 듣고 몰려온 마을 사람들이 웅성거렸다.

"저는 최봉준이라고 합니다. 어르신께서는 무슨 일로 오셨는지요?"

봉준은 사랑으로 들어가 노인에게 물었다.

"나는 유인석*이라고 하오."

노인이 허연 수염을 쓰다듬으면서 낮은 목소리로 말했다. 깐깐하고 강직해 보이는 인상이었다. 봉준은 노인의 말에 가슴이 철렁했다. 제천에서 의병을 일으켜 한성을 공격하려 했던 유림의 거두 유인석. 그가 머나먼 이곳 지신허까지 찾아든 것이었다.

"어르신께 인사 올리겠습니다."

봉준은 넙죽 엎드려 절을 했다. 조선을 오가며 장사를 할 때 많은 의병들을 만났는데, 그들을 통해 유인석에 대한 소문을 들었던 것이다.

"일어나시오. 내가 무슨 염치가 있다고 젊은이의 절을 받겠소?"

유인석이 고개를 저었다.

"당치 않은 말씀입니다. 어르신의 존함은 여기서도 알고 있었습니다."

"왜적을 토벌하지 못한 망명자의 신세인데, 존함이랄 게 뭐 있겠소. 그저 부끄러울 뿐이오. 어서 일어나 앉으시오."

봉준은 유인석 앞에 앉았다.

"러시아는 대국이라 들었소. 러시아가 우리 조선을 도와줄 수 있을 것 같소?"

"블라디보스토크에는 러시아의 무적함대가 있습니다. 나폴레옹이라는 사람도 러시아를 침략했다가 패망하여 돌아갔습니다. 하지만 러시아가 조선을 도와줄지는 자세히 알 수가 없습니다."

* 유인석(柳麟錫): 구한말의 제천 의병장. 명성황후 시해 사건이 벌어지고 단발령이 내려졌을 때 제천에서 의병을 모아 일본군과 싸우고, 끝내 패하자 만주와 연해주로 넘어왔다. 이후 자신처럼 이주해온 인물들을 교육하여 의병 활동을 하게 했다. 이렇게 양성된 의병들은 훗날 최재형, 최봉준 등 많은 애국투사들에게 영향을 끼쳤다.

"아아, 나라를 잃는 것이 한 호흡 사이에 달려 있으니 이를 어쩔 것인가!"

유인석이 갑자기 방바닥을 치며 통곡을 터뜨렸다. 그러자 좌우에 무릎 꿇고 있던 선비들이 일제히 곡을 했다.

"어르신께서는 이곳에 무슨 일로 오셨습니까?"

봉준은 유인석의 통곡이 그치기를 기다렸다가 조심스레 물었다.

"나라 밖에 있는 우리 동포들을 단결시키기 위해 왔소."

봉준은 유인석의 얼굴을 물끄러미 바라보았다. 을미사변이라 부르는 명성황후 시해 사건과 단발령은 조선 팔도를 들끓게 했다. 국모 시해의 참변을 들은 유림은 통곡을 하고 전국에서 의병을 일으켰는데, 제천에서 창의한 유인석 의병이 가장 컸다. 유인석이 소매 속에서 밀봉한 봉투를 꺼내 봉준 앞에 내밀었다.

"이것이 무엇입니까?"

"망극하게도 군왕의 조서요."

고종이 유인석에게 내린 조서, 일명 '애통 조서'라는 것이었다. 봉준은 한문을 읽을 수가 없어 애통 조서를 밖으로 가지고 나와 수향에게 읽게 했다. 수향은 조서를 보자 갑자기 몸을 부르르 떨고 나서 상 위에 올려놓고 절을 했다. 이어 조심스럽게 밀봉한 봉투에서 조서를 꺼내 읽기 시작했다.

……오호라, 짐은 슬프다. 짐은 죄악이 가득 차서 황천이 돕지 않으니 나라 형세가 기울어지고 백성들은 도탄에 빠졌으며, 이로 말미암아 강성한 이웃 나라가 틈을 엿보고 역신들이 권병을 농락

하였도다. 하물며 짐은 머리를 깎고 면류관을 던져버렸으니 4천
년 예의의 나라가 짐에게 이르러 하루아침에 견양의 나라가 되고
말았도다. 불쌍한 우리 백성이 함께 그 화에 걸리게 되었으니, 짐
은 무슨 낯으로 하늘에 계신 선왕의 영혼을 뵙는다는 말이냐.

지금 형세가 이미 이 지경에 이르렀으니 오직 죄인인 짐의 실
낱같은 목숨은 만 번 아까울 것이 없으나, 종묘사직과 민생을 생
각하여 혹시 만의 하나라도 보전될까 하고 너희 충의의 인사를
격려하기 위하여 이 애통한 조서를 내린다.

무릎을 꿇고 앉아 조서를 읽는 수향의 목소리에 울음이 섞
이면서 얼굴에선 눈물이 비 오듯 흘러내렸다.

고종이 애통 조서를 내린 것은 을미년인 1895년 12월의 일
이었다. 고종은 아관파천을 하여 러시아 군대의 보호로 일본의
위협에서 벗어나자, 명성황후를 시해하고 단발령을 내리게 한
일본군을 몰아내라는 밀명을 내린 것이었다. 고종은 조서에서
자신의 실낱같은 목숨은 아까울 게 없다고 함으로써 조서를 읽
는 의병들을 통곡하게 했다. 이 조서는 필사되어 전국 유림들
사이에 퍼져나갔고, 수많은 유림들이 조서를 읽고 피눈물을 흘
렸다.

유인석은 고종의 조서를 앞에 놓고 북향하여 경건하게 절한
뒤에 읽었다.

'임금이 치욕을 당하면 신하는 목숨으로 갚아야 한다.'

유인석은 「격고팔도열읍(檄告八道列邑)」이라는 피 끓는 격
문을 전국에 돌리고 의병을 일으켰으나 일본군에 패하고 말았

다. 이에 만주와 러시아에 조선인들이 많이 산다는 말을 듣고, 이들을 동원하여 일본군과 싸우기 위해 만주를 거쳐 러시아까지 오게 된 것이다.

전쟁의 바람

밖에는 바람이 세차게 불고 있었다. 바람이 불 때마다 뒤꼍의 수양버들이 나뭇잎을 우수수 떨어뜨리며 비명을 질러댔다. 대륙을 달려온 바람이었다. 최재형은 넓은 거실에서 바람 소리를 들으며 김연식*을 응시했다. 1897년 10월 17일 오전 10시, 그는 하룻밤을 허영일의 집에서 보낸 뒤에 최재형을 찾아온 것이다. 한성에서 온 김연식은 젊었으나 갓을 단정하게 쓰고 하얀 두루마기 차림이었다. 러시아로 이주해 온 조선인들 중에도 명절 때면 두루마기를 입는 사람들이 더러 있었으나 김연식처럼 통영갓까지 단정하게 쓴 사람은 아무도 없었다. 눈매가 부드럽고, 오랜 여행으로 약간 지친 기색이 보였다. 재형과 수인사를 나눈 김연식이 품속에서 어찰을 꺼냈다.

"공이 대한제국 황제 폐하의 신민이라면 무릎 꿇고 받아야

---

* 김연식(金連植): 고종황제가 유인석에게 보냈던 밀사 중 한 사람.

합니다. 이는 폐하의 어찰입니다."

김인식이 어찰을 들고 공손하게 말했다. 최재형은 대한제국 황제의 어찰이라는 말을 듣고 가슴이 세차게 뛰었다. 김연식이 가지고 온 것은 조선의 국왕인 고종황제의 편지였다. 뒤에 서 있던 허영일과 엘레나도 놀라서 웅성거렸다. 최재형이 무릎을 꿇자 김연식이 어찰을 들고 말했다.

"공은 한문에 익숙지 않을 테니 내가 언문으로 번역하여 읽어드리겠소."

김연식이 낮은 목소리로 말했다.

"예."

최재형은 머리를 숙였다.

……왕은 나의 신하 최재형에게 말한다. 오호라! 슬프다. 나는 5백 년 사직을 백척간두의 위험에 빠지게 하였으니 억조창생의 죄인이로다. 이미 나라 형세는 기울어지고, 백성들은 도탄에 빠지고, 강성한 이웃 나라가 대궐을 침범하여 국모를 시해하였으니 이 슬픔을 어디에 고하겠는가. 나는 사직에 죽어도 원통할 일이 없으나 나라가 망하면 너희 낮은 백성은 어미 없는 자식이 되어 천하를 떠돌아다닐지니 생각건대 불쌍하고 불쌍하도다. 밤에는 잠을 이룰 수 없구나. 이에 실낱같은 빛이라도 있으면 잡지 않을 수 없노라. 네가 러시아로 건너간 뒤에 많은 고초를 겪으면서도 백성들을 참되게 이끌고 있다 하니 나는 더할 수 없이 기뻤노라. 나는 부덕하여 조상이 돌아보지 않는 군주로되 네가 조정에 와서 동주철벽의 기세로 나라를 구하는 데 신명을 바치는 것이 어떠하

뇨? 나는 서상무를 보내 유인석을 부르고 또한 김연식을 보내 너를 내 곁에 두어 누란에 빠진 나라를 구할 계책을 도모하고자 하노라. 간절히 청하노니, 나를 보지 말고 조선을 위하여 속히 한경으로 돌아오기를 고대하노라…….

김연식이 읽은 고종의 어찰은 애통하기 짝이 없었다. 최재형은 공손히 어찰을 받았다. 눈물이 주르르 흘러내렸다. 얀치혜에서도 조선의 위급한 사정은 바람처럼 흘러들어왔다. 청일전쟁과 명성황후 시해, 단발령, 의병에 대한 소식을 들을 때마다 최재형은 가슴속에서 울분이 솟아나곤 했었다. 그런데 지금 망극하게도 황제가 최재형을 부르고 있었다. 노비 출신의 천민 최재형에게 나라를 구해달라고 간곡히 부탁하고 있었다.

"일어나시오."

김연식이 최재형의 어깨를 잡아 일으켰다. 최재형은 김연식과 나란히 앉았다.

"어찌시겠소? 폐하께서 부르시는데 한성으로 돌아가야 하지 않겠소?"

"나 같은 사람이 어찌 조선을 위하여 일할 수 있겠소? 조선에는 많은 인재들이 있을 것 아니오?"

"조선에 인재들이 없다고는 할 수 없으나, 나라를 구하는 일이 쉽지 않소."

"나는 조선의 형편을 잘 알지도 못하오."

최재형은 선뜻 조선으로 돌아간다는 말을 할 수 없었다.

"폐하의 어찰대로 조선은 망국의 위기에 빠져 있소."

김연식은 조선에서 일어난 일을 최재형에게 설명해나갔다.
그는 병인양요부터 시작하여 임오군란, 갑신정변, 동학농민운
동, 청일전쟁, 일본군의 경복궁 난입 사건, 명성황후 시해 사건,
아관파천 등을 자세히 이야기했다. 최재형은 일본군들이 대궐
에 난입하여 명성황후를 시해하고 그 시신을 불태웠다는 만행
을 듣고는 몸을 떨며 울었다. 허영일과 엘레나도 뒤에서 흐느꼈
다. 최재형은 엘레나에게 술상을 부탁했다. 엘레나는 약혼식을
올린 뒤, 최재형의 집에 와서 살고 있었다. 최재형은 엘레나가
술상을 들여오자 김연식과 밤이 늦도록 술을 마시면서 이야기
를 나누었다. 김연식은 조국이 개화로 몸살을 앓고 있다고 했
다. 최재형은 김연식과 이야기를 하면서 조국이라는 말에 몇 번
이나 가슴 저미듯 아팠다.

'조국을 위해 무언가 해야 한다. 조선은 지금 일본의 총칼에
위협을 당하고 있다.'

최재형은 비통한 심정을 떨쳐버릴 수 없었다. 어릴 때 아픈
기억을 뒤로하고 떠날 수밖에 없었던 곳이지만, 조선은 최재형
의 뿌리였다. 뿌리가 잘리면 우뚝 서도 허허로울 것이었다.

"조선에 한번 다녀오세요."

김연식이 숙소로 돌아가자 엘레나가 최재형에게 와서 말했
다. 김연식은 허영일의 사랑방에 머물고 있었다.

"엘레나, 내가 조선을 위해 무얼 할 수 있을까?"

"조선은 우리의 조국이에요."

"엘레나도 조선을 조국이라고 생각해?"

"그럼요. 비록 우리가 러시아 땅에 살고 있어도 우리의 뿌리

는 조선이에요."

엘레나가 생긋 웃으면서 최재형의 품에 안겼다. 최재형은
엘레나를 보듬어 안고 풍성한 머리숱을 쓰다듬었다.

"그러면 결혼은 언제 하지?"

"다녀와서 해요."

엘레나가 반짝이는 눈으로 최재형을 쳐다보았다. 샛별처럼
맑은 눈이었다. 최재형은 엘레나의 맑은 눈을 들여다보자 가슴
이 뛰었다. 엘레나는 최재형이 조선으로 갈 것이라는 사실을 이
미 짐작하고 있는 듯했다.

이튿날 아침, 최재형은 김연식과 함께 마차를 타고 마을 사
람들의 전송을 받으며 얀치혜를 떠났다. 얀치혜는 가을빛이 완
연했다. 얀치혜의 넓은 들은 황금빛으로 출렁거리고 조선인들
은 추수를 하느라 분주했다. 최재형은 배웅 나온 마을 사람들과
일일이 작별했다. 형 내외와 아이들, 그리고 엘레나가 최재형을
향해 손을 흔들어주었다. 최재형은 착잡한 심정으로 마차를 몰
았다. 두만강을 건넌 뒤에는 말로 바꿔 탈 예정이었다. 최재형
은 두만강을 건너 경흥에서 하루를 쉰 뒤 길주를 지나 한성으로
향했다.

"왜놈이다!"

최재형의 행렬이 성진에 이르렀을 때 군중들이 손가락질하
며 수군거렸다. 최재형이 머리를 짧게 깎고 양복을 입었기 때문
이다. 군중들은 순식간에 최재형 일행을 에워쌌다.

'사람들이 나를 일본인으로 오인하는구나.'

최재형은 사람들이 손가락질하면서 수군거리자 얼굴을 찌푸렸다. 하지만 그들은 위해를 가하지는 않았다. 그러나 함흥에 이르렀을 때는 군사들이 호위하는데도 최재형에게 돌멩이를 던지는 자가 있었다. 말을 타고 가던 최재형은 느닷없이 날아온 돌멩이에 이마를 맞고 피를 흘렸다.

"이놈, 어찌하여 길손에게 돌멩이를 던지느냐?"

김연식이 군사들을 시켜 돌멩이 던진 자를 잡아온 뒤에 호통을 쳤다. 최재형에게 돌멩이를 던진 자는 도망도 가지 않고 의연하게 버티고 서 있었다. 20대 초반의 사내였다. 체구도 작고 탕건을 쓰고 있었으나 눈만은 불을 뿜을 듯 형형했다.

"국모를 시해한 왜놈에게 돌멩이를 던졌는데, 무엇이 잘못이오? 내 손에 칼이 있었다면 당장 저 놈의 목을 베었을 것이오."

청년은 오히려 당당하게 호령했다. 그러자 군중들이 의기(義氣)가 있다면서 일제히 박수를 쳤다.

"이 어리석은 놈아! 이분은 우리 조선인으로, 러시아에서 모셔오는 길이다. 왜 놈이 아닌데, 어찌 내막도 알지 못하고 행패를 부리느냐?"

"왜놈이 아니거늘 어찌 머리를 짧게 깎았소? 성인(聖人, 공자)께서 말씀하시기를 신체발부수지부모(身體髮膚受之父母)라고 했는데 머리를 깎았으니, 왜놈이 아니면 매국하는 자일 것이오."

청년의 말에 구름같이 몰려든 사람들이 또다시 환호하면서 박수를 쳤다. 김연식은 군사들을 동원해 군중들을 해산하게 한 뒤에 청년의 이름을 묻고, 최재형은 황제께서 친히 어찰을 보내 초청하는 분이라고 타이른 뒤에 돌려보냈다. 청년은 그제야 최재형에게 사과하고 돌아갔다.

"백성들이 국모를 시해한 왜놈들에게 분개하고 있소. 누구라도 그 놈들의 살을 씹고 뼈를 부수고 싶지 않겠소?"

김연식이 울분에 차서 최재형에게 말했다. 최재형에게 돌을 던진 청년도 의기 때문에 저지른 일이라며 양해를 구했다.

"황해도에선 김구(金九)라는 의사(義士)가 치하포에서 왜놈 장교를 죽이고, 국모의 원수를 갚았다며 소리 지른 뒤에 그 피를 마신 일도 있소. 참으로 장렬한 사람이 아니오?"

"김구라는 사람은 어찌 되었소?"

최재형이 놀라서 물었다.

"인천의 옥에 갇혀 있다고 하오."

"정말 남아다운 장부인 것 같소."

최재형은 김구라는 사내를 머릿속에서 상상하며 길을 재촉했다.

최재형이 한성에 이른 것은 얀치혜를 떠난 지 보름 만이었다. 최재형은 정동의 손탁호텔에 머물면서 고종황제를 알현할 준비를 했다. 그러나 일본의 방해로 황제를 만나는 일은 보름이나 걸렸다. 김연식이 이리 뛰고 저리 뛰다가 베베르 러시아 공사를 통해 간신히 고종을 알현할 수 있었다. 황제는 경운궁(慶運宮, 덕수궁) 신전(新殿)에 있었다. 재형은 몇 개의 대문을 지나 합문에 이르렀다. 러시아 황제의 궁전과는 달랐으나 전각을 덮고 있는 기와는 고색창연한 빛깔이었고, 궁전을 오가는 내관과

궁녀들은 엄숙하면서도 기품이 있었다.

"폐하를 뵈올 때는 절대로 고개를 들고 용안을 마주해서는 아니 됩니다. 폐하께서 먼저 말씀을 내리기 전에는 말을 올려서도 아니 됩니다."

최재형은 차비방(差備房)에서 먼저 황제를 알현하는 예법을 상궁에게 자세히 들었다. 준비가 끝나자, 최재형은 내관을 따라 편전 앞으로 걸어갔다.

"폐하, 러시아에서 온 최재형이 입시했사옵니다."

내관이 조용히 아뢰었다.

"들게 하라."

황제의 옥음이 편전 밖까지 들렸다. 그러자 상궁들이 허리를 숙여 편전 문을 열었다. 최재형은 편전으로 들어가 황제에게 절을 했다. 황제는 용상에 앉아 있고 옆에는 내관, 뒤에는 상궁들이 서 있었다.

"가까이 오라."

황제가 나지막하게 말했다. 최재형은 황제 앞에 가까이 다가갔다. 황제는 낮은 목소리로 러시아에서 자신의 부름에 응해 준 것을 치하하고 러시아의 정세에 대해 하문했다. 최재형은 러시아가 강대국이기는 하지만 차르 정부가 무능하여 인민들이 혁명을 일으킬지 모른다고 아뢰었다.

"경도 들어서 알고 있을 것이나 청일전쟁에서 승리한 후에 일본군은 물러가지 않고 조선에서 온갖 만행을 저지르고 있다. 일본군을 물러가게 하려면 어떤 계책이 필요한가?"

황제가 최재형에게 다시 물었다.

"러시아는 블라디보스토크에 해군 기지가 있고 연해주 일대에 약 50만 명의 군대가 있습니다. 러시아를 통해 일본을 견제하는 한편, 나라를 부강하게 해야 합니다."

"인아거일* 정책을 말하는 것이군. 황후가 인아거일 정책을 실시하다가 일본군에게 시해되었다."

"망극하옵니다."

"나라를 부강하게 할 계책은 무엇인가?"

최재형은 황제의 물음에 공장의 건설과 농민들의 계몽을 아뢰었다. 러시아에서 일어났던 브나로드 운동과 공장의 건설이 어떻게 나라를 부강하게 할 수 있는지를 역설했다. 황제는 최재형의 도도한 언변에 감동했다. 최재형은 자신이 상선을 타고 전 세계를 돌아다닌 이야기를 했다. 황제는 몇 번이나 고개를 끄덕이며 경이롭다, 놀라운 일이라고 감탄했다. 최재형은 강대국인 러시아가 부패한 것은 귀족들 때문이고, 입헌군주제를 실시하면 민의를 반영할 수 있기 때문에 나라가 부강해질 것이라고 말했다. 황제가 입헌군주제에 많은 관심을 보이며 여러 가지 질문을 하자, 최재형은 책을 통해 알게 된 입헌군주제의 장점을 낱낱이 설명했다.

"그대는 돌아가 잠시 쉬고 있으라. 과인이 대신과 상의하여 벼슬을 내릴 것이다. 내관은 이 사람을 데리고 가서 낮것을 대접하고 비단을 하사하라."

황제는 점심때 일본 공사와 오찬을 해야 한다면서 최재형을

---

* 인아거일(引俄拒日): 러시아를 가까이하고 일본을 멀리하는 정책.

물러가게 했다. 최재형은 내관을 따라 경운궁의 한 전각으로 가서 낮것을 대접받았다.

'낮것이 무엇인가 했더니 점심이로구나.'

최재형은 내관들이 음식을 가득 차린 상을 들여오는 것을 보고 웃었다. 황제와의 대화에 최재형은 만족했다. 황제가 최재형의 이야기를 들어준다면 조선을 개화시킬 수 있을 것이라고 생각했다. 대궐 음식은 정갈하고 맛이 있었다. 식사를 마치자 내관이 비단을 내왔다. 최재형은 비단을 가지고 대궐에서 물러나왔다.

최재형은 손탁호텔에 돌아와 황제의 부름을 기다렸다. 그러나 황제는 며칠이 지나도 최재형을 부르지 않았다. 그동안 최재형은 한성 거리를 돌아다니며 시장을 구경했다. 한성은 개화의 물결이 도도하게 밀려와 어수선했다. 서양인과 일본인들이 거리를 횡행하고 개화파와 수구파가 치열하게 권력 투쟁을 벌이고 있었다. 아관파천 이후 조선의 조정은 친러파가 장악하고 있었다. 그런가 하면 독립신문이 발행되어 조선인들의 애국심을 고취하고 있었다.

"폐하께선 어찌하여 나를 부르지 않는 것이오?"

최재형은 김연식이 손탁호텔로 찾아오자 짜증스럽게 물었다. 황제를 알현한 지 어느덧 열흘이 지나고 있었다.

"최공, 일이 난처하게 되었소."

김연식이 머리를 숙이고 말했다.

"학부협판에 김홍륙이라는 자가 있소. 이자가 베베르 러시아 공사의 통역관인데, 최공의 발탁을 반대했다고 하오."

"그자가 왜 나를 반대한 것이오?"

"그건 모르겠소."

"알겠소. 그렇다면 나는 러시아로 돌아가겠소. 폐하가 그런 사람들의 말을 들었다는 것이 실망스럽소."

"폐하는 귀가 여린 분이오."

결국 최재형은 이튿날 짐을 정리하여 얀치혜로 돌아왔다.

최재형이 조선에 가서 벼슬을 구하려다 실패하고 돌아왔다는 소문이 연해주 일대에 파다하게 퍼졌다. 최봉준은 그 소문을 듣고 속으로 웃었다. 그 일을 계기로 최재형이 연해주 사람들의 존경심을 잃게 될 것이라고 여겼기 때문이다. 그러나 최재형은 소문에 아랑곳하지 않았다. 조선에서 돌아온 뒤에 엘레나와 혼례도 올리고, 조선인 마을을 위한 일에도 더욱더 매진했다. 그는 얀치혜와 슬라뱐카에 학교를 세워 조선인들이 초등학교 과정을 이수하게 했다. 이 학교에서는 조선어와 러시아어를 가르쳤는데, 초등학교를 우수한 성적으로 졸업하면 마을의 공동 자금으로 유학을 보냈다.

'제기랄, 형님은 항상 나보다 앞서 가는군.'

최재형이 여전히 조선인들에게 존경받는 것을 보고 최봉준은 우울했다.

김수향은 최재형이 하는 일을 적극 지원했다. 그들이 비록 이복남매라고는 하지만, 최봉준은 두 사람 사이에서 맹렬한 질투심에 휘말리곤 했다. 한때 그들이 지독하게 사랑했다는 사실에 가슴에서 불길이 일기도 했다.

'나는 조선 최고의 거부가 될 거야.'

최봉준은 최재형을 볼 때마다 경쟁심이 일어나 그런 다짐을 했다.

최봉준은 유인석을 둘러싸고 있는 한 무리의 사람들을 둘러보았다.

'이 사람들이 연해주를 떠들썩하게 하고 있는 의병이란 말인가.'

몇몇이 총을 들고 서 있기는 했지만 일본군을 상대하기는커녕 대륙에서 활동하는 마적들을 대적하기에도 버거워 보였다.

"만주와 연해주에는 조선인들이 몰려오고 있습니다. 우리들이 단합하여 군대를 만든 뒤에 두만강을 건너 국내로 진공하면 왜적을 몰아낼 수 있습니다."

유인석의 뒤에 있던 조영철이 힘주어 말했다. 차가운 날씨였다. 시베리아에서 불어오는 북풍이 매섭게 얼굴을 때렸다.

"하지만 총도 부족하고 식량도 없지 않습니까?"

최봉준이 조영철에게 물었다.

"그래서 우리는 봉오산 일대에 산채를 마련하고 군사를 훈련시킬 계획입니다."

"군사는 수천 명, 수만 명이 있어야 합니다. 아니, 수만 명도 모자라지요. 러시아는 대륙에 약 50만 명의 군대가 주둔하고 있습니다."

"처음부터 많은 군대를 생각하고 있지 않습니다. 우리가 몇십 명의 왜적이라도 물리치게 되면 조선인들이 용기를 얻어 찾아올 겁니다. 2천만 동포가 합심하면 반드시 왜적을 물리칠 수 있을 겁니다."

조영철이 비장한 표정으로 말했다. 최봉준은 그들이 정세를 너무나 모른다고 생각했다.

"우리는 지금 의병에 참여할 수 없습니다. 아직 나라가 나라가 왜 놈들에게 빼앗긴 것도 아닌데, 서둘러 의병을 일으키고 싶지 않습니다."

"억지로 의병에 참여할 필요는 없습니다."

"우리는 당분간 돈 버는 일에 열중할 겁니다. 만주에 러시아 군대가 몰려오고 있기 때문에 많은 군량이 필요합니다. 조선인들은 이 기회를 이용해 돈을 벌어야 합니다."

최봉준의 말에 조영철은 얼굴을 찌푸렸다.

"러시아와 일본은 전쟁을 벌이게 될지 모릅니다. 그런데 돈을 번다는 말씀입니까?"

"돈은 전쟁 중에 벌어야 한다고 들었습니다."

"핫핫핫! 재미있는 분이군요."

최봉준은 조영철이 자신을 경멸하고 있는 것이라고 내심 생각했다.

"자, 그럼 후일을 기약하겠습니다."

"모두 건강하십시오."

조영철이 한 무리의 사람들을 이끌고 상단을 떠났다. 유인석은 그들을 물끄러미 바라보고 있었다. 최봉준은 말을 타고 멀어져가는 의병들을 우두커니 바라보았다.

"저들이야말로 선구자예요."

최봉준의 옆에 있던 김수향이 입을 열었다.

"선구자?"

"일본은 점점 강해지고 있어요. 그런 일본을 상대로 의병들이 전쟁을 한다는 것은 부질없는 일인지도 몰라요."

"그러면 의병들이 잘못하고 있다는 거요?"

"아니에요. 일본이 아무리 강해도 싸워야 해요. 2천만 조선인이 전부 죽는다 해도 싸워야지요."

김수향의 당찬 말에 최봉준은 고개를 외로 꼬았다.

"하지만 저들은 고작해야 몇십 명밖에 되지 않소."

"저들은 대륙을 떠돌다 죽을지도 몰라요. 그러나 패할 것이 분명하다고 해서 아무도 싸우지 않으면 어떻게 되겠어요?"

최봉준은 김수향의 말에 입을 다물었다. 얼마나 많은 사람들이 조선의 독립을 위해 싸우다가 죽게 될지도 모른다. 아아, 저들은 무엇을 위하여 말을 타고 대륙을 달리는가. 백 년이 지나면 누가 저들을 기억할 것인가.

"어르신, 쉬실 자리를 마련했습니다."

최봉준은 유인석에게 다가가 조용히 허리를 숙였다. 유인석은 만주와 연해주를 돌아다니면서 조선인들의 단결을 호소하고 있었다.

"고맙소."

유인석이 흰 수염을 쓰다듬으면서 최봉준을 따라왔다. 최봉준은 모닥불 앞에 얼기설기 침상을 만들고 이부자리를 깐 곳으로 유인석을 안내했다. 대한제국 의병장으로 이름을 떨치고 있는 유인석을 다시 만난 것은 닷새 전 아침이었다.

"어르신, 풍찬노숙을 하게 되었습니다."

"괜찮소. 임금이 수치를 당하면 신하 된 자는 목숨을 내놓아야 한다고 했는데, 지금껏 살아 있는 것이 죄스러울 뿐이오."

유인석은 유가(儒家)의 종장(宗長)이었다. 만주나 연해주에서 만난 많은 이들이 유인석을 보면 말에서 내려 절을 올리고 공손하게 시립했다. 최봉준은 유인석과 여행하면서 많은 것을 배웠다.

"봉천에도 우리 조선인들이 살고 있소?"

유인석이 모닥불 앞의 침상에 앉으면서 물었다. 여기저기서 소떼의 울음소리가 들렸다. 러시아 군대에 납품할 1천 마리의 소였다.

"봉천에는 얼마 되지 않는 것 같습니다."

"러시아 군대는 많소?"

"러시아인들의 말을 들으면 10만의 군대가 있는데, 곧 20만이 넘을 거라고 합니다."

"러시아군에 대포가 있소?"

"예. 아주 성능 좋은 대포가 있습니다."

유인석은 제천 의병이 관군과 일본군에 패한 사실을 띄엄띄엄 이야기해주었다. 일본군은 연발로 발사되는 총과 대포를 갖고 있는 데 비해 제천 의병은 활과 창, 비에 젖으면 발사되지 않는 화승총이 전부였다고 했다.

"우리는 충주전투에서 많은 병사를 잃었소. 그날은 진눈깨비가 날리던 날이었소. 계곡에 매복해 왜적을 기다렸는데 진눈깨비가 쉬지 않고 내려 화승총의 도화선을 적셨소. 마침내 왜적이 계곡에 들어와 일제히 공격했을 때 화승총은 도화선이 눈비에 젖어 불이 붙지 않았소. 그래서 우리는 패했고 많은 의병들이 목숨을 잃었소. 일본군은 고지를 점령한 뒤에 살아 있는 의병들을 총에 꽂힌 대검으로 도륙하여 죽였소. 그 생각을 하면 지금도 자다가 벌떡 일어나게 되오."

유인석의 눈에서 눈물이 주르르 흘러내렸다. 최봉준은 가슴속에서 무언가 뜨거운 것이 치밀고 올라오는 듯했다.

이튿날 최봉준은 다시 소떼를 이끌고 봉천을 향해 발걸음을 떼었다.

"어르신, 여기서 작별하게 되었습니다."

최봉준은 유인석을 간도 용정 인근까지 데려다 준 뒤에 말했다. 유인석과 용정으로 가는 사람들도 유인석의 뒤에 섰다.

"고맙소. 그동안 폐를 많이 끼쳤소. 내 이제 최 선생을 다시는 만나지 못할 것 같소."

"저에게는 스승이나 다를 바 없는 분입니다. 어르신, 부디 건강하십시오."

"조선의 독립을 잊지 마오."

"선생님의 고언을 잊지 않겠습니다."

최봉준은 땅에 엎드려 절했다. 최봉준 상단의 우부들도 일제히 유인석에게 절을 했다.

"여러 동포들, 조선의 독립을 잊지 마오."

유인석도 맞절을 하고 일어섰다. 유인석은 용정으로 가는 사람들과 함께 멀어지기 시작했다. 최봉준은 유인석이 점점 멀어지는 것을 보자 자신도 모르게 눈시울이 뜨거웠다.

"가세! 봉천으로 출발!"

최봉준은 유인석의 일행이 아득하게 멀어져 하나의 점이 되어 대륙으로 사라지자 우부들을 향해 소리를 질렀다.

"출발!"

우부들이 일제히 최봉준의 명령을 복창했다.

"이랴!"

우부들이 채찍을 휘두르자 소떼가 무리를 지어 움직이기 시작했다. 최봉준은 김수향과 소떼를 이끌고 봉천으로 향했다. 연해주 일대에 사는 조선인들은 봉천까지 소떼를 끌고 가는 일이 위험하다고 꺼렸으나, 최봉준은 과감하게 실행했다. 장사는 위험을 무릅쓰지 않으면 돈을 벌 수가 없는 법이었다. 남들이 모두 불안해한다고 최봉준도 포기할 수는 없었다. 용정에서 봉천까지는 오랜 시간이 걸렸다. 소들은 말과 달리 걸음이 느렸지만 최봉준은 소떼를 몰고 봉천을 향해 계속 앞으로 나아갔다.

봉천의 러시아 군영에 도착하자 막사 앞에서 초급 장교들과 이야기를 나누던 고급 장군이 최봉준에게 다가왔다. 최봉준은 그를 보자 자신도 모르게 입을 벌렸다. 뜻밖에도 소냐의 오빠인 니콜라이 야린스키였다.

"자네 알렉산더 아닌가?"

"예, 알렉산더입니다. 니콜라이 형님, 안녕하셨습니까?"

"자넬 여기서 만나다니, 이런 기적이 있나?"

니콜라이가 두 팔을 벌렸다. 최봉준은 니콜라이와 뜨겁게 포옹했다. 그를 보자 소냐의 얼굴이 떠올라 가슴이 저려왔다. 니콜라이는 귀족이어서 그동안 장군이 되어 있었다. 그리고 보면 하바로프스크를 떠난 지 꽤 오래되었다. 최봉준도 중년 사내가 되었고, 니콜라이도 수염 허연 50대 장군이 되었다. 니콜라이는 최봉준이 소떼를 군수 장교에게 인수하고 돌아오자 그를 위해 저녁을 대접했다. 최봉준은 야린스키 백작이 죽은 뒤에 지신허로 돌아왔다가 블라디보스토크에서 장사를 하여 어느 정도 성공했고, 김수향과 결혼했다는 이야기를 들려주었다.

"재혼했다고? 그렇다면 내 동생을 잊었다는 말인가?"

니콜라이가 최봉준을 냉랭한 눈빛으로 쏘아보았다.

"아닙니다. 소냐도 내가 결혼하기를 바라고 있었을 겁니다."

"핫핫핫! 내 동생은 이미 죽었네. 그냥 해본 말일세. 어쨌거나 자네가 재혼했다니, 자네의 부인은 내 동생이 되어야 하네. 세례를 받지 않았다면 내 동생과 같은 소냐로 세례명을 짓도록 하게."

"아내에게 말해 그렇게 하도록 하겠습니다."

니콜라이는 김수향과 의남매를 맺기로 약속했다. 최봉준은 니콜라이와 밤늦게까지 술을 마시고 이튿날은 부대를 돌아보았다. 10만 군대가 주둔하는 봉천은 군인 도시가 되어 있었다.

"형님, 군대 규모가 아주 크군요."

"조만간 일본과 전쟁을 벌이게 될 것 같네. 일본은 강한 군대를 갖고 있어."

"러시아는 이렇게 많은 병력이 있으니 전쟁이 일어나면 반드시 승리할 것 같습니다."

"문제는 병참일세. 일본군이 봉천까지 온다면 우리는 병참의 보급이 원활하지 못해 패할 걸세."

"왜 그렇습니까?"

"러시아는 황실이 무력하네. 귀족들이 군대를 지휘하고, 내각이 무능하네. 군대의 생명은 보급에 있는데, 현재의 체제로는 보급을 원활히 할 수 없을 거야."

"나폴레옹도 러시아에 패하지 않았습니까?"

"일본군이 모스크바까지 온다면 러시아가 반드시 승리할 걸세. 그러나 봉천까지 온다면 무력한 내각은 손을 들고 말 거야."

"그러면 장기전으로 가야겠군요."

"일본의 내각이 어떤 전략을 가지고 있느냐가 중요하지. 일본이 모스크바까지 욕심내면 스스로 무너질 것이고, 만주만 가지려 한다면 승리할 걸세. 핫핫핫! 그것은 1년 후의 일이고, 자네는 앞으로 1년 동안 돈이나 버는 게 어떤가?"

"돈을 벌다니요?"

"봉천에는 10만의 러시아 군대가 있네. 앞으로는 더 많은 군사들이 몰려올 걸세. 이들을 먹이려면 많은 식량이 필요하네. 자네가 식량을 공급하게."

"형님이 도와준다면 그렇게 하겠습니다. 돈은 충분히 지급해줍니까?"

"이보게. 나는 아직도 자네의 형님이고, 자네는 나의 매제일세. 자네에게는 최우선으로 지급하도록 하겠네."

니콜라이가 최봉준의 어깨를 두드리며 웃음을 터뜨렸다.

최봉준은 봉천 시내에 상관을 열고 러시아 군대에 소와 콩, 채소, 밀가루 등을 납품하기 시작했다. 10만의 군대를 먹일 식량이었다. 봉천은 대도시여서 수많은 만주인들이 살고 있었고,

봉천 인근에도 농사짓는 사람들이 많았다. 최봉준은 러시아 군대와 군납 계약을 체결하고 필요한 군량을 만주인들에게서 사들여 러시아 군대에 납품했다. 최봉준의 상관에서 일하는 사람들이 불과 몇 달 만에 수백 명으로 늘어났다.

"나리, 돈이 가마니로 들어오는 것 같습니다."

매일 저녁 회계를 보는 강영달이 입이 벌어져서 말했다. 최봉준은 하루에 5만 원 이상의 매출을 올리고 있었다. 물론 이익은 2만 원 남짓 되었고 상단에서 일하는 직원들이 1만 원 남짓을 가져갔다. 최봉준은 돈이 모이자 금괴로 바꾸어 블라디보스토크로 옮긴 뒤 다시 루블화로 바꾸어 러시아 은행에 저금했다. 최봉준은 1년도 되지 않아 봉천의 거물이 되었다.

러시아는 봉황성(지금의 펑청(鳳城))과 안동성(지금의 단둥(丹東)) 일대를 지배하면서 일본을 견제하기 위해 여순을 요새로 만들었다. 1902년 7월에는 동청철도를 완성했다. 8월이 되자 아무르 강 지역과 관동 지역을 동아시아 총독구로 하는 이른바 동아시아 총독부의 설립을 발표했다. 일본은 러시아와의 개전이 불가피하다고 판단했다. 러시아는 1903년 4월 압록강 하류의 용암포를 점령하고 군사 기지를 설치하며 대한제국에 조차(租借)를 요구했다. 고종이 이를 허락하자 러시아 공사인 이범진이 반대했다. 이범진은 러시아 공사에서 해임되고 부공사가 조차권을 획득하여 의정서에 사인을 했다.

만주에 대한 우월권은 러시아에 할애할 수 있다. 그러나 조선에 대한 우월권은 일본이 가져야 한다.

일본은 만한교환(滿韓交換)의 원칙을 세운 뒤 러시아와 수
차례 교섭을 시도했다. 하지만 러시아는 일본을 견제하기 위해
조선을 완충 지역으로 만들려고 했기 때문에 이를 거절했다. 일
본은 러시아와의 전쟁을 피하기 위해 여러 차례 협상을 벌였지
만 끝내 결렬되고 말았다.

일본은 1904년 2월 4일 대러 교섭 단절을 선언하고 전쟁 준
비에 박차를 가했다. 일본 군부는 이미 오래전부터 전쟁을 준비
해왔다. 내각의 명령이 떨어지자 군부는 2월 8일 여순항을 기습
공격하여 러시아 전함 두 척과 순양함 한 척을 파괴했다. 러일
전쟁이 발발한 것이다. 이어 2월 9일, 인천항에 정박 중인 러시
아 함대를 격침한 다음 날인 2월 10일에 선전포고를 했다.

청일전쟁 때와 마찬가지로 강대국들이 전쟁을 벌일 움직임
을 보이자 대한제국 조정은 긴장했다. 대한제국은 1904년 1월
21일 국외 중립을 선언하고 열국에 통고했다. 그러나 일본군은
이를 무시하고 2월 9일 서울에 진주했다. 2월 23일 일본은 공수
동맹의 성격을 띤 '한일의정서'를 강제로 체결하게 하고, 병력
과 군수품 수송을 위해 경부선과 경의선 건설을 서둘렀다. 4월
1일에는 한국의 통신 사업을 강점했다. 5월 18일에는 대한제국
정부로 하여금 러시아와 체결했던 모든 조약과 러시아인에게
부여했던 모든 이권의 폐기, 혹은 취소를 공포하게 했다.

일본군의 제1군은 조선에 상륙한 뒤 북상을 시작하여 5월
초 압록강에서 러시아군과 최초로 접전을 벌인 끝에 러시아군
을 격파하고 여순으로 향했다. 일본군 제2군은 요동반도에 상륙
한 뒤 남산과 대련을 점령하고 여순을 고립시켰다. 마침내 6월

에는 만주에 일본군 15개 사단 17만 명이 집결하여 총사령부가
설치되었다. 일본군은 구연성과 봉황성을 함락한 다음 요양으
로 물밀듯이 진격해 러시아군과 대규모 전투를 벌였고, 마침내
승리했다. 10월에 사하회, 1905년 1월에 흑구대에서 벌인 전투
에서도 모두 승리했다.

1905년 3월 러시아군 32만 명과 일본군 25만 명이 봉천에서
맞붙었다. 이 전투는 20세기 전투사상 중요한 전투로 기록될 만
큼 치열했다. 러시아군은 약 17만 명이 전사하고, 일본군은 7만
명이 전사했다. 러시아군은 상트페테르부르크에서 '피의 일요
일'을 발단으로 일어난 제1차 러시아혁명을 진압하는 데 여념이
없어 일본과의 전쟁을 제대로 벌일 수가 없었다. 그래서 결국
봉천의 러시아군은 일본군에 포위되어 굴욕적인 항복을 하고
말았다. 일본군은 봉천 전투에서 대승을 거두었다.

1905년 1월 초 여순항이 함락되자 러시아군은 대세를 만회
하고자 발틱 함대를 파견했으나, 5월 27일 대한해협에서 일본
해군과 격전을 벌인 끝에 참패했다. 러시아는 더 이상 전세를
돌이킬 수 없게 된 것이다. 결국 러시아는 미국 루스벨트 대통
령이 일본의 만주 장악 야심을 경계해서 권고한 대로, 일본과
포츠머스에서 강화조약을 체결했다.

최재형은 들판에 가득한 독수리 떼를 보고 눈살을 잔뜩 찌
푸렸다. 1년 가까이 계속된 전쟁이었다. 미처 수습하지 못한 병
사들의 시체가 벌판에 가득하여 낮에는 독수리 떼가, 밤에는 이
리 떼가 시체를 뜯어 먹었다. 피아간의 치열한 포격으로 봉천

일대는 땅이 한 꺼풀 뒤집히고 도시는 초토화되어 있었다. 일본과 러시아 병사들이 30만 명 넘게 전사했지만 민간인들의 희생도 적지 않았다. 전쟁에서 승리한 일본군은 러시아 병사들을 포로로 억류하고 있다가 포츠머스 회담이 타결되자 비로소 석방했다. 러시아로 돌아가는 포로들과 부상병들의 행렬이 끝없이 이어졌다.

"일본이 승리했군."

러시아와 일본의 전쟁이었으나, 최재형은 착잡한 표정으로 최봉준에게 말했다. 일본은 전쟁에서 승리해 남만주와 조선을 완전히 수중에 넣었다. 러시아인들 사이에 조선이 일본의 식민지가 될 것이라는 소문이 파다하게 나돌았다.

"형님, 러시아가 패할 것이라고는 생각하지 못했습니다."

최봉준이 말 위에서 지평선 쪽을 흐린 눈빛으로 바라보며 말했다.

"러시아가 패할 것이라고 누가 생각했겠나?"

최재형이 쓸쓸하게 말했다.

러일전쟁으로 최봉준은 막대한 돈을 벌어들였다. 최재형도 전쟁이 발발하자 봉천 일대에 주둔하는 러시아군에 군량을 납품하여 돈을 많이 벌었다. 러시아는 모스크바와 상트페테르부르크에서 군량을 제대로 보내주지 않았다. 일본과의 전쟁이 계속되는데도 내정이 극도로 혼란스러웠기 때문에, 봉천에서 전쟁을 하는 군사령관들은 자체적으로 군량을 마련해야 했다. 그때 군사령관들은 연해주 일대의 상인들에게 군량을 납품하라는 비상 명령을 내렸다. 얀치혜 도헌인 최재형에게도 군량을 납품하라는 명령이 떨어졌다. 최재형은 러시아가 일본과의 전쟁에서 승리하기를 바란 터라 연해주 일대에서 군량을 모아 봉천으로 수송했다. 군량에 대한 비용은 연해주 총독부로부터 받았다.

"형님은 어디로 가실 예정입니까? 블라디보스토크로 돌아가실 겁니까?"

최봉준이 최재형 옆에 있는 러시아 여자를 쳐다보며 물었다.

"알리샤를 하얼빈에 데려다주고 상트페테르부르크로 갈 것이네."

최재형이 알리샤를 쳐다보면서 대답했다.

최재형이 알리샤를 만난 것은 러일전쟁이 치열했던 봉천, 일본군과의 교전 지역에서였다. 최재형은 전쟁이 발발하기 전부터 군량을 납품하는 한편으로, 조선인들을 규합하여 일본군과 전투를 벌이기도 했다. 그러나 전쟁이 격화되면서 러시아군이 극심한 군량 부족에 시달리자 군량 운송의 막대한 임무를 맡았다. 요양 전투가 치열하게 전개되고 있을 무렵이었다. 요양 부근의 철교를 내려다보는 나지막한 야산에 일본군 한 중대가 매복하면서 주둔하고 있었다. 러시아군에 군수품을 납품하던 최재형은 러시아 수송부대와 함께 군량을 운송하다가 일본군의 기습을 받아 치열하게 싸워야 했다. 때마침 인근에서 정찰 활동을 벌이던 러시아 기병대가 발견하고 지원군을 보내왔다.

일본군은 전세가 불리해지자 포로들을 살해하고 퇴각했는데, 포로들 중에는 만신창이가 된 여자들도 있었다. 일본군은 여자들에게까지 총을 쏘고 퇴각했으나 만주 여자 한 명과 러시아 여자 한 명이 기적적으로 살아남았다. 여자들은 옷들이 갈기

갈기 찢긴 채 허연 젖무덤과 비밀스러운 곳이 그대로 드러나 있었다. 만주 여자는 일본군의 총에 맞은 옆구리에 출혈이 심해 고통스러워하다 죽고, 탄환이 옆구리를 스친 러시아 여자는 간신히 생명을 건졌다. 최재형은 수송부대와 함께 군량, 러시아 여자를 호송했다.

하지만 군수 사령부에 도착하기도 전에 또다시 일본군의 공격을 받았다. 러시아 수송부대는 치열하게 응전했으나 일본군은 맹렬하게 사격하면서 새카맣게 몰려왔다. 그 바람에 부득이 군량을 버리고 퇴각하지 않을 수 없었다. 수송부대 병사들은 여자를 버리고 달아나야 한다고 말했다. 최재형이 바라보니, 여자의 눈은 공포에 질려 있었다. 최재형은 여자를 업고 산을 향해 달리기 시작했다. 사방에서 포탄이 떨어져 흙더미와 불기둥이 솟아오르고 탄우가 빗발쳤다.

"표트르, 뭘 하는 거야?"

수송부대 병사들이 최재형에게 다급하게 소리를 질렀다.

"이 여자를 두고 퇴각할 수는 없소."

"그 여자까지 데리고 가다간 우리 모두 죽는다고."

"그러면 먼저 가시오. 나는 뒤따라가겠소."

수송부대 병사들은 최재형의 말이 떨어지자 산을 타고 빠르게 달아났다. 최재형은 여자를 등에 업고 계속 뛰었다. 일본군에게 얼마나 시달렸는지 여자의 몸은 종잇장처럼 말라 있었다. 그래도 산 하나를 넘었을 때는 온몸이 땀으로 흥건하게 젖어 있었다. 수송부대 병사들은 어디로 퇴각했는지 보이지 않았다. 여자의 상처에서 또다시 피가 흘러내렸기 때문에 최재형은 일본군 주둔지를 우회하여 봉천 시내로 들어갔다. 봉천은 그때까지도 일본군과 러시아군이 치열하게 전투를 벌이고 있었다. 건물이 불에 타고 사람들은 공포에 질려 피란을 가느라 우왕좌왕했다. 최재형은 러시아·야전병원을 찾아갈 수가 없어 여자를 허름한 여관방에 눕히고 약을 사다가 옆구리에 발라주었다. 여자를 치료하는 동안 봉천은 전세가 급변하여 일본군에 완전히 포위되고 말았다.

'잘못하면 내가 봉천에서 죽겠구나.'

일본군에 포위되어 죽을지도 모른다고 생각하니 공포가 엄습해왔다. 여관 주인조차 어디론가 달아나고 없어 최재형은 포위가 풀릴 때까지 견딜 수 있도록 식량을 모으고 벽돌을 쌓은 뒤 방문을 차단했다. 출입은 천장을 뚫고 밤에만 이용했다.

최재형은 러시아 여자와 함께 두 달을 초라한 여관방에서 보낼 수밖에 없었다. 둘이 누우면 마침할 만큼 좁고 남루한 여관방은 봉천역 북쪽의 빈민굴에 있었다. 여자는 의원의 치료도 제대로 받지 않았으나 다행히 상처가 점점 아물어갔다. 그러나 일본군이 봉천 시내를 완전히 봉쇄하고 있어서 꼼짝할 수 없었다. 그녀가 바로 알리샤이다. 최재형은 숨어 있는 동안 알리샤와 많은 이야기를 나누었다. 알리샤는 전쟁이 시작되었을 때 일본군에게 잡혀 그들의 노리개가 되었다. 그녀뿐 아니라 많은 러시아 여자들과 만주족 여자들이 일본군에게 포로가 되어 겁탈을 당한 뒤에 살해되었다.

러시아군이 투항하고 마침내 전쟁이 끝났다. 하지만 봉천 시내는 여전히 살벌했다. 일본군이 시내를 누비고 다니면서 사람들을 마구잡이로 학살해서, 어느 누구도 일본군이 물러갈 때까지는 꼼짝할 수가 없었다. 게다가 일본 밀정들은 러시아에 협조적이었던 조선인·만주인들을 찾아내어 대대적으로 학살하고 있었다. 최재형은 몇 차례 탈출하려고 밤에 알리샤와 함께 여관방을 빠져나왔다가 시내 곳곳에 즐비한 시체들을 보고는 다시 돌아와야 했다. 마침내 일본군이 철수했을 때, 최재형은 여관방에서 나와 울었다. 지옥과 같은 전쟁에서 살아남은 것이 기적 같았다.

"피의 일요일만 아니었으면 이렇게 패하진 않았을 거야."

최재형은 전쟁을 하는 동안 러시아 황제가 겨울궁전에서 시위하는 군중들에게 발포한 것이 결정적인 패인이라고 여겼다.

"일본의 군대도 강한 것 같습니다."

"일본은 러시아와 비교할 수 없네. 이번 전쟁 비용도 일본은 돈이 모자라 영국과 미국에 공채를 발행해서 겨우 해결했네. 조금만 더 장기전으로 갔다면 일본은 패하고 말았을 거야."

전투가 벌어졌던 곳곳에서 일본군이 죽은 병사들의 시체를 구덩이에 던지고 있었다. 내장이 튀어나온 병사, 팔다리가 잘린 병사, 얼굴이 날아간 병사들의 피에 젖은 시체가 계속 구덩이로 옮겨졌다.

"자네는 어디로 갈 텐가?"

"블라디보스토크로 돌아갈 생각입니다. 형님은 어떻게 하실 계획입니까?"

"상트페테르부르크로 갈 생각이네."

"거기는 무슨 일로 가십니까?"

"상트페테르부르크에 가서 훈장을 받아야 하네. 또 거기엔 이범진 선생이 계시지 않은가? 그분과 앞일을 좀 논의해봐야겠네."

최봉준은 최재형의 말에 눈살을 찌푸렸다. 자신도 최재형과 똑같이 러시아군에 군량을 납품했는데 훈장은 최재형만 받으니 불만스러웠다.

주러시아 공사 이범진의 동생 이범윤은 러일전쟁 동안 조선인 5백 명을 모아 일본군과 싸웠다. 그러나 러시아는 일본과의 전쟁에서 패했고, 조선은 바람 앞의 등불처럼 위태로웠다. 최재형은 조선으로 들어갈까 하는 생각도 했지만, 일본군이 득실대는 조선으론 가고 싶지 않았다. 게다가 알리샤가 하얼빈으로 가고 싶어서 상트페테르부르크로 가는 길에 데려다줄 생각도 있었다.

"그럼 오늘 밤에 작별주나 함께 들지요."

"그러세."

최재형이 최봉준을 돌아보고 미소를 지었다. 멀리서 김수향이 말을 달려 오고 있었다. 최봉준이 봉천을 떠났다가 다시 돌아온 것은 최재형이 조카 최예부를 시켜 불렀기 때문이다. 게다가 봉천에 있는 상관이 얼마나 피해를 입었는지 조사할 필요가 있었다.

"워!"

김수향은 빠르게 말을 달려 최재형과 최봉준 앞에 이르렀다. 멀리 요양으로 이어진 신작로에 포플러가 늘어서서, 바람이 불지 않는데도 노랗게 물든 잎사귀들이 하늘거리며 떨어졌다.

요양도 일본군과 러시아군이 치열하게 전투를 벌였던 곳이다. 최재형은 그들과 함께 봉천 시내로 들어왔다. 일본군 대부대가 철수하고 잔여 부대가 남아 있었으나, 봉천 시내는 모처럼 평화가 찾아들었다. 피란 갔던 사람들이 돌아와 무너지거나 불탄 집들을 수리했다.

김수향은 최봉준과 혼례를 올린 뒤에 아들을 낳았다. 최재형도 엘레나와의 사이에서 아들과 두 딸을 낳았다. 엘레나는 거의 연년생으로 아이를 낳았는데, 또다시 임신 중이었다.

"내가 뭐, 애 낳는 기계인 줄 알아요? 암탉도 아닌데 매일 애만 낳게 만들고……."

엘레나가 눈을 흘기며 말했으나 진심이 아니었다. 아기를 원하는 것은 항상 엘레나였다.

"형님, 저를 부르신 이유가 무엇입니까? 하실 말씀이 있는 거 아닙니까?"

최재형이 알리샤에게 시켜 간단하게 술상을 차리자 술 몇 잔을 거푸 마신 최봉준이 넌지시 물었다.

"내가 러시아군으로부터 총 1천 정과 탄약 2백 상자를 인수했네."

"형님!"

최재형의 말에 최봉준이 깜짝 놀라 쳐다보았다.

"이건 극비일세. 일본 밀정의 귀에 들어가면 우리는 개죽음을 당하네."

"아니, 총과 탄약을 어디에 쓰려고 그럽니까? 그러잖아도 러시아군에 군수물자를 납품했다 해서 일본군이 저를 좋게 보지 않고 있습니다."

"어디에 쓸 것인지는 나중에 생각하기로 하고, 자네가 이 총을 봉천에 숨겨주어야겠네."

"제가요? 아니 형님, 그런 걸 제가 어떻게 숨깁니까?"

"자네는 봉천에 상관을 갖고 있지 않은가?"

"총과 탄약을 봉천에 숨길 수는 없습니다."

최봉준이 어림없는 일이라는 듯 냉정하게 잘라 말했다.

"그럼 어떻게 하는 게 좋겠는가?"

최재형의 질문에 최봉준이 난처한 표정을 지었다. 그러자 김수향이 맑은 눈으로 최봉준을 쏘아보았다. 그때서야 최봉준이 묘안을 내놓았다.

"슬라뱐카로 옮기는 것이 좋겠습니다."

"슬라뱐카에? 일본군의 눈을 피해 옮길 수 있겠나?"

"마적들을 이용하면 옮길 수 있습니다. 그자들은 돈만 주면 무슨 짓이든 하니까요."

"마적들을 알고 있나?"

"오하루라는 마적이 있습니다. 그녀에게 부탁하면 좋을 것 같습니다."

"마적이 총을 옮겨주겠는가?"

"제가 한번 만나보겠습니다."

"고맙네. 자네가 반드시 이 일을 해줄 줄 알았네."

최재형이 최봉준의 손을 덥석 잡으며 말했다. 최봉준이 김수향을 돌아보자 그녀도 기분이 좋은지 하얀 이를 드러내놓고 박꽃처럼 웃고 있었다.

'형님은 의병이 되려는 게 틀림없어.'

최봉준은 최재형이 또다시 자신보다 앞서 가고 있다고 생각했다.

'그렇다면 나는 돈으로 형님의 명성을 앞지르겠어.'

이튿날 최봉준은 마적단의 두목 고산의 연락책을 수소문하여 오하루를 찾기 시작했다. 몇 차례 마적단들과의 접촉을 시도했으나 최봉준을 의심해서인지 오하루는 좀처럼 모습을 드러내지 않았다. 오하루가 한밤중에 최봉준의 상관에 나타난 것은 최봉준이 수소문하기 시작한 지 열이레가 되었을 때였다.

"누이!"

만주족이 입는 붉은 치파오를 입고 나타난 오하루를 본 최봉준이 낮게 소리 질렀다.

"호호호, 봉준이 무슨 일로 나를 만나려고 하는 거지?"

오하루가 요염하게 웃으면서 최봉준의 앞에 앉았다.

"우선 차부터 드십시오."

최봉준은 오하루에게 차를 대접하고 나서 총과 탄약을 러시아 국경까지 옮겨줄 것을 부탁했다. 오하루는 최봉준의 말을 듣자 눈살을 찌푸리면서도 유쾌하게 웃음을 터뜨렸다. 최봉준은 오하루가 거절하는 것이 아닌가 싶어 불안했으나, 오하루는 누구의 총인지를 물었다. 최봉준은 그것은 묻지 말아달라고 부탁했다. 오하루는 자신이 일본 헌병대의 밀정 노릇도 하는데, 이런 부탁을 하는 것은 위험한 일이 아니냐고 말했다. 최봉준은 오하루에게 충분한 대가를 지불하겠다고 말했다. 그러자 오하루는 총과 탄약을 옮겨주는 대가로 막대한 황금을 요구했다. 최봉준은 최재형이 황금을 내지 않을 것이라고 생각했는데, 오하루의 말을 전해 듣더니 선뜻 황금을 내겠다고 말했다.

총과 탄약을 옮기는 일은 목숨을 걸어야 할 정도로 위험했다. 무엇보다 봉천 시내에 쫙 깔려 있는 일본 밀정들의 눈을 피해야 해서 절대 보안이 요구되었다. 최재형의 제안을 받아들인 오하루는 치밀한 사전 조사를 했다. 그리고 일본 밀정의 감시가 소홀한 새벽 시간에 최재형이 묻어놓은 총과 탄약을 꺼내어 봉천 시내를 빠져나왔다. 오하루의 부하들은 오랫동안 마적 생활을 해와서 행동이 민첩했다. 마차의 수레바퀴 소리가 일본군을 깨울까 봐 시내를 빠져나올 때까지는 등짐을 져서 운반했다. 최재형은 최봉준 상관의 점원으로 위장하여 마적들이 총과 탄약을 운송하는 것을 감시했다.

"길림에서 만나자고. 황금은 길림에서 우리에게 넘겨주면 돼."

오하루는 마적단이 총과 탄약을 마차에 싣자 최봉준에게 말했다. 봉천 북쪽에 있는 낮은 구릉이었다.

"누이, 고맙소."

최봉준이 오하루의 손을 굳게 잡았다.

"가자!"

오하루가 마적들에게 명령을 내렸다.

"이랴!"

오하루와 마적들이 일제히 마차를 몰아 동쪽으로 달리기 시작했다. 아직 해가 뜨지 않은 새벽이었다. 최재형은 10여 대의 마차를 이끌고 벌판으로 달려가는 시베리아의 붉은 망토 오하루를 응시하면서 무겁게 한숨을 내쉬었다. 마적들이 총과 탄약을 안전하게 운송해줄지 알 수 없었다. 그러나 그들이 없으면 운송이 불가능했다.

'나는 왜 총과 탄약을 숨기려고 하는가? 저 총으로 무얼 할 것인가?'

최재형은 러시아군이 주는 총과 탄약을 받을 때부터 확실한 계획이 있었던 것은 아니었다. 다만 총과 탄약이 앞으로 자신에게 필요할지도 모른다는 불확실한 예감을 느꼈을 뿐이다.

"형님, 우리도 길림으로 갑시다."

최봉준이 최재형을 돌아보고 말했다.

"가세."

최재형이 알리샤에게 눈짓하고는 말을 달리기 시작했다.

"이랴!"

최봉준은 힘차게 소리 지르고 채찍을 휘둘러 말을 달리기 시작했다. 최봉준의 뒤를 이어 그들의 손발이나 다름없는 최예부와 최만학이 말을 달리고, 알리샤를 비롯하여 최봉준 상관의 점원들이 채찍을 휘두르며 동쪽 대륙을 향해 말을 달렸다.

오하루가 길림에 도착한 것은 약속한 날보다 사흘이 지나서였다. 최재형은 길림에서 오하루에게 약속한 황금을 지불했다.

"일본군은 러시아와의 전쟁으로 대부분의 군대가 요서성(현 요령성) 지역에 있어. 여기서부터는 안심해도 괜찮을 거야."

오하루는 황금을 받고 만족한 표정으로 말했다. 최재형과 최봉준은 마적단과 함께 러시아 국경까지 총과 탄약을 무사히 운반했다. 벌써 한겨울이었다. 혹한의 눈보라가 몰아치고 사방이 꽁꽁 얼어붙어 있었다. 최재형은 오하루에게 고맙다는 인사를 하고 총과 탄약을 받았다. 총과 탄약을 운반해준 오하루와 마적들은 대륙으로 떠나고, 최봉준은 블라디보스토크로 떠났다. 최재형은 청년들에게 지시하여 총과 탄약을 슬라뱐카의 야산에 묻게 했다.

그대 물결 따라
조국의 영광도 흐른다

　자작나무 숲이 운다. 눈보라가 매섭게 몰아칠 때마다 숲이 몸부림치며 울고 있다. 최재형은 몇 번씩 잠에서 깨어났다가 다시 잠들곤 했다. 잠이 들면 언제나 자작나무 숲이 우는 꿈을 꾸었다. 열차는 쉬지 않고 덜컹대면서 설원을 달리고 있었다. 블라디보스토크에서 상트페테르부르크로 가는 길은 마차를 타면 가도 가도 끝이 없었는데, 이렇게 열차를 타고 달리는데도 끝이 없었다. 최재형은 눈을 감았다가 뜰 때마다 차창으로 지나가는 자작나무 숲을 바라보았다.

　'아아, 나는 전생에 무슨 인연이 있어 눈보라치는 이 길을 몇 번씩 오가는가. 내가 죽은 뒤에는 대륙 어디에 묻힐 것인가.'

　최재형은 1903년에 완공된 시베리아철도를 타고 상트페테르부르크로 가면서 비감했다.

　조선이 망국의 길을 향해 달리고 있었다. 조선은 정녕 최재형에게 무엇인가. 무엇 때문에 연해주 조선인들을 계몽해왔는

가. 원대한 목적이 있어서는 결코 아니었다. 조국과 민족을 위해 목숨을 바치겠다는 장렬한 지사의 의식을 갖고 있어서도 결코 아니었다. 그러나 러일전쟁은 최재형에게 많은 생각을 하게 했다. 자신이 머지않아 총을 들고 일본과 싸울 것이라는 운명 같은 예감이 점점 확실해지는 것 같았다.

"알리샤는 하얼빈에 친척이 있나?"

최재형은 차창 가에 앉아 설원을 무연히 응시하고 있는 알리샤에게 물었다.

"이모가 있어요."

알리샤가 돌아보면서 생긋 웃었다. 알리샤는 봉천에서부터 최재형을 따라다녔다. 여관방에서 갇혀 지내고 나와 비로소 음식을 제대로 먹게 되자 살이 통통하게 오르고 뽀얘졌다.

"부모님은?"

"어릴 때 돌아가셔서 이모님 손에 자랐어요."

"알리샤는 노래를 잘하던데 노래 한번 불러봐."

최재형이 낮은 목소리로 말했다. 여관방에서 지낼 때 알리샤는 죽어가는 목소리로 노래를 부르곤 했었다. 그 노랫소리가 이상하게 가슴을 울렸다.

아무르는 오늘도 유유히 흐르네
시베리아 바람이 그들의 노래를 불러주네
아무르 강가에 조용히 찰랑이면서
취한 듯한 물결이 흐르네
취한 듯한 물결이 자유롭고 도도하게

넘실거리네

　알리샤가 부르는 노래는 아무르 강 일대에서 불리던 것이었는데, 러일전쟁이 발발하면서 러시아의 민중 속으로 빠르게 파고들었다. 러시아 병사들이 이 노래를 부르며 전쟁터에서 죽어갔다는 소문이 병사 가족들에게 알려져, 그들뿐 아니라 러시아 민중 모두가 함께 되었던 것이다. 이 노래는 아무르 강 일대에 살고 있던 조선인들을 통해 블라디보스토크에도 전해져 수많은 조선인들도 즐겨 불렀다.

　　진홍빛 태양이 떠오르는 곳에서
　　아무르의 선원이 노래를 부른다
　　그 노래는 넓은 강을 타고 퍼져
　　조국의 병사들 귀에까지 흐른다
　　아름답고 도도한 아무르 강이여
　　그대 물결 따라 조국의 영광도 흐른다

　알리샤의 노래는 최재형의 가슴을 울렸다. 최재형은 러시아 사람들이 참으로 서정적이라고 여겼다. 그리고 러일전쟁에서 일본이 승리하여 깊은 실의에 빠졌을 때 자신도 이 노래를 불렀다.
　"아저씨, 하얼빈에 오시면 꼭 저를 찾으세요."
　열차가 하얼빈 역에 도착하자 알리샤가 최재형을 포옹하면서 말했다. 알리샤는 열차가 출발하려 하는데도 헤어지기 싫다는 듯 최재형에게서 떨어지지 않았다. 하얼빈에는 눈이 자욱하게 내리고 있었다.

"알리샤, 열차가 출발하려고 해. 어서 내려."

최재형은 알리샤의 등을 두드려주었다.

"아저씨."

"알리샤, 행복해라."

"아저씨도요."

알리샤가 눈물이 글썽한 채 손을 흔들며 열차에서 내렸다. 최재형은 차창으로 알리샤를 내다보았다. 알리샤가 무어라 소리 지르면서 손을 흔들었다. 열차가 목쉰 기적 소리를 울리며 움직이기 시작했다. 알리샤의 어깨 위로 함박눈이 쏟아져 내렸다.

상트페테르부르크로 가는 길은 기나긴 여정이었다. 차창 밖으로 스쳐가는 도시와 농촌의 모습에서 패전의 여운이 느껴졌다. 최재형은 부패한 러시아 내각을 생각하며, 언젠가는 민중들의 분노가 폭발할 것이 틀림없다고 예감했다.

상트페테르부르크에 있는 대한제국 공사관에 이르자 분위기가 무겁게 가라앉아 있었다. 최재형은 공사관을 지키는 위병에게 명함을 건네며 이범진 공사와의 면담을 청했다.

"베베르 공사를 통해 그대의 이야기를 들었소. 블라디보스토크에서 조선인들을 위해 일한다고요?"

이범진은 공사관 현관까지 나와서 최재형을 맞았다.

"부끄럽습니다."

최재형은 이범진에게 공손히 인사했다.

"조선은 주권을 빼앗겼소."

이범진이 최재형을 공사관 접견실로 안내한 뒤에 비통한 어조로 말했다. 최재형이 공사관 접견실로 들어갈 때 그곳에서 일하는 사람들의 얼굴이 침울해 보였다.

"공사님, 그게 무슨 말씀입니까?"

"라일전쟁에서 승리한 일본은 우리 황제 폐하를 협박해서 외교권을 박탈했소. 지난 11월 17일 이토 히로부미가 조선에 들어와 을사조약을 강제로 체결했소."

이범진은 한성에서 이토 히로부미가 대궐을 향해 대포를 겨누고 일본군으로 에워싼 채 을사조약을 강제로 체결하고 통감부를 설치하기로 했다는 사실을 간략하게 이야기했다.

"원통하오, 원통하오. 배를 갈라 죽어도 분이 풀리지 않소."

이범진이 비통하게 울부짖었다. 최재형도 가슴속에서 뜨거운 것이 치밀어올랐다. 그러나 최재형은 조선의 실정을 자세히 알지 못했다. 게다가 이범진의 감정이 너무나 격해 있어서 그에게 자세한 이야기를 들을 수 없었다. 그때 이범진의 아들 이위종*이 들어와 최재형을 밖으로 불러내서는 한성 이야기를 좀 더 자세하게 들려주었다.

이범진은 국권을 빼앗겨 자결을 생각하고 있다고 했다. 다만 고종황제와 러시아 황제 니콜라이 2세가 밀명을 내려 일본의 음모를 분쇄하라고 해서 자결하지 못하고 있다는 것이었다.

"작은아버님께선 이번에 5백 명의 조선인들을 이끌고 러일전쟁에 참여했습니다. 을미 의병들이 작은아버님 휘하에서 일

---

* 이위종(李瑋鍾): 헤이그 밀사가 되어 이준의 통역을 맡는 등 독립운동에 평생을 바쳤다.

본과 싸웠는데, 전쟁이 끝나자 일본이 조선에 강제로 소환하게 했습니다. 작은아버님은 소환에 불응하여 얀치혜로 갔습니다. 선생께서는 작은아버님과 상의하여 얀치혜에서 의병을 일으켜 주십시오."

이위종이 눈물을 흘리면서 말했다. 최재형은 충신의 집에서 애국자가 태어난다고 생각했다.

"나는 한성의 실정을 잘 모릅니다. 아는 것이 있으면 더 소상히 알려주십시오."

최재형은 조선이 어떻게 되었는지 정확히 알고 싶었다. 이위종이 손으로 눈물을 훔치고는, 조선이 완전히 일본의 수중에 들어간 과정을 말해주었다.

조선은 이토 히로부미와 을사오적에 의해 강제로 조일조약(朝日條約, 을사늑약)이 체결된 사실이 알려지면서 이를 지탄하는 상소가 빗발치고 항의하는 시위가 잇따랐다.

……아, 4천 년의 강토와 5백 년의 사직을 남에게 들어 바치고, 2천만 생령들로 하여금 남의 노예 되게 하였으니 저 개돼지보다 못한 외무대신 박제순과 각 대신들이야 깊이 꾸짖을 것도 없다. 하지만 명색이 참정대신이란 자는 정부의 수석임에도 단지 부(否)자로써 책임을 면하여 이름거리나 장만하려 했더란 말이냐. 김청음처럼 통곡하여 문서를 찢지도 못하고 정동계처럼 배를 가르지도 못하고 그저 살아남고자 했으니 그 무슨 면목으로 강경하신 황제 폐하를 뵈올 것이며 그 무슨 면목으로 2천만 동포와 얼굴을 맞댈 것인가.

아! 원통한지고, 아! 분한지고. 우리 2천만 동포여, 노예 된 동포여! 살았는가, 죽었는가? 단군 기자 이래 4천 년 국민정신이 하룻밤 사이에 홀연 망하고 말 것인가. 원통하고 원통하다. 동포여! 동포여!

황성신문 주필 장지연(張志淵)이 발표한 사설 「시일야방성대곡」은 전국을 물 끓듯 하게 했다. 11월 28일 전 참판 홍만식이 을사조약을 폐기할 것을 요구하며 자결하고, 11월 30일에는 시종무관장 민영환이 국운을 개탄하며 자결했다. 참정대신 한규설도 백관을 이끌고 조약 폐기와 을사오적의 처단을 주장하는 상소를 올렸다. 의정대신 조병세도 을사조약 폐기를 주장하면서 자결했다. 고종은 황실 고문 헐버트에게 조약이 무효임을 만방에 선포해줄 것을 요구했다. 을사조약을 반대하는 의병이 전국에서 들불처럼 일어났다.

"실례지만, 선생께서는 상트페테르부르크에 무슨 일로 오신 겁니까?"

이위종이 정색을 하고 물었다.

"나는 러일전쟁 때 러시아군에 군량을 납품했습니다. 러시아 중앙정부에서 목숨을 걸고 군량을 운반해준 공으로 훈장을 받으러 오라 해서 왔습니다. 내일은 황제를 알현하고 훈장을 받아야 합니다."

"오! 아주 훌륭한 일을 했습니다. 러시아를 돕는 것은 일본을 몰아내는 일입니다. 숙소를 정하지 않았으면 공사관에서 머물도록 하십시오. 아버지와 밤새도록 술 마시면서 시국을 논하십시오."

이위종이 반가워하면서 말했다.

"폐를 끼쳐도 된다면 그렇게 하겠습니다."

그렇게 해서 최재형은 상트페테르부르크에 있는 조선 공사
관에서 머물게 되었다. 이범진은 그새 마음이 조금 진정되었는
지, 다시 최재형을 불러 차를 대접하면서 초면에 실례했다고 사
과했다.

최봉준은 최재형과 헤어져 블라디보스토크로 돌아왔다. 블
라디보스토크의 러시아 해군 사령부는 일본과 치른 해전에서
패했기 때문에 지휘부가 상당히 위축되어 있었다. 그러나 일본
은 남만주 일대를 공격하는 바람에 극동 지역인 블라디보스토
크를 공격할 여력이 없었다. 그들은 만주에서 러시아군의 남하
를 저지하고 조선을 식민지화하는 것을 노리고 있었다. 따라서
만주와의 전쟁에서 승리했어도 광대한 러시아 대륙 깊이 들어
가는 전략을 세우지 않았다. 러일전쟁의 전비마저 영국과 미국
에 채권을 발행해 조달한 형편이었다.

전쟁은 기계 산업을 발전시킨다. 러시아와 일본은 러일전쟁
을 준비하는 동안 국내의 화학산업과 기계산업을 크게 발전시
켰다. 총과 포탄, 화약을 만들고 군복을 대량으로 생산하는 공
장이 곳곳에 세워졌다. 운송 수단도 놀랄 만큼 진보했다. 바다
에서는 함포를 탑재한 함대가 만들어지고, 육지에서는 철로가
놓이고 자동차가 달렸다.

최봉준은 블라디보스토크에서 한 달여를 머문 뒤 바다를 건

너 조선으로 들어갔다. 그는 원산이나 성진에 상관을 열 계획이었다. 조선은 국호가 '대한제국'으로 바뀌면서 개화의 물결이 숨 가쁘게 밀려오고 있었다. 경인선이 건설되고 전신망이 구축되었다. 경부선은 1907년 개통을 목표로 공사가 한창이었다. 최봉준은 원산 시내를 상세히 조사했다. 원산은 경원선이 개통될 예정이고, 한성까지 육로가 뚫려 있어 대규모 장사를 하기에는 적합해 보였다.

'블라디보스토크에서 육로로 오가면 너무 멀다. 하지만 배로 오가면 하룻밤에 걸리지 않고 대량의 물건을 운송할 수 있다.'

최봉준은 블라디보스토크와 원산을 오가려면 상선이 있어야겠다고 생각했다. 러일전쟁 때 비록 패하기는 했으나 러시아는 일본에 대항하기 위해 군비를 확장하고 있었다.

"상관을 개설하신다고요?"

원산 주재 일본 영사가 최봉준을 찾아와 물었다. 최봉준이 수십 명의 점원들을 거느리고 상권을 조사하는 모습이 밀정들의 눈에 띄어 마쓰모토 영사가 찾아온 것이다. 마쓰모토 영사는 30대 후반으로, 콧수염을 기르고 있었다.

"그렇습니다."

최봉준은 마쓰모토 영사를 임시 숙소로 사용하는 바닷가 별장에서 맞이했다.

"선생은 블라디보스토크에서 상관을 열고 있지 않습니까?"

"나는 장사꾼이오. 조선이나 러시아 어느 땅에도 상관을 열 수 있소."

"물론입니다. 선생은 어디서나 장사를 할 수 있습니다."

"그런데 영사께서는 무슨 일로 나를 찾아오셨소?"

"선생은 거상입니다. 선생이 원산에 상관을 연 뒤에 우리 일본과도 무역하시기를 바랍니다."

"일본과요?"

"일본은 많은 공장에서 물건을 생산하고 있습니다. 우리는 유럽보다 좋은 상품을 싸게 공급할 수 있습니다."

"영사의 호의는 고맙소."

최봉준은 마쓰모토 영사를 정중하게 대접했다. 그가 자신에게 접근하는 까닭이 있을 것이라고 생각했다.

"기토 카즈미!"

마쓰모토 영사는 최봉준과 헤어져 영사관으로 돌아오면서 기토 카즈미를 불렀다.

"영사 각하, 부르셨습니까?"

기토 카즈미가 옆에 와서 머리를 조아렸다.

"자네는 러시아어를 할 줄 알지?"

"예, 그렇습니다."

"앞으로 최봉준을 밀착 감시하라. 그대를 블라디보스토크 총영사관의 통역관으로 보내겠다. 그곳에서 조선인들의 동향을 철저히 감시해서 총독부로 보고하라."

"예!"

기토 카즈미가 부동자세로 대답했다.

최봉준은 마쓰모토 일본 영사가 돌아간 뒤 일본인들이 모여 사는 원산 남산 쪽을 돌아보았다. 원산에 일본인들이 몰려오면서 오카베식 건물이 남산 쪽에 우후죽순처럼 들어서고 있었다.

"만학이!"

최봉준이 조카 최만학을 불렀다. 최만학이 점원들을 거느리고 오다가 그를 보고 재빨리 달려왔다.

"예."

"저기 있는 왜상이 꽤 크지 않은가?"

최봉준의 눈이 조선인들로 북적이는 일본 상회를 가리켰다.

"예, 원산에서 가장 유명한 상회입니다."

"그럼 우리는 이곳에서 상관을 열도록 하세. 땅을 사들여 저 일본 상회보다 열 배는 더 큰 상관을 지어야 하네."

"이곳에 말입니까?"

"조선인들의 돈을 일본 놈들이 벌어가게 할 순 없지 않은가? 오늘부터라도 당장 땅을 사들이고 상관 지을 계획을 세우게."

"잘 알겠습니다."

최봉준은 결단을 내리면 무섭게 추진하는 인물이었다. 그의 지시를 받은 최만학은 며칠 지나지 않아 원산 시내에 많은 땅을 매입했다. 러시아 군대에 납품한 덕에 최봉준은 주체할 수 없을 만큼의 부를 소유하고 있었다.

"원산은 어떻던가요?"

최봉준이 블라디보스토크로 돌아오자 김수향이 미소를 지으며 물었다.

"일본인들이 들어오면서 활기 넘치고 있었소. 그래서 원산에 거대한 상관을 지으라는 지시를 내렸소. 조선에서 가장 큰 상관을 지을 생각이오."

최봉준은 김수향을 살며시 포옹하면서 속삭였다.

"원산을 구경하고 싶어요."

"그러면 다음에 갈 때 함께 갑시다."

달이 바뀌자 최봉준은 김수향을 데리고 원산을 방문했다.

"원산이 정말 놀랍게 변하고 있네요."

김수향은 최봉준을 따라 원산항에 내리자마자 감탄을 터뜨렸다. 원산항 일대에는 수많은 점방들이 늘어서 있고, 사람들이 어깨를 부딪치며 다녀야 할 정도로 북적댔다.

"여보, 저기가 우리 상관이오."

최봉준은 수많은 인부들이 동원되어 한창 건축 중인 상관을 가리키면서 말했다.

"엄청 크게 짓는군요. 인부들만 해도 수십 명이 되겠어요."

김수향은 최봉준의 팔에 매달리면서 입을 다물지 못했다.

"오셨습니까?"

최만학이 인부들을 감독하다가 달려와 인사했다.

"만학이, 수고가 많네. 내년 봄에는 반드시 상관을 완성하도록 해야 하네."

"예. 그러잖아도 밤에도 일하게 하고 있습니다."

최만학의 말에 최봉준이 만족한 듯 고개를 끄덕거렸다. 최봉준은 김수향과 함께 원산에서 이틀을 머문 뒤 한성으로 길을 잡았다. 그러나 최봉준이 여주에 이르렀을 때 조선과 일본 사이에 을사조약이 체결되었다. 사람들이 분노하여 거리로 뛰쳐나오고, 관군과 일본군이 도로를 봉쇄했다.

'나라가 어떻게 되려는 건가?'

최봉준은 조약서 사본을 구해 읽으며 비탄을 터뜨렸다. 조약서는 외교권을 일본에 일임하는 것으로 되어 있었으나, 실질적으로는 일본의 보호하에 조선을 둔다는 것이었다.

"조선이 망했어요. 조선이 망했어요."

한복 차림으로 가마에 타고 있던 김수향은 조약서 사본을 보자 비통하여 울부짖었다. 곳곳에서 도포 입고 갓을 쓴 양반들이 몰려나와 한성을 향해 통곡하고 울부짖었다. 그러나 한성에 이르자 상황은 더욱 비참했다. 수많은 군중들이 고종황제가 있는 경운궁 앞으로 몰려와 통곡했다. 사람들 모두 흰 옷을 입었고, 누군가 열변을 토하며 일본과 을사조약을 규탄하면 일제히 박수를 쳤다. 그것은 참으로 신비로웠다. 고색창연한 경운궁 지붕에는 푸른 달빛이 쏟아지고 있었다. 최봉준은 경운궁 앞에서 시위하는 사람들을 보며 깊이 감동했다. 그러나 약현에 있는 여관에 여장을 푼 뒤 황성신문에 실린 사설 「시일야방성대곡」을 읽었을 때는 가슴에서 피가 끓어오르는 듯했다.

을사조약서 사본을 읽은 날부터 김수향의 눈에는 눈물이 그치지 않았다.

'여자인 수향도 저렇게 나라가 망한 것을 비통해하는구나.'

최봉준은 김수향의 모습에 어떤 경외감을 느꼈다. 최봉준은 한성에서 한 달을 머문 뒤 원산으로 돌아왔다. 그런데 뜻밖에도 최만학이 상관 건축 공사를 중단하고 있었다.

"무슨 일인가? 왜 인부들이 일하지 않는 거야?"

최봉준은 눈을 부릅뜨고 최만학을 쏘아보았다.

"숙부님, 일본의 상선들이 블라디보스토크에서 우리 건축 자재를 실어주지 않고 있습니다."

최만학이 고개를 숙인 채 대답했다.

"돈을 주는데도 자재를 실어주지 않아? 이놈들, 돈을 더 받으려는 수작이지?"

"아닙니다. 우리가 상관을 건축하는 것을 방해하려는 것입니다."

"그래? 그러면 러시아 배를 이용하면 될 것 아닌가?"

"러시아 배는 원산에 들어올 수 없습니다."

"건축 자재를 조선에서 사들여 공사를 강행하게."

최봉준은 최만학에게 지시한 뒤 깊은 생각에 잠겼다. 블라디보스토크와 무역하려면 반드시 상선이 있어야 한다고 여겼다. 지금까지는 일본 상선을 이용했는데, 그들이 방해하면 원산에서 조선 최대의 상관을 운영하려는 그의 계획에 차질이 생긴다.

"배를 한 척 사고 싶은데, 영사께서 도와주시겠소?"

최봉준은 일본 영사관을 찾아가 마쓰모토 영사를 면담했다.

"배라면 어떤 배를 말씀하십니까?"

영사는 작은 눈을 깜박거리면서 최봉준을 응시했다.

"무역선이오."

"핫핫핫! 선생께서도 아시다시피 나는 영사관 관리요. 배에 대해서는 잘 모르지만 다른 사람을 소개해줄 수는 있소."

"부탁드리겠습니다."

최봉준은 마쓰모토 영사에게 정중히 부탁하고 돌아갔다. 마쓰모토 영사는 최봉준이 돌아가자 기토 카즈미를 불렀다.

"카즈미 군, 최봉준이 무역선을 살 수 있도록 알선해주게."

마쓰모토 영사가 기토 카즈미에게 명령했다.

"영사 각하, 최봉준은 조선인인데 왜 그런 일을 해줍니까? 그는 우리 일본 상인들과 대립하고 있습니다."

기토 카즈미가 이해할 수 없다는 표정으로 마쓰모토 영사를 쳐다보았다.

"카즈미 군, 이런 일은 전략적으로 해야 하네. 자네가 배를 사주면 최봉준의 신임을 얻을 것 아닌가. 그러면 자네는 블라디보스토크에 가서 밀정 일을 하기가 한결 편할 것이네."

기토 카즈미는 마쓰모토 영사의 말에 내심 감탄했다. 그는 즉시 오사카에 사람을 보내 무역선 한 척을 원산으로 보내라 지시하고, 최봉준을 찾아가 무역선을 소개해주겠다고 했다.

'일본이 무역선을 소개해준다고? 꿍꿍이속이 있을 테지만 모르는 체하자. 조선에서 장사를 하려면 일본의 비위를 거스를 필요가 없다.'

최봉준은 기토 카즈미에게 무역선을 살 수 있도록 주선해주면 충분히 사례하겠다고 말했다.

태극기 바람에 휘날리고

날씨는 쾌적했다. 바람결은 서늘하고 바다는 검푸른 빛으로 물결치고 있었다. 러시아 국기는 하늘 높이 펄럭이고, 만국기가 상선 마스트에서 부두로 이어져 나부꼈다. 최봉준의 무역선 준창호가 첫 출항을 하는 날이었다. 블라디보스토크 부두에는 운테르베르게르 총독을 비롯해 총독부 고위 관리들 부부, 그리고 해군 고급 장교들이 도열해 있었다.

'최봉준이 첫 출항을 진수식* 치르듯이 화려하게 하는구나.'

최재형은 엘레나와 나란히 서서 출항식을 지켜보았다. 러시아 해군이 협조하는 듯 붉은 군복을 입은 군악대까지 동원되어 경쾌한 연주를 하고 있었다.

"형님, 고맙습니다."

최봉준이 만면에 웃음을 띠고 다가와 최재형의 손을 덥석

---

* 진수식: 새로 만든 배를 처음으로 물에 띄울 때 하는 의식.

잡았다. 최재형은 최봉준이 일본 상선 복건호를 사들여 블라디
보스토크로 끌고 오자 배를 샅샅이 살피며 부실한 부분을 수리
하게 했다. 상선을 타고 몇 년간 전 세계를 누비고 다녀서 상선
에 대해 누구보다 훤히 알고 있었기 때문에 최봉준을 도와준 것
이다.

"핫핫핫! 자네는 이제 거상이 되었네."

최재형은 최봉준이 불과 몇 년 사이에 거물이 되었다는 사
실을 절감했다. 러일전쟁이 최봉준을 연해주, 조선 최고의 부자
로 만들어준 것이다.

"형님을 첫 손님으로 모시고 싶었는데, 일이 있다니 안타깝
습니다."

"언젠가는 자네 배를 타고 조선에 갈 수 있을 걸세."

최재형은 간도에서 온 이범윤과 회동하기로 이미 약속되어
있었다.

'형님은 총을 들려는 거야.'

최봉준은 최재형이 자신과 완전히 다른 길을 가고 있다고
생각했다.

"이범윤 선생을 만나 무얼 하실 생각입니까?"

"한성에 갔을 때 독립신문을 보고 큰 충격을 받았네. 이범윤
선생은 의병을 일으키겠지만, 나는 신문을 만들 작정이네."

"신문이라고요?"

최봉준은 최재형의 생각을 헤아리지 못해서 고개를 갸우뚱
했다.

"어서 출항하게. 귀빈들을 마냥 세워놓고 있을 순 없지 않은

가?"

"알겠습니다."

최봉준이 운테르베르게르 총독과 고위 장교들 사이에 섰다. 준창호로 승선하는 부교 앞에 오색 줄로 만든 테이프가 늘어져 있었다. 최봉준은 러시아 귀족들과 함께 테이프를 끊은 뒤 준창호에 오르려는 것이다.

"여러분, 테이프 커팅을 시작하겠습니다."

최봉준이 귀족들에게 가위를 쥐어주었다. 최만학이 옆에서 하나 둘 신호를 보내자 최봉준과 김수향, 그리고 러시아 귀족들이 일제히 테이프를 잘랐다. 그와 함께 군악대가 「아무르 강의 물결」을 연주하기 시작했다.

부우우웅.

준창호에서는 무적 소리가 길게 울렸다.

"감사합니다. 돌아와서 뵙겠습니다."

최봉준과 김수향이 운테르베르게르 총독과 인사를 나눈 뒤 손을 흔들며 준창호에 올랐다.

"봉준이는 확실히 멋진 두꺼비야."

최재형이 유쾌하게 웃음을 터뜨렸다.

"두꺼비라니요?"

"어릴 때는 우리가 두꺼비라고 불렀지. 핫핫핫……."

"당신도 멋쟁이예요. 해마다 나를 배불뚝이로 만들어놓는 것만 빼놓고는……."

엘레나가 눈을 흘기는 시늉을 하면서 자신의 배를 어루만졌다. 엘레나는 또 임신을 했다.

"핫핫핫! 그게 어디 내 탓인가?"

"그럼 내 탓이에요? 사람들에게 물어볼까요?"

"아, 아니야. 내 탓이라고 해두지."

최재형은 손사래를 치면서 웃음으로 얼버무렸다.

부우우웅.

부두에서 멀어지는 준창호에서 또다시 무적 소리가 길게 울렸다.

마쓰모토 영사는 기토 카즈미와 함께 원산항 부두를 걸었다. 조선인 최봉준이 원산 시내에 조선 최대의 상관을 짓더니, 마침내 무역선을 구입하여 원산항으로 들어오고 있었다. 일본 상인들에게 시위하기 위해서인지 사람들을 대대적으로 동원하여 부두가 메워지고 있었다. 취타대가 원산 골목 곳곳을 누비며 홍보한 덕이었다.

"일본 상인들은 어떻게 하고 있는가?"

"영사 각하, 최봉준에게 완전히 압도당해 있습니다."

"무엇 때문에 압도당하는가?"

"대한매일신보에 낸 광고 때문입니다."

기토 카즈미의 말에 마쓰모토 영사의 얼굴이 어두워졌다. 최봉준은 원산뿐 아니라 성진까지 상관을 열어 일본 상인들을 압도하고 있었다.

……본인이 성진항 각국 거류지에 물화 대판매소 시장을 열어 상해, 홍콩, 블라디보스토크, 일본 각지의 유명한 주단, 피혁, 잡

화 등 물화를 다량으로 들여오고, 혹은 특약 구입하여 음력 8월부터 판매를 시작해 염가로 방매하고 있사오니, 국내 대상인들과 모든 선비들은 내방하십시오. 기만 원어치라도 거래할 수 있으니 물화를 사서 이익을 얻기 바랍니다.

— 성진 대판매소 주인 최봉준

1905년 9월 1일 대한매일신보에 난 광고였다. 이 광고를 본 사람들은 경악했다. 기만 원어치라면 엄청난 액수의 돈이었다. 최봉준은 이에 그치지 않고 성진에 상관을 열면서 또다시 광고를 냈다.

……본인이 준창호를 운항하여 원산, 성진, 블라디보스토크로 한 주에 한 번씩 내왕하는데, 본인이 필요한 소를 매월 초하루에 1천여 마리씩 사들일 터이니, 각처 모든 소 상인 제현은 원산, 성진 두 곳으로 와서 많이 파시오.

— 준창호 선주 최봉준

최봉준이 낸 광고는 전국을 떠들썩하게 했고, 일본 상인들의 기를 누르기에 충분했다. 마쓰모토 영사는 언덕에 이르자 항구로 들어오고 있는 준창호를 살폈다. 준창호 마스트에 깃발이 펄럭이고 있었다.

"저건 무엇인가?"

마쓰모토 영사가 준창호의 깃발을 가리키자 기토 카즈미가 눈살을 찌푸렸다.

"깃발이 아닙니까?"

"저게 일장기인가?"

"아닙니다. '태극기'라고, 대한제국 국기가 아닙니까?"

"그럼 준창호가 태극기를 날리면서 원산항에 입항한다는 말인가? 그건 안 되네. 즉각 준창호의 입항을 금지하고, 태극기를 일장기로 바꾸지 않으면 누구도 배에서 내리지 못하게 하게."

"알겠습니다."

기토 카즈미가 먼저 준창호로 달려갔다. 마쓰모토 영사도 영사 경찰들을 거느리고 준창호로 갔다. 준창호 선원들과 영사관 경찰들이 옥신각신하고 있었다.

"선생, 어찌 준창호에 일장기를 게양하지 않았소? 일장기를 게양하지 않으면 준창호는 원산항에서 물건을 하역하거나 선원들을 상륙시킬 수 없소."

마쓰모토 영사는 준창호에 올라가자 최봉준을 향해 단호하게 말했다.

"핫핫핫! 마쓰모토 영사는 만국공법 공부를 좀 더 해야겠소. 나는 일본인이 아니라 러시아 국적을 갖고 있는 러시아인이오. 이 배 또한 러시아 국적선이오. 외국의 배는 다른 나라에 입국할 때 반드시 그 나라의 국기를 게양해야 하오. 이 나라가 일본이오? 원산이 일본 땅이라면 나는 일장기를 게양할 것이오. 그러나 원산은 대한제국 땅이지 않소? 만국공법에 따라 태극기를 게양한 것인데, 영사는 무슨 까닭으로 우리의 하선을 방해하는 것이오? 마쓰모토 영사는 그럴 자격이 없소. 만약 마쓰모토 영사가 계속 우리의 하선을 방해하면 각국 공사들에게 항의하겠소."

최봉준이 단호하게 말하자 마쓰모토 영사의 얼굴이 해쓱하게 변했다. 김수향을 비롯해 선원들이 긴장한 표정으로 최봉준을 응시했다.

"모두들 하선하라."

최봉준의 지시에 선원들이 일제히 함성을 질렀다. 최봉준은 김수향과 함께 당당하게 준창호에서 내려 원산 땅을 밟았다. 마쓰모토 영사는 벌레 씹은 표정으로 준창호 선원들이 배에서 내리는 모습을 지켜볼 수밖에 없었다.

최봉준은 원산과 성진에 상관을 크게 열고 본격적으로 장사를 했다. 여러 나라에서 물건을 사들인 뒤 준창호로 운반하여 장사했기 때문에 상관은 호황을 맞이했다. 조선은 국가적으로는 일본의 식민정책으로 누란의 위기에 처했으나, 개화가 이루어지면서 상업경제가 눈부시게 발전하고 있었다. 최봉준은 조선에서 생우(生牛)를 대대적으로 사들여 러시아 군대에 팔았다. 한 번에 1천 마리의 소를 사들인 뒤 준창호로 수송하여 막대한 부를 쌓았다. 조선의 소값은 러시아의 3분의 1도 안 되었다.

'조선이 일본을 침략하고 있으니 어떻게 하지?'

최봉준은 비록 상인이었으나, 일본의 마수가 뻗쳐오자 가슴에 돌덩어리를 얹어놓은 것처럼 답답했다. 조선은 전국에서 의병이 일어나 일본의 침략에 저항하고 있었다. 상인이라 해도 일본의 침략을 외면할 수 없었다.

해가 바뀌면서 일본의 침략을 반대하는 조선인들의 투쟁은 더욱 격렬해졌다.

"우리도 신문을 만들어요. 황성신문 같은 신문을 만들어서 일본의 침략을 사람들에게 알려야 해요."

김수향이 최봉준에게 제안했다. 최봉준은 김수향의 제안을 받아들여 블라디보스토크에서 신문을 만들기로 결정했다.

신문을 만드는 일은 쉽지 않았다. 최봉준은 상트페테르부르크로 조카 최만학을 보내 이범진에게 신문 만드는 일에 협조해 달라고 요청했다. 이범진이 박은식을 소개하고 박은식이 장지연을 불러 신문 만들 것을 권고했다. 그리하여 최봉준은 일본의 탄압으로 황성신문을 그만둔 장지연을 원산에서 비밀리에 만났다. 그것은 헤이그 밀사 사건으로 고종황제가 일본에 의해 강제 퇴위를 당하고 순종이 즉위했을 때의 일이었다. 최봉준은 장지연과 맞절을 했다. 장지연은 하얀 모시저고리 차림에 눈빛이 형형했다.

"선생이 황성신문에 쓰신 「시일야방성대곡」을 읽었습니다. 선생이 블라디보스토크에 와서 신문을 만들어주십시오."

최봉준이 절을 마친 뒤 상석을 권하면서 말했다.

"신문을 만드는 데는 많은 돈이 필요합니다."

장지연은 연해주의 거부인 최봉준이 신문을 만들겠다고 하자 탐탁잖아하는 눈빛이었다.

"돈은 걱정하지 마십시오."

"신문을 만드는 목적은 우리 국민을 계몽하고 일본에 빼앗긴 주권을 되찾기 위해서입니다."

"당연한 말씀입니다. 저는 선생의 고매한 뜻을 따르고 신문

만드는 모든 권한을 드리겠습니다. 선생께서는 신문 만들 준비를 해주십시오."

최봉준은 자신이 비록 천민 출신으로 무학이지만 조선의 독립을 위해 무엇인가 하고 싶다고 말했다. 장지연은 자세히 알고 있지 못했으나, 사실 최봉준은 막대한 부를 축적한 뒤 러시아에 있는 조선인들을 위하여 한인회·학교·교회 등에 재정 후원을 하고 있었다.

최봉준은 원산에서 장지연을 만난 이래로 신문을 창간하는데 전력을 기울였다. 블라디보스토크에 '한보관'이라는 신문사 건물을 신축하고 장지연을 불러들였다. 그리고 한 해에 1만 원씩 신문에 투자하기로 계약했으며, 장지연의 봉급은 본인이 희망하는 대로 지급하기로 하고 신문 만드는 일을 일임했다. 장지연은 블라디보스토크에 도착하자 정순만,* 이강 등을 불러들이고 인쇄기를 수입했다.

        ……각하께 블라디보스토크에서 조선어 신문, 소위 해조신문의 발행을 청원합니다. 1년 구독료는 4루블이고 1부 가격은 5카페이카입니다. 사장은 최봉준, 주필은 장지연, 총무는 정순만, 편집국장은 이강, 책임 편집인은 이반 페트로비치 듀코프입니다.

듀코프는 최봉준의 옆집에 살던 소년이었는데, 러시아군에

---

* 정순만(鄭淳萬): 독립운동가. 1910년 한일병합 전후에는 이범윤, 박은식, 이상설, 이동녕, 이동휘, 안창호 등과 함께 노령에서 활동했다.

입대해 제13연대의 중위가 되었다. 어릴 때부터 최봉준과 가까이 지내면서 조선어에 능통하여 최봉준이 끌어들인 것이다. 장지연, 이강, 정순만 등이 블라디보스토크로 오고 최봉준이 막대한 자금을 동원하면서 연해주 최초의 한인 신문인 해조신문이 마침내 창간되었다.

……우리나라는 우리 문명 제도를 본받아가던 일본에 보호라는 더러운 칭호를 받으니 상하 차등의 관계가 과연 어떠한고? 감히 생각하여볼지어다. 이것이 다 옛 법만 익히고 구습만 숭상한 까닭이라. 본인이 분격하고 통탄함을 이기지 못해 본사를 창설하고 춘추의 직필을 잡아 원근 소식과 시비곡직을 평론할 것이라.

최봉준은 해조신문 창간사에서 조선이 일본의 보호국이 된 것에 분하고 통탄하여 신문을 창간하는 것이라고 명백히 밝혔다. 해조신문은 블라디보스토크에서 발행되었으나 극동 지역과 만주, 조선까지 보급되어 선풍을 일으켰다.

1908년 2월 26일 발행되어 조선인들에게 반일 사상을 고취한 해조신문은 일본의 노골적인 탄압을 받기에 이른다. 블라디보스토크와 원산을 오가며 장사를 시작한 최봉준에게 일본은 원산에서 장사하지 못하게 만들겠다고 압력을 넣었다.

"최 선생이 상인이라면 정치에는 관여하지 마시오."

마쓰모토 영사가 헌병들을 이끌고 상관에 와서는 최봉준을 위협했다.

"그대는 일본인이오. 일본인이 조선을 간섭하겠단 거요? 당신에게 그럴 권리가 있소?"

최봉준은 마쓰모토 영사를 쏘아보았다. 일본이 탄압할 것이라는 사실을 막연하게나마 예상하기는 했으나 헌병까지 동원하자 내심 막막했다.

"일본은 조선의 보호국이오. 조선 정부가 하는 일은 모두 보호 감찰하고 있소. 당신들이 신문을 발행하는 것, 장사하는 것도 모두 보호 대상이라는 말이오."

"그건 당신네들이 강압적으로 체결한 조약일 뿐이오."

"최 선생, 나는 최 선생에게 호의를 갖고 있소. 신문만 폐간하면 문제 삼지 않겠소."

"해조신문 말이오? 해조신문이 어떻다는 것이오?"

"해조신문이 일본을 침략자로 비판하고 있지 않소? 이는 일본에 대한 도전이오."

최봉준은 눈에서 불이 일어나는 것 같았다.

"나는 러시아인이오. 러시아 국적을 갖고 있는데, 당신이 참견할 수 있을 것 같소?"

"러시아 정부에 압력을 넣으면 당신은 블라디보스토크에서도 추방될 수 있소. 러시아는 전쟁에서 일본에 패했소."

마쓰모토 영사는 최봉준을 비웃으면서 돌아갔다. 최봉준은 갑자기 절망감이 들었다. 신문 발행을 강행하면 조선에서의 사업은 불가능했다. 일본인들도 원산 시내에 상관을 열고 조악한 상품들을 팔고 있었다. 최봉준은 신문에 광고까지 하면서 대량으로 물품을 매매했다.

"조선인은 조선인의 상관에서 물건을 사고팔아야 한다."

원산과 성진의 조선인들은 최봉준의 상점으로 몰려왔다. 개성, 한성의 사람들도 블라디보스토크에서 오는 상품을 사려고 최봉준의 상관으로 몰려들었다. 그러나 최봉준이 블라디보스토크에서 해조신문을 계속 발행하여 국내에 들여오자, 총칼을 든 일본 헌병들이 상관 앞에 도열했다. 조선인들은 일본 헌병들의 눈치를 살피느라 최봉준의 상관에 오지 않았다.

"숙부님, 손님들이 오지 않는데 어떻게 합니까?"

최만학이 텅 빈 상관을 가리키면서 우울하게 말했다.

"흥! 일본 놈들이 언제까지 우리 상관을 감시하고 있는지 두고 보겠다."

최봉준은 눈썹 하나 까딱하지 않았다. 해조신문이 일본을 비판하는 것은 불법이 아니었다.

'재형 형님은 의병을 이끌고 생사를 돌보지 않은 채 일본군과 싸우고 있는데, 나는 일본의 탄압에 굴복하여 신문 발행을 중지해야 한다는 말인가.'

최봉준은 마쓰모토 영사의 계속된 협박에도 신문 발행을 강행했다. 그러자 마쓰모토 영사가 최후통첩을 해왔다.

"최 선생은 끝내 우리에게 협조하지 않을 작정이오?"

"여기는 조선이오. 일본인들이 왈가왈부할 수는 없소."

"준창호가 바다에 격침되어도 나를 원망하지 마시오."

마쓰모토 영사가 야비한 웃음을 흘리고는 돌아갔다. 일본 해군이 준창호를 격침하려고 원산항으로 이동했다는 소문이 들려왔다. 준창호에는 막대한 화물 외에도 선원들과 승객들까지 합쳐 백여 명의 사람들이 늘 타고 있었다. 일본 해군이 격침하면 그들도 죽는 것이다. 최봉준은 블라디보스토크로 돌아오자 소름이 끼쳤다.

'결국 신문 발행을 포기할 수밖에 없구나.'

최봉준은 신문 폐간을 결정하고 장지연을 찾아갔다. 그러나 신문을 만드느라 여념이 없는 장지연을 보니, 차마 입이 떨어지지 않았다.

"최 선생, 무슨 걱정거리라도 있습니까?"

최봉준이 사무실에서 서성거리자 장지연이 물었다.

"일본놈들이 내 무역선을 격침하겠다면서 협박하고 있습니다."

"신문 때문에 그렇군요. 그러잖아도 우리 해조신문을 조선에 반입하지 못하게 하는 바람에 우려하고 있었습니다."

장지연이 어두운 표정으로 말했다. 일본은 해조신문이 일본을 강도 높게 비난하자 아예 조선 반입을 금지해 버렸다.

"장 선생을 조선에서 모시고 왔는데 면목이 없습니다."

"핫핫핫! 애국하는 일이 어디 신문뿐입니까? 그러잖아도 이상설 선생이 조선을 탈출했다고 하여 만나볼 생각입니다."

"장 선생, 우리 어디 가서 술이나 한잔하시지요."

최봉준은 장지연과 함께 사무실에서 나왔다. 거리는 어느새 빗줄기가 추적대고 있었다. 최봉준은 사업을 계속해야 해서 해조신문을 폐간하지 않을 수 없다고 말했다. 그러자 장지연은 사업을 잘하는 것도 애국이니 열심히 하라고 최봉준을 오히려 위로했다.

"선생께서는 이제 어찌하실 작정입니까?"

"중국을 유람할 생각입니다."

"그렇게 하십시오. 제가 모든 여비를 마련해드리겠습니다."

최봉준과 장지연은 그날 밤늦도록 술을 마시면서 비통한 심정을 달랬다.

1908년 장지연은 최봉준과 헤어져 상해와 남경 등 중국 각지를 유랑하다가, 양자강 배 안에서 일본 밀정으로 보이는 괴한의 습격을 받고 부상당해 8월에 귀국했다. 그러나 귀국하자마자 해조신문에 격렬하게 일본을 비난했던 일을 문제 삼은 일본 헌병대에 체포되어 극심한 고문을 당한 뒤에 석방되었다. 1910년 한일병합조약이 체결되자 나라를 빼앗긴 울분을 통탄하면서 애국운동을 하다가 1921년 마산에서 운명했다.

영웅들의 전설

삭풍이 불고 있었다. 벌판을 달려오는 바람이 자작나무 숲에서 비명을 질러댔다. 최재형은 눈을 지그시 감았다. 바람 소리에 섞여서 엘레나의 낭랑한 웃음소리가 귓전에 울리는 것 같았다.

"저도 따라가게 해주세요. 저도 당신을 따라가 일본군과 싸우게 해주세요."

엘레나는 자신도 최재형을 따라 독립운동에 투신하겠다고 주장했다.

"당신은 아이들을 돌보아야 하지 않소? 아이들을 돌보는 것도 중요한 일이오."

최재형은 엘레나를 간신히 떼어놓고 출정했던 것이다. 이범윤은 만주 일대의 의병을 끌고 왔다. 이범윤의 의병과 합치자 모두 3천 명이나 되었다.

최재형은 1908년 이범윤, 이위종 등과 함께 동의회(同義會)

를 조직하여 적극적으로 독립운동을 지원했다. 동의회는 최재형의 집에서 회의를 열고 총재에 최재형, 부총재에 이위종을 선출했다. 그러나 한 표 차로 낙선한 이범윤이 벌컥 화를 내는 바람에 이위종이 부총재직을 사양함으로써 수년 동안 의병 생활을 했던 이범윤이 부총재가 되었다. 동의회를 조직한 최재형은 의병들에게 군자금을 지원했다. 안중근, 전덕제, 엄인섭 등이 1백 명에서 2백 명의 소부대를 이끌고 두만강을 건너 일본군 수비대를 공격했다. 최재형이 안중근을 만난 것은 1908년 어느 날의 일이었다. 안중근은 콧수염을 기르고 있었고 머리가 짧았다.

안중근은 1907년 7월 한일신협약이 강제로 체결되자 북간도로 망명했으나, 일본군이 북간도를 장악하고 있어서 러시아로 떠났다. 노브키에프스크를 거쳐 블라디보스토크에 도착한 뒤에는 한인청년회 임시 사찰을 맡았다. 최재형의 블라디보스토크 집에는 상트페테르부르크에서 온 이범윤이 식객으로 지내고 있었다. 안중근은 동의회가 조직되면서 군사부 우영장을 맡았다. 최재형과 이범윤을 만나 독립운동의 방략을 논의하고, 엄인섭과 김기룡 등의 동지를 만나 동포들에게 독립 정신을 고취하며 의병 참가를 권유했다. 또한 의병 지원자가 3백여 명이 되자 김두성과 이범윤을 총독과 대장으로 추대하고, 자신은 대한의군 참모중장으로 임명되었다. 이때부터 무기를 구해 비밀리에 수송하고 군대를 두만강변으로 집결시켰다. 1908년 6월에는 특파독립대장 겸 아령지구군 사령관이 되어 함경북도 홍의동의 일본군을, 다음으로 경흥의 일본군 정찰대를 공격하고 격파했다. 제3차 회령전투에서는 5천여 명의 적을 만나 혈투를 벌였지만 중과부적으로 처참하게 패배했다.

'안중근은 장부다운 사내다.'

최재형은 안중근을 생각할 때마다 묘한 기분이 들었다. 그는 젊었으나, 신중하고 사려 깊은 인물이었다.

"대장님, 날이 어두워졌습니다."

김창영이 최재형에게 다가와 낮게 말했다. 경원 출신의 김창영은 한성에서 대한제국 군대의 장교로 있었는데, 지난해 일본이 조선 군대를 해산하자 일본군에 격렬하게 저항한 끝에 얀치혜로 넘어온 인물이었다. 그는 정식 군인 출신이어서 의병들의 훈련과 작전을 맡고 있었다.

"새벽까지 신아산(新阿山)에 도착할 수 있겠나?"

"강이 얼어붙어서 지금 출발하면 충분히 도착할 수 있습니다."

"좋다. 강을 건너자."

최재형이 김창영에게 명령을 내렸다.

"출발!"

최재형이 총을 휘두르며 말을 달리기 시작했다.

"이랴!"

최재형의 뒤를 이어 의병들이 일제히 말을 박차고 달려나갔다. 사방은 이미 캄캄하게 어두워져 있었고 희미한 달빛만 희끄무레하게 대륙의 들판을 비추고 있었다.

"강입니다."

최재형은 이내 두만강에 이르렀다. 혹한의 추위에 얼어붙은 강이 은빛으로 빛나고 있었다. 최재형은 두만강을 보자 가슴이 뻐근해졌다.

"강을 건넌다."

최재형은 뒤도 돌아보지 않고 두만강으로 달려갔다. 의병들도 얼어붙은 강 위로 달려갔다. 말들이 강 위로 달려들자 얼음이 갈라질 듯 쩡쩡거렸으나, 최재형은 의병들을 이끌고 두만강을 건너 경원 땅으로 들어섰다.

"신아산은 어디 있는가?"

최재형이 김창영에게 물었다.

"저를 따라오십시오."

김창영이 앞서 말을 달리기 시작했다. 최재형은 의병들을 이끌고 경원의 신아산으로 접근해갔다. 한겨울의 경원은 괴괴하면서도 고적했다. 밤이 깊어가면서 달을 가리고 있던 구름이 비껴가 푸른 달빛이 온 누리를 비추었다.

"저기가 일본군 수비대가 주둔하고 있는 곳입니다."

최재형의 의병은 자시가 가까워서야 신아산 기슭에 도착했다. 일본군 수비대 숙소는 임시 거처인 듯 나무로 얼기설기 지어놓았는데, 넓은 연병장에 군데군데 모닥불이 피어 있었으나 사그라지고 있었다. 건물 앞에 몇 명의 보초만 있을 뿐 사방이 죽은 듯 조용했다.

"공격하는 것이 어떤가?"

최재형이 김창영에게 물었다.

"지금은 조금 빠릅니다. 장교들이 잠들지 않았을지 모르니 좀 더 기다려야 합니다."

김창영이 낮게 대답했다.

"음."

최재형은 낮게 한숨을 내쉬고는 의병들과 함께 새벽이 올 때까지 기다리기로 했다. 날은 살을 에듯이 추웠다. 추위가 뼛속까지 스며들면서 턱이 덜덜 떨렸다. 최재형은 갖고 있던 보드카를 의병들에게 나누어주어 마시게 했다. 몸이 더워야 손가락이 굳어지지 않아 방아쇠를 당길 수 있기 때문이다. 의병들과 함께 신아산 기슭에서 밤을 새우는 동안 온갖 생각이 떠올랐다. 만주와 두만강을 넘나들며 일본군을 공격한 지 어느덧 6개월째였다. 그동안 의병들을 지휘하여 크고 작은 전투를 치르면서 최재형은 숱한 고난을 겪었다. 사람들은 최재형에게 직접 전투하는 것보다 뒤에서 의병들을 지원해줄 것을 요구했다.

'내가 전투에 나서지 않고 어찌 젊은이들에게 총을 들고 싸우라고 하겠는가?'

최재형은 항일무장투쟁의 선두에 섰다. 항일무장투쟁은 고난에 찬 여정이었다. 대륙에서 두만강까지, 두만강에서 백두산까지, 굶어 죽고 얼어 죽고 맞아 죽으면서 의병들은 무장투쟁을 전개했다. 아무도 돌아보지 않는 차가운 대륙에서 나라 잃은 통한의 눈물을 뿌리며 일본군과 싸웠다.

"시간이 되었다. 이젠 총공격을 한다. 전원 사격 준비!"

최재형은 달빛이 사위어가자 의병들에게 명령을 내렸다.

"사격 준비!"

김창영이 최재형의 명령을 복창했다. 의병들은 수비대 건물에 바짝 접근했다.

"사격!"

최재형이 명령을 내리면서 첫 발을 쏘았다. 그러자 김창영이 명령을 복창하고 일제히 총을 쏘았다. 러일전쟁이 끝나면서 최재형이 러시아 군대로부터 인계해 슬라뱐카에 묻어두었던 총이었다. 요란한 총성이 신아산의 얼어붙은 공기를 찢자 수비대 건물에서 일본군들이 쏟아져 나오기 시작했다.

"사격하라!"

최재형은 목이 터져라 소리 지르면서 방아쇠를 맹렬하게 당겼다. 숙소에서 쏟아져 나온 일본군들이 비명을 지르며 나뒹굴었다. 그러나 일본군은 정규군이었다. 러시아와 전쟁을 치렀던 병사들이 장교들의 지휘를 받아 이내 응사하기 시작했다. 신아산 전투는 날이 부옇게 밝기 시작해서야 끝났다. 의병들의 완전한 승리였다. 일본군은 장교를 비롯해 병사들 150명이 몰살당하고 20여 명이 살아 도망쳤다.

"대장님, 우리가 승리했습니다."

김창영이 피투성이 얼굴로 최재형에게 다가와 보고했다.

"아군의 피해는 얼마나 되는가?"

"17명이 전사했고, 20명이 부상했습니다."

김창영의 보고에 최재형은 가슴이 타들어가는 것 같았다. 의병들이 전사했다는 보고를 받을 때마다 최재형은 비감에 빠져들곤 했다.

"전사자들의 시체까지 수습하여 속히 경원을 떠나자."

"예."

최재형은 의병을 이끌고 신아산을 떠나 두만강을 향해 달리기 시작했다. 신아산 위로 겨울해가 두둥실 떠오르고 있었다.

광대한 들판의 대륙은 입 안조차 푸르게 변할 것처럼 초록이 무성했다. 6월의 대륙이었다. 최재형은 의병들을 이끌고 대륙의 초원을 질풍처럼 달리고 있었다.

"이랴!"

최재형은 광대한 초원을 달리면서 바람이 된 것 같은 기분이었다. 지난 1년 두만강을 넘나들며 치열한 전투를 벌이고, 이번에는 회령의 영산에서 일본군을 격파하고 돌아오는 길이었다. 의병들은 두만강을 건너 일본군을 공격하지만, 일본군은 러시아 국경을 넘을 수 없는 탓에 곳곳에서 유격전을 벌여 승리를 거두고 있었다.

최재형이 훈춘을 향해 달리고 있을 때 앞에서 흙먼지를 일으키며 달려오는 한 무리의 인마(人馬)가 보였다. 최재형은 말을 세우고 인마의 정체를 살피느라 얼굴을 찌푸렸다.

"대장님!"

김창영이 말을 세우면서 소리를 질렀다.

"뭔가?"

"안공(安公)의 의병입니다."

"안공이라면 안중근을 말하는 것 아닌가?"

"그렇습니다. 안중근입니다."

김창영이 소리를 지르자마자 최재형의 뒤에 있던 의병들이 말을 세우면서 함성을 질렀다. 그들도 앞에서 달려오는 인마가 안중근의 의병임을 알아본 것이다.

"워!"

안중근이 최재형 앞에까지 달려와 일제히 말을 세웠다.

"안공!"

"선생님!"

최재형과 안중근은 말에서 내려 뜨겁게 포옹했다.

"와아아!"

양측 의병들이 함성을 지르면서 총을 흔들었다. 그들의 함성으로 대륙이 떠나갈 것 같았다.

"선생님, 영산에서 승리했다고 들었습니다. 축하드립니다."

안중근이 최재형에게 머리를 숙이고 말했다.

"자네도 홍의동에서 승리하지 않았는가? 우리 다 같이 대한제국 만세 삼창을 부르는 것이 어떤가?"

"좋습니다. 선생님께서 선창하십시오."

안중근은 양측 의병을 함께 모이게 했다.

"여러분! 동지들! 선생님께서 대한제국 만세 삼창을 선창할 것입니다. 우리 다 같이 목이 터져라 만세를 따라 부릅시다!"

안중근이 총을 흔들며 소리 지르자 의병들이 일제히 함성을 지르면서 응답했다.

"대한제국 만세!"

최재형이 손을 높이 들고 만세를 선창했다.

"대한제국 만세!"

의병들이 일제히 총을 흔들면서 함성을 질렀다.

"대한제국 만세!"

최재형은 만세를 부르는 동안 자신도 모르게 뜨거운 눈물을 흘렸다.

"선생님, 우십니까?"

안중근이 울음에 잠긴 목소리로 물었다.

"허허허! 어찌 나만 운다고 그러는가? 안공도 울고 있지 않은가?"

"선생님!"

안중근도 목이 메어 흐느꼈다. 최재형과 안중근의 뒤에 있던 의병들도 소리를 내어 울었다.

"선생님, 상의드릴 일이 있습니다."

만세 삼창을 부르고 양측 의병들과 어우러져 한바탕 술잔치를 벌이고 있을 때였다. 안중근이 정색을 하고 최재형을 쳐다보았다.

"무슨 일인가?"

"선생님께서는 얀치혜로 돌아가십시오."

"그게 무슨 말인가?"

"전투를 벌이는 것은 저희에게 맡기고 군자금을 좀 준비해주십시오. 선생님께서는 러시아에서 명망이 높지 않습니까? 솔직히 말씀드리면, 우리 의병들은 사흘 치의 군량도 없습니다."

안중근의 어두운 얼굴에 최재형의 낯빛도 흐려졌다. 목숨 걸고 싸우는 의병들에게 군량이 떨어져간다고 생각하니 가슴이 타는 것 같았다.

"알겠네. 의병이 추위와 굶주림에 떨면서 일본군과 싸울 수는 없는 일이지."

최재형은 가만히 입술을 깨물었다. 그는 안중근과 헤어져 블라디보스토크로 돌아왔다. 그리고 블라디보스토크에서 연해주와 하바로프스크 등 시베리아 지역의 조선인 지도자들을 소집하여 군자금을 내줄 것을 호소했다.

블라디보스토크로 가는 길에는 자작나무 가로수가 길게 이어져 있었다. 최재형이 통역관으로 활약하면서 닦은 도로였다. 바람이 일 때마다 자작나무가 우수수 잎사귀를 떨어뜨렸다. 안중근은 말에 앉아 비감한 심정을 떨쳐버릴 수가 없었다. 최재형이 블라디보스토크로 돌아가 군자금을 보내준 덕분에 두만강 건너 조선 땅에서 수많은 전투를 치러 승리했으나, 회령전투에서 패하는 바람에 수천 명의 의병들이 전사했기 때문이다. 살아남은 의병들은 홍범도가 있는 봉오동으로 갔다. 안중근은 의병대장인 엄인섭이 있는 얀치혜로 갔다가 그가 블라디보스토크의 최재형에게 갔다는 말을 듣고 블라디보스토크로 가는 중이었다.

최재형은 군자금을 모아 의병들에게 보내는 한편, 대동공보를 인수하여 일본을 맹렬하게 공격하는 신문 기사를 내보내고 있었다.

"아니, 이거 안공이 아닌가?"

안중근이 대동공보사 건물에 이르자 이강과 이야기를 나누고 있던 최재형이 벌떡 일어나 손을 잡았다.

"선생님, 면목이 없습니다."

안중근은 최재형에게 머리를 숙였다.

"면목이 없다니? 회령전투의 패배가 어디 안공 탓인가?"

"저는 회령전투에서 수천 명의 의병을 잃었습니다. 선생님이 지난 1년 동안 온갖 노력을 다해서 군자금을 보내주셨는데⋯⋯."

"괜찮네. 전사한 의병들은 가슴 아픈 일이지만, 나 또한 언
젠가는 일본군과 싸우다가 죽을 것 아닌가? 그들은 우리보다 앞
서 간 선구자들일세."

최재형은 안중근을 따뜻하게 위로했다. 안중근은 최재형의
배려로 블라디보스토크에서 여러 날 머물렀다. 그는 블라디보
스토크의 신한촌뿐 아니라 연해주 전체에서 조선인들이 최재형
을 깊이 존경하고 신뢰하는 것을 보고 깊은 감명을 받았다. 블
라디보스토크에 머무는 동안 안중근은 조선인들을 만나면서 다
시 의병을 모아 일본군과 싸우는 문제를 논의했다. 그러나 일본
의 압력을 받은 러시아 정부가 운테르베르게르 총독에게 명령
을 내려 조선인들의 항일무장투쟁을 중지하게 했다.

최재형은 운테르베르게르 총독과 대립하고 있었다. 극동 지
역에 조선인들이 날로 늘어나 10만 명에 이르자 그중에 일본의
밀정이 많다고 생각한 총독이 조선인들을 탄압하기 시작했기
때문이다. 최재형은 총독의 탄압에 맞서 조선인들의 권리를 위
해 투쟁하느라 이중고에 시달리고 있었다.

안중근은 얀치혜로 갔다. 얀치혜에도 많은 의병들이 모여
있었다. 하지만 그들은 러시아의 감시를 받고 있어서 무장투쟁
을 할 수가 없었다. 안중근은 1909년 3월 2일 얀치혜에서 김기
룡, 엄인섭, 황병길 등 열두 명의 동지와 모여 단지회(斷指會)라
는 비밀결사를 조직했다. 안중근과 엄인섭은 이토 히로부미를
암살하기로 했다. 한편, 김태훈은 이완용을 암살하기로 손가락
을 잘라 피로써 맹세하고, 3년 이내에 성사하지 못하면 자살을

하여 국민에게 속죄하기로 약속했다. 안중근이 최재형을 찾아온 것은 1909년 8월 어느 날이었다. 당시 최재형은 포시예트 집에 있었다.

"선생님, 제가 이토 히로부미를 저격하겠습니다."

하루는 안중근이 최재형에게 말했다.

"이토 히로부미를?"

최재형이 깜짝 놀라 안중근을 쳐다보았다. 안중근이 그의 집에서 저녁 식사를 마쳤을 때였다.

"이토 히로부미야말로 조선 침략의 원흉입니다."

"그거야 그렇다고 하지만, 어떻게 그를 암살할 수 있나? 수많은 일본 헌병들이 그를 둘러싸고 있네."

"이토 히로부미를 암살하지 못하면 자결할 겁니다. 선생님께서 성능 좋은 권총과 탄약을 구해주십시오."

안중근이 비장한 목소리로 말했다.

"총과 탄약을 구하는 것은 어려운 일이 아닐세. 하지만 이토 히로부미를 암살하면 자네도 결코 살아 돌아올 수 없네."

"죽는 것은 두렵지 않습니다. 단지 성공하지 못할까 봐 그것이 두렵습니다."

"언제 암살할 작정인가?"

"3년 안에 결행할 것입니다. 우리 단지회 동지들은 3년 안에 암살을 해내지 못하면 자결하기로 맹세했습니다."

안중근이 단호하게 말했다. 최재형은 안중근의 계획이 현실적이지 않다고 판단했는지 애써 만류하지 않았다. 안중근의 깊은 눈을 들여다보며 고개만 끄덕거릴 뿐이었다.

안중근은 얀치혜와 블라디보스토크를 오가며 이토 히로부미에 대한 정보를 수집했다. 최재형은 권업회를 조직하여 운테르베르게르 총독의 조선인 탄압을 막느라 분주했다.

"안공, 안공이 부탁한 총과 탄약일세."

안중근이 대동공보 사무실에 있을 때 최재형이 권총을 구해 가지고 왔다.

"고맙습니다. 사격 연습을 좀 하겠습니다."

"나는 포시예트로 갈 건데, 함께 갈 텐가?"

"예."

안중근은 마차를 타고 블라디보스토크에서 포시예트로 갔다. 포시예트에는 최재형의 부인 엘레나와 아이들이 있었다. 최재형이 아이들과 즐겁게 이야기하는 모습을 본 안중근은 고향 해주에 있는 아내와 아이들의 얼굴이 떠올라서 가슴이 타는 것 같았다.

"올가, 나와 춤을 출까?"

최재형은 저녁 식사를 마치자 음악을 틀어놓고 딸 올가와 춤을 추었다. 엘레나는 안중근에게 차를 끓여 대접했다. 올가와 춤을 춘 최재형은 부인 엘레나와 이야기를 나누었다. 부부는 나이 차이가 많았으나 서로를 깊이 사랑하고 사상이 일치하는 것 같았다.

최재형은 이튿날 아침 식사를 마치자 안중근을 데리고 뒷산으로 갔다. 안중근은 권총에 탄환을 장전한 뒤 사격 연습을 했다. 포시예트 시에 있는 최재형의 집 뒷산은 어느덧 가을이 시작되고 있었다. 안중근이 총을 쏠 때마다 화려하게 단풍 든 숲이 우렁우렁 울렸다. 안중근은 포시예트 시에서 사흘을 머물고 블라디보스토크로 돌아왔다.

9월이 되자 안중근은 블라디보스토크에서 원동보와 대동공보에 실린 한 기사를 읽게 되었다. 이토 히로부미가 러시아 대장대신(大藏大臣) 코코프체프와 하얼빈에서 회견하기 위해 만주에 온다는 내용의 기사였다.

'이토 히로부미가 하얼빈에 오는구나.'

안중근은 혈관의 피가 뛰는 것 같았다. 하얼빈은 러시아군의 관할하에 있고, 일본군이 주둔하고 있지 않아서 이토 히로부미에게 접근할 기회가 많을 것이라고 생각했다.

'하늘이 나 안중근에게 민족을 위한 소임을 다할 기회를 만들어주시는 것이다.'

안중근은 블라디보스토크의 언덕에서 졸로토이로그 만을 내려다보며 심호흡을 했다.

안중근은 10월이 되자 하얼빈으로 떠났다.

'안중근을 도와야 해.'

최재형이 불현듯 생각했다. 그러고는 안중근이 하얼빈으로 떠나자, 자신도 다음 날 열차를 타고 하얼빈으로 향했다.

나는 태양을 쏘았다

1909년 10월 26일. 북만주의 신흥 도시 하얼빈은 이미 겨울
이 시작되어 찬 바람이 매섭게 몰아치는 가운데 성긴 눈발이 간
간이 날리고 있었다. 도시를 서쪽에서 동쪽으로 관통하면서 송
화 강이 흐르고 있어서일까. 눈보라에도 비릿한 강 냄새가 풍기
는 것 같았다. 최재형은 시내 중심가에 즐비해 있는 붉은 벽돌
건물들을 바라보았다.

바이칼 호에서 블라디보스토크까지 연결된 시베리아철도가
지나가는 하얼빈은 러시아인들이 유난히 많이 살고 있었다. 건
축도 대부분 러시아식이었다. 그러나 최근에는 일본인들이 부
쩍 늘어났다. 그래서 러시아식 건물들 사이에 일본식 목조 건물
도 드문드문 눈에 띄었다. 최재형은 흐린 눈빛으로 서쪽 하늘을
쳐다보았다. 암암한 서쪽 하늘에서 날리는 눈발이 얼굴을 때렸
다. 최재형은 프록코트 깃을 바짝 올려 세웠다. 10월인데도 추
웠다. 게다가 하얼빈의 추위는 뼛속까지 스며드는 것 같았다.

시베리아 최남단이라고는 하지만, 9월에 낙엽이 지고 10월이면 기온이 영하로 떨어지면서 눈발이 날렸다.

'오는군.'

최재형은 하얼빈 역 쪽에서 성큼성큼 걸어오는 검은 옷의 사내를 쳐다보았다. 해조신문에서 기자로 활약하다가 대동공보로 옮긴 이강이었다. 이강은 주위를 살핀 뒤 빠르게 최재형에게 다가왔다. 털모자를 깊숙이 눌러쓴 최재형이 이강에게 고개를 끄덕거렸다. 이강은 최재형을 따라 골목으로 들어갔다.

"상황이 좋지 않습니다. 열차는 포기해야 합니다."

이강이 낮은 목소리로 최재형에게 말했다.

"예상하고 있었소. 다른 동지들은 어떻소?"

최재형은 가슴으로 묵지근한 통증이 훑고 지나가는 것을 느끼면서 이강에게 물었다.

"현장에 있던 동지들은 모두 체포되었습니다. 조선인들의 집도 대대적으로 수색낭하고 있고요."

"알겠소. 동지도 서둘러 몸을 피하시오."

"선생님께서는 어떻게 하시겠습니까?"

"나는 가볼 곳이 있소. 이 선생, 우리 블라디보스토크에서 만납시다."

"예."

이강이 고개를 숙여 보인 뒤에 눈보라 속으로 성큼성큼 걸어가기 시작했다. 최재형은 총총걸음으로 사라지는 이강의 뒷모습을 묵묵히 바라보았다.

'이제는 황(黃)에게 신세를 져야겠군.'

최재형은 이강이 시야에서 완전히 사라지자 고개를 숙이고 걸음을 떼어놓기 시작했다. 하얼빈의 중심가인데도 상점들은 전부 문을 닫고 있었다. 비상사태가 벌어진 듯 일본군과 러시아 군이 도로를 달려가는 모습이 보였다. 최재형은 몇 개의 건물을 지나 골목으로 꺾어들었다. 주택 밀집 지역에 황의 도박장 겸 주점이 있었다. 그러나 최재형이 찾아갔을 때 황의 주점은 영업을 하지 않고 있었다. 술과 아편, 담배 연기로 가득했던 홀이 썰렁하니 비어 있었다.

"술이나 한잔하고 가시오. 상황이 좋지 않소."

황은 잠을 자다가 일어났는지 부스스한 얼굴로 최재형에게 술 한 잔을 따라주었다. 술집이면서도 도박장을 경영하고 있는 황은 만주인으로, 체격이 우람했다.

"형제, 형제의 힘으로도 나를 하얼빈에서 벗어나게 해줄 수 없소?"

최재형은 술잔을 단숨에 비우고 찌르듯 날카로운 눈으로 황을 쏘아보았다. 황이 도와준다면 러시아군과 일본군이 봉쇄한 하얼빈을 벗어나는 것은 식은 죽 먹기일 터였다.

"형제가 이번 사건과 직접 관련 있는 건 아니지 않소? 그러면 굳이 하얼빈을 벗어날 필요는 없을 것이오."

황은 선뜻 도와주려고 하지 않았다.

"형제의 말마따나 상황이 좋지 않소. 관련이 있거나 없거나 일본인들은 가만히 있지 않을 것이오."

"형제가 관련 있소?"

"아니요."

최재형은 고개를 저어 부정했다. 하지만 황의 눈빛은 최재형을 의심하고 있었다. 그러나 사실대로 말할 수가 없었다. 대륙에서 아편을 팔고 도박꾼들을 상대로 거칠게 살아온 황은 서른 살의 나이보다 훨씬 더 들어 보였다. 황은 오랜 친분이 있는 사이라도 결정적인 순간에 배신할 수 있었다. 돈이라면 무슨 짓이든 할 수 있는 거친 사내였던 것이다.

"형제를 도와주지 못해 미안하오."

황이 게슴츠레한 눈으로 최재형을 살폈다. 최재형은 단숨에 탁자 위의 술잔을 비웠다.

"형제, 의리는 목숨보다 소중한 것 아니오?"

"미안하오. 다른 일이면 도와줄 수 있지만 이번 일은 곤란하오. 다른 방법을 찾아보시오."

"알겠소. 다음에 또 봅시다."

최재형은 황에게 두 손을 들어 포권하는 예를 취하고 술집을 나왔다. 황에게 거절당한 이상 이제는 알리샤를 찾아갈 수밖에 없었다.

거리 곳곳에서 호루라기 소리와 검문을 강화하는 러시아 군인들의 고함 소리가 들렸다. 하얼빈 역에서 안중근이 조선 통감 이토 히로부미를 저격한 일로 하얼빈 시내가 발칵 뒤집히고, 외곽으로 빠져나가는 도로가 봉쇄되어 있었다. 안중근 일당을 체포한다는 명분으로 러시아군과 일본군이 거리를 누비고 있었다. 일본군에게 체포되면 온전하지 못할 것이다.

최재형은 마음이 무거웠다. 안중근은 지금쯤 러시아 헌병들에게 체포되어 있을 것이다. 러시아는 러일전쟁에서 참패한 이후 일본에 반감을 갖고 있었다. 안중근의 신병이 일본군 손에 넘어가지 않는다면 구할 방법이 있을 것이었다. 그러나 최재형은 조선인이기 때문에 지금 당장은 몸을 피해야 했다. 하얼빈에는 조선인이 거의 없어서 조선인이라면 일본군과 러시아군의 주목을 끌 수밖에 없었다. 최재형은 대로에서 골목으로 꺾어들어 어둠이 짙게 깔린 하얼빈의 유흥가를 걷기 시작했다. 밤이면 불야성을 이루는 유흥가가 오늘은 한적했다. 바와 카페, 그리고 일본군이 주둔하기 시작하면 어김없이 등장하는 공창까지 여인들의 지분 냄새와 술 냄새가 진동하는 골목이 워낙 큰 사건이 터진 탓인지 조용했다. 하얼빈은 공식적으로 러시아 영토이다. 그러나 만주를 놓고 청나라와 일본까지 가세해 각축을 벌이고 있는데다 지난 러일전쟁 때 일본에 패해서 러시아는 수세에 몰려 있었다.

최재형이 10분 남짓 걷자 멀리 카페 배거번드가 영업하고 있는 2층 건물이 보였다. 창은 아치형이고 지붕은 돔형이었다. 어깨에 묻은 눈발을 털고 배거번드로 들어서자 후끈한 열기가 뻗쳐왔다. 배거번드는 '방랑자'를 뜻하는 말이다. 최재형은 카페 이름이 주인 알리샤의 인생과 잘 어울린다고 생각했다.

"표트르!"

카운터에 앉아 있던 20대 후반의 여인이 반색하며 맞았다. 치렁치렁한 검은 드레스와 하얀 살결, 푸른빛이 감도는 눈동자의 알리샤였다. 최재형은 알리샤의 손을 잡으면서 카페 안을 한눈에 훑어보았다. 다행히 밀정으로 보이는 일본인들은 보이지 않았다. 카페라 해봐야 테이블이 서너 개뿐인 작고 아담한 홀이 전부였다. 그러나 황의 술집과 달리 알리샤의 카페는 손님들이 가득했다. 대부분 러시아군 장교들이었다.

"방으로 들어와요. 홀에는 손님들이 많아요."

알리샤가 최재형의 손을 잡아끌며 말했다. 최재형은 알리샤를 따라 주방 뒤에 있는 방으로 들어갔다. 홀에는 러시아 군인들이 목이 터져라 노래를 불러대고 있었다.

"이토 히로부미가 암살되었다고 러시아 장교들이 난리예요. 조선인이 저격한 거라면서요?"

알리샤가 최재형의 눈을 들여다보면서 물었다.

"그렇소. 우리 조선 사람이 이토 히로부미를 저격했소. 러시아 군인들은 어떻게 생각하고 있소?"

"러시아인들은 아주 좋아하고 있어요. 다만 외교적으로 일본이 압박을 가하고 있어 공개적으로는 좋아하지 않을 뿐이에요. 이쪽으로 앉아요."

알리샤가 최재형을 가볍게 포옹하고 얼굴을 비빈 뒤에 침대로 안내했다. 알리샤에게서 톡 쏘는 화장품 향기가 풍겼다.

"혹시 안중근에 대한 소식은 들었소? 장교들이 이야기하고 있지 않소?"

최재형은 알리샤의 부드러운 어깨를 감싸 안았다.

"러시아 장교들 이야기를 들어보니까, 헌병대에 체포되어 있대요. 저격은 오전에 일어났는데, 왜 이제야 오는 거예요?"

알리샤가 최재형 앞에 마주 앉아 되물었다.

"알리샤에게 피해를 줄까 싶어 여기저기 배회했소. 안중근은 러시아의 조사를 받을 것 같소?"

"일본군 사령관이 강력하게 신병 인도를 요구하고 있대요. 날이 찬데 보드카 한잔 마시겠어요?"

"좋소."

"잠깐만 기다리세요."

알리샤가 드레스 자락을 끌면서 밖으로 나갔다. 최재형은 알리샤가 주방으로 가는 것을 보고 눈을 지그시 감았다.

알리샤의 카페는 러시아 군인들이 드나든다. 그녀를 통해 안중근에 대한 정보를 입수할 수 있을 것이었다. 카페 홀에서 또다시 러시아 군인들의 노랫소리가 들려왔다. 이번에는 러시아 민요 「올가 강의 아름다운 처녀」였다. 최재형은 상트페테르부르크에 갔을 때 학교 축제에서 여학생들이 부르던 것을 들은 이후로 그 노래를 좋아했다. 문득 이토 히로부미가 하얼빈 역에서 내려 러시아군을 사열하던 모습이 떠올랐다. 그때 최재형은 이토 히로부미를 환영하는 러시아 요인들과 함께 역 플랫폼에 도열해 있었다. 안중근이 실패하면 유동하가 저격할 계획으로 가슴에 총을 품고 있었다. 털모자를 쓰고 훈장을 주렁주렁 달고 있던 이토 히로부미는 흰 수염이 탐스러웠다. 열차에서 내려 러시아 요인들에게 일일이 인사를 나누던 이토 히로부미가 좀 의아한 듯한 표정으로 최재형을 응시했다. 러시아 요인들 사이에 동양인이 서 있는 사실이 의아했던 것이다.

"차르 폐하께서 총애하시는 표트르 세메노비츠 최입니다."

러시아 하얼빈 영사가 이토 히로부미에게 말했다. 최재형은 이토 히로부미와 눈이 마주치자 가슴이 서늘했다. 거대한 벽으로 여기고 있던 늙은이였다. 동양 삼국의 평화를 운운하면서 조

선과 만주에 침략의 마수를 뻗치고 있는 자. 이자를 죽여야 한다
고 얼마나 많은 우국지사들이 치를 떨며 잠을 이루지 못했는가.
그들이 살을 씹고 피를 토하는 고통 속에 시베리아를 떠돌고 있
는 것도 이자 때문이 아닌가. 그런데 기적처럼 이자가 자신의 눈
앞에 서 있는 것이었다. 최재형은 이토 히로부미를 향해 가볍게
목례했다. 이토 히로부미는 잔잔하게 웃으면서 그의 옆을 지나
갔다. 최재형의 옆에는 러시아 영사 부인인 토냐가 서 있었다.
이토 히로부미가 토냐를 향해 목례하자 토냐가 손을 내밀었고,
그는 허리를 숙여 토냐의 장갑 낀 손에 가볍게 키스했다.

　이토 히로부미는 러시아 요인들과 인사를 다 나눈 뒤에 환
영 군중들과 인사하려고 몸을 돌렸다.

　"표트르, 저자가 일본의 최고 실력자라니 우습군요."

　토냐가 경멸하듯이 이토 히로부미를 쏘아보면서 최재형에
게 말했다. 러일전쟁으로 러시아 사람들 대부분이 일본인들에
게 반감을 품고 있었다. 그때 안중근이 군중 틈에서 뛰어나오며
무어라고 벼락 치듯이 소리를 지르더니 이토 히로부미를 향해
총을 쏘았다. 귀청이 떨어져나갈 것 같은 요란한 총성이 하얼빈
역을 울리면서 이토 히로부미가 휘청했다. 사람들이 깜짝 놀라
우왕좌왕하는 사이 또다시 총성이 잇달아 울렸다. 이토 히로부
미가 가슴을 움켜쥔 채 쓰러지자마자 러시아 헌병들이 안중근
에게 우르르 달려갔다.

　"암살이다!"

　"놈을 막아라!"

　러시아 헌병들의 다급한 외침이 터져나왔다. 그러나 그들이

경악하여 소리를 질렀을 때는 이미 이토 히로부미가 피를 뿜으
며 쓰러진 뒤였다.

안중근은 총을 들고 잠깐 멈칫했다. 그는 이토 히로부미의
얼굴을 몰라서 세 발을 발사하고 멈칫했다가 이토 히로부미 뒤
에 있는 동양인들을 향해 네 발을 잇달아 발사했다. 하얼빈 일
본 총영사가 쓰러지고 이토 히로부미의 비서가 팔을 움켜쥐며
나뒹굴었다. 러시아 군인들은 그제야 안중근을 덮쳤다. 안중근
은 커다란 목소리로 '코레아 우레(대한제국 만세)'를 외쳤다. 그
순간 최재형은 눈시울이 뜨거워 자신도 모르게 입술을 달싹거
리면서 대한제국 만세를 따라 외쳤다.

'내 나라 내 강토를 빼앗으려는 흉악한 작자다. 국모 명성황
후를 시해하고 5백 년 사직에 종명(終命)을 고한 흉한이다. 누군
들 그를 죽이고 싶지 않겠는가. 장하도다, 안중근이여! 그대야
말로 대한제국의 남아로다!'

최재형은 가슴속에서 뜨거운 기운이 치밀어 오르는 것을 느
끼면서 피가 나도록 입술을 깨물었다.

"언제 블라디보스토크로 돌아갈 거예요?"

알리샤가 보드카와 간단한 안줏거리를 준비해 와서 최재형
과 마주 앉았다. 알리샤의 방에는 훈훈함이 감돌고, 벽에는 러
시아 군인의 옷이 걸려 있었다. 최재형은 알리샤가 동거하고 있
는 러시아 장교의 것인지도 모른다고 생각했다. 창으로 눈발이
자욱하게 날리는 것이 보였다. 내일 아침이면 하얼빈이 온통 하
얀 눈으로 뒤덮일 것이었다.

"상황을 좀 지켜보아야 할 것 같소."

최재형이 알리샤를 쳐다보면서 말했다.

"옷 주인에게는 신경 쓰지 마세요. 내가 살아가는 방법을 알고 있잖아요."

알리샤는 엷게 웃은 뒤에 섬섬옥수로 보드카 뚜껑을 따서 술을 따랐다. 알리샤의 눈언저리에서 지친 기색이 엿보이는 것은 봉천의 일본군에게 오랫동안 농락당한 탓일 것이다. 최재형은 알리샤가 따른 보드카를 한 모금 삼켰다. 독한 술이 넘어가자 목젖이 뜨끔하면서 뱃속이 찌르르 울렸다.

"안중근이 러시아에서 재판을 받으면 차르께 청원하세요."

"러시아는 일본을 두려워하고 있소."

"그럼 일본에 넘어가나요?"

"일본에 신병이 인도되겠지."

최재형이 우울한 목소리로 내뱉었다.

"맞아요. 여순에서 재판을 받을 거예요. 그를 위해 변호사를 선임하세요."

"변호사?"

최재형은 안중근이 재판을 받아야 한다는 사실을 그제야 깨달았다. 그러나 재판을 받으면 무슨 소용인가. 일본의 영웅 이토 히로부미를 암살한 안중근은 당연히 사형을 받게 될 것이다. 밖에서 골목을 달리는 말발굽 소리가 들린데 이어 호루라기 소리가 길게 들려왔다. 최재형은 긴장하여 창 쪽을 힐끗 쳐다보았다. 군인들을 실어 나르는 열차인가. 호루라기 소리가 그치자 물기에 젖은 기적 소리가 들리고 덜컹대는 열차의 굉음이 들려왔다. 그 소리에 창문이 덜컹거렸다.

"아무래도 여기는 안전하지 않을 것 같아요."

"아침 일찍 떠나는 게 좋겠소."

"아니에요. 오늘 밤에 떠나야 돼요. 내일이면 더 많은 군인들이 몰려올 거예요. 일본군은 이토 히로부미의 암살을 구실로 더 많은 군대를 러시아에 파견할 거예요. 그러니 떠나려면 오늘 떠나야 돼요."

"이 밤중에 떠나라는 말이오?"

최재형이 알리샤의 깊은 눈을 응시했다. 그 눈에서 어떤 갈망이 비쳤다.

"저 때문에 그러시면 상점 문을 닫을게요."

"아니요. 그렇게까지 하지 않아도 괜찮소."

"러시아 군인들에게 비상소집령이 내렸어요. 저들이 돌아가면 곧바로 준비할게요."

알리샤가 방 밖에 있는 홀을 눈짓으로 가리켰다. 최재형은 묵묵히 고개를 끄덕이고 보드카를 입속에 털어 넣었다. 안중근의 총을 맞고 피를 흘리며 쓰러지던 이토 히로부미의 얼굴이 떠올랐다.

'아아, 안중근은 지금쯤 무얼 하고 있을까.'

밤 열 시가 되어 홀에 있던 손님들이 모두 돌아가자 알리샤는 카페 문을 닫았다. 러시아 군인들이 비상소집령이 떨어졌는데도 귀대하지 않고 늑장을 부린 것은 일본을 증오하고 있었기 때문이다.

"표트르, 준비를 모두 마쳤어요."

알리샤가 방으로 돌아온 시각은 열한 시가 조금 지났을 때였다.

"고맙소."

최재형은 물기 머금은 눈으로 알리샤를 바라보았다.

난로 위에는 주전자 물이 쉬익쉬익 끓고 있고, 창밖으로는 눈발이 어지럽게 날리고 있었다. 러시아 블라디보스토크의 영사부 경찰인 이시하라 경부는 하얼빈 시내에 있는 일본 총영사관 영사경찰 사무실에서 어둠속을 노려보았다. 이토 히로부미가 하얼빈 역에서 저격되어 일본인들은 공황과 같은 충격에 휩싸여 있었다. 안중근과 그 일당을 현장에서 검거하기는 했으나, 충격이 너무 커서 한동안 무엇을 해야 할지 몰랐다.

이토 히로부미가 암살되었다는 보고를 내각과 경시청, 헌병 사령부에 보고한 것은 오후가 되어서였다. 가와카미 총영사는 가련할 만큼 얼굴이 창백해진 채 군대와 경찰을 통솔하지 못하여 쩔쩔매고 있었다. 자신도 안중근의 저격에 팔을 다쳤지만 가만히 있을 수가 없었다. 이토 히로부미는 메이지 유신을 만들고 일본 근대 헌법의 초안을 작성한 인물이었다. 내각의 총리대신을 지내고 을사조약을 진두지휘하여 조선을 보호국으로 만들고 초대 조선통감을 지낸 인물로, 일본인들에게는 영웅과 같았다. 그런 이토 히로부미가 하얼빈에서 조선인에게 사살된 것이다.

"코레아 우레!"

안중근은 브라우닝 8연발 권총으로 이토 히로부미에게 세 발, 네 발은 가와카미 총영사와 이토 히로부미의 비서를 쏘았다. 러시아인들에게는 한 발도 쏘지 않았다.

"나는 대한의군 참모중장으로 특파독립대장이다. 따라서 전쟁 포로로 예우하라. 나는 일본과 독립전쟁을 벌이고 있는 대한제국의 장군이다."

안중근은 러시아 장교에게 체포되었으면서도 당당하게 주장했다. 이시하라 경부는 그 생각을 떠올리자 피가 역류하는 듯했다. 안중근을 블라디보스토크에서 체포해야 했었다. 하지만 안중근의 행적을 놓친 나머지 하얼빈 역까지 뒤쫓아오게 되었던 것이다.

이시하라 경부가 밀정들로부터 조선인들이 이토 히로부미를 저격하려 한다는 정보를 입수한 것은 지난 9월의 일이었다. 블라디보스토크에는 이범윤, 최재형, 최봉준, 김창영 같은 반일분자 거물들이 활동하고 있었다. 아직은 일본의 경찰력이 미치지 못하는 러시아 영토였다. 밀정 활동으로 그들을 미행하며 감시하고 있었는데, 뜻밖에 안중근이 이토 히로부미를 암살한 것이었다. 이범윤, 최재형, 김창영, 최봉준 같은 자들이 안중근을 하얼빈으로 잠입시키려고 연막작전을 펼친 것이 분명했다.

'배후에 누가 있는 것일까?'

이시하라 경부는 생각했다. 최재형은 안중근의 뒤를 따라 하얼빈에 잠입했고, 이범윤은 블라디보스토크에 남아 있었다. 최봉준은 준창호에 올라 원산으로 가는 것을 확인하고 하얼빈으로 왔는데 원산에 도착하지 않았다고 했다.

'대동공보가 문제야.'

대동공보는 사장이 차석보였다. 최봉준이 창간한 해조신문에 압력을 넣자 그들은 대동공보를 만들어 일본에 집요하게 맞서고 있었다.

'최재형이 대동공보의 실제 주인일 거야.'

이시하라 경부는 안중근의 배후에 이범윤, 최재형, 최봉준이 있을 것이라고 생각했다. 최봉준은 러시아 군대에 소를 납품하여 조선 최고의 갑부가 되었고, 최재형은 러시아 영토에 살고 있는 한인들을 규합하여 일본에 조직적으로 대항하고 있었다.

"다카하라! 조선인은 어느 누구도 하얼빈을 벗어나지 못하게 하라."

이시하라 경부는 밀정들을 지휘하는 다카하라에게 명령을 내렸다.

"핫!"

다카하라가 빳빳한 부동자세로 거수경례를 바쳤다.

"나가시마!"

"핫!"

내각에 보낼 비밀보고서를 작성하고 있던 나가시마가 벌떡 일어났다.

"하얼빈 역은 봉쇄했는가?"

"핫! 개미 새끼 한 마리 빠져나갈 수 없게 했습니다."

"거리는 어떤가? 거리도 봉쇄했는가?"

"하얼빈 외곽으로 빠져나가는 모든 도로를 일본 헌병대와 러시아군이 봉쇄하고 있습니다."

나가시마가 긴장한 목소리로 대답했다. 이시하라 경부는 벽에 걸린 하얼빈 시의 지도를 뚫어질 듯 들여다보았다. 일본군이 하얼빈을 완전히 봉쇄하는 것은 어려운 일이었다.

"경부님, 내각의 훈령입니다."

이시하라 경부가 지도를 보고 있을 때 문이 열리면서 헌병 연락관 스즈키 오장이 소리를 질렀다. 그가 문을 열자 찬 바람이 휘익 하고 불어왔다.

"뭔가?"

"여기 전신으로 온 훈령이 있습니다."

스즈키 오장이 가슴에서 훈령을 꺼내 이시하라 경부에게 내밀었다.

……내각 훈령 18호. 1급 비밀. 이토 공의 암살로 일본 열도는 큰 충격을 받았다. 내각은 조기를 달고 애도 기간을 선포했다. 영사경찰은 헌병대와 함께 암살범 안중근과 그 일당을 러시아로부터 인계받아 영사관 지하실에서 취조하라. 재판은 여순에서 일본이 할 것이며, 조사를 마친 뒤 여순으로 이감하라. 영사관은 중무장한 헌병 1개 중대가 호위한다. 이감에 동원되지 않는 경찰은 하얼빈의 불온한 조선인들을 검거하라.

이시하라 경부는 육군대신의 훈령을 보고 숨이 멎는 것만 같았다. 사건 발생 직후부터 러시아 쪽에 안중근을 인계해달라고 요구했으나, 그들은 자신들에게도 책임이 있다면서 정부의 지시가 내려올 때까지는 신병 인도를 할 수 없다고 거부하고 있었다.

"다른 것은 없나?"

"없습니다."

"헌병사령부는 어떤가?"

"일본 군사령부는 만주와 조선의 일본군에 비상경계령을 내리고 전쟁 상태라는 사실을 선포했습니다."

일본군에 비상경계령을 내리고 전쟁 상태임을 선포한 것은 당연한 조치였다.

"이토 히로부미 각하는 우리 일본의 영웅이다. 그분이 저격당했으니 당연히 충격에 빠질 것이다."

이시하라 경부는 저격을 막지 못했다는 사실에 자괴했다. 그의 죽음은 일본에 엄청난 손실이었다. 그를 보호하는 것은 군대의 일이지만, 저격 음모를 사전에 차단하는 것은 경찰의 일이었다. 할복해서라도 사죄해야 한다고 생각했다.

"경부님, 영사님께서 부르십니다."

그때 문이 열리면서 참사관이 들어와 보고했다. 이시하라 경부는 참사관을 힐끗 쏘아본 뒤에 2층의 총영사 집무실로 올라갔다.

"오늘 밤 러시아 헌병대에 체포되어 있는 암살범들을 비밀리에 우리 영사관으로 압송한다. 영사경찰은 하얼빈에 있는 불온한 조선인들을 색출하라."

가와카미 총영사가 파이프 담배를 물고 있다가 이시하라 경부에게 명령했다. 가와카미 총영사는 수술을 마친 상태라서 팔에 붕대를 감고 있었다. 하얼빈은 러시아가 시베리아철도를 블라디보스토크로 연결하는 중동선(中東線)을 건설하자 만주에서 두 번째로 큰 도시가 되었다. 하지만 러시아가 진출해 있어서 무력한 청나라는 통치권을 행사하지 못하고 있었다.

"핫!"

이시하라 경부는 부동자세로 대답했다. 영사경찰이 하얼빈을 샅샅이 뒤지는 것은 결코 쉬운 일이 아니었다.

"저항하는 조선인은 사살해도 좋다."

"핫!"

이시하라 경부는 경례를 바치고 영사경찰 사무실로 돌아오며, 오늘 밤은 결코 잠들지 못할 것이라고 생각했다.

탕, 탕!

우렁우렁 울리는 총소리가 아귀아귀 귓전을 파고든다. 긴장을 떨쳐버리기 위해 마신 몇 잔의 보드카 탓인가. 귓전을 파고든 총성이 첩첩산중의 메아리처럼 뇌리에서 길게 여운을 끌었다. 안중근이 하지 않았으면 자신이 하려 했었다. 조선인이라면 누구나 고종황제를 협박하여 을사조약을 강제로 체결한 일본의 거물 정객 이토 히로부미를 저격하려 했을 것이다. 하얼빈에 올 때처럼 열차를 타고 돌아갈 수도 있었다. 러시아 국적을 가지고 있는데다 군대와도 친밀하게 지내고 있지 않은가. 그러나 다름 아닌 조선 사람인 안중근이 이토 히로부미를 암살하여 정부와 군대가 발칵 뒤집혀 있고, 더욱이 러시아와의 전쟁에서 승리한 일본이었기 때문에 러시아 국적을 가지고 있다 해도 조선 사람은 샅샅이 조사할 것이었다.

"표트르, 밤이 깊었으니 출발하는 게 좋겠어요."

최재형은 알리샤가 준비한 털모자를 쓰고 장화를 신었다. 말은 이미 골목에 준비되어 있었다. 알리샤도 외투를 입고 털모자를 눌러썼다. 하얼빈에서 수화평원을 지나 해륜을 거쳐 이춘으로 달리면 러시아 국경 도시인 부례야에 도착할 수 있었다. 해륜까지만 가도 일본군은 러시아군의 견제를 받아서 추격하지 못할 것이다. 그런데 해륜까지도 2백 리 길이 넘는다.

"차라리 열차로 빠져나가는 게 좋지 않겠소?"

최재형은 불안했다. 알리샤까지 위험에 빠뜨리고 싶지 않았던 것이다.

"아니에요. 내가 러시아 헌병들에게 알아봤는데, 하얼빈 역은 이미 완전히 봉쇄되었어요."

알리샤가 건량과 빵, 술을 배낭에 챙기면서 말했다. 최재형도 비로소 길 떠날 채비를 하기 시작했다. 그러나 눈보라가 날리는 벌판으로 떠날 생각을 하자 막막했다.

"대로도 봉쇄되어 있지 않소?"

"그러니까 마차 대신 말로 가는 거예요."

"갑시다."

최재형은 어쩔 수 없는 일이라고 생각했다. 하얼빈 역과 대로가 봉쇄되어 있다면 말을 타고 하얼빈 시를 빠져나가는 것도 쉬운 일은 아닐 것이다. 말을 타고 하얼빈에서 20킬로미터를 벗어나면 인가에서 쉬고 날이 밝은 뒤에 달려야 한다. 알리샤가 권총 한 자루와 장총 한 자루를 챙겼다. 하얼빈에서 멀리 떨어지면 마적을 만날 수도 있었다.

"가요."

알리샤가 최재형에게 눈짓했다. 최재형은 알리샤를 따라 카페에서 나와 계단을 통해 층계를 내려왔다. 눈 쌓인 골목에는 이미 두 필의 말이 준비되어 있었다. 알리샤가 먼저 말에 올라 타자 최재형이 뒤를 따라 말에 올라탔다. 눈이 쌓여 말발굽 소 리가 들리지 않아서 좋았다.

밤이 깊어서인지 눈보라는 한결 약해졌다. 하얼빈 시내는 대부분 불이 꺼져 캄캄했다. 최재형은 알리샤와 말머리를 나란 히 하고 북쪽으로 달리기 시작했다. 병정들처럼 도열해 있던 자 작나무 가로수들이 지나갔다.

"서라!"

최재형이 알리샤와 함께 하얼빈 북쪽을 향해 달리고 있을 때 날카로운 외침과 함께 자작나무 가로수 사이에서 한 무리의 러시아 병사들이 달려 나왔다. 최재형은 가슴이 철렁하여 말을 세웠다. 러시아 군인들이 바리케이드도 치지 않고 자작나무 가 로수 뒤에 매복하고 있다가 갑자기 튀어나온 것이다.

"안녕하세요?"

알리샤가 러시아 병사들에게 상냥한 목소리로 말했다. 그러 나 러시아 병사들은 재빨리 최재형과 알리샤를 향해 총을 겨누 고 둘러쌌다. 최재형은 병사들의 총구에서 눈보다 차가운 감촉 을 느꼈다.

"당신 이름이 뭐야?"

병사 하나가 최재형에게 총구를 들이대면서 물었다.

"표트르 세메노비츠 최."

최재형은 짧게 끊어 대답했다.

"얀치혜의 도헌이에요. 차르의 훈장을 보여주세요."

알리샤는 병사들에게 말한 뒤 최재형을 돌아보며 말했다.

병사들을 다루는 태도가 능숙했다. 최재형이 품속에서 훈장을 꺼내 보여주자 병사들은 오랫동안 들여다보더니 다시 최재형의 얼굴을 쳐다보았다. 동양인이 러시아 황제의 훈장을 받았다는 사실에 반신반의하는 것 같았다.

"만주인인가?"

"러시아인이다."

"러시아에 동양계는 없다. 조선인인가?"

"그렇다."

최재형이 조선인이라고 대답하자 러시아 병사들이 일제히 웅성거렸다. 그들은 최재형을 둘러싸고 안중근을 아느냐고 물었다. 최재형은 선뜻 대답할 수가 없어 망설였다. 그러자 알리샤가 안중근을 알지만 이번 사건과는 관계가 없다고 말했다. 러시아 병사들은 조선인은 무조건 연행하라는 상부의 지시가 있었다고 하기도 하고, 일본인을 죽인 조선인은 적이 아니라고 하기도 하고 말들이 분분했다. 그들은 자기들끼리 한동안 옥신각신했다.

"이 사람은 러시아 군대에 쇠고기를 납품해요. 당신들도 이 사람이 납품한 쇠고기를 먹었을 겁니다."

알리샤가 러시아 병사들에게 신경질을 부리듯 말했다. 러시아 병사들이 알리샤와 최재형을 번갈아 쳐다보았다. 그들의 눈빛에는 추호도 적의가 없었다.

"가라. 우리는 조선인을 연행하지 않겠다. 안중근은 러시아 사람이 아니지만, 우리 병사들도 영웅이라고 생각한다."

병사들의 책임자인 듯한 장교가 최재형에게 말했다. 최재형은 러시아 병사들의 검문에서 벗어나자마자 알리샤와 함께 북쪽을 향해 질주했다. 다행히 날이 밝을 때까지 러시아군이나 일본군을 만나지 않았다.

"이제 그만 돌아가는 게 좋지 않겠소?"

날이 밝자 최재형이 알리샤에게 말했다. 알리샤는 하얀 털모자를 눌러썼으나 콧등이 빨갰다.

"하루 더 배웅할게요."

알리샤가 새벽의 박명 속에서 벌판을 바라보며 말했다. 알리샤의 눈에 안타까워하는 빛이 스치고 지나갔다.

문을 박차고 뛰어든 이시하라 경부는 요란한 총성에 깜짝 놀랐다. 동시에 귓불이 화끈하면서 무엇인가 끈적거리는 것이 흘러내림을 느꼈다. 탄환이 오른쪽 귓불을 스친 것이었다. 그러나 수상한 자는 벌써 창문을 넘어 달아나고 있었다. 이시하라는 자신도 모르게 권총 방아쇠를 당기면서 창문으로 달려갔다.

"오잇! 창 쪽이다. 놈이 달아나고 있다."

이시하라 경부는 뒤에 서 있는 경찰들을 향해 소리쳤다.

"골목이다! 골목으로 가라!"

다카하라 경관이 소리를 지르면서 달리기 시작했다. 그 뒤를 따라 검은 제복을 입은 경관들이 일제히 달려갔다. 하얼빈에 있는 조선인들에 대한 일제 수색이 벌어져서 닥치는 대로 잡아들이고 있는 것이 사흘째였다. 우덕순을 검거한 뒤에 신원 미상의 조선인을 검거하려고 들이닥쳤는데 총을 쏘며 달아나고 있는 것이었다. 뒤를 돌아보면서 어두운 골목으로 달아나고 있는 조선인이 보였다.

'누굴까? 총까지 쏘면서 달아난 걸 보면 암살과 관련 있는 놈이 분명하다.'

이시하라 경부는 방 안을 살피면서 생각에 잠겼다. 일본에 대항하는 조선인이 방 안에 수상한 물건을 떨어뜨릴 것이라고는 생각하지 않았다. 그러나 다급한 나머지 중대한 실수를 할 수도 있었다.

"뭣 하고 있나? 방 안을 철저히 수색하라!"

이시하라 경부는 밖에 서 있는 경관에게 명령을 내리고 집 밖으로 나왔다. 하얼빈 역 뒤편에 있는 허름한 판잣집이었다. 조선인이 사건 발생 현장인 바로 뒤편에 움츠리고 있었다는 사실이 믿어지지 않았다. 하얼빈에 거주하는 조선인 268명을 전원 검속했으므로 이곳에 숨어 있던 조선인은 다른 지역에서 왔음이 분명했다. 이시하라 경부는 집 밖으로 나왔다. 조선인이 숨어 있던 움막 앞 대로에 기모노를 입은 일본 여자들이 웅성거리고 있는 것이 보였다. 일본인들이 있는 곳이면 어디든지 우후죽순으로 생기는 유곽의 유녀들이었다. 이시하라 경부는 유녀들 건너 허름한 왜식 목조 건물을 살폈다. 조선인이 유곽으로 잠입했을지도 모른다고 여겼다. 골목으로 달려간 경관들이 허탕을 치고 돌아오는 것이 보였다.

"경부님, 놈은 이미 달아났습니다."

다카하라 경관이 달려와 보고했다.

"철도와 도로를 봉쇄한 일본군에게 연락하여 조선인을 검거하도록 하라."

"핫!"

다카하라 경관이 경례를 바치고 물러갔다. 이시하라 경부는 목을 잔뜩 움츠리면서 유곽의 여자들을 쏘아보았다. 하얼빈을 비롯하여 시베리아 지역은 햇살이 비칠수록 더욱 춥다. 10월인데도 영하의 추위가 몰아치고 있었다.

"경부님, 방 안에서 수상한 물건을 찾지 못했습니다."

방 안을 수색한 다카하라 경관이 거수경례를 바치면서 보고를 올렸다.

"다카하라!"

이시하라 경부는 낮은 목소리로 다카하라를 불렀다.

"핫!"

"유곽을 포위하라!"

"핫!"

다카하라가 경례를 바친 뒤 다른 경관들을 이끌고 유곽으로 달려갔다. 유곽이라고 해야 서너 개의 허름한 목조 건물에 지나지 않았다.

"다카하라!"

"핫!"

"집주인을 심문하라!"

"핫!"

다카하라 경관이 경례를 하고 물러갔다.

안중근의 행적은 밝혀졌다. 안중근은 블라디보스토크에서 열차를 타고 오다가, 10월 22일 열차가 수분하역에 정차했을 때 내렸다. 그는 그곳에서 우덕순, 유동하와 함께 마차를 타고 칠흑처럼 어두운 밤을 달려 하얼빈에 잠입했다. 그들은 미리 연락되어 있던 하얼빈 한인회 회장인 김성백의 집을 찾아갔다. 김성백의 집은 송화강 나루와 하얼빈 역이 있는 다오리 구 삼림가에 있었다. 하얼빈 역은 김성백의 집에서 15분밖에 걸리지 않았다.

10월 23일. 하얼빈에서의 첫날을 맞이한 안중근과 우덕순, 유동하는 하얼빈 역을 답사한 뒤에 공원으로 갔다. 이미 겨울이 성큼 다가와 있는 북만주의 10월은 시들어가는 햇살이 따뜻했다. 안중근은 공원을 산책하다가, 대한제국이 독립할 때까지는 자신의 뼈를 하얼빈 공원에 묻어두라는 유언을 남겼다.

안중근 일행은 시내 사진관에서 마지막으로 기념사진을 찍고, 우덕순과 유동하는 채가구로 갔다. 우덕순과 유동하가 먼저 이토 히로부미를 채가구에서 저격하고 그것이 실패하면 안중근이 하얼빈 역에서 이토 히로부미를 저격할 예정이었다. 그러나 우덕순과 유동하는 이토 히로부미를 태운 열차가 채가구역을 지날 때 수상하게 여긴 러시아 헌병들에 의해 연금되어 있다가, 하얼빈 역에서 안중근이 이토 히로부미를 암살하자 체포되었다. 역사는 안중근의 손에 이토 히로부미를 넘겨준 것이다.

'안중근은 적이지만 장렬하다.'

이시하라 경부는 생각했다. 안중근은 세기의 암살자로 기록될 것이고, 자신은 그를 쫓았던 그림자로 기록될 것이다. 이시하라 경부는 유곽을 포위한 경찰들에게 다가갔다.

"경부님, 유곽을 완전히 포위했습니다."

다카하라 경관이 보고했다. 그때 변발을 하고 검은색의 만주인 옷을 입은 노인이 느리게 걸어왔다. 일본 경찰은 늙은 만주인에게는 신경조차 쓰지 않았다. 이시하라 경부도 수염이 하얀 만주인을 힐끗 쏘아보고 외면했다.

"좋다. 수색 개시하라."

이시하라 경부가 명령을 내렸다. 다카하라 경관의 지휘를 받은 경찰들이 일제히 유곽으로 쇄도해 들어갔다. 곧이어 두 번째 건물에서 귀청이 찢어질 것 같은 요란한 총성이 들렸다. 이시하라 경부는 깜짝 놀라 두 번째 건물로 달려 들어갔다. 그러나 그가 들어갔을 때 다카하라 경관은 2층 계단에서 어깨에 피를 흘리며 쓰러져 있었다. 조선인 옷을 입은 사내는 이미 방바닥에 피를 흘리며 쓰러져 있었다. 경찰에게 저항하다가 총을 맞고 죽은 모양이었다. 방바닥에 피가 낭자했다.

"조선인의 신원을 파악하라."

이시하라 경부는 왈칵 풍기는 피비린내 때문에 미간을 찌푸렸다.

"경부님, 이자는 만주인입니다."

"뭐라고?"

"총을 소지하고 있는 것으로 보아 마적단으로 보입니다."

이시하라 경부는 천 길 벼랑으로 떨어지는 듯 암담한 절망감을 느꼈다. 조선인을 수색하는 일본 경찰에 놀란 마적단이 저항하다가 사살된 것이다. 일본 경찰들은 방마다 돌아다니면서 수색을 하고, 여자들이 웅성거렸다.

'혹시 변발을 한 만주인이?'

이시하라 경부는 순간 아차 하는 낭패감이 엄습했다. 조선인이 만주인으로 변장하고 그의 눈앞에서 사라진 것이다.

휘이잉.

전나무 숲을 달려오는 바람 소리가 아스라하게 들려왔다. 아아, 이곳은 어디쯤인가. 사방이 온통 얼어붙은 흰 눈으로 덮여 있어 길을 찾을 수가 없었다. 숲으로 되돌아갈 수는 없었다. 나뭇가지를 잘라 불을 피우면 늑대 같은 야수들의 습격을 피할 수 있겠지만, 마적들의 표적이 될 수도 있었다. 이틀째 걸어왔으므로 대륙을 떠돌면서 살고 있는 유목민들의 동영지(冬營地)라도 만날 수 있었다.

'가자. 아무리 넓은 대륙이라도 끝은 있을 것이다.'

최재형은 스스로를 격려하며 지친 걸음을 떼어놓았다.

'나 최재형이 벌판에서 쓰러져 죽지는 않으리라. 열두 살에 러시아 상선을 따라다니며 온갖 고생을 하지 않았는가. 여기서는 쇠파이프로 등을 때리는 사람도 없다. 다만 사무치게 고독할 따름이다. 추위와 굶주림보다 더 무서운 것이 고독이다. 안중근은 이토 히로부미를 저격했는데, 내가 나약해질 수는 없다.'

최재형은 혼잣말하며 입술을 깨물었다.

대륙은 푸르다 못해 희디흰 빛이 가득 펼쳐져 있었다. 눈 때문이 아니라 푸른 하늘에 떠 있는 만월의 월색 때문이었다. 그러나 매섭게 추운 날씨였다. 턱이 얼얼하고 숨을 쉬기가 곤란했다. 처음 겪는 일은 아니었다. 개마고원을 종단하여 두만강을 건너 소떼를 몰고 러시아 군영에 갈 때 수없이 겪은 일이었다. 배낭에 넣어 가지고 온 보드카를 계속 마신 탓에 벌판을 걷는데도 갈증이 났다. 얼어붙은 눈조각을 입에 넣고 갈증을 식혔다.

'내가 여기서 무얼 하고 있는가.'

스무 살이나 어린 아내 엘레나의 얼굴이 떠올랐다. 엘레나는 지금쯤 포시예트에서 자신을 기다리고 있을 것이다. 문득 공연한 짓을 했다는 생각이 들었다.

'나라가 망한들 무슨 상관인가. 나라가 흥하든 망하든 내 삶만 살면 그만 아니었던가.'

나라가 망하여 조선이 일본인 천지가 된다고 해도, 러시아 국적을 갖고 있는 그와는 상관없는 일이었다. 양반으로 벼슬살이를 한 것도 아니다. 아버지는 머슴살이를 하다가 기사 흉년이 들자 양반 집을 습격하여 양식을 빼앗아다 천민들에게 나누어주고, 조선에서 부질없는 목숨을 연명할 수 없어 연해주로 달아났다.

걸음이 잘 떨어지지 않았다. 매서운 추위를 이기려고 이런저런 생각을 했지만 걸음이 천 근처럼 무거웠다. 하늘은 밤인데도 희끄무레했다. 어느새 새벽 달빛이 사위어가고 있었다. 달빛은 푸르다 못해 옥양목 저고리처럼 하얗고 시야는 안개가 펼쳐진 듯 몽롱했다.

"엘레나!"

최재형은 큰 소리로 외쳤다. 듣는 사람이 아무도 없어서 그리운 사람을 목이 터져라 불렀다. 그녀의 희미한 얼굴을 떠올릴 때마다 눈앞에 안개가 서리는 듯했다. 소리라도 질러야 졸음과 추위를 이길 수 있었다.

"엘레나!"

최재형은 젊은 아내 엘레나를 소리쳐 불렀다. 소리를 지르면 엘레나가 금방이라도 달려올 것 같았다. 엘레나의 따뜻한 품속이 그리웠다. 최재형은 그리움이 가득한 눈으로 먼 들판을 응시했다. 눈과 달빛 때문에 끝이 보이지 않는 광대한 들판이 꿈속 같았다. 엘레나의 얼굴에 알리샤의 얼굴이 겹쳤다. 알리샤와 보낸 봉천역 근처 빈민굴의 허름한 여관. 한 남녀가 몇 달을 견디기에는 방이 너무 비좁았다.

'알리샤는 잘 돌아갔을까?'

최재형은 가슴을 누르며 알리샤를 생각했다. 알리샤가 이틀 동안 그를 보호하면서 따라온 것은 고마운 일이었다. 한때 그에게 신세졌다 해도 목숨 잃을 각오를 하면서 도와주는 것은 쉬운 일이 아니었다. 최봉준의 부인이 되어 있는 김수향의 얼굴도 아련하게 떠올랐다. 이복남매인 줄도 모르고 열정적으로 사랑했었다. 그녀가 자신의 배다른 여동생이라는 사실을 알았을 때, 얼마나 절망했던가. 그 사실을 알고서도 그녀를 잊는 데는 오랜 시간이 걸렸다.

'잠시 쉬자.'

최재형은 천 근처럼 무거운 걸음을 느릿느릿 떼어놓다가 배낭을 벗어놓고 그 위에 앉았다. 낮에 쉴 자리를 찾아야 했으나 그렇게 하지 못했다. 대륙을 걸을 때는 해 떨어지기 한 시간 전에 쉴 자리를 찾아야 했다. 한 시간만 더 가면 인가가 있지 않을까 생각한 것이 잘못이었다. 아니면 길을 잘못 들었는지도 모를 일이었다.

'몇 시나 되었을까?'

최재형은 품속에서 회중시계를 꺼내 들여다보았다. 새벽 네 시가 조금 지나 있었다. 이제 두세 시간만 더 있으면 날이 밝을 것이다. 최재형은 눈을 감았다. 어느 구릉에서인지 늑대 우는 소리가 음산하게 들려왔다. 그 순간 고향 경원의 정겨운 풍경이 떠올랐다. 어느 해였던가. 봄비가 내리고 나자 산과 들에 복사꽃이며 벚꽃이 흐드러지게 피어 있었다.

'아아, 꿈인 듯 아름답구나!'

최재형은 온 들판과 산에 가득한 봄꽃들을 보며 감탄했다. 그해 봄은 유난히 아름다웠다. 황토 흙벽에 풍기는 알싸한 냄새도 좋았다. 고향에 돌아가고 싶었다. 아니, 어린 시절로 다시 돌아가고 싶었다. 최재형은 의식이 점점 희미해졌다. 얼어붙은 눈 위에서 잠들면 죽는다. 그러나 바윗돌처럼 내리감기는 눈꺼풀을 밀어 올릴 수가 없었다.

'여기서 죽으면 안 돼.'

최재형은 혼잣말로 중얼거리면서 벌판 위에 쓰러졌다.

얼마나 오랫동안 잤을까. 익숙한 노랫소리가 귓전을 울렸다. 조선에서 두만강을 넘어 연해주로 넘어온 사람들이 자주 부르던 노래였다.

압록강과 두만강을 뛰어 건너라
악독한 원수 무리 쓸어 몰아라
잃었던 조국 강산 회복하는 날
만세를 불러보세
나가 나가 싸우러 나가
나가 나가 싸우러 나가
독립문의 자유종이 울릴 때까지

싸우러 나가세

「대한독립가」였다. 그런데 여럿이 부르는 게 아니라 혼자 부르는 것이었다. 그것은 정말이지 귀에 익은 목소리, 의형제 최봉준이 부르는 노래였다. 눈을 뜨자 따뜻한 온기가 감도는 방 안이 희미하게 보였다. 동영을 하는 유목민들의 전통 가옥인 유르타가 아니어서, 농사와 사냥으로 살고 있는 사람들의 집임을 알 수 있었다. 최봉준은 집 밖에서 특유의 낮은 목소리로 노래를 부르고 있었다. 최재형은 침상에서 일어나 가죽 장화를 신었다. 페치카에서는 장작이 활활 타고 있었다. 방 안에 후끈한 열기가 감돌았다.

'내가 살았구나.'

최재형은 탁자 위에 준비되어 있는 마유주를 마신 뒤 밖으로 나왔다.

"아우!"

최재형은 노래를 마치고 상단 사람들에게 무엇인가 지시하는 최봉준을 향해 소리를 질렀다.

"형님, 일어나셨습니까?"

최봉준이 비대한 몸을 돌려 그를 향해 성큼성큼 다가왔다. 두 사람은 뜨겁게 포옹했다.

"아우, 어떻게 된 일인가? 내가 왜 이 집에 있는가?"

"벌판에 쓰러져 있어서 여기로 모셨습니다. 마침 하얼빈을 향해 가던 길이라 형님을 만난 것입니다. 하마터면 큰일 날 뻔했습니다."

최봉준이 우렁우렁한 목소리로 말했다. 키는 작아도 체구가 우람해서 목청도 컸다.

"내가 얼마나 잤나?"

"꼬박 하루를 주무셨습니다. 추위와 굶주림으로 탈진한 것이니 음식을 드시면 곧 회복될 겁니다."

최봉준이 대륙에서 죽어가는 그를 구한 것이다.

"고맙네. 자네가 아니었으면 대륙 귀신이 될 뻔했군."

"형님, 어쩌다가 이렇게 되셨습니까?"

최봉준이 두꺼비처럼 툭 튀어나온 눈으로 그를 살피면서 물었다.

"하얼빈에서 돌아오다가 말을 도둑맞고……."

최재형은 알리샤와 헤어져 부레야를 향해 달리다가 말을 도둑맞고 계속 대륙을 걸어온 이야기를 간략하게 했다. 최봉준이 고개를 끄덕이더니 시린 눈빛으로 눈앞에 하얗게 펼쳐진 대륙을 바라보았다. 최재형이 쉬고 있는 집은 마을 어귀에 있었다. 몇 개의 낮은 집들이 옹기종기 모여 있었고, 벌판은 여전히 하얗게 얼어붙어 있었다.

"안중근 형제 이야기는 자세히 들었습니다. 정말 큰일을 했습니다."

"어디로 가는 길인가?"

"하얼빈으로 갑니다."

"하얼빈으로?"

"안중근 형제에게 변호사를 선임해주어야 합니다."

최재형은 최봉준을 따라 대륙을 바라보았다. 지금까지 하얼빈에서 도망쳐왔는데 다시 돌아가야 한다는 말인가. 최재형은 막막하게 펼쳐진 대륙이 자신의 험난한 인생처럼 여겨졌다.

상제는 우리 황제를 도우소서

개울가 수양버들의 휘휘 늘어진 나뭇가지에 빗발이 추적대면서 연둣빛이 더욱 짙어진 것 같았다.

'봄이 오는구나.'

최재형은 수양버들이 연둣빛으로 물오르는 것을 보자 가슴속에서 아련한 그리움 같은 것이 피어오르는 듯했다.

'이제 곧 아지랑이가 피어오르고 꽃이 피리라. 광활한 대륙에 들꽃이 난만하게 피고, 조선인 마을에는 살구꽃에 복사꽃도 피리라. 그런데 왜 이렇게 불안한 것일까.'

하늘은 잿빛으로 흐리고, 빗줄기는 옷깃을 파고들었다. 최재형은 추적대는 비 때문에 논 갈던 것을 멈추고 농기구를 정리하던 참이었다. 멀리 신작로에서 말 한 필이 달려오는 있었다.

'김이직 동지……'

최재형은 빗속에서 말이 달려오는 모습을 보고 자신도 모르게 낮게 중얼거렸다.

"숙부님, 누굴까요?"

최재형의 조카 최예부가 논에서 걸어 나오며 물었다. 아들 파벨도 농기구를 마차에 싣다가 최재형의 옆으로 왔다.

"김이직 동지일 것이다."

김이직은 최재형과 독립 무장투쟁을 했던 인물이다.

"정말 그러네요."

최예부가 낮게 중얼거렸다. 최재형과 최예부가 보고 있는 사이 인마는 빠르게 달려 그들 앞에 이르렀다.

"워!"

김이직이 말을 세우고 뛰어내렸다. 최예부와 파벨이 김이직에게 인사했다. 김이직은 그들의 어깨를 두드리면서 인사한 뒤 최재형 앞에 서자 얼굴이 굳어졌다.

"순국했는가?"

최재형이 떨리는 목소리로 김이직에게 물었다.

"예. 지난달 26일 여순 감옥에서 교수형이 집행되었다고 합니다. 안중근 동지께서 순국하셨습니다."

김이직이 울음을 터뜨리면서 침통하게 말했다. 최재형은 가슴이 컥 막히는 듯했다. 눈을 질끈 감자 자신도 모르게 뜨거운 눈물이 흘러내렸다. 1909년 10월 26일 하얼빈 역에서 이토 히로부미를 저격한 안중근에게 1910년 2월 26일 여순 형무소에서 사형이 집행된 것이다.

"유해는 인수했는가?"

재형이 한참 만에 눈을 뜨고 김이직에게 물었다.

"그렇지 못합니다."

"그렇지 못하다니, 그게 무슨 말인가? 안중근의 가족들도 하얼빈에 있지 않은가?"

"예. 안 의사님 유해를 얀치혜로 모셔 장례를 치른 뒤 묘소를 공원으로 만들어 영웅적인 업적을 널리 기리려던 우리의 계획을 저들이 눈치 챘습니다."

"저들이 어떻게 눈치 챘다는 말인가?"

"밀정이 있는 것 같습니다. 우리의 동정을 여순에 있는 일본인들이 낱낱이 알고 있다고 합니다."

최재형은 입술을 지그시 깨물었다. 이토 히로부미를 사살했으므로 안중근에게 사형이 집행될 것이라는 사실은 짐작하고 있었다.

"그럼 유해는 어찌 되었는가?"

"일본인들이 완강하게 입을 다물어 알 수가 없습니다. 소문에는 화장을 해버렸다고도 하고, 아무도 모르는 곳에 묻었다고도 합니다."

"알겠네. 비를 맞았으니 우선 집에 돌아가 쉬도록 하게. 예부야, 너는 함께 가서 동지들에게 알려라. 얀치혜에서 추모 집회를 열어야겠다."

"예."

김이직과 최예부가 고개를 숙여 보이고 먼저 집으로 돌아갔다. 파벨도 마차를 몰고 돌아갔다. 최재형은 논둑에 주저앉았다. 안중근과는 동의회를 같이하면서 총을 들고 일본군과 싸우기도 했었다. 그런 안중근이 조선 침략의 원흉 이토 히로부미를 저격하는 현장에도 있었다. 그때 얼마나 가슴이 뜨거웠던가. 안중근의 죽음은 연해주 조선인들에게 큰 충격을 안겼다. 최재형은 연해주 일대에서 독립운동을 하는 조선인들에게 초청장을 보냈다.

1910년 3월 15일, 안중근 공원을 세우려 했던 얀치혜에 조선인이 꾸역꾸역 모여들었다. 그날도 비가 추적추적 내리고 있었다. 그러나 빗속에서도 얀치혜에 모인 조선인들은 수백 명이 넘었다.

"안중근 동지는 지난 2월 26일 순국하셨습니다. 우리는 그분의 유해를 이 자리에 모시고 공원을 만들어서 영웅적인 업적을 기리려 했습니다. 그러나 일본군이 유해를 숨기는 바람에 유해를 모실 수가 없었습니다."

동의회 총재인 최재형이 비통한 목소리로 추도사를 했다.

"우리는 안중근 동지의 높은 뜻을 받들어 조선 독립에 더욱더 진력해야 할 것입니다. 나는 여기 모인 동지들과 힘을 합하여 조선의 독립을 위해 내 몸과 영혼을 불사를 것을 맹세합니다."

최재형이 떨리는 목소리로 추도사를 마치자 군중들이 일제히 박수를 쳤다.

"우리 최재형 총재의 말씀과 같이 나는 조선의 독립을 위해 목숨을 바칠 것입니다. 아무도 해내지 못했던 이토 히로부미 저격을 청년 안중근 동지가 해냈습니다. 우리는 안중근 동지의 뜻을 받들어 더욱더 투쟁을 강화해야 할 것입니다."

이범윤이 주먹을 흔들면서 외치자 군중들이 일제히 박수를 쳤다. 이범윤의 추도사가 끝나자 사람들이 대한제국 애국가를 부르기 시작했다.

> 상제(上帝)는 우리 황제(皇帝)를 도우소서
> 성수무강(聖壽無疆) 하샤 해옥주(海屋籌)를 산(山) 갓치 사으소
> 서
> 위권(威權)이 천하에 떨치샤 오천만세에 복록(福祿)이 무궁케
> 하쇼셔
> 상제(上帝)는 우리 황제를 도우소서

이는 1902년에 독일인 프란츠 에케르트가 작곡한 곡이었다. 서재필이 독립신문을 창간했을 때 애국가 혹은 독립가가 거의 매일같이 신문에 실렸는데, 독립신문이 폐간될 때까지 발표된 애국 창가들이 수십 개에 이르렀다. 각 학교도 애국가를 불렀는데 저마다 달랐다. 그러자 1904년 대한제국 정부는 위의 노래를 공식적인 애국가로 지정해 부르게 했다.

> 학부(學部)에서 각 학교 애국가를 정리하기 위하여, 각 학교에 신칙(申飭)하되, 군악대(軍樂隊)에서 조음(調音)한 국가를 효방 (效倣)하여 학도를 교수하라 하난대 그 국가(國歌)는 여좌(如左) 하니……

1904년에 황성신문에 실린 기사였다. 당시의 학부(현 교육부)는 위의 애국가를 학생들에게 부르도록 지시했던 것이다.
추도회가 끝나자 최재형은 이범윤과 여러 가지 이야기를 했

다. 이범윤은 무장투쟁을 강화할 것을 주장했고, 최재형은 무장투쟁은 한계가 있다고 주장했다. 서로의 주장이 팽팽하게 맞서자 이범윤은 의병들을 이끌고 간도로 떠나갔다. 이후 최재형은 얀치혜에 공원을 만들기 시작했다. 넓은 공터에 나무를 심고 잔디밭을 만들고 꽃을 심었다. 1910년 봄에서 여름까지 낭만적인 시간을 보냈다. 그는 손님들이 오면 저녁을 대접하고 딸들에게 춤추게 했다. 최재형의 두 딸은 손님들 앞에서 폴카와 왈츠를 추며 즐거움을 선사했다.

'최재형이 반일 활동을 포기했나?'

기토 카즈미는 중국인으로 위장하여 최재형의 집 주위를 감시하고 있었다. 최재형은 가족들과 망중한을 즐기고 있는 것 같았다. 일요일이면 부인과 아이들을 데리고 바닷가에 가서 낚시를 하기도 했다. 기토 카즈미는 연해주에서의 밀정 활동을 중단하고 간도로 넘어갔다. 1910년이 되면서 간도에서도 조선인들이 맹렬한 독립운동을 전개하고 있기 때문이었다.

1910년 8월 29일, 대한제국은 일본에 강제로 합병되었다. 조선은 통곡의 바다로 변했고, 연해주는 큰 충격에 빠졌다. 조선은 완전히 일본의 식민지로 전락했다. 수많은 우국지사들이 울분을 참지 못해 자결하고, 해외 동포들이 피눈물을 흘리며 통곡했다.

'오늘은 국치일이다.'

최재형은 비통한 표정으로 동지들에게 선언했다. 최재형과 함께 목숨 걸고 독립운동을 하던 수많은 동지들도 비통함에 어쩔 줄 몰라했다.

"아버님께서 자결하셨습니다."

9월이 되자 상트페테르부르크에서 이위종이 최재형을 찾아와 울음을 터뜨렸다. 최재형은 이위종을 1905년에 만났었다. 이위종은 1907년 이준과 헤이그의 만국평화회의에 참석하여 유창한 프랑스어로 조선의 독립을 세계에 알린 열혈 인물이었다.

헤이그 밀사는 정사에 이상설, 부사에 이준이 임명되었다. 이준은 고종황제의 밀명을 받고 부산에서 블라디보스토크까지 배를 타고 왔으나, 고종황제가 보낸 자금을 전달하기로 한 이용익이 급서하는 바람에 블라디보스토크에서 경비가 바닥나 오도 가도 못하고 있었다. 최재형은 이준이 경비 문제로 헤이그에 가지 못하는 사정을 알고 블라디보스토크의 거부 김학만과 최봉준 등을 동원해 모금 운동을 전개했다. 그리고 만주에서 와 뒤늦게 합류한 이상설과 함께 열차를 태워 상트페테르부르크로 보냈다. 이위종은 영어와 프랑스어가 유창해서 이준과 이상설을 데리고 베를린을 거쳐 헤이그로 갔다. 그러나 일본과 영국의 방해로 만국평화회의에 참석하지 못하자 기자들을 상대로 조선의 독립을 호소하여 큰 반향을 일으켰다. 이준이 분사(憤死)하자 울면서 그를 헤이그에 묻고 러시아로 돌아왔으나 일본은 궐석 재판으로 이위종과 이상설에게 사형을 선고했다. 그 이위종이 최재형을 찾아와 통곡하며 울고 있는 것이다.

"선친께서 자결하시다니, 원통합니다."

최재형도 땅을 치고 통곡했다.

"아버님께서는 조선이 일본에 강제로 합병되자 울분을 참지 못하고 권총으로 자결하셨습니다. 러시아에 있는 각국 공사들이 본국에 이 사실을 통보했습니다."

이범진의 자결은 전 세계 외교가에 커다란 화제가 되었다.

"아버님께서 유산을 모두 최 선생에게 남기셨습니다."

울음을 그친 이위종이 옷깃을 여미면서 말했다.

"뭐라고요? 왜 나에게 유산을 남기셨소?"

이범진의 유산은 아들인 이위종이나 동생인 이범윤에게 남
겨야 했다. 러일전쟁이 일어날 무렵 일본에 반대하는 이범진에
게 러시아 황제가 막대한 돈을 일본과의 투쟁 자금으로 지급했
고, 고종황제도 비밀 자금을 보냈었다. 이범진은 두 황제로부터
받은 막대한 유산을 최재형에게 남긴 것이다.

"아버님은 우리 독립운동의 가장 훌륭한 지도자로 최 선생
을 꼽은 것입니다."

"내가 한 일이 뭐 있다고……."

"숙부님께서는 조급하게 무장투쟁을 하고 계시지만, 지금은
힘을 키울 때라고 하셨습니다. 대국을 보라고 당부하셨습니다."

이위종의 말에 최재형은 깊은 감명을 받았다.

최재형은 이위종이 돌아간 뒤에 혼자서 집 뒤의 구릉으로
올라갔다. 끝없이 펼쳐진 광활한 대륙에서 바람이 불어오고 있
었다. 최재형은 비통했다. 나라는 망했고 수많은 우국지사들이
스스로 목숨을 끊었다.

'나는 이 땅에 뼈를 묻을 것이다.'

이범진도 이국의 땅에 묻혔다. 대륙의 들판에 묻혀 한 줌의
흙이 되어도 좋다고 생각했다. 그러자 자신도 모르게 눈물이 흘

러내렸다. 땅에 머리를 짓찧으며 통곡했다.

최재형은 결단을 내려야 했다. 무장투쟁을 당분간 중단한다면 많은 동지들이 자신을 비난할 것이었다. 그러나 일본이 조선을 병탄한 이상 러시아를 압박할 게 분명했다. 게다가 독립운동을 하는 조선인들 사이에 파벌이 나뉘어 서로 반목하고 있었다. 특히 이범윤을 따르는 사람들과 최재형을 따르는 사람들 간의 반목이 심했다. 심지어는 서로를 죽이는 불상사까지 일어났다. 이범윤을 따르는 사람들은 조선의 유력한 양반층으로, 경성에서 활약하던 이들이었다. 그에 비해 최재형을 따르는 사람들은 함경도 출신의 천민들이 많고, 연해주에 기반을 두고 있는 이들이었다.

'대국을 보아야 한다.'

재형은 자신을 따르는 의병들에게 일단 무장투쟁을 중단한다고 선언했다. 총과 탄약은 반환되고 의병으로 독립투쟁을 했던 사람들은 생업에 복귀했다.

최재형이 우려하던 일들이 현실로 나타나기 시작했다. 조선을 합병한 일본은 러시아에 강한 압력을 넣기 시작했다. 러시아는 국내 정치 상황이 혼란스러워서 일본과 또다시 전쟁을 벌일 여력이 없었다. 그런 까닭에 일본의 압력이 계속되자 러시아에서 활약하는 조선인 독립운동가들을 탄압하기 시작했다. 일본의 밀정들에 의해 반일분자로 낙인찍힌 조선인들은 연금되거나 시베리아로 추방되었다. 러시아와 일본은 미국이 만주에 진출하는 것을 억제하는 한편, 만주에서 공동 이익을 취하기로 밀약을 맺고 러일범인인도조약을 체결했다.

"대동공보를 폐간하라."

대동공보는 차석보가 운영하고 최재형이 후원하다가 나중에는 최재형이 운영했으나 강제로 폐간되었다. 조선인 독립운동단체들도 해산하라는 명령을 내렸다. 최재형이 의병들을 해산하고 표면적으로 생업에 복귀하고 있었지만 13도의군, 성명회 등이 조직되어 활동하고 있었다. 운테르베르게르 총독은 13도의군과 성명회 간부 42명을 체포해 이르쿠츠크 지역으로 추방했다. 안창호, 이상설 등도 연금되거나 추방되었다가 돌아오곤 했다. 이 무렵 블라디보스토크 일대에는 유인석, 안창호, 이상설, 이동녕, 이범윤, 홍범도, 신채호 등 독립운동의 명망가들이 운집하여 그야말로 독립운동의 총본산이 되어 있었다.

최재형은 운테르베르게르 총독의 탄압에 맞서 치열하게 싸웠다. 무엇보다 운테르베르게르 총독은 귀화하지 않은 조선인들에게 취업 금지 등의 불이익을 주었다. 이는 국내에서 망명하여 러시아를 근거지로 활약하는 독립운동가들에게는 치명적인 약점이었다. 최재형은 자신을 따르는 사람들을 동원하여 청년근업회를 조직했다. 근업(勤業)이라는 이름은 일을 부지런히 한다는 뜻이어서 대외적으로 투쟁한다는 이미지를 없앴으나, 사실은 조선인들을 단결시키고 총독부의 탄압을 피하려는 고육책이었다. 최재형은 청년근업회의 기관지 대양보를 창간하고 신채호를 주필로 채용했다. 신채호는 국내에서 대한매일신보의 주필까지 하면서 언론인으로, 독립운동가로 당당하게 명성을 떨치고 있었으나 블라디보스토크에는 혈혈단신으로 왔기 때문에 여관에서 궁핍하게 생활하고 있었다.

"선생, 여관 생활이 힘들 텐데 오늘 우리 집에 가서 저녁이나 먹읍시다."

1911년 4월, 최재형이 대양보 신문사에 나타나 신채호의 어깨를 두드렸다.

"아, 언제 오셨습니까?"

신채호는 목요일과 일요일에 발행되는 대양보의 기사를 쓰고 퇴근하려던 참이었다. 최재형은 대양보의 모든 일을 신채호에게 맡기고 가끔가다 얼굴을 내밀 뿐이었다.

"지금 오는 길이 아니오? 아무튼 날씨도 화창한데, 사무실을 지키느라 고생이 많소."

최재형이 웃으면서 말했다. 신채호는 최재형보다 스무 살 아래였다.

"제가 무슨 고생입니까? 사장님께서 불철주야 애를 쓰고 계시지요."

신채호는 눈이 부신 듯 최재형을 쳐다보면서 미소 지었다. 새삼스럽게 최재형이 거인이라는 생각이 들었다. 최재형은 최근에 또다시 연해주 일대를 돌았다. 그가 무엇 때문에 저 멀리 하바로프스크까지 다녀왔는지는 모르나, 원대한 계획을 품고 있는 것이 분명했다. 최재형의 집에는 미리 이야기를 해놓은 듯 부인 엘레나가 정성스럽게 음식을 준비해 기다리고 있었다.

"부인, 또 폐를 끼치게 됐습니다."

신채호는 엘레나에게 정중히 허리 숙여 인사했다. 신채호는 벌써 여러 번 최재형의 집에서 식사를 했던 것이다.

"아니에요. 객지에서 얼마나 고생이 많으세요?"

엘레나가 상냥하게 웃으면서 신채호를 식탁으로 안내했다.

"선생, 맛이 없더라도 많이 드시오."

최재형이 식탁에 앉아 신채호에게 말했다. 그리고두 사람은 가벼운 한담을 나누면서 식사를 했다.

"선생, 요즘 우리 조선인들은 반목이 심합니다. 나는 조선인 단체를 하나로 묶을 생각입니다. 선생께서는 어떻게 생각하십니까?"

최재형의 말에 신채호가 놀란 듯 쳐다보았다. 그가 연해주 일대를 돌고 하바로프스크까지 다녀온 것은 이를 위한 것이었던가 하는 생각이 뇌리를 스쳤다.

"왜 그렇게 놀란 얼굴을 하십니까?"

"저도 우리 단체들을 하나로 묶는 것이 중요하다고 생각합니다. 지금 우리 조선인들은 국내파, 평안도파, 함경도파가 서로 반목하고 있습니다. 우리가 반목하면 독립투쟁을 제대로 할 수가 없습니다."

"그렇습니다."

"대의를 위해 사소한 감정은 접고 하나의 단체를 태동시켜야 합니다. 이 일엔 사장님이 나서야 합니다."

최재형이 심각한 표정으로 고개를 끄덕거렸다.

"문제는 총독이오. 운테르베르게르 총독이 조선인들을 탄압하고 있습니다."

"사실 그 때문에 우리 조선인들이 곤경에 처해 있습니다."

"무슨 좋은 방법이 없겠습니까?"

"총독을 바꾸는 게 가장 좋은데, 우리 힘으로는 불가능합니다."

신채호의 말에 최재형은 깊은 생각에 잠겼다. 그러다가 무슨 생각이 떠올랐는지 불현듯 무릎을 탁 쳤다.

"총독을 바꿀 가능성이 있습니다."

"총독을 바꾸는 것은 러시아 황제가 하는 일입니다. 어떻게 그런 일이 가능하겠습니까?"

"아니요. 운테르베르게르 총독은 일본인의 이익을 위해 일하는 것이나 다를 바 없소. 내가 이 문제를 끄집어내 총독을 바꾸겠소."

"어떻게 총독을 바꾼다는 말입니까?"

"러시아인들은 일본에 패했기 때문에 지금은 일본에 협조하는 체하면서도 속으로는 일본을 증오하고 있소. 일본과의 전쟁으로 러시아 청년들 수십만 명이 죽었습니다."

최재형은 기분이 좋은지 갑자기 웃음을 터뜨렸다. 신채호의 이야기를 들으면서 깨달은 바가 있었던 것이다. 그는 조선인들을 탄압하는 운테르베르게르 총독이 일본과 밀접한 사이라고 여론을 일으키기로 결심했다. 상트페테르부르크의 여론은 프라우다라는 지하 신문을 움직이면 가능할 것이라고 생각했다. 프라우다는 레닌이 만들고 있었지만, 외국으로 망명했다가 돌아온 보리스 바실리누예비치도 관여하고 있었다. 보리스 바실리누예비치는 최재형에게 볼셰비키 파르티잔 투쟁을 요구하고 있었다.

최재형은 보리스 바실리누예비치에게 편지를 보내, 운테르베르게르 총독이 조선 인민을 탄압하면서 일본과 협조하고 있다고 알렸다. 보리스 바실리누예비치는 즉각 프라우다에 운테르베르게르 총독을 비난하는 글을 실었다. 프라우다는 지하 신문이었다. 황제를 비난해서 수십 차례나 폐간되고 탄압을 받아 왔지만, 그때마다 이름을 바꾸어 신문을 계속 발행했다.

"운테르베르게르 총독을 해임하라!"

상트페테르부르크의 여론이 들끓었다. 러시아 황제는 민중들의 분노를 달래기 위해 운테르베르게르 총독을 해임하고 후임에 곤다치 총독을 임명했다. 곤다치 총독은 철저한 배일주의자였다. 그는 자신의 두 아들이 러일전쟁 때 일본군과 싸우다가 전사해서, 일본을 배격하고 조선인들에게는 호의적인 정책을 시행했다.

최재형은 연해주 일대를 돌아다니며 독립운동가들을 설득하기 시작했다. 그는 6개월 동안 거의 집에도 들르지 못하고 사람들을 만났다. 그의 옆에는 이종호가 늘 따라다녔다. 이종호는 보성학교(현 고려대학교) 창업자인 이용익의 손자로, 보성학교를 경영하는 등 교육 사업에 매진하다가 조선이 일본에 합병되자 블라디보스토크로 건너왔다. 최재형보다 스물다섯 살 아랫사람이고, 함경북도 명천 출신이어서 최재형과 친하게 지내는 사이였다.

'참으로 대단한 사람이다. 열정이 넘치지 않는가?'

신채호는 최재형이 명망가들을 설득하는 모습을 보고는 놀랐다.

최재형은 마침내 권업회를 조직했다. 초대 회장에 최재형,

부회장에는 홍범도가 선출되었다. 권업회는 대외적인 눈을 의식해 생업을 권장한다는 뜻이었으나, 실제로는 독립운동 단체였다. 집행부와 의사부로 나누어 의사부 의장에 이상설, 부의장에 이종호를 선출했다. 권업회는 러시아 독립운동가들을 망라하여 유인석, 이상설, 최재형, 최봉준, 홍범도, 신채호, 이범윤, 김학만, 김익용, 강택희, 엄인섭 등이 주요 임원으로 포진했다. 그리고 대양보를 인수하여 권업신문을 발행했다. 권업신문은 주필이 신채호, 발행인이 러시아인 듀코프였으나 실제 발행인은 최재형이었다.

권업회는 1914년까지 조선인들의 권익 보호와 애국, 계몽운동을 전개하다가 일본의 압력을 받은 러시아 정부에 의해 해산되었다.

대륙의 혼으로 사라지다

최봉준은 흐릿한 눈을 들어 열려 있는 문으로 밖을 내다보았다. 극심한 고열과 복부 경련이 거짓말처럼 사라져 정신이 또렷했다. 밖은 캄캄하게 어두웠다. 빗줄기라도 뿌리려는 것일까. 방 안에 탕약 냄새와 함께 축축한 물기가 배어 있었다. 최봉준은 방 안의 탁한 공기가 싫었다. 병 수발을 들던 김수향은 어디로 갔는지 보이지 않았다.

'내가 이렇게 죽지는 않으리라.'

극심한 고통에 시달리고 있을 때 꿈을 꾸었다. 그것은 강 저편에서 아버지 어머니가 어서 오라고 손짓해 부르는 꿈이었다. 아버지 어머니를 따라가면 안 된다고 생각하면서도 최봉준의 걸음은 어느새 강으로 들어가고 있었다.

모스크바에서 돌아온 지 열흘도 되지 않아 얻은 병이었다. 최봉준은 지난 몇 년 동안 러시아가 급변하고 있는 것을 지켜보았다. 그의 상관은 러시아와 조선에 광범위하게 퍼져 있었다.

원산과 성진은 일본의 감시가 삼엄하여 마음껏 장사를 할 수 없었다. 러시아에서 근거지를 잃으면 조선에서 장사를 해야 했다. 그 바람에 큰아들을 일본 군사학교에 보내고 둘째 아들을 일본 중학교에 보냈다. 일본과 싸우는 독립투쟁만 한다면 굳이 두 아들을 일본으로 유학 보내지는 않았을 터였다. 그러나 러시아와 조선에서 거대한 상관을 운영하고 있는 최봉준의 입장에서 일본의 압력을 받자 조심하지 않을 수 없었다. 해조신문을 창간할 때까지만 해도 러시아의 별이라 불리던 최봉준이었다. 전 세계의 항구와 무역을 하면서 조선인의 자본을 축적하던 최봉준은 변절자라는 이름을 들으면서도 독립투쟁을 하는 선각자들을 암암리에 후원하고 러시아 한인들의 자립자강을 도왔다.

러시아는 급변하고 있었다.

제1차 세계대전에서 러시아는 폴란드 동맹국들과의 전쟁으로 백만 명에 이르는 병사들이 전사하거나 부상당하고 포로가 되었다. 러시아 노동자들과 병사들은 차르에게 개혁을 요구했다. 러시아는 인구 폭발로 수많은 노동자들과 병사들이 식량난에 허덕였다. 그들은 차르와 귀족들, 고위 관리들을 비난하면서 폭력 시위를 일으킬 준비를 했다. 볼셰비키, 레닌, 트로츠키와 같은 공산주의자들이 노동자들과 병사들의 폭넓은 지지를 받았다.

파업이 러시아의 주요 도시를 휩쓸었다. 1917년 1월 러시아는 식량 부족이 심각해 금방이라도 폭동이 일어날 것 같은 불온한 공기가 감돌았다. 정부에서는 식량을 배급하기 시작했다. 노동자들의 파업과 농민들의 저항으로 굶주리는 민중들이 속출했다. 정처 없는 군중들의 행렬이 거리를 메웠지만, 차르는 러시아의 무정부 상태를 해결할 아무런 능력이 없었다.

　상트페테르부르크에서는 소비에트 동맹이 결성되었다. 소
비에트는 평의회인데, 노동자들과 병사들의 대표로 구성되었
다. 상트페테르부르크 노동자와 농민 1천 명과 1개 중대에서 대
표들이 선출되어 모두 2천5백 명의 대표가 소비에트를 구성했
다. 소비에트는 임시정부와 대립했다. 그러나 5월이 되면서 러
시아 전국에 소비에트가 결성되기 시작했다. 소비에트가 러시
아 민중들의 요구와 불만을 충실히 반영했기 때문이다. 노동자
와 농민들은 자신들의 대표를 자신들이 선출하는 일에 자부심
을 가졌다.

　상트페테르부르크 소비에트의 중심에는 볼셰비키가 있었
다. 그는 사회혁명당과 손잡고 평화, 토지, 빵을 역설했다. 유럽
이 제1차 세계대전에 휘말린 상황에서, 볼셰비키가 전쟁에 참여
하지 않겠다며 평화를 선언하며 농민들에게 토지를 무상으로
나누어주겠다고 하자 병사들이 부대를 이탈하여 집으로 돌아갔
다. 이에 농민들과 노동자들이 환호했고, 소비에트에서 볼셰비
키의 영향력은 강력해졌다. 볼셰비키는 임시정부의 명령이 아
닌 오로지 소비에트의 명령에만 복종할 것을 군대에 지시한 '소
비에트 명령 제1호'를 공표했다. 임시정부는 이를 철회시키지
못하여 소비에트가 사실상 러시아의 권력을 장악하게 되었다.

　볼셰비키는 군대를 동원해 정부 청사와 전신국, 기타 전략
적 요지를 점거하여 무혈 쿠데타에 성공했다. 이것이 바로 11월
혁명(볼셰비키혁명, 구력 10월혁명)이다. 11월혁명이 일어난 직후
소집된 제2차 전 러시아 소비에트 대회는 볼셰비키를 중심으로

538

조직된 새 정부인 인민위원회를 승인했다. 실질적인 정부기관인 인민위원회의 의장은 블라디미르 일리치 레닌이었다.

조선을 무력으로 합병한 일본은 러시아와 만주 일대에서 활약하는 독립운동가들을 제압하기 위해 러시아에 압력을 가했다. 전쟁도 불사하겠다는 일본의 위협에 정국이 혼란한 러시아는 손을 들 수밖에 없었다. 그리고 러시아에 있는 조선의 독립무장단체들에게 무장 해제를 지시했다. 일본의 압력으로 명망 높은 독립운동가들을 유배 보내기도 하고 가택 연금을 하기도 했다. 최재형도 여러 차례 러시아 정부로부터 시베리아 유형과 가택 연금의 위협을 받았지만, 조금도 굽히지 않고 러시아 조선인들의 권리를 보호하기 위해 신문을 만들고 민회를 조직하여 계몽운동을 벌였다. 그는 나이가 점점 들어가는데도 쉬지 않고 일했다. 최근에는 제국 러시아 정부에 반대하는 볼셰비키에 가담하여 파르티잔 투쟁을 하고 있었다.

최봉준은 김수향과 함께 상트페테르부르크와 모스크바를 구경하면서 자신의 인생을 되돌아보고 있었다.

"독립운동도 파르티잔 투쟁이잖아요?"

김수향은 최재형의 뜻을 깊이 헤아리고 있었다.

"형님이 공산주의자나 사회혁명당 뭐 그런 부류의 사람이 되는 것은 아니오?"

"절대 그럴 분이 아니에요. 그분은 오로지 조선의 독립을 원할 뿐이에요."

"형님에 대한 믿음이 굳은 것 같소."

최봉준의 눈가에 쓸쓸한 미소가 지나갔다. 김수향은 가만히 손을 뻗어 최봉준의 손을 잡았다. 한때 최재형을 마음속 깊이 사랑하여 최봉준에게 상처를 주었으나, 이제는 최재형을 사랑하는 것이 아니라고 생각했다. 최봉준은 김수향이 잡은 손에서 따뜻한 온기가 전해져오는 것을 느꼈다.

"어디 가서 식사라도 해야 하지 않겠소?"

"상트페테르부르크에 먹을 것이 있을까요?"

"노동자들이 어렵게 살기는 하지만 먹을 것이 완전히 떨어진 건 아니오."

최봉준이 마차를 타고 모스크바에 도착했을 때는 날이 어두워져 있었다. 모스크바도 굶주림에 지친 노동자들이 밤늦도록 정처 없이 돌아다니고 있었다. 러시아는 무엇인가 터질 것 같은 분위기였다.

"그나마 호텔에 묵을 수 있어 다행이에요."

최봉준과 김수향은 모스크바의 호텔에서 이틀을 지내고 얀치헤로 돌아왔다. 그리고 원산을 방문하려 했으나, 갑자기 최봉준이 이질을 앓게 되었던 것이다. 그나마 앓기 전에 김수향과 함께 상트페테르부르크와 모스크바를 여행할 수 있어서 다행이었다.

'모두들 어디로 간 것일까?'

최봉준은 집 안이 적막하다는 사실에 놀랐다. 그를 만나기 위해 찾아온 많은 사람들로 항상 들끓었던 집이었다. 그런데 오늘은 기이할 정도로 사방이 조용했다.

'수향……'

최봉준은 입술을 달싹여 아내의 이름을 불렀다. 조선 최고의 거부가 되었다는 사실이나, 최재형과 김학만과 함께 러시아에서 영웅으로 불린다는 사실도 기쁘지 않았다. 그가 기쁜 것은 오직 아내 수향이 기뻐할 때뿐이었다.

'이제는 수향과 함께 오순도순 살고 싶구나.'

갑자기 앞이 안 보였다. 최봉준은 허공을 향해서 손을 내저었다.

"숙부님!"

그때 조카 최만학의 목소리가 귓전을 울렸다. 최봉준이 눈을 뜨자 방 안에 일가친척들과 김수향이 앉아 있었다. 조금 전까지 눈에 아무것도 보이지 않았던 것은 환각이었단 말인가. 아니면 병상 앞에 둘러앉아 있는 사람들의 모습이 환각인가.

"모두들 물러가라."

최봉준은 입술을 달싹거려 중얼거렸다. 그러나 그의 말은 한마디도 입 밖으로 새어나오지 않았다.

"숙부님, 무슨 말씀을 하시는 겁니까?"

"아버지, 기운 내세요."

최만학과 딸 성애가 울먹이며 말했다.

"울지 마라."

최봉준은 딸을 향해 말했다.

"숙부님의 높은 뜻은 저희가 반드시 이어가겠습니다."

최만학의 말에 최봉준은 희미하게 웃었다.

'내가 무슨 높은 뜻을 갖고 있었다고……. 내 평생의 소원은 수향을 행복하게 해주는 것이었어.'

돈을 번 것도 그렇고, 독립운동가들을 후원한 것도 수향을 기쁘게 하기 위한 것이었다. 그의 일생은 오로지 한 여자 수향을 위해 살아온 것이라 해도 과언이 아니었다. 최봉준은 다시 눈을 감았다. 문득 기사년 7월에 흙비가 자욱하게 내렸던 일이 떠올랐다.

"선생님, 좀 어떻습니까?"

"아무래도 각오하셔야 할 것 같습니다."

"오늘 밤을 넘기기 어렵다는 말씀입니까? 내일이면 양의가 온다고 하는데요."

"탈수가 심합니다."

의사와 최만학이 낮게 수군거리는 소리가 마치 환청처럼 들려왔다.

"칠칠치 못한 사람 같으니. 내 이렇게 멀쩡한 정신을 갖고 있는데, 어찌 죽는다는 말인가. 내가 이래 봐도 최봉준이란 말이다. 이따위 이질에 걸려 죽을 것 같았으면 옛날에 죽었을 것이다."

최봉준은 혼잣말로 중얼거렸다.

"숙부님께서 무어라고 말씀하셨습니까?"

"입술을 달싹이기는 해도 알아들을 수가 없어요."

김수향이 기운 없는 목소리로 말했다. 의식 저편이 갑자기 캄캄해졌다. 최봉준은 순간, 자신이 의식의 끈을 놓으려 한다는 사실을 깨달았다. 알 수 없는 공포가 전신을 엄습해오는 것을 느꼈다.

'그래, 나는 가는 거야.'

최봉준은 마음을 가라앉히려고 했다. 그러자 자신도 알 수 없이 눈물 한 방울이 흘러내렸다.

　최봉준의 장례식은 추적추적 비가 내리는 속에서 치러졌다. 블라디보스토크는 9월인데도 날씨가 차가웠다. 최봉준의 묘지는 블라디보스토크에서 수백 리나 떨어진 지신허였다. 최봉준의 부모가 그곳에 묻혔고, 최봉준 또한 그곳에 함께 묻히려 하고 있었다.

　'거인의 죽음이라 쓸쓸하지는 않군.'

　기토 카즈미는 최봉준의 블라디보스토크 집에 모여드는 문상객들을 살피면서 눈알을 번들거렸다. 최봉준의 장례식에 독립운동을 하는 거물들이 몰려오는 것은 당연한 일이었다. 최재형이 1910년 이후에도 노골적으로 반일투쟁을 한 데 비해서 최봉준은 친일 행각을 하고 있었으나, 사업 때문에 겉으로만 그렇게 했을 뿐이었다. 해조신문을 창간해 조선인들을 계몽하고 독립운동을 고취하며, 러시아의 조선인 마을 곳곳에 학교를 세운 최봉준이었다.

　"이범윤 선생께서 오셨습니다."

　빈소가 마련된 거실 앞마당이 갑자기 소란해지면서 사람들이 웅성거렸다. 러시아의 조선인 독립운동가들 중에 최재형과 쌍벽을 이루는 인물인 이범윤이 검은 양복 차림으로 들어오고 있었다. 조선인들이 다투어 이범윤에게 몰려가 인사를 했다.

　"저자를 철저히 감시하라."

　기토 카즈미는 옆에 있는 밀정 최제술에게 낮은 소리로 지시했다. 최제술이 고개를 끄덕이고 눈으로 이범윤을 쫓기 시작했다. 이범윤은 문상객들과 인사를 나눈 뒤 최봉준의 영정 앞에 가서 향을 피우고 절을 했다. 기토 카즈미는 이범윤의 일거수일 투족을 노려보았다.

"얼마나 상심이 크십니까?"

분향을 마친 이범윤이 미망인인 김수향에게 다가가 말했다.

"이렇게 와주셔서 감사드립니다."

검은 드레스를 입고 있는 김수향의 눈가에 가늘게 이슬이 맺혔다.

"최봉준 선생은 우리 조선인들에게 큰 발자취를 남기신 대 인이십니다."

"김학만 선생님이 오셨습니다."

이범윤이 김수향과 이야기를 나누고 있을 때, 이번에는 블 라디보스토크의 거부인 김학만이 들어왔다. 김학만도 블라디보 스토크 일대에서는 이범윤, 최재형과 함께 영웅으로 불리는 인 물이었다. 기토 카즈미는 김학만의 등을 뱀처럼 사악한 눈으로 쏘아보았다. 김학만은 헤이그 밀사 이준이 경비 문제로 블라디 보스토크에서 발이 묶였을 때 도와준 인물이다. 자신의 집에 이 상설과 함께 머물게 하면서 교민들로부터 걷은 성금에 자신의 돈을 보태어 헤이그로 무사히 출발할 수 있게 도와주었다. 김학 만은 조선인들이 통로를 열어주자 영정 앞에 가서 분향하고 절 을 했다. 그리고 김수향과 인사를 나눈 뒤에 이범윤과 뜨겁게 포옹했다.

"상해에 임시정부가 결성된다는데, 어떻게 하실 예정입니 까?"

"상해에서 임시정부가 결성되는 것은 바람직하지 않습니다. 조선의 독립투쟁은 우리 러시아 교민들이 주도해왔습니다. 우리는 상해에 임시정부가 결성된다 해도 인정할 수 없습니다."

장례식에 참석한 조선인들은 술과 음식을 먹으면서 상해 임시정부 문제로 옥신각신하고 있었다.

'조선인들이 상해에서 망명정부를 만든다는 말인가?'

기토 카즈미는 열변을 토하고 있는 조선인들의 말에 귀를 기울이면서 벼락을 맞은 듯했다.

"우리 최재형 선생을 재무총장으로 임명한다는 말이 있습니다."

"최재형 선생이 지도자가 되어야지, 재무총장이 뭐야? 그리고 상해에서 왜 정부를 결성해? 우리 노령에서 정부를 결성해 노령정부를 세워야 돼."

"최재형 선생을 재무총장으로 하는 것은 자금 때문입니다. 그럴 바에야 우리가 최재형 선생을 지도자로 모시고……."

그때 밖이 왁자해지면서 사람들이 일제히 일어났다. 기토 카즈미는 조선인들의 물결을 헤치고 부인과 함께 들어오는 최재형을 보자 가슴이 터질 것 같았다. 원산 영사관에 있다가 러시아 밀정 책임자가 되어 블라디보스토크 영사관으로 파견된 지 5년 만에 처음으로 만나는 최재형이었다. 조선인들은 최재형이 들어오자 왁자하니 떠들던 것을 멈추고 두 손을 공손히 앞으로 모았다.

'최재형은 이곳에서 절대적인 존재구나.'

기토 카즈미는 세차게 뛰는 가슴을 진정시켰다. 최재형은 부인과 함께 최봉준의 영정 앞에 가서 분향을 하고 절을 했다.

"선생님, 그만 일어나시지요."

최재형이 최봉준의 영정 앞에서 오랫동안 일어나지 않자 최봉준의 조카 최만학이 말했다. 최재형은 소리 내지 않고 울고 있었다. 최만학이 어깨를 안아 일으켰을 때 그의 눈에는 눈물이 가득했다.

"이렇게 갑자기 변을 당하다니……."

최재형이 김수향에게 목례를 하고 말했다.

"저도…… 이 병이 남편의 목숨을 빼앗아갈 줄은 몰랐습니다."

최재형과 김수향은 손을 잡고 울었다. 기토 카즈미는 두 사람이 무슨 말을 하나 싶어 바짝 귀를 기울였다. 최재형은 최근에 자신의 모든 재산을 처분하여 국제간섭군인 일본군과 싸우는 조선인들을 후원하고 있었다. 그들은 블라디보스토크와 니콜스크우수리스크에 노령 임시정부를 세우려 하고 있었다. 최재형이 김수향과 인사를 마치자 이범윤, 김학만 등이 다가와 포옹했다. 최재형은 그들과 함께 밤을 지새웠다.

"여기는 고인을 떠나보내는 자리입니다. 임시정부에 대한 이야기는 나중에 따로 자리를 마련해서 토론하는 것이 어떻겠습니까?"

최재형은 조선인들이 임시정부에 대해 이야기하려 하자 조용히 중단시켰다. 기토 카즈미는 최재형이 밤샘하는 것을 계속 감시했다.

밤이 깊어지자 최재형은 김학만과 술을 마시며 러시아 볼셰비키와 국제간섭군에 대한 우려를 드러냈다. 이튿날 최봉준의 관은 마차에 실려 지신허로 운구되었다. 최봉준이 블라디보스 토크에서 유명한 거상이었기 때문에 신한촌의 상인들은 가게 문을 닫고 애도했다. 최재형은 하관이 모두 끝날 때까지 떠나지 않고 유가족들과 함께했다. 기토 카즈미는 부하에게 최재형을 감시하라고 지시한 뒤 블라디보스토크 일본 영사관으로 돌아와 내각에 최재형 건을 보고했다.

최재형의 소재를 확인하고 우리 밀정이 감시하고 있음. 군대 를 출동시킬 것인지 영사경찰을 동원하여 체포할 것인지 결정을 내려주기 바람.

그러나 내각에서는 최재형이 러시아 국적을 가지고 있으므 로 대기하라는 훈령을 내렸다. 기토 카즈미는 최재형에 대한 감 시를 계속했다. 결정적인 순간이 올 때까지 최재형을 놓쳐서는 안 된다고 생각했다. 하지만 12월이 되자 밀정들이 감시하고 있 던 최재형이 감쪽같이 행적을 감추었다. 기토 카즈미는 온 힘을 기울여 최재형의 행방을 추적했다. 니콜스크우수리스크와 하바 로프스크를 비롯하여 연흑룡주 전 지역에 밀정들을 깔아놓고 추적했으나 그의 소재는 좀처럼 드러나지 않았다. 밀정들은 최 재형이 떠난 뒤에야 소식을 탐지해오곤 했다.

'신출귀몰한 자군. 그자는 밀정들이 추적하고 있다는 걸 알 고 있어.'

기토 카즈미는 자신이 1년 넘게 최재형의 그림자만 쫓고 있다고 생각했다. 최재형은 러시아 볼셰비키에 가담하여 활약하고 있었다. 파르티잔에게 무기를 공급하는가 하면 그들을 도와 백군과 치열한 전투를 벌이기도 했다.

'최재형이 진정한 파르티잔인가?'

기토 카즈미는 최재형이 볼셰비키 활동을 하는 것을 보고 고개를 갸우뚱했다. 그는 조선인인데도 러시아 볼셰비키들의 신망을 얻고 있었다. 일본군의 세력이 미치지 못하는 니콜스크 우수리스크에서 소비에트 군 자치기관 감사위원회 의장을 맡기도 했다. 혁명이 일어났을 땐 얀치혜에서 집행위원장을 맡은 일도 있었다. 기토 카즈미가 최재형의 소재지를 다시 파악한 것은 1년 반이 지난 1920년 4월 1의 일이었다.

1급 비밀. 4월 2일 최재형이 니콜스크우수리스크의 집으로 돌아온 것이 확인되었다. 최재형을 검거하면서 연흑룡주 파르티잔 토벌 작전을 대대적으로 실시하여 항일 조선인들의 뿌리를 뽑을 것을 내각에 건의함.

기토 카즈미는 최재형이 니콜스크우수리스크의 집에 돌아왔다는 사실을 확인하고 즉시 내각에 보고했다. 그러자 일본 내각에서 즉각 비밀 훈령이 내려왔다.

내각 비밀 훈령. 연흑룡주 주둔 사령관 미나미 육군대장에 지시함. 4월 4일 밤 9시, 전 일본군은 블라디보스토크, 포시예트, 니콜스크우수리스크, 슬라뱐카, 하바로프스크 등 연해주 전 지역에서 파르티잔 및 항일 분자 섬멸 작전을 개시하라.

연흑룡주 일대에 주둔해 있던 일본군 11개 사단은 일제히 작전을 개시하여 러시아 파르티잔과 조선인들에 대한 대대적인 학살에 들어갔다. 그것은 러시아에 살고 있던 조선인들이 '4월 참변'이라고 부르는 참혹한 작전이었다.

바람 소리가 밤새도록 잉잉거리면서 귓전을 울렸다. 지옥의 무저갱(無底坑)에서 들리는 귀곡성처럼 음산했다. 최재형은 꿈과 현실이 분간되지 않았다. 꿈속에서 고향을 본 것인지 잠결에 고향을 생각한 것인지 분명하지 않았다. 비몽사몽 중의 일이었다. 마을의 토담과 밭두둑에 만개했던 살구꽃이며 복사꽃이 흙비를 맞아 길바닥에 수북이 떨어져 있었다. 이상한 일이었다. 마을 잔치라도 벌어진 모양이었다. 풍악 소리가 바람결을 따라 유장하게 울리는데, 누군가 흐느껴 울고 있었다. 최재형은 울음소리를 찾아 달려갔다. 어느 무덤 앞이었다. 하얀 옷을 입은 여인이 무덤 앞에 오도카니 앉아 있었다. 여인이 뒤를 돌아보고 하얗게 웃었다.
'아, 어머니!'
최재형은 흰옷 입은 어머니를 보자 가슴이 뻐근해왔다. 어머니가 손짓하며 부르기 시작했다. 최재형은 어머니를 향해 다가가다가 꿈에서 깨어났다. 그러곤 눈을 뜬 채 천장을 우두커니 바라보았다. 무덤 앞에 앉아 있던 어머니의 얼굴이 너무도 생생하여 서늘한 공포가 엄습하면서 가슴이 뛰었다. 순간, 최재형은 꿈의 의미를 깨달았다.

'어쩌면 오늘 내가 죽을지도 모른다.'

그러자 어떤 슬픔의 덩어리가 가슴속에서 울컥 치밀고 올라왔다. 최봉준의 장례식 때 러시아정교회 사제가 했던 말이 떠올랐다.

"우리네 인생은 먼지와 같은 것, 흙에서 나왔으니 흙으로 돌아가라."

최재형은 자신이 죽은 뒤에 육신은 흙이 되고 영혼은 바람이 되어 대륙을 떠돌 것이라 생각했다. 그러나 어떤 후회도 남아 있지 않았다.

우리가 살아가는 인생에는 자신도 어찌지 못하는 거대한 운명 같은 것이 존재한다. 그것을 거역할 순 없는 일이었다. 바람은 불고 싶은 곳으로 분다. 다만 죽음을 두려워하지 않고 최선을 다했을 뿐이다. 조국은 일본군에게 점령되었고 빼앗긴 조국을 되찾기 위해 자신의 인생을 모두 바쳤다. 그것으로 충분하다. 이제는 자식들에게 누구도 천민이라고 멸시하는 이는 없으리라. 유인석 의병장을 비롯해 이범윤, 이상설, 이준, 장지연, 신채호와 뜻을 함께했다. 청년 안중근이 이토 히로부미를 사살할 수 있도록 물심양면을 다했다. 지난해에는 상해 임시정부 재무총장에 임명되기도 했다. 그동안 러시아에서 모은 막대한 재산은 가난한 교민들이나 의로운 독립군에게 쓰이고 있다.

'나는 인생을 허비하지 않았다.'

최재형은 창을 내다보면서 생각에 잠겼다.

얼마 전까지만 해도 최재형은 총을 들고 두만강을 건너가 일본군을 공격하기도 했다. 하지만 그의 투쟁은 성공하지 못했다. 1917년 러시아에서 붉은 혁명이 일어나 제정 러시아가 내전에 휩싸였다. 전 세계 강대국들은 제정 러시아의 요청을 받아들여 공산주의자들을 토벌하는 국제간섭군을 결성해 러시아에 파견하기로 했다. 일본은 1918년 8월부터 군사들을 파견하기 시작해 1920년에는 11개 사단 17만 명의 군사들이 시베리아 지역에 주둔하고 있었다. 그들은 붉은 혁명을 저지한다는 명분을 내세웠으나, 사실상 시베리아를 침탈할 목적을 갖고 있었다. 최재형은 파르티잔을 조직하여 러시아 정부군과 국제간섭군에 저항했다.

국제간섭군은 블라디보스토크에 주목했다. 1818년 1월 12일 일본 순양함 이바미호가 입항하고 영국 순양함 수포크호, 미국의 순양함 브루클린호가 나타났다. 이어 8월이 되자 일본군은 대규모 지상군을 파견하여 연흑룡주를 점령했다. 연흑룡주가 일본군에게 점령된 것은 러시아가 볼셰비키와의 내전으로 군사력이 약해졌기 때문이다.

최재형은 가족들과 헤어져 슬라뱐카에서 니콜스크우수리스크로 갔다. 부인 엘레나는 아이들과 함께 슬라뱐카에서 살았으나, 슬라뱐카에 일본군들이 들이닥치자 블라디보스토크에 살고 있는 남동생을 찾아갔다. 최재형도 블라디보스토크로 와서 함께 살았다. 그러나 블라디보스토크에는 너무 많은 일본군이 몰려와 들끓고 있었다. 최재형은 가족들을 데리고 니콜스크우수리스크로 떠났다. 그곳에서 파르티잔 투쟁을 전개했다. 국제간섭군의 일원으로 일본군이 11개 사단을 연흑룡주에 투입하자 분노하여, 소비에트 파르티잔과 함께 붉은 깃발을 들고 일본군과 싸우기 시작했다.

'올가의 말대로 피신할 걸 그랬나?'

최재형은 딸 올가의 말을 떠올리며 고개를 저었다. 올가는 최재형의 일곱째 딸로, 최재형이 산에서 집으로 돌아오자 피신하라고 몸부림치면서 매달려 울었다.

"아버지, 일본군이 대규모 작전을 전개했어요. 왜 돌아왔어요?"

"러시아는 큰 나라란다. 일본군은 곧 철수할 거야."

최재형은 울음을 터뜨리는 올가의 등을 쓰다듬어주고, 여섯 살배기 막내아들을 포옹했다. 엘레나는 슬픈 눈빛으로 최재형을 바라보고 있었다.

'내가 죽으면 아내는 젊은 미망인이 되어 아이들을 데리고 신산한 삶을 살아야 할 것이다.'

자신이 죽은 뒤에 아내가 보내야 할 외롭고 남루한 삶을 생각하니 살점이 떨어져나가는 듯 고통스러웠다.

"일본군의 목적이 독립군을 공격하기 위한 것이라면 어떻게 해요?"

엘레나가 슬픈 눈으로 최재형을 쳐다보면서 말했다.

"일본군의 목적이 그렇다면 벗어날 수가 없다오."

"모스크바로 피할 수도 있잖아요?"

"내가 피하면 일본군은 우리 조선인들을 모조리 죽일 것이오."

"아버지, 제발 피해요."

552

"피하지 않을 거다. 소비에트 파르티잔이 일본의 작전을 묵인하지 않을 거야."

"일본의 밀정이 있대요."

"잘 들어라. 내가 떠나면 일본 헌병들은 어머니와 너희들을 체포하여 때리고, 고문하고, 나를 배반하라고 강요할 것이다. 나는 이미 늙었다. 내 영혼을 불사른 생애에 후회는 없다. 나는 죽을 수 있다. 그러나 너희들은 살아야 한다. 나 혼자 죽는 편이 훨씬 낫다. 일본군의 고문은 상상할 수 없을 정도로 무섭다. 나는 이미 늙은데다 살 만큼 살았다. 죽는 것은 조금도 두렵지 않다. 그러나 너희들은 살아야 한다. 차라리 나 혼자 죽는 것이 낫다."

최재형은 엘레나와 아이들에게 침착하게 말했다. 최재형의 말에 가족들이 모두 울었다.

"지금은 비가 오고 있다. 우리가 살고 있는 곳은 일본군에게 포위되었으니 벗어날 수 없을 것이다."

"아버지, 오늘 밤 떠나세요. 우리가 잠든 뒤에 떠나세요. 일본군이 고문해도 견딜 수 있어요."

열세 살짜리 올가의 말이었다. 그러나 최재형은 올가의 말에 귀 기울이지 않았다. 밖에는 비가 추적추적 내리고 있고, 이런 밤에 어디론가 떠나고 싶지 않았다.

1920년 4월 4일 밤이다. 아니, 자정이 지났으니 4월 5일일 것이다. 멀리서 군인들이 말 달리는 소리와 호루라기 소리가 불길하게 들려왔다. 자정이 지나면서 비바람이 잦아들었다. 고향 경원 땅에는 이맘때 흙비가 내리고 꽃잎이 분분히 떨어져 날리

곧 했었다. 최재형은 등을 돌리고 있는 아내 엘레나를 어둠 속에서 살폈다. 죽어야 할 사람보다 살아남아 있을 사람이 더 측은해 보이는 것은 무슨 까닭인가. 최재형은 자신이 죽은 뒤에 엘레나가 강한 여인으로 살아주었으면 싶었다. 잠이 오지 않았다. 그렇게 어수선한 생각을 하느라 잠을 이루지 못하고 있을 때 일본군이 그의 집을 완전히 포위했다.

"오잇! 모두들 꼼짝하지 마라!"

최재형은 일본군의 날카로운 고함 소리에 깜짝 놀라 벌떡 일어났다. 일본군이 방문을 부수고 안까지 들이닥쳤다.

"최재형, 너를 체포한다!"

기토 카즈미가 일본 헌병들과 함께 최재형의 이마에 총구를 겨누었다.

"무슨 소리야? 나는 러시아 국적을 가지고 있다. 나를 체포하려면 러시아의 허락을 받아야 한다."

"닥쳐라! 너는 항일분자다. 두만강을 건너 일본군을 공격한 혐의가 있다."

일본군이 군홧발로 최재형의 가슴팍을 내질렀다. 최재형은 가슴이 빠개지는 듯한 충격에 입을 벌리고 신음을 토해냈다. 엘레나는 두 손으로 입을 가린 채 입술을 깨물고 있었다. 일본 헌병대가 들이닥칠 것을 예상해 옷을 입고 침대에 누웠던 최재형과 엘레나였다.

"끌고 나가라!"

일본군 장교의 지시가 떨어지자 일본군들이 최재형에게 수갑을 채우고 포승줄로 묶었다.

"샅샅이 수색해라!"

일본군들은 최재형의 집을 완전히 포위한 뒤 일제히 수색에 들어갔다. 딸 올가와 부인 엘레나가 그제야 울부짖었다. 최재형은 눈을 내리깔고 집 밖으로 끌려나왔다. 이마에서는 기토 카즈미의 총구에 맞아 끈적거리는 피가 흘러내렸다. 집 앞에는 벌써 수십 명의 조선인들이 끌려나와 일본군에게 발길질을 당하고 있었다.

"최재형을 영사관으로 압송하라!"

기토 카즈미는 조선인들이 최재형을 구출하기 위해 일본군을 습격할 것을 우려하여 니콜스크우수리스크의 일본 영사관으로 압송했다.

최재형을 검거한 소식은 삽시간에 연해주 일대에 퍼져나갔다. 그러잖아도 일본군의 대대적인 학살이 시작되어 곳곳에서 아비규환의 참상이 벌어지고 있었다. 조선인들은 죽어가면서도 의병이나 독립군 활동을 했던 사람들을 중심으로 최재형을 구출하는 작전을 세웠다. 이 소식이 밀정들에게 알려지자 기토 카즈미는 즉각 내각에 보고했고, 일본 내각에서 긴급 명령이 떨어졌다.

최재형을 총살하라.

일본 헌병사령부는 최재형을 체포한 4월 5일부터 하루 동안 잔혹하게 고문하다가, 4월 6일 미명의 새벽에 총살했다.

최재형의 총살 소식은 비밀에 부쳐졌다. 부인 엘레나는 최재형이 총살당한 사실도 모른 채 재판을 받게 될 줄만 알고 있었다. 엘레나는 러시아 외국 영사관과 일본 영사관을 돌아다니며 최재형의 행방을 수소문했다.

최재형이 체포된 바로 이튿날 일본군 헌병사령부에서 총살당했다는 소문이 파다하게 퍼졌다. 결국 엘레나는 1년 동안, 그리고 딸들은 3개월 동안 상복을 입었다. 러시아에서 활동하는 많은 지사들은 그의 죽음을 비통해하면서 조기를 달았다. 그러나 최재형의 죽음은 의문스러워서 확인하지 않을 수 없었다. 엘레나는 아이들을 데리고 최재형을 찾아 여기저기 미친 듯이 돌아다녔다. 일본의 학살에서 살아남은 많은 조선인들도 최재형의 죽음에 대해 탐문하고 다녔다.

최재형의 행방불명으로 연해주 일대가 들끓자 1920년 12월, 일본은 최재형이 재판을 받은 뒤에 총살당했다고 공식 발표했다. 하지만 최재형을 재판했다는 기록이 전혀 없었기 때문에 일본의 발표는 거짓임이 드러났다. 각국 영사관들도 일본을 비난했다. 그러자 이번에는 최재형이 탈출하다가 4월 6일에 사살되었다고 발표했다. 하지만 그의 시체가 어디에 묻혀 있는지는 가르쳐주지 않았다. 1922년 일본은 엘레나에게 최재형의 매장지를 가르쳐주겠다고 했다. 엘레나는 거절했다. 야만적이고 거짓말을 밥 먹듯이 하는 일본이 제대로 가르쳐주지 않을 것이라고 여긴 것이다.

'그는 대륙의 바람이 되었어.'

엘레나는 그렇게 생각했다. 올가는 아버지를 미친 듯이 찾아다니다가 일기를 썼다. 그 일기는 블라디보스토크 총영사관에서 활약하던 밀정들의 눈에 띄어 기토 카즈미에게 보고되었다. 기토 카즈미는 올가의 일기를 외무대신에게 보고했다.

경애하는 페치카.

참기 힘든 슬픔을 억누르면서 당신의 발자취를 찾아 대륙을 바람처럼 떠돌다 보니 어느새 또 해가 바뀌고 8월이 되었습니다. 당신이 돌아가신 것이 분명하지만, 그래도 혹시나 하는 일루의 희망을 품고 우리는 대륙을 헤맸습니다. 가는 곳마다 당신의 딸이라고 말하면 사람들은 우리를 열광적으로 환영해줍니다. 우리는 왜 당신이 '페치카'로 불리는지 비로소 이해할 수 있었습니다.

사랑하는 페치카.

당신은 전설입니다. 당신이 우리 곁을 떠난 뒤에 사람들이 종종 당신을 영웅이라고 부르는 것을 들었습니다. 당신이 조국과 민족을 위해서 한 일들, 그 많은 일들을 우리는 다 기억하지 못합니다. 먼 훗날 백마 타고 오는 초인이 있어서[*] 대륙에 불사른 당신의 영혼을 기억할까요? 내가 기억하는 것은 당신의 전설이나, 영웅으로서의 아버지가 아닙니다. 해가 기울고 있는 저녁 한때, 푸른 이내가 낮게 깔리는 들판에서 내 손을 잡고 춤을 추시던 다정한 아버지입니다.

사랑하는 페치카.

당신은 낮이나 밤이나 저승에서 통곡하고 계시겠지요. 네 아비 죽인 놈이 활개 치고 돌아다니는데 왜 원수를 갚아주지 않느

---

[*] 독립을 뜻한다.

냐며 저승에서 울고 계시겠지요. 당신을 죽게 한 자는 블라디보스토크의 일본 총영사관 통역관 기토 카즈미라는 자입니다. 오늘 저는 피를 토하는 심정으로 기토 카즈미에게 선전포고를 합니다.

악마 같은 밀정 기토야!

사람의 탈을 쓴 기토 카즈미야!

너는 어찌하여 우리 아버지를 죽였느냐? 너는 어찌하여 조선인을 그렇게 많이 죽였느냐? 하늘이 무너지는 한이 있어도 네 죄는 용서할 수가 없다. 네가 제 나라를 지킨다는 것이 지나쳐 불쌍한 조선 사람들만 죽이고 있구나.

이제는 네 나라도 너를 지켜주지 못하게 될 것이다.

네가 좋아하는 조선 사람들 죽이는 것도 마지막을 고한다.

네가 우리 동포 위에 군림하는 것도 종말을 고할 것이다.

네가 이 세상에서 더 살 수 있는 것도 막을 내린다.

기토야.

너 죽고 나 죽자. 너 죽인 뒤 나도 세상을 떠날 것이다. 사람이 두 번 죽는 것을 보았느냐? 사람 목숨은 한 번밖에 없는 것이다.

사랑하는 아버지!

당신의 딸을 잊지 마세요. 당신의 열녀는 이제 아버지의 원수를 갚습니다.

잊지 마소서!

1918년 최재형은 자신의 모든 재산을 독립운동가들에게 바쳤다.
최재형 일가는 러시아 한인들 중에서 가장 부유했으나
최재형이 죽은 뒤로는 가장 비참하게 살아야 했다.
첫째 아들 페트로비치(최운학)는 1919년 파르티잔으로
활동하다가 서시베리아에서 전사했다.
둘째 아들 파벨(최선학)은 소비에트 해군 고위 장교를 지냈으나,
1935년 스탈린 정권 대숙청 때 일본군 스파이라는
누명을 쓰고 구타를 당해 죽었다.
셋째 아들 발렌틴은 유라시아로 강제 이주되어 1938년 체포되었고
석방 후 평생 동안 공산당 가입을 못하고
혹독한 고초 속에 1992년 사망했다.
넷째 아들 비켄치도 고초를 겪으며 살다가 1964년 눈을 감았다.
최재형의 다섯 사위도 총살되었다.
그 중에는 소련군 여단장과 대위, 공산당 기관지 프라우다의
신문기자도 있었다.
첫째 딸 베라는 소식을 알 수 없다.
둘째 딸 나제즈다는 1972년 사망했다.
셋째 딸 류보비는 대숙청 때 총살되었다.
여섯째 딸은 행방을 알 수 없다.
일곱째 딸 올가는 대숙청 때 10년간 시베리아 유형을 선고받고
7년 동안 강제노동을 했다. 석방 후 현재까지 카자흐스탄 알마티에서
고단한 삶을 이어가고 있다.
1962년 최재형에게 건국훈장 독립장이 추서되었다.

한국의 체 게바라, 최재형

러시아와 중국을 오가며 최재형의 생애를 취재하고 소설화하면서, 나는 종종 최재형의 존재감에 압도되었다. 러시아의 광대한 대륙을 거침없이 누비면서 러시아 한인 사회를 근대화하고 독립운동을 하는 데 오롯이 전 생애를 바쳤던 그의 발자취를 더듬는 일이 가슴 벅찰 정도로 감격스러웠다. 무엇보다 그가 자산가로 성공했는데도 자기 삶에 안주하지 않고 민족과 조국을 위한 혁명과 독립운동에 영혼까지 송두리째 바친 인물이라는 사실이 나를 매료시켰다.

흔히들 독립운동가 하면 고루하고 어딘지 모르게 별세계 사람들 같다고 생각한다. 나 역시 어린 시절 위인전이나 학교 교육을 통해 독립운동가들의 위대한 업적을 맹목적으로 숭상하며 어느 정도 심리적 거리감을 두었었다. 이런 내가 최재형이라는 인물을 알고 그의 파란만장한 삶을 발견하였을 때 상당히 충격적이었으나 금세 매료되었다.

나는 최재형을 알고부터 종종 체 게바라와 비교하게 되었고, 최재형이 동지들과 민중들의 지지를 끝까지 잃지 않았다는 점에서 체 게바라를 능가하는 인물이라고 주변 사람들에게 거리낌 없이 말하곤 했다. 나는 최재형을 알아갈수록 더욱더 매료되었고 그의 영혼을 사랑하게 되었다. 그리고 그의 드라마틱한 생애를 소설로 복원해 독자들에게 꼭 소개하고 싶었다.

최재형은 이미 1880년대에 브나로드 운동을 일으켜 한인들의 삶터인 농촌을 개혁하려 했고, 1914년에는 파르티잔 활동을 전개했다. 물론 당시의 파르티잔 활동은 농민들을 수탈하는 귀족에 대한 순수한 저항이었다. 러시아 한인들의 대부가 된 최재형은 연해주로 속속 밀려드는 조선의 항일 지사들을 물심양면으로 지원하면서 그들의 정신적 지주가 되기도 한다. 상해 임시정부의 초대 재무총장 자리를 끝내 거절한 최재형은 우리나라 초기 독립운동의 가장 뛰어난 인물이었으나, 천민 출신이라는 이유로 양반 출신의 독립운동가들로부터 멸시를 받기도 했다.

1920년 4월 5일 최재형을 체포한 일본군은 하루 동안 잔인한 고문을 한 뒤에 재판도 없이 총살하고, 국제 사회의 비난이 두려워서 최재형이 탈출하려 했기 때문에 사살했다는 궁색한 변명을 한다. 최재형이 일본군에 총살되었다는 소식이 전해지자 러시아 한인들은 모두 비통해하면서 철시를 했고, 동아일보는 그의 죽음을 대서특필하여 애도했다.

이 작품은 팩션이다. 실제의 역사적 사실에 소설적 장치를 첨가했다. 지난여름 내 마음속의 위대한 영혼 최재형의 발자취를 더듬기 위해 10박 11일 동안 러시아와 중국을 여행했다. 광대한 땅 러시아에서 혁명과 민족을 위하여 자신의 영혼을 불사른 그의 유적을 답사하면서 대륙에 바람처럼 떠돌고 있는 그의 영혼을 느낄 수 있었다. 일본군은 그의 시체까지 가족에게 돌려주지 않았기 때문에 어디에 묻혀 있는지 무덤조차 알 수 없다. 이제는 그의 시체도 한 줌의 흙이 되었을 것이고, 먼지가 되어 바람처럼 떠돌고 있을 것이다.

　그의 일생을 취재하면서, 그리고 이 소설을 쓰면서 나는 그가 행복한 혁명가의 일생을 마쳤다고 생각했다. 혁명과 민족을 위하여, 그리고 사랑을 위하여 자신의 모든 것을 오롯이 바칠 수 있는 신념, 그런 신념을 가지고 있는 사람이라면 영혼이 대륙을 떠돈다고 하더라도 행복하지 않겠는가. 독자들이 이 작품을 읽으면서 우리 시대의 전설적인 영웅, 최재형의 영혼을 만나고 그의 숨결을 느낄 수 있기를 간절하게 기원한다.

2008년 1월
이수광

최재형과 그 시대 그 인물들

최재형은 1860년대 조선에 큰 흉년이 들어 한인들이 만주 · 러시아 등지로 최초의 집단 해외 이주를 했던 시대에 러시아 연해주로 도주한 함경도 출신의 노비였다. 이주 후에 그는 러시아 상선을 타고 전 세계를 두루 돌아다닌 뒤에 1900년 의화단운동, 1905년 러시아혁명, 1910년 일제의 조선 강점, 1914년 제1차 세계대전 발발, 1919년 3·1운동 등 한반도와 러시아 연해주 지역을 둘러싸고 전개된 20세기 초반의 국내외적인 격랑의 세월 속에서 한 시대를 살아간 풍운아이자 민중운동가이고, 파르티잔이며 독립운동가였다.

최재형은 1880년대 러시아에 귀화한 뒤 그 지역의 도헌과 자산가로 성장하여 재러 한인 사회를 이끈 대표적인 지도자였으며, 러시아 당국으로부터 가장 신망을 받은 친러 인사였다. 그는 1905년 이후 적극적으로 항일투쟁에 참여했고, 1920년 시베리아에 출병한 일본군에 처형될 때까지 독립운동을 전개하면서 전설적인 영웅의 이름을 남겼다. 즉, 1900년대에는 러시아 지역의 가장 대표적인 의병 조직인 동의회의 총재로서뿐 아니라, 블라디보스토크에서 발행된 민족 언론인 대동공보와 대양보의 사장으로 활약했으며, 1910년대 초반에는 권업회의 총재, 1919년 3·1운동 이후에는 대한국민의회의 명예회장으로 활약하는 등 1900년대부터 1920년까지 러시아 지역에서 조직된 주요 단체의 책임자로 일했다. 우리나라 초기 독립운동의 대부라고 할 수 있다. 3·1운동 이후에는 상하이에서 성립된 대한민국임시정부의 초대 재무총장에 임명되기도 할 만큼 최재형은 한국 독립운동사에서 중추적인 인물이었다.

최재형은 구한말부터 일본군에 총살당하는 1920년까지 수많은 동지들과 함께 항일투쟁을 전개했다. 그렇다면 그와 함께 활동했던 그 시대 그 인물들은 누구일까.

우선 주목할 만한 인물들은 구한말 그와 함께 동의회에서 활동한 독립운동가이다. 만주·러시아 지역의 대표적인 의병장들인 이범윤, 홍범도, 안중근, 그리고 헤이그 밀사를 주도한 주러 한국 공사 이범진과 그의 아들 이위종 등이다. 특히 안중근은 최재형 휘하에서 1908년 7월 7일 군사부 우영장을 맡아 두만강 연안 신아산 부근의 홍의동을 공격했다. 아울러 단지회를 결성하고 하얼빈 의거를 결행하여 일본을 충격에 빠뜨리고 전 세계를 경악시켰다. 윤봉길 의거의 든든한 후원자가 김구였다면, 안중근 의거의 중심인물은 바로 최재형이었던 것이다.

최재형은 대동공보와 대양보의 사장으로서 민족 언론 활동에 관심을 기울이며 무장투쟁의 시기를 엿보았는데, 당시 그와 함께 활동한 인물이 바로 대표적인 민족사학자인 신채호와 미국에서 독립운동을 위해 러시아로 온 이강, 정재관 등이었다.

최재형은 1910년대에 연해주 지역의 대표적인 독립운동단체인 권업회 회장으로 활동하였다. 헤이그 밀사였던 이상설, 대한민국 임시정부 국무총리가 된 이동휘를 비롯해 신채호, 장도빈 등이 그와 함께했다.

1919년 4월 중국 상하이에서 신규식, 이동녕, 이시영 등을 비롯한 많은 애국지사들이 대한민국 임시정부의 조직을 논의하는 과정에서 최재형이 초대 재무총장으로 선출되었다. 하지만 독립운동에서 현장이 얼마나 중요한지 인식하고 있었던 최재형은 끝내 취임치 아니하였다.

마침내 최재형은 1920년 4월 4일 밤부터 5일 새벽까지 연해주, 연흑룡주에서 전개된 일본군의 대대적인 독립군 토벌 작전 때 지금의 우수리스크에서 동지들과 함께 체포되었고, 재판도 없이 총살당해 순국하기에 이른다. 현장에서 동포들과 끈끈하게 동고동락했던 투사가 속절없이 떠나고 말았다.

박환

한국민족운동사학회 회장, 수원대 사학과 교수

최재형의 실제 삶과 활동

1860년 8월 15일 함경북도 경원에서 최흥백의 아들로 태어남. 러시아 이름은
         표트르 세메노비츠 최. 아버지 최흥백(또는 최형백)은 노비 출신 소작
         인, 어머니는 기생이었음.
1869년 가을 부친 최흥백과 함께 러시아 연해주 '지신허'라는 한인 마을에
         정착함.
1871년 한국인으로는 러시아 학교에 입학한 첫 학생이 됨. 형수와의 갈등으
         로 가출한 뒤 부두를 헤매다가 러시아 상선의 선원들에게 발견되어
         선원이 됨. 선장 부부의 도움으로 견문을 넓힘.
1877년 블라디보스토크에서 배를 타고 상트페테르부르크까지 두 번 다녀옴.
1878년 상선이 블라디보스토크로 돌아온 뒤 선장의 소개로 상사에 취직해 4
         년 동안 일함.
1881년 얀치혜로 다시 이주해 살고 있는 가족을 만남. 얀치혜의 행정기관인
         남도소의 러시아어 서기로 피선. 문화 계몽 활동을 시작함.
1882년 결혼. 부인이 1남 2녀를 낳고 네 번째 아이를 낳다가 아이와 함께 사
         망함.
1884년 얀치혜에서 몽구가이까지 군사 도로를 만드는 데 통역으로 일함. 집
         을 서양식으로 개조하고 한국인으로서는 처음으로 화원을 만듦.
1888년 도로 건설에서 노고와 열성을 보여주었다는 공이 인정되어 러시아
         정부로부터 은급 훈장을 받음.
1890년 주민들과 함께 처음으로 얀치혜에 공원을 만듦.
1893년 러시아 최초로 도헌에 선출됨. 은급 훈장 '스타니슬라브 수장(綬章)'
         을 받음(1888년에 이어 두 번째 수상).
1894년 제1차 전(全) 러시아 도헌 대회에 참가하기 위해 상트페테르부르크에
         가서 알렉산드르 3세의 연설을 들음.

1895년 통역 일을 그만두고 얀치혜 남도소의 도헌에 임명됨. 하산을 시작으로 한인들이 거주하는 지역마다 학교를 설립하고, 초등학교를 졸업한 학생들이 대도시로 유학 갈 수 있도록 적극적으로 지원함.

1896년 5월 니콜라이 2세의 대관식에 참석하여 황제가 직접 하사하는 예복을 받음. 아울러 러시아 정부로부터 훈장 받음.

1897년 엘레나 페트로비나 김과 재혼. 두 번째 부인과의 사이에서 3남 5녀를 낳음.

1904년 러일전쟁에 참전함.

1905년 러일전쟁 참전 후 블라디보스토크로 귀환한 뒤 가족과 함께 노우키예프스크로 이주함.

1906년 박영효의 초청으로 일본을 방문하여 일본의 실상을 파악하는 한편 국제 정세를 이해함.

1908년 4월 16일 해조신문에 「아편 단연회(斷煙會)의 결성을 축하하는 글」을 기고함.

1908년 4월(음력) 동의회 조직, 총장에 선임됨.

1908년 동의회의 의병 활동을 지원함.

1909년 1월 이범윤의 부하에게 저격당하여 부상을 입음.

1909년 1월 31일 고본주(固本主) 총회에서 1908년 11월에 창간된 대동공보의 사장으로 취임함.

1910년 가족과 함께 슬라뱐카로 이주함.

1911년 일제는 최재형을 제거하기 위한 음모를 꾸미지만, 연해주 지방행정부의 반대로 실패함.

1911년 6월 18일 대양보가 발간되자 사장에 취임함.

1911년 7월 블라디보스토크 신한촌에서 개최된 권업회 발기회에서 회장에 선출됨.

1911년 12월 19일 권업회 공식 창립 대회에서 총재로 선출됨.

1913년 3월 상트페테르부르크에서 개최된 로마노프 황가 300주년 기념행사에 한인 대표단 단장으로 일곱 명의 대표들과 참석함.

1913년 10월 10일 권업회 특별 총회에서 회장에 취임하면서 권업회 재건에 나섬.

1913년 최봉준, 채두성, 박영휘 등 원호인(러시아 국적 취득자) 지도자 세 명과 함께 '한인 아령(俄領) 이주 50주년 기념 발기회'를 조직함.

1914년 1월 19일 권업회 정기 총회에서 회장으로 다시 선출됨.

1914년 3월 25일 '한인 아령 이주 50주년 기념회' 회장으로 선출됨.

1915년 8월 일본 외무상 모토노 타로(加藤高明)가 1915년 8월 러시아 당국에 보낸 메모에서 최재형을 다른 동지 27명과 함께 추방할 것을 러시아

측에 요청함(추방의 명분으로 모토노 타로가 최재형에게 씌운 혐의는 권업회 창건자의 한 사람으로 한국의 독립 달성을 위해 1만 5천 루블의 기금을 모았다는 것).

1915년 11월 3일 제1차 세계대전에서 러시아군을 후원하려는 휼병금(恤兵金)을 모금하기 위하여 블라디보스토크 신한촌에서 휼병회(恤兵會) 발기회를 조직함. 이렇게 노력했는데도 결국 1916년 8월 또다시 러시아 당국에 체포되어 니콜스크우수리스크로 압송됨. 그러나 그곳에서 영향력을 떨치고 있던 맏사위인 야코보 안드레예비치 김의 주선으로 석방됨.

1916년 슬라반카에 문화 휴식 공원을 만듦.

1917년 12월 한인신보사를 방문하여 기자들과 담소. 관련 기사가 한인신보 23호(12월 23일자)에 실림.

1918년 니콜스크우수리스크로 이주함.

1918년 1월 11일 개최된 고려족 중앙총회에서 최재형 등 두 명을 시베리아 독립정부에 파견하기로 결의함.

1918년 6월 13일부터 24일까지 니콜스크우수리스크에서 제2회 '전국한족대표자대회'가 개최됨. 러시아 각 지역의 대표 129명이 참여한 가운데 개최된 이 회의에서 최재형은 이동휘와 함께 명예회장으로 추대됨. 그리고 6월 22일, 23일 간부 선거에서 최재형은 이동휘와 함께 고문으로 선출되어 한인의 대표적인 지도자로서의 위상을 떨침.

1918년 8월 한인 장교인 미하일 원이 하얼빈에 한인 특별대대를 조직하자 이 부대의 장정 모집을 후원함.

1918년 전로한족중앙총회는 반(反)볼세비키적인 시베리아 의회(독립 의회)에 두 명의 의원을 참여시키기로 함. 최재형은 한명세와 같이 두 명의 한인 의원으로 선출되었으나 사임함. (대신에 알렉산드르 이바노비치 김이 선출됨.)

1919년 1~2월 제1차 세계대전이 종결되고 파리강화회의가 개최되자, 러시아 한인들도 그 회의에 대표를 파견하는 문제를 논의함. 당시 한인 사회의 양대 축이었던 블라디보스토크와 니콜스크우수리스크의 한인들이 각각 파견할 대표 문제를 논의한 바, 선생은 양측이 각각 선정한 예비 후보에 모두 포함됨. 결국 파리강화회의에 파견할 최종 대표는 윤해, 고창일로 결정됨. 당시 선생은 전로한족중앙총회 상설의회 의원으로서 최종 대표를 결정한 여섯 명 가운데 한 사람이었음.

1919년 3월 중순 대한국민의회의 외교부장에 선출됨.

1919년 4월 상하이에서 성립한 대한민국 임시정부의 재무총장으로 선임되었으나 취임하지 않음.

1920년　4월 5일 니콜스크우수리스크에서 일본군에 체포되어 김이직, 엄주필,
　　　　카피톤 황 등 세 명의 인사들과 함께 총살당함.

1920년　5월 22일 상하이에서는 거류민단의 주최로 3백 명이 참석한 가운데
　　　　선생과 순국한 인사들을 위한 추도회가 개최되었음. 대한민국 임시
　　　　정부의 국무총리 이동휘를 비롯한 각부 총장 전원이 참석하였으며,
　　　　국무총리 이동휘가 선생의 약력을 소개했음.

1953년　7월 13일 부인 엘레나 페트로비나 김이 사망하여 키르기스스탄공화
　　　　국 수도 비슈케크 시 묘지에 안장됨.

*이 연보는 역사학자 박환 교수(수원대 사학과)가 정리하여 제공한 것이다. 소설 내
용과 일치하지 않은 부분이 있다.

대륙의 영혼, 최재형

초판 1쇄 발행 | 2008년 2월 20일
초판 2쇄 발행 | 2008년 3월 28일

지은이 | 이수광

발행인 | 양원석
편집인 | 정석진
편집팀장 | 최낙중
기획·책임편집 | 송명주
교정 | 백상열
디자인 | JUN
조판 | 창커뮤니케이션

펴낸곳 | 랜덤하우스코리아(주)
출판등록 | 2004년 1월 15일 제2-3726호
주소 | 서울시 강남구 삼성동 159번지 오크우드호텔 별관 B2
편집문의 | 전화_(02) 3466-8895, 팩스_(02)3466-8951
구입문의 | (02) 3466-8954
홈페이지 | www.randombooks.co.kr